CICLOS DE VIDA

El Trabajo de los Espíritus:

Verdad y Amor

MIGUEL SOTO

Otras obras del autor, Miguel Soto
Misterios: Amor, Luz y Vida
Page Publishing, Inc., de New York, NY
    ISBN 978-1-64138-085-0 (Versión impresa)
    ISBN 978-1-64138-087-4 (Versión electrónica)
    Libro impreso en Los Estados Unidos de América
Project Information Manager, Vol. 1 Pre-construction phase
    Copyright 2017 Miguel Soto, first edition
    Page Publishing, Inc., New York, NY
    ISBN 978-1-64027-075-6 Hard Cover
    ISBN 978-1-64027-076-3 (Digital)
    Printed in the United States of America
Angels in My Way
    Copyright 2010, Miguel Angel Soto Flores, author and Publisher
    ISBN 978-0-578-07196-1 first edition
    Published and printed in the United States of America.

CONTENIDO

CAPÍTULO 5

CAPÍTULO 6

Dedicación

Estimado Lector(a),

Os dedico este libro a ti y a los que buscan la verdad, sabiendo que la verdad os liberará de creencias improbables. Nada es más gratificante que saber que lo que sabemos es verdad con la más alta certeza. Pero somos conscientes de que nuestro nivel de conocimiento no nos permite razonar más allá de nuestro entendimiento. La prudencia nos impide pensar y actuar sobre la base de suposiciones falsas; y nos hace estar conscientes de las limitaciones de nuestro conocimiento. El tema de este libro te fascinará y la evidencia presentada puede abrir una ventana a la dimensión de los espíritus, incluyendo tu alma. Tu mente podrá ver la vida desde otra perspectiva de tu razonamiento.

El autor

Cabalgata en caballo alado

Cierren los ojos querido amigo;
dejen el aire fresco acariciar tus labios;
no sientas pesar de perder en tus viajes
lo que no acabaste; ignorando la pista
de consejos que dan a tus corazones abrigo.
Deja que tus espíritus cabalguen sin resabios
en caballos alados sobre imaginarios parajes:
la realidad de tu escogencia prevista.
Deja que exploten tus deseos reprimidos;
guia tus esclavas emociones, como hizo Moisés,
y llevalos a los jardines prometidos.
Vive porque vives solamente una vez
hasta que llegue tu atardecer.
No pierdas tu tiempo en un día vacío;
llenalo de sueños que puedan suceder;
llenalo de amor glorioso, sin hastío,
y cabalga de cualquier manera.
Sólo entonces será libre tu alma
de angustias que roban tu c alma
anhelando la salida del último aliento
en el ocaso de tu sentimiento.
En esos eternos viajes que realiza
tu espíritu, permite con persistencia
que tu mente sepa que hay unicidad
en la esperanza que el amor precisa;
y en esta maravillosa existencia
a los ciclos interminables de la vida
nos sometemos.
La vida es corta, poco tiempo tenemos.
Entonces, cabalga sobre tu tiempo escaso
En los sentimientos de tu alma madura
sobre caballos alados que van a tu ocaso,
a la gloria de una ilógica cordura.
Deja la materia que quema tu alma entera,
y entregate al gran Amor que espera.

PRÓLOGO

Sombras de las almas salen cuando los humanos alcanzan una profunda absorción mental. Ellas desatan amarres que mantienen a los egos humanos atados a temas, emociones, y problemas materiales. La mente es poderosa mientras esta en ese trance de absorción. La conciencia del alma es el escudo que protege al cuerpo humano y filtra emociones, problemas y temas que pueden perturbar su estado de absorción. El ego duerme; mientras la mente permanece alerta en la existencia. La existencia es la realidad e irrealidad en su dominio. La mente sublima la conciencia sobre la realidad como en un sueño; es como ver el mundo detrás de una ventana de vidrio. ¡Es un estado fantástico! La mente llega a la omnisciencia en la dimensión de los espíritus y ve la creación en su totalidad. ¡Qué belleza!

Estoy en la calle "Arroyo Seco Parkway." Esa calle pasa sobre la autopista 110 de California. Yo he terminado mi trabajo de tiempo parcial, y voy para el centro de la ciudad de Los Ángeles. Yo camino por esta calle, y me detengo en este paso elevado todos los días: me encanta mirar la agitada carretera debajo del puente. Los vehículos corren de prisa en ambos sentidos, entrando y saliendo, bajo el puente, y serpenteando a través de los carriles de tráfico. Y pregunto, ¿qué pasa en las mentes de los conductores cuando viajan de regreso a casa después de un día trabajo? El misterio del conocimiento persigue mi mente. El tráfico es más pesado entre semana que los fines de semana; pero hoy, por una razón desconocida, la carretera está vacía. Son sólo las 4:30 p.m. de este viernes, pero parece como si la gente hubiese abandonado la ciudad. Es una tarde espeluznante, da miedo, como el día de las brujas (Halloween). Estoy cayendo en ese estado de absorción profunda, esta tarde. El clima está nublado pero tibio, algo ventoso y húmedo, lo que aumenta la sensación inquietante.

Pensando en espantos, yo terminé de leer el libro –Misterios, Amor, Luz y Vida– por Miguel Soto. Dice que la luz –conocimiento– es lo que impulsa el universo, y el propósito de la existencia es el amor.

Cuando termine mis estudios universitarios de inglés, escribiré sobre los secretos de los espíritus; este tema es fascinante. Primero, presentaré las premisas y los métodos, trazando el tema y luego mis conclusiones. Mi mente se oscurece, esta confundida. ¿Dónde estaba? Sí, pensaba en el libro. ¿Qué? ¡Mira!, no es posible ya terminé de escribir ese libro. ¿Cómo y cuándo lo hice? No lo sé. Eso es lo que veo: presento mi tesis en el prólogo, y propongo que los espíritus son energía; y no pueden ser creados ni destruidos. Cada espíritu es una molécula de un espíritu global. Los espíritus existen, no se crean otros nuevos. Los espíritus entran en los óvulos humanos en el instante de la fertilización; y este espíritu se convierte en el alma del cuerpo. Los humanos creen qué los espíritus regresan en otros cuerpos humanos. ¿Será posible? ¡Sí, lo es! Al menos uno por cada nueva criatura, aunque la energía es finita en el universo. Los espíritus libres interactúan con las almas en los seres humanos, y las almas lo hacen de humano a humano; estas interacciones son reales y se presentan con mucha frecuencia. Si no percibimos a los espíritus, podemos estudiar su existencia y su comportamiento. Animate lector(a), a buscar pruebas, señales o indicios de encuentros con espíritus dentro y fuera de tu ser. Espera, oigo motores pesados. Recórcholis, mira, ese tipo en la motocicleta persigue a ese automóvil. Tiene un arma y le dispara al carro. Deben ir a más de cien millas por hora. Conducen sobre el espaldón de la autopista; se cruzan los carriles de tráfico. Se acercan al paso elevado donde yo estoy. Dios mío, se estrellaron. Ay, ay, qué pasa. Ay, me duele la cabeza. No puedo sentir nada; no puedo ver. Todo está oscuro; todo está tranquilo, flotante, como si el tiempo se detuviera o estuviera en cámara lenta. Desperté. La luz del día es brillante como no la he visto antes; No siento dolor, ¿dónde estoy, ¿dónde estoy? Creo que desmaye; mi mente está en blanco. El silencio es profundo. El tiempo se detuvo; el mundo se detuvo; que raro. Puedo ver y oír todo a través del tiempo. El tiempo se detuvo; ¡que locura! Siento la mente rara. Oigo y veo todo esto claramente al mismo tiempo. Dime, lector(a), ¡estoy muerto o estoy soñando! Qué raro, no siento nada, solo percibo y pienso.

CAPÍTULO 1

Premisas y enfoque

Abstracto

Si preguntara, ¿alguna vez has visto un espíritu, oído o hablado con él? Es probable que tu respuesta fuere, "No, no lo he hecho," y yo entendería. La mayoría de los humanos no hablan de sus encuentros, porque saben que la gente se burla de estas historias. Pero, ¿tienen razón burlándose de estas experiencias? No, claro que no. Y si dijera, vi un espíritu cruzando frente a mí; o escuché una voz que me dijo algo que está a punto de suceder; o, un espíritu me detuvo antes de pisar la calle, me mantuvo en la acera, justo cuando un vehículo voló por ese punto. ¿Qué dirías? Tal vez supondrías que estoy inventando las historias. Pero estos eventos pueden suceder; tengo muchos ejemplos que puedo contar. De hecho, la pregunta no es lo que vos experimentes, o lo que yo pasé; la pregunta es cómo probar estos encuentros con los espíritus. Ellos son entidades de otra dimensión, intangible e invisible; y los seres humanos no pueden captar imágenes para probar sus encuentros. De hecho, los seres humanos tienen pocas, o cero, evidencias para probar su roce con espíritus. En mi mente, tal vez los seres humanos puedan formular una propuesta y encontrar maneras o métodos para fundamentar sus contactos con espíritus. He pensado sobre este tema durante mucho tiempo; y al autor se le ocurrió una sugerencia que trata de explicar: es la hipótesis de mi libro.

Las Premisas

Los humanos están tan acostumbrados a la dimensión real: aquí nacen, aquí viven y mueren –pero excluyen la dimensión irreal–. ¿Hay una dimensión irreal?, tal vez, pero los seres humanos no están seguros, o positivos, y esta verdad es por lo que están listos para averiguar. El tema del comportamiento de los espíritus y las almas es difícil, si no imposible, para los seres humanos. Los humanos ni siquiera saben por dónde empezar. Necesitan una ruta de guia; pero además un mapa, y un plan de acción: las premisas, los temas y el método, que lógicamente pueden llevarlos a la meta. Así que empecemos. Pero no tan rápido, amigo(a) mío(a), no tan rápido. Primero listemos las premisas, que necesitamos estudiar y documentar, para las cuales los seres humanos necesitan tener explicaciones creíbles. Para el autor estas premisas, preocupaciones o preguntas son las siguientes.

Diez preguntas claves:

A- ¿Existen los espíritus?

B- De ser así, ¿dónde?

C- ¿Tenemos un espíritu en el cuerpo humano?

D- De ser así, ¿cómo entran los espíritus en el cuerpo?

1- Y si eso pasa, ¿qué somo nosotros, los humanos?

E- ¿Que pasa mientras un espíritu está en el cuerpo?

F- ¿Cuándo y cómo un espíritu se marcha?

G- ¿A dónde van los espíritus después que el cuerpo muere?

H- ¿Regresan ellos?

I- ¿Hay contacto entre los espíritus y los humanos?

J- ¿Pueden salir y re entrar en el cuerpo humano?

Estas son las diez preguntas que retan la existencia de los espíritus. Y las estudiaremos en este libro. Recuerda estas premisas a medida que pasemos a través de los capítulos y episodios del libro. ¿Cómo podemos estudiar las preguntas y producir respuestas para dar conclusiones creíbles? ¿Como podemos contestarlas? Necesitamos un plan y un procedimiento o una metodología para hacer este estudio, y repetirlo cuantas veces sea necesario. Cualquier experimento que sugiramos o hagamos debe ser repetible y producir el mismo resultado. De no ser así, el estudio no es válido. Y todas las inferencias deductivas o inductivas deben probarse.

La metodología - ¿Qué requiere?

La naturaleza del tema exige procedimientos específicos. Sin embargo, no tenemos herramientas o procedimientos reales para ver lo invisible y asir lo intangible. Tal vez no seamos capaces de estudiar la existencia o el comportamiento de los espíritus. Debemos entrar en esa dimensión irreal y estudiar los espíritus allí mismo. Pero, ¿cómo podemos entrar en esa dimensión?, necesitamos un procedimiento. Pero, un procedimiento –o metodología– que incluya al menos lo siguiente.

Seis acciones necesarias:

1- Definir la dimensión de los espíritus;
2- Definir los ciclos de vida:
    2.1- Integración de los espíritus;
    2.2- Separación de las almas;
3- Establecer la naturaleza del ser humano;
4- Identificar el espíritu en el ser humano;
5- Describir el comportamiento de los espíritus, y
6- Describir los encuentros de los espíritus.

Una Secuencia de nueve pasos

Uno, explicamos la separación de los espíritus del cuerpo humano. Dos, estudiamos la inflexión de los espíritus en los óvulos de los humanos. Tres, describimos el proceso de nacimiento y las interacciones de los espíritus. Cuatro, describimos encuentros con espíritus mientras están en cuerpos humanos. Cinco, explicamos la vida de los seres duales. Seis, damos pruebas que respaldan la tesis del autor. Siete, explicamos la estructura de los espíritus y la gestión del espíritu en el ser humano. Ocho, damos detalles de encuentros con los espíritus. Nueve, por último, damos notas de final que apoyan o complementan la tesis del autor. Vale la pena señalar que el autor explica el propósito de la existencia y de la naturaleza de los espíritus. El libro también presenta una obra de teatro, "Ciclos de vida": Un diálogo de humanos y espíritus. Y aunque el orden de la explicación salta de un tema a otro, el discurso aborda los seis elementos y los nueve pasos fundamentales. Bueno, tomamos al menos cinco suposiciones como bases de la teoría; sin ellas es difícil abordar el tema.

Cinco suposiciones básicas

1- Los espíritus existen, ¿y los fantasmas?, tal vez no. Asumamos que los espíritus existen para validar la necesidad de desarrollar la tesis. Si la suposición no es posible, el estudio termina y los espíritus son vanos y nulos o no podemos estudiarlos.

2- Existen en una dimensión propia –El hecho que no podemos ver ni tocar a los espíritus nos lleva a suponer que están en una dimensión donde no podemos entrar, fácilmente.

3- Esa dimensión contiene todo lo que es irreal, o no real. Si asumimos que los espíritus están en una dimensión propia, asumamos que esa dimensión tiene todo lo que es irreal, invisible e intangible. Claro es que cualquier cosa que no es material no es real.

4- Los espíritus son energía, y la energía puede interactuar con la materia –si suponemos que los espíritus son energía, también asumamos que ellos se mueven en el espacio y el tiempo–. Y como energía, pueden interactuar con la materia, y convertirse en materia en el universo.

5- Los espíritus tienen mente; las mentes tienen intenciones y propósitos. En general, la gente cree que los espíritus vienen y pueden contactarse con los seres humanos, pero no al revés. Pero las creencias son suposiciones que pueden o no ser verdaderas. De modo que, si los espíritus contactan a los humanos, tienen mente propia, propósitos e intenciones.

Existe la posibilidad de que los seres humanos puedan conectar con los espíritus cuando quieran. Suponemos que los espíritus viven en una dimensión irreal, y debemos establecer su existencia y su comportamiento al comenzar este estudio. Las dos dimensiones, real e irreal, ocupan el mismo espacio del universo y, por lo tanto, ellos están en contacto. Estos contactos son eventos paranormales que los humanos pueden o no percibir; o tal vez no los entiendan.[1] Por esto, no podemos explicar estos eventos –paranormales– no tenemos herramientas ni métodos para capturarlos. Debido a estas dificultades y a la falta de gnosis del tema, realicemos un estudio deductivo-inductivo en esta metodología. Comencemos con fenómenos paranormales observables aplicanso la ley universal de causa y efecto que dice: "La ley universal de causa y efecto establece que para cada efecto hay una causa definitiva, y para cada causa, hay un efecto definido". Pero la ley de causa y efecto implica eventos causales.[2] Una secuencia de eventos se basa en el hecho de que un evento depende de uno o más eventos concluidos.[3] Con esta ley construiremos cadenas de eventos para caminar del evento paranormal a su origen. La ley de causa y efecto nos permite reconstruir el origen de resultados finales. Por lo tanto, podemos reconstruir la realidad de la vida, regresando paso por paso a su origen. Tenemos evidencia para reconstruir de nuevo el camino. El universo no oculta nada; el conocimiento está ahí disponible para quienes lo busquen. El universo y su contenido se comporta en patrones que siguen las leyes de la existencia. El contenido incluye lo que es material, y lo que no es material; problemas, objetos y criaturas. El autor responde las diez premisas de este libro y pueden servir de base para investigaciones posteriores. No hay otra mejor

---

[1] https://en.wikipedia.org/wiki/Paranormal
[2] https://blog.iqmatrix.com/law-of-cause-effect
[3] https://en.wikipedia.org/wiki/Causal_chain

metodología para enseñar que dejar que los alumnos vivan su experiencia. Detectemos y registremos los estímulos físicos, mentales y o psicológicos que exalten cualquiera de las cinco ondas cerebrales; como las ondas Alpha y Theta. [4] La primera onda induce relajación y calma en la mente; y la segunda eleva la mente al estado de profunda relajación y visualización. En esta condición la mente sincroniza la realidad con la irrealidad; y maneja bien ambos mundos, al mismo tiempo. El orden de vida de los entes vivos es nacer, vivir, reproducir, producir y morir. ¿Quién puede detener o revertir estas etapas? Nadie puede, de hecho; estas etapas son infalibles e irreversibles en el medio ciclo de vida para todas las criaturas vivientes. ¿Cuál de estas es más importante que las otras?, ninguna; todas son igualmente importantes y necesarias. Cada una es parte de la cadena causal de eventos en el ciclo de la vida. Y esto es uno de los misterios de la vida.

¿Por qué nacemos y por qué morimos?, ¿cuál es la razón de vivir y qué sucede antes de nacer o después de morir? La separación del alma del cuerpo al morir es un evento misterioso, al menos para los humanos. Los seres humanos anhelan saber cómo pueden permanecer en contacto con un ser querido que falleció. Los seres queridos permanecen añorando por mucho tiempo estar para siempre en contacto con los que se van. Por esto, el autor considera, tal vez vos también, que debemos estudiar primero lo que sucede en el momento de la muerte. Y luego estudiamos dónde y cuándo un espíritu entra en un óvulo humano. A cuál humano no le gustaría saber qué pasa cuando muere. ¿Te gustaría a vos?, debe haber una manera sencilla de explicar este evento con medios físicos.

Este libro presenta una obra teatral en vivo, en tu mente –de lector(a)– para explicar su hipótesis. El autor crea una audiencia en tu mente para que veas su obra "Ciclos de Vida". El elenco está formado enteramente por espíritus, exceptuando unos pocos humanos agregados para hacer una conexión con el mundo físico. Un alma

---

[4] http://www.brainandhealth.com/brain-waves

liberada de su cuerpo comenta las acciones de los espíritus hasta que se da cuenta de que debe volver al cuerpo de donde salió. Otro espíritu-guía modera las acciones de los espíritus dentro de la obra; y otros espíritus discuten detalles de la dimensión de los espíritus y de sus viajes a la dimensión material. Todo pasa en la mente del lector y durante el tiempo en que lee este libro.

La obra teatral es parte de la metodología del estudio. Seis personajes actúan el papel de espíritus que emigran desde su dimensión. Otros espíritus bailan al ritmo de la música de la mente; la música mística de las cinco ondas que transmiten y reciben los cerebros humanos; es la sublime música del encantamiento. Los espíritus actúan su misteriosa forma de vida en la dimensión de los espíritus. ¡Ah!, todo es pacífico y tranquilo, reflejando una vida llena de amor, que llama las almas a la paz y tranquilidad. El tema de la obra se centra en los estilos de vida humana y las discrepancias entre ricos y pobres. El guion señala las desigualdades sociales y económicas que crean éxodos y flujos de los pobres a países ricos; las masas que viajan de regiones amenazadas a tierras seguras. La gente camina largas distancias escapando de la pobreza y el hambre. Estados Unidos es la nación más grande, poderosa y la más rica de la tierra –un faro de esperanza–. Fue en un miércoles 12 de octubre de 1492 cuando Cristóbal Colón descubrió América, un vasto nuevo continente, abriendo una ruta y una puerta para que los inmigrantes fluyeran a América. Nadie debe pretender ser verdadero americano, solo los nativos viviendo aquí antes que gente del viejo continente invadiera estas tierras.

¿Sabés algo?, los seres humanos son buenas almas, de hecho. Pero muchos individuos egoístas y codiciosos cambiaron el verdadero propósito de la vida hace tiempo. Hoy en día, un pequeño número de individuos ricos y poderosos controlan la vida de la mayoría del mundo. ¿Es una situación justa? No, no es. Esta situación no refleja el propósito de la vida: que es cuidar y compartir con nuestros semejantes bajo el poder del amor. Todos los seres humanos tienen el derecho a preservar sus vidas, sus pensamientos, decisiones y acciones que tienen como objetivo lograr ese propósito. Es un mandato de la existencia y la misión del universo. En apoyo de esta verdad, los

Estados Unidos de América ofrece oportunidades que los emigrantes desean y buscan. En otras partes del mundo, en particular las naciones del tercer mundo, la situación de vida no es como en Los Estados Unidos. La vida de una persona en riesgo es un drama fatal; el miedo a la muerte es una realidad esparcida por carteles del tráfico de drogas y de seres humanos, como el cartel de Sinaloa. En el mundo de los espíritus esta situación no existe. Ahí existe la verdadera igualdad y cada espíritu es para cada espíritu, y todo es para todos los espíritus. Hay verdadera justicia e igualdad para todos en esa dimensión.

La obra narra cómo los espíritus viajan a la tierra y se aloja en un cuerpo humano. El cuerpo y el alma entonces viajan juntos en el mundo físico por una vida hasta que el cuerpo pierde su presencia. El libro tiene diez capítulos organizados en un orden contrario al ciclo de vida. En el capítulo uno, el autor abre el discurso sobre la presencia de los espíritus en el mundo. Vos podés tener muchas preguntas sobre este tema; pero el autor sólo presenta diez en torno a la apariencia de los espíritus. ¿Pensás o crees que hay espíritus a nuestro alrededor? Cierto, ellos no sólo existen, sino que están dentro de nuestros cuerpos. En este capítulo, estudiamos por qué creemos que están con nosotros, todo el tiempo. Además, confirmamos su existencia y comportamiento mientras están en la tierra. Pero tenemos que hacer ciertas suposiciones básicas antes de comenzar nuestro análisis. No crees que es solo un parpadeo y listo, ¿verdad? Tal vez no lo es; de hecho, es un tema difícil. Los espíritus son el amor que viene a ayudar a las conciencias humanas en su lucha contra el mal. El mal está en los egos malvados de los hombres. Aunque el ego sea parte del alma dentro de ellos; así, la lucha es contra el ego humano. De todos modos, el autor muestra la situación humana en el capítulo dos. Pero en el capítulo tres exponemos el gran misterio de los ciclos de vida.

¿Sabés que son los ciclos de vida? ¿Sí o no? Bueno, no te preocupes; podemos averiguarlo con las leyes y la lógica del universo. Estoy seguro de que la verdad es esplendorosa; y seremos recompensados. Así que quédate conmigo, y ambos podemos descubrir la verdad juntos. ¿Tenes curiosidad? Bueno, en el capítulo cuatro presenciamos el nacimiento de nuevas almas, y también sus luchas por sobrevivir. La vida no es fácil después de todo; porque nada es gratis. Siempre pagamos por todo lo que obtenemos con nuestros esfuerzos. ¿Sabés?, muy pocos dan una mano a la gente en la pobreza. Los pobres viven a merced de su Dios, si es verdad. ¿Crees en milagros? En el capítulo cuatro somos testigos de algunos milagros, pero tenemos que prestar atención cuando suceden. Los espíritus son almas cuando viven en un cuerpo humano como un ser humano normal o a lo que estamos acostumbrados a ver todos los días. Vemos cómo se comportan en el capítulo cinco. ¿Hay un diablo que nos tienta? Bueno, si eres una persona religiosa podés decir que lo hay. No te culpo; es tu creencia. Yo no creo que haya uno; porque los espíritus trabajan para la preservación de la vida, por y con amor puro. Los espíritus son el amor que viene a ayudar a las conciencias humanas en su lucha contra el mal. El mal está en los egos malvados de los hombres. Aunque el ego sea parte del alma dentro de ellos; así, la lucha es contra el ego humano. El capítulo siete presenta pruebas potenciales y conclusiones válidas de las actividades de los espíritus. Los humanos tienen posibilidades de comunicarse con los espíritus en la dimensión espiritual. ¿Sabes?, es bueno abrir la mente para entender las creencias de otra gente. Así verificamos la validez y solides de las creencias propias. Yo lo hice y descubrí que las religiones son similares y evolucionaron por caminos similares. Lo importante no son las creencias sino la verdad de estas que podamos probar con evidencias en la realidad del universo.

Hay cinco religiones mayores en el mundo, y estas religiones apoyan la teoría del autor. Tal vez, es así porque la evolución del conocimiento de los hombres proviene de la misma omnisciencia. En este libro vemos cómo los espíritus se convierten en almas de los cuerpos humanos. El autor revela la estructura del alma que maneja al ser humano; y describe algunos encuentros con los espíritus en el capítulo diez, notando las señales de su presencia en el mundo. En ese capítulo el autor demuestra que los humanos son realmente seres duales. Lo más importante es reconocer que tenemos una mente, una consciencia y un ego. Y aunque no podemos ver ni tocar estos elementos —partes del alma— podemos decir con un alto grado de certeza que nosotros no somos seres materiales sino seres espirituales. Esta es la teoría que el autor expone e intenta probar en este libro. Los humanos somos seres duales en la dimensión de la realidad; tenemos un alma que vino de la dimensión de los espíritus. Y esa alma configura y luego maneja el organismo material que conocemos como cuerpo. Las almas, invisibles e intangibles, no pueden ser materia y necesitan del cuerpo, la materia, para existir en un mundo real, tangible y visible. La situación es compleja para los espíritus. Pero los humanos llevan una pequeña parte del espíritu global de la existencia, es decir su alma. Y esta alma piensa y dirige sus acciones usando un organismo vivo, como el cuerpo humano. Por eso la situación de los humanos es aún más compleja, confusa y misteriosa. La gran premisa de la teoría del autor es el propósito de la existencia que puede consolidarse en una sola pregunta, ¿Por qué hay vida en el universo? Si, es claro que el universo es solo un gran espacio lleno solamente de energía y materia. La materia y energía no tendría ninguna importancia en la existencia si fueren solo para llenar el universo. Pero, en realidad la energía y la materia no pueden crear vida. En realidad, las leyes de la existencia controlan las circunstancias y condiciones y estas especifican los requisitos para las diferentes formas de vidas. Es decir, cualquier forma de vida solo aparece cuando las condiciones de cualquier escenario satisfacen los requisitos de las vidas. Este es realmente el propósito que se crea con amor y por amor. Esta es la situación de la vida.

El Punto

Cuando la realidad se confunde
en la intensa luz celestial
y el apego a lo material
despacio se difunde
el alma transciende el mundo
y regresa a la existencia infinita,
al abrazo del amor profundo.
Ahí, la vida no termina,
sigue bella, sagrada, bendita.
Ahí, de nuevo la bondad
abundantemente germina
la única realidad inscrita
en cada acción, en cada empeño.
La vida es solo amor y verdad,
no es la muerte... no es un sueño,
es el punto real de la irrealidad.

CAPÍTULO 2

La situación humana

Abstracto

Hay un espíritu que energiza la existencia y sus dos mundos, invisible y visible. Y el amor, la luz y la vida se derraman sobre los objetos y las criaturas en la dimensión material. El universo y la tierra contienen sólo energía invisible y materia tangible. Y las criaturas vivientes están hechas de dos formas de una sustancia que no puede ser creadas ni destruidas. Un espíritu eterno existe en dos formas en esta realidad. Y los espíritus de vida vagan por la tierra por una pisca de tiempo de la existencia; pero los espíritus y las entidades humanas nunca mueren. La vida material es un pulso del tiempo transitorio en un pequeño punto del espacio. Nuestros espíritus van y vienen y pueden volver tantas veces necesiten, al azar. Y cada vez que entran en un cuerpo diferente es un viaje con experiencias nuevas; el mismo espíritu con el mismo propósito, la propagación del amor, y establecer la unicidad. Los interminables viajes al planeta tierra, y el hecho de que vivimos para siempre en la dimensión espiritual son pruebas tangibles de los ciclos de vida. En verdad no hay reencarnación. Yo escribo mi obra pensando en la inmortalidad de los humanos.

Las preguntas que vuelan en nuestras mentes, ¿son voces de los espíritus? Tal vez quieren conectarse con nosotros en noches de insomnio. Y esas ideas que saltan en nuestras mentes cuando enfrentamos problemas diarios pueden ser mensajes que los espíritus nos envían. Y en tranquilas horas crepusculares las sombras que percibimos podrían ser espíritus diciendo que ellos están con nosotros; y nos recuerdan que no somos materiales. ¿Sabes?, es extraño, pero el conocimiento, los sentimientos, las emociones y los pensamientos no son físicos. Están en, y vienen de, un mundo que no podemos ver ni tocar. Es el mundo de los espíritus. No somos seres físicos, pero tenemos cuerpos materiales. Somos *"mentauros"*: una criatura con un alma que vive en la dimensión de los espíritus y el cuerpo de una bestia física que habita en la tierra. ¿De dónde venimos?, o mejor aún, ¿cómo un alma se funde con la bestia? Por supuesto, no sabemos. Sólo reconocemos que vivimos, pero, ¿estamos seguros de eso? ¿Sabemos a dónde vamos cuando morimos?, aún no lo reconocemos, pero quizás lo haremos con el tiempo. Hay problemas y cosas que si entendemos; están dados en la naturaleza y lógica de los acontecimientos causales que nos permiten rastrear acontecimientos, de regreso a su origen. Por eso decimos, algo sucede por una razón, y esto puede ser cierto. De hecho, cada evento tiene un conjunto de requisitos exclusivos para que suceda; pero no tenemos control sobre todos los requisitos. Si las condiciones no cumplen con el conjunto de requisitos, el evento no sucede, al menos como debería. Esto se aplica todos los eventos que ocurren en el mundo físico. Sería un sueño controlar todas esas condiciones, ¿no? ¿Cuál es el significado de todo esto?, significa que el evento se produce si el ambiente da las condiciones; de lo contrario, no sucede. ¡Es así de simple! Los mentauros que percibimos calzan un caso típico. La integración de un espíritu y un cuerpo es un gran acontecimiento extraño y misterioso. Es un evento que tal vez no entendemos. Y hablamos de espíritus como entidades malignas inclinadas a hacernos daño; pero, ¿es cierto esto? Tal vez, pero esta noción puede ser una fabricación de la mente humana; que, para ser justos, puede ser un concepto erróneo. El hombre ha vivido con estas preocupaciones por siglos. Pasaron millones de años para que su mente evolucionara. Mientras los humanos vivían instintivamente, el alma entrenaba la mente y configuraba el cerebro humano. Vivimos, cierto, y sin embargo mal entendemos la vida y la muerte. Nos damos cuenta de que podemos morir en cualquier momento, a veces sin previo aviso; sin embargo, evitamos la idea o el concepto de muerte. Tenemos miedo a la muerte, pero, ¿es a la muerte misma o a la idea de dejar todo en la tierra? Creemos que la muerte es el final de nuestra vida, pero, ¿estamos seguros de eso? Tal vez, no sabemos lo que es la muerte; o tal vez ignoramos que los ciclos de vida nunca terminan.[i] La muerte es una idea aterradora. ¿Tenes miedo a la muerte?, una experiencia que vivimos, pero callamos y decidimos no decírselo a nadie. Dejamos este mundo físico, dejamos a nuestra familia, amigos y pertenencias. Pero tal vez lo que más amamos no sea la vida misma, sino un estatus delirante de fama, riqueza y poder. Nos encanta aquel estatus que nuestro ego obstinado crea en la mente débil. Parece, que, de hecho, no sabemos o no nos importa lo que sucede después de morir. ¡Pensemos! ¿Realmente, tenemos una vida espiritual después de la muerte? Tal vez sí, pero no como piensan los humanos. Estamos confundidos. ¿No vamos a continuar nuestra vida material después de la muerte? Claro que no. Los humanos creamos símbolos para representar problemas, objetos temas y vivimos con ellos. Poco después, nos asociamos con estos símbolos y les damo valores más altos de lo que representan. Asumimos que los símbolos son los verdaderos elementos, olvidando lo que son –simples símbolos–. Cada objeto y criatura viviente tienen una verdad y un valor único. Pero, creamos falsos conceptos y situaciones que queremos sean verdades. Nuestras actitudes hacia la vida son esas falsas verdades; desde el comienzo del hombre. Y nosotros, tal vez ya no podemos cambiar, no podemos entender claramente nuestro papel y propósito en la vida. Yo digo, *"bienaventurados son quienes no crean realidades falsas; porque no tienen ilusiones de poseer o perseguir fama, riqueza o poder"*. Los seres humanos se encariñan con la materialidad, ignorando ese propósito; creemos verdades para lo que el dinero y poder hacen nuestra vida agradable. Todo eso es material; nada nos pertenece, excepto la vida. y trabajamos por ser ricos, famosos y poderosos. Hay un precio por todo lo que obtenemos que es mínimo o nada, en comparación con vivir –al RAS–regocijados, agradecidos y satisfechos con lo que tenemos, buscando sin apremio mejorar la situación. Esto debe ser la razón de nuestra vida en el mundo real. Es glorioso nacer, pero la muerte es aterradora; esos son los dos momentos, el comienzo y el final de una vida. Los humanos experimentan ese extraño contraste en los caminos de sus vidas. Todos lloramos al nacer y nuestros padres y parientes celebran nuestra llegada; luego hastiados deseamos dejar esta vida material, y lloramos. Para entonces, ya estamos cansados de sufrir conflictos y tribulaciones innecesarios. Nacimiento, vida y muerte son tres fases del ciclo de vida. Y el amor es un misterio de la existencia.

El mundo material no es para los espíritus, pero lo que no podemos ver, ni tocar, ¿lo ves?. Para los seres vivientes hay un ciclo de vida, y nada más; pero no lo interpretamos bien; y para la mayoría de los humanos, la vida es sólo su presencia en la tierra. No podemos culpar a nadie por tener miedo a la muerte y no entender los ciclos de vida. Un aspecto es claro; el ciclo de vida entero es sólo para los espíritus. Los cuerpos de criaturas vivientes, como los de los humanos, sólo participan una vez en un ciclo de vida –y solamente en la mitad del ciclo–. Los espíritus regresan a un cuerpo diferente en cada ciclo. Y no somos lo que fuimos antes; esto es triste, ¿cierto?, tal vez no. Pero no es cierto que una persona que muere y vuelve a la vida material. El espíritu puede regresar a un nuevo cuerpo, pero no es la misma persona; es un ser humano, alma y mente, diferente. También no parece factible que habrá un juicio final durante el cual todos los humanos que viven o han vivido aparecerán para ser juzgados. Solo pensemos, que, de ser así, los espíritus tendrían tantas identidades como el número de cuerpos en que se alojaron. El juicio final es un paradigma –una creación de las religiones–. Es un ardid par influir temor para dominar.

Podríamos superar el miedo a la muerte y aceptarla como realidad, razonando nuestras creencias individuales. Al mismo tiempo, tal vez encontremos quién nos ayude a probar o confirmar que cada vida es nueva y no es la continuación de una vida anterior. Pero no estamos conscientes de eso. Tal vez, no lo decimos a nadie por razones de protección personal. Sabemos que no podemos evitar nuestras muertes; nacemos, vivimos por un corto tiempo, y morimos. Esta es la verdad física; la evidencia que vivimos en estos ciclos continuos; ciclos de vida interminables; Pero no te asustes. Tu vida es un resultado de la causalidad, de causa a efecto, sobre el cual ningún ser humano tiene control. Los espíritus no escogen los cuerpos donde se convierten en almas. Un espíritu entra al azar en un cuerpo humano y es hermano de otros espíritus alojados en otros espíritus; son evidentes, y sin preguntas ni discusiones, ni dudas al respecto. [5],[6],[ii] ¡Todo es complejo! ¿Quién pudo haber establecido esa rutina si no una inteligencia suprema, pero con que propósito? Hay pruebas de que la vida es espiritual; que los espíritus entran en cuerpos humanos y permanecen en nuestra dimensión material por un corto tiempo. ¿Qué piensas, es posible?; ¿por qué no? Después de todo, tenemos la noción de que un espíritu vive dentro de cada uno de nosotros y que va a, o entran, Shangri La, el cielo, Nirvana, etc., cuando nuestros cuerpos regresan a la materia inerte. Parece que nuestra falta de entendimiento, y o los caprichos, lazos o enlaces de nuestros egos nos amarran a este mundo material. Y así, no queremos ver ese otro lado. Para nuestros egos, esta vida es la más maravillosa, la única experiencia que las criaturas vivientes pueden tener. Pero a las criaturas vivientes no se les permite llevar su forma y sustancia material fuera de este mundo real. La gente cree que vamos a un purgatorio después de la muerte. Pero nuestros cuerpos materiales regresan a la tierra para servir en el ciclo alimenticio. En el purgatorio, las almas limpian sus pecados antes de regresar al cielo. Esto es lo que las religiones enseñan. Pero, ¿será verdad?, ¿por qué los espíritus necesitan purificarse? No tenemos una respuesta veraz a esta pregunta. Y puede ser una noción fallida desde su inicio. Si necesitan limpieza antes de regresar, ¿significa esto que sólo espíritus puros viven en ese mundo? Es lógico pensar que es así. Bueno, entonces, cuando un espíritu regresa a un cuerpo humano, debe ser un espíritu limpio y puro. Por lo tanto, viene limpio y se va limpio; esto significa que cualquier deterioro o contaminación se genera en la tierra y queda en la tierra. Los espíritus viven en su propia dimensión en el universo. ¿Por qué no?, pero si los espíritus pecan en su mundo, entonces, ellos

---

5   Wikipedia, "Vidas pasadas" y "Transmigración de almas", https:// en.wikipedia. org/wiki/Reencarnación, 1o párrafo, 8/5/2018

6   La Mística, La Reencarnación, el Antiguo Egipto, https:// www.themystica. com/ reencarnación, tercer párrafo; Definición, segundo párrafo,

usan a los seres humanos para purgar sus pecados en los ciclos de vida. ¿Qué pecados son esos? No tiene sentido, ¿verdad?

Los espíritus son puros antes de entrar en los cuerpos humanos. Y se van limpios o entran en un purgatorio para limpiar sus pecados antes de irse. Es evidente que sólo espíritus puros habitan el mundo de los espíritus y el purgatorio está en la tierra. Los espíritus no pecan. Pero el ego humano puede hacerlo, de hecho. Y si los espíritus pecaran en su dimensión y son enviados a la dimensión material como castigo, entonces, la dimensión material (la tierra) es el reformatorio, y el cuerpo humano es una celda de prisión. Esta idea no es correcta; no es justo para el mundo ni para los humanos en él. Esta idea no encaja con el comportamiento del universo que percibimos. ¿Merecen los seres vivos en la tierra ese tratamiento? No, no lo creo; No está bien. Este libro teoriza la verdad; estudia, explica o trata de aclarar este problema. ¿Estás conmigo? Bien, entonces estudiemos más este tema. ¿Qué pecados cometen los espíritus en la dimensión espiritual? Entendemos que los seres humanos cometen pecados mientras los espíritus permanecen en esta vida material, la tierra. Eso es curioso, ¿no? Nuestras actitudes egoístas son fuentes de pecados; nuestros egos están atados a objetos materiales y o sujetos, y la actitud general es culpar al alma. ¿Cómo podrían las almas ser pecadoras? La omnipotencia del mundo espiritual es suficiente para limpiar los espíritus. ¿Por qué no? No veo por qué no. ¿Es esta vida material el purgatorio del cual la gente habla? Nuestros egos son los que necesitan limpieza, en la tierra. Pero esto también podría ser una creencia. Tal vez los cuentos de Dante metieron conceptos de temores, dudas y creencias en la gente en el siglo XIV. [7] La realidad es lo que sentimos, y nada existe para siempre aquí. Lo que no es real es lo que no percibimos, pero todo es posible a pesar de lo ilógico que parezca. Nada es tangible en esa dimensión; y por eso podemos decir que toda nuestra vida es espiritual. Nuestros pensamientos, sentimientos, y emociones, pertenecen a ese mundo. Las acciones físicas sólo tienen lugar en nuestro mundo físico. Todo está claramente dividido. El amor, por ejemplo, es un sentimiento espiritual, una emoción. Lo

---

[7] Obra de Dante: Inferno, Purgatorio y Paraíso.

sentimos y lo expresamos; pero sólo la expresión resultante es física –lo que hacemos o dejamos de hacer–. El ser humano está dividido entre lo que es material y lo espiritual. Pero la materia y la energía no pueden ser creadas ni destruidas. Y los seres humanos son materia y energía; así, los seres humanos tampoco pueden ser destruidos. Obviamente, los seres humanos desaparecen, no mueren; sólo cambian a una nueva forma o estado material. ¿Qué es lo que se pierde? En verdad la apariencia del ser viviente es lo que desaparece. Por otro lado, ¿Es la tierra donde los espíritus vienen a purgar sus errores, o usando un cuerpo humano? De ser así, ¿por qué? El espíritu no necesita purgarse. De hecho, nuestro ego peca mientras el alma está en la tierra. ¿Por qué culpamos a el alma? No es justo ni tenemos derecho de castigar nuestras almas por los pecados del ego. El ego por su libre albedrío debe responsabilizarse de sus decisiones y actos. Creer que los espíritus deben pagar por sus pecados, implica que los espíritus son corruptos; y los mandan a la tierra a aprender, de esta vida material y sufrir tribulaciones. ¿Es la tierra lo que llaman infierno? ¿Es este mundo el reformatorio para las almas? De ser así, ¿de qué sirve la vida para los seres humanos y cuál es su papel en la tierra? ¿Es el propósito de la vida humana servir como medio para reformar almas? No parece lógico que el cuerpo humano sea solo para albergar un alma en arrepentimiento. No tiene sentido. No es lógico que las almas usen un cuerpo humano como herramientas para purificar sus malas acciones, en la tierra. ¿Por qué las almas son tan corruptas que necesitan purgar sus pecados si pertenecen a un reino puro? Esta creencia contradice lo que pensamos de un amor absoluto. Pero si eso fuere cierto, implicaría que nuestros cuerpos no son corruptos y son solo un juguete de limpieza o herramientas que las almas usan para limpiarse. Pensemos; si en el principio las almas o eran puras, antes de su primer viaje a la dimensión material, ¿cómo se corrompieron? ¿dónde y cómo? No podemos aceptar todo eso como verdad, ¿podes vos? Podría ser que todas estas son sólo ideas de religiones para manipular a los humanos. Por supuesto, mi teoría es que la falla está en la estructura intrínseca de la mente del hombre teniendo un ego con su libre albedrío. De hecho, los pecados que cometemos son producto de actos caprichosos del ego mientras utiliza su libertad de elección. Tal vez este experimento sea para fusionar espíritus con cuerpos materiales, en un proceso a largo plazo; pero, es un fracaso dentro de nuestra corta vida. En este caso, sólo los seres humanos pasan por el purgatorio. Otros seres vivos no pasan por una etapa purgatoria. La inteligencia de los seres humanos los diferencia de los no humanos en este planeta tierra. Podemos percibir, concebir, pensar y razonar la realidad, como ningún ser no humano puede hacerlo, en la tierra. Percibo que una equidad global se aplica uniformemente en el universo, y podría considerarse como ley de equidad; y se aplica a todos los problemas, objetos y o seres vivos. Por lo tanto, lo que se da y se aplica a la tierra también se da y se aplica a cualquier otro lugar del universo. En este contexto, si hay vida en la tierra, puede haber vida en otros lugares del universo; seres, que tal vez, tengan mayor o menor inteligencia que nosotros. Entonces, demostramos que tenemos un alma, ¿cómo y por qué vienen a la tierra? Los espíritus pueden entrar en seres vivos por varias razones. Podrían llegar para aprender cómo es la vida viviendo con habilidades limitadas; y para conducir, administrar o guiar la vida de seres vivientes. Pero, ¿por qué los espíritus necesitan aprender si tienen omnisciencia? Si la primera manera es verdadera, el ciclo del alma es un proceso cruel, usando seres vivos para el propósito de entrenamiento de un alma; no hay ganancia para los seres vivos. Y si la segunda forma es cierta, nuestra teoría es cierta. Sugiero que las almas vienen a ocupar cuerpos humanos con un propósito definido; este es el perfeccionamiento de todos los seres duales. El propósito es perfeccionar las funciones de la mente optimizando la integración de espíritus y cuerpos humanos. Los seres humanos deben mejorar el comportamiento de sus egos hasta que nuestro egoísmo sea lo más mínimo. Este punto es cuando logramos un equilibrio sostenido, y o la armonía con el universo. Por el momento, todo esto parece falso; y somos nuestros propios enemigos. Nuestras actitudes egoístas nos hacen buscar cosas materiales como la riqueza, el poder y la fama, utilizando cualquier medio y manera. Cuando podamos disciplinar nuestras actitudes, como podemos manejar nuestros deseos. Tal vez, podamos controlar los más negativos como la ambición, ¿podrías vos dominar o suprimir la codicia, el odio, la avaricia, los prejuicios, el egotismo, y la envidia?

¿Es esto un experimento o un juego? Parece que los humanos, y todos los seres vivos, no son más que herramientas. Tal vez no sea; la posibilidad es. Pero no parece, de hecho, porque la ley de causa y efecto indica que un evento, tiene causas de apoyo. La buena noticia es que la información de cada camino permanece en el universo. Podemos averiguar qué es lo que un evento requiere para realizarse; estudiemos la naturaleza de los resultados, temas, objetos para llegar a su comienzo. En otras palabras, podemos caminar hacia atrás el sendero de la verdad, desde los resultados observables hasta el origen del evento. Los espíritus entran en los cuerpos humanos no por diversión, saben las consecuencias. Ellos vienen por un propósito específico. La evidencia de esto está en el crecimiento de nuestro conocimiento y comprensión; y en la evolución de la humanidad desde que el hombre apareció en la tierra. ¿Son la existencia y el universo determinista? Parece que sí, exceptuando los eventos que ocurren al azar. Por ejemplo, la ley de eventos causales muestra que los apoyos previstos deben darse para que ocurra un evento; de lo contrario, el evento no se da. Por lo tanto, todo propósito que es planeado no es un experimento aleatorio. Las almas entran en los cuerpos humanos con un propósito; no es un experimento. El ego humano bloquea este objetivo, ¿es eso el fracaso del propósito? No, no lo es, la justicia y la equidad absoluta sigue su plan a largo plazo, además, el ego humano tiene libertad de escoger. Tenemos evidencia de que el universo no coacciona a ninguna persona a actuar en contra su voluntad. El propósito implica una intención, una meta establecida para ir de un punto a otro. La ley causal es definitiva. Los eventos suceden por eso. Todos los eventos ocurren de acuerdo con las circunstancias y las condiciones de su tiempo y espacio, y de ninguna otra manera. El capital humano mejora diariamente a medida que envejecemos; ese capital humano es el conocimiento, las habilidades y las experiencias de cada ser humano. Pensemos, los humanos abandonaron las cuevas no hace mucho tiempo, pero han caminado bastante para entender que debemos cuidarnos el uno al otro. Ellos han avanzado sus valores morales, es decir, los valores de sus conciencias. La libertad de escogencia tiene trampas para los pensamientos ávidos de riqueza, poder y fama, y nuestros egos caen fácilmente en ellas. No hay materia tangible y visible en la dimensión de los espíritus o las almas. Es decir, los espíritus no traen materia al cuerpo humano cuando vienen ni se llevan la materia de sus cuerpos cuando se van.[iii] ¿Estás de acuerdo con eso? De hecho, Nadie más que el ego peca por su apego a las cosas y asuntos materiales. El viaje de los espíritus a los cuerpos vivientes tiene un propósito; esto es, integrar un espíritu y un cuerpo –humano en nuestro caso– en una entidad perfecta. Eso es unicidad: El estado en el cual un espíritu y un cuerpo se convierten en un ser en ambas dimensiones. Los seres humanos pueden tardar mucho tiempo, tal vez muchos siglos, para llegar a ese estado.

Hay solo una sustancia en el universo en dos formas; energía y materia. Esta sustancia no puede ser creada ni destruida. Además, casi todo lo que percibimos de esta sustancia está en su estado material; pero no podemos ver ni tocar esta sustancia en su forma de energía. La energía convierte su forma en materia, y viceversa. La suma de las cantidades de estas dos formas es constante y finita en el universo. La advertencia es que los seres humanos están formados por un espíritu (energía) y un cuerpo (materia); por lo tanto, la teoría de la conversión de la energía y la materia a la velocidad de la luz al cuadrado también se aplica a nuestro espíritu y cuerpo. Todas las leyes de la existencia se aplican al universo y a todo su contenido, de igual forma. ¿Cuál es la diferencia? Bueno, no podemos tocar la energía, así como no podemos tocar el espíritu; pero podemos tocar y sentir la materia, así como tocamos y sentimos el cuerpo. Entonces, nuestro cuerpo y alma son elementos de esa sustancia que no se crea ni se destruye. Por lo tanto, los espíritus nunca mueren; son eternos. El cuerpo viviente tampoco muere; transforma su apariencia material. La diferencia es que cuando la materia orgánica pierde su ánimo (la energía dinámica) pasa a ser materia inorgánica. La forma y presencia del cuerpo es lo único que desaparece, aunque queda en la mente (parte del ama) de quienes convivieron con su presencia. Todos los cuerpos humanos viven para siempre en la forma material del universo; como polvo. Así, la materia de los cuerpos humanos va a prepararse para su próximo ciclo de vida. Y las almas regresan a la dimensión de los espíritus a esperar su próxima misión en el universo. Si vemos, la vida es eterna de hecho, porque nada o nadie puede destruir su energía (el espíritu) y su materia (el cuerpo). ¿Por qué entonces, tenemos miedo a morir si no morimos? Puede ser un pensamiento aterrador aceptar que nuestra presencia física termina: el fin de nuestra apariencia de forma humana. De hecho, los seres humanos y todos los seres vivos son eternos. La muerte no es más que el fin de un ciclo de vida; es la separación del alma y el cuerpo humano. Los humanos no entienden que viven para siempre; no han llegado al marco mental, conocimiento o conciencia para aceptar eso. Nuestras mentes generan decisiones; decisiones provocan acciones; y las acciones producen trabajo. No podemos ver ni tocar la energía que crea los pensamientos y decisiones; pero esta energía genera acciones, que experimentamos al final de ese proceso. Los ciclos son misterios de la vida; ¿por qué crearon e implementaron estos ciclos? Si entendemos estos ciclos, tal vez podemos entender los objetivos del universo. ¿Podría ser que las almas y los cuerpos integrados en seres duales pueden vivir en dos dimensiones, al mismo tiempo? Son dos entidades en unicidad. La unicidad es un estado armonioso del alma (energía) y el cuerpo (materia) en un ser dual. ¿Pueden los seres humanos alcanzar alguna vez este estado de unicidad?; no hay duda de que los seres humanos pueden llegar a ese estado, pero necesitan obtener un mayor entendimiento de los ciclos de vida y su propósito. ¿Qué podrían hacer los seres humanos para obtener tal estado? Puede ser que los seres humanos tengan la respuesta en sus decisiones y acciones para manejar la conciencia. Nosotros tal vez podríamos ser diferentes y pacíficos si tuviéramos diferentes actitudes hacia el prójimo. Los espíritus son seres de luz, amor y verdad. El alma que es un espíritu alojado en un cuerpo humano es también luz, amor y verdad. Y también las mentes y la conciencia lo son. Pero el ego, aunque es luz, no es ni amor ni verdad la mayor parte del tiempo. ¡Veamos!, nuestro percate se basa en la verdad. Nacemos y no traemos nada a este mundo material. No llevamos nada con nosotros cuando salimos de aquí. La gente nos recuerda por las buenas obras que hacemos por ellos y la sociedad humana. Somos una pequeña parte de un espíritu global. Y este espíritu entra y vive en nuestro cuerpo, y también este espíritu puede regresar en otro cuerpo al azar.

Además, nuestras almas se conectan con el espíritu global, porque ellas son partes de ese espíritu. Nuestros pensamientos provienen de una dimensión mental que no podemos ver ni tocar. Nuestras almas se conectan con otras almas que viven en otras personas, y de cierta manera se conectan entre sí a través de las funciones de nuestras mentes. Creamos las palabras en esa dimensión mental, y las producimos con sonidos –códigos físicos– que otras personas pueden percibir o descifrar. ¿Cómo podrían los humanos hablar con otro humano, de mente a mente? La advertencia es que nuestros cerebros no están configurados para sintonizar ondas de los cerebros de otros humanos. Es decir, nuestra telepatía aún no funciona; pero tenemos dos nociones en nuestras mentes. Nuestras vidas son mentales.[iv] La otra, una buena noticia, es que podemos cambiar nuestras actitudes hacia los demás. En verdad todos somos almas, parte del espíritu global –somos hermanos y hermanas– aunque nuestra forma y apariencia física sean diferentes. Nuestras vidas son un parpadeo en el tiempo infinito. De la misma manera, la presencia humana es sólo un punto insignificante en el espacio infinito.

Nuestra vida, a veces más de cien años, no es nada si se compara con los millones de años que los seres vivientes –como los humanos– han estado en la tierra; el universo tiene más de trece mil setecientos millones de años. Pero la existencia no es el universo; la existencia lo incluye. Percibimos el espacio, la energía, la materia y el tiempo; y existencia es más que el universo. Todo lo que sabemos está en el universo, pero no sabemos todo lo que está en el universo, o la existencia; ¿es esto todo lo que sabremos? Los humanos tenemos suficiente evidencia que demuestra que somos espirituales, no somos materiales. Por ejemplo, mencionamos en este libro que los cinco elementos del alma son funciones que generan energía en los cuerpos humanos para actuar y trabajar. Y lo que no sabemos está en la omnisciencia. Las dos dimensiones, de espíritus y materia, las dos ocupan el mismo espacio, y las almas y los cuerpos se mezclan en el mismo espacio, al mismo tiempo. ¿Cómo pueden existir en el mismo espacio sin interferir entre sí?, porque nada está fuera del espacio infinito y todo lo que no es materia no tiene peso ni ocupa espacio. Sabemos que los términos algo o nada tienen que ver con la percepción. Mas si no podemos ver o tocar algo, decimos que no existe. Puede ser, pero no es una evidencia que se pueda probar. Por un lado, lo que es invisible no es que no exista, puede ser que la luz no se refleja en eso; por tanto, no lo vemos. Observa, aunque no vemos ni tocamos las fuerzas electromagnéticas, eléctricas, etc., estas producen movimiento y trabajo. En este sentido, el pensamiento es una fuerza que genera acción corporal. Y la mente, parte de nuestra alma, produce pensamientos, sentimientos y emociones que tampoco percibimos. Todo lo anterior es resultado del alma, nada físico, y vivimos con ellos pacíficamente. Entonces, ¿cómo decimos que algo existe si no lo vemos ni lo tocamos? Tal vez podamos probar eso con acciones físicas. Pero no digamos que no existen sólo porque no las reconocemos. La clave para suprimir la conciencia física es admitir que tenemos muchas otras posibilidades. ¿Has sentido amor? No lo vemos ni lo tocamos, pero sentimos la emoción. Es decir, el amor es una fuerza del alma que genera acción (trabajo). Así es; todo lo que percibimos es solo la realidad evidente, las cosas materiales que percibimos. Pero perdemos aquella realidad que está detrás de la percepción, la realidad latente. La realidad evidente depende de la presencia física y de la percepción humana. La presencia de una entidad en estos dos mundos depende de su estado de ser. Cuando un cuerpo material está bien y vivo, tiene un alma; y el alma se manifiesta a través de ese cuerpo. Pero cuando el alma abandona el cuerpo, el cuerpo decae, y regresa a la tierra de donde vino; mientras el alma vuelve a la gran dimensión de los espíritus.

La separación del alma y el cuerpo toma pocas horas; no es instantánea. Cuando el cuerpo cesa su función, el alma espera que el proceso de separación concluya para volver a su estado de espíritu, instantáneamente. Los espíritus nunca se transforman en materia porque el alma sólo coexiste con el cuerpo durante la vida de este. Y cuando nuestra forma material desaparece, nuestras almas no viajan distancias para llegar a su lugar permanente. Las almas cruzan una película delgada –entre percepción y no percepción–, o una barrera que separa ambas dimensiones, dejando atrás la sustancia material. Y al abandonar lo material, se vuelven invisibles e intangibles, pero quedan en el mismo lugar, en una dimensión diferente. La dimensión de los espíritus es un extraño fenómeno, pero hay ejemplos en este mundo, o dimensión material. Un juego de deportes en vivo como fútbol o baloncesto en televisión es un buen ejemplo de lo que les sucede a los espíritus. Los partidos de béisbol o fútbol que vemos en la televisión también son buenos ejemplos. ¿Cómo se escapan o se vuelven invisibles las almas, o los espíritus? Bueno, veamos; esto no es magia ni misterio; es dado por las leyes físicas del universo que los científicos ya han descubierto. De hecho, la luz es invisible y solo la vemos si se refleja en partículas de materia sólida. Es decir, la luz no puede reflejarse sobre algo sin materia; y no puede reflejarse sobre la nada. Los espíritus no llevan materia en ellos, así como los espíritus o pensamientos, emociones o sentimientos. Mas todos estos existen detrás de la luz. ¿Lo ves? La visibilidad se establece por condiciones físicas y leyes del mismo universo. Hay muchas dimensiones y luces en el universo, y percibimos algunas de estas aquí en la tierra. No vemos ni tocamos la fuerza eléctrica y electromagnética de los motores; y de manera similar, las ondas de radio o frecuencias que existen en el espacio; son invisibles e intangibles. Pero los espíritus nos ven desde el otro lado. No los vemos, más están ahí al lado. Así no podemos alterar, influir, cambiar el juego, su resultado o las condiciones que están fuera del control de nuestras mentes. La vida es material, rígida y solo tiene una presencia corta; sabemos eso, pero perdemos las condiciones y situaciones causales y aleatorias que vienen a formar nuestros pensamientos y acciones. Los sentimientos o emociones, sentimientos y pensamientos son atributos mentales partes del alma. La existencia tiene un sólo espacio, y las dimensiones, espiritual y material comparten este espacio. Es importante reconocer que tenemos un alma que puede libremente vagar en la dimensión de los espíritus. Tenemos un alma en nuestros cuerpos que se comunica con las almas en otros cuerpos humanos y con espíritus libres en esa dimensión. Los espíritus libres en verdad nos ven y nos oyen a través de la barrera dimensional; pero normalmente no los percibimos. Nosotros, los humanos, creamos misterios lo que no entendemos. Estas incógnitas prueban nuestro intelecto. Nosotros creamos creencias y fe para responder y explicar esos misterios. Las mentes no crean conocimiento; el conocimiento pertenece al universo que lo tiene. Sólo descubrimos el conocimiento que ya existe; por lo tanto, si crees que sos inteligente, piensa que sólo tomas prestado el conocimiento de tu entorno y del universo. ¿Cuál es la situación de nuestro entorno?, cada uno de nosotros es el centro como muestra el gráfico inmediatamente adjunto. Los círculos concéntricos que la imagen muestra, de hecho, son esferas. ¿Qué representan estas esferas influencias concéntricas?, bueno, la criatura viviente, vos, ocupas el centro; todo lo demás está a tu alrededor. Y solo vos estás allí con tu conocimiento, y tus habilidades y experiencia; es decir, tu capital humano. Con este capital humano compras tu estilo de vida –tu forma de ser–.

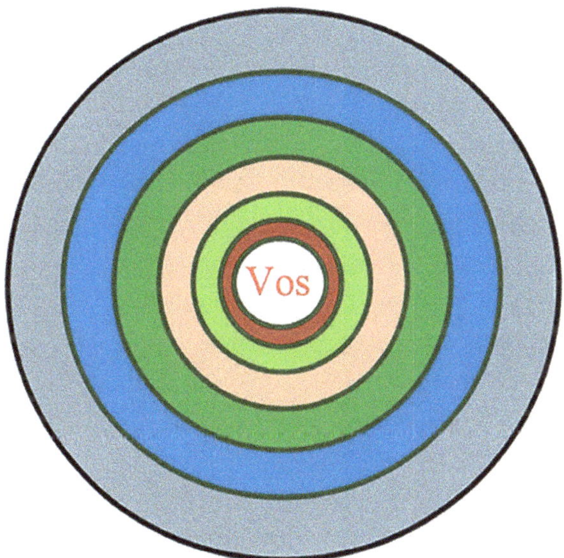

Figura 1–Los siete ambientes

Esas esferas son burbujas virtuales de influencia en nuestros cuerpos y mentes. Vivimos, pensamos y actuamos según lo permiten las condiciones y situaciones de estas esferas de influencia. La intensidad singular de influencia varia directamente proporcional a la distancia, y la influencia combinada es el producto de las influencias de todas las esferas, dividido entre la resistividad que tu ser pone a cada una de esas influencias. Percatarse de que eres un individuo en el centro de tu entorno ayuda a enterarte de que tu vida es solo vos y tu entorno; por lo tanto, no dependes de los demás. De veras, tu vida depende de tu autosuficiencia, en todos los casos. ¿Podes salir de tu entorno?, no, no podes durante vivas. Sin embargo, si vos cambias de posición esas esferas se mueven y tu perspectiva cambia de acuerdo a tu nueva posición. Las leyes del universo fijan y controlan estas burbujas; y las condiciones y situaciones de las burbujas influyen en tus pensamientos y acciones. Sin embargo, cuando las funciones corporales cesan nosotros salimos de todas ellas. Vos vivís en la esfera blanca, ya que apareces en el mundo de la realidad. Vos sos el centro del universo; porque todo lo demás está alrededor de tu cuerpo y mente. Cada criatura viviente es el centro del universo, al igual que vos. Allí, estás solo, sólo con tu capital humano, aunque haya otros humanos cerca de vos. La primera esfera de influencia a tu lado es la roja; esta burbuja es tu familia y las condiciones y situaciones de tu hogar —tu esfera intima—. La segunda esfera es la burbuja verde claro; esta esfera es tu entorno inmediato; esta burbuja incluye tus lugares, tus amigos, compañeros de escuela, compañeros de trabajo, y similares —esta es tu esfera personal—. La tercera esfera es la naranja; es la comunidad o la ciudad donde vives —esta esfera es tu entorno comunal—. Este es el principio de vecindario. Toma en cuenta que entre más lejos este una burbuja, más débil es su influencia y menos contacto tenés en esa burbuja. Esta tercera esfera tiene a todas las demás personas. Pero esta gente puede tener diferentes orígenes, idiomas y o culturas. Puede que no conozcas a esta gente, pero están en tu vecindario todos los días. Notas sus cultura y comportamiento; hábitos y actitudes; todo lo que influye tu estado mental. La cuarta esfera de influencia es la burbuja verde oscuro; esta esfera representa a tu país o tu estado con todas sus leyes, regulaciones y personas —esta esfera es tu entorno patrio—. Tal vez, esta gente este allí por un corto tiempo. La esfera azul de influencia es este mundo, el planeta tierra. La esfera exterior, el azul gris, es el universo entero. Vos sos parte del sistema; lo que le afecta, también te afecta a vos. Nosotros, en cuerpo y alma, no somos nada; todas estas esferas nos rodean a cada uno de nosotros. El espacio del universo es infinito, y posiblemente es solo uno. En todos los casos, la situación es cada uno de nosotros contra el resto. Estas esferas de influencia hicieron el camino en que estamos en la tierra; no tenemos otra realidad, tangible y visible. ¿Qué es este proceso? Nuestros sentidos recopilan datos e información de nuestro entorno; el cerebro hace imágenes; y la mente crea pensamientos. Y todo la que está fuera de estas esferas es la existencia. Sólo piensa en esto; el diámetro observable del universo es de 93 mil millones de años luz. [8] Veámoslo ahora del lado opuesto; la mente reorganiza estas imágenes y las analiza o sintetiza y crea nuevos conceptos. Increíble, simple, ¿no?, bueno, es increíble, pero no simple; de hecho, es un proceso complicado. Este proceso es crítico y necesario para que la mente, parte del espíritu, piense y guíe al ser humano. Los pensamientos, decisiones y/o acciones no suceden si la mente no obtiene datos y/o información adecuada. Esa es nuestra vida, y nuestras mentes la impulsan; pero nuestras mentes son partes de las almas, y los espíritus de los humanos, todo el proceso es espiritual. Este es el punto. ¿Entendés?, somos las almas, no seres materiales; sin el alma ningún ser humano existe. Además; sin alma estamos perdidos, estamos muertos. Repasemos este concepto, ¿Estás de acuerdo? Cierra los ojos, y visualiza en tu mente el mundo que percibís ahora... Piensa en las cosas que has hecho, en lo que estás haciendo y deseas hacer... Viaja a lugares en los que has estado o a lugares en los que quieras estar... Construye o haz las cosas y el mundo de como que quieras que sea. Lo que no es realidad parece ser un estado perfecto; y siempre presente. ¡Todo es posible! Para los agnósticos, lo irreal no tiene significado; es un producto de imaginación. Para ellos la no-realidad no es más que una ilusión, y o, un absurdo. Pero la no-realidad y la realidad es un continuo que tiene estos dos extremos. Y la existencia es como un gran rompecabezas compuesto de piezas infinitas, donde cada pieza es una gnosis. Este lugar es la omnisciencia de la existencia, donde todas las piezas, o gnosis, existen en un estado desordenado; en la mente de quien tiene

---

[8]   Bing.com – (octubre de 2018) – ¿De qué tamaño es el universo? El diámetro del universo observable se estima en unos 28 mil millones de parsecs (93 mil millones de años luz). Como recordatorio, un año luz es una unidad de longitud igual a poco menos de 10 billones de kilómetros o alrededor de 6 billones de millas.

la intención de mezclarlos. El rompecabezas está en la omnisciencia, y los espíritus en la existencia; la imagen de la realidad que percibimos no tiene un significado lógico en nuestras mentes. Las piezas no tienen imágenes en sus partes inferiores; y si todas las piezas estuvieran al revés el tablero estaría en blanco; es cuando la mente pierde su conciencia o razón. Normalmente, las piezas se calzan y muestran una parte del panorama general de la realidad. Y en la mezcla, no se pueden ver imágenes reales en las gnosis adyacentes. Pero todo conocimiento está en la omnisciencia; si, todo el conocimiento del universo está allí, incluyendo la evidencia de su origen. El tablero presenta universo está allí, incluyendo la evidencia de su origen. las piezas de un panorama general están en caos. Todas las imágenes que pueden aparecer son parte de la gran imagen de la irrealidad. Es decir, nada hay aquí, y la mente puede formar las imágenes resultantes como parte de su imaginación. Por lo tanto, esta mezcla de piezas es la imaginación dirigiendo las manos que revuelven las gnosis; y las imágenes en el tablero después de cada mixtura están en las ilusiones de la mente. En otras palabras, la imagen total de la existencia está disponible; pero las almas en humanos no la ven. Un objetivo de la vida es que los seres humanos reúnan la imagen total, mientras estudian y aprenden la realidad. El proceso de calzar de las piezas del rompecabezas, o gnosis, continúa; y a medida que más piezas se calzan, el observador comienza a ver la gran imagen. Todo esto sucede en la mente de quien este armando la realidad, mientras el ejercicio continúa. Entonces, el glorioso día de la realidad finalmente llega. Y la mente ve, por primera vez, la imagen de la realidad total; y se detiene a reflexionar sobre el mayor logro de la existencia. ¡Es un resultado increíble!, tienen que juntar las gnosis. Pero esa imagen total no está disponible para los seres humanos. Un par de manos, espacio y tiempo, barajan estas piezas finalmente, la realidad surge del caos en una verdad única. Sale de ese estado de no realidad; un estado de confusión de la imaginación y las ilusiones de la mente. La realidad viene en segundo lugar, pero antes de que apareciera la primera criatura viviente la realidad ya estaba allí. Nuestras mentes funcionan en un seudo proceso cibernético y nuestras percepciones retro alimentan la realidad en el cerebro, no todo el conocimiento de la omnisciencia. El producto de estos procesos son imágenes mentales que el cerebro almacena en sus neuronas. Todo lo que sucede en nuestra mente es producto de funciones del alma. Estas funciones no son materiales; no son del cuerpo humano. Aprendemos, y nuestro conocimiento se acumula a medida que estudiamos, permitiendo que nuestra mente conciba nuevas evidencias de realidades ocultas; incluyendo la dimensión de los espíritus. Necesitamos tener un conocimiento básico, al menos; o nuestra mente no funciona. La conciencia de la realidad y el conocimiento impulsan la vida; y cuanto más conocimiento tengamos, hacemos la vida más fácil. Observa, que todo tu conocimiento es parte del conocimiento de la omnisciencia. Ya existía antes que adquirieras el conocimiento que ahora tienes. La existencia administra el conocimiento que está oculto en ella o desplegado en el universo. La vida de toda criatura viviente evoluciona a medida que su conocimiento crece; pero los seres humanos no crean la realidad ni las condiciones de su existencia. Vivimos en la realidad; hacemos lo mejor que podemos, y de acuerdo a las condiciones y situaciones del entorno. Vemos la realidad y su lógica imbuida, y nos conformamos con ella; esa es la lógica del mundo físico. Preguntamos, ¿existe la vida debido al conocimiento? No. Hay otros factores, pero el conocimiento es la fuerza que la impulsa. ¿Hay conocimiento previo? Por supuesto, está incrustado en gnosis que sabemos y no sabemos. Tenemos conocimiento previo para manejar nuevas situaciones que enfrentamos cada instante. Sabemos que tenemos conocimiento que no hemos aprendido ni nadie nos ha enseñado. Por ejemplo, debemos tener conocimiento de la ecuación de una parábola y del balance de fuerzas, para lanzar una piedra y golpear la cabeza de un ciervo que va corriendo. Debemos haber aprendido el concepto de equilibrio para caminar erguidos. Debe haber tenido conocimiento de principios o leyes del universo que regulan nuestras percepciones y concepciones como profundidad y velocidad. Tenemos conocimiento de nuestras fortalezas y debilidades; con lo cual hacemos coincidir nuestras capacidades con el entorno para tener éxito. El éxito es una extensión de la vida; los seres vivos luchan por su sobre vivencia. Ahora abre tus ojos y ve el mundo en su realidad física. Este mundo es la dimensión material en la que vivimos. Aquí todo es binario, verdadero o falso. Pero tenemos un espíritu dentro de nosotros; y tenemos una mente que nos conecta con los espíritus en su dimensión. Es un mundo diferente al que guardas en tu mente. Todo es un proceso mental o cibernético. [9] En esa dimensión los espíritus, no tienen apegos a, ni restricciones de la materia. Los espíritus tienen libertad total en su dimensión. Por otro lado, las almas de los seres humanos deben ocuparse de las condiciones físicas y el contenido de sus ambientes. La buena noticia es que los resultados ya han sido especificados. Las combinaciones, y o permutaciones, de los objetos y criaturas vivientes en el universo se conocen, y están en la omnisciencia, el pasado, presente o futuro. Tu conocimiento es de la omnisciencia. Para los espíritus, vivir en un cuerpo no es un proyecto simple; es complejo. Las almas encuentran condiciones y situaciones que no tienen en la dimensión de los espíritus. Además de eso, la conciencia del alma debe lidiar con su ego rebelde. Es posible que los seres humanos, el alma y la pareja corporal no alcancen el orden universal de la unicidad, en esta situación. No importa cuántas veces un espíritu pase a través de un cuerpo humano. El propósito de los ciclos de la vida es ayudar a los seres humanos a ganar unicidad; esta es la unicidad del alma y el cuerpo para que vivan en armonía con el universo, en ambas dimensiones. Las leyes de la existencia especifican que todos los seres vivos tienen un alma, o espíritu, guiando el mejoramiento de los seres vivos, hasta que alcanzan esa unicidad. Este no es un proceso corto; es un proceso largo, muy largo, que puede tomar siglos. Tal vez no cosechemos los frutos de nuestros esfuerzos; pero piensen que nuestras buenas obras ayudan a los humanos a acercarse a la unicidad. Fijándonos en la evolución de los seres humanos, vemos su realidad. Ahora, abre tus ojos; ve el mundo en su realidad física. Es un mundo diferente al que tenemos en nuestras mentes. Aquí todo es el conocimiento que impulsa el crecimiento de la vida. Todo comenzó hace cerca de dos millones y medio de años; cuando el hombre-sabio

---

[9] Merriam-Webster, Definición de cibernética: la ciencia de la teoría de la comunicación y el control que se ocupa especialmente del estudio comparativo de los sistemas de control automático (como el sistema nervioso y el cerebro y sistemas de comunicación mecánico-eléctrico).

apareció en África. En ese tiempo el conocimiento humano solo eran sus instintos biológicos, apenas comprendiendo y o conociendo los fundamentos básicos de la existencia, la vida y la lógica. Solo se preocupaba de su sobrevivencia, comida y refugio. Podemos decir que este fue el comienzo del razonamiento lógico práctico, cuando el hombre comenzó a razonar y preguntarse sobre el propósito de la existencia y su vida en la tierra, al menos –la pregunta sobre cuestiones existenciales y el descubrimiento de la realidad latente en el universo–. Así comenzó y hace unos doscientos mil quinientos años, el hombre-sabio evoluciona en el noreste de África. [10] Otra fuente confiable coloca la aparición del ser humano-sabio cerca en el tiempo que mencionamos; el hombre sabio apareció hace casi ochocientos mil años. [11] Y su conocimiento ha tomado tiempo en desarrollar; y ya cerca de cuatrocientos años el ser humano alcanzó la revolución industrial. Hoy estamos en la era de comunicación instantánea; y hablamos con otros en cualquier parte del mundo, usando el Facebook, Twitter, Google, Instagram, el WhatsApp, etc. Hemos dicho que el conocimiento no puede ser creado ni destruido; sólo podemos aprender y aplicar lo que aprendemos, y nos falta mucho por aprender. Cada objeto y o criatura acarrea su propia información. Esta información nos habla de cada uno de ellos. Nos habla de su naturaleza; por qué están presentes; qué papel juegan en el universo; y cuál es su propósito en la vida. Nada es en vano en el universo; todo tiene un papel y un propósito, o no existe. Las fuerzas, la materia y la energía del universo siempre están en balance. Y cada parte aporta lo necesario de su energía, materia y trabajo para mantener el universo en balance. Cada parte muestra solamente su realidad perceptiva. Por ejemplo, un grano de sal de azúcar aporta más información que sus aspectos blancos y sus evidentes sabores. Tienen conocimientos físicos y químicos que no percibimos en su superficie. Esta información es invisible e intangible. Este conocimiento ha existido desde el inicio del universo. Y todo el conocimiento ha estado

---

[10] Cronología de la historia: https://herenow.com/common/ sapiensbriefhistory/1. html

[11] Línea de de la evolución humana: https://en.wikipedia.org/wiki/Timeline_of_ human_evolution

disponible todo el tiempo para que curiosos e inteligentes lo descubran. Un punto importante es que sólo la mente tiene el poder de pensar, razonar y meditar. La mente es la fuerza motriz que ordena el cuerpo a actuar. No comprendemos la mente; es invisible e intangible; es una función del alma. Si entendiéramos, nos daríamos cuenta de que los humanos somos seres espirituales no materiales. Los espíritus transformados en almas viven en nuestros cuerpos. El alma nunca muere, y el cuerpo sólo cambia su forma de carne a polvo, y de la tierra nacen otras criaturas vivientes. Para el espíritu, el cuerpo material es un vehículo que usa en su viaje por la vida material, y lo devuelve al salir de vida material. El alma vuelve a ser un espíritu libre que puede volver al mundo material en otro cuerpo. El ciclo de los espíritus es completo y se cierra en el infinito. Pero la materia, en cualquier forma, también tiene su propósito; es un propósito que no lo da la materia sino la existencia a través del universo.

¿Has pensado, por qué o qué hace un árbol crecer hacia arriba, o ¿Bien evitar obstáculos sobre él para seguir su crecimiento? ¿Cómo sabe un árbol cuando dar sus frutos o tender sus raíces para aguantar las fuerzas de los vientos? El misterio de la vida es que cada tipo de materia lleva dentro su propia inteligencia. ¿De dónde viene esta inteligencia? Las almas solo pueden estar en seres vivientes en este mundo y solo por un corto tiempo —más de cien años a veces—. Nuestras almas regresan a la dimensión de los espíritus cuando la forma humana termina. Es el ciclo de vida[v] de los humanos; las almas utilizan cuerpos vivientes como vehículos para vivir en este mundo. Y desarrollan conciencia de la dimensión material mientras guían los cuerpos humanos. Entendamos bien, somos almas, en cuerpos materiales por un tiempo, y volvemos a nuestra dimensión cuando nuestra misión termina. El nacimiento, la vida y la muerte son tres etapas de una vida material para los humanos. Hemos mencionado que un espíritu entra en nuestro cuerpo convirtiéndose en alma y maneja el comportamiento de nuestro ser humano. Las almas abandonan el mundo o la dimensión material cuando los cuerpos cumplen su función. Estos son los ciclos de vida y el proceso de entrar y salir de la dimensión material que se ocupa de la fusión de espíritus (no materiales) y cuerpos humanos (materiales). La entidad que sale de este proceso es un ser dual, un alma y un cuerpo que se integran en el momento en que se fertiliza un óvulo. El ser dual es el ser humano que estamos acostumbrados a ver en la vida. Las almas, o los espíritus, no pueden vivir en el mundo tangible por sí solas; sólo cuando están dentro de seres vivos materiales. Este doble ser necesita perfeccionarse a través de un proceso de optimización por el tiempo que pueda tomar. Los seres humanos deben ajustarse al orden de armonía del universo. Y las almas pueden pasar por tantos ciclos de vida como sea necesario; pero ni el alma ni el cuerpo necesita perfección, sino el ego humano. ¿Cómo podemos entender este hecho si estamos apegados al materialismo? Debemos abandonar las actitudes egoístas; y vivir por la verdad y el amor. Tal vez así podamos vivir en armonía en las dos dimensiones, de los espíritus y de la materia. La unicidad, el orden de armonía del universo, debe ser el objetivo de los humanos.

¿Podemos hablar con los espíritus?, tal vez sí, pero, ¿por qué no? Si miramos nuestro entorno, tal vez, encontremos personas facultadas o capaz de contactar y comunicarse con los espíritus. Y como no podemos verificar la veracidad de tales contactos, asumimos que ni los espíritus ni la vida espiritual son verdaderos; negamos tal posibilidad.[vi] Quien ha tenido experiencias como esas guardan silencio evitando burlas. Debemos estudiar sus encuentros; cómo, cuándo y dónde ocurrieron. El autor teoriza cómo los espíritus entran en los cuerpos humanos; cómo se comportan en un ciclo de vida; y cómo se separan de sus cuerpos. El libro cuenta la historia de cómo los espíritus inmigran en los cuerpos humanos. El libro habla de cómo los espíritus se comunican entre sí mientras están en la tierra; y cómo se comunican con los demás desde la dimensión de los espíritus. ¿Es un hecho?, tal vez no, pero es una prueba sólida; y debido a que tenemos componentes espirituales en nuestro ser humano, las preguntas originales son ciertas. Aún quedan preguntas, de dónde venimos al nacer y a dónde vamos cuando morimos. Necesitamos respuestas plausibles.[vii]

Yo estaba allí en el paso elevado con mis pensamientos concentrados en mi libro. Empezaba a alejarme cuando mi día se oscureció y mi mente se hizo más brillante, como nunca antes. Ahora estoy frente a un viejo teatro en el centro de Los Ángeles, el antiguo teatro "*Million Dollars*" en la avenida Broadway. El teatro tiene 1.200 asientos abajo y 800 asientos en el balcón. Cuando o cómo vine no sé; sólo sé que estaba allá en el puente. Ahora estoy de pie frente a las carteleras y la marquesina que muestra con luces de colores de neón la apertura de la obra, Ciclos de Vida. Mi nombre está en las marquesinas; es la producción de mi libro. Entré y busqué un asiento frente al escenario –nadie lo impidió, nadie pidió mi ticket–.

La vida humana que abruptamente termina su estancia en el universo abre la cortina que separa esas dos dimensiones. El alma pasa esa cortina y espera al otro lado hasta convertirse nuevamente en un espíritu libre. Y desde esa dimensión etérea ese espíritu continúa en contacto con las almas de los seres humanos que siguen viviendo en el universo. Eso sucede después de pasar la barrera que separa las dimensiones material y espiritual. Los espíritus, como energía, son eternos. Hay cosas que aun no entiendo claro, porque estoy en el teatro y también fuera del mismo. Soy o no soy real es mi pregunta. Y tal vez la respuesta la encuentre en el estudio de los ciclos de vida de la existencia.

CAPÍTULO 3

Los Ciclos de Vida: La fusión de espíritus

Abstracto

Cada día nace alguien y alguien muere; e ignoramos el propósito. Las leyes de la existencia regulan el universo, e ignoramos el origen. La existencia tiene un absoluto conocimiento que no se puede crear ni destruir y no sabemos la razón. Energía, conocimiento y leyes, en conjunto son el espíritu de la existencia. Infinitas moléculas de este espíritu visitan el universo. Una molécula de ese espíritu se convierte en alma al entrar en un cuerpo humano, y bajo el control del alma comienza una vida. Y así también entran en los cuerpos de otros seres vivientes, y se van cuando todos estos mueren. ¿Cómo entran y como salen? Nacemos, vivimos; luchamos, caemos y nos levantamos y morimos; pero no sabemos la razón, ¿cuál es el verdadero yo?, ¿será el alma que llevamos dentro? Vivimos en ciclos, idas y venidas, de los espíritus e ignoramos el objetivo de la existencia. Y cuando el cuerpo muere el alma vuelve a ser un espíritu libre y puede regresar al mundo material en otro cuerpo humano. Este proceso se repite continuamente. ¿Pero, por qué y hasta cuándo? Este libro hipotetiza este gran misterio de los Ciclos de vida.

Separación de las almas

"El trabajo de los
espíritus: Verdad y Amor"
diciembre 21, 2018

Figura 2: La Obra Teatral

Es viernes, 21 de diciembre de 2018. La orquesta toca música instrumental de fondo armonizando las ondas Alpha, delta, y theta del cerebro; es una música espeluznante al ritmo de marcha militar. La gente todavía está entrando al teatro, y las luces todavía están encendidas en el área del público. El escenario esta oscuro; pero los pasos suenan claramente detrás de las cortinas. Los rayos de luz proyectan tres líneas en las cortinas de color púrpura, un título, sub título y el tiempo aparecen de arriba hacia abajo orden secuencial: repetidamente. Mi mente gira, y se se siente mareada, como que caigo en un embudo grande y absorbente, como un vórtice, más y más rápido. Las cortinas abren y una niebla ligera se arrastra sobre el suelo del escenario. Las sombras oscuras proyectadas en el suelo son visibles al público. Son sombras de espíritus en la dimensión de espíritus. El escenario es una parte de la dimensión de los espíritus, y la gente puede percibir desde el público. La música toca un arreglo con las ondas del cerebro.

La niebla se eleva formando una cortina que dan al escenario una visión turbia, pero las siluetas todavía son visibles a través de la niebla. Los espíritus llevan prendas que brillan en la luz crepuscular del escenario; son siluetas humanas fantasmales, de jóvenes, hombres, mujeres y niños. Los espíritus bailan el *"Ballet de la existencia"* vestidos con prendas transparentes blancas, rosa claro y azul celestial. Los espíritus se levantan, aparecen y desaparecen en la niebla que lucen como nubes. Los espíritus bailan en el escenario en dos círculos concéntricos. Igual número de espíritus bailan en los dos círculos. El círculo interior gira en el sentido de del reloj, y el círculo exterior gira en sentido contrario. En el fondo del escenario hay un santuario ubicado en el centro, por encima del suelo, y los espíritus en el círculo exterior se detienen para adorar una imagen. La música continúa sonando en segundo plano; es una música espeluznante e inquietante. Los bailarines en el círculo exterior van alrededor y se arrodillan cuando pasan frente al santuario en el fondo. Pero cuando pasan por el borde del escenario bailan de frente al público. Los círculos giran dos veces y cuando un tambor golpea, un espíritu sale del círculo exterior, después de pasar delante de la audiencia. En el oeste (frontal-derecha del escenario), un espíritu del círculo exterior sale del baile y un espíritu del circulo interior se mueve para tomar el lugar del espíritu que sale. Un nuevo espíritu se levanta y cruza el círculo exterior, entra en el círculo interior en el lado este (frontal-izquierda del escenario) y sigue el baile. Esta danza es el nacimiento y muerte en los ciclos de vida. Los círculos se vuelven más pequeños, pero el baile continúa. La danza termina cuando todos los espíritus en el escenario se levantan y caen una vez. El ballet es como si los espíritus aparecen en el lado este (escenario-izquierda) bailan a través de la vida en el medio(escenario-centro) y desaparecen en el lado oeste (escenario- derecha). Es una extraña danza de ballet, no específico, pero en un orden hacia adelante dada por el giro del universo. Todo se corre en caminos creados por las acciones de las fuerzas de la existencia. El baile y la música terminan; pero unos espíritus entran dispersos al escenario, ambulando sin rumbo. Un espíritu, de pie sobre una pequeña plataforma, convoca a los demás a agruparse en el centro del escenario; los espíritus caminan suavemente y al azar, y se sientan en el piso alrededor del espíritu que los ha llamado. El espíritu convocador comienza una charla secreta (el público no puede oír lo que dicen). Un relámpago debajo el techo ilumina el escenario; y un sonido atronador rompe la paz del teatro. El espíritu convocador hace señales a los demás, se levanta en el centro del escenario, mira en la dirección del público y dice, con una voz de bajo profundo que suena como si viniera de una cámara de resonancia, por encima del techo del teatro.

Espíritu convocador. *—Los hemos transportado hacia el pasado hasta el viernes 15 de diciembre de 1989. El espíritu global concedió* *a ustedes en esta audiencia la facultad de ver y escuchar a los espíritus en el escenario y en el auditorio, pero sólo mientras estén en este teatro; los espíritus pueden escuchar sus pensamientos. Estamos, celebrando la gloria de ser parte de este sistema perfecto, en los albores de una nueva vida en la tierra. Esta es la existencia y el universo. La inteligencia, que creó los planes y especificaciones tiene el conocimiento infalible desde antes de construir este sistema. Todo ser, o cosa, inerte o vivo, lleva en si el conocimiento de cómo y cuándo se hizo, y lo cual no sólo describe sino también pone las reglas de su comportamiento. Esta inteligencia creativa es lo que algunas religiones llaman Dios; la energía o el alma de la existencia llena el espacio del universo, una persona, y de cada objeto y o ser viviente en todas partes del universo. Este es el poder de la existencia, la energía y la materia que no se pueden crear ni destruir, y del cual se deriva la omnipotencia. La inteligencia suprema es el alma de todos los seres vivientes y de objetos inertes en el universo. Los espíritus en el escenario son partes integrantes del espíritu global; porque nada existe si no es una parte de este espíritu. El mandato de los espíritus es difundir la verdad y el amor y preservar la vida en el universo. Dentro de esta misión, se juntan con cuerpos humanos materiales y trabajan para convertirlos en un solo ser. El objetivo es alcanzar la "unicidad". Muchos han pasado por viajes completos, pero otros nunca han estado aquí en la tierra dentro de un cuerpo humano. Desde la dimensión de los espíritus, sabemos cómo es la vida en la tierra.*

—Las leyes de la existencia son críticas e importantes; no importa cuán pequeñas parezcan ser. Pero para la vida material, la existencia tiene tres leyes muy importantes. Las leyes de causa y efecto y la de eventos aleatorios que regulan todos los acontecimientos que pueden suceder en el universo, en sinergia con la ley de las combinaciones y permutaciones. Y las condiciones y circunstancias que apoyan un evento siguen todas estas leyes. La combinación de temas y cosas produce un resultado único, que puede o no permitir que ocurra un evento. El propósito de la existencia es fusionar espíritus con cuerpos de seres vivientes que deben seguir estas leyes; esto hace que la vida en el universo sea intrigantemente única y emocionante. La fusión de espíritus tiene un objetivo, llevarlos a la "unicidad." Los espíritus llamados a servir en la tierra siguen un plan perfecto.[viii]

Los espíritus caminan en torno a sí mismos y alrededor de los demás, moviéndose lenta y aleatoriamente, como en una meditación profunda, pero se detienen para hablar.

Espíritu dos. *—El espacio que los humanos ven, o no ven, es el escenario principal de la existencia. Ese espacio es el continuo en el cual grandes y pequeños sub escenarios pueden formarse; esa es la vida del increíble universo. El escenario principal tiene dos partes, una parte irreal y una parte real. Los sub escenarios son singulares y únicos; y su contenido define la forma en la cual trabaja dentro de sus límites, especialmente, en relación con los seres vivientes. El universo es la parte real del escenario de la existencia; aparentemente divide también al universo en dos partes, irreal y real. De hecho, no hay división. El universo también es un continuo; va del extremo irreal al real sin romperse. Los humanos pueden ver y tocar la parte de la realidad esplendorosa del universo, pero no la parte irreal; no con medios físicos. La realidad es la esencia en todos los escenarios, que son observables; y la realidad limita a cada ser que vive allí. El ser humano puede observar, pensar y hacer lo que quieran dentro de estos límites; no puede observar ni hacer eso libremente fuera de estos límites. Los humanos pueden pensar que la parte irreal es la dimensión para imaginar, soñar, o tener ilusiones de seres, objetos y temas. En otras palabras, los humanos, o los seres vivientes, son prisioneros de la realidad de su escenario. Mas eso no es así; solo que los humanos no están preparados para vivir con las condiciones del otro lado. ¿Ahora, podes ver cuál es la dificultad? El universo es la obra de arte que sólo los super ingenieros de sistemas y o arquitectos pueden crear.*

¿Por qué los espíritus dicen todo esto? Pero todo eso es cierto en cualquier parte del universo. Los escenarios son prisiones para los seres vivientes desde su nacimiento; somos prisioneros de por vida, en cárceles de la realidad: en nuestros cuerpos y nuestros ambientes. ¡Gracias, científicos! Gracias por sacarnos de la ignorancia. Ahora sabemos que catorce mil millones de años es mucho, tiempo; pero esa es la vida del increíble universo. El tiempo del hombre es corto en comparación al tiempo de vida del universo. Y debe haber una razón para que la vida del hombre sea corta. Tal vez es que la omnisciencia sabe lo que el ego del hombre es capaz de hacer —el daño que puede causarse a sí mismo y al universo entero–. Y lo previenen anticipadamente. Los humanos ya están sufriendo las consecuencias.

–Los humanos han descubierto leyes y reglas de la existencia y cómo se aplican en el universo. Las leyes están en vigencia y activas para hacer realidad la vida del universo. Las leyes establecen los métodos y requisitos para crear el universo y el contenido que los humanos perciben. Estas leyes y las reglas revisan y o gestionan las acciones y reacciones del contenido del universo.

¿Estaban estas leyes realmente listas antes de que el universo fuera creado? ¿O establecieron estas leyes después o mientras el universo se estaba formando? La secuencia adecuada es la primera de estas grandes pregunta; ¿Cuáles son estas leyes? ¿Qué muestran?

–Las leyes de este conjunto son la ley de permutaciones y combinaciones; la ley de proporcionalidad; la ley de equilibrio y o equilibrio; y otras. Los escenarios y todas las condiciones y situaciones guían, o limitan, la forma en que las acciones, las actividades y los eventos ocurren dentro de los escenarios.

Los espíritus bailan en el escenario en un patrón de mezcla ordenada pero caótica, cruzándose entre sí mientras intercambian las cosas que llevan en sus manos. Sus acciones sugieren un propósito, de ayudar y compartir.

Espíritu tres. *–Los seres humanos bien pueden ignorar el conjunto total de componentes; elementos, y o, las partes del universo, o el mundo. Pero aquellos que ingeniaron, y o diseñaron, el universo, especificaron las leyes que lo regulan; y han, de hecho, creado la realidad.* [12]

Cuatro pantallas de televisión cuelgan sobre el escenario y muestran imágenes del universo, estrellas y galaxias. ¿Por qué? ¿Los espíritus controlan estos dispositivos electrónicos? ¿Están ellos tratando de decir algo? ¡Sí, por supuesto! Y los científicos se dan cuenta que el espacio universal está lleno de energía y materia, y de nada más.

Espíritu cuatro. *–Los seres humanos están conscientes de que sus cuerpos son materia y tienen un alma en ellos. ¿Reconocen los seres humanos por qué son parte de los espíritus y parte material?*

---

[12] Véase las evidencias en el capítulo 9 e interacción con espíritus en el capitulo 11.

¿A quién le importa? Los humanos sólo viven una vez y no tienen clara comunicación con sus espíritus después de que sus cuerpos mueren. Por eso, no ven la relevancia de este tema y dicen,

—*Yo llamo, y llamo, pero ellos no me escuchan, o tal vez me ignoran.*

Pero los espíritus tienen una misión que no pueden dejar. Su propósito es integrar a los seres vivos en seres duales capaces de vivir en las dos dimensiones; una de los espíritus y la otra de la materia. Por lo tanto, nosotros tenemos una manera de unir la energía (un espíritu) y la materia (un cuerpo) en seres vivos, y seres humanos.

Todos los espíritus. —*Honren el orden de unicidad; honren el orden de unicidad; honro el orden de unicidad. Viva el estado de unicidad.*

Los espíritus golpean el piso del escenario con el pie derecho cada vez que dicen la palabra honren; palmean una vez por cada palabra, obviando un pulso del ritmo, y a mitad de tiempo cantan las sílabas de armonía. El eco de la profundidad del universo repite el canto de los espíritus, llenando el espacio total. Los espíritus bailan emulando el significado de esta historia. Vuelve el espíritu uno.

Espíritu uno. —*Los arquitectos anticiparon que los seres humanos necesitarían tiempo para aprender y alcanzar la "unicidad". ¡Oh, sí, de hecho! Incluyeron este tema cuando especificaron la percepción; la concepción; el conocimiento; la inteligencia; y el libre albedrío de los seres vivos avanzados. Los seres humanos están fuera de paso con el orden espiritual del universo. La libertad de elección dada al ego de los seres humanos rompe el orden de la "unicidad". Así, cuando los espíritus se infiltran en óvulos humanos fertilizados, los espíritus vienen a manejar los egos, conciencias, sabiduría y voluntad de los humanos para redirigir el propósito de sus vidas.*

Sí, eso es correcto. La existencia, la inmigración espiritual, las funciones de los espíritus y la vida, son misterios que los seres humanos necesitan aprender y entender, cuanto antes mejor.

Espíritu dos. —*Pero tenemos un sistema estándar implantado para un proceso optimizado llamado "Ciclos de Vida." Está escrito que los espíritus en los seres vivos, incluyendo a los humanos son partes del espíritu global. Ellos se transforman en almas para manejar a los seres humanos. Su mandato es guiar a los seres humano a seguir el orden de* *armonía del universo –la "unicidad." Todo es parte de un plan principal, y este plan no puede ser alterado.*

¿Qué? Este espíritu dice que no somos lo que pensamos que somos, sino más bien que somos robots impulsados por las almas.

Espíritu tres. *–Así es; los seres humanos tienen la noción de que las almas van y vienen, e incluso sienten a los espíritus, alrededor, tienen visiones de ellos, y de los espíritus hablando. Los seres humanos todavía no logran identificar que su misión en la tierra es lograr la "unicidad;" el orden de la armonía de la existencia.*

¡Eso es fantástico!

Espíritu cuatro. *–El conocimiento de la existencia, la omnisciencia, es el alma del universo;* [13] *pero no es ni la omnipresencia ni la omnipotencia, estos son recursos. El conocimiento de la existencia puede crear, construir y mantener el universo y todas las vidas allí. ¡El universo es preciso! La estructura y la sinergia, las leyes que regulan su desempeño, sugieren que una gran-explosión no creó las leyes y reglas de este mundo.*

¿Quién lo hizo eso, una gran explosión o una inteligencia superior?

Pienso que las leyes de la existencia, este universo y todo lo que hay en él es obra de una inteligencia superior; y existían antes del universo. Muchos piensan que así es. La mayoría de las religiones, exceptuando el budismo creen que un creador hizo todo, incluyendo el universo y los seres humanos. La maravilla del universo, orden y propósito, implica que el universo fue deliberadamente creado –es la gran explosión que los científicos han visto–.

–El mundo es preciso y ahorrativo; no tiene excesos ni desperdicios. Los humanos mal interpretan este hecho o elijen ignorarlo. Cuando lleguen allí, metan esta noción su alma. Tengan en cuenta este hecho. Los humanos pueden pensar que lo anterior son falsas especulaciones o suposiciones. Eso es normal; solo entienden lo que está dentro de su conocimiento actual. Y tal vez pidan pruebas o evidencias que apoyen esas premisas. La evidencia, o prueba, aparece en la organización, y

---

[13] El Universo: El universo que observamos, o aún no, está compuesto de solo energía y materia.

en la armonía del universo; al menos en la parte que perciben. En la integración y sinergia: "algo esta para afirmar todo lo demás, y todo lo demás esta para mantener ese algo —así todo existe o todo desaparece"—.

Los cristianos creen, sospechan, o aceptan que Dios, una inteligencia superior, creó el universo, la tierra y el hombre.[ix] ¿Es cierto eso?

La creencia de que Dios creó a toda criatura viviente no es del todo correcta; y podría ser como consecuencia directa de la ley de condiciones y situaciones que apoyan la vida. La existencia establece las condiciones para que los seres vivientes existan en cualquier parte del universo. La omnisciencia es el alma de la vida, orgánica e inorgánica; y las leyes de la existencia se aplican a sí misma y a su contenido. Por lo tanto, la existencia es omnipotente, omnipresente y tiene todo el conocimiento; y nada menos que eso. El universo es la representación física de la existencia. La energía, la sustancia (el "*anima mundi*") que genera vida y movimiento en la existencia es la fuerza creadora; y al mismo tiempo puede transformarse en materia de su propia creación. Unicidad es el concepto y la unidad en sí misma; como estar fuera, dentro y alrededor de cada objeto o ser viviente. El espíritu dentro de los seres humanos es parte del espíritu supremo, como en todos los seres vivos y la materia inerte; porque la energía y la materia son dos estados de una sola sustancia. Los espíritus en los seres humanos y los seres vivos son casos de la irrealidad en la dimensión de la materia. Los seres duales, humanos, aún no están coordinados con el orden del universo; los seres humanos no respetan su medio ambiente. El conocimiento de la existencia se extiende por todo el espacio del universo, manteniendo la sinergia universal en equilibrio y en su lugar. Este es el orden de unicidad del universo. Para los seres humanos, el orden de unicidad viene cuando los espíritus y los cuerpos se integran en un ser sin, fisuras. Este es el estado de unicidad de los humanos.

¡Esto es sorprendente! Dios no nos creó, y somos un producto de las condiciones del medio ambiente. ¿Podría ser verdad? Dicen que la energía es el espíritu de la vida, y lo entiendo. Pero no logro aceptar que los creadores y la creación sean una sola cosa simultáneamente. Yo soy parte de la creación y por lo que dicen, yo soy parte del creador, también. Entiendo que tenemos un alma; pero pensé que mi alma era mi propio espíritu, independiente y no una parte de un espíritu supremo. Estoy totalmente de acuerdo y acepto que los humanos no se preocupan o no les importa su medio ambiente. Y también estoy de acuerdo que no estamos en sincronía con el orden del universo. Esto lo acepto. Pero, ser un ser integrado, alma y cuerpo, en un estado de unicidad no lo entiendo. ¿Cuál es el significado o el mensaje de los espíritus?

Los espíritus. –*Saluda el orden de la unicidad. Este es el estado de "unicidad."*

Cantan la palabra unicidad, tres veces. La profundidad del eco del universo repite el grito de guerra de los espíritus, llenando el espacio; golpean el piso del escenario con su pie derecho cada vez que dicen honor. Y cuando los espíritus están a punto de desbandarse y marcharse otro espíritu entra en el grupo. Estaba alzando su brazo para hablar desde el comienzo.

Espíritu cinco. –*En otro tema. Los humanos toman solo prestado el conocimiento de la omnisciencia del espíritu global. Tienen conciencia de la realidad, pero están presentes en un solo punto. Su presencia es material, visible y tangible sólo en la dimensión física; y por un corto tiempo. Además, los humanos no saben cómo entrar en la dimensión de los espíritus cuando alcancen la "unicidad."*

Bien. No podemos estar en dos lugares al mismo tiempo. Está bien, estoy de acuerdo en que viven sólo unos años. Entendamos, Los humanos toman prestado el conocimiento de la omnisciencia. Yo pensaba que los humanos aprendían de su medio ambiente. Es que el porqué, como, cuando y donde de todas las cosas y de seres vivientes, fue especificado mucho antes que el universo apareciera con todo su contenido. Pero, ¿Qué es eso de no saber cómo lograr la "unicidad"? Otro espíritu, que había estado escuchando la conversación, finalmente llega y dice.

Espíritu seis. –*Es cierto. Permítanme explicar el ciclo de vida al público. Que el misterio de la oscuridad y el esplendor de la luz capturen sus mentes, para que puedan observar la materia en juego. Los humanos pueden leer este guion desde donde quiera que estén, porque ahora tienen el poder de sentir más de lo que normalmente sienten en la vida terrenal.*

Dejemos que nos vean y oigan como espíritus. Traigamos a los humanos a nuestra revolución marchando hacia nuestro propósito y victoria, la unicidad.

Otros espíritus entran al escenario por la derecha e izquierda, como una bandada de aves; y continúan bailando, sincronizando sus pasos y movimientos con el tempo de las voces de los espíritus. Los truenos y las luces parpadean en el escenario musicalmente. Las voces de los espíritus rebotan en el eco profundo por encima de las cabezas de la gente en la audiencia. Cada detalle del escenario y de la actuación sigue la perfección. Y mientras los espíritus bailan, se detienen en el centro del escenario para hablarle al público. ¿Qué? Ahora los humanos pueden reconocer lo que dicen los espíritus. Pero antes, los veían y los oían. ¿Y cuál es el problema, el ciclo de vida que mencionaron? Se está volviendo más complejo en lugar de más simple. Un espíritu que había estado de pie a pocos pasos del grupo, ahora nos habla, al público y a mí.

Espíritu dos. —*Presten la máxima atención a los actos y episodios; y entenderán mejor los misterios de la dimensión espiritual. Deja volar tu mente. Busca la verdad; porque aumentará tu conciencia y comprensión. El misterio de la noche, de lo invisible y tangible abre el poder de tu alma sensata. Estamos a punto de llevar sus mentes dentro de nuestras mentes a través del tiempo al año 1990; ese es el momento cuando nuestro viaje comienza en el espacio interminable de la existencia.*

Mi cuerpo tiembla, mi mente está asustada. ¿Qué pasa? ¿Me están llevando a la dimensión de los espíritus? ¿Me están secuestrando? No puedo resistirme; porque ni siquiera puedo correr. Veo un espíritu corriendo hacia el grupo, interrumpiendo y apartando a los espíritus del grupo. ¿Qué pasa?

Espíritu tres. —*Los humanos tienen la oportunidad de interactuar con los espíritus en ambas dimensiones, de espíritus y de materia, esta vez. Lo que experimentarán en este viaje es parte de la dimensión espiritual. No pueden entrar en carne allí, aunque tengan atributos especiales. Pero estas experiencias permanecen en sus mentes, porque sus mentes comparten funciones de los espíritus. Sus seres, espíritus y cuerpos, necesitan evolucionar más; y nuestra misión es ayudarles a convertirse en* *mejores individuos. Ellos tienen libre albedrio, y nosotros no interferimos en sus pensamientos, decisiones y acciones.*[xx]

Está bien, pero debemos comprobarlo.

Espíritu cinco. —*La existencia tiene un propósito; Este es crear seres humanos perfectos, integrando almas con cuerpos vivientes y guiando estos seres a la "unicidad." La unicidad es el estado en el cual los seres humanos están en armonía con el orden del universo. Como son, los seres humanos tienen el poder mental para conquistar la unicidad; pero deben aprender cómo usar sus capacidades mentales con mayor eficiencia. Es un proyecto que puede llevar muchos siglos más.*

Todos los espíritus. —*Dejen que sus mentes repitan con nosotros: honro el orden de unicidad; honro el orden de la unicidad, unicidad, unicidad. Bienvenido sea el estado de unicidad.*

Me doy cuenta de que no somos seres perfectos, teniendo muchas faltas; pero nunca pensé que debíamos vivir y trabajar para ganar el orden universal de la armonía. Esta es una necesidad que no entiendo; al menos aún no. Los espíritus golpean en el suelo con el pie derecho en ritmo cada vez que dicen 'honor'. El eco de la profundidad del universo lleva el grito de guerra de los espíritus, llenando el espacio total. El canto se detiene; y los espíritus gimen como si anticiparan un caos, levantando los brazos al techo como si suplicara clemencia. Marchan al salir del escenario, obviamente asustados. Se inclinan hacia adelante mientras se arrodillan con los brazos estirados cuando están frente a la parte posterior del escenario. Las luces del escenario del teatro parpadean, y los espíritus salen del escenario asustados. Las cortinas cierran y el escenario se oscurece. No tengo ninguna duda de que la inteligencia suprema tiene todo el conocimiento en el universo. Este conocimiento absoluto mantiene toda gnosis, y la omnisciencia es la biblioteca de la existencia. Los espíritus dijeron que el universo está lleno de un espíritu que es creador y la creación al mismo tiempo.

Sigan las leyes del universo cada instancia de la vida, y entiendan que las leyes son la voluntad del alma que llena este universo. Los eventos de la naturaleza muestran que algo sucede por algo que sucederá más adelante en tiempo. Esta dependencia garantiza que un evento se produzca solamente cuando los eventos precedentes se realizan. Debido a esta secuencia causal, el universo es delgado y no tiene excedentes ni excesos. Todo tiene un deber útil en el universo, o no existe. Esto es el orden de armonía del universo. Cada objeto o ser viviente debe contribuir justo lo que el universo requiere. Un objeto o ser viviente contribuyente mantiene el exceso de su producción en formas de energía o materia.

Como se separan las almas del cuerpo.[14]

Los ruidos de un carro muscular y una motocicleta pesada, corriendo en la calle, rompen la paz de la noche. El eco de la noche realza los ruidos de esas ruedas chillando, como cuando giran en las curvas. Los rugientes motores de ese carro y motocicleta a medida que cambian de marcha son tan claros que podríamos sentir la velocidad de los vehículos y del aire. El eco repite los sonidos de disparos de una pistola automática en el teatro, y los gritos de una mujer en la calle. Un gran golpe de un obvio accidente pinta en las mentes del público imágenes de un carro rebotando por la calle. La gente y los espíritus en el teatro oyen otra colisión; pero esta vez, suena como si hubiera sido contra algo sólido y duro. El silencio profundo que sigue ese sonido, aumenta el suspenso. El accidente suena como si ocurriera justo frente al teatro. Todo sucedió tan rápido que el público no tuvo tiempo de reaccionar o correr a la calle. Pero no verían nada porque el accidente tuvo lugar a kilómetros del teatro. El accidente sucedió bajo el paso elevado de Arroyo Seco Parkway. Yo estoy allí y veo todo el evento. Un profundo silencio y pavor llenó el teatro. Son fenómenos extraños. En la dimensión de los espíritus se puede compactar el tiempo mezclando los eventos de antier con los eventos de este momento –como sucede en los sueños–.

---

[14] Nota final vii

Separaciones forzadas [15]

El lado del público en el teatro todavía está oscuro, y las cortinas abren lentamente. El público puede ver el accidente en el escenario, como si una gran ventana se abriera a la calle, muy lejos. Las luces atenuadas suben su intensidad; y el público ve un coche y una motocicleta demolida, que no se parecen ni siquiera a un coche o una motocicleta; ese es el resultado del accidente. En medio de la carretera un cuerpo humano retorcido yace bañado de sangre, y otro cuerpo al lado de la carretera todavía temblando. Un tercer cuerpo, el de una mujer joven se encuentra en la carretera en una extraña figura con sus miembros dislocados a poca distancia adelante del coche. Un pedazo de tela blanca ondea como una bandera en el parabrisas del coche, como si saludara a las almas que se marcha. La escena sugiere que la mujer fue arrojada a través del parabrisas en el último impacto.

El accidente obligó a cinco espíritus a salir de sus cuerpos.[xi]
Un carro pequeño, aparentemente varado, estacionado fuera de la carretera, justo antes de llegar al sobrepaso, fue demolido. Más adelante, a unos sesenta pies del pequeño carro en la acera estaba el cuerpo de una mujer mayor en sus sesenta años. El cuerpo de un niño, de unos cinco años de edad, estaba en el pavimento cerca de la anciana y de la cuneta. El cuerpo del niño todavía temblaba de espasmos de la muerte que se acercaba. La parte delantera del coche deportivo estaba destrozada indicando que había impactado a esa anciana y al niño. Tal vez, el carro deportivo los atropelló mientras estaban de pie junto a la barandilla lateral a lo largo de la orilla, a unos veinte pies de la entrada del sobrepaso. La anciana cubrió los ojos del niño con la mano, impidiendo que el niño mirara la fea escena. Los cadáveres desmembrados yacen en la calle y la acera, pero la anciana y el niño evitan mirar el accidente mientras se alejan del sitio. El silencio en la audiencia es profundo; mientras que, en el escenario, la rueda trasera de la motocicleta sigue girando, y el humo y las llamas se levantan de los dos vehículos.

---

[15] Nota final v

Un hombre de unos treinta años y un muchacho, de unos dieciocho años, observan las consecuencias de las actitudes humanas, de pie a un lado de la carretera: Esa carrera fatal. El humo proveniente del coche en llamas llena el espacio debajo del puente. Unos minutos más tarde, el coche explota, mientras que la motocicleta continua en llamas. El olor de la gasolina cruda llena el espacio. En el lado opuesto, un niño de casi cinco años y una anciana se alejan lentamente del lugar del accidente.

El niño. —*Abuela, ese auto nos golpeó con fuerza. Nos arrojó hacia adelante contra el pavimento. Tengo miedo y me duele el cuerpo, ¿cuándo vamos a llegar a casa? Quiero a mi mamá.*

El niño empezó a llorar.

La anciana. —*Sí, querido, nos vamos a casa, no llores, nos vamos a casa, ahora. Solo nos tardaremos un poquito antes de llegar allí, cuando todos tus dolores desaparezcan.*

La anciana recoge al pequeño niño, lo abraza amorosamente, lo besa, y dice.

—*Pronto estaremos en casa mi niño, los dos. Así que no llores mi bebé; estaremos en casa en un rato.*

La anciana también llora mientras abraza y besa al niño y desaparecen en el denso humo. Yo todavía estaba en el sobrepaso mirando el accidente. Un hombre y un joven están en medio de la carretera, mirando el accidente, a cierta distancia atrás de los vehículos destruidos, y dice.

El hombre. —*Hijo de puta, este fue un accidente, rápido y brutal. ¿Viste cómo voló el coche contra la pared del paso elevado?*

El chico. —*No, no lo vi. Pero la motocicleta, y el hombre rebotaron contra el carro, volaron al otro lado de la calle y cayeron duro en el pavimento. Nada quedó de la motocicleta, esta destruida. El motor del coche terminó en el asiento delantero, aplastando al hombre que conduce. Y el coche estancado casi fue cortado por la mitad.*

Las sirenas de los coches de policía, ambulancias y o camiones de bomberos lloran a lo lejos, cada vez más fuerte, a medida que llegan al sitio; o convergen en el punto del accidente. Es como si sintieran el dolor que sienten esas almas al separarse de sus cuerpos.

Los socorristas llegaron al sitio; y estacionaron sus vehículos fuera de la carretera.

El Hombre. *–¡Que mierda! La vida es sólo un momento, ¿no? Ahora estás aquí, y al siguiente segundo no estas. Yo pregunto, adónde vamos cuando morimos. Me alegro que no estaba en el asiento del conductor de ese coche, ¿vieron cómo quedó?*

El chico. *–No hombre, la vida es estúpida. La gente no se preocupa por la vida y la destruye por nada. ¿Agarraste que ese tipo en la motocicleta perseguía al carro porque el hombre en el carro estaba saliendo con su hermana adolescente?*

El hombre. *–Oye, ¿de dónde sacaste eso, ¿quién te lo dijo?*

El chico. *–Sí, así es. ¿Cómo lo sé? Yo no sé... Yo sólo lo sé ahora.*

Una joven, adolescente, de unos 18 años, viene caminando hacia el hombre y el muchacho.

La chica. *–¿Qué pasó? ¿Un accidente? Un carro, una motocicleta y cinco personas muertas.*

El chico se detiene, mirando a la chica, y sorprendido dice,

El chico. *–qué accidente. Que te pasó, tu vestido está roto. Mira,* Apunta al auto volcado.

–¿Ese pedazo en el auto se parece a la tela de tu vestido?

La chica. *–Sí, así se ve; y mira a los dos hombres; que están vestidos como ustedes dos, el mismo color de pantalones y camisas. Ese tiene un solo zapato, pero se parece al tuyo. Vaya, debe haber sido aterrador. Oye, también te falta un zapato y en el mismo pie que el hombre muerto.*

La policía, los socorristas y el forense caminan, tomando medidas y fotos, y o escriben notas en sus cuadernos. Ellos incluso caminan junto al hombre, el chico y la chica, pero que no les prestan atención, o peor aún, los ignoran.

El chico. *–Oiga señor, señor, vimos el accidente, somos testigos; ¿no nos van a interrogar? La policía pasó por ellos varias veces como si no estuvieran allí.*

De hecho, los oficiales no los ven ni los oyen. El hombre mira pensando y no creyendo lo que ve; y luego dice.

El hombre. *–Oigan, ¿lo entienden, chicos? Nosotros somos los espíritus de los muertos en este accidente; [mirando al chico] por eso recordaste que el hombre salía con la chica. Yo perdí mi zapato derecho,* [mira a la chica, dice] *y mira, vos tenés el vestido roto. Nosotros estamos muertos, chicos, eso es. Nosotros estamos muertos, ¿pueden verlo? Es el momento para que nosotros dejemos este mundo.*

El hombre comenzó a alejarse, y la chica camina con la cabeza baja siguiéndolo; y luego, se vuelve hacia el chico y dice.

La chica. —*Sí, así es. Es por eso que los socorristas no nos notan; somos espíritus, ¿captaste?*

El chico. —*¿Qué decís? Oye, ¿estamos muertos? Escucha, espera; ¿adónde van? Nosotros no estamos muertos.*

La chica. —*¿No podés entenderlo? Me di cuenta cuando el carro explotó, y una parte metálica que voló en el aire pasó a través de mí mientras estaba de pie aquí; y ni siquiera me movió. Estamos muertos, ¿no? Tal vez fuimos liberados de los muertos. ¿Adónde vamos; has preguntado? Cómo diablos sabríamos si nunca hemos muerto antes, ¿verdad? Vamos, encontraremos la manera de salir de aquí; Vamos, ¿qué estás esperando?*

El chico se frustra y dice.

El chico. —*Espera, que chingada. No puedo creerlo; oh Dios mío. Espera, lo entiendo. Yo era quien manejaba la motocicleta, y ustedes estaban en el* carro. *Oh Sí, lo entiendo. Vos sos mi hermana; estabas huyendo con este hijo de puta. Maldición, esperen, ¿Puede alguien explicarme qué diablos está pasando? ¿a dónde vamos, qué va a pasar ahora?*

El chico se vuelve mirando al hombre.

—*¿Qué es esto? Yo ya no estoy enojado con vos.*

La anciana, sosteniendo la mano del niño, regresa a través del humo, y le pregunta algo al hombre.

La anciana. —*¿Puede mostrarnos a mí y a mi nieto la salida de aquí? Queremos irnos a casa; Yo no pude encontrar la salida por allá, en el otro lado.*

La anciana apunta en la dirección de la calle adelante del accidente.

El niño. —*Quiero ir a casa; Yo quiero estar con mi mamá.*

El niño llora.

El hombre. —*No se preocupe, señora, sólo síganos, vamos en la misma dirección. Venga con nosotros. Nosotros estamos esperando el momento adecuado para salir.*

Un espíritu que observó el accidente desde la calle; flota o se sienta en el espacio sobre el fondo del escenario, mirando a los cinco espíritus en un estado de confusión dice con una voz dulce y suave.

Guía. *—Yo soy su guía; vengo a encontrarlos y guiarlos de regreso. Oigan, no están muertos ni vivos, tontos; están en un trance de transición (un estado mental confuso). No pueden dejar sus cuerpos hasta que sus cuerpos lleguen a su "rigor mortis." Ese es su punto de no retorno: el tiempo de salir de la dimensión material.*

El espíritu salta al pavimento de la carretera, y camina elegantemente, y continúa.

—Sus almas deben separarse de sus cuerpos; y convertirse en espíritus después de recoger la energía de esos cuerpos. Las almas deben pasar por este proceso, que toma cerca de treinta y seis horas.[xii] *La muerte no es simple ni fácil. Cuando un alma pasa por este proceso de separación se convierte en espíritu nuevamente, y entonces el espíritu se puede ir.*

¿Qué es esto? El guía espiritual dice que el alma no es espíritu, que el alma debe recoger toda la energía del cuerpo para volver a ser espíritu. El alma espera treinta y seis horas para convertirse en espíritu. ¡Increíble! La chica se dirige a la guía espiritual y pregunta.

La chica. *—¿Quién eres? ¿De dónde llegas? ¿Cuándo podemos dejar la tierra, podes decir?*

Guía. *—Sus mentes aún siguen manejando sus cuerpos a través de sus ciclos de vidas. Ustedes son almas fuera de sus cuerpos y debe permanecer —pasar el rato— por treinta y seis horas hasta que sus almas (las mentes) pierdan sus conexiones con el cuerpo. Por el momento las almas aun responden a las sensaciones de sus cuerpos; esto es normal. Al final de este proceso, los cuerpos llegan a la etapa póstuma, y a ese momento las almas ya no están en la dimensión material. Los espíritus pueden ver el entorno y escuchar a los humanos; después de dejar la dimensión material. Una vez aquí, los espíritus son libres y fuera del ciclo de vida y fuera de la vida material. Este es el final de un ciclo de vida. Los espíritus vuelven al espíritu global; los cuerpos humanos se desintegran y vuelve a ser tierra. El ciclo de vida se completa así. ¿Entienden?*

Los socorristas se fueron. Las ambulancias y los paramédicos llevan a los cadáveres a una morgue. Los cinco espíritus siguen a sus cuerpos al lugar que los lleven. Entonces, el chico se dirige al guía y dice.

El chico. –*Estás llena de mierda; ¿Cómo sabés todo eso? Yo no entiendo ese círculo de vida, señorita, fantasma, o quien quiera que seas.*

La mente del chico todavía está confundida y no asocia el estatus del espíritu recuperado. [16]

Sexto paso de los Ciclos de Vida

Guía. –*¿Querías decir, lo que sea? Un ciclo de vida es simple, pero mira el diagrama en las ventanas (eso está mi mente), y lo verás claramente. El alma del chico muestra todavía los modales de los humanos con su forma ruda de hablar. Dos de las pantallas colgando por encima del piso del escenario dejan que el chico y el público se asomen a la dimensión de los espíritus. Ellas muestran un diagrama del modelo del "Ciclo de vida." Este es un ciclo estándar que se repite para cada espíritu que se aloja en un cuerpo humano.*

Figura 3: Los Ciclos de Vida

---

[16] Vea la nota final xi (en las paginas posteriores de este libro)

Guía. *—Esta infografía muestra los siguientes seis pasos: (1) Un espíritu se aloja en un cerebro humano; (2) el espíritu se integra con la materia; (3) estructura la mente; (4) sincroniza la mente y las funciones del cuerpo; (5) administra pensamientos y acciones humanas; y (6) separa y regresa a la dimensión espiritual, al final de la vida del cuerpo. Después de este accidente, las cinco almas, están en el sexto paso: la separación y el retorno; y esto toma al menos treinta y seis horas. La mente de cada uno de esas almas apaga todos los procedimientos mentales y recuerdos almacenados en el cerebro —este es un físico normal— un proceso mental.*

La chica. *—¿Cuándo sabemos que estamos muertos con seguridad? ¿Estamos muertos ahora?*

Guía. *—El cerebro sólo tiene unos minutos antes de apagarse, y la persona llega a su muerte cerebral; sin embargo, la persona no está completamente muerta todavía. La mente libera los órganos y las funciones de las células de memorias que mantienen el cuerpo en marcha, durante este tiempo. Un alma debe cortar los apegos a lo material del cuerpo antes de salir.*

Las cuatro pantallas sobre el escenario muestran la mente de los espíritus. Muestran lugares por los que pasan las ambulancias y un hospital donde se pueden hacer autopsias corporales. Mientras el público escucha la conversación de los espíritus en algún lugar sobre las nubes, la densa niebla en el piso del escenario.

El chico. *—Vamos, ¿qué clase de mierda es esta. ¿Qué es esta dislocación funcional? Quiero decir separación o lo que sea.*

Guía. *—Escucha, las almas dejan sus cuerpos después de que los cuerpos alcanzan el rigor mortis; es entonces cuando terminan los apegos de los espíritus. Las almas se convierten en espíritus y son libres de volver a la dimensión de los espíritus. Como ves, la muerte no es un simple bum-bum-bum y te vas. No, no es así.*

El hombre parece un poco impaciente.

El Hombre. *—Ok, eso está bien, pero ¿qué se necesita para separar el espíritu del cuerpo, para que podamos irnos?*

Guía. *—Las funciones mentales mantienen las almas unidas a sus cuerpos. Por esta razón, pueden aferrarse a un espíritu cercano, en el momento de su separación. Vos podés ver auras y o destellos de luz, como de descargas eléctricas, cuando aquello sucede. Entonces, estás en un* *proceso de separación funcional y tu alma espera el momento final para volver. Un número determinado de pasos, que deben ocurrir antes de que se la separación se realice.*

La anciana. —*Que desmadre, ya sabés, vivir no es fácil para nosotros los seres humanos, ¿porque los espíritus lo hacen más complicado?; pero seguro, hicieron la muerte ridículamente compleja. Ya tuve suficiente con esta vida y el ciclo de la muerte mencionada. Yo sólo quiero saber cuándo podemos dejar este mundo espeluznante.*

El chico. —*Sí, ¿cuándo saldremos de aquí?*

Los cinco espíritus aun van vestidos con su ropa, pero un aura aparece a su alrededor. Medita sobre el tema de la separación y veras dos problemas. Los humanos saben que tienen un alma y una mente, invisible e intangible, que no son materiales. Ellos que tienen una conciencia y un ego, y los observan en sus seres humanos; tienen sentimientos, penas, remordimientos por sus culpas, sienten amor, etc. Solo el hecho de reconocer el bien y el mal que hacen es una evidencia que no son instintivos; no son como las demás criaturas vivientes que viven para atender sus funciones biológicas y tal vez algunas sensaciones, como el peligro. Los humanos creen que el alma va a algún lugar cuando mueren. No están seguros dónde exactamente, quizás lo sabrán adelante. El alma y la mente están unidos a sus cuerpos en su vida material. Pero esta unión se pierde cuando el alma se separa del cuerpo. Y es aceptable que los seres humanos piensen que es necesaria la separación del alma y cuerpo cuando mueren. ¿Cómo sucede? Es una pregunta legítima. También necesitan una explicación de otros dos asuntos, la fusión de un espíritu con un ser humano y la separación al final de la vida. La fusión y la separación espiritual es real, así como es la existencia del humano como ser dual.

Etapas de la separación básica

Guía. —*Es lo que es, señora; pero entiendo su frustración. Sin embargo, lo suyo es un proceso causal donde cada paso depende de pasos previos; para empezar. Una vez eso comienza, eso no puede ser detenido a menos que el espíritu tenga suficiente energía para reactivar el cuerpo.*

[xiii] *Mira, en la pantalla de la figura 4, tiene cinco pasos directos, de la siguiente manera:*

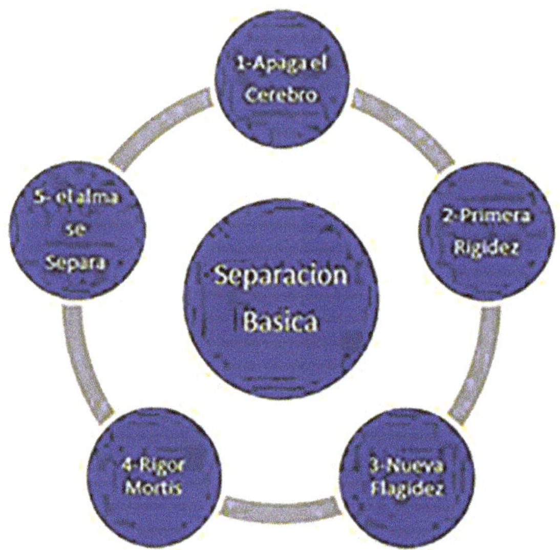

Figura 4: Separación del Alma

1-   El cerebro comienza a apagarse;
2-   El cuerpo se pone rígido y suelta energía;
3-   El cuerpo se pone flácido y suelta más energía;
4-   Llega el rigor mortis, y el cuerpo da las últimas gotas de energía;
5-   El espíritu colecta toda la energía y se va.

Lo anterior es la secuencia de la separación espiritual que tiene que realizarse al morir el cuerpo. Este es un proceso natural que los humanos pasan a través de sus horas cruciales. El alma permanece cerca de su cuerpo hasta que esta recupera toda su energía, antes de partir.

La anciana. *—Dios mío, este proceso es peor que tener relaciones sexuales con un viejo pedorro que está perdiendo capacidades. ¿Por qué el creador no lo hizo simple, como una cadena de comida rápida, entra y sale?*

Guía. —*Ustedes deben saber que sus mentes siguen trabajando mientras la separación de los espíritus continúa. La mente está activa hasta que su cuerpo suelta toda la energía. Y se mantiene en su lugar gestionando el proceso de vida de células, moléculas, neuronas, etc. El alma debe apagar todos los componentes, el ego, la conciencia y la mente, antes de irse. Algunas bacterias permanecen en el cuerpo y producen otros seres vivos en el cuerpo muerto. Las bacterias, que una vez ayudaron a los seres humanos a vivir, ahora ayudan al cuerpo con su conversión a polvo. Esto se debe a que la vida genera vida, y la muerte promueve la muerte.*

La chica. —*¡Ah! Me gusta complicado, una noche de sexo con un tigre salvaje y violento.*

El chico. —*Híjole, eso es una cosa complicada, de hecho; demasiado para una simple muerte. Yo creía que una persona moría, y bingo, se iba al cielo.*

La chica. —*Bueno, dime ¿Qué pasa con mis sentimientos, con mi amor, cuando cruzo la frontera de la dimensión espiritual? ¿Continúo mi romance con mi novio?*

Guía. —*Por supuesto, hay amor en la dimensión espiritual, amor puro —pero no sexual.*

La chica. —*No sé si me gustaría allí: el sol no saldría en mis mañanas.*

Guía. —*Es el mismo amor infundido en el universo; que es energía, que no puede ser creada ni destruida. La separación del espíritu de su cuerpo comienza con el cierre del ego y la conciencia. La conciencia de los humanos siempre sabe lo que está bien y lo que está mal, pero el ego hace lo que quiere. El remordimiento del ego y el arrepentimiento de los sentimientos pecaminosos salen a la luz cuando la conciencia obliga al ego a aceptar sus pecados. Estos momentos no son raros, pero la aceptación del ego ciertamente lo es. En la dimensión de los espíritus, todos los espíritus están juntos porque son parte del espíritu supremo; y sus atributos los mantienen unidos a su antojo. Así, por supuesto, tendrás el amor por tu novio, pero es amor verdadero, amor total; el mismo amor que todos los espíritus tienen por otros espíritus. El amor puro es sentimental, no es emocional o mental, ni material. Esto se debe a que sos parte del espíritu global, que es el amor absoluto. El amor absoluto de los espíritus no tiene* *imperfecciones; es puro, eterno y sin sexo. Vos podés amar así en la tierra, aparte de sexualidad.*

La chica. —*Pero, ¿cómo voy a encontrar a mi novio? Él es el amor de mi vida, y yo no quieren perderlo. ¿Dónde estará, esperándome?*

Guía. —*No te preocupes por eso, eres un espíritu; recuerda que la omnipresencia del espíritu global es también tuya y del espíritu de tu asociado —ustedes son partes de él. La omnisciencia del espíritu global es también tuya y de tu asociado. Por lo tanto, se encontrarán, fácilmente. Sin embargo, el amor al ser humano no es lo mismo que el amor de la dimensión de los espíritus. El amor espiritual es puro, universal y eterno.*

La chica. —*Qué aburrido; de hecho, eso es aburrido.*

Guía. —*La vida en la tierra podría ser diferente sólo si los seres humanos distinguen lo que es espiritual y lo material; entonces, el amor sería puro y fuerte en su propio carácter. Los deseos del ego no representan el amor verdadero; como cuando los deseos se basan en creencias, hábitos y actitudes culturales. Estos deseos son paradigmas de amor que deben romperse o cambiarse para liberar el poder del amor universal. El pensamiento de que el amor es sexual es un paradigma que no es cierto. El sexo es una función de los seres vivos; en los seres humanos los deseos de sexo surgen de este motivador biológico. Los impulsos o necesidades de egos a menudo se confunden con el amor. Parece que los humanos no pueden vivir sin sexo; el sexo psicológico de la lujuria. Las criaturas vivientes reciben la función de sexo para que puedan reproducirse. Pero no es amor; el amor puro es lo que la madre siente por sus hijos.*

El escenario se oscurece y cinco haces de luz golpean a cada uno de los cinco espíritus, como se ve en el resplandor. Las luces del escenario vuelven y los espíritus ahora llevan un vestido transparente brillante y blanco. Frente a los otros cuatro espíritus, dice el hombre.

El hombre. —*Chicos, detengan esa discusión sin sentido; este observador lo ha dicho. Es lo que es, fin de la historia. ¿Están de acuerdo? Nosotros ahora sabemos que somos espíritus y que estamos andando de regreso a la dimensión de espíritus. Por lo tanto, prometamos que estaremos juntos y en comunicación allí; no riñendo como lo hicimos aquí. Comprometámonos a ser voluntarios y a volver a la tierra, juntos, lo antes posible. Prometamos que actuaremos mejor en el lado de la justicia* *divina durante una nueva vida en la tierra, buscando la unicidad. Siempre la experiencia confirma la verdad y el paso del conocimiento.*

El chico. –*Esperen, por favor, esperen; déjeme preguntar algo. Si esta etapa es el final del ciclo de la vida, dígannos, ¿dónde y cómo y cuándo comienza?*

Los humanos creen que van al cielo, a un purgatorio, o al infierno. Y se ven a sí mismos en la forma humana, o imagen, que tenían en la tierra. Pero esto no es cierto. Los espíritus no tienen una forma específica, ni volumen, ni peso. En su estado plasmático toman cualquier figura o forma.

Guía. –Bueno, el infinito espacio, está lleno de finita energía y materia; que es el ser del creador: El alma y el cuerpo del creador vive en la dimensión de la existencia. Para los seres humanos, todo comienza con cada nuevo ciclo de vida que comienza y termina en el universo o la tierra... los ciclos de vida para todos los seres vivos; sin embargo, siguen para siempre. Es el mismo ciclo de vida, pero las creaturas vivientes son como el escenario les permite.

El chico. –*Oigan gente, vinimos a la tierra, y este accidente hizo la estancia corta; tal vez, debemos regresar inmediatamente, y terminar un ciclo de vida completo. Vamos a permanecer juntos en el próximo viaje. Oigan, cantemos todos el compromiso: "Honro el orden y la victoria de la unicidad."*

La paz y la calma llegan por fin, y todos están de acuerdo y comienzan a caminar juntos hacia la oscuridad del horizonte [el fondo del escenario]. La voz del observador baja a un nivel inaudible; y el hombre, la chica y el chico pasan el portal de la dimensión de los espíritus. La anciana y el niño a un ritmo más lento siguen a esos otros tres espíritus. Treinta y ocho horas transcurrieron y son libres. Mientras tanto, un grupo de espíritus entran al escenario y actúan el ballet *"Despedida."* Los espíritus bailan en un círculo, se abrazan unos a otras varias veces; corren al fondo del escenario y desaparecen en la oscuridad. Es una danza de dolor, angustia, pero llena de amor. Es una situación causada por el sentimiento desgarrador del desprendimiento del alma de su cuerpo. Tal vez este sentimiento sea porque el alma está –en sinergia– acostumbrada a estar con su cuerpo y recuerda que nunca hubo apego a la materia. [17] El alma es un espíritu limitado –una molécula del espíritu global–.

La divina música de fondo que acompaña también descansa cuando termina el sonido de esa voz. El escenario esta oscuro. Cinco siluetas cruzan el escenario en sombras brillantes de izquierda a derecha (cerca de las cortinas), deteniéndose dos veces para mirar hacia atrás, anhelando quedarse; o a regañadientes diciendo, hasta pronto. Suave y extraña música celestial (de la mente) suena ahora de fondo; sin seguir una melodía o progresión de acordes definitivos, como música terrenal, pero tiene un sentido significativo. La separación forzada del alma no es la intención del universo, sino el resultado de las acciones de los "egos" humanos. Como en este caso de celos fraternales y violencia. Pero en la inmensidad de las posibilidades de la existencia, el universo acomoda eventos abruptos. De hecho, el propósito de la existencia es que el rendimiento del universo nunca se altere; aunque las oportunidades obviamente se pierden, para siempre, en perturbaciones.

En el centro del escenario, de pie con humildad, un espíritu con una voz dulce que se asemeja a la de una chica humana recita o canta un poema corto.

Vuelan las palomas

Cinco palomas dejan su nido terrenal,
raudas vuelan a su morada inicial.
Preparan otro vuelo.
Sin descanso, con dulce anhelo.
Y en el esfuerzo de firme pasos
de incansables viajes sin plazos
van y vienen de aquí para allá
regando el propósito que se da
por el divino propósito del Amor.
Van y vienen a mitigar el dolor

---

[17] El apego es concepto psicológico y filosófico según estos dos artículos: (1) https://es.wikipedia.org/wiki/Apego y (2) https://definicion.de/apego/

del humano que busca mejorar su alma
hasta lograr la gloria, la paz, la calma
del universo. Aquí está a sus manos
el orden de armonía: vivir como hermanos.
Viajes: Ciclos de vida en su esplendor
para que las almas vivan por Amor.

Consecuencias de las separaciones de las almas.

Ciertamente, las consecuencias no vienen aisladas; para todo sistema, especialmente un sistema cerrado, el comportamiento o el rendimiento de un elemento afecta el comportamiento o el rendimiento de otros elementos, y el de todo el sistema. Esta es una ley de existencia que el universo obedece. Mientras tanto, los humanos encuentran otra víctima de la violencia de sus egos de los seres humanos; esta es otra víctima, una persona inocente, que está al lado del paso elevado de aquella calle, Arroyo Seco Parkway.

Las cortinas se abren; es una mañana fría de niebla en este episodio del accidente. Un joven, Iván, camina por la acera del sobrepaso. Está en camino a su trabajo. Iván oye a alguien gimiendo y se detiene, asustado. En el terraplén del puente de paso elevado, atrapado en los arbustos hay una persona. Iván baja por el montículo por el lado que da a la zona del accidente, con cuidado para no deslizarse por la ladera a la carretera que esta abajo. El joven sorprendido, dice,

Iván. *—Oh Dios mío, esa es una chica; está viva, parece estar gravemente herida.*

Iván llama al 911 por su celular y reporta el hallazgo. Los paramédicos y un camión de bomberos llegan al paso elevado, en sólo unos siete minutos a más tardar. Un radio de intercomunicación estaba encendido, diciendo, *"la víctima está viva, inconsciente; la víctima puede morir; ella ha perdido mucha sangre; la presión arterial es extremadamente baja."*

Una pequeña multitud se había reunido, ya para entonces, en el puente mirando lo que está pasando. La policía llega al sitio de hallazgo y comienza a hacer su trabajo habitual para estos casos. La tripulación del camión de bomberos asegura el cuerpo en una camilla y lo sube hasta la calle de paso elevado. Rápidamente, cargan a la joven en una ambulancia y se van al hospital más cercano. La policía interroga al joven que encontró a la víctima, y luego lo liberan. Todo el mundo deja el lugar, excepto yo –nadie me vio o me ignoraron–; Yo me quede un poco más. Pero despúes de eso, me encontré en el hospital donde la ambulancia llevó el cuerpo herido. La chica herida estaba en coma. Los detectives encontraron un pedazo de metal que debió ser proyectado golpeándole la cabeza. Había manchas de sangre en la acera lateral; ella debe haber tratado de levantarse; caminó unos pasos y cayó al final de la barandilla del puente al lugar donde fue encontrada. Es curioso, yo estoy en la emergencia, pero nadie nota mí presencia. Yo estoy allí como si no estuviere. La ropa de la chica en coma cuelga en una percha de tela, y sus zapatos estaban en el suelo, cuidadosamente colocados. Cuando me miré en el vidrio de la ventana, vi que llevaba la misma ropa y zapatos que ella. Entonces entendí que yo era su alma circundando su cuerpo. Mi cuerpo estaba vivo, pero en un coma profundo. Yo soy el alma de su cuerpo, y libre de moverme a cualquier lugar a voluntad. Yo capto lo que los seres humanos dicen y hacen; y no tengo dolor ni emociones. Todo esto para mí era interesante. Así que decidí seguir los casos de las cinco almas o espíritus; y seguiré comentando lo que sucede en la aventura de los espíritus, mientras permanezca apegados al cuerpo.

Las luces se apagan y las cortinas se cierran. La música continúa en segundo plano. Es una música para meditar y mejorar la concentración de la mente. Las cortinas se abren; el escenario está oscuro. Una mota ultravioleta de luz brilla en la pared media de la parte posterior, casi invisible crece gradualmente en intensidad a una chispa casi cegadora de luz blanca radiante; el resto está oscuro. El volumen de la música aumenta a raíz de la intensidad de esa chispa de luz; y la música en crescendo se eleva culminando con un golpe de un gong chino, atronador. Las luces brillantes desaparecen, y la música se detiene, abruptamente: el silencio reina durante unos segundos. El escenario se oscurece totalmente en ese momento, pero luego se ilumina, acentuado el crepúsculo. La música comienza una vez más, variando su volumen de muy suave, a suave, a fuerte y a más fuerte; como dicen los músicos desde *pianísimo, a mezzo-forte a forte*. El estado de ánimo es suave; y las mentes despiertas capturan atisbos de la realidad de estos momentos impresionantes. El escenario es cristalino cuando hay luz y oscuro en todas partes. Hay un silencio impresionante de paz y alegría llenando el espacio; como de un espíritu absoluto que se extiende al espacio infinito. El escenario es espeluznante o escalofriante; y las siluetas aparecen y desaparecen en las sombras de luces extrañas en el escenario. Las luces negras, las luces ultravioletas o las luces infrarrojas; o tal vez una superposición de estas luces, iluminan y oscurecen el escenario, haciendo que parezca irreal. El escenario es fundamentalmente como la tierra; tiene plantas y flores de un jardín tropical. En efecto, la dimensión de los espíritus comparte el espacio universal total; e incluye el planeta tierra, plantas y animales. Un ligero aroma a incienso llena el espacio del teatro. Un extraño tejido blanco cubre las superficies del escenario; y brilla intermitentemente. La música reproduce la armonía del universo en el fondo; y un coro de voces suaves de ángeles, rebotan en el eco de este espacio infinito, viniendo de derecha e izquierda. Es una música que los humanos normalmente no escuchan, una música que nunca se repite, siempre es una música nueva y satisfactoria que adormece a los espíritus. Los destellos de relámpago en el escenario muestran una sensación de intención universal, de vez en cuando. La luz es el espectro del arco iris (ultravioleta, azulado, blanco y tenue rojizo), como en una zona crepuscular donde no hay sombras; y, sin embargo, el espacio totalmente claro, magníficamente claro. Las sombras flotan de lado a lado en ese crepúsculo, sobre el suelo, como que están detrás de velos. Hay una niebla grisácea moviéndose en el suelo. Fuentes de fuego lanzan llamas que se unen a la mitad del centro del escenario desde el centro posterior del escenario. En el centro del escenario, una pequeña llama se eleva y permanece flotando a casi seis pulgadas del suelo, luego baja unas doce pulgadas más o menos. La pequeña llama alumbra brillantemente, y una columna de humo se eleva en el escenario. Un espíritu en forma de mujer aparece detrás del humo cuando este se despeja, y con voz dulce y suave con un poco de eco, frente a la audiencia, dice suavemente.

Moderadora. *—He visto la secuencia de este accidente; y he visto cómo cinco seres humanos fallecieron y perdieron sus almas, poniendo* *fin a sus ciclos de vida. Yo he pasado por muchos ciclos de vida y en varias criaturas, incluyendo serpientes, ranas y arañas en la tierra. Estoy asignada a moderar y coordinar los pensamientos y acciones de los espíritus este viaje, así que seré la moderadora de aquí en adelante.*

La voz de la moderadora cambia de atrás hacia adelante y de lado a lado como si estuviera flotando alrededor del espacio del teatro. El eco envía un sentimiento como si viniera de todas partes.

—Entiendo sus aprehensiones de lo que han presenciado. Estoy aquí para explicar la existencia en las dimensiones espirituales y materiales, términos y significados; Les ayudaré a entenderlo. El espacio de este teatro es parte de nuestra vasta existencia; la materia existe en nuestra dimensión intangible, y los cuerpos humanos no pueden entrar.

—Lo que estamos a punto de presentar es normal en nuestra dimensión de los espíritus; a pesar de que puede parecer espeluznante o fantasmal, espeluznante o aterrador. Podes padecer algunas aprehensiones no deseadas, y podés sentir miedo. Aquellos que tienen afecciones cardíacas leves a graves se les aconseja ver esta presentación en vivo por su propio riesgo o salir del teatro ahora mismo. El alma dentro de ti puede regresar repentinamente a nuestra dimensión, y no queremos eso, aún no. Ustedes pueden sentir eventos extraños, sonidos extraños y la luz parpadeando durante esta presentación. Les advierto; tales experiencias no son normales en la tierra. Tal vez la fusión de estas dos dimensiones cause estos extraños eventos. Los seres humanos y los espíritus libres se entremezclan en el mismo espacio. Pero los espíritus existen en su dimensión y los seres humanos en su mundo físico. De todos modos, empecemos.

Otros espíritus se desprenden de las paredes y superficies del suelo del escenario en las siluetas de los seres humanos, pero no son seres humanos. Más siluetas salen de debajo de la niebla en el suelo, en forma de plantas, animales. Son visibles a medida que la niebla se levanta del suelo, vagando en prendas transparentes en todas las direcciones. Los espíritus no prestan atención a cómo se ven los cuerpos de otros espíritus. No hay malicia en su mente; todo es natural para ellos en la dimensión de los espíritus. Las siluetas bailan el vals *"Ascenso de los espíritus."* El baile es perfecto, siguiendo una música rítmica. Los espíritus se agrupan para hablar, y se detienen a narrar la situación. El escenario da una sensación rara, extraña, de un espíritu que se expande para llenar el universo. La moderadora (con la mano) llama a un espíritu en el grupo que venga al frente-centro del escenario. Un espíritu indica aceptación de ser voluntario.

Moderadora. –Ok, Trues, ven al frente. Explica la naturaleza de la separación de las almas.

Trues. –*Varias piezas independientes o moléculas espirituales, pequeñas, compuestas con la misma sustancia del espíritu supremo, llenan el escenario. Las moléculas espirituales tienen los atributos del espíritu supremo, así como una gota del agua del océano tienen las cualidades del agua en el océano.*

Moderadora. –*Cinco espíritus volvieron a la dimensión de los espíritus. Estarán por su cuenta, esperando comenzar una nueva tarea en otro ciclo de vida. Los espíritus interactúan con los seres humanos sin cruzar sus límites dimensionales; es como verse a través de una pared de vidrio, donde se puede percibir, pero no se puede tocar a los individuos del otro lado. Todo es posible a lo largo de la línea del espectro de la realidad; lo que es ilógico para los seres humanos es lógico para los espíritus. Los pensamientos y las acciones son expresiones de energía para ambos, espíritus y seres humanos. Los espíritus son libres de hacer lo que quieran; incluso tienen reflejos de acontecimientos terrenales. Los acontecimientos terrenales permanecen en la mente de un espíritu como ondas o frecuencias (Las ondas del cerebro).*

Las cuatro pantallas, como ventanas, cuelgan en el espacio mostrando las mentes de los espíritus, o sus imágenes mentales capturadas en el espacio y el tiempo.

Moderadora. –*Los seres humanos, viven en una dimensión física con cuatro componentes. Estos componentes son (a) almas o energía, (b) materia, (c) espacio y (d) tiempo. Los espíritus son energía, omnipresentes, omnipotentes y omniscientes, sin limitaciones de espacio o tiempo. Y además de eso, los espíritus son amor absoluto y tienen conocimiento absoluto; y dentro de este amor, difundimos la libertad y la justicia. Nosotros (espíritus) capturamos el pensamiento humano, ideas o preguntas que tienen en sus mentes.*[xiv]

Las pantallas de las ventanas muestran imágenes mentales y palabras de los espíritus; por lo tanto, usted puede ver y leer.

Figura 5: La Existencia

—Sin embargo, ahora son capaz de ver lo que está en la mente de un espíritu en tiempo pasado, presente o futuro. Podés leer el pensamiento de los espíritus y lo que ven a su alrededor, en las pantallas de las ventanas del escenario.

En ese momento, mientras la moderadora habla, las cuatro pantallas de las ventanas colgantes en el escenario, bajan en la oscuridad; están iluminadas por un haz de luz. Dos sombras en la penumbra entran al escenario por el lado delantero izquierdo, empujando un podio; lo ponen con un pequeño ángulo (en dirección al centro de la audiencia) a la izquierda del escenario. Una pequeña llama brillante, como de una vela, desciende y se queda detrás, pero por encima de ese podio. Es el espíritu de la moderadora. El ambiente todavía está lleno de aroma de incienso. Otras luces flotantes iluminan el escenario; las siluetas sombrías se cruzan de izquierda a derecha, y de derecha a izquierda, de atrás hacia adelante, girando a la derecha o a la izquierda creando patrones espeluznantes. Mientras tanto, la música toca una extraña música. Esa pequeña llama sobre el podio emite una chispa brillante, y un penacho de humo sale del suelo. Un espíritu en forma de mujer aparece detrás del humo, alta delgada, con una bella figura. Luego, la sombra camina lentamente, se detiene detrás del podio, y continúa, con dulce voz.

Moderadora. *—Trues, por favor continúa.*

Trues. *—Los humanos piensan en un paraíso arriba en el cielo. Aquí no hay un cielo en el firmamento; pero hay una dimensión para albergar espíritus en el mismo espacio donde está la dimensión material. Ambas dimensiones ocupan el espacio del universo, y los seres vivos y los espíritus deambulan en él. No hay otro espacio en el universo infinito. Este espacio alberga objetos inorgánicos y seres vivientes, orgánicos, en el universo; y la tierra tal como la conocemos. Aunque los humanos comparten el espacio del universo con los espíritus, ambos habitan en diferentes dimensiones. Una es para los espíritus, y el otro es para la materia inerte y los seres vivos. En otras palabras, las almas o los espíritus, y los cuerpos de los seres vivos viven en dos dimensiones distintas y ocupan el mismo espacio. Pero el universo es infinito, y no hay nada más fuera de su espacio. El espacio del universo alberga todas las dimensiones; y los espíritus se entremezclan con los seres vivos en este espacio. Hay vida en la tierra, pero puede haber vida en cualquier otro lugar del universo, tal vez en diferentes formas, figura y naturaleza.*

Mi mente esta confundida; dicen que no hay paraíso en el cielo. Los espíritus están en el mismo espacio donde viven los humanos, y no los vemos, ni los tocamos. Viven aquí en la tierra, en nuestro mundo, en los mismos países, en las mismas ciudades y tal vez en las mismas casas.

Trues. *—El universo es un mundo de espíritus no de seres vivos y o especies orgánicas. Oigan chicos, piensen en las limitaciones mentales humanas. El ser humano no puede percibir ni concebir claramente. Los seres humanos que tienen una mente confundida no pueden percibir o concebir conceptos no físicos. Los conceptos de los espíritus son difíciles de entender para las mentes humanas. La mayoría de las mentes humanas no entienden las cuestiones relacionadas con los espíritus o las almas; por lo tanto, recurren a la fe y creencias. Las almas, o espíritus, como las frecuencias de radio, pasan a través de las cosas materiales; y así los espíritus son energía, y puede pasar a través de la materia y de nuestros cuerpos, desapercibidos. Los humanos no pueden percibir los espíritus en circunstancias físicas normales, pero los espíritus sí, aunque no pueden tocar ni asir nuestro cuerpo material. Algunas personas son capaces de sentir espíritus que entran en estrecho contacto con nuestras almas. Si estas consciente de que hay almas dentro de cada uno de nosotros, puedes* *entender que atraen a otros espíritus en nuestro alrededor. Así que podés sentir sensaciones y sentimientos extraños.*

Este foro se está poniendo caliente. Esta es una noche de espíritus y asuntos espirituales. Dos espíritus en el escenario empujan un banco a al centro del escenario.

Moderadora. *—Los signos de mentes limitadas son muchos; algunos de estos son premoniciones, aprehensiones y temores. Los espíritus tienen mentes sin límites. Esto es cierto; los seres humanos no están conscientes de la realidad completa de este mundo (o dimensión) material; para ellos, esta es la única realidad.[xiv] El público debe saber que el teatro puede enfriarse, pero se debe a la concentración de espíritus trabajando alrededor. Ellos pueden absorber el calor de los objetos materiales y seres a su alrededor. No tengan miedo y no enciendan luz; las consecuencias pueden ser perjudiciales.*

Trues deja el escenario levantando la mano mostrando una V de victoria. Hay una pequeña pausa, pero luego, la moderadora continúa; el viento aúlla en el teatro frío, y destellos de luz de varios colores adornan la dimensión de espíritus —esto es extraño—. La música espeluznante y el baile de los espíritus continúan, mientras que la moderadora habla.

Moderadora. *—Invité a otros dos espíritus a unirse a nosotros en nuestra conversación. Los llamaré Robert y Sexis por simplicidad y conveniencia del público. Sus nombres en clave son (a) RBRT32121 y (b) SXZST68514. Ellos están en una estación de salida esperando su hora de partir a la tierra. Saben lo que pienso y pueden responder a mis pensamientos; así que no necesito hablar con ellos. Por otro lado, ustedes pueden escuchar, y pueden participar en la conversación con preguntas. Robert y Sexis, ¿pueden entrar y presentarse? Ah, cualquier persona en la audiencia puede hacer preguntas; yo coordinaré su presentación, ¿entendido?*

Dos espíritus ruedan dos sillones al centro del escenario delantero y los colocan frente al público en un ángulo ligeramente inclinado entre sí (siempre alineadas con el centro de la audiencia). Dos luces, como llamas de pequeñas velas, entran en el escenario, flotando una desde la derecha y otra desde la izquierda y se detienen detrás de las sillas. La iluminación del escenario comienza a cambiar con la oscuridad y las sombras, mientras que la música continúa. La iluminación del escenario sólo permite al público ver las llamas similares a las velas. Cuando las luces comienzan a flotar al centro del escenario delantero, el público oye el ruido del viento aullando y un fuerte aire frío sopla sobre ellos. Las dos llamas se convierten en humo y los espíritus aparecen detrás del humo. Un hombre robusto, atlético, y una mujer con figura de modelo están en espera para entrar en el diálogo.

Otras llamas aparecen en el escenario; se convierten en plumas de humo, y los espíritus aparecen vestidos de color claro, semitransparentes. Y otros espíritus bailan en el escenario, simulando el significado de la historia. El público puede ver y escuchar a la moderadora detrás del podio, y los dos espíritus se mueven a sentarse. El resto del escenario permanece en densa penumbra.

Dialogo de humanos y espíritus

Moderadora. —*Robert, Por favor, explica, ¿cuál es el propósito de su viaje a la tierra?*

El espíritu sentado cerca del podio se pone de pie, y con una voz de tenor, metálico, lento dice.

Robert. —*Puedo asegurarles que no podría haber seres vivos si no tuvieran un alma en ellos. ¿Pueden ver?; el cuerpo humano no maneja la mente. La mente maneja al cuerpo humano, pensamientos, decisiones y acciones. Dijimos que el espíritu en un cuerpo humano tiene un ego y una conciencia, pero el ego tiene el poder de la libre elección (libre albedrio). Esto es un problema; porque el ego humano es libre de elegir y no presta atención al orden universal de unicidad. Además, la mayoría de los seres humanos son egoístas y codiciosos, envidiosos y odiosos. Piensan, deciden y actúan de acuerdo a su egoísmo.*

¿Cómo puede ser eso?; el espíritu dice que, sin una mente, los humanos somos vegetales; criaturas sin pensamientos. ¿Es este el caso de personas en coma? Dicen que el ego es nuestro principal problema, debido al libre albedrio. Entonces, ¿por qué tenemos un ego? Bueno, si no tuvieras alma dentro de vos, serías una materia inerte; sin tener conciencia de la realidad circundante. Ya saben, los objetos y las criaturas vivientes reaccionan a las fuerzas y o factores del medio ambiente. Por ejemplo, la mayoría de los seres humanos reaccionan a sus fuerzas ambientales cuando no tienen lo que necesitan. Hay una ley que establece que para cada acción hay una reacción.

¿Es por eso que los espíritus vienen y se convierten en almas dentro de nosotros? Tal vez los espíritus expliquen por qué vienen al planeta Tierra.

Robert. *—Hacemos viajes a la tierra para guiar a los humanos en su retorno a la unicidad. Pero, por otro lado, los egos de los seres humanos confunden y o ignoran este propósito.[xv] El gran propósito de la existencia es preservar la vida en el universo. Su misión es construir no destruir; aunque, el universo recicla aquellos objetos y criaturas que no contribuyen al progreso de la existencia. Temas y cosas materiales, como riqueza, fama y poder, absorben el ego humano, la mayor parte del tiempo. ¿Quizás te preguntes qué pueden hacer los humanos para alcanzar ese propósito? Les digo que la vida es simple; es ambos, el conocimiento y la conciencia de la realidad. El conocimiento está en todos los objetos y temas, y de forma gratuita. Todo el conocimiento de los humanos es una pequeña parte de la información almacenada en la omnisciencia. Y los humanos pueden obtener lo que necesitan para describir todo lo que hay en el universo, pero sólo si están dispuestos a buscarlo.*

Si, eso es cierto. ¡Tienen razón! Sólo sabemos lo que aprendemos y lo que concebimos usando lo que sabemos. No hay nada más que esto. No creamos nuevos conocimientos; sólo aplicamos lo que aprendemos. Nuestro nivel de conocimiento limita nuestras mentes, y razonamos y juzgamos con lo que sabemos. ¡Escuchemos!

—Un ser humano en equilibrio o en armonía con el universo está en "unicidad" con él. Es decir, los seres humanos que acatan plenamente las leyes del universo están con él en plena armonía; esta es una condición de unicidad. Así ellos obtienen un estado estable de satisfacción, conformidad y gratitud con la vida; mientras, se esfuerzan por alcanzar condiciones más altas y mejores. La vida es una larga cadena de momentos que cambian de acuerdo con las condiciones y circunstancias actuales. Sin embargo, una condición de estado estable debe satisfacer las leyes del universo; es decir, estar en armonía con el orden de la unicidad. Los seres humanos necesitan entender el orden de la unicidad y este orden es el

propósito principal de la vida. Nosotros (los espíritus) venimos a ayudar a los humanos. Su estado mental es el fundamento de la unicidad. Los seres humanos necesitan adquirir más conocimiento para entender lo que la unicidad significa. Sólo adivinan lo que es. El universo ha sido construido con un conocimiento preciso; un conocimiento que existía antes de que ocurriera la "gran explosión". Pero el conocimiento no puede ser creado ni destruido; tiene una existencia infinita, más larga que la vida del universo. Los humanos obtienen conocimiento del universo y lo aplican como sus inteligencias les permiten. El conocimiento le pertenece a la existencia y cuando el espíritu se va, y tu cuerpo humano permanece como materia en el universo. Todo el conocimiento humano adquirido hasta ahora queda en la omnisciencia. Hay eventos desastrosos en la vida que unen a los humanos, mostrando uno de los principios de la unicidad. Pero, ¿Cómo podemos acatar estas leyes cuando no las conocemos? Es decir, no podemos alcanzar la unicidad. Me doy cuenta de que la satisfacción, el gozo y la gratitud juntos pueden ser nuestro estado estable. Pero pregunto ¿nos convertiríamos en seres conformistas? Tal vez no…

Moderadora. *—SXZST (o Sexis), por favor, entra y explica a la audiencia lo que realmente sucedió en ese accidente; ellos quieren saber.*

Yo estuve allí el día del accidente; vi lo que pasó, pero no sabía las causas. Un hombre en una motocicleta estaba persiguiendo un coche; disparando al carro con su pistola automática. El conductor perdió el control girando antes de chocar con la estructura de paso. En el caos, la motocicleta chocó con el carro y luego chocó contra el otro lado de la estructura. Entonces, vi la oscuridad en mi mente y vi el resto con mucha más claridad. Voy a luchar con este tema, pero escuchemos.

Sexis. *—Cuando ocurrió ese accidente esa gente estaba asustada. Sus almas, o espíritus, sorprendidos, se confundieron por un tiempo; se enfrentaron a la muerte o a la separación funcional de sus almas. La separación es el sexto paso del Ciclo de Vida.*

Veo un diagrama que aparece en las cuatro pantallas ventanas. La separación fundamental es, como dicen, el sexto paso.

—Los seres humanos no entienden el proceso y o los otros cinco pasos, como indica el gráfico de la figura 4. No saben cómo las leyes del universo gestionan la separación funcional de su alma. ¿Es un misterio?

No, no lo es. La advertencia es que los humanos tienen miedo de pensar en la muerte. Para el universo, el sexto paso de un ciclo de vida es un proceso de operación estándar. Las leyes que gestionan los ciclos de vida tienen especificaciones claras para cada uno de estos pasos. Aquellos que escribieron estas leyes también estructuraron los ciclos de vida, mucho tiempo antes del universo, y antes de que aparecieran seres vivos.[xvi] Tenemos algunos artículos de las leyes del universo que podíamos leer. Todavía tenemos tiempo antes de nuestra partida.

Las luces del escenario se apagan y se encienden para indicar la reubicación de los espíritus a ese comienzo.

Robert. *—La omnisciencia es el conocimiento del espíritu global. Debido a la ley de causa y efecto, los seres humanos pueden saber que el universo mantiene registros de todas las actividades y eventos que ocurren en su espacio y tiempo. Todo lo que los humanos pueden saber, descubrir o sabrá, ya está registrado. Los humanos no pueden sumar ni restar conocimiento de la omnisciencia; porque no hay conocimiento que este afuera, y su conocimiento sólo puede venir de la omnisciencia. Por lo tanto, las leyes que controlan el comportamiento del universo controlan la vida de todo su contenido. El contenido incluye toda la materia inorgánica; y todos los seres vivientes en el universo. Estas son todas las partes de la dimensión material; y existen si los escenarios, en los que están, permiten sus existencias.*

La omnisciencia contiene todo el conocimiento de la existencia y lo que el universo encierra de ese conocimiento —nosotros vemos ese conocimiento. ¿Qué queda que nosotros podamos crear? Los espíritus dicen que el conocimiento no puede ser creado ni destruido. Pertenece a la existencia. ¿Cuál es el propósito de aprender si no podemos agregar nuestro conocimiento? Dicen que sus leyes controlan el universo y todas las vidas dentro de él. ¿Cuál es el propósito de vivir? Como Frank Sinatra canto, *qué mundo, qué vida estoy enamorado;* pero ¿de qué estamos enamorados? ¡Ah, ya veo! Tal vez no agreguemos conocimiento a la omnisciencia; pero agregamos conocimiento a nuestra mente a través de nuestra meditación inductiva-deductiva.

—La dimensión de los espíritus no permite materia dentro de ella. Sabemos que las almas ocupan los cuerpos humanos en forma de energía

que los humanos no pueden ver ni tocar, en el mundo físico. Sin embargo, si los espíritus se alojan en cuerpos humanos pueden vivir en el mundo material.

Bueno, esto es lo que realmente sucede en el mundo físico. Hay un espíritu en cada ser humano estructurado en varios componentes; esta estructura es el alma del ser humano, como el sistema operativo de la mente. Acepto que tenemos un alma y una mente en nuestros cuerpos, pero no entiendo la relación y o conexión del alma y la mente. Tal vez un infográfico pueda ayudarme a despejar mi mente.[18]

—Los seres humanos; sus mentes, y los cuerpos sólo pueden vivir si las condiciones de los escenarios satisfacen sus necesidades. Pero el escenario puede no proporcionar las condiciones; y los seres humanos deben adaptarse a estas, irse o morir en las condiciones del escenario. No es lo mismo para otros seres vivientes. Sólo saben lo que perciben e instintivamente conciben y se conforman.

Sexis. *—Pero las limitaciones no son tan severas para las criaturas menos inteligentes del mundo. Ellos se ajustan al orden de armonía del universo automáticamente al nacer —su libre albedrio es instintivo. Las leyes de la existencia y del universo son claras. Debemos asegurarnos de que los nuevos seres humanos aprendan y acaten estas leyes. ¡Permítanme leerles algunos de estos mandatos! (1) La existencia sólo tendrá dos estados; son los dos escenarios infinitos, las dimensiones real e irreal; (2) Los seres humanos, y otras criaturas vivientes, sólo vivirán en escenarios reales; (3) Los espíritus, por otro lado, aunque no puedan vivir por sí solos en la dimensión de la materia, pueden vivir dentro de un ser viviente en esa dimensión. Pero independientes de la materia.*

Robert. *—(4) Los espíritus pueden vivir en ambas dimensiones. Los espíritus libres sólo vivirán en la dimensión irreal. Ellos vivirán en la dimensión real como almas alojados en cuerpos de criaturas vivientes. (5) Los seres humanos y las criaturas vivientes pueden vivir en el universo; pero sólo en escenarios donde las condiciones apoyan la vida. Sus formas, sus figuras y sus tamaños se definirán por las reglas del escenario; el lugar donde están los seres vivos.*

---

[18] vea la figura 18 de la página 374 para más explicaciones

Sexis. *–(6) La evolución de los humanos es un proceso mental, intelectual, y no de su forma biológica. No es la condición de caminar erecto lo que hace al hombre, sino la función de su alma. Mas siendo las funciones mentales y de conciencia, solo queda el ego. Entonces la evolución de los humanos es la adaptación del ego humano al orden de armonía universal.*

¿Qué, escuché correctamente? No hay tal cosa de evolución, como tal; sólo hay condiciones y circunstancias de un escenario en el momento actual, que los objetos y criaturas deben acatar. Por otro lado, la evolución humana es solo para el desenvolvimiento del ego. ¿Cómo ves esto? Los cuerpos de los seres vivientes se conforman con, o sucumben a, las condiciones del ambiente en que viven.

Una pantalla muestra una de alguien en la audiencia.

Persona A. *–¿Están diciendo que no hay evolución?*

Sexis. *–Bueno, veamos.*

Las pantallas muestran los pensamientos de los espíritus.

Robert. *–Darwin, presumiblemente estableció en su mente, que todas las especies de la vida han descendido con el tiempo de ancestros comunes; y en una publicación conjunta con Alfred Russel Wallace, introdujo su teoría científica de que este patrón ramificado de la evolución resultó de un proceso que llamó selección natural, en el que la lucha por la existencia tiene un efecto similar a la selección artificial involucrada en la cría selectiva.*[19],[20].

La clave es la *"selección natural"*. Los escenarios tienen su conjunto de condiciones que pueden cambiar con el tiempo, pero solo permiten entidades que pueden adaptarse a ellos. Los escenarios no eligen a sus ocupantes; las ocupantes los eligen. Los seres vivientes eligen quedarse y adaptarse, morir en la adaptación, o abandonar el escenario. Una ley crítica para las criaturas es encontrar, como hace un río, un camino de menor resistencia –el lecho del río de la vida– o una zona de confort natural; este es un estado estable de satisfacción, conformidad y gratitud. La teoría de *"que todas las especies de la*

---

[19] https://en.wikipedia.org/wiki/Darwinism

[20] https://en.wikipedia.org/wiki/Alfred Russel Wallace

vida han descendido con el tiempo de ancestros comunes" excluye la posibilidad que otros ancestros no comunes y se unieran en la mezcla.

Sexis. *—Lo que Darwin dijo está bien; sin embargo, hay una advertencia. Cada escenario en el universo tiene su conjunto de reglas y condiciones propias y sus recursos son finitos, y no puede proporcionar lo que no tiene. Estas condiciones pueden o no restringir la vida de las criaturas dentro del escenario. Es posible un escenario no satisfaga las necesidades y o requisitos de las criaturas vivientes o inertes. De modo que un escenario puede ser hospitalario, neutral u hostil para una clase de criaturas; pero puede que no sea para otras. Las criaturas vivientes, por supuesto, tienen tres opciones; pueden salir si no pueden vivir con las condiciones; pueden quedarse si pueden adaptarse; y o se quedan y mueren esperando lo que necesitan. Las condiciones de los escenarios son transitorias y pueden cambiar. Hay dos tipos de cambios, locales y globales; en cualquier caso, los cambios del entorno cumplen con las leyes del universo. También es cierto que las condiciones del entorno pueden volver a un estado anterior. En tal caso, los seres vivos dentro del escenario buscan adaptarse a las condiciones –que ya vivieron–. Si esto se impone, entonces no hay evolución porque condiciones puede revertirse a condiciones anteriores, y todo lo que los habitantes del escenario habían ganado se pierde.*

Las condiciones son duras, ¿no? Es un caso típico de aceptar o rechazar las condiciones. Los espíritus dicen que las condiciones pueden volver al estatus anterior. Los seres vivientes, en tal caso, se enfrentan a las consecuencias de los cambios revertidos. Es bueno si pueden adaptarse; pero, ¿es esto evolución? Podría ser, pero pensemos de nuevo, con cuidado. Todos los seres vivientes tratan de adaptarse a las condiciones de su escenario lo mejor que pueden. No importa si van hacia adelante o hacia atrás, siguen los cambios de su entorno. En tal caso, no hay evolución, sólo el proceso continuo de adaptación a las condiciones del escenario. ¿Quizás alguien pueda decir qué pasa con el proceso de aprendizaje y la acumulación de conocimiento? Todo lo que puedo decir es que después del hombre, cuando todo se haya ido y los sobrevivientes se encuentren solos; el conocimiento humano, las habilidades y las experiencias también se perderán con el tiempo –en unas cuantas generaciones más tarde.

Robert. *—Los humanos no tienen poderes como los espíritus. Debe haber una razón, como las hay para todas las cosas. Los espíritus en los humanos están representados por sus almas —no son lo mismo—. Hay un ego que representa el yo interior en la estructura del alma; pero los espíritus no tienen egos. Tu ego es un componente del alma; maneja tu conciencia; compone tu carácter; y define tu identidad personal.* [21], [22] *El ego recibe el atributo de libre escogencia, sin restricciones; y este atributo es una fuente de los errores del ego.* [23]

Sexis. *—El propósito de la existencia es simple; como lo resumimos en una frase enseguida. Los seres vivos viven sólo una vez; su destino es la muerte; y deben trabajar juntos para alcanzar la armonía consigo mismos y con el universo. Bueno, la existencia da esperanzas a los humanos, al menos.*

—Algún día pueden entender y respetar el propósito de la vida. Entonces, y sólo entonces, el ser humano dual —más bien el ego— podrá sincronizarse con el orden de armonía del universo. Por lo tanto, el ser dual, el alma y el cuerpo, pueden vivir en las dos dimensiones; la de la materia y la de los espíritus, al mismo tiempo. Sin embargo, los seres humanos deben entrenar su ego, para alcanzar ese estado espiritual y material combinado.

¡Eso parece lógico! ¡Los humanos deben trabajar juntos! Y lo saben y dicen *"la unión hace la fuerza"*. Pero el concepto de *"alcanzar la armonía consigo mismos y con el universo"* no está del todo claro. Los espíritus dicen que cuando comprendamos el propósito de nuestra vida conformemos nuestra alma con nuestro cuerpo, podemos vivir en las dos dimensiones. Viviría para ver esa situación.

Robert. *—Todo eso no está claro para los humanos; sin embargo, deben tener disciplina y paciencia. Voy a leer una regla que dice: 'las criaturas deben limpiarse a sí mismas; es decir, sus mentes y almas, para sublimar sus seres materiales. Esta limpieza debe hacerse para que los seres humanos puedan pasar a la dimensión de los espíritus. Esta condición es para criaturas de un nivel más alto de conciencia; como los*

---

[21]   https://www.dictionary.com/browse/ego

[22]   https://www.merriam-webster.com/dictionary/ego

[23]   https://www.vocabulary.com/dictionary/ego

seres humanos. Así que el día en que los seres humanos puedan a existir como cuerpos con almas sin apego al materialismo o el mundo material será el día cuando los seres humanos alcanzarán la unicidad —diremos que existen en la dimensión espiritual y material, simultáneamente—. La clave del gran misterio de la existencia es la condición de unicidad,[xvii] el espíritu y el cuerpo ambos en un ser y en ambas dimensiones.

Sexis. *—Robert, hemos leído muchos datos e información. Tal vez los seres humanos puedan ver ahora que habrá un tiempo en que los seres vivos vivan en la dimensión de los espíritus aun estando en la dimensión material —como seres materiales—. Pero la idea de que los seres humanos trasciendan a la dimensión de los espíritus en forma de materia es un concepto erróneo. La realidad mística es que en tal situación la materia (el cuerpo) y la energía (el espíritu) pueden interactuar libremente entre sí en ambas dimensiones.*

Robert. *—Sí, eso es lo que imaginamos. Es por eso que viajamos a la tierra tan a menudo; obviamente, los espíritus no necesitan limpiarse a sí mismos, porque son seres puros. Los seres humanos, por otro lado, necesitan controlar y purificar su ego; sus pensamientos y decisiones; y las acciones adversas fuera de sus atributos.*

Sexis. *—¡Eso es todo! Aquí, los escritos dicen, "… y los cuerpos humanos serán ciegos; no tendrán mente propia; serán cadáveres vivos, y sin cerebro sólo pueden sentir dolor por sus heridas materiales."[xviii]*

Bueno, eso no es nada nuevo para que la gente lo sepa, a pesar de que dicen los demás, 'Te amo con todo mi corazón'.

—Mira, aquí leemos, zombis —seres vivos caminando muertos o pueden ser seres sin vida fingiendo caminar vivos—. Sin un espíritu alojado en el cuerpo humano, las personas no tienen mente.

¿Entienden que sin una mente el ser humano no tiene conciencia? Por lo tanto, usted puede pensar en esto; sin conciencia, ustedes, los seres humanos, son espíritus o zombis, sin conexión con el mundo material.

Moderadora: *Permítanme pausar aquí. Debemos volver ahora; nuestro tiempo de penetrar en la dimensión material está llegando. El público espera aprender cómo es que un espíritu se fusiona con un cuerpo humano.*

Sexis: *¡Espera, por favor, deja que el público oiga esto!*

Moderadora: *Ok, podes leer solo un tema más.*

Sexis: *Todas las criaturas con un alto desarrollo cerebral como los seres humanos tendrán una mente; y sus mentes serán invisibles e intangibles. La mente es parte de la dimensión de los espíritus, y un alma asignada al azar la manejará. Las mentes de humanos están a muchos niveles sobre las mentes de todos los otros seres vivientes. El espíritu lleva todos sus poderes antes de entrar en los cuerpos humanos; pero pierden una gran parte de sus atributos justo después de entrar en los óvulos humanos. Ellos retienen una conexión limitada con el espíritu global; y ciertos poderes para proteger la vida del cuerpo humano que ellos manejan.*

¡Esto es gracioso! Nos preocupamos mucho por cómo nos vemos, cómo nos vestimos, cuánto tenemos; pero dicen que nuestros cuerpos son sólo vehículos para el alma que llevan. Nos preocupamos más por los vehículos que por quien lo maneja

—Las personas reconocen o asumen que tienen un espíritu dentro de ellos; ellos también reconocen que tienen una mente, un alma y una conciencia. Los humanos son conscientes de que tienen un ego, sabiduría, y un poder de voluntad, pero no saben cómo se integran en sus cuerpos y de dónde provienen.[xix] Deben entrenarlos en cómo gestionar su poder de voluntad y cómo meditar sus situaciones.

Robert. *—Volvamos, Sexis, volvamos.*

Sexis. *— Espera, Robert por favor, deja que los humanos escuchen esto: La vida en la tierra tendrá verdad y no verdad; pero una mezcla de verdad y no verdad siempre será falsa, y sólo la mezcla de la verdad con la verdad será verdad.*

¡Recórcholis! Nosotros no tenemos otra opción que decir la verdad. Tal vez, los padres fundadores de la constitución de los Estados Unidos sabían eso cuando dijeron, "juras decir la verdad, y nada más que la verdad, o que te ayude Dios."

Sexis. *—Malditos aquellos que por elección son seres engañosos. La Creación se basa en la Verdad, no en las mentiras. Los humanos tienen mucho que corregir. Oigan, volvamos; volvamos.*

Su investigación ha tomado mucho de su tiempo de espera, y salen vuelan a través del tiempo a su estación de salida. Pero siguen hablando en el vuelo de regreso a la estación. Y continúan cuando vuelven. Para mí, este tema es fascinante, y podría leer o escuchar si narran la verdad de la existencia.

Robert. *—Oh, sí, nuestra dimensión espiritual es infinita; y nosotros, espíritus, nos movemos a voluntad a cualquier lugar que deseemos; desaparecemos de aquí y aparecemos allá, cuando queremos. No hay tiempo, y podemos movernos de una instancia a otra.*

Moderadora. *—Una instancia es un año, en la vida humana. Robert quiere decir, a cualquier otro año de la existencia; los humanos no pueden hacer eso. Podemos ver a los humanos pasando por sus torpes actividades diarias; ese es nuestro entretenimiento. Los seres humanos son graciosos.*

¿Pero cómo pueden percibir si no tienen sentidos, como los humanos? Puede ser que sus mentes captan las ondas del pensamiento y de las frecuencias de las actividades físicas; de que otra manera además de la omnisciencia. Las dos pantallas en el fondo del escenario se encienden, mostrando humanos en las calles, vestidos como a principios de los noventa. Ambas pantallas se apagan, después de uno o dos minutos.

Sexis. *—Es una comedia de prueba y error, de hecho, pero es divertida; como la serie diaria de un programa de aprendizaje en los últimos años del siglo XXI en la tierra.*

La pantalla frontal izquierda se enciende, mostrando un pasaje del presidente Trump hablando sobre su plan. Está obsesionado con legitimar la elección del 2016, y que Rusia no fue quien ganó la elección para él; pero sigue tratando que un país extranjero lo ayude a ganar en 2020.

—El presidente trata de gobernar la mayor democracia de la tierra como un dictador. Aunque conocemos todos los resultados futuros, no intervenimos en las decisiones de los humanos. Nosotros, espíritus, sabemos lo que cada uno de ustedes piensa. Pero este presidente no se sale con la suya, y encuentra con grandes problemas legales.

Robert. *—¡Eso es cierto, mira! Los republicanos se enojan, y los demócratas se ríen ahora mismo, en la audiencia. Los humanos eligieron acorde a su gusto, gustos y preferencias. Para nosotros los espíritus, el conocimiento absoluto está disponible para todos; nuestras mentes y todos* *los temas son transparentes. No podemos ocultar nuestros pensamientos porque sólo pensamos y comunicamos la verdad.*

Sexis. *—Piensa que, si los humanos pudieran trabajar con veracidad, o si los humanos pudieran leer la mente de los demás, entonces nadie podría pensar o hacer daño a los demás.*

Robert y el público se rien, Robert continua...

Robert. *—Me regocijo al pensar en lo que un humano aprendería si pudieran leer la mente de otras personas. Sexis, eres un espíritu; ¿Ya te has convertido en un alma de ser humano?*

Sexis. *—Seguiré diciendo que en nuestra dimensión de los espíritus no hay direcciones, ni altibajos, adelante o atrás, a la izquierda o al lado derecho. Esto es obvio; ya que los espíritus son omnipresentes; todos tenemos los mismos poderes en nuestra dimensión; además, sabemos a dónde ir, usando nuestros atributos. Somos parte del espíritu global y pertenecemos a él; y tenemos acceso a la omnisciencia, omnipotencia, omnipresencia de la existencia. Escuchamos lo que los humanos piensan o hablan, y vemos lo que hacen a través de los límites Inter dimensionales.*

Robert sigue riendo, sin restricciones.

—Robert... Robert, ¿Tenes algo que decir? ¡Adelante!

Robert. *—Nos movemos más rápido que la velocidad de la luz y podemos viajar en el espacio y el tiempo a voluntad. Por ejemplo, ¿ves a esa linda dama de la audiencia? Estoy sentado en sus regazos, abrazándola, y besando su mejilla, y no me moví de mi silla en el escenario, aparentemente.*

Sexis. *—Ahora, Robert, ¿quién es el espíritu que ya se ha convertido en humano?*

Moderadora. *—Robert, compóngase.*

—Oigan, no culpemos a Robert; ellos, los humanos, son tontos y divertidos; y tenemos nuestro maravilloso humor humano. Bueno, bueno, algunas veces tontos y de mal gusto.

Robert. *—Por favor, perdóneme, y no te preocupes; nosotros, espíritus, no podemos asir la materia. Pasamos a través objetos materiales y criaturas.*

Robert dice, susurrando...

—No somos como Donald o algunos otros políticos. Nuestras manos pasan a través de la materia. Sin embargo, tenemos energía, porque

somos energía nuclear o electromagnética; así que, si proyectamos nuestras mentes a la materia, podemos provocar cambios y movimiento.

Robert sigue riendo, aunque suavemente esta vez.

Sexis. *–Oye Robert, ¿qué querés decir? No importa; podes pensar en cualquier otra cosa. De todos modos, los humanos tienen un poder mental que aún no han aprendido a usarlo. Pueden haber experimentado telepatía. Y pueden haberse comunicado con otros seres humanos a través de sus mentes. Eso es como recordar o decir los mismos pensamientos y palabras, al mismo tiempo.*

Finalmente, Robert deja de reír y se vuelve serio.

Robert. *–Eso es cierto, pero es un fenómeno controlado por las almas dentro de los seres humanos. Sus cuerpos están hechos de átomos cargados con núcleos que siempre están en equilibrio. Sus cerebros transmiten ondas bajas, y o frecuencias; sus pensamientos son energía electromagnética; que los espíritus pueden sintonizar o recibir y leer. Es la misma energía del universo que no puede ser creada ni destruida.*

Moderadora. *–Por favor, narren lo que los espíritus hacen en su dimensión, para que el público pueda entender.*

Robert se pone de pie.

Moderadora. *–No, Robert, esta vez vos no. Sexis, adelante.*

Sexis se pone de pie, mira a Robert, sonríe y dice.

Sexis. *–Nada, no hacemos nada… no trabajamos; no estudiamos, de hecho, no hay necesidad de escuelas, ya lo sabemos todo.*

Moderadora: *¿Sexis?*

Sexis. *–Está Bien…*

Ella se pausa por un momento…

–me llamas Sexis… pero yo digo, que no hay géneros en esta dimensión. Pensamos, jugamos y nos divertimos con los pensamientos y acciones de los humanos. Por ejemplo, cuando ellos tienen problemas y piensan buscando una solución, nosotros les ayudamos a hurgar en la omnisciencia. Y lo más importante es que les ayudamos a pensar, meditar y crear.

Ahora pausa por un momento más largo, como esperando que la audiencia, y o Robert, respondan. Entonces ella dice.

–Ay caray, hay mentes sucias en la audiencia. Oigan, dejen de pensar en eso. Pero es verdad; no tenemos sexo en la dimensión de espíritus.

Audiencia, ¿podrían vivir sin eso en la tierra? En la tierra, los ricos y famosos piensan que pueden palpar a las mujeres, y salirse con la suya porque son ricos y famosos; Audiencia, ¿han oído hablar de alguien así?

Ella espera la respuesta de la audiencia.

Moderadora: *Sexis, ya has dicho suficiente.*

Sexis. —*Permítanme aclarar o desambiguar. Los espíritus son espíritus, no como los seres humanos, no somos ni hombres ni mujeres; sólo somos espíritus, sin género. Amamos, pero no con amor sexual. Nuestro amor no es lujuria. Nuestro amor es el amor del alma; no es emocional, ni egoísta, ni material. Es amor puro, amor sin fin.*

Hace una breve pausa.

—*No hay diversión, ah, como hay en la tierra. Hace una pausa más larga.*

—*No, realmente no tenemos sexo.* [Ella hace una pausa de nuevo].

—*No tenemos salchichas calientes de los Dodgers, hamburguesas dobles, y cosas por el estilo, ¿verdad?*

Ella espera a alguien en la respuesta del público, y luego continúa.

—*En esta dimensión de los espíritus, ni siquiera tenemos alimento; nuestra comida es la conciencia espiritual. No tenemos perritos calientes, hamburguesas dobles, y cosas por el estilo, ¿verdad? No comemos sushi; no tenemos chipotles, pizzas o burritos.*

Robert intercede, abruptamente.

Robert. —*No tenemos bebidas, menos aún, Bacardí, José Cuervo, Vodka, ¿es divertido? No tenemos bebidas: Margaritas, mojitos o "Bloody Mary"; ni siquiera cerveza ni agua; no necesitamos bebidas. ¿Te gustaría que tu mundo fuera así?*

Robert espera la respuesta del público y luego se sienta.

Sexis. —*Bueno, ahí está, ya saben. No bromeo, como dicen en la tierra. Aquí, no hay diversión, no hay política, no hay empresas libres, el concepto de propiedad, como en, tengo algo. No tenemos películas, ni tarjetas de crédito, ni siquiera TV HD. Nuestro entretenimiento está en ver la comedia de errores de los seres humanos que llevan en la tierra 24/7; y esto es más que suficiente, de veras.*

Robert. —*Las comedias de la vida cotidiana de los seres humanos son divertidas, de hecho. La incertidumbre del hombre crea su ridiculez.*

Sexis. —*En nuestra dimensión, no tenemos grandes almacenes, supermercados, como los seres humanos los llaman; no tenemos Quinta Avenida de Nueva York, o una ciudad como Las Vegas. Por lo tanto, las mujeres no podrían comprar productos de belleza, zapatos, joyas o bolsos, y los hombres no podrían comprar autos, juguetes o armas.*

Robert. —*El mundo de los espíritus no permite a los humanos en estado de materia, y los humanos aún no están listos para entrar. ¿Te imaginás cuántos expedientes podemos abrir? El reino de los espíritus no tiene una constitución o una segunda enmienda como en USA, y no necesitamos milicias. No tenemos automóviles, como un Dodge Challenger; un Ford Mustang; Maserati; Ferrari; Lamborghini; Etc. No necesitamos uno.*

¿Qué? No hay carreras de fórmula uno; y no hay Indianápolis 500. No hay béisbol, balompié, futbol, etc. ¿Qué es eso?

Robert. —*No, de ninguna manera. Aquí, volamos, o desaparecemos de aquí y aparecemos en otro lugar. Viajamos en el tiempo y vemos lo que está sucediendo hace diez mil casos, o lo que sucede ahora, o sucederá en cualquier momento en el futuro. Sabemos todo eso porque la biblioteca de la omnisciencia está abierta para todos los espíritus, no sólo unos pocos seleccionados. No hay diversión, ¿verdad? Somos parte de la existencia eterna; nunca morimos.*

—Ustedes la pasan bien en la tierra; lo tienen hecho; pero tenemos una serie de televisión viva sin fin de ladrones, gánsteres y policías, o la comedia de la política, la rectitud y la moral. Sí, así es; los humanos viven fingiendo ser santos. Es una larga novela titulada, "Hipócritas astutos." Les decimos que ningún presidente podría acosar a las mujeres en esta dimensión. No tenemos un gobierno corrupto; de hecho, no tenemos un gobierno. Todos sabemos lo que tenemos y debemos hacer. Aquí, no hay espíritus ricos y famosos, ni presentadores de televisión con programas de realidad virtual. Aquí, en la dimensión de los espíritus, todo es real; una persona fraudulenta no tiene lugar en esta dimensión. Todo es como debe ser en verdad.

Sexis. —*Eso es gracioso. Me pregunto, ¿por qué los humanos quieren venir al cielo? ¿Hay cielo en realidad? Yo digo que los humanos no entienden lo que es la paz eterna. Esto es, paz eterna; ¿cuál es la emoción? La paz eterna no es acción y es todas las acciones al mismo tiempo.*

Moderadora. *—Robert, has dicho más que suficiente sobre eso. Debemos centrarnos en tema de los ciclos de vida. Robert, explica qué y cómo comenzamos el ciclo de vida humana.*

Sexis hace una linda expresión corporal como si dijera, ¿ves? Robert responde en su voz metálica de tenor.

Robert. *—Oh sí, de hecho, pero primero debemos decirles que no es una tarea sencilla. Los seres humanos, así como otros seres vivientes, pueden entrar en cualquier escenario; pero sólo pueden permanecer en los escenarios que los permiten y o acogen sus vidas. En otras palabras, pueden vivir en escenarios que satisfagan las necesidades de su vida. Puede haber vida de alguna forma en cualquier parte del universo; especialmente, en lugares donde las condiciones y circunstancias acogen la vida.*

Sexis, levanta la mano, como si quisiera intervenir.

Moderadora. *—¿Sexis, tenés algo que añadir?*

Sexis. *—Si, gracias; por ejemplo, los seres humanos aparecieron en la tierra cuando las condiciones les permitieron existir en forma de humanos. Está escrito en las leyes de la existencia, la materia en forma de seres humanos vivientes no puede existir por sí mismos; un espíritu debe entrar en un cuerpo humano para manejar sus acciones. Sólo el alma tiene una mente, la conciencia intelectual; y los humanos sin almas seguramente morirán. El resto de criaturas del mundo sólo existen con su comportamiento instintivo. Por lo tanto, los seres humanos existen en la tierra como una composición de un espíritu y un cuerpo; la energía y el cuerpo de un ser humano. Pero hay rutinas incrustadas en la estructuración de las neuronas del cerebro que afectan la mente pura espiritual.*

Trues entra en el escenario por la derecha e interviene en el diálogo. Palmea las manos dos veces y una de las pantallas traseras del escenario muestra imágenes de lo que el describe con palabras; son imágenes de lo que visualiza en su mente. Trues camina a través del frente del escenario y desaparecen en la oscuridad en la izquierda del escenario.

Sexis. *—Las leyes del universo especifican reglas para los espíritus que vienen a la tierra en misiones. Los espíritus cruzan a la dimensión material; donde, cada espíritu se aloja en un cuerpo humano, o en un cuerpo de una criatura viviente; descarga e instala su sistema operativo,* *llamado mente, en el ser humano. Los seres humanos no pueden cambiar, ni modificar, las leyes de la existencia. Aún más, los seres humanos no pueden funcionar bien sin sus espíritus. Usted puede preguntar, ¿Este programa es grande o pequeño? Bueno, en la tierra ahora hay cerca de siete mil millones y medio de seres humanos. Los seres humanos se reproducen a un ritmo de trescientos sesenta mil óvulos por día. Los espíritus se alojan de estos tantos óvulos cada día. Pero hay otras criaturas vivientes que se multiplican. En otras palabras, hay cuatro alojamientos por segundo; además, los alojamientos en las otras criaturas vivientes. ¿se imaginan el tamaño de este programa?*

Moderadora. *—Vemos cerca de ocho mil millones de personas caminando en el planeta tierra por el año veinte mil veintitrés. Ocho mil millones de espíritus existirán en estos tantos seres humanos. Este es un proyecto importante para nosotros; los seres humanos suman alrededor de ciento treinta y cinco millones por año. Los humanos, sólo piensan en sí mismos, y no piensan en las almas de otros humanos.*

No me sorprende saber que la tierra se está sobrepoblando; pero lo que más debería asustar a la gente es la velocidad a la que el mundo se está llenando. Esta tasa supera la tasa de producción de productos, servicios y productos. Predigo que justo antes de que llegue este punto en el tiempo, la violencia explotará en todas partes de la tierra en una lucha por sobrevivir.

Robert. *—En este sentido, los humanos están ciegos. Los egos humanos irresponsables producen más seres humanos, sin pensar en cómo el mundo los sostendrá o alimentará. No miden las consecuencias. Algunos seres humanos creen que Dios les ha ordenado poblar el mundo sin restricciones. Los ciclos alimentarios de este mundo toman un tiempo específico y pueden no ser capaces de satisfacer las necesidades futuras de la humanidad. La Tierra se acerca al punto de escasez de recursos; y los seres humanos están cerca del punto de equilibrio de la producción y el consumo. En los mismos días cuando los recursos no estén disponibles, los seres humanos comenzarán a desaparecer de este mundo. Esto es triste para los seres humanos, pero es la verdad de la existencia; el ser humano debe aprender a vivir en armonía con el universo para retrasar el día del fin de la vida humana. El proyecto del universo de los seres humanos duales puede perecer; es decir, si los seres humanos no aprenden a vivir* *en paz con el orden de la armonía universal. Este es el objetivo de la existencia: la unicidad total.*

Algunos de la audiencia gritan desde atrás.

¿Que traen los espíritus con ellos?

Las luces de los espíritus en las sillas parpadean y casi desaparecen.

Moderadora. —*Por favor, no griten, las altas frecuencias repelen a los espíritus. Levanten la mano, y leeré la pregunta en sus mentes. Los espíritus traen orden, inteligencia y lógica; traen amor, conocimiento, vida, arte y alegría. Robert, por favor, podes continuar.*

Robert. —*La existencia pre planifica los ciclos de vida. Los espíritus no necesitan hacer nada más que venir a una estación de salida. Pasamos por un proceso de inflexión; y no llevamos nada más que nuestra (energía) y los atributos de los espíritus. Sexis, tenés razón al decir que los espíritus no tienen sexo. La existencia define el género de objetos y creaturas vivientes que puede haber en el universo. El universo especificó que un cuerpo humano necesita un alma y un cuerpo para vivir; y esa alma impulsa un ser humano. La existencia divide al ser humano en dos elementos; el alma (la energía) y el cuerpo (la materia).*

Robert invita a Sexis con la mano a seguir adelante con el discurso.

Sexis. —*La buena noticia es que los seres humanos funcionan en dos dimensiones; bueno, al menos parcialmente, por ahora. Sus almas viven y sienten en la dimensión de los espíritus; pero sus cuerpos actúan y se mueven en la dimensión física. El ego humano es el elemento del alma que coordina la interacción con el mundo físico. Sus almas hablan con espíritus libres afuera por medio de la meditación, usando la función de la mente.*

Alguien en la audiencia tiene una pregunta, y levanta una mano.

Persona B. —*¿Puede decirnos qué es la mente y dónde se encuentra?*

Trues salta en la conversación; y Robert que se levantaba regresa a su silla.

Trues: *Sí, cuando el espíritu se aloja en un óvulo fertilizado, establece las raíces de la mente en el cerebro humano naciente. La mente representa el espíritu dentro de ti. Es la función superior instalada en el cerebro de los cuerpos humanos materiales. La mente configura y mantiene una conexión entre el espíritu imbuido y el cerebro y el espíritu* *global. Es un canal que el espíritu en un cuerpo humano utiliza para hablar con otros espíritus alrededor. La mente envía frecuencias que excitan y o activan las neuronas en el cerebro de los humanos. Establece en el cerebro formas de procesar los datos de gnosis que las mentes utilizan para crear conceptos e ideas.*

Robert. *—!Bien dicho, Trues, ¡bien dicho!*

Sexis. *—Volvamos al inicio; el primer paso es la inflexión o alojamiento del espíritu en un ovulo humano. En este paso, el espíritu comienza a estructurar la mente humana en el embrión; y lo sincroniza con el cerebro humano que emerge. La mente implanta sus principales procesos mentales-lógicos; establece circuitos en el cerebro para llevar sus funciones. El espíritu instala y activa estas funciones mentales en las áreas del cerebro humano. Este proceso sigue el desarrollo, fases y pasos, del cerebro en el embrión humano. La mente crea la conciencia; instala la sabiduría, la voluntad y la moralidad, pero estos no están activos todavía. La mente crea el ego de la persona; debajo de este, e instala el carácter, conciencia del entorno, y la identidad del ser humano. La mente implanta la capacidad de pensar en el ser humano. Esta capacidad crece con el crecimiento del embrión humano; y en pocas semanas el embrión comienza a comparar sus sensaciones.*

Robert. *—La lógica de la instalación sigue una secuencia de uso; es decir, primero las funciones de los usuarios. Por lo tanto, la función de pensamiento viene primero, funciones mentales, funciones psicológicas, moral, etc. Segundo, la mente instala sabiduría, fuerza de voluntad. Entonces, integra, estos tres en la conciencia humana. A continuación, la mente instala la voluntad (hacer) y el ego. La mente otorga al ego el poder de definir la identidad, el carácter del ser humano y le da la libertad de elección junto con el enlace con la realidad, interna y externa. En este momento el embrión alcanza atisbos de conciencia.*

Robert invita a Sexis con su mano a seguir adelante con el discurso.

Sexis. *—A este punto, el embrión no tiene conciencia de la realidad; sin embargo, en unos pocos meses, y antes del nacimiento, el embrión puede comenzar a sentir emociones. Al principio la mente es una tabula rasa, una pizarra vacía. La mente no es completamente funcional hasta unos pocos años después del nacimiento, pero el razonamiento comienza* *unos meses después del nacimiento. El proceso de pensamiento natural de la mente trabaja para encontrar la verdad en los pensamientos y las acciones; la libre elección; las emociones; los sentimientos; y el comportamiento moral. Los embriones no están conscientes de sí mismos hasta más tarde en sus procesos de desarrollo; o incluso después de su nacimiento. Por otro lado, la mente recoge imágenes del crecimiento y las sensaciones del embrión durante su crecimiento. La mente continúa su desarrollo a lo largo de la vida de los seres humanos. La sabiduría imbuida crece con la experiencia y la edad, hasta el día en que la mente de los humanos ya no funciona correctamente.*

Moderadora. —*Trues, ven, únete a nosotros en este diálogo.*

Trues había estado en la parte de atrás, sentado en una pequeña mesa y escuchando la conversación de Robert y Sexis. Trues trae su silla y se une al grupo.

Trues. —*El segundo paso de la configuración mental en los seres humanos es buscar conocimiento. La búsqueda encuentra y toma información de la omnisciencia almacenada en la dimensión de los espíritus; todo esto sucede durante los procesos de creación de pensamiento. Esta etapa procesa gnosis (bits de conocimiento) y los integra en ideas o conceptos de la mente. La mente estructura la función de la conciencia, a medida que continúa el desarrollo del cerebro.* [24] *La conciencia se ocupa de cuestiones, pensamientos y acciones relacionadas con lo que está bien o mal; justo e injusto; bueno o malo; e incluso lo agradable y desagradable.*[25] *La conciencia muestra al ego el camino para alcanzar la unicidad con el universo. Todo lo anterior es la moralidad del ser humano. La fuerza de voluntad funciona como la función ejecutora de la conciencia (el*

---

[24] https://www.merriam-webster.com/diccionario/conciencia. La definición de conciencia es el sentido o la conciencia de la bondad moral o la culpabilidad de la propia conducta, intenciones o carácter junto con un sentimiento de obligación de hacer lo correcto o ser bueno.

[25] https://www.biblestudytools.com/diccionario/conciencia
Conciencia-Conciencia es un término que describe un aspecto de la autoconciencia de un ser humano. Es parte de la capacidad racional interna de una persona y no es, como la tradición popular a veces sugiere, una sala de audiencia para la voz de Dios o del diablo.

elemento de moralidad del alma); Así que, la fuerza de voluntad trabaja haciendo cumplir las normas que la conciencia establece.

Robert. *—En el tercer paso, el espíritu implementa la función del ego. El espíritu trabaja en la creación de la estructura de la identidad propia y el carácter que el ser humano obtiene. La autoconciencia y la conciencia del entorno llegan a la mente de los seres humanos; en este momento de este proceso gradual. A este tiempo, se activa la función de libre albedrio. La función de fuerza de voluntad enlaza la conciencia y el ego, y la fuerza de voluntad se esfuerza por guiar el ego, mostrándole el camino correcto en sus escogencias, decisiones y acciones.*

Trues. *—La configuración de la mente continúa con la segunda fase. Esta fase cubre la instalación y configuración de todos los términos y condiciones para el comportamiento del ser humano; actual y futuro. Los términos y las condiciones incluyen los atributos que el espíritu hereda y puede usar en su trabajo. Los espíritus obtienen todo conocimiento, pueden estar en cualquier lugar en cualquier momento, y todos son poderosos; pero eso está en la dimensión de los espíritus. Las almas no guardan estos atributos cuando están en los cuerpos humanos. Los espíritus que trabajan en los seres humanos mantienen partes de sus atributos; a medida que utilizan su capacidad para acceder a la omnisciencia del universo; meditación y o profundo pensando. Si alguna vez tuvieron un problema, por el cual no vieron una solución y llegan a estar desilusionados y profundamente preocupados, pero de repente, despiertan y saltan jubilosos gritando: 'Lo tengo; esto es todo; Tengo una solución', ellos conectaron con la omnisciencia de donde consiguieron la solución — por supuesto la solución viene de la omnisciencia.*

Sexis. *—La mente no es parte de la dimensión material; de hecho, es un elemento intangible. Tampoco es una parte material del cuerpo humano; tal vez. ¿Pueden entender este hecho? El espíritu alojado en tu cuerpo puede comunicarse con los espíritus en la dimensión de los espíritus; Cuando meditás un problema, tu mente busca en las bibliotecas del conocimiento; que está en la dimensión de los espíritus. Y tal vez, sus mentes encuentren esa información en la omnisciencia del universo. Pero cuando las mentes obtienen esa información, los seres humanos asumen que es un producto de sus inteligencias; o es una inspiración y o de su imaginación. De hecho, la creación del pensamiento es una función* *construida en la mente humana para tocar, o navegar, el conjunto de conocimiento infinito del universo. El grupo de conocimientos es la omnisciencia del espíritu universal. Pero la omnisciencia es el principal atributo de ese espíritu; De modo que el pensamiento es el diálogo entre las mentes con el espíritu global.*

¡Ah! ¿Es esto lo que sucede cuando meditamos o deliberamos sobre un tema? Es decir, ¿conversamos con el espíritu global? Los espíritus acaban de decir que nosotros, los humanos, entramos en el conocimiento absoluto, buscando soluciones para nuestros problemas. Parece que esto es lo que algunos seres humanos hacen cuando oran a sus deidades. Algunos científicos afirman que fuerzas extraterrestres los inspiraron a escribir sus teorías, invenciones y o su arte de trabajo. ¿Podría ser eso? Las fuerzas de los espíritus pueden haber inspirado a Einstein, y o Shakespeare.

En el escenario, en un viejo escritorio vestido con objetos de su tiempo, Shakespeare habla lo que escribe 'ser o no ser, esa es la pregunta, si... La imagen se desvanece a medida que su mente se abre para mostrar sus pensamientos en las pantallas de las ventanas. Dos espíritus interpretan el Episodio de Romeo y Julieta; cuando Julieta se suicida después de descubrir que Romeo se había suicidado. Los espíritus desaparecen y Albert Einstein aparece de pie junto a su viejo escritorio, todo cubierto de libros y papeles. Está mirando una vieja pizarra negra quebrada cubierta de ecuaciones. Entonces, finalmente escribe $e=mc^2$, y grita, "esta es la relatividad de la energía y la masa."

Sexis. —*Las inspiraciones pueden llegar a las mentes humanas de diferentes maneras; pero en todos los casos es el conocimiento que no tomamos antes. Las inspiraciones vienen de la misma manera para muchas áreas del conocimiento; como lo es en la escritura de poesía; o la creación de obras musicales, o hacer descubrimientos científicos, etc. ¿Leíste La Divina Comedia de Dante, o viste y recuerda el Fantasma de la Opera de Andrew Lloyd Webber? Podes considerar esta obra de arte como maravillosos productos de la inspiración.*

La niebla cubre el suelo, y se eleva suavemente. Un espíritu vestido con velo transparente azul oscuro entra y canta "Música de la

Noche," de El Fantasma de la Opera, y sale. [26]. Un segundo espíritu
–forma masculina– entra y canta El amor es una cosa esplendorosa,
del Sonido de Música, y sale. [27]

Trues. –*La imaginación, por otro lado, es una función que
construye lo real y o irreal; lógica y o ilógica, objetos, problemas y o
criaturas. Es una función libre de pensamiento de la mente que accede a
la omnisciencia. Funciona construyendo conceptos y o ideas que pueden
o no ser construibles en su mundo material. ¿Es irreal? No, no lo es,
porque la existencia tiene tanto lo real como lo irreal como posibilidades.
Algunos de ustedes pueden decir que es obra del genio si es factible; o el
trabajo de un individuo delirante si no es factible. La Divina Comedia
de Virgilio es un poema épico escrito en tres partes; es un excelente trabajo
de la imaginación. Y "Disneyland o Disney World" es una extensión de
ingeniería imaginaria.* [28]

Robert. –*Talvez, usted ha visto un espíritu o pudo tener un
encuentro con los espíritus; pero nunca lo mencionó a otras personas
porque no lo habrían creído. ¿Podrías levantar la mano derecha si has
experimentado algo así?*

Hay una pausa para esperar una respuesta de la audiencia;
Toda la audiencia levanta la mano. Mientras una niña pequeña (un
espíritu), cinco años más o menos en el escenario, mira las sombras
caminando cerca de su ventana, ligeramente visible.

La chica. – *Pero nosotros, los espíritus, somos seres de luz inofensivos
y partes del espíritu universal; se nos encarga guardar, preservar y
mantener la vida en el universo, la tierra incluida. Todo esto se hace con
amor y sólo por amor. No hay espíritus malignos, excepto ese ego –una
parte espiritual– de la mente, la fuente de pecados y enfermedades en la
vida de los hombres.*

En el escenario oscuro, dos haces de luz brillan y dos espíritus
aparecen a media altura; uno a la derecha del escenario y el otro
en la izquierda del escenario, en un ángulo hacia el otro, debajo de

---

[26] Letras de Charles Hart. Richard Stilgoe y música de Andrew Lloyd Webber,
Fantasma de la Ópera, musical

[27] George Hurdalek (con el uso parcial de ideas por) (como Georg Hurdalek),
Howard Lindsay (del libro musical), The Sound of Music, 1965.

[28] Devine Comedy de Publius Vergilius Maro (Virgil)

estos haces. El resto del escenario esta oscuro y atenuado. La música comienza, con un tempo "staccato," de setenta golpes por minuto, más o menos. El escenario es inquietante y espeluznante, como si algo estuviera a punto de suceder. Esas son las cosas que los humanos presienten y muchas veces no les dan importancia. Hay quienes llaman estas sensaciones simplemente premoniciones. Otros dicen que son presagios cuando lo cuentan al público. El primer espíritu comienza a recitar un poema, en un estilo de conversación; y otros espíritus continúan su baile. Las luces se apagan; y el espíritu de la izquierda emulando a una tierna hembra terrenal, con voz temblorosa, dice esto.

Soy un ser de luz
talvez visto o no visto;
Amor, dolor y cruz,
soy luz del universo.
Soy amor de seres iluminados;
y en las palabras de mi verso:
única, en conceptos encantados.
Soy luz fría, luz tibia, de paz,
el alma que no os dejara… jamás.
Soy parte de la existencia
llamando a tu consciencia

El espíritu de la derecha: imitando a un tenor masculino también con voz temblorosa, recita.

Bendito(a) quien entregan su alma
corazón y vida altruista
y guarda sus penas en estantes,
para llenar de amor y calma,
a otros, sin intención egoísta;
y aquellos que llegan a sanar
tu alma sensible, en hora crucial
llegan por amor y para amar
salvándote del mal.

El espíritu de la izquierda:

¿Son mártires? No, en absoluto;
sus obras altruistas llenas de bondad
se extienden cada hora, cada minuto
compartiendo generosidad
como aroma de rosa encarnada
para tu alma cansada.
el espíritu de la derecha recita:
Somos seres de luz, efímeros
espíritus que vienen a vos,
generosos, a veces tímidos,
en un evento atroz
que amenaza tu alma, tu vida
somos el amor que no te olvida.

La niña en la ventana corre hacia los espíritus y dice recitando.

La Chica. -

Yo soy amor…y te llamo;
y tú eres amor, como yo.
abrazame, yo te amo;
vos podés amarme ¿no?

La niña se inclina; y los tres espíritus desaparecen, los rayos de luz se apagan, y la música cambia a esa luz celestial.

Moderadora. —*Sexis, ¿tenés algo más que añadir al tema?*

Sexis. —*Si, ustedes, los adultos, pueden estar contentos por saber que en nuestra dimensión de los espíritus no trabajamos para ningún empleador, no hay empleadores. No necesitábamos derogar el plan Obama, la ley de atención médica es asequible.*

La niebla todavía inunda el piso del escenario, y muchos espíritus bailan, conversan y recogen flores; se sienten y meditan, como en un estado furtivo de felicidad. Representan el significado de las narrativas en su baile. Sexis continúa.

—No hay esclavitud en la dimensión de los espíritus. No hay clubes; ni hay grupos opuestos, como partidos políticos, religiones organizadas. Hay amor, y los espíritus son amor; no hay prejuicio, ni discriminación, en esta dimensión. No pagamos impuestos ni recibimos reembolsos de estos. Nadie nos cobra por existir. Los espíritus poseen libertad absoluta; y sus pensamientos y hechos nunca alteran la armonía de otros espíritus. Los espíritus guardan el mayor respeto al derecho de ser parte de cada objeto y criatura. Leyes y políticas definitivas guían la existencia pacífica, no la convivencia, del contenido del universo; nosotros, y ustedes, somos partes activas de todo esto. La única regla de derecho es el amor en la dimensión de los espíritus. Por este amor es no hay espíritus malignos.

Ella hace una pausa y luego dice.

—Además, los tesoros y la riqueza del universo pertenecen al universo, y no han sido asignados, cedidos, arrendados, o vendidos a los seres humanos. La riqueza del universo es para todos los seres vivos dentro de él; desde el principio el universo existe para todos por igual —más nunca para unos cuantos egoístas—. Los egos humanos trabajan, por cualquier medio, para apropiarse y acumular de esa riqueza, contradictoriamente. Hoy en día, unos pocos seres humanos poseen un noventa y nueve por ciento de la riqueza de la tierra. Y eso adquieren poder para controlar al resto. La justicia absoluta para todos está en la dimensión de los espíritus.

Moderadora. *—Robert, ¿Tenes algo más que añadir al tema?*

Robert. *—Los espíritus no dependen de fe ni de creencias; no necesitan guía de las religiones institucionalizadas para ser buenos. Los espíritus mantienen la honestidad absoluta, la omnisciencia y la verdad; actúan por la bondad de todos. Las criaturas en el universo no necesitan pagar un diezmo por un seguro que garantiza salvar su alma con un pase a la dimensión de los espíritus. El diezmo representa un diez por ciento de sus sueldos o salarios. Aquí, todos los espíritus reciben atributos iguales; el concepto de "derecho" no tiene significado para los espíritus. No animamos ni veneramos santos sacerdotes, ni al Papa, ni canonizamos a nuevos santos —todos somos iguales. Ustedes no deben sentirse ofendidos; sólo estamos explicando la dimensión de los espíritus. La creencia es suya.*

Moderadora. *—Trues, ¿Tenés algo más que añadir al tema?*

Trues. *—Bien, los espíritus no dirigen un gobierno, sólo tienen una regla, la Regla de Amor y el mandato de compartirlo. Por lo tanto, nos* *amamos profundamente el uno al otro y trabajamos para difundirlo en la tierra. Esto es un hecho; basta con mirar el universo, la naturaleza para todos sin preferencias. El mundo ha dado a los humanos todo lo que tienen; casi gratis. El mandato del universo para los seres vivos es vivir con amor, por amor y amarse unos a otros. Los seres humanos no siguen este mandato; así que los ciclos de vida continuaran hasta que lo entiendan. Este mundo, o el planeta tierra, es el purgatorio para los egos de los humanos, mas no para sus almas.*

Robert levanta la mano. Trues le hace gestos con la suya para que siga adelante.

Robert. *—Ah, los espíritus sólo necesitan un atributo total e individual; somos espíritus gobernados por la Verdad y el Amor, a diferencia de los seres humanos en la tierra, dominados por su ego. La luz del conocimiento brilla para siempre en nuestra dimensión; y es libre para todos los espíritus, y para aquellos seres humanos que buscan en la biblioteca de la omnisciencia. Esta es la verdadera igualdad para todos, sin distingos.*

Trues interviene.

Trues. *—La dimensión de los espíritus no tiene cambios climáticos; vivimos en una primavera eterna. Y como habitamos el mismo espacio del universo —la tierra, por ejemplo— los cambios climáticos nos afectan. Pero si, los cambios climáticos son condiciones que afectan la vida de los cuerpos de seres vivientes. Nosotros, los espíritus, todos somos iguales. ¿Realmente quieren llegar a esta dimensión de los espíritus?*

Obviamente, los espíritus dirigen esa pregunta a la audiencia.

—No podemos oírlos.

Esperan la respuesta.

—Los humanos llevan en su ego el ACOPEAE, un monstruo de siete cabezas. Y los seres humanos deben sacar ese monstruo de sus egos, lo más pronto posible —antes que los humanos destruyan la tierra—. Ese día será cuando las dimensiones de los espíritus y la materia se unan; y será el triunfo del espíritu de la existencia —el amanecer del nuevo humano, espíritus y cuerpo materiales bajo un mismo propósito—. La humanidad está muy por detrás del itinerario establecido para este día.

Moderadora. *—Avisamos al público que debemos suspender nuestra conversación; ha llegado el momento de estar listos para partir.*

Pronto llegará el día, dicen los espíritus, pero tomará muchas generaciones y siglos antes de que los humanos vean la luz de la unicidad. Los humanos deben cambiar a este estado, ahora. Todos los espíritus bailan y salen del escenario, por la derecha e izquierda; las luces en el escenario se apagan; las sombras se mueven en la niebla de la estación de salida –en el escenario–. La moderadora, Sexis, Robert y Trues también abandonan el escenario. Las luces se apagan y el escenario queda oscuro. Las siluetas caminan en el crepúsculo de la luz moribunda.

Viajes de los espíritus a la tierra[xx]
miércoles, 20 de diciembre de 1989

Las luces se encienden. Un espíritu está solo en una plataforma de salida. Un grupo de espíritus camina hacia una plataforma de partida, mientras felizmente hablan de su viaje a la tierra. Caminan hacia los espíritus los que están solos, de pie. Las prendas transparentes de color blanco azulado revelan sus figuras de humanos. Son seres de luz. Otros espíritus caminan en dirección opuesta, de izquierda a derecha y de derecha a izquierda. El lugar parece un metro subterráneo bien ocupado, o una estación de trenes de rieles ligeros en Nueva York. El espíritu que espera al grupo es el guia o líder del grupo. Es un sitio feliz; los espíritus muestran emoción y afán de embarcarse en el viaje a la tierra. Esta es una nueva experiencia de una realidad incierta.

Guía. –*El momento de fundirse en un óvulo humano ha llegado para muchos espíritus. Están listos en una estación de salida, listos para fusionarse. Miles de espíritus se alojan en óvulos humanos cada segundo para convertirse en almas. Los espíritus que saben todo, saben que cuando sean almas no sabrán nada y tendrán que aprender del universo real. El alma podrá conectarse con la omnisciencia para concebir otros conocimientos.*

Eso es desesperante, saber que no se sabe cuándo se sabía todo; es como haber terminado todos los cursos del mundo y obtener un doctorado para luego perder la memoria. Tal vez ese sea el otro objetivo de la vida humana –aprender todo de nuevo– estudiando contra el tiempo de una corta vida. Un espíritu entra desde la derecha del escenario, flotando rápidamente, deteniéndose frente a un grupo de espíritus que están esperando su turno para viajar a la tierra. Empieza lector(a), no tienes tiempo que perder. Cinco espíritus vinieron con el mensajero quien anuncia lo siguiente.

Mensajero. —*Estos cinco espíritus se ofrecieron como voluntarios para regresar a la tierra; van a regresar desde esta estación de salida para completar una misión. Su última gira fue interrumpida por un accidente de vehículos y tienen que volver. Son espíritus y ya no son más la anciana, el niño, el hombre, el chico o la chica que eran en el momento de su accidente. Sin embargo, todavía muestran las siluetas humanas, pero son espíritus libres. Los espíritus no tienen edad, y no envejecen; así que, la anciana es sólo otro espíritu. Recuerda, sólo la materia envejece y decae. Otra cuestión, el género es propiedad de criaturas vivientes y se determina en el momento de fertilización. Por favor, permítanles tomar una posición delantera en la línea.*

Guía. —*Los espíritus no necesitan hablar; las mentes de los espíritus transmiten sus ideas en varias frecuencias u ondas. Todas las mentes pertenecen a la mente del espíritu global. Los espíritus se comunican con sus pensamientos, no con palabras. Nosotros, los espíritus no llevamos nombres, no somos bautizados, no necesitamos apelativos; nos conocemos debido a nuestra omnisciencia. Podemos usar un código para identificar cada espíritu, en ocasiones como para este diálogo. Así que, empecemos nuestro ciclo de vida y prestemos atención.*

Oldie. —*Aquí vamos de nuevo; acabamos de regresar y ya vamos otra vez a la tierra. Esto es como estar en un parque de diversiones en la tierra; subes en los juegos tantas veces quieras. ¿A quién no le gustaría hacer un viaje a Orlando, "Knott's berry farm o Disneyland"? Sin embargo, de todos modos, no me molesten sólo porque era una anciana en mi último viaje.*

Tzzs. —*Hay otros espíritus parte de este grupo. Tres espíritus de este grupo ya abandonaron esta estación de salida. El primer espíritu salió en el año diecinueve ochenta; el segundo partió en diecinueve ochenta y dos; y el tercero viajó en diecinueve ochenta y cuatro. Estos tres espíritus ya están trabajando en la tierra y esperando la llegada del resto de espíritus del grupo. Les decimos que muchos miles de espíritus están saliendo a muchos lugares del mundo, hoy. ¿Adivina cuántos espíritus van?*

Bochar. *–Todos lo sabemos, pero me alegra que preguntes. Así que permítanme decirlo de nuevo, para el conocimiento del público. Trescientos sesenta mil espíritus penetran los óvulos de las mujeres humanas todos los días, en el momento de la fertilización.*

Tzzs: *Es decir, hay trescientos sesenta mil nacimientos humanos por día, o cuatro nacimientos por segundo, sin contar criaturas no humanas. Los espíritus esperan en esta estación de salida, pero no irán juntos, o todos al mismo tiempo.*

Bochar. *–Sí, lo sé, pero es bueno decirlo de nuevo, para que los humanos en la audiencia puedan oírlo. La población del mundo sube en trescientas sesenta mil personas por día. Esto significa que la población puede llegar hasta ocho mil millones de personas en el mundo para el año veinte mil veintitrés. Pronto enfrentaran grandes problemas con el suministro de alimentos y agua, enfermedades, hambrunas y muertes. Habrá muchos espíritus que volverán a nuestra dimensión antes de que completen su recorrido, pero no es culpa de los espíritus. Todos los seres humanos poseen el derecho, la libertad de elección, de lo que dicen y hacen en la dimensión material; es su responsabilidad. El componente del alma, llamado ego, tiene la culpa. El ego tiene innato albedrio. El ego es configurado con preferencias individuales, gustos y aversiones, y otras actitudes psicológicas; pero no piensa claramente lo que dice y hace. El ego es la parte animal de un ser humano; es impulsivo e instintivo.*

Tzzs. *–Veo tu orden de transición; no te corresponde implantarte en un ser humano; sino que debes implantarte en un cerdo en una granja experimental en la Universidad Estatal de Iowa.*

Bochar no se molesta; no tiene por qué. Los espíritus saben todo, de modo que no hay ofensas y dice.

Bochar. *–Sí, lo sé. Sólo quería charlar con ustedes mientras espero mi tiempo de penetrar un ovulo de cerdo. Voy mucho más tarde, y, de todos modos, gracias.*

Bochar se levanta y desaparece entre la multitud.

Tzzs. *–Entiendan a Bochar; Sé que no quiere estar en un cerdo; hay miles de espíritus que entrarán en varios animales, insectos, aves, y similares, en pocos segundos. Bochar sabe eso y sabe que su misión es importante. Me pregunto si a alguno de los humanos de la audiencia le gustaría regresar a la tierra en un cerdo, o cualquier ser viviente más bajos* *que no sea humano, en su próximo ciclo de vida. Estoy molestando a la audiencia. Una vez que un espíritu se infunde en un ser humano, este espíritu no se vuelve a encarnar en ninguna criatura viviente inferior; sólo se implanta en óvulos de seres humanos, a partir de ahí.*

Otros espíritus de pie alrededor exclaman, al unísono:

—No culpen a Bochar; para los humanos no es fácil saber que tu misión es ser un cerdo, en un ciclo de vida; a pesar de que es un ciclo corto. La gente cultiva cerdos para su comida; personas hacen carnitas o burritos, tocino, etc., con su cuerpo. La carne de cerdo es un producto para la industria de alimentos; especialmente, para los restaurantes mexicanos; y cadenas como McDonald; Carl Junior, y muchos otros. Para los espíritus una misión es solo eso y la cumple con el mismo amor. Culpar a alguien es una es un defecto del ego humano y su orgullo los mataría.

Guía. *—Los espíritus, primero entran en seres vivos en el punto más bajo en la escala de la conciencia; hasta que avanzan hacia los seres humanos. Los espíritus conocen su orden de transición; podría ser que algunos espíritus se alojan en una gallina, una cabra o una vaca. Es una manera de entender cómo se comportan los seres humanos — aprendiendo desde fuera.*

El público se ríe y los espíritus esperan a que el público termine de reír.

Keta. *—¡Bah! No hay necesidad de comprobar, todos lo sabemos por nuestro atributo omnisciente.*

Cenia acercándose a Oldie pregunta curiosamente.

Cenia. *—Oye, cuantas veces te has alojado en un ser humano, ¿cómo ha sido tu vida dentro de esas personas? ¿Te acordás de lo que hiciste en una misión anterior?*

Ya entiendo, los espíritus pierden su conocimiento cuando entran en un cigoto, y las almas pierden lo que aprendieron en la tierra cuando su cuerpo desaparece. ¿Por qué? Cierto no todo se pierde, el alma algo se lleva.

Oldie. *—Sí, lo hacemos hasta cierto punto. Mantenemos cierta conciencia y ondas que recibimos y conservamos de nuestros viajes o asignaciones anteriores en la tierra. Los mantenemos como ondas y o frecuencias. Perdemos el conocimiento que obtuvimos cuando pasamos por nuestro proceso de separación en la dimensión material; es decir, cuando* *volvemos a nuestra dimensión espiritual. Podemos llevar imágenes de cosas, problemas, objetos y o temas que más nos hubieran emocionado; y podemos mostrar estas tendencias como humanos cuando volvemos a la tierra. Las frecuencias de algunas cosas, pensamientos o emociones, pueden apegarse a nosotros; y podemos verlos, en cualquier momento en el espacio, pasado, presente o futuro, incluso simultáneamente.*

Keta. *–Cierto, yo recito los poemas que escuché en Europa durante el período renacentista. Recuerdo los poemas que inspiré a los humanos en los que fui alojado. Guardo la música que me emocionó; y me excito de nuevo cuando alguien la toca mientras estoy en una nueva misión. Llevamos estas frecuencias de viaje en viaje en nuestras mentes; y podrían aparecer como actitudes o tendencias humanas más tarde.* [29]

Cenia. *–Eso es correcto; ahora es parte del sublime amor que llevamos. Mantenemos el poder de existir en cualquier momento y espacio.*

Guía. *–Todavía tenemos tiempo para entretener al público con un breve drama del ogro que reside en el ego humano; se llama ACOPEAE.*

Tentación del ACOPEAE (el ogro en el ego del alma)

Siete espíritus elegantes y delgados (cuatro hembras y tres machos) llegan al escenario y bailan al ritmo de la música de tiempo andante. Los cuatro espíritus femeninos bailan en el sentido de las agujas del reloj alrededor de un triángulo de tres espíritus masculinos. Los hombres escapan del círculo y las hembras los persiguen para encerrarlos de nuevo. El baile repite este patrón. Otros cuatro espíritus, dos hembras y dos machos, caminan en pareja en el escenario al frente izquierdo del escenario y al frente derecho, llevando un libro en su Manos. El macho lleva azul claro y las hembras, prendas transparentes de color rosa claro. Una vez establecidos, recitan un poema, turnándose, pero comienzan con una pista musical. La rapidez de las voces de los espíritus' recitando los versos coinciden con el tempo de la música. Los bailarines se detienen cuando los espíritus cambian a recitar, girando y entrecruzándose para formar una línea. En ese momento, los siete espíritus danzan alrededor de un espíritu sentado en una silla, cada uno porta una letra. El espíritu en la silla tiene en su pecho una etiqueta que dice 'EGO'. El hombre piensa, se preocupa o

---

[29] Ver nota al final- xxx – Ondas cerebrales humanas

llora, con la cabeza baja. Al final de su carrera, los espíritus se alinean frente a la audiencia para mostrar las letras deletreando la palabra ACOPEAE, durante unos segundos. Los tambores marcan el ritmo de la danza y los sonidos del gong cuando los espíritus se alinean mostrando la palabra entera. El siguiente espíritu inmediatamente comienza a recitar partes del poema, y el ciclo se repite.

Recitan el poema en diálogo alternado en turnos; es el diálogo de unicidad. La música suena suavemente en el fondo –Espíritu 1 al lado delantero- izquierdo del escenario; Espíritu 2 al lado delantero-derecho, Espíritu 3 al lado delantero-izquierdo, y el espíritu 4 al lado delantero-derecho. El baile y las declamaciones de los espíritus continúan en tempo perfecto con la música. La perfección es una de las cualidades estándar de la dimensión de los espíritus.

Diálogo de unicidad: La muerte de ACOPEAE

Espíritu 1. –[El hombre] *¡Este mundo, tal como está, fue hecho para mí! Veo la forma en que existo en las estructuras dispersas. No me importa la justicia, la igualdad, que no puedo ver. No me importa la unicidad; cesamos y desistimos; ¿quién da un ápice por un plan divino? La intención de cuidar y compartir no es de nadie, ni tuya, ni mía. Este mundo esclaviza, asusta y se atreve; es para los inteligentes, lejos de lo sublime.*

Espíritu 4. –*Saliste del Edén, el lugar prometido, el cuerno de la abundancia, jardín de amor, de tranquilidad y paz. Todo estaba abierto de par en par... nada oculto. Todo en orden, nunca vacío; perenne, flores... bajo la brisa suave.*

¿Que están diciendo?, en verdad existió el edén. ¿Será el edén solo un símbolo de un estado condicional de la vida?

Espíritu 3. –*(El espíritu global) Saliste de tu papel, renunciando a tu vida en el Paraíso; elegiste una mente propia. Qué lástima, lo arruinaste todo, te arriesgaste y tiraste tus dados, prefiriendo el destino, el bien y mal.*

Espíritu 2. –*La conciencia de tu futuro está fuera de tu vista, pues un ciego no puede ver más allá de su nariz. Tus pensamientos, una vez claros, tienen dudas, y tu razonamiento oscurecido es defectuoso y* *leve. Un ciego sólo puede ver lo que está cerca; a través de la niebla, tu sabiduría no tiene influencias.*

Espíritu 4. —Las circunstancias, jungla de condiciones, copas de árboles altos, las cogniciones, innumerables opciones y luego algunos enigmas de la realidad, las simplicidades adormecen tu mente. Los Atributos que hicieron al hombre antes, ahora lo dejan frío; corrieron. Sí, hombre ciego, elegiste la realidad, parece; El materialismo es era la realidad de tus sueños.

Espíritu 1. —Mira, un ciego perdido en este mundo no puede encontrar su camino de regreso al Paraíso; pues enfrenta innumerables opciones. Gira en laberintos de acertijos; se arremolina en permutaciones de opciones, su premio, su paso. Está perdido sin rastros.

Espíritu 3. —Los humanos tienen miríadas de pensamientos y creencias, piezas esparcidas en sus mentes. Deidades con igual potencia vuelan sobre tu razonamiento breve y abundantes creencias de todo tipo. ¿Cómo podés reparar las grietas? La dicotomía de la existencia, la brecha obvia que nunca encaja entre materia y espíritu, vive desde ese día.

Espíritu 2. —Aunque las personas son diferentes, el origen es uno; los atributos comunes de los individuos, egoísmo, envidia y odio hoy están dispersos. Un plan débil para cada uno de nosotros siempre está en disputa, como trama distorsionada en el debate diario.

Espíritu 4. —¿Qué tan triste es la historia del hombre? Cambió la seguridad por nada cierto. Fue por conocimiento, por un beso, en la ignorancia, y se hundió junto con vos. Qué triste es esta historia, una oscura y larga noche. El hombre piensa, lo sabe, pero no quiere ver. Su mente se pregunta, ya no es brillante, ciego en un bosque, chocando contra árboles. Triste historia para todos y para usted.

Espíritu 1. —Los individuos aislados obtienen atributos en el juego de la vida: Codicia, Odio, Avaricia, Ambición más allá; pero no respetan la hermandad. Cada hombre es un número, una cara distante, no es más un alma, es un recurso, un vínculo, un cliente para explotar sin remordimientos.

Espíritu 3. —Engaño, el engañador engaña, es el juego. ¿Es magro su objetivo? Los poderosos perciben que el fin justifica sus medios. Prioridad por encima de su salud, un complot para obtener más riqueza.

Espíritu 2. –*El ciego está perdido, confundido, un lobo solitario buscando una presa; hipocresía a mano, tristemente profusa la noción de tener es mejor que ser una persona honesta de ritual amoroso: Un hombre de pensamientos, amable, espiritual.*

Espíritu 1. –*La falacia es reunir riquezas más allá de tu necesidad de vivir bien, si sabes que la materia se queda de este lado. Ni siquiera tu cuerpo sigila el secreto de la bendición de la muerte; porque también se va, a medida que pasan los años, día a día.*

Espíritu 4. –*El camino es de lo material a lo espiritual: Dos dimensiones residen en un solo espacio. Y en este espacio reside todo lo visible e intangible y todo lo invisible e intangible –sin interferencias–. Y en el nivel de tu conciencia, cada una tiene un punto donde tu mente conecta tu alma con el espíritu global. Y la distancia y la cercanía, como la percepción y la concepción son lo mismo. Dos dimensiones y vos vivís en las dos.*

Espíritu 2. –[El espíritu global] *El ego se enamora de la codicia, una diosa hermosa; y Venus seductora atrapa su mente con deseos materiales. El ama con necesidad lasciva porque perdió la cabeza, su lógica deductiva, en la lujuria de riqueza, fama y poder que aspira.*

Espíritu 4. –[El espíritu global]. *Llamas de ambición y codicia queman tu ser de adentro hacia afuera. La pasión de tener todo lo que podes, fuerzas irresistibles te abrazan, te alimentan; y entonces, la envidia y el egoísmo vienen a acariciar tu ego donde estés.*

Espíritu 3. –[El hombre] *Y así, la unicidad de donde vinimos se ha ido hace mucho tiempo; no tenemos camino de regreso. El camino al Edén, el Paraíso, que una vez tuvimos, está cubierto de codicia vestido de vergüenza; está escondido debajo de nuestra pista solitaria. ¡Qué triste es la historia del hombre, de hecho, es triste!*

Espíritu 1. –*Qué triste es, qué triste de hecho: Mi egoísmo, me lleva a la deriva; me hace pensar que todo se trata de mí. El poder y la riqueza son mi única obra dependiente de lo que hago cada día. Nadie puede tener nada, todo es para mí. ¡Qué triste es un hombre como se lee en la historia! No se preocupa por las necesidades de los demás.*

Espíritu 4. –[El espíritu global dice] *Avaricia, tu amante, encantadora y dulce, una amante apasionada quemando tu alma,* *besando con lujuria tus ambiciones. Y murmurando viene a cumplir tu destino; y tomás todo sin pensar, sin inhibiciones.*

Espíritu 2. –[El hombre dice] *La puerta por la que entré todavía está aquí, la toco, la veo allí. Yo mismo la tranque al salir. Ahora no puede entrar.*

El espíritu global dice. –*Esa puerta está dentro de ti, insensato, oxidada y trancada sí, pero esperando ser destrancada.*

El hombre. –*Pero no tengo valor para abrirla. ¿Quién tiene el código, la llave antigua? ¿Tú, ellos? No encaja; es para todos nosotros, a la vez, no sólo para mí.*

Espíritu 1. –[El espíritu global dice] *¿La llave? Es un simple pacto –una decisión de tu conciencia–. Sí, lo es, y sabrás cuando abras la benigna puerta del Edén y veas su interior. Verás su bondad, su frescura, el jardín de poder, su claridad. Pero ese jardín está aquí en la tierra, donde los humanos viven.*

Espíritu 3. –[El hombre dice] *¡Oh Dios mío! Qué difícil es todo ahora, sí, ¿no? Un simple compromiso a un cambio; Estoy en la puerta, pero no puedo pasar. Las posesiones materiales no me dejan entrar; sigo luchando con mí envidia y venganza. ¡oh Dios mío! Por favor, has de nosotros una sola clase.*

Espíritu 2. –*Vos, hombre, tu ego aún no está limpio. Tenés pecados mayores que limpiar; por lo tanto, no podés entrar en mi dominio: La esfera de la paz que nunca has visto, la gloria del Amor que necesitás.*

Espíritu 1. –*Hombre ignorante ¿Qué parte, no entendés? Limpia tu ego y tu mente de los prejuicios que trenzaste desde días tempranos, esos que intercambiás por poder y riqueza cuando encuentras.*

Espíritu 4. –[El hombre] *¿Y qué es lo que necesito abandonar?*
[Y el espíritu global dice]

Espíritu global. –*Tu ACOPEAE: Los atributos del yo interior que vienen a adormecernos a todos, sí, tú y yo.*

Espíritu 3. –*ACOPEAE: Una ambición no te deja estar; la codicia te hace querer más y más. La avaricia insta a la riqueza que adorás. El prejuicio es la irracionalidad que cala; es la actitud fea que mata al Amor. La envidia te hace querer el bienestar de los demás. El egoísmo que alimenta tu autoimportancia; eso es tu ACOPEAE que mata tu oportunidad y no te atrevés a cuidar y compartir.*

Espíritu 1. –[El coro canta]: *ACOPEAE, ACOPEAE: La serpiente que con su canto te envuelve, su hechizo, elixir fatal; ya está. Estas perdido; cambia y dejalo ir.*

Espíritu 2. –*Renuncia a tu ACOPEAE; es tu oportunidad. Ahora conoce el código; mata el ACOPEAE, es tu camino de regreso; tu elección es un camino más derecho, pero puede ser una promesa que tal vez no puedas hacer.*

Espíritu 4. –[El hombre dice]: *¿Me salvare el día que mate a mi ACOPEAE?*

El espíritu global. –*Yo seré tú y tú serás yo. Tu ser vibrará con la frecuencia del amor. Tus pensamientos serán innatos, y no habrá delincuencia. Te encontrarás conmigo en el plano de la sabiduría y veré tu alma a través de tus pensamientos. Ya no estarás loco, y verás lo que no captaste.*

Espíritu 3. –*Has visto cuando estabas ciego. Ahora verás tus horizontes y más allá; no habrá preocupaciones por encontrar. La felicidad. será tu mayor vínculo. compartiendo tu amor con sinergia de confianza. Y serás un nuevo individuo. Y cuando los humanos hagan eso, vivirán felices el uno con el otro, familiares, padre y madre; y todo el mundo atendiéndose y compartiendo mutuamente el amor que sienten; en unicidad con el Amor universal.*

Espíritu 1. –*Así que, aunque uses cosas materiales serás esencia de un ser puro. tu alma no tendrá anclas ni ataduras a los objetos materiales terrenales, ni al materialismo. No tendrás más temas materialistas, ni los atributos y mentiras del ACOPEAE. Entonces, estarás conmigo, y yo estaré contigo por el bien; sin distinciones ni tristezas. Pero cambia tu estado de ánimo y por fin entraras a la unicidad –el estado del orden de armonía de la existencia–; el estado estable de satisfacción, conformidad y gratitud.*

Ego-Espíritu. –*Soy tu ego, y ACOPEAE son mis siete atributos protectores que me guían al pecado, pero tengo libre albedrio y puedo hacer lo que elegí.*

El ego-espíritu lanza las letras al suelo. Chispas brillantes salen de las letras al golpear el suelo y el escenario se oscurece durante unos segundos, y luego las luces vuelven. En este punto, el espíritu sentado en la silla vibra y estalla en llamas; una nube de humo lo envuelve; y cuando el humo sube el espíritu ya no está. Los siete espíritus bailarines se arrodillan y levantan la silla para llevarla fuera del escenario. Y en las cuatro pantallas colgantes, el ego-espíritu aparece y dice.

El ego-espíritu. *—Las siete letras de mi ACOPEAE están rotas en el suelo. Rompí mi apego a lo material y el materialismo; soy libre al fin*

Vaya, fue un trabajo fantástico ¿no? Los seres humanos son libres de elegir lo mejor. Lo que tomo de todo esto es que, sí, somos seres de luz, espíritus; nuestras almas mandan todo lo que hacemos. El cuerpo, y sus acciones, es la parte que coloca al ser humano en la dimensión material. El resto es espiritual; así que los seres humanos no son materiales. Y nuestro ego es el vínculo con el materialismo, haciendo a los seres humanos materialistas. Además, las siete actitudes del ego nos impiden alcanzar la armonía del universo –la unicidad–. La Guía espera la respuesta del público.

Keta. *—Nos comprometemos a buscarnos el uno al otro mientras estamos en nuestras misiones en la tierra, tan pronto como entremos en un cuerpo humano. Sabemos que nuestros atributos espirituales son limitados mientras estamos dentro de un cuerpo humano. El poder de nuestras mentes alterará las condiciones y las circunstancias y nos unirá en la tierra. ¿Pero mantendremos nuestra promesa?*

Todos están de acuerdo en sus pensamientos, diciendo:
—Sí, así es.

Guía. *—Los dos espíritus –Cenia y Keta– resaltan el hecho de que los espíritus son parte de un espíritu supremo; y este espíritu llena el universo. También dan a la audiencia una idea de lo que hacen los espíritus.*

El escenario se oscurece; un relámpago brillante ilumina el escenario y una fuerte explosión sacude el teatro. Las luces vuelven a encenderse unos segundos después; tres espíritus permanecen en la plataforma de la estación de salida. La fecha es el martes 13 de febrero de 1990. Tenemos muchos fuegos artificiales en esta plataforma. Cenia se levanta y dice.

Cenia. *—Quedan dos espíritus; Keta y Tzzs se fueron, pasaron sus puntos de inflexión.*

Todos respondieron.

—Oh, sí, esos espíritus se han ido, ahora; deben estar estableciendo funciones para el desempeño material en su receptor, en este momento.

Oldie. *—Para el próximo período, todos pasaremos por nuestros puntos de inflexión. Es curioso que mantengamos la omnisciencia, pero no está claro en qué destinatario entramos. El ADN del ser humano es un factor biológico material; y los espíritus trabajan con él. Nosotros, no tú, lo sabemos, pero vos no adivinás qué espíritu obtenés. Ese es uno de los misterios de la vida terrenal. Pero es bueno que concibas que estaremos juntos después de esa instancia.*

El escenario se oscurece; Oigo una fuerte explosión, y veo resplandores brillantes uno tras otro. Las luces se encienden. Sólo queda un espíritu en la estación de salida, Cenia.

Jueves 22 de febrero de 1990

Cenia. *—Oldie se ha ido. Bueno, querido público, esto es todo, pronto los veré en el otro lado, en su lado, la tierra.*

Oigo otra fuerte explosión, veo un resplandor brillante, otra vez. Las luces se encienden. El último espíritu de este grupo ha salido de la estación.

Sábado, 3 de marzo de 1990.

Me pregunto dónde está Bochar. Yo sé que todavía está en algún lugar en una estación de salida. Bochar es parte de este grupo a pesar de que no es para trabajar con un embrión humano. Tal vez, lo averigüemos más tarde.

Elucidación de los conceptos

No entiendo lo que pasa cuando los espíritus dejan la estación. Me doy cuenta de que el público tampoco lo hizo. Necesitamos saber; merecemos una explicación de lo que sucede. Esperemos que los espíritus nos lo digan. Aquí viene la guía. La guía llega al podio y habla al público.

Guía. *—El público puede ver y escuchar a los espíritus en este teatro esta noche. Pero también, la gente, tal vez, no comprendieron los detalles y o el significado de lo que acaba de suceder. Hemos completado las cinco salidas que vieron, pero tal vez se preguntan qué sucede en ese instante.*

Sexis. *—Leo dudas en sus mentes. Sé que es difícil erradicar las creencias que viven en sus mentes por años. Los espíritus y los seres humanos viven en mundos diferentes, o dimensiones separadas. Pero* *los viajes de los espíritus hacia los cuerpos humanos son una realidad que nadie les ha dicho a los humanos. Tal vez ahora sea el momento de exponer las mentes humanas a la intención de la creación y al propósito de los ciclos de la vida. Pero por esta vez los espíritus y las almas en los cuerpos humanos conviven en la misma dimensión en este teatro. Tal vez un foro público sobre este asunto ayude a aclarar la teoría; y vos lector(a) —y el público en tu mente— pueden participar con preguntas.*

La guía no tuvo que esperar mucho, tal vez una parte de un segundo. Auras brillan sobre las cabezas de las personas e iluminan el lado del público en el teatro. El campo de energía en el teatro sube a un nivel que los humanos nunca han tenido; pero los espíritus lo capturan instantáneamente. ¿Quién no estaría interesado en aprender la verdadera historia de su yo interior? La emoción del público era obvia; y la energía del campo se desliza para llenar el teatro. El resplandor desborda el teatro. Lo puedo ver desde el espacio por encima del techo. Las pantallas muestran una vista espectacular.

Persona C. *–¿Cómo funciona la inflexión espiritual en la materia?*

La Guía señala el escenario donde los haces de luz brillan en las pantallas frontales derecha e izquierda; las pantallas muestran instantáneamente imágenes o diagramas gráficos de la fertilización.

Guía. *–Cualquier evento que ocurra ahora depende de los eventos que ocurrieron; de lo contrario, el nuevo evento no ocurre. La energía es el espíritu de la existencia; y llena el espacio del universo y todas las dimensiones dentro de él. Robert y Sexis regresan a conversar contigo. Robert, ¿podrías responder la primera pregunta? Sexis, por favor, ayuda y complementa, su respuesta.*

Robert. *–En el momento en que un espermatozoide fertiliza un óvulo, las dimensiones de los espíritus y de la materia se fusionan en el cigoto; y la inflexión sucede. Es decir, una molécula del espíritu global entra en la fusión. La fusión comienza en el nivel subatómico —cuántico— del espermatozoide y el óvulo. La interacción cambia en un campo de fuerzas en el cigoto. El campo de fuerzas crece dentro y fuera del cigoto; produce descargas eléctricas; y o genera trabajo eléctrico y o electromagnético, dentro y fuera del óvulo. El campo de fuerza electromagnética arrastra al espíritu al cigoto. En palabras simples, una molécula del espíritu global se aloja en el cigoto humano. Sabes que una molécula es la parte más* *pequeña que retiene las propiedades de la sustancia de la que proviene. Por lo tanto, esa molécula tiene todos los atributos del espíritu global. Después de la fertilización, el cuerpo femenino comienza a cambiar en medio del calor de la reacción del cuerpo; presenta síntomas como mareos, antojos, vómitos y más. Las corrientes eléctricas fluyen en las células que se despliegan del cigoto, e incluso en la célula cerebral del embrión emergente, esta acción molesta el cuerpo de la madre.*

Robert hace gestos Sexis con la mano para contribuir al discurso.

Sexis. —*El espíritu entra en la materia cuando un espermatozoide perfora la membrana vitelina y la membrana plasmática que cubre el óvulo femenino. Este es el momento en que el espíritu se funde con el espermatozoide y el óvulo que forma el cigoto. Ahora el espíritu está en el cuerpo, y convierte en el alma del cigoto. Las descargas eléctricas se extienden a través de la membrana del óvulo; y la microvilli se extienden para abrazar el esperma que penetra en el óvulo, en ese instante. Y entonces, el espíritu anima el cigoto. Ahora el cigoto humano tiene un alma, y el alma comienza a manejar la vida del ser en progreso. Este instante es el punto de no retorno —del misterio de la vida o de la composición de un ser dual, espíritu y materia— y se logra una inflexión. El embrión comienza su germinación justo después, con sus reacciones comunes. Señales eléctricas fluyen a través de todas las neuronas en el embrión en un estado cuántico.*

Robert. —*El alma comienza las funciones organizando las secciones del cerebro. Todavía no hay ser humano; y todo está en una etapa sub atómica relativa. No hay forma de ser humano, todavía; sólo hay reacciones químicas y el intercambio de energía eléctrica. El alma comienza a instalar todas las funciones humanas en el cerebro. Pero toma días, o semanas para organizar la estructura del alma en el cigoto, y a definir el ser humano dual.*

Sexis. —*El espíritu sufre una reducción de sus atributos al transformarse en alma. Pierden la omnipresencia y omnipotencia; y pierde casi toda la omnisciencia; eso es, cuando se aloja en el cigoto. Las almas guardan algunas experiencias que obtuvieron en misiones anteriores, como ondas; vibraciones; o frecuencias, que las excitan. Las guardan en sus mentes; y cuando estas vibraciones u ondas aparecen pueden estimular la mente. La mente asigna las funciones, superiores* *e inferiores, al cerebro y los objetivos del alma conductora. También es probable que ciertas funciones paranormales del espíritu se alojen en las neuronas del cigoto; pero eso depende del número de neuronas activadas en el cerebro humano. Por ahora, debemos esperar.*

Alguien en la audiencia. *—¿Cuándo un cigoto se convierte en un ser humano? ¿Cuándo el humano se convierte por primera vez en un individuo?*

Quienquiera que haya hecho esta pregunta debe ser un abogado o político que busque una definición.

Robert. *—¡Excelentes preguntas!*

Hace una pausa y luego dice.

Robert. *—Sus preguntas se refieren a cuestiones sobre el aborto, y la acción criminal, un tema moral para los seres humanos; para lo cual no queremos hacer de este diálogo un tribunal de leyes humanas. El amor de los espíritus es vida y la vida es amor para los humanos; así que, cualquier cosa que destruya la vida destruye el amor, y eso puede ser criminal en el sentido de las leyes humanas. Pero, las almas de los seres humanos tienen su conciencia y ego, y el ego tiene la libertad de elección o el derecho sagrado de elegir. Los espíritus no interfieren ni intervienen con sus derechos, lo que incluye su privacidad. Este es el sagrado derecho de los seres vivientes —el libre albedrío—.*

Así, de acuerdo con las leyes de la existencia, que conceden a los seres humanos la libertad de elección, que elijan su pensamiento, decisiones y acciones. Sólo recuerde que la materia no puede ser creada ni destruida.

Robert se detiene de nuevo y añade.

—Hay dos componentes principales del alma en un cuerpo humano, el ego y la conciencia. El alma tiene una función importante llamada mente, que ambos componentes utilizan. Estos dos componentes y la mente incrustada en el cuerpo conforman un ser humano dual. Pero el alma y el cuerpo no se convierten en un solo ser, sólo trabajan juntos. Un espíritu es la esencia de algo o de alguien; el alma es el núcleo, la esencia, de algo o alguien. El alma mantiene la fuerza vital del espíritu, y anima el yo interior del ser humano. Espíritu y el alma son lo mismo, y el alma, o el espíritu, y el cuerpo humano trabajan juntos en la misma misión, es decir, la vida. La distinción entre el espíritu y las almas está en la libertad

de acción. Todos los espíritus son libres en la dimensión de los espíritus. Tienen los tres atributos, cuando están allí; omnisciencia; omnipotencia; y omnipresencia; además del amor absoluto, cuando están en su mundo. El alma, por otro lado, es un espíritu con atributos reducidos. El alma no es omnipresente; no es omnipotente; y no es omnisciente. Por lo tanto, un espíritu que entra en un óvulo humano pierde su omnisciencia; recibe la capacidad de adquirir conocimiento a través del aprendizaje; pierde su capacidad de estar en varios lugares al mismo tiempo; y pierde su poder para hacer todo lo posible cuando se alojan en un cuerpo humano. Pero las almas pueden aprender de la omnisciencia a través de sus habilidades para pensar, razonar y meditar. La mente conecta el alma con el espíritu global y con cualquier espíritu libre en su dimensión. Del mismo modo, el espíritu y cualquier espíritu, parte del espíritu global, puede conectarse con un alma a través de su mente en ciertas ocasiones.

Sexis: *Así, un alma y un cuerpo se fusionan para trabajar como una unidad; pero las almas mantienen la naturaleza de los espíritus, la identidad y la integridad. De hecho, el alma y el cuerpo pertenecen a dimensiones diferentes y no llegan a ser uno, por ahora. Entonces, el espíritu se convierte en un alma, un espíritu limitado, cuando está en un cuerpo de una criatura viviente. El cuerpo humano es materia viva, al igual que la de cualquier otra especie inferior. Sin una mente el cuerpo no es de un ser humano; pero cuando las funciones de la mente se vuelven operativas, el cuerpo y la mente se convierten en un ser humano dual.*

Robert. *—La cronología del desarrollo del embrión humano muestra que la mente configura el cerebro entre la novena y decimosexta semana; después de que el corazón, la visión y las funciones auditivas se desarrollan. Por lo tanto, la mente configura los cinco sentidos primero el papel de razonamiento de la mente. Mientras que el alma está ocupada estableciendo funciones en las neuronas del cuerpo, la mente trabaja en las neuronas del cerebro, al mismo tiempo. La capacidad de la mente para pensar viene después de que las neuronas del cerebro son funcionales y activas; que es alrededor de la decimosexta semana de desarrollo embrionario. El espíritu establece la mente, los componentes y las funciones, durante este período. Cuando el embrión se percata de su entorno por primera vez, su vida consciente comienza como criatura viviente; pero cuando se vuelve consciente de la presencia y las funciones, la vida humana comienza como* *un ser humano dual.* [30] *Vos podés encontrar en el "Internet" opiniones mundiales, y o puntos de vista, sobre el momento en que un embrión se convierte en un ser humano; la conciencia de los seres humanos.*

¡Caray! No puedo creer lo que oigo. ¡Esto no es posible! Fusionan el concepto de inflexión con el conocimiento de la biología humana en la tierra. El discurso desacredita ciertas creencias del génesis del humano. Los expertos en biología humana deben estudiar esta teoría y ofrecer sus comentarios. La guía toca en el podio y mirando a la audiencia, dice.

Guía. *–¡Esto es un lío complicado! Bueno, ustedes han oído un discurso colosal de la inflexión espiritual. Presentaré ahora algunas observaciones. De hecho, ni el espíritu (la energía) ni el cuerpo (la materia) pueden ser creados o destruidos; esto implica que un ser humano no destruye a otro ser humano, no puede. Queremos decir que una criatura viviente nunca muere, ni es asesinada. Cuando una criatura fallece, pierde su presencia física y mental en el mundo material; y nada más. En este caso, ya no contribuye a la vida, ni comparte ni cuida de los otros. Esto es una tragedia para todo el universo. La muerte abrupta de una criatura viviente sólo acelera la separación de su espíritu del cuerpo; eso es antes de su mandato. Un abrupto fin de la vida pone fin a las oportunidades que aparecen en la vida; estas acciones niegan el concepto de conservación de la vida en el universo. Por lo tanto, la destrucción de una criatura viviente pone fin a la presencia de esa criatura viviente; y suprime sus posibles de contribuir a la humanidad.*

–Para la existencia no hay destrucción, su equilibrio siempre se reestablece. ¿Podría ser cierto? Por ejemplo, cuando el mundo esté sobrepoblado y no pueda mantener la sobrepoblación, el entorno desencadenará condiciones para limpiar la situación. Una hambruna puede exterminar el exceso y el ambiente establece un nuevo balance. Cualquier entorno sólo toma criaturas satisfechas con, o pueden adaptarse a, sus condiciones. Esta es una manera de purgar a los débiles, los menos capaces. Es una forma natural de privar la presencia de las criaturas. Los más fuertes no deben

---

[30] Christof Koch, Scientific America, Road to Awareness, https://www.scientificamerican.com/article/when-does-consciousness-arise, 1 de septiembre de 2009/

explotar o aprovecharse de los menos capaces, sino ayudarles a subsanar su situación. El propósito de la existencia es proteger la vida.

Las cortinas cierran, y el escenario se oscurece; pero la música de fondo continúa, mientras que los espíritus cambian el escenario, rápidamente.

La gente dice, *lo que sube baja o lo que va alrededor vuelve alrededor,* y estos pensamientos intuitivos son, tal vez, verdaderos. El hecho es que en la dimensión de los espíritus lo lógico y lo ilógico también es posible. ¿Por qué no? La evidencia que prueba la última declaración vive en la imaginación humanas, especialmente de los niños y las mentes de ancianos que se adentran en ilusiones, delirios y o fantasías. Los seres humanos llaman a los niños visiones productos de la imaginación creativa, pero llaman a las historias mayores productos de senilidad, demencia, etc. Pero, ¿es correcto o incorrecto este juicio? Podría ser que en los casos de los niños y los ancianos su imaginación sólo aprovecha la omnisciencia de la existencia. Entonces, cada pensamiento o concepto es posible y verdadero. Parece que es cierto, al igual que los extraños sueños que tenemos durante dormimos. La explicación lógica es que nuestras mentes, o almas, serpentean fuera del cuerpo en la dimensión de los espíritus, donde todos los conceptos son posibles. El hecho es que nuestras mentes no pueden concebir nada más allá de la omnisciencia de la existencia. En efecto, ningún conocimiento esta fuera de la existencia; por lo tanto, toda gnosis y o conceptos deben venir de la existencia. Pensemos en ello. Hay consenso, y evidencia, de que los seres humanos llevan un alma y una mente adentro que maneja sus pensamientos, decisiones y acciones. Pero ni el alma, ni la mente, sus pensamientos o sus decisiones son materiales. No, no lo son; son invisibles e intangibles, son espirituales. Con respecto a los espíritus son una preocupación, y debe haber una explicación lógica de cómo los espíritus entran en criaturas vivientes y se convierten en sus almas con una mente de gestión independiente.

En el mundo físico de los seres humanos, esperamos que, si algo es observable, debe tener una historia, una vida y un fin. Este concepto está respaldado además por la ley de causa y efectos. Es una premisa fundamental para cualquier hipótesis o teoría sobre la existencia de los espíritus. Los humanos observan sus mentes en acción, los sentimientos y emociones de las conciencias, y las acciones del ego. Pero todo esto sucede en una etapa de funciones espirituales, que los seres humanos no pueden ver ni tocar. Lo anterior, por sí mismo, es una prueba fuerte de que los seres humanos no son seres materiales, sino que son espirituales de naturaleza innata. Además, si los seres humanos tienen un alma, una mente, una conciencia y un ego, como los seres humanos experimentan, entonces tienen el derecho y el deber de averiguar de dónde vienen estos elementos. Debemos responder a la pregunta; ¿cómo se alojan estos elementos en los óvulos humanos?

Por otro lado, los espíritus pasan al mundo de los seres humanos en el momento de la fertilización del óvulo, ni antes, ni después de la fertilización. ¿Por qué tanta precisión? Bueno, no, no tanto por precisión como por la secuencia causal del proceso que no puede ser alterada ni retrasada. La inflexión no puede tener lugar antes de la fertilización porque no hay lugar disponible para que el espíritu se aloje en este momento. Por un lado, la omnipresencia del espíritu de la existencia manda que esté presente en todo lo que existe y lo que esa por existir, principalmente la materia que tiene volumen y ocupa espacio. Así que siendo materia el esperma y el ovulo por la omnipresencia del espíritu global de hecho ya llena estos dos elementos. Los espíritus no pueden entrar después porque la célula cigoto –el óvulo fertilizado– se sella para iniciar la preparación del esperma, durante varias horas; la fusión del núcleo espermático y el óvulo comienza en este momento. [31] Por lo tanto, el espíritu entra un momento antes de que el cigoto se selle a sí mismo, antes de comenzar la preparación del esperma.

Si los humanos entienden lo anterior, entonces los seres humanos pueden entender por qué y lo que los espíritus esperan en la estación de salida. La energía espiritual que entra en el óvulo espera que este momento se incorpore a los ovocitos fusionados. Las corrientes eléctricas y las descargas que ocurren durante el proceso de fertilización demuestran la acción del espíritu entrante. El espíritu es parte del proceso de fertilización. Cuando el ovocito se establece, el espíritu comienza la instalación de la mente y la configuración del

---

[31] https://en.wikipedia.org/wiki/Human_fertilization

cerebro. Los pasos finales de la fusión humana de espermatozoides y óvulos, y el desarrollo prenatal del embrión no podrían funcionar sin la inclusión de la mente, la conciencia y el ego; los tres elementos principales de su alma.

La mitología griega creó una criatura mitad humana y mitad caballo, los centauros; los centauros tienen el torso, la cabeza y los brazos de un hombre y el cuerpo de un caballo con sus cuatro patas. Los centauros representan la fuerza animal y las habilidades humanas. Las fantasías griegas no eran descabelladas. Bueno, los seres humanos son mitad espíritu y media materia, un alma (mente) y un cuerpo animal. Una mitad es invisible e intangible y la otra mitad es visible y tangible. Los pensamientos humanos, las emociones, los sentimientos, provienen de las dimensiones de los espíritus, y las acciones físicas pertenecen a la dimensión material. Entonces, podemos decir que los seres humanos son "mentauros." De todos modos, esta dualidad es una prueba de la coexistencia de las dos dimensiones, de los espíritus y la materia.

CAPÍTULO 4

El nacimiento de las almas.

Abstracto

Figura 6: Amanecer

La luz siempre viene con cada amanecer; y cada nacimiento y muerte trae llanto. La vida comienza con lágrimas y alegría y la gloria del nacimiento opaca la agonía y el dolor de la madre. La vida termina con dolor y tristeza, pero su partida devuelve realmente la satisfacción, y alegría de la paz eterna. El bebé atrae un alma nueva a este mundo material, además de un nuevo cuerpo y la nueva inteligencia interactuá con el mundo real. No dejemos de ver el alma del bebé y todos los atributos del espíritu que se aloja en su cuerpo. Porque ese espíritu maneja la vida del nuevo ser humano desde su nacimiento hasta su muerte. La mente, ego y consciencia son los componentes del alma nueva —intangibles e invisibles. Mas los humanos solo ven las acciones del cuerpo material del nuevo ser y no la realidad de su yo interior— su ser real. Cierto, todos los humanos nacen de igual forma, pero no son iguales. La humanidad entera hace la igualdad o la desigualdad a voluntad de los gustos, preferencias y caprichos de sus egos.

Nacen los seres duales

Sábado 3 de febrero de 1990. Estamos a once días del día de San Valentín, la fiesta del amor. La gente cambia sus estados de ánimo y actitud. Las personas hablan de amor, como si lo sintieran por alguien, padres, parientes, amigos y o los compañeros humanos. Ellos envían flores el uno al otro; tarjetas de correo escritas con palabras sentimentales, preciosas. El mundo cambiaría si fueran así todo el tiempo. De cualquier manera, estamos de regreso en el viejo teatro, aquel espeluznante teatro. Las cortinas se abren. Veo cuatro pantallas de ventanas en el espacio, dos atrás del escenario; una adelante y a la izquierda del escenario y otra adelante y derecha del escenario; las colocaron para conveniencia del público. El escenario esta oscuro; y las pantallas traseras del escenario se encienden, mostrando galaxias en el espacio.

Los espíritus no cuentan horas, minutos o segundos en su mundo. No se preocupan por el tiempo; es infinito. Los espíritus no tienen tiempo de espera; sólo tienen existencia, y esa es también infinita. Por lo tanto, ellos pueden retrasar su salida por días, semanas, meses o años en tiempo terrenal; no importa.

Espera, el espíritu guía regresa.

Guía. —*Tengo buenas noticias para ustedes. El espíritu global ha concedido 'atributos táctiles' además de las facultades para ver y escuchar de este ritmo hacia adelante. Así que ahora los humanos y los espíritus pueden interactuar a voluntad, pero sólo en este teatro, en el escenario y en el público, sólo por esta noche.*

Pensemos, ¿cómo sería si pudiéramos ver, tocar, conversar con los espíritus?, ¿qué beneficio tendrían los humanos? Veamos; el escenario se ilumina con el color carne y en el suelo pequeños puntos de luz se mueven en un patrón aleatorio. Un grupo de espíritus fluye desde la parte frontal, izquierda y derecha del escenario, simulando una corriente y mezcla en un remolino. Los espíritus y los puntos de luz sugieren una competencia caótica y desesperada. Un espíritu jugando el papel de un óvulo humano baila dentro de una burbuja de cristal en el centro. Los bailarines juegan el papel de esperma, persiguiendo al óvulo y tratando de penetrar la burbuja de cristal.

Después de tantos intentos, un esperma encuentra un puerto, penetra la burbuja y abraza al óvulo. Este es el ballet, Primavera de la Vida, que es cuando un espíritu se fusiona con un óvulo. Es el misterio de la inflexión, cuando el alma, esperma y óvulo se mezclan para formar un cigoto. Las luces se apagan y el escenario se oscurece, pero los destellos repetidos de luces brillantes y luces negras ponen énfasis al júbilo. Cuando los espíritus ya están exhaustos en el suelo, el baile llega a su fin. El óvulo sigue bailando en la burbuja, pero ahora bajo el poder del alma en el cigoto. Luces parpadean en el escenario. Luces brillantes parpadeando rápidamente iluminan varias partes de la audiencia. El escenario y el público se oscurece. Las cuatro pantallas se encienden a la vez y mientras esto sucede el óvulo camina hacia el centro frontal del escenario, radiando su luz. El viento aúlla como si viniera de cañones profundos; mientras, el óvulo recita en tierna voz dulce.

> *El óvulo—el alma*
> *Rompe la luz del amanecer*
> *iluminando la belleza con esplendor,*
> *y la realidad de la vida de un ser*
> *despierta con todo su lujo*
> *a la inocencia del amor.*
> *Comienza su ciclo de vida, su flujo,*
> *y con él flota a la muerte la vida.*
> *Igual es para todos: tonto o inteligente.*
> *Materia y espíritu, una vela encendida,*
> *viajan unidos en la corriente.*

En el escenario oscuro los espíritus se levantan como velas encendidas; la mitad flota lentamente para entrar al escenario, por la izquierda y la otra mitad vienen por la derecha.

Guía. —*Se os confían atributos del espíritu global; así que pueden tocar, oír y ver a los espíritus en su dimensión espiritual. Pero no verán el alma que tienen en su ser material, no por ahora, desafortunadamente. Les aconsejo que no utilicen estos poderes en otra persona o personas* *sentadas a su alrededor; hay policías y abogados terrenales esperando en el vestíbulo.*

Al final, el guía regresa, pero ahora, el público puede ver el espíritu de la guía; está vestido de blanco con un halo brillante sobre su cabeza. Dice.

Guía. —*Ahora están en las dimensiones espiritual y material y nos comunicamos con vosotros en su forma terrenal normal.*

Ella hace una pausa

—*Las dimensiones de los espíritus y de la materia son relativas, opuestas y separadas, aunque ocupan el mismo espacio. Una es la energía pura y la otra la pura materia. El objetivo de la existencia es fusionarlos, como lo estamos haciendo ahora. Las siluetas que ves en el escenario y caminan en el público son espíritus que llevan a cabo las tareas de su misión. Siempre están feliz por participar y compartir —no resienten, reniegan o se rebelan a sus tareas—. Por favor, no palpen, acaricien o pellizquen a los espíritus; la descarga de energía en su cuerpo puede dañar sus cerebros. Los acomodadores masculinos y femeninos son espíritus que sirven mientras el espectáculo se realiza. Si necesitan salir al vestíbulo por cualquier razón, levanten una mano; y piensen porque quieren ir al vestíbulo, pero no digan lo que van a hacer allí. Si salen, un espíritu cancelará su poder y lo restablecerá cuando vuelvan a estas dimensiones integradas. Así que, continuemos.*

Nace Víctor en Manhattan, Nueva York

Las luces del teatro están apagadas, pero las cuatro pantallas de las ventanas encienden, mostrando el planeta tierra vista desde un satélite. Enfocan la ciudad y luego las calles, es la ciudad de Nueva York, en la isla Manhattan. En el fondo oscuro del escenario, muchas figuras humanas afanadamente se mueven por las calles, caminan por las aceras a cada lado, vestidos de blanco transparente, mirando a su alrededor. Son espíritus vagando por la ciudad.

Lunes 29 de octubre de 1990

Guía. —*Todos viajamos hacia atrás en el espacio y tiempo a la ciudad de Nueva York. Es al final del año 1990; aproximadamente, nueve meses después de aquel día de inflexión de esos espíritus.*

La guia camina al frente centro del escenario y dice.

Guía. —*Recuerden que los espíritus y los seres humanos comparten el mismo espacio a pesar de que están en dos dimensiones separadas. Allí, los humanos y los espíritus conviven e interactúan. Los espíritus aparecen y desaparecen a voluntad y caminan, o se mueven a través de los objetos materiales y los cuerpos humanos. Los espíritus son como frecuencias de radio; y así, pueden pasar a través de cosas materiales. Es la forma como ambas entidades coexisten en el mismo espacio.*

La música continúa; y los espíritus son joviales y felices, actuando un ballet o danza jazz en perfecta interpretación coreográfica en el escenario. Sus siluetas humanas se pueden ver a través de sus prendas. Terminan su baile, y el teatro oscurece por un segundo; la pantalla de la izquierda del escenario se apaga. Oigo un estruendo, como truenos de tormenta.

Las cortinas cierran. Las luces salen al escenario. Carol Richland, una mujer rica, está a punto de tener un bebé en una sala de partos privada de un costoso hospital ubicado en la Primera Avenida, Nueva York. El obstetra, Dra. Francis Gentile, entra en la habitación vestida y lista para asistir el parto. El marido de Carol siguió al médico unos pasos atrás; lleva un traje verde quirúrgico. Dos enfermeras, Martha y Janet, en la habitación están listas para ayudar a la Dra. Gentile. Los parientes intentan mirar a través de una amplia ventana en la pared de la habitación. Las pantallas posteriores del escenario muestran vistas de lo que está sucediendo dentro de la sala de cirugía al mismo tiempo.

Carol grita, con dolor, y llora con voz temblorosa.

Carol. —*¿Está saliendo mi bebé, doctor, está saliendo, doctor, doctor?*

Janet. —*Respire, Sra. Richland, por favor, respire...empuje, empuje duro, respire, empuje; respire, empuje.*

Janet limpia la frente de Carol.

Martha se inclina hacia la Dra. Gentile y susurra.

Martha. —*El escáner muestra que el bebé está atravesado; es un niño grande.*

Sr. Richland. —Dra. ¿Puede hacer algo? Carol está sufriendo... ¿Quiere que llame a otro médico, que sepa qué hacer?

La arrogancia de los ricos aparece; creen que pueden comprar cualquier cosa con su dinero. Ignoran que en los procesos de nacimiento, vida y muerte todos son iguales. La Dra. Gentile no responde, e ignora al Señor Richland. La desesperación está aumentando con cada segundo, y el Sr. Richland no soporta la situación y se va a la sala de espera.

Ariel, el espíritu alojado en el cuerpo del bebé, y quien una vez tenía todos sus poderes en su dimensión, ahora solo tiene poderes reducidos a prácticamente nada –no haya qué hacer, and grita en su mente–.

Ariel. –*Saldré de aquí, este bebé no lo logrará y mi misión perecerá; y tendré que volver a mi dimensión –no debo permitir que eso pase–.*

La misión de los espíritus es proteger y promover la vida en el universo, es su reacción automática. Las enfermeras corren de la cama de parto a los armarios, el Dr. Gentile suda, y Carol llora; las enfermeras corren de regreso de los armarios a la cama de partos. Hay problemas, se siente en el espacio.

Carol. –*No importa si yo muero Dra., salven a mi bebé, por favor... salven a mi bebé.*

Estoy seguro de que Carol tiene un deseo sincero. Ese deseo es una señal que Carol envía a la dimensión de los espíritus; como los espíritus dicen que pasa. Las respuestas vuelven como milagros, ayudas inesperadas.

Ariel. –*Tengo que salir de aquí de inmediato; Debo forzar mi situación fuera de cuerpo, ahora mismo. Debo salvar al bebé y mi misión en la tierra.*

Martha. –*¿Doctora, empujo al bebé –su hombro– para alinearlo?*

El tiempo se está acabando, el bebé no se mueve, todavía está de lado.

Dra. Gentile. –*Sí, por favor, rápido, Martha, hágalo a la cuenta 1, 2, 3; Voy a empujar* sus rodillas hacia *la derecha; empuja su hombro hacia la izquierda, ahora, 1, 2, 3.*

La situación es desesperante, es de vida o muerte. Empujan; esperan.

–*Martha, hagámoslo de nuevo, 1, 2, 3.*

Empujan. Esperan. El bebé gira y alinea la cabeza hacia abajo.

—Veo su corona, bueno. Hagámoslo una vez más, empujemos, *1, 2, 3.*

Esperan.

Janet. *—Señora Richland, respire, por favor, Carol sígame y empuje cuando le diga.*

Carol mira los esfuerzos de la Dra. y de Martha.

Carol, empuje, empuje, empuje.

Sr. Richland. *—Dra., ¿está saliendo, va a salir? Haga algo por el amor de Dios, haga algo.*

Carol. *—¿Está saliendo mi bebé, está saliendo? Oh Dios mío déjelo vivir; déjeme morir.*

El silencio es profundo en las salas de partos y espera. Carol sufre un dolor intenso. Un manto de incertidumbres cubre las mentes asustadas.

Ariel. *— Ya no hay nada más que la Dra. pueda hacer. Sacaré el cuerpo del bebé halando sus piernas.*

Ariel no puede salir de su cuerpo. Pero, ¿será demasiado tarde? El bebé no se mueve.

Janet. *—Dra., Dra., Mrs. Richland se está poniendo azul.*

Martha mira el escáner de ultrasonido, grita.

Martha. *—Dra. el bebé no se mueve; lo estamos perdiendo; lo estamos perdiendo.*

Dra. Gentile. *—Sigamos empujando, Martha; sigamos empujando.*

Ariel. *—¿Que está pasando? No puedo salir; No puedo salir.*

La Dra. Gentile sale de la habitación, camina afuera, y le dice al Sr. Richland y otros parientes.

Dra. Gentile. *—Tenemos que operar de emergencia para salvar al bebé. Sr. Richland, necesito su consentimiento para operar. La enfermera principal traerá el formulario de autorización.*

El Sr. Richland mueve su cabeza en aceptación; el médico vuelve rápidamente. Mientras tanto otro espíritu mirando el episodio, salta en la mente de Carol haciendo que contraiga sus músculos tirando hacia atrás del bebé como Ariel pretendía. El otro espíritu piensa.

—Ariel, sopla aire en el útero de Carol, presiona su barriga para empujar los pies del bebé; yo induciré varias contracciones fuertes de los músculos de la sección media de Carol.

Como arrastrado por una fuerte corriente, el bebé comenzó a deslizarse hacia afuera. Todo esto pasa en un milisegundo (en tiempo terrenal). Mientras prepara herramientas de operación, con prisa, Martha ve la cabeza del bebé saliendo, y grita.

Martha. *–El bebé, está saliendo; Dra. Gentile, el bebé está saliendo.*

La Dra. entra a toda prisa y se acerca a la cama, ve al bebé saliendo por sí mismo; el bebé tiembla un poco, y una vez fuera, llora, pero todavía está unido al vientre de la madre. Martha saca al bebé y se desmaya. ARIEL, en forma de luz, brilla sobre el bebé. La energía de Ariel altera el campo de fuerza de la gravedad y el bebé flota a la orilla y lo sostiene en la cama departo. Janet regresa a la habitación para ayudar, grita a todo pulmón.

Janet. *–¡MILAGRO!*

Janet se desmaya; las dos enfermeras están desmayadas.

Nadie presta atención a Carol; ella no se mueve: parece haberse desmayado después de respirar y empujar tan fuerte tantas veces antes. La Dra. Gentile rápidamente, toma y levanta al bebé y continúa su trabajo. Pero no presta atención a las enfermeras en el suelo.

Dra. Gentile. *–Janet, trae las sábanas y la manta tibia, rápidamente.*

Mientras mira el otro espíritu, Ariel piensa.

Ariel. *–Gracias, Lucio*

El otro espíritu, Lucio, desaparece en ese momento. Fuera de la habitación, los parientes, y el señor Richland grita, mirando a través de la ventana de cristal.

–Sí, sí... GRACIAS, DIOS... El bebé está vivo.

Los parientes estaban pensando en el bebé; tal vez, eso es porque no saben acerca de la situación de Carol. La situación es difícil para la Dra. Gentile; ahora sabe de la situación de Carol y debe informar al Sr. Richland. Después de unos minutos, sale de la habitación, serena pero triste, dice.

Dra. Gentile. *–El bebé está bien; pero perdimos a su madre, lo siento. El bebé es un niño; es hijo de un milagro.*

La Dra. Gentile camina por el largo pasillo con la cabeza baja. Tal vez, ella estudia el caso, pero la situación del bebé en el útero de Carol fue la causa del resultado. El Sr. Richland y los parientes rompen en llanto, abrazándose. Pocos minutos después, el Sr. Richland recupera su compostura, limpia sus ojos y dice.

Sr. Richland. – *Estoy profundamente dolido y triste por la pérdida de mi esposa, Carol, y le agradezco por el hijo que me dio. Este bebé es el producto de su coraje, y vale el precio de su amor y vida. Ella no nos dejó en vano. Por eso estaré en deuda con ella toda mi vida. El bebé fue su victoria, así que llamaré a su bebé, Víctor, Víctor Richland.*

Las cortinas se cierran; El público oye el llanto en la sala de espera. Las luces se apagan; el teatro está oscuro. Y desde la oscuridad la guia explica.

Guía. – *Entendemos los sentimientos de tristeza en este momento. Pero los humanos se ajustan a las condiciones y circunstancias de este mundo. Hoy, hemos sido testigos de un milagro en la tierra; pero en nuestra dimensión de los espíritus, no tenemos milagros. ¿Qué es un milagro? Es un evento que ocurre cuando la expectativa de su éxito es casi cero. Es una ley de la existencia que "la muerte sucede para que una nueva vida comience".*

Dos espíritus flotan a través de la sala de partos, hablando.

Espíritu 1. – *¿Viste todo eso? Aquí convergieron las acciones pasadas, presentes y futuras. Esos dos espíritus vinieron a rescatar al bebé justo a tiempo, mientras que la existencia tomó una decisión: la madre o el bebé.*

Espíritu 2. – *¡Sí! El resultado fue el último deseo de la madre pidiendo ayuda; y fue escuchado en la dimensión espiritual. El segundo espíritu que vino a ayudar es el espíritu de la señora Richland que estaba dejando su cuerpo. Para la familia Richland, su dolor y felicidad se fusionaron en el mismo momento. El camino de la vida cambió para el bebé debido a la muerte de su madre. Ahora, las esperanzas de todos dependen del futuro del bebé recién nacido, y el dolor se queda atrás.*

Espíritu 1. – *Para nosotros, espíritus, lo que sucedió es un hecho normal de la existencia: alguien muere para que otros puedan vivir. El espíritu liberado de la madre vuelve a nuestra dimensión cuando la señora Richland alcanza su rigor mortis. Y el alma incrustada en el bebé comienza su viaje; ahora está listo para actuar libremente.*

Espíritu 2. – *Ese es el ciclo de vida, un aro que nunca cierra; es la relación que resuelve su diferencia en el infinito. ¿Cómo pueden entender* *los humanos de medidas exactas, la circunferencia (el anhelo) y el diámetro (el esfuerzo) de un círculo (animado), generan la singularidad llamada infinito? Aquí estamos en sólo la mitad del círculo de vida. Porque si tratamos de unir el nacimiento y la muerte en un círculo, no podemos hacer que coincidan en un solo punto. Tal vez es porque la diferencia es siempre infinita. Y el infinito es el espíritu global y la existencia infinita,*

En realidad, la existencia infinita tiene un espíritu (su energía) que debe ser infinito. La existencia y su espíritu son omnipresentes, omnipotentes, y omniscientes. Los ciclos de vida son infinitos, aunque la vida de los mentauros, alrededor de cien años, solo pueden cerrar la relación de su esfuerzo y anhelo en el infinito de la existencia. En ese punto, la relación es una, y solo una, para los ciclos de vida de todos los seres vivientes.

El medio círculo de vida

Igual que antes, dos espíritus, A & B, bailan; pero esta vez, se pasan el uno al otro, de ida y vuelta, un balón; cinco o más espíritus bailan solos, tratando de interceptar el balón. Es un baile extraño; y lo que este baile representa. El espíritu A aparece en la pantalla de la ventana delantera izquierda.

Espíritu A. –

Si no lo eres tal vez lo serás,
y si lo eres tal vez no lo harás.
vive la vida hasta que estés muerto.
en tu ciclo de vida que es cierto.

El Espíritu A aparece en la pantalla que cuelga sobre el escenario a la derecha. Otros espíritus bailan en el piso y se detienen cuando cada espíritu pasa el balón.

Espíritu B:

De lo que ves hay más que no ves:
Tu vida está en medio.
Todo depende de un tal vez.

Esta es una ley sin remedio.
Lo que empieza terminará,
y tal vez no vuelva a comenzar.
Es un premio que no podés ganar.
El medio círculo de la existencia
Para los humanos, es la presencia.

Espíritu A:

Vive tu vida a plena extensión;
y no dejes acción sin hacer.
Y cuando esté contento tu corazón,
comparte y cuida, hasta perder tu ser.

Espíritu B:

Mas, sólo recuerda esto,
si te vas, puede que no vuelvas.
Pero si regresás, no serás igual.
Aunque la vida sea tu dicha,
medita y cuidá tus ideas en el paso,
del medio ciclo que no podés culpar.
Es un misterio; oh, oráculo omnisciente
Dime, ¿Qué es un milagro?

Espíritu A:

Ideas y acciones cerca de lo imposible,
anhelos logrados sobre lo que no es cierto:
esfuerzos más allá de la habilidad factible
devuelven la vida después de estar muerto.

Al final, el espíritu B recibe el balón y lo lanza al aire para que cualquier espíritu la tome. Uno lo coge y sale del escenario, mientras los demás lo persiguen. Mientras el espíritu es eterno, el cuerpo humano sólo vive una vez; los espíritus se alojan en los óvulos, pero de uno en uno. Viajan a la dimensión material muchas veces; porque su tiempo es infinito.

Guía. *—Las personas en la sala de partos o en la sala de espera no pueden ver a los espíritus. Pero el público puede porque recibió el poder de ver y escuchar a los espíritus.*

Mientras el guía hablaba, las siluetas vacían el escenario, y los espíritus realizan una danza en el crepúsculo de la vida y la muerte, de pocos minutos de duración. Las cortinas cierran y el escenario cambia.

Nace Moisés en Santa Tecla, El Salvador

Miércoles 7 de noviembre de 1990

Las cortinas abren. Las cuatro pantallas muestran calendarios pasando páginas a un día del mes de noviembre. Las luces se apagan en el escenario, seguido de otro retumbo. Un relámpago ilumina el escenario. La pantalla en el frente derecha del escenario queda encendida. Los espíritus vestidos con prendas transparentes de color pastel bailan mientras cambian el escenario. Dos pantallas muestran el planeta tierra, como se ve desde un satélite; luego enfocan la ciudad de Santa Tecla, El Salvador, Centroamérica. La pantalla muestra imágenes del vecindario y se centran en las calles. Las pantallas se apagan, y se escucha un sonido estruendoso como de una tormenta eléctrica. Las luces regresan al escenario, y las pantallas muestran el techo de hoja de zinc corrugado de una casa de escombros en las afueras de la ciudad. Luego, las pantallas muestran el interior de esa casa llena de escasez, pobreza y angustia, que sus ocupantes llaman hogar. Esa casa de escombros es típica de los países del tercer mundo. En el fondo, un radio viejo toca música. La música típica salvadoreña proviene de una emisora de radio local, mezclada con noticias. La gente se viste y luce como trabajadores agrícolas de bajos ingresos, en la pobreza.

Juana (treinta y un años) esta acostada en una camilla de lona casera cubierta con una vieja sábana blanca. Juana espera un bebé. La gente está en un estado de pánico y desesperación allí en la casa. Celia no es una anciana; ella tiene sólo cincuenta años, pero se ve vieja y cansada. Eso es quizás debido a la dura vida que ha pasado en la pobreza. Celia corre a buscar artículos que la partera pidió o necesita. Esperanza (sesenta y cinco) es una de las pocas parteras nativas salvadoreños en la ciudad. Esperanza ha dado a luz a cientos de bebés de familias ricas y pobres en la zona; ella es bien conocida. Dice que su misión es entregar nuevas almas a este mundo, le paguen o no. Añade que cuando un espíritu vagando alrededor se mete en un bebé, se convierte en el alma del bebé. Esperanza dice que hay un gran espíritu del cual todos los espíritus vienen a la tierra. El espíritu global le dijo, dice, que la igualdad de los seres humanos no está en la forma en que nacen; ni en el estilo de vida, sino en el derecho a recibir igualmente la generosidad del universo. La verdad es que todo en el universo existe para ser compartido por igual por todas las criaturas vivientes. Ella dice que la bondad vendrá cuando todos los seres humanos egoístas desaparezcan de la tierra, en tiempo dado; sólo aquellos que reconozcan el gran propósito y lo acaten permanecerán con el gran espíritu, para siempre. Esta es una revelación, no un pensamiento caprichoso. Es la gran verdad que la gente no entiende; al menos aún no.

Esperanza sigue trabajando en Juana y dando órdenes al resto. Dos niñas jóvenes, María (siete) e Isabel (catorce), están a la espera para ayudar a la partera. Toda la gente que se preocupa por el bienestar de Juana está aquí. Julio (treinta y dos), el esposo de Juana, Emilio (cincuenta y dos), José, el padre de Juana, un par de amigos; y varios vecinos también están aquí. Todos esperan fuera de la casa listos para ayudar en lo que puedan. En el patio trasero, dos ancianos están sentados en mecedoras rectas de respaldar alto; son el abuelo de Juana Jesús, (tata Chu, sesenta y cuatro), y Ma' Lina (sesenta y dos), la abuela. Ma' Lina reza siguiendo un rosario en sus manos. Dentro de la habitación la efigie de la Virgen María adornada con flores esta sobre una pequeña mesa contra la pared a la derecha, cerca de la esquina. Dos velas altas y gruesas colocadas en ambos lados iluminan la efigie en la mesa. El lugar tan rústico como es, es humilde; parece que la gente se fusiona con la naturaleza, viviendo con lo que la naturaleza generosamente proporciona, cada día. Las lágrimas salen de mis ojos, siento que aun soy un ser humano. Esa es la vida de los pobres demasiado lejos de la opulencia de los Richland en la ciudad de Nueva York. Y me pregunto, ¿por qué hay tanta diferencia en este mundo? No encuentro respuestas, exceptuando el egoísmo insensato de otros humanos. Observo, sin embargo, que el egoísmo está grabado profundamente por niveles en todas las escalas sociales del mundo (tierra). Los humanos están embrujados y son esclavos del ogro ACOPEAE que domina sus egos. La gente aquí en esta casa habla español; pero con el poder del espíritu universal, también escuchamos en inglés. El diálogo en español se muestra en las pantallas al frente del escenario. Juana gime, suda y grita.

Juana. –ay, ay, ay, ay, ay, ay, ay. *Que mierda, ¿Por qué hijueputa quedé embarazada?; este maldito dolor me está matando, ay, ay, ay*

Juana respira y exhala resoplando como un corredor de maratón que ya ha corrido muchas millas. Afuera, en la parte delantera de la pequeña casa, un grupo de vecinos están sentados en sillas plegables alineadas a lo largo de la pared, o de pie a la derecha y a la izquierda de esa casa de ripios. Esta reunión es típica en barrios pobres de terceros países. Están preocupados, curiosamente esperando al bebé. La vida es igual para pobres y ricos: nacemos, vivimos y morimos.

Esperanza: *Corran, perezosos, traigan ropa limpia para limpiar a esta mujer. Traigan agua caliente.*

Se refirió a Juana que acaba de romper la fuente. En las pantallas de ventanas, la traducción de las expresiones en español pasa, mientras hablan. Un perro flaco sentado junto a la puerta, mira sorprendido la conmoción, mientras las moscas vuelan sobre y alrededor de la cama de Juana. Esperanza, ni siquiera usa guantes, y tose al aire –la situación es caótica y poco saludable–. Ejecuciones simultáneas fluye en tiempo en las pantallas. Juana sigue gimiendo y llorando, sudando y maldiciendo.

Esperanza. *–Corran, vengan, arreen estas moscas. saquen a este perro de aquí. Maldita sea, apuren. Traiga una palangana, póngale una toalla en el fondo y viertan un poco de agua tibia. Maldita sea, de prisa, tortugas perezosas.*

Juana. *–Ay, o, o, ay, ay, o, ay. ¿Qué mierda? Ya no aguanto más.*

Esperanza. –*Respira, Juana, empuja, respira, empuja, más fuerte, maldición. ¡Ah! El bebé está saliendo, empuja; empuja; empuja. Ya casi sale.*

El bebé sale sin problemas. Juana toma al bebé por los tobillos, lo cuelga la cabeza hacia abajo, y le pega en las nalgas con la palma de su mano, y el bebé comienza a llorar. La partera dice.

Esperanza. –*¡Hijueputa! Este bebé es guapo; y tiene grandes pelotas, el hijo de pandilla.*

La gente fuera de la casa; es decir, familiares y vecinos oyen el llanto del bebé y dicen.

La gente. –*El bebé salió, acaba de salir; Dios bendito, ya nació el bebé.*

Unos murmuran que el padre es Vicente el sastre de la Sastrería de la gente; otros aseguran que es de Camilo dueño del comedor El Nilo. Bien en verdad solo Juana sabe quién.

El espíritu en el bebé. –*Ta vez la existencia debería acortar el tiempo de embarazo a menos de nueve meses. Tal vez podemos reconfigurar la mente y establecer sus funciones a requerir menos tiempo.*[xxi]

Juana. –*Gracias a Dios que este maldito dolor ha terminado.*

Esperanza. –*Es un chico guapo, Juana. Mira, Ma' Lina.*

El abuelo. –*"Ma' Lina, Yo lo vi vivo antes de nacer, vi un varoncito... se llamará Moisés, como aquel que liberó a los israelitas de la esclavitud en Egipto..."*

Esperanza limpia al bebé, lo seca con un viejo pedazo de un vestido viejo pero limpio; ella lo viste con un vestido blanco bordado a mano, y lo entrega a su abuelo, esperando en el patio trasero. José, el abuelo levanta al niño hacia el cielo, y en voz alta hace una ofrenda.

Abuelo. –*"Oh, Padre celestial, aquí está Moisés, quien peregrinará para salvar a su gente. Esta noche celebraremos tu nacimiento, Moisés."*

Juana sigue en la cama, pero desde la habitación grita a todo pulmón.

Juana: *"Ya va a ver este mierdoso, chamaco baboso, la nalgueada que le daré cuando crezca un poquito ese tal bebé."*

Juana quiere decir que se desquitará cuando el bebé este un poco mayor. De cualquier manera, todos están feliz, preparándose para la fiesta. María corre hacia el vecindario anunciando el nacimiento de Moisés. Mientras Isabel carga al niño, y le canta. En las últimas horas de la tarde, comenzó la celebración. Los vecinos contribuyen con alimentos, ayudan a limpiar un área en el patio trasero para el bailongo. Dos guitarristas y un marimbero afinan sus instrumentos y comienzan a tocar. La fiesta paso hasta después de la media noche. Las cortinas del teatro cierran mientras la fiesta todavía sigue; las luces del escenario se apagan.

Nace Rex en Henderson, Nevada

Viernes 8 de noviembre de 1990.

El escenario esta oscuro, y un estruendo suena. Los relámpagos iluminan el escenario y la audiencia, durante unos segundos. El teatro continúa oscuro, pero la pantalla derecha al frente del escenario se enciende, mostrando el planeta tierra como se ve desde un satélite; luego la imagen se acerca a la ciudad de Las Vegas, Nevada. La pantalla enfoca las calles, los escaparates, los magníficos edificios, y la multitud va apurada de un casino a otro. Algunas siluetas espirituales también caminan por las aceras, pero en la dimensión de los espíritus. Son esplendidas las vistas de esta ciudad en auge, rica, y excitante; la ciudad no luce como Santa Tecla. La iluminación es deslumbrante; ahí corre el dinero como agua en un caudaloso rio y la gente encantada llegan a gastarlo. Que contraste con aquellas calles de Santa Tecla, donde la pobreza oscurece sus calles de tierra. El escenario es diferente, una ciudad llena de luz, gente y vida, una ciudad de pecado y juego, una ciudad para beber y relaciones sexuales. Tal vez, la calle tiene demasiada luz para los espíritus. La vista se desplaza hacia el sureste y la estación Casinos-Hotel aparece en la pantalla.

El escenario vuelve a oscurecer; y las pantallas delanteras, izquierda y derecha, del escenario encienden. Un campo de energía intenso cubre el teatro; tal vez debido a la gran cantidad de espíritus cargados de energía concentrados en el escenario, y en este edificio. En el fondo del escenario oscuro muchos espíritus, en figuras de humanos, se mueven ocupados, hombres y mujeres vestidos como personas de juego. Los espíritus vestidos con prendas blancas transparentes hacen un ballet coreográfico o una danza de rock suave, mientras trabajan el escenario... las siluetas son transparentes. La música es típica de finales de las noventa.

El escenario abre sus cortinas, y el público ve una sala de maternidad del Hospital Henderson en 1050 W. Galería Drive. Jim y Ryan trajeron a Vicky a la emergencia y están en la sala de espera, hablando de la señora en el parto. Ellos esperan a que la enfermera jefa vuelva con la forma adecuada para tomarles su información. Mientras ellos conversan en inglés.

Vos, lector(a) y el público puede oír lo que dicen en español, por el poder que recibieron del espíritu global.

Jim. *–¿Sabés? Yo casi dejó a esa señora sola en el vestíbulo del casino-hotel. Me alegro que decidimos traerla al hospital. ¿Cómo se llama?*

Ryan. *–No sé. Ella nunca dijo una palabra allí, estando solo, vos sabés... ella estaba a punto de dar a luz. ¿Qué te hizo llevarla al hospital?*

Jim. *–No sé. La vi en el sofá del vestíbulo, llorando de dolor, y cuando vi su barriga, supe que estaba de parto. Revisé mi reloj; eran las 2:30 de la mañana. Yo sentí un escalofrío extraño; mis manos se congelaban y luego un calor, anormal. En ese momento, sentí la necesidad de recoger a esa señora, llevarla en el auto al hospital más cercano, a un vestíbulo de emergencias. Yo me alegro que volviste en ese momento. Yo no podía llevarla al ningún hospital. Vos tenías las llaves del auto.*

Ryan. *–Sí, todo sucede por algo, esos tipos en la caja de cambio, no querían pagar mi boleto, y dije, al carajo con esto; volveré mañana.*

Jim. *–Bueno, hicimos lo que teníamos que hacer; salgamos de aquí.*

Sí, no todo es causado por eventos aleatorios, sino por las cadenas de actividades y eventos que traen los eventos actuales. El espíritu del bebé en el vientre de la madre o el espíritu de la madre pidió ayuda y el espíritu de Jim respondió a la llamada. Por esta razón, Ryan se retrasó en la caja de cambio, y Jim tuvo que esperar lo suficiente en el vestíbulo.

Cuando la enfermera principal regresó con el formulario de admisión del hospital, los dos tipos se habían ido. En la sala de partos, el doctor de turno, Jeff Spencer, le pregunta a la señora (Vicky Martin). Aquí todos hablan inglés, pero ustedes escuchan en español.

Dr. Spencer. *–Disculpe señora, ¿cuál es su nombre, quién la trajo a esta emergencia, ¿tiene parientes aquí con usted?*

Ella está sufriendo, lentamente y con una voz débil, dice.

Vicky. *—Mi nombre es Vicky Martin de Los Ángeles, California. Yo no sé quién me trajo aquí; un joven me levanto del sofá en el vestíbulo del casino-hotel Estación, Henderson, antes de desmayarme; Yo pienso que él me trajo.*

La enfermera, Stephanie, fue a la sala de espera y regresó, diciendo. No hay nadie, sólo la enfermera de turno, de servicio de noche. Ella dijo que los dos jóvenes que la trajeron ya se fueron.

Mientras trabaja apresurado, asistido por una sola enfermera del servicio nocturno, el Dr. dice.

Dr. Spencer. *—Está bien. Vicky, relájese.*

El doctor se vuelve hacia Stephanie y dice.

—Quería preguntarles si notaron sangre en el sofá de donde la recogieron en el casino. Ella está teniendo problemas; Yo veo en el escáner bebés gemelos, pero uno está inactivo, no se mueve. Stephanie, llama a la doctora Carson, avisale a Barbara, la enfermera jefa, que prepare de inmediato la sala de cirugía para una operación seccional, de Cesárea. No tenemos tiempo que perder.

Mientras tanto, en el vestíbulo del Estación Casino-Hotel, un hombre busca desesperadamente a su esposa; está preguntando a la gente que todavía está en el vestíbulo, mostrando la foto de ella. Después de más de una hora una mujer de la limpieza del hotel de paso, con obvio acento latino hablando inglés, le dijo.

La señora de limpieza. *—Señor, Señor, yo vi a dos hombres jóvenes, uno tomo a la mujer y la llevaron en brazos fuera del hotel, hace una hora, más o menos; ellos salieron a la zona de estacionamiento.*

El hombre, Jeff, corre en la dirección señalada por la encargada de limpieza, y sale al estacionamiento. Corre a la cabina de salida de salida y le pregunta al asistente en servicio. Con desesperación mostrando en su voz casi al borde del llanto, hablando inglés, pregunta.

Jeff. *—¿Viste a dos jóvenes que venían aquí cargando a una mujer hace una hora y media?*

El encargado del estacionamiento con un fuerte acento español hablando inglés, al igual que la encargada de limpieza, dice.

—Vi a dos tipos llevar a una mujer embarazada. Dijeron, ella está teniendo un bebé; pidió hospital, yo sé de la emergencia; Le dije del Hospital Henderson. ¿Es esa la mujer?

Jeff da vuelta y corre hacia el estacionamiento, a su automóvil y conduce a la puerta de salida donde el asistente, entendiendo la situación había levantado la barra de la parada de salida, y gritó.

—¿Quién me paga por la tarifa de estacionamiento?

Jeff contesto.

Jeff. *—Tu madre*

Jeff apunta al cielo con el dedo medio de su mano izquierda por la ventana. En el hospital de Henderson, dos médicos, tres enfermeras trabajan en Vicky Martin —la situación no es fácil— ha pasado más de una hora desde que comenzaron a operar, eran alrededor de las 4:00 am. A eso de las 4:20 de la mañana, Jeff llega apresurado al mostrador de emergencias, nadie estaba allí. Una enfermera, la jefe de enfermeras, sale de una habitación y camina hacia el mostrador de emergencias, diciendo.

Barbara. *—¿Le puedo ayudar?*

Jeff. *—Señora, busco a mi esposa.*

Barbara. *—Lo siento, ya estoy casada.*

Ella hace movimientos corporales sexy insinuantes.

Jeff. *—No bromeo, estoy buscando a mi esposa, ella está teniendo un bebé y la trajeron a la emergencia de este hospital, ¿está aquí?*

Barbara. *—¿Cómo se llama tu esposa?*

Jeff. *—Vicky Martin*

Barbara. *—¿y cómo se llama usted?, ¿puedo ver su identificación?*

Jeff. *—Jeff Anderson; esta es mi licencia de conducir.*

Barbara. *—Pero acaba de decir, Vicky Martin es su esposa, ¿está casado con ella?*

Jeff. *—Ah, bueno, ah, nosotros, nosotros, no estamos casados todavía. Nosotros...*

Barbara. *—No es su marido, ¿verdad?*

Jeff. *—Bueno, no, pero ella lleva a mi bebé, y vamos a casarnos.*

Barbara. *—Espera un minuto; ustedes no están casados, pero ella está esperando un hijo suyo, ¿cómo es eso?*

Jeff. *—Bueno, nos casaremos cuando se divorcie de su marido.*

Barbara. *–Por favor, espere, volveré en un minuto.*

Barbara sale y camina hacia la sala de cirugía. Jeff se inclina sobre el mostrador y recoge su licencia. Barbara vuelve pensando en voz alta.

Barbara. *–No puedo esperar mi retiro. Aquí estoy corriendo de un lado a otro para nada.*

Vicky estaba bajo anestesia y los médicos estaban en medio de la operación. La enfermera principal regresa a la recepción de emergencia, pero Jeff ya no estaba allí. Mientras tanto, en el Estación Casino-Hotel: En la entrada bajo nivel de calle del casino-hotel, un hombre vestido completo de saco y corbata estaba de pie junto a la puerta. Jeff llega, pero no ve a ese hombre. Estaciona su coche cerca de la entrada del casino, sale y camina hacia la puerta de cristal de entrada.

El hombre. *–Oye, hijo de puta, a ver si podés quitarme esto.*

Tres disparos resonaron en el garaje subterráneo. Nadie estaba cerca a esa hora de la mañana. En el silencio de la mañana, se oyó el sonido chillón de ruedas de un vehículo girando en el pavimento. Los guardias de seguridad del hotel salen a comprobar los sonidos de los disparos. Encuentran a un hombre muerto. Hay una conmoción en la parte trasera del casino de la estación. Llegan los socorristas: dos ambulancias, dos camiones de bomberos, una docena de coches de policía de la ciudad de Henderson, un forense. Dos detectives de la división criminal inspeccionan el sitio en la entrada del estacionamiento del Casino. Varios agentes de policía colocan barreras en la calle y cintas amarillas para eliminar el acceso (No entre –sitio de crimen–) y asegurar el área. Los huéspedes del hotel, Ryan y Jim, despiertan por los sonidos de las sirenas de los coches de policía, camiones de bomberos y ambulancias, Ryan todavía en pijama baja para averiguar lo que está sucediendo. El espíritu de Jeff en la agonía trata de decirle a la policía quien le disparó, pero la policía lo ignora. Jeff muere. El espíritu corre hacia el cuerpo del hombre muerto, en la desesperación, y trata de traer de vuelta a la vida el cuerpo de Jeff en proceso a su rigor mortis. La ambulancia sale llevándose el cuerpo, y su espíritu sigue a la ambulancia. Bajando a la entrada subterránea unos minutos después de Ryan.

Jim. –*¿Qué pasa?*

Ryan. –*Hubo un tiroteo en esta entrada del estacionamiento al Casino-hotel. Un hombre fue asesinado a tiros hace unos 10 minutos. Nadie sabe quién disparó.*

Ryan y Jim regresan a su habitación 20 minutos después. Ordenan desayuno a través del servicio de habitaciones del hotel. Prenden el televisor mientras esperan su orden. Mientras tanto, en el Hospital Henderson, los médicos habían terminado la operación de cesárea en Vicky Martin. El doctor Spencer habla con la jefe de enfermeras en el escritorio de la recepción.

Doctor Spencer. –*Por favor, traslade a la mujer a cuidados intensivos, el bebé a la guardería, y llamen al forense; limpien y desinfecten la sala de cirugía. Estaré en mi oficina, si me necesitan.*

Barbara. –*Sí, señor, y volviéndose hacia Stephanie, preguntó. ¿Por qué debo llamar al forense?*

Stephanie. –*Un bebé, una niña, no lo logro. Eran gemelos. Tenemos que llamar al padre, de alguna manera. Vicky dijo que no sabe dónde puede estar.*

Barbara. –*Eso va a ser muy, muy difícil, pero lo intentaremos. El hombre que vino a buscar a su esposa parecía estar teniendo una aventura con ella, pero no era su marido.*

Unos 15 minutos más tarde, un hombre bien o elegantemente vestido en traje oscuro y corbata, llega a la oficina de emergencias, preguntando por Vicky Martin.

Sr. Martin. –*Mi esposa está aquí teniendo un bebé, puedo verla; Soy Rocky Martin, su marido.*

Bárbara. –*Por Dios, ¿Cuántos maridos tiene esta mujer? Pobre de mí, sigo buscando al primero.*

Ella se levanta y se mueve de una manera provocativa.

Sr. Martin. –*¿Qué ha dicho?*

Barbara. –Oh, nada señor, estaba hablando conmigo misma. Señor, ¿dijo Ricky Martin, ah, podría darme un autógrafo?

Sr. Martin. –*Señorita, no estoy bromeando; Soy Rocky, Rocky Martin, ¿Entiende? Aquí está mi documento de identificación.*

Martin le entrega su licencia de conducir a la enfermera jefe.

Barbara. —*Sí, señor. Fue llevada a cuidados intensivos después de su operación de cesárea; probablemente todavía está bajo los efectos de la anestesia. ¿Puede llenar estos formularios, para mí?*

Martin pregunta de una manera educada.

Sr. Martin. —*Permítame llenar los papeles más tarde, puedo ver a mi esposa.*

Barbara. —*Sí, por supuesto, puede pasar por esa puerta doble a en la tercera puerta de la izquierda. Puede traer de vuelta los formularios de seguro y hospital más tarde, pero antes de irse.*

Rocky Martin. —*Muchas gracias.*

Rocky dio vuelta, camina y atraviesa la puerta de cristal doble.

Bárbara. —*¡Caray! Necesito un marido como éste.*

Barbara vuelve a trabajar en su escritorio, cuando sólo cinco o diez segundos despúes, tres disparos de pistola (pum, pum… pausa pum) suenan en el pabellón de ICU. El personal del hospital empezaba a llegar para el turno de la mañana, a esta hora; Barbara y tres enfermeras corren a la tercera habitación a la izquierda. Stephanie había terminado su turno de noche y estaba de camino a casa, dijo.

Stephanie. —*Barbara, ¿escuchaste los disparos?*

Corren a la habitación de Vicky.

Stephanie. —*Barbara, la señora Martin en su cama, ha recibido un disparo en la parte delantera de su cabeza y otro en el pecho, en la zona del corazón. Santos cielos, ella es muerta.*

Bárbara. —*Mira. Allí al lado de la cama, en el suelo; es Ricky Martin muerto, parece que se disparó en el lado derecho de su cabeza. Tiene una pistola en la mano. Llamaré a la policía.*

Barbara sale corriendo de la habitación al mostrador de emergencias. Ella asustada pero consciente va a llamar a la policía. Se olvida que ya había llamado a la policía anteriormente.

El forense, tres agentes de policía y dos detectives de la división criminal de Henderson llegan para evaluar el caso de la niña muerta, en ese momento. La enfermera les contó sobre el tiroteo fatal. Las enfermeras, el forense, la policía y los detectives corren a la habitación de la señora Martin.

Detective jefe, Carmel Joey. —*Aseguren el sitio inmediatamente pongan toda el ala fuera de límites para llevar a cabo una investigación* *criminal. Aseguren las cintas de las cámaras de seguridad. Avisen al personal de este piso que no se vaya, y empiecen a interrogarlos...*

Mirando a Stephanie y Barbara, dice,

—no toquen nada, por favor salgan de esta habitación.

El detective jefe interroga a Barbara, la jefe de enfermeras, en el cuarto adjunto desocupado.

Jefe. *—Señora, ¿vio al sospechoso? El señor Ricky Martin, ¿dónde está?*

Barbara, piensa por un momento

—me llama señora, yo soy señorita, aunque busco marido.

Luego contesta, rápidamente.

Barbara. *—Es Rocky Martin, señor. Sí, el me mostró su foto de identificación... está muerto; le disparó a su esposa y se suicidó; están en el ala de cuidados intensivos, tercera habitación a la izquierda, a través de esa puerta doble de vidrio.*

Los detectives ya habían recogido la cartera del bolsillo de Rocky Martin y mostrando una licencia de conducir a la enfermera principal pregunta.

Detective jefe. *—¿Es este el Sr. Ricky Martin; Quiero decir, ¿Rocky Martin?*

Ella dijo que sí, y el interrogatorio continuo durante dos horas con todo el personal que estaba en el pabellón en el momento del crimen. Cuando Barbara termina su declaración vuelve a su escritorio. Barbara está en la recepción. El Doctor Spencer viene a ver a la jefe de enfermeras para preguntar sobre la situación del crimen. Y después de informarle le sugiere.

Bárbara. *—Debemos registrar el nacimiento del bebé, pero no tenemos nombre. Ambos, supuestamente, madre y padre están muertos. Hasta que encontremos a sus parientes el bebé está solo. Le pido autorización para llamarlo, Rex, porque fue rescatado.*

Doctor Spencer. *—Sí, está bien, firmaré la declaración jurada de nacimiento con ese nombre, Rex Martin.*

Mientras tanto, en el Estación Casino-Hotel los detectives interrogaron al encargado del estacionamiento, Carlos Madeira, quien declara lo siguiente, en inglés cortado y con un fuerte acento español centroamericano.

Carlos. –*Te lo dije, vi a dos hombres. Son huéspedes en el hotel. Uno se llama Jim, el otro Ryan-se llevaron a una mujer en su carro. Un hombre pidió un hospital de emergencia. Dije el Hospital Henderson. Uno fue grosero. Me dio el dedo medio. No pagó el ticket de estacionamiento.*

En menos de 10 minutos, la policía detuvo a Jim y Ryan; pero después de interrogarlos en su habitación del hotel los liberaron bajo orden de no abandonaran la ciudad. Las luces se apagaron; el telón cierra.

Nace Sergio en Arriaga, Chiapas, México

Martes 18 de diciembre de 1990.

Figura 7: Casa de pobreza

Se abren las cortinas. Las luces vuelven; Oigo un estruendo. El relámpago ilumina el escenario y el público. El teatro queda oscuro, pero la pantalla de la ventana de enfrente-derecha se enciende, mostrando el planeta tierra, enfocando el mapa de México, luego se acerca a la ciudad de Arriaga, en el estado de Chiapas. Las pantallas muestran las calles y se enfocan una pequeña casa al final de un callejón sin salida. Dentro de la casa, una mujer, Teresa, estaba sufriendo un parto prematuro, un poco más de ocho meses de embarazo. Una familia pobre de siete personas vive en esa casita, luchando un día a la vez: el abuelo Julián, y la abuela Ofelia, Teresa, tres hijos, Alfonso, de nueve, Jorge, de siete, y Clarita, de cuatro años de edad.

Ofelia. *—Orale, Alfonso, correle a llamar a doña Moncha, la partera; pedile que venga, decile que Teresa está pariendo, pero andale, muchacho, ve de volada. Julián, pone una porra con agua a hervir, orale Julián. Clarita, traeme la ropa lavada que está en aquella silla, andale muchacha, pero ya.*

Alfonso. *—Ya voy.*

Alfonso sale de la casa, corriendo; en la esquina, encuentra a un amigo.

El amigo. *—¿Adónde vas tan de volada? Te traje las tarjetas de beisbol que pediste que buscara, mira.*

Alfonso. *—No puedo, voy de volada a llamar a doña Moncha, esperame cuando vuelva.*

El amigo. *—Pinche madre, no puedo, miralas, y si te gustan me las pagas después. Ven.*

Alfonso se detiene y mira las cartas de béisbol y dice.

Alfonso. *—Estas me gustan, me las dejo, te pago luego, luego.*

El amigo, *—No buey, me las pagas ahora, tengo que irme. Mira estas otras, mira, mira.*

Mira, tengo otras mejores, mira.

Alfonso. *—Me dijiste que podía pagártelas luego. Te dije que no traigo lana conmigo; tenés que esperar hasta que regrese, buey.*

Los dos chicos discuten en la esquina. Mientras tanto, en la casita. El abuelo grita desde el otro extremo de la casa donde tienen una cocina improvisada.

Julián. *—Ofelia, ya está hirviendo el agua.*

Ofelia. *—Pues, traela en un balde y trae la pana de las naranjas para acá, ¿me oíste Julián?*

Teresa. *—Ay, ay, abuela me duele mucho.*

Ofelia. *—Es tu culpa, vos lo buscaste. ¿Quién te manda a andar de alegre teniendo hijos que no podés mantener? Y los chingados hombres que te buscas no te dan ni un peso para los chamacos —como esos hombres del cartel que abusan de las mujeres—. Aguantate. Respira y puja, puja, puja.*

Clarita regresa sudando y jadeante, tal vez fui y volvió corriendo.

Clarita. *—Abuela aquí está la ropa lavada, que me pidió.*

Ofelia. *–Bueno, ponela junto a la cama, donde Moncha pueda verlas y tomarla.*

Clarita colocó la ropa en una silla plegable al lado derecho de la cama.

Clarita. *–Ahí está, abuela.*

Ofelia. *–Caray, no entendés, Clarita, te dije ponela donde la Moncha pueda tomarla, ¿que no entendés? Aquí, a este lado, testaruda.*

Ofelia dice, gritando.

–Donde esta ese muchacho tonto, Alfonso, Alfonso, Alfonso. Me lleva la pinche madre, ya no volvió ese muchacho, bueno para nada, ni la Moncha llega.

Clarita. *–Si, abuela, aquí esta. No se abuela, voy corriendo a buscarlo.*

Ofelia. *–Ora va a ver, ese muchacho, si no le doy su merecido… ya viene el chamaco, ¿y la Moncha?*

Después de un largo rato, Clarita vuelve con Alfonso.

Alfonso. *–Abuela, la Sra. Moncha dice que viene, de inmediato.*

Ofelia. *–Donde te quedaste, muchacho sinvergüenza, esas tarjetitas te traen perdido, ora te las quito y las quemo, y con una paliza te saco de esa flojera. ¿Dónde está la Moncha?" "Pinche problema, rompió la fuente, se vino el agua. Donde está la Moncha, movete Alfonso, trae a la Moncha.*

Preocupada, Ofelia reza.

Ofelia. *–Recemos.*

Madre Guadalupe,
reina de los desamparados,
madre misericordiosa, ayudame con este problema.
Deja que mis líos vengan desamarrados
Madre Guadalupe…

Por fin llega la Moncha.

Moncha. *–"Ofelia, Ofelia, ya llegué, me dijo, Alfonsito, hace un ratito que Teresa va a tener su chamaco."*

Ofelia. *– "¿Qué, Alfonso te vio hace un ratito?, Pinche madre… yo mandé a ese bueno-para-nada hace más de una hora. Ven Moncha, ven,* *la Teresa ya derramó el agua y la cérvica se está abriendo rápido, ven, andale. Que la generosa mano de Dios nos ayude."*

La pobreza no deja margen de acción, es o no es como mandan las condiciones del momento. Es decir, la naturaleza manda lo puede o no tener. Ahí no hay doctores, no hay medicamentos, solo los remedios caseros. Ofelia interrumpe el trabajo de Moncha con su fuerte oración.

Moncha. *–Ay, callate Ofelia guarda el rezo para después… Respira y puja, Teresa, respira Teresa puja, respira y puja.*

La situación está saliendo fuera de control. El Espíritu en el bebé reacciona: El espíritu del bebé se concentra para inducir una acción en ellos. Ofelia dice.

Ofelia. *–Moncha, apura, apura, el bebé ya está coronando, APURA, APURA.*

Moncha. *–Dios Santo, piadoso, concedele la vida a este niño que murió al nacer, salvalo.*

No pueden oír el espíritu del bebé, por supuesto. El bebé salió frío y rígido; no se mueve. No hay más tiempo que perder; el bebé se está poniendo azul y frío.

Teresa. *–Oh no, Virgen santa, no, mi bebé no, por favor no…ay, mi hijo, salvalo oh, Reina, Virgen Guadalupe… ay, ay, ay.*

El final siempre llega cuando no hay nada más que podamos hacer. Es entonces cuando la naturaleza toma el control y sigue su curso. Teresa, tan agotada como está, escucha lo que Moncha dijo y grita muy fuerte. Ofelia dice, llorando.

Ofelia. *–No, no, no por Dios, no.*

El dolor es intenso. Todos lloran, con tristeza en esa casa de escombros la muerte de un ser humano que aún no ha nacido. Ofelia saca un rosario del bolsillo de su delantal y reza, susurrando.

Ofelia. *–"Madre Guadalupe, reina de los desamparados, madre misericordiosa, ayúdeme con esta situación. Permite que una solución a mis problemas venga ahora…*

Ella repite su letanía una y otra vez. La luz tenue de una sola bombilla parpadea rápidamente un par de veces; no hay otras luces en la habitación. Sin embargo, un destello brillante ilumina toda la habitación, y luego un sonido llamativo: la bombilla explota. El espíritu en el bebé envía señales de angustia y otro espíritu viene a ayudar.

Un espíritu cercano. –(Piensa) *Voy a empezar su corazón.*

El alma incrustada en el bebé moribundo sale de su cuerpo; cuando comienza el proceso de separación espiritual. Pero piensa.

Espíritu incrustado. –*Excitaré su cerebro.*

Los dos espíritus trabajan en la mente y el cuerpo del bebé, revirtiendo el guion de la muerte. El bebé pasa de azul a marrón, a rojo y de nuevo a azul. El espíritu del bebé transmite su energía sobre el cerebro del bebé con doble dosis de energía, y el otro espíritu induce fuertes contracciones en el corazón para hacer que pulse. Mientras tanto, Ofelia y Moncha no saben qué hacer; y se arrodillan para orar.

Ofelia. –*Recemos, Ofelia, recemos todos juntos: Padre Nuestro que estas en el cielo, santificado sea tu nombre, hágase tu voluntad…*

El eco del profundo silencio en la pequeña casa de escombros repite en voz alta el coro perfecto de la gente recitando al Padre Santísimo. Mientras tanto, los dos espíritus continúan su trabajo en la mente y el cuerpo del bebé. Y después de unos segundos, el bebé pasa de azul frío a marrón, a rojo, a color rosado. Y por fin, el bebé llora con un fuerte grito, por primera vez. Ofelia y Moncha, sorprendidas, se levantan y corren al lado de Teresa; ella estaba dormida, exhausta, por su intenso esfuerzo. El bebé se mueve y llora fuerte. La gente piensa que es un milagro, la respuesta a sus oraciones.

Ofelia. –*Milagro, un milagro. Bendito sea el Señor; El escucho mis ruegos. ¿Podría ser un milagro, o podría ser que las condiciones de los eventos causales y aleatorios se acerquen tanto a la línea fronteriza de la imposibilidad? Esto es algo que los humanos no entienden. Y Moncha protesta, pues ella también rezaba.*

Moncha. –*¿Y los míos? Yo también rece. Dejame hacerlo, Ofelia, dame el niño, voy a limpiarlo y vestirlo.*

Ofelia entrega al bebé a Moncha.

Ofelia. –*Clarita, busca en el ropero, y toma tres candelas.*

Clarita corre y vuelve con las velas.

Clarita. –*Ya las tengo abuela, que quiere que haga con ellas. Ofelia llora, mientras recoge la ropa.*

¿Es un milagro o un delirio humano? Tal vez ambos son ciertos, al mismo tiempo. Los humanos cuentan y oyen historias como ésta en el mundo y se preguntan. El evento necesita una explicación; pero, ¿cómo pueden explicárselo a los humanos? La existencia tiene la ley de causa y efecto que los seres humanos pueden utilizar para reconstruir todo lo que hace posible un evento. Ese es el punto que los milagros puede ser resultados del trabajo de los espíritus hacen y que no vemos, no damos cuento o no queremos aceptar como hechos reales de los espíritus. Para el auto la ayuda que los espíritus nos dan es una clara verdad. Además, la existencia registra todo lo que crea un evento. Por lo tanto, el universo almacena todos los problemas, actividades y condiciones (la cadena o la red) que crea el evento. Los humanos a menudo olvidan todo eso, pero podrían pintar la verdad con pinceles de requisitos y restricciones para cada evento a medida que regresan al pasado. El nacimiento de Sergio es una evidencia visible y tangible de un bebé nacido muerto que vuelve a la vida. Varios signos pueden mostrar evidencia de muerte. Aquí, el tiempo transcurrido, el cuerpo no responde a los estímulos, la falta de movimiento del cuerpo, y la ausencia de respiración; todo esto es evidencia de muerte. ¿Por qué es esto? Si pensamos que algo sucede porque algo más sucedió antes en apoyo de lo primero, entonces, hay una razón. Tal vez las fuerzas paranormales interactúan para revertir el proceso de la muerte, y estas fuerzas pueden ser los espíritus que trabajan en el bebé. Después de todo, los otros esfuerzos para salvar al bebé estaban en proceso.

La guía. —*Dos asuntos son evidentes en este evento, un milagro y las acciones de los espíritus. La justicia divina no olvida a los pobres. Los pobres siempre tienen algo que esperar en la vida. Viven como los pajaritos que siempre encuentra comida cada día.*

Ofelia dice, mientras toma la ropa.

Ofelia. —*Andale, Clarita, ponele las candelas a la Virgen de Guadalupe, y préndelas. Luego ve de volada a traer flores para adornar su altar. Toma estos pesos y cómprasela a la Hortensia en el mercadito de la esquina.*

De pie en la puerta, Julián anuncia esto.

Julián. *—Esta noche tendremos una fiesta de agradecimiento, Alfonso, ve a llamar a Vicente, pídale que venga y traiga a sus músicos para celebrar este milagro: el nacimiento de Sergio Maltés, el bebé recién nacido. Oye, muchacho, no te quedes en la esquina cambiando tarjetas de beisbol. andale, ve volando.*

Alfonso. *—Si abuelo, por mi nuevo hermano, Sergio, voy volando.*

El público puede decir, una fiesta, ¿no están en la pobreza? Pero en los lugares y corazones de la gente pobre los vecinos se unen, cuidando y compartiendo lo poco que tienen. Esa es una manera de tener un tiempo de placer y gratitud. Es diferente aquí en América; la gente ni siquiera conoce a sus vecinos, menos aún compartir y cuidar de ellos. La misión de la existencia es que todas las criaturas vivientes vivan satisfechos, conformes y con gratitud. Después de todo el universo con todo en dentro es para todos.

En el verdadero significado, de la frase *"Ama a tu prójimo"* sólo existe para las personas en pobreza, y para personas que sufren un desastre mayor como un terremoto. Sus creencias mantienen sus almas y mentes en marcha, sabiendo que sus posibilidades de sobrevivir un día están en manos de las condiciones y circunstancias de sus entornos. ¡Dios bendiga sus almas!

Guía. *—Si te gusta llamarlo milagro, que así sea, pero otro espíritu guardián vino a ayudar, para salvar la vida del bebé, Sergio, y la misión del espíritu del bebé.*

Ofelia, Moncha, Julián, Clarita todos allí, vieron a un bebé muerto, y luego vieron al bebé vivo. Para ellos, esto es nada menos que un milagro; no vieron a los espíritus trabajando diligentemente y usando sus poderes. Sin embargo, ustedes vieron a los espíritus mientras trabajaban apresuradamente para salvar al bebé. Ahora el espíritu del bebé puede llevar a cabo su misión. Así es como los espíritus trabajan para preservar la vida de las criaturas y puedan llevar su misión. Una cortina delgada corre en frente para bloquear la vista de la habitación de la casa donde las actividades continúan más allá de la oscuridad de la noche. Hay un profundo silencio por un momento, como si todo el mundo cayera en una profunda retrospectiva, pero luego, alguien en la audiencia plantea una pregunta.

Persona D:

¿Por qué los espíritus vienen a ayudar, acaso son ángeles guardianes?

Guía. *—¡Buena pregunta! El concepto de "ángeles guardianes" no es un concepto de los espíritus, sino de los seres humanos.*[xxii] *En la dimensión de los espíritus sólo viven los espíritus, como moléculas del espíritu global. La misión primordial de los espíritus es generar, proteger o resguardar, y mantener la vida en todas sus formas. Dijimos que las dos dimensiones, de los espíritus y de materia, ocupan el mismo espacio en el universo; este espacio es uno, y sólo uno, un escenario único. La misión de los espíritus es proteger y conducir a las personas mientras vivan en sus cuerpos. Su propósito es promover y apoyar vidas. A veces, cuando otra persona aparece o viene a ayudarte en situaciones de amenaza o miedo, el espíritu de esa persona viene a protegerte. Ese espíritu socorrista podría ser un animal, una persona o un espíritu vagando a tu alrededor, pero en la dimensión de los espíritus. Podes llamar a esta criatura viviente un espíritu socorrista o un ángel protector. De que otra forma podés llamarle si el resultado de su acción es ayudarte a salir del embrollo o situación difícil en que te encuentras. Esto más a ellos no les interesa si está haciendo mal o bien —solo previenen el daño y las consecuencias del daño a la vida—. El libre albedrio es solo tuyo.*

La fiesta se toma un tiempo después de la puesta del sol. Los vecinos habían traído menudo, tamales, y bastante carnitas y tortillas hechas a mano, ah, y el mescal, un alcohol hecho en casa, algo así como *"lumbre de luna" ("moonshine")*. Los músicos afinan sus instrumentos, marimba, acordeón, guitarras y guitarrones (bajo), por supuesto, era un pequeño mariachi; y la 'fiesta comenzó'. Muy arriba en las primeras horas de la mañana, tal vez un par de horas antes del amanecer, la fiesta todavía estaba viva. Eran personas felices teniendo un gran momento en sus vidas. El escenario se atenuó lentamente, ya que nuestras mentes se alejan del evento hasta que el escenario se oscurece de nuevo. La música se puede escuchar durante unos segundos después de que el escenario se oscureció. Vivimos otro día, luchamos otra lucha, y la noche pasa sólo para despertar y continuar luchando. Trues, volviendo de atrás del escenario lado-izquierdo, dice de una manera humorística,

Trues. *—Híjole, que fiesta; no tenemos nada como eso en la dimensión de nuestros espíritus. Comés, tomas, bailas, reís de alegría. ¿Realmente quieren dejar la tierra?*

Trues camina hacia el lado derecho del fondo del escenario. De pie en la etapa trasera, dobla su mano en la oreja derecha, espera unos segundos; y luego dice.

—No podemos oírte.

Alguien en el público levanta la mano. La Guía consiente, moviendo su cabeza.

Persona E. *—Si los espíritus ven el pasado, el presente y el futuro, podrían haber visto lo que le pasaría al bebé. Pero si no lo hicieron, ¿por qué no lo hicieron?*

Guía. *—¡Esa es una gran pregunta! Permítanme convocar a Robert, Sexis y Trues para abordar esta pregunta.*

Trues. *—Los espíritus libres ven eventos futuros, pero los espíritus en los seres humanos no pueden ver el futuro, aunque pueden adivinarlo. Los espíritus libres deben permitir el libre albedrio y las decisiones de los seres humanos. Hemos dicho que cuando un espíritu se aloja en la materia humana, pierde la mayoría de los atributos de su espíritu, y sus poderes son limitados. Por otro lado, los espíritus que deambulan por las cercanías pueden ver, y oír, lo que está sucediendo cerca de ellos y pueden transportar su energía a través del límite dimensional.*

Robert. *—Sus mentes envían solicitudes de ayuda a la existencia, con la esperanza de obtener las respuestas de los espíritus. Los espíritus vinculan y unen sus energías externas e internas para influir en la materia. Pero en este caso, fue el espíritu del bebé el que transmitió la señal de estrés. ¿De acuerdo?*

Sexis. *—Además de lo anterior, observen que el bebé estaba muerto en el cerebro y el proceso de separación del alma había iniciado. El espíritu del bebé estaba fuera del cuerpo del bebé, y fue capaz de conectarse con cualquier otro espíritu mucho más fácil. La buena noticia es que dos espíritus conectaron e hicieron lo necesario para detener o revertir el proceso de separación del alma.*

Guía. *—Continuemos nuestra presentación. Ahora han visto que la vida de los humanos es distinta en diferentes partes de la Tierra, ya que es diferente para ricos y pobres. El proceso de creación humana es* uno, único, ciclo de vida. Tal vez, esta es la razón por la que los padres fundadores de los Estados Unidos pensaron su famosa frase.

Una pantalla de la ventana del escenario muestra la frase, y un espíritu vestido como la ropa de los padres fundadores recita esa frase.

Espíritu recitando. –*"Consideramos que estas verdades son evidentes, que todos los hombres son creados iguales, que son dotados por su Creador con ciertos derechos inalienables, entre ellos la Vida, la Libertad y la búsqueda de la Felicidad".*

Sexis. –*El mundo humano está cargado de injusticia y desigualdades. Acabás de ver la vida en la tierra; está lleno de violencia. El comportamiento de los seres humanos causa un espíritu pesado, separaciones terminales de emergencia y tráfico hacia y desde y a través de los límites Inter dimensionales.*

Robert. –*Las leyes del universo sobre el comportamiento del hombre son estrictas y específicas. Los espíritus no deben intervenir en las acciones humanas: los espíritus no están permitidos. Una razón es que los espíritus no pueden trascender los límites de nuestra dimensión espiritual; otra razón es que los egos humanos tienen libertad de elección y voluntad.*

Trues. –*Aún, otra razón es que la estructura cerebral incluye un proceso de percepciones que generan delirios, persiguiendo fama, riqueza y o poder debido a que los seres humanos usan la libertad de escogencias de sus egos de maneras egoístas. Expresan egoísmo con sus preferencias, gustos, ambición, envidia, odio, etc. Ellos son buscadores de ego.*

Sexis. –*Los espíritus no pueden controlar eso; y los seres humanos deben crear sus propios cambios para satisfacer el orden universal de la unicidad. Además, los seres humanos son responsables de su vida dual, materia espiritual; es su deber controlar sus egos o pagar las consecuencias de sus decisiones y acciones. Los seres humanos duales deben entender y emprender por sí mismos un comportamiento equilibrado-armonioso para lograr la unicidad.*

Persona F. –*¿Cómo interactúan los espíritus con los espíritus de otros seres humanos?*

Guía. –*Esa es una excelente y curiosa pregunta.*

Robert: *Los espíritus libres están en la dimensión de los espíritus e interactúan con los espíritus alojados en los seres vivos, utilizando ondas electromagnéticas dirigidas a la mente, a nivel cuántico. El cerebro es* *donde se concentra la energía humana en los seres animados. Después de todo, la comunicación de los espíritus es enérgica. En los humanos, las sensaciones son señales químicas y eléctricas necesarias para construir gnosis en las neuronas. Las neuronas recogen esos gnosis o fragmentos de conocimiento e integran en imágenes, al igual que las señales eléctricas y químicas generan percepciones para construir gnosis en las neuronas.*

Trues viene a toda prisa desde la parte trasera y derecha del escenario, agitando los brazos en el aire, dice.

Trues. *—Por otro lado, cuando un humano está en peligro, la mente envía señales de socorro, un deseo vehemente, y los espíritus reaccionan para ayudar y responder de inmediato. Incluso los deseos y antojos malvados generan ondas de energía que viajan en un cierto orden, o código, a través del espacio—y permanecen allí. Los espíritus excitan la estructura de la materia en objetos o neuronas en un cerebro humano o animal, causando impulsos que crean pensamientos, que se traducen en acción. Por ejemplo, cuando Carol dijo, "no me importa si muero... salven a mi bebé, por favor... salven a mi bebé" sus pensamientos enviaron una señal de socorro. Un espíritu cercano captó la onda, respondió y vino a ayudar a Ariel. En la realidad física Carol hizo toda la obra inducida por los espíritus, este otro espíritu y Ariel jugaron el papel de espíritus socorristas.*

Trues, camina hacia la izquierda del fondo del escenario y desaparece en la oscuridad.

Sexis. *—Aconsejamos que pidan mental y humildemente cuando necesiten algo, anhelando tenerlo vehementemente; sin embargo, usted debe comprometerse a renunciar y estar contento, sabiendo que existe la posibilidad de que usted no pueda conseguirlo. Siempre podés intentarlo de nuevo.*

Trues retorna, dando sólo unos pasos hacia el centro del escenario.

Trues. *—Una nota más, por favor.*

Guía mueve su cabeza consintiendo.

Trues. *—Los seres humanos oran, suplicando misericordia o pidiendo ayuda a su ser supremo, de acuerdo con sus creencias religiosas. Al orar o meditar, las personas abren y establecen una conexión con el espíritu global en la dimensión de los espíritus; esta comunicación es entre* *las almas y un espíritu y o el espíritu global. Todos los espíritus captan esas ondas.*

Sexis. *–Orar es un intenso anhelo centrado de las mentes humanas, así como meditar, para resolver una situación, problema, tribulación y o sufrimiento, creyendo que un ser supremo escuchará y proporcionará misericordiosamente una solución a su problema. La mente transmite una o todas las ondas mentales de baja frecuencia por las cuales los espíritus se comunican entre sí.* [32]

Estoy de nuevo en el hospital donde los socorristas llevaron mi cuerpo el día después de aquel horrible accidente. Bueno, la fecha es ahora, domingo, 9 de mayo de 1993. La gente en Estados Unidos está celebrando el Día de la Madre. Estoy en la sala de espera junto con otras siete personas, que parecen ser los padres y parientes de esa chica menos afortunada. Como recordarán, un objeto volante golpeó su cabeza, y desde entonces está en coma. Este es el día en que sus padres decidirán desconectar todos los instrumentos y equipos de soporte vital de su cuerpo. Las siete personas lloran en la sala de espera. Son las once de la mañana; y habían estado esperando desde las ocho de la mañana. Hay mucha conmoción en el pabellón. Tres enfermeras y dos médicos corren a la sala de la UCI de mujeres. Unos minutos más tarde, las luces azules parpadean en el pasillo; y el sistema público anuncia.

El sistema PA. *–Atención, atención, Dr. Ceri Belo y Dr. Neuronas, por favor, reportarse inmediatamente a la sala UCI 674.*

El sistema PA (otra vez). *–Atención, atención, Dr. Ceri Belo y Dr. Neurons, por favor, reportarse inmediatamente en la sala UCI 674.*

Unos momentos después del anuncio, dos médicos y su personal respectivo caminan apresuradamente por el pasillo, y van directamente a la sala de la UCI, donde está la chica. El doctor Ceri Belo es un especialista bien conocido en cirugía cerebral, el doctor Neurons es un famoso neurocirujano. Nadie sabía lo que estaba pasando. Pasaron las horas; eran cerca de las tres de esa tarde. En ese momento, los medios de comunicación tenían su equipo, cámaras y

---

[32] Lea acerca de las frecuencias de funcionamiento del cerebro en las notas de final en las últimas páginas de este libro.

personas anclas, y reporteros a la espera del resultado. Después de todo, la chica en coma es testigo en el caso criminal donde otro hombre, el conductor del carro recibió dos disparos en la cabeza. Afuera en la sala de espera gente curiosa vino después de que el preestreno de las noticias transmitiera este evento en evolución. El pasillo de la sala de la UCI estaba lleno. Los dos médicos y la enfermera jefe del barrio salen de la habitación y paran en la puerta frente a la montaña de micrófonos, y el doctor Ceri Belo dice.

Dr. Ceri Belo. *—Hoy experimentamos un fenómeno físico. La paciente que ha estado en coma profundo durante más de dos años dio señales de un cambio increíble en su estado. Esta mañana la enfermera de guardia vio a la paciente abriendo los ojos y moviendo la cabeza, como si quisiera decir algo, según la enfermera. Los tecnólogos instalaron el equipo y estimularon a la paciente a hacer lo que quería. La paciente logró pronunciar ciertos sonidos vocales que presentarán a los expertos fonéticos para descifrarlos, aquí en el hospital. Neuronas adelantan que la paciente pueda salir del coma, ayudada por un tratamiento cuidadoso. Nosotros también notificamos a las autoridades respectivas con jurisdicción legal en este caso. El detective del caso tomará posesión de la posible fonética probatoria, y trabajarán con los expertos forenses, aquí en el hospital. Esto es todo lo que tenemos por ahora, gracias a todos por venir. Los médicos se fueron en medio de un diluvio de preguntas sin respuestas de los reporteros.*

Toda la gente salió del pasillo y de la sala de espera. ¡Increíble! Lo que sucede hoy es increíble, y extraordinario. Los padres y parientes se fueron a casa con grandes esperanzas de una posible recuperación de la chica en coma. Era una noche normal en el pabellón de unidad de cuidados intensivos UCI, pero por la mañana, cuando la enfermera jefa entró en la habitación, se encontró que la paciente había fallecido a eso de las 4:30 de la mañana. El corazón débil de la paciente, tal vez, no pudo soportar las emociones y falló. Las enfermeras encontraron más tarde el equipo de apoyo de vida desconectado del paciente y desconectado del toma corriente. Veo el tatuaje en su brazo y una cicatriz sobre su ceja izquierda; Tengo el mismo tatuaje en el mismo brazo y una cicatriz sobre la misma ceja. Yo soy el alma de esta chica; Soy Diana Van Sander. Ahora ella está muerta y en treinta y seis horas, yo estaré libre. Pero me comprometo a seguir dando mis comentarios y opiniones sobre esta presentación de Ciclos de Vida–Soy la productora. La enfermera jefa encontró en la mochila de Diana una copia del libro "Misterios: Amor, Luz y Vida", de Miguel Soto, y también el manuscrito Ciclos de Vida de 410 páginas y una nota escrita a mano en la portada que dice, este libro es la gloria de mis sueños. Las luces del escenario se apagan y las cortinas cierran.

Guía. —*Ahora, estamos listos para tomar un receso, permanezcan sentados mientras restablezco sus condiciones humanas. Cuando crucen el portal de la puerta, ya no tendrán los poderes que recibieron de los espíritus. Por favor cierre los ojos, 1, 2, 3.*

Tres destellos de luz brillante vienen uno tras otro. Las luces del teatro se encienden.

Guía. —*Ya están limpios y seguros para salir al vestíbulo.*

INTERMEZZO

CAPÍTULO 5

• • • • • • • • • ● • • • • • • • •

La situación humana

Abstracto

El amanecer llega con luz y gloria, sin agonía, sin dolor; más la vida con lágrimas, alegría, deleite, con esperanzas, una y otra vez. Pero la muerte trae llanto; y la vida termina en penas, angustia, perdida, lamento. Los esfuerzos del probar sin fin son noches tristes sin mañana, o como una flor sin aroma. El nacimiento es belleza y perfume lleno de planes, esfuerzos, y sueños. Es un tierno amor, o así parece. El cuerpo y alma, divino par, son dos lados de una moneda con su futuro brillante que asumimos. Pareja eterna que viaja al aire, a través del espacio y tiempo, juntando dos mundos, dos dimensiones. La realidad e irrealidad se apegan al amor, no a la intención casual: Este es, el ser humano dual. La verdad es que el alma y cuerpo siempre son y serán dos elementos distintos y separados. El cuerpo de los seres vivientes son solo el dispositivo y herramienta para que el alma se exprese. Y la vida de los seres duales, como la de los humanos, es solo la secuencia de acciones del alma en el cuerpo. Nosotros somos el alma mas no el cuerpo, pero somos nosotros porque el cuerpo no somos nosotros. Esta es la situación humana: un repertorio de incertidumbres creado por la escasez de conocimiento de la realidad de la existencia o del mundo en que vivimos.

La situación humana es oscura. Los humanos somos juguetes del ego que acarreamos en nuestras almas. Y sufrimos, penas, tribulaciones por los actos inconsecuentes de nuestros egos. Tal vez es error de la creación haber dotado al ego el libre albedrio y con la representación y enlace de nosotros, las almas, con la realidad material –la gran discrepancia–, la libre escogencia con la disponibilidad de los recursos del universo–. Mientras esta situación perdure los humanos no pueden alcanzar la unicidad de la existencia. Y la corrupción, abuso, criminalidad, guerras, destrucción continuará. Todo depende del rendimiento humano.

Rendimiento humano. –Espíritu y cuerpo.[xxiii]

De fondo la música toca la composición de Nuestro Día vendrá.[33] Un coro de espíritus canta la letra (que traducida al español) dice así.

> *"Nuestro día vendrá*
> *cuando nosotros tengamos todo.*
> *sin lágrimas, para nosotros*
> *todo lo que el amor pueda traer.*
> *Piensa en el amor y sonríe.*
> *que nadie puede decirnos*
> *que somos muy jóvenes para saber,*
> *te amo así*
> *y vos… me amas a mi…"*

Las cortinas abren. Las cuatro pantallas están apagadas. El escenario esta oscuro; las pantallas al fondo del escenario se encienden, mostrando galaxias en el espacio. Hasta este momento, hemos sido testigos de dos fases de lo que los espíritus llaman Ciclos de Vida: (1) la separación del alma y (2) la inflexión de los espíritus en óvulos humanos. Los espíritus presentan un tema fascinante en lenguaje común; que los humano pueden entender. El universo

---

[33] Canción compuesta por Mort Garson, y letra en inglés escrita por Bob Hilliard, lanzada en 1963.

mismo nos habla para anticipar un acontecimiento que va a ocurrir. Es un lenguaje mudo que no podemos oír, pero podemos entender. Sin embargo, me gustaría saber cómo actúan las almas guiando los cuerpos humanos, y cómo las almas se comunican con otras almas y con los espíritus libres. La situación de la vida de los seres duales –los *mentauros* humanos– es violenta. Hay guerras de todo tipo por poder, fama y riqueza. Hemos visto ya dos guerras mundiales y una tercera guerra mundial puede estallar en cualquier momento. Vemos sistemas sociales, políticos, económicos y religiones explotando al pueblo del mundo. En el alma llevamos un monstruo, ACOPEAE, que induce al ego a actuar en camino opuesto al propósito de la existencia –la unicidad–. El ego con su ACOPEAE es el verdadero causante de la adversa situación humana. Nosotros, los espíritus, vemos esta situación desde que apareció el hombre en el universo y nuestra misión es modificar esas condiciones. Así el hombre puede regresar al sendero que lo lleve a la unicidad consistente con el orden de armonía de la existencia y del universo.

La situación espiritual es diferente. Veamos. ¿Recuerdan la fecha de ese fatal accidente? Es un viernes, 15 de diciembre de 1989, alrededor de las 5:00 pm. Estábamos en ese viejo teatro cuando ocurrió el accidente, hace unos veintiocho años. Hemos recorrido un largo camino desde que viajamos atrás y adelante en el tiempo. Hoy es jueves, 20 de diciembre de 2018, y vamos a volver a ese viejo teatro para saber lo que sucede con Víctor, Rex, Moisés y Sergio, así como otros espíritus.

La aparición de Diana

Una mujer aparece vestida con ropa suelta blanca transparente. Ella es la guía, camina al podio y dice.

Guía. *–Y así, ahora me ven en forma humana junto al podio, en el escenario y tal vez entre el público. También pueden verme en cualquiera de las cuatro pantallas de nuestras mentes, colgando en el espacio. Pero sigo coordinando el ciclo de vida del espíritu a medida que las almas avanzan a través de la dimensión material. Un espíritu ha estado comentando sobre esta obra mientras su cuerpo estuvo en coma por* *más de dos años. Hoy, el alma de Diana se separa de su cuerpo humano y se convierte en un espíritu libre. Menciono que esta obra "Ciclos de vida" es una producción de Diana inspirada en su libro. Ella es comentarista independiente, en favor de los humanos, Diana seguirá dando sus puntos de vista y opiniones, pero no como parte del elenco.*

Yo soy Diana. Es cierto, no soy parte de los ocho espíritus enumerados en el elenco de los espíritus principales. Soy el autor del manuscrito que dio origen a este libro, "Ciclos de vida", una teoría de la función que los espíritus desempeñan en la vida de los seres humanos. La realidad del guion está en la calidad de la producción, en la interpretación de los espíritus; y en las pruebas que relacionan a los espíritus con el mundo material.

Base del diálogo

Guía. *—Bienvenidos de nuevo a los viajes de nuestros espíritus. Viajamos en el tiempo a esa instancia. Nuestra logística indica que nuestras cuatro inflexiones típicas fueron exitosas, además. Los resultados muestran lo siguiente.*

Las dos pantallas frontales se encienden, mostrando la instancia actual. Un grupo de espíritus bailan el ballet "La muerte del cisne" siguiendo la música suave tocada en el fondo, y dura sólo unos minutos. Las dos pantallas traseras del escenario se encienden, mostrando los nombres en el reparto, dando tiempo para que el público lea. El baile del ballet continúa.

Guía. *—Viajamos a nuestro tiempo actual 2018. La situación es caótica política y socialmente, pero algo económicamente estable. Trump heredó una economía en crecimiento y él está montando en ese éxito; esa es la base de su administración.*

Trues entra en el escenario caminando lentamente, e intercede.

Trues. *—Por favor, esperen un minuto. El nuevo gobierno elegido en 2016 prometió hacer "América grandiosa de nuevo. Sin embargo, su presidente muestra actitudes, comportamiento e intenciones de instituir un gobierno autocrático, siguiendo los libros de jugadas de hombres fuertes o dictadores como Putin, Ortega o Maduro. La situación social muestra ciertas características de blancos supremacistas–ultra derecha–con un toque racista de persecución de las minorías. El Partido Republicano controla la rama legislativa del gobierno; sin embargo,* *debido al desempeño y el comportamiento actual, los vientos políticos sugieren un cambio radical de poder hacia los demócratas. Así es como está el tiempo de la situación.*

Trues camina hacia atrás, la derecha del escenario y se sienta en el suelo. Aparece una pregunta en las pantallas de las ventanas.

Persona A. *–¿Que es la 'dualidad' que acaba de mencionar?*

Guía. *–¿Quién planteó esta pregunta? Bien. La dualidad de los seres humanos se define por su composición espiritual y material. Tal vez preguntes sobre la dualidad del ser humano. La vida consciente es del espíritu, no es del ser humano material. Los espíritus trabajan con y dentro de sus cuerpos materiales. La mente y la conciencia de los espíritus pertenecen a una dimensión intangible, mientras que el cuerpo humano y su cerebro son materia de la dimensión material. Si entendés esta dualidad, tu rendimiento en la vida terrenal es más fácil y sencillo.*

STAZE (o Stacey) entra en escena.

Stacey. *–Trues, ya sabés; es difícil para los humanos llevar una vida sin saber qué o quiénes son. No pueden ver su futuro, ni pueden volver al pasado, sólo pueden permanecer en el presente que es tan delgado que cada segundo siguiente están en el futuro. Y esta es su mayor confusión y constricción. La vida para los seres humanos es como caminar con los ojos vendados a través de un bosque denso, golpeándose contra los árboles –que son las condiciones y circunstancias de la vida– de este bosque.*

Trues dice, hablando desde del lugar donde está sentado.

Trues. *–Sí, Stacey, peor aún, no saben de dónde vienen ni a donde van después de la muerte. Algunos creen que Dios los creó. ¿Y si supieran que sus vidas son ciclos continuos, los Ciclos de Vida?, ¿qué dirían?*

Stacey. *–Esa noción está bien para ellos.*

Pero ¿si supieran la verdad?

–Tal vez, deben darse cuenta de que la vida humana, u otras vidas, sólo puede existir si las condiciones y circunstancias del escenario lo permiten; esta situación es cierta para todas las vidas en cualquier lugar del Universo.

¿Y si descubren que el objetivo de la creación es limpiar sus egos del apego a lo material?

–Entonces, el espíritu supremo los recibirá en la dimensión de los espíritus, ¿al cuerpo material junto con el espíritu alojado?

Trues se levanta y camina hacia Stacey, lentamente y cabizbajo.

Trues. *—Tal vez, no entiendan eso; tal vez, no están seguros de eso. Tal vez, lo sabían, pero lo olvidaron.*

Stacey. *—Sí, por ejemplo, muchos humanos creen que el universo fue hecho en seis días. La inteligencia absoluta puede haber hecho todo, pero no en seis días de veinticuatro horas que los humanos saben. Los días de la existencia no son días de la tierra, o días iguales a una rotación de la tierra alrededor del sol. En cualquier caso, el universo permite y proporciona condiciones y apoyo para la vida con amor, por amor y para amar.*

Córcholis, Stacey tiene razón, los humanos son esclavos de su escenario; no entienden su ego, e ignoran que podrían tener una vida mejor si entendieran que la vida no es material, sino amor espiritual.

Trues. *—Así es. ¿Qué pasa si los humanos descubren que la Gran Explosión fue el comienzo del universo?, pero no en la forma en que algunos humanos, llamados científicos, razonan. Fue más bien el espíritu de la existencia quien transformó su energía en la materia de este universo, espacio y tiempo, por su propio poder. Entonces, los humanos conocerían los misterios del universo.* [34] *Además, sabrían que el espíritu de la existencia es la energía tangible y la materia que llena el universo. El ser humano percibe y trabaja con un espíritu, alojado en su cuerpo. Ellos 'sabrían la verdad que los haría libres, por fin. Ellos sabrían que lo que deben cuidar primero es la vida de su alma, no la vida material que conocen.*

Stacey. *—Con respecto a la vida, Trues, los seres humanos ignoran que la existencia define y especifica que puede haber muchas formas de vida y categorías; categorías y formas moldeadas por las condiciones de cada escenario, en cualquier lugar del universo —el escenario universal—. Los científicos tienen razón al suponer que puede haber vida en otro lugar del universo. Sospechan que pueden no ser de forma y sustancia humana. Pero, el problema es que sus estados mentales pueden que no sean compatibles.*

Trues. *—Escucho los pensamientos de una persona en la audiencia preguntando, ¿Qué es la mente? ¿Queres responder a eso?*

---

[34] Misterios: Amor, Luz y Vida, de Miguel Soto, 2018.

Stacey. –*Claro, observa que el cuerpo o cualquier parte del mismo, no tiene aptitudes para pensar, ni el cerebro ni el corazón. Ambas son partes biomecánicas de una máquina material. Sólo la mente piensa. La mente es una función superior del alma, un programa cibernético, diseñado para manejar el ser humano –pensamiento y acciones–. Es el cerebro el órgano que colecta y procesa la información que la mente necesita para pensar.*

Las cuatro pantallas muestran otra pregunta.

Persona G. –*¿Pueden explicar eso más a fondo?*

Stacey. –*Oh seguro, con mucho gusto explicaré el asunto de su pregunta. El cerebro es una materia viva tangible que tiene entre 15 a 33 mil millones de neuronas, interactuando para procesar programas específicos de la vida: frecuencia cardíaca, temperatura corporal, digestión, estados de vigilia y sueño, respiración, músculos, etc.[xxiv] El corazón sólo bombea sangre al cuerpo material, incluyendo el cerebro, la distribución de oxígeno y nutrientes al cuerpo. Cinco sentidos recogen y envían sensaciones a partes o neuronas específicas del cerebro para la conversión de imágenes. El cerebro usa estos sentidos para captar la realidad material. La mente necesita que el cerebro procese las imágenes en pensamientos, que a su vez pueden convertirse en acciones. Actúa como un centro de relevos, controlando las funciones corporales. El punto es que el cerebro es sólo un componente mecánico funcional que no piensa ni razona por sí mismo. Pensar es una función superior de la mente. Las pantallas presentan un diagrama de cuatro grandes funciones relativas del cerebro. –Dentro del cerebro (según "Clínica Mayo"– ver nota final xxv) hay un área llamada cerebelo. El cerebelo controla las funciones vitales del cuerpo. Las emociones y recuerdos se procesan en dos áreas gemelas reflejadas y ubicadas en el centro de la masa encefálica. Tres subáreas dividen esas áreas gemelas, como se presenta en la figura 8 abajo*

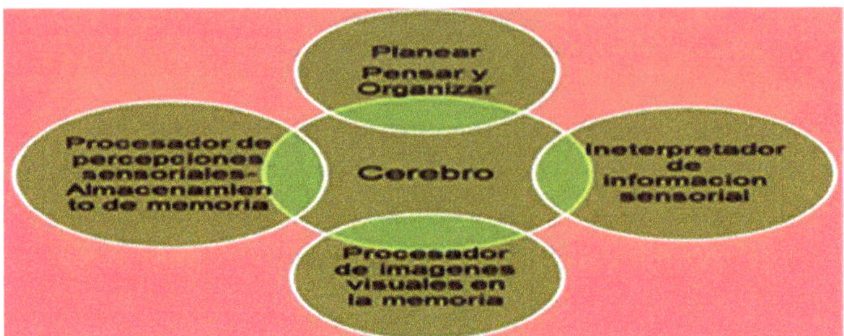

Figura 8: Funciones del cerebro

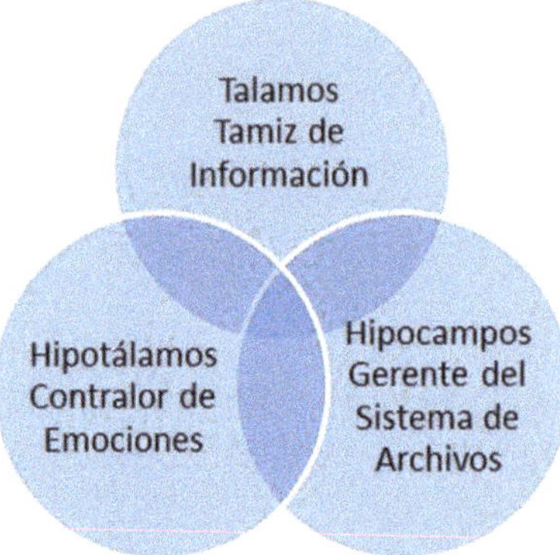

Figura 9: Tres áreas del cerebelo

Ninguna parte del cerebelo, y de estas tres áreas del mismo, revelan el proceso del pensamiento o de la meditación; pero sugieren que la mayoría de las actividades cerebrales son para controlar cada proceso. Advierten que se debe notar que las neuronas logran su intercomunicación con impulsos eléctricos transmitidos y captados por neurotransmisores. La mente piensa, concibe, analiza selectivamente y o sintetiza realidades o irrealidades.

Aparentemente, entonces, La mente es un proceso superior del alma que dependen de las funciones del cerebro; pero el pensamiento no lo produce el cerebro. Que interesante, ¿no?

Otra pregunta parpadea en las cuatro pantallas.

Persona H. *–¿Entonces, puede decirnos que es la mente?* [35]

---

[35] Véase la nota xv en las páginas posteriores del libro.

Trues. –*Sí, la mente es la función superior del espíritu alojado en un cuerpo humano. El ser humano ve a través de ella, estudia y toca la realidad material circundante. La mente estructura y gestiona el programa físico-perceptivo operacional del alma, pero es una función mental-conceptual superior: Es un programa cibernético que maneja el pensamiento, controla, supervisa, los procesos de pensamiento, razonamiento, meditación, integración de gnosis en ideas, conceptos y conocimientos comprensibles.* [36],[37] *Este proceso integra la realidad intangible no comprobable de la dimensión espiritual y la realidad predecible, tangible, de la dimensión material. La mente piensa, medita y conceptualiza el conocimiento. El cerebro no puede pensar por sí mismo, y el cuerpo es el robot que realiza las acciones que la mente ordena al cerebro a ejecutar. Los sentidos son sensores activos que recopilan información de la realidad circundante en forma de percepciones sensoriales. Así es como nos damos cuenta de la realidad –substancia y forma– en la dimensión material. Los sentidos pasan percepciones (señales químicas o eléctricas) al cerebro, que a su vez las almacena en su memoria. El cerebro procesa o convierte la gnosis sensorial en imágenes mentales, que pueden llamarse percepciones mentales, como fotos de realidades externas. Sin embargo, el cerebro no toma decisiones; porque es un órgano operativo, excepto las rutinas predeterminadas como en el sentido de preservación.*

Ok; sabemos que el cerebro es un órgano operativo; y sabemos que el corazón es un órgano físico impulsado. Estos órganos no tienen atributos de pensamiento. Es cierto, ignoramos la ubicación y la función de la mente. Todo eso está bien; pero solamente podemos analizar el alma y la mente por los resultados físicos de sus acciones. ¿Cómo podemos conectar el alma y los espíritus?

Guía. –*Observen que los espíritus tienen la realidad lógica y no lógica en su dimensión, y ambas son igualmente aceptados como hechos de la existencia.* [38] *Los humanos solo tienen la dimensión real.*

Stacey. –*Eso es correcto, y los seres humanos deben establecer un canal de comunicación para ver ambas realidades. Los humanos pueden*

---

[36] Wikipedia, cibernética, https://www.merriam-webster.com/dictionary/cybernetics.

[37] https://en.wikipedia.org/wiki/Cybernetics

[38] Vea la nota final XV – Espectro de dimensiones.

configurar una conexión entre los espíritus en los cuerpos humanos y el espíritu global del universo. Para abrir y activar un canal de comunicación, la mente de cada persona debe alcanzar un alto estado de calma y tranquilidad– y separarse de lo material.

Sí, nos damos cuenta de que hay aspectos lógicos e ilógicos de la realidad; y nos negamos a aceptar lo que parece ilógico, es porque pensamos y juzgamos situaciones con nuestro conocimiento físico del momento. ¿Cómo establecemos líneas de comunicación con los espíritus? Robert and Sexis regresan al dialogo.

Sexis. *–Los humanos deben separarse de los pensamientos materiales y la dependencia en los mismos. A veces, si llevás tu mente a un estado profundo de concentración, podés llegar a un punto en el que ya no estas consciente de tu entorno material, incluyendo tu cuerpo. Casi podés pensar que alcanzaste un estado fuera del cuerpo. Cuanto más profundo entres en tu mente, más lejos estarás de tu ser material.* [39] *Los humanos no dejan la dimensión material. El alma (y la mente) permanecen siempre unidos a su cuerpo; simplemente no está activamente preocupados por, o no piensan en, percepciones o concepciones materiales. Este es el estado de supresión de conciencia que mencionamos.*

Guía. *–Robert, una persona en la audiencia tiene una pregunta Aparece la pregunta en las pantallas.*

Persona I. *–¿Se generan y se almacenan los sentimientos en el corazón?*

Robert. *–¿Qué te parece? Oh no, estoy bromeando. Su pregunta es muy importante. Te diré esto. Los seres humanos tienen sentimientos profundos y no saben cómo se crean y dónde se forman. Cuando un alma estructura la mente humana, también integra sus funciones y subfunciones. El corazón es sólo un órgano vital para una función biológica del cuerpo; no procesa pensamientos, ideas y sentimientos.*

La pantalla trasera-izquierda del escenario muestra una imagen del trabajo humano en su proceso biológico.

Sexis. *–Un corazón no tiene habilidades para detectar sentimientos, emociones, como el amor, menos aún la aptitud para almacenar sentimientos. Sin embargo, los sentimientos influyen en el comportamiento*

---

[39] Lea la nota final xxxiii – Introspección.

funcional del corazón. La pantalla muestra una vista interior de un corazón. Es una bomba diafragmática que aspira e impele sangre. Es un órgano vital increíble. No realiza ninguna función psicológica que no sea un pulso acelerado cuando la mente lo excita bajo ciertas situaciones emocionales. Los sentimientos son actitudes del alma, parte de la mente. Allí sentimos amor, remordimiento, odio y otras emociones. La mente funciona siguiendo los procesos funcionales establecidos. Después de que los sentidos humanos capturan la realidad física a través de estímulos sensoriales, y las reacciones químicas tienen lugar en varios órganos del cuerpo, el cerebro produce imágenes y las almacena.

Trues: *—La mente utiliza estas imágenes y con algoritmos de rutinas predecibles valida la veracidad de cada sensación y las codifica como verdaderas o falsas, posibles o imposibles. La imaginación, que conserva la libertad de pensamientos de la dimensión de los espíritus, racional o irracional, utiliza imágenes lógicas e ilógicas para crear cualquier cosa.*

Robert: *—Por supuesto, la imaginación puede crear un caballo con la cabeza de un toro y una cola de león; una imagen que es aceptable en la dimensión de los espíritus. Obviamente, un ser humano afirmando que ella, o él, tiene una mascota como esa puede ser considerada loca, una persona que perdió el contacto con la realidad (física), la realidad humana. La inspiración también toma ambos tipos de imágenes y formula nuevas imágenes que son fantasías en la dimensión material. Los poetas, por ejemplo, escriben versos en el reino de los pensamientos pictóricos trascendentes, utilizando una descripción metafórica (algo que podría ser o no ser). Volviendo al punto, los sentimientos no se almacenan en el corazón. Los sentimientos se mantienen dentro del compartimiento del alma, un elemento de la mente.*

Vaya, puede que nos equivoquemos cuando decimos *te amo con todo mi corazón*. Pero creo que debemos poner los temas y las cosas en sus lugares apropiados. De lo contrario, vivimos en una realidad falsa. ¿Escuché que la función de la imaginación aprovecha la omnisciencia, donde cualquier cosa, tema, objeto o criatura, puede ser real o irreal, lógico o ilógico? ¿Es posible que una persona a la que llamamos loco, esquizofrénico, delirante no sea eso en absoluto? ¿Podría ser que un vórtice de ilusiones o imaginación los absorba?

¿Cómo podemos controlar esta situación y mantenernos conectados con la realidad física mientras vagamos en el reino de lo irreal?

Manhattan, –NY, 1992

Guía. –*Esperen un momento, acabo de enterarme de que en pocos minutos la comisaría de Nueva York en Manhattan, Nueva York, proporcionará noticias sobre el caso de los Richland. Abramos un canal a través de la mente de Stacey para verlo en vivo desde Nueva York.*

El espectáculo cambia la mente de Stacey una imagen en las pantallas traseras (derecha e izquierda) del escenario. La mente de Stacey viaja a la estación del Departamento de Policía de Nueva York numero 120 calle 82, Nueva York y se centra en lo siguiente. El jefe del Departamento de Policía de la Ciudad de Nueva York informa: Sobre el caso de la muerte de la Sra. Carol Richland,

Jefe de Policía. –*Informamos que después de una autopsia detallada exigida por el Sr. Richland, el forense determinó que la causa de la muerte no fue una muerte natural. El estudio indica un posible tiempo excesivo de la Sra. Richland expuesta a esfuerzos atenuantes y retraso en la asistencia médica. No tenemos más detalles. El señor Richland ha presentado una demanda civil por cien millones de dólares contra el hospital y el médico asistente. El forense tomará algunas de sus preguntas.*

Aparece una pregunta en las pantallas de las ventanas

Persona J. –*¿Fue negligencia médica ese tiempo excesivo en el caso de Mrs. Richland?*

El forense. –*Bueno, en cuanto a los registros en el archivo y el análisis forense, si, fue una negligencia médica.*

El asunto principal en este caso no es nada que podamos atribuir a los espíritus; todo es el resultado del ego. Esto es lo que los humanos necesitan corregir. Dialogo con la audiencia–2018

Guía. –*Trues, por favor continúe.*

Trues. –*Escucha los pensamientos de mi mente: En un estado mental aislado, hay sentimientos, pero no en el corazón. Un evento psicológico o biológico puede desencadenar emociones o sentimientos, pero los sentimientos son actitudes agitadas en otra parte de la mente: el alma. El dolor, los pesares y el remordimiento son actitudes de la conciencia en el alma. Su ubicación no es exacta; cambia dependiendo de la actividad consciente, pero está dentro del alma.*

La pantalla frontal derecha del escenario aparece mostrando tres elementos moviéndose en el espacio oscuro.

—Estos elementos del alma son mente, conciencia y ego, flotando unos sobre otros en el raro espacio de la mente. De repente, se congelan en un último arreglo visible, y ese caso es una imagen compuesta de actitudes.

Stacey. *—Aclaremos; los sentimientos son actitudes —estados de mente— excitados por una situación, algo que sucede, como una opinión. La mente es parte del alma, así como la conciencia y el ego están dentro del alma. Se comportan como sub estratos del alma, libres a moverse dependiendo de las actividades actuales que ocupan las otras partes. Pero todo esto es espiritual, no es físico o material.*

Aparece una pregunta en las pantallas de las ventanas.

Persona K. *—Por favor, ¿qué son las actitudes?*

Trues. *—Las actitudes son reacciones a las condiciones y circunstancias del momento. En parte, el Ego engendra actitudes debido a sus gustos y aversiones, caprichos y preferencias, a su conocimiento o ignorancia, o a su naturaleza egocéntrica etc. Las actitudes son formas personales hacia asuntos, objetos y o temas, en función del nivel de conocimiento y/o comprensión de la aplicación. El ego es la fuente de tribulaciones.*

Guía. *—Esperen un momento, por favor, recibimos permiso para llevar a la audiencia una década atrás en tiempo, a las actuaciones de los seres duales. Primero viajaremos a Santa Tecla, El Salvador.*

Jueves, 23 de abril de 1998, 5:30 p.m. Santa Tecla, 1998

Moisés tiene ahora ocho años; asiste al último grado en la escuela. Moisés y su mejor amigo, Carlos, están sentados en un tronco de árbol tendido en el suelo, en la parte delantera de esa casa.

Moisés. *—Sabés, Carlos, quisiera ya ser grande para trabajar y ayudarle a mi familia.*

Carlos. *—Pero si ya estás trabajando, vas a vender chicles a la plaza por las tardes después de la escuela.*

Moisés. *—no es suficiente y no ayuda en nada.*

La pobreza es triste, el abandono, cuando a nadie le interesa el bienestar del prójimo. Eso es contrario al propósito de la vida: ayudar y compartir. Pero es aún más triste pensar que las calamidades calan las almas inocentes de los niños que aún no entienden mucho de la vida. Y los adultos lo saben.

Carlos. *—Pero, somos niños, no podemos ser responsables de la familia entera.*

No hay esperanza para las personas en la pobreza, y es la situación que presenciamos en las personas sin hogar en los Estados Unidos. La diferencia es que, en los países del tercer mundo, las familias pobres viven juntas en guetos fuera de la ciudad en pequeñas casas hechas de cajas de cartones, ramas de árboles y escombros —como las favelas, en los morros—, de Brasil. Todavía buscan trabajo, o trabajan para la comida; no mendigan, sólo en casos raros. Tal vez la dignidad del ser humano todavía está en sus almas. Sin embargo, ni las almas ni los espíritus intervienen o interfieren en lo que el ego hace; tiene libertad de escogencia.

Moisés. *—Si, yo quisiera hacer eso. Como me hace falta mi abuela Celia. Ella murió ya casi dos años, en 1996. Sabés, aquí en la casa, solo mi mamá, Juana, trabaja y en dos trabajos, limpia la casa de los Romeros, gente de mucho dinero, y por las tardes y noches, lava y plancha ropa de ricos. Mi abuelo, siempre pensando en mi tía, Isabel. El sueña que ella va a regresar.*

Carlos. *—Quien es esa tía de quien tanto hablas, ¿Dónde está ella?*

Moisés. *—Ya no quiero jugar con trompos, quiero estar solo, vete.*

Carlos. *—¿Qué hice?, ¿qué te pasa?; ¿porque lloras?*

He visto la miseria y pobreza cara a cara, pero escapé. Entiendo las frustraciones de estas personas; viven la vida desde hace mucho tiempo con mañana inciertas. Son almas olvidadas al margen de las sociedades; ni siquiera pretendiendo encontrar una mano amiga que tomar. Están en su propia miseria esperando el día de su muerte. Tal vez la muerte sea la mejor oportunidad que tengan. Este mundo no tiene igualdad de oportunidades para ellos, los ricos, famosos y poderosos se reservan todos los derechos de vidas mejores. Todo es oscuro para los pobres, no tienen esperanzas, ni ambiciones, ni sueños; todo esto es seco en el desierto de su miseria. ¿Quién puede ayudarlos? Las personas religiosas dicen que Dios puede; pero para los pobres la ayuda nunca llega. Es la prueba que en esta misión nuestras almas están o viven por su cuenta con su libre albedrio. Pero esto podría ser el trabajo del alma creando condiciones y circunstancias para forzar un evento anticipado. Tal vez, vemos el éxito del propósito, más tarde.

Moisés. *—Nada, Carlos, nada. Estoy triste, dicen que soy un niño, pero pienso como un grande. Vivimos donde los insomnios devoran a nuestros débiles sueños. No puedo ver, aguantar, la pobreza en que vivimos, un día comemos, otro día no, y así vamos.*

Carlos. *—Pero estas vivo, estas estudiando, y trabajás… bueno un poquito.*

Moisés. *—Es que no quiero pensar en que mi mamá se muera, solo ella trabaja, ¿Qué sería de todos nosotros?*

Carlos. *—Bueno, pero no me dijiste quien es esa tía, ni donde esta.*

Moisés. *—No, no te dije. Ella es mi tía Isabel se fue a Los Estados Unidos, después que yo nací. Yo tenía menos de un año. Eso me dijo mi abuela poco antes de morir. Mi tía le escribe a mi mamá, de vez en cuando. Una vez le dijo a mi mamá que me llevaría a donde esta ella para que estudie. Mi tía Isabel tenía como 14 años cuando se marchó; en verdad, yo no me acuerdo de ella. Mi mamá tiene una fotito de ella cuando se graduó de la primaria. Yo la quiero mucho solo lo que me cuentan.*

Carlos. *—Vos sos mi mejor amigo, ahora tengo que irme, te dejo solo, ¿vas a estar bien?*

Moisés. *—Si, Carlos vete, estoy bien. Pero no dejo de pensar, no duermo, pensando como hago para crecer más rápido, y ayudarle a mi familia a lo máximo.*

Carlos. *—Hasta luego, cuidate, ¿OK?*

Moisés se queda allí donde Carlos lo deja sumergido en pensamientos, llorando, creciendo con cada lágrima que rueda por su mejilla marrón asada por el sol tropical. El sol se sumergió por debajo de la línea del horizonte distante; Moisés se levantó, y parecía un niño mayor, mucho mayor, muy decidido. De hecho, es difícil vivir en un estado de impotencia, impotente; es como si estuviéramos en una espesa burbuja de vidrio, a merced de los demás, sin recursos para seguir viviendo. La muerte está ahí, al final de unos cuantos alientos más. El sonido de los pensamientos de Moisés rebota de un lado a otro en el eco de su alma vacía. Estaba consumido por la fea sensación o el sentimiento que es mejor estar muerto que sufrir la agonía sin fin de estar vivo. No es simple ni fácil sentirse indefenso y desesperanzado. Es como estar en el fondo de un pozo seco de agua donde nadie puede oírnos afuera y sin manera de salir. Pero la vida siempre continúa, hacia adelante. ¿Como ahogar las lágrimas de un sentimiento puro, como el amor?

Quizás, no sepamos nunca mientras el egoísmo nos mantenga ciegos. Llegamos a mediados de otoño, a finales del año 1999. Moisés tiene nueve años y terminando primaria, pero ni siquiera piensa en la navidad. Para él, no hay navidad; no hay árbol con luces y adornos, ni juguetes. Sólo puede ver que eso está reservado para los hijos de ricos. Juana está cocinando gallo pinto mientras coloca varias tortillas en una cazuela de barro (el comal). El aroma de café fuerte llena el espacio de aquella pequeña casa, y los gallos cantan al crepúsculo de la mañana que pinta la realidad de un nuevo día para los ciclos de vida. El aroma del amor como el del café llena las almas.

Juana. —*Moisés, hijo, levantate, lavate la cara y vení a comer. Acordate que tenés que ir temprano a la escuela para el ensayo de tu graduación.*

Moisés. —*Ya voy, ya voy, mamá. Si, me acuerdo. Primero voy al patio a recoger leña para tu cocina.*

Esa tarde, después de la escuela, como de costumbre, Moisés va al parque [plaza] a vender sus chicles. Sentados en una mesa de madera con bancos de hormigón, tres hombres hablan de cómo llegar a los Estados Unidos. El hombre mayor, Gregorio (El Coyote), en sus cuarenta años, convencía a los otros dos, como de veinte años de edad para que se aventuraron hacia el norte. Moisés está escuchando la conversación, de pie detrás del Coyote.

Gregorio viste atuendo nuevo, pantalones y camisa, (prendas típicas de gente acomodada en las ciudades tropicales); lleva anillos de oro en los dedos y un collar de oro grueso y pesado colgando en su cuello. Mira hacia los lados el coyote y ve la sombra de Moisés, gira rápidamente, y grita.

El Coyote. —*Agarren a ese muchacho hijueputa, síganlo y agárrenlo.*

Gregorio saca una pistola automática de 9 milímetros y dispara cinco tiros a Moisés, pero fallo. Moisés, sorprendido y asustado huye, y después de unas pocas cuadras, corriendo a través de patios traseros, perdió a los hombres. Él dice en voz alta.

Moisés. –*Híjole, casi me agarran, casi me matan, esos dos hombres ya me conocen y van a buscarme.*

Esa tarde, como todas las demás, Carlos vino a jugar con Moisés. Estaban sentados en ese viejo tronco de árbol, su sofá favorito. Moisés con frecuencia miraba por encima de sus hombros, a derecha e izquierda.

Carlos. –*Que te pasa, Moisés, estas como espantado, ¿Acaso viste al diablo? ¿Dime, que pasa?*

Otra situación presiona a Moisés, el miedo al Coyote. No es sólo la pobreza en la que vive, la angustia de tener hambre sabiendo que no hay nada para comer, sino que ahora su vida corre peligro; junto a su sueño sobre él e Isabel. Moisés rompe su silencio y dice.

Moisés. –*Lo que pasa, Carlos, es que dos hombres andan buscando me. Estaban en la plaza, yo fui a vender mis chicles, ellos hablaban de cómo irse a los Estados Unidos, que solo costaba tres mil dólares, pero que no tenían que pagar nada porque en el camino trabajarían para descontar el pago. Había uno ya viejo o mayor con anillos y una cadena de oro en el cuello, explicándoles a los otros dos, los que andan buscando como irse.*"

Carlos. –*Ay, Moisés, en que lio te metiste. Ese de la cadena es un coyote, dicen que ya ha matado a varios. ¿Qué vas a hacer?*

Moisés. –*Bueno, tengo que esconderme y estar alejado de la plaza, y no sé qué más. Estoy perdido, me van a buscar en la escuela.*

Carlos. –*Mira, ven a vivir a mi casa, está detrás de la escuela así no tendrás que caminar por las calles. Podes decirle a tu mamá que vamos a prepararnos para los exámenes finales de graduación, que te parece.*

Moisés. –*No sé, quizás no pueda, yo le ayudo a mi mamá con trabajos de la casa. Voy a pensar bien y te digo.*

Pasó el tiempo; llegó el día de graduación de la escuela y no pasó nada; Moisés se olvidó de ese incidente de miedo. Es el año 2000. La graduación de Moisés llegó y se fue sin fanfarria ni celebración. Sólo los ricos celebran. Moisés sólo podía ver desde fuera las fiestas caras que lanzan. Esa mañana, Moisés va a la escuela a recoger su certificado de graduación, y una declaración de finalización exitosa.

Moisés se graduó con puntos de alto grado. Los dos hombres que lo habían perseguido una vez, lo siguieron a la escuela, y estaban esperando a la vuelta de la esquina.

Ismael. –*Vení, vos hijueputa, muchacho.*

Un hombre bajo, Ismael, sostiene a Moisés por el cuello mientras que el otro, delgado y alto, Chester, retuerce el brazo de Moisés detrás de la espalda; lo atan y lo empujan al suelo de la calle de tierra boca abajo.

Chester. –*Ahora vas a ver lo que le pasa a un mierdoso metiche.*

Chester fue a buscar la furgoneta negra y estaciona a orilla de esa calle de tierra, gritando a Ismael.

Chester. –*Ándale, Ismael, mete al chamaco en el van, vamos pendejo. El vehículo acelera dejando tras de sí una nube de polvo y condujeron veloz directo a la casa de Gregorio.*

Gregorio. –*Traigan a ese mocoso, y siéntenlo en la sala.*

Moisés tenía las manos atadas detrás de la espalda, un pañuelo en la boca atado alrededor de su cuello, y una gruesa bolsa de tela negra sobre su cabeza.

Gregorio. –*De ahora en adelante estarás con nosotros hasta que vendamos tus órganos a los traficantes. Esta es tu recompensa por escuchar conversaciones que no son para vos.*

Gregorio se dirige a sus sicarios, y dice.

Gregorio. –*Enciérrenlo en el cajón, y si molesta, golpéenlo. Después de todo, le quitaremos los órganos cuando el Dr. Raphael regrese de Puebla en unos días...mátenlo si les da problema y lo refrigeran.*

Chester arrojó Moisés en una habitación de una sola puerta de acero y sin ventanas –el cajón–; también tiraron su mochila. El día pasa, y llega la tarde; La madre de Moisés está preocupada y desesperada, busca a su hijo en el vecindario.

Juana. –*No sé por qué no ha venido mi Moisés, ya debiera estar de regreso, y solo fue a recoger su diploma.*

La noche pasa lentamente, y Juana está tan desesperada y sumergida en su angustia que no puede dormir. Ella está cansada y su mente agobiada, y sus ojos rígidamente abiertos miran las láminas de metal de zinc corrugado que cubren el pequeño techo de la casa.

En su cautiverio, asustado hasta la muerte, Moisés intenta reprimir sus miedos y llora.

Moisés. *—Creo que había alguien en esa esquina, donde me recogieron. Si, creo que había alguien que vio todo. Ay, si pudiera ese alguien ir a ver a mi mamá o a la policía. Este cuarto oscuro es húmedo y muy frio. Ah, qué bueno aquí está mi mochila; no me la quitaron.*

Esa mañana Juana acude a la sede de la policía a las ocho. Además de un guardia en la puerta, sólo el jefe de policía, el comandante Ruiz, está en la recepción, arrogante y groseramente dice.

El comandante. *—¿Como puedo servirle, señora?*

La vida humana esta tan llena de vicisitudes que el alma ocupada resolviendo las tribulaciones, barullos y problemas del ego, llega a pensar que es material, olvidando su origen. En verdad, el ego mismo piensa que pertenece a la dimensión material. Es un niño con juguetes materiales nuevos que no tenía en la dimensión de los espíritus –por decir algo–. Aquí tiene sus pataletas, sus caprichos, sus antojos, con el empuje de ACOPEAE. Los espíritus no tienen ego, solo su mente pensante.

Juana. *—Yo quiero poner una denuncia; mi hijo Moisés, no ha regresado a la casa desde ayer en la tarde. El no hace eso de no volver a su casa.*

El comandante. *—Señora, no podemos hacer nada, tiene que esperar setenta y dos horas para denunciar a una persona perdida. Pero deme los datos del muchacho. Voy a abrir una boleta informativa, pero no su denuncia.*

Juana. *—Moisés, Moisés Suarez, él tiene solamente ocho años cumplidos, acaba de terminar sus estudios parvularios.*

El comandante le dio un formulario de papel en una tableta con prensador a Juana, y dice.

El comandante. *—Señora, llene este cuestionario.*

Juana llena el cuestionario con la información personal del niño, y se lo devuelve al oficial cuando termina. Juana espera, de pie junto al mostrador; y el comandante groseramente dice.

El comandante. *—Que espera, no hay más que hacer. Juana rompe en llanto, sale de la oficina, cruza la calle hacia la iglesia al otro lado* *de la plaza*. El oficial espera a que Juana se vaya y con un tono de superioridad grita.

El comandante. *—Soldado López, encuentre al Sapo Ortiz y dígale que quiero verlo de inmediato.*

Una hora más tarde, el Sapo entra en la oficina del comandante Ruiz.

Sapo-Ortiz. *—A sus órdenes mi comandante.*

El comandante. *—Mira hijueputa, ya sé que secuestraste a Moisés Suarez, aquel niño de ocho años. ¿Qué jodido querés hacer con él? No quiero que me metas en problemas. ¿Me oíste?*

Obviamente, el comandante y el sapo saben lo que está pasando, pero el comandante quiere mantener sus manos limpias. El plan del Sapo es extraer los órganos de Moisés y venderlos. Por supuesto, el comandante Ruiz tomará su parte habitual.

El Sapo-Ortiz. *—Mire mi sargento,*

El comandante. *—Mira hijueputa, no me llames sargento, yo soy el comandante-jefe de policía.*

El Sapo-Ortiz. *—Mi comandante, ese niño entrometido, oyó lo que les decía a aquellos dos muchachos que le conté, los que quieren irse al norte, y lo atrape y lo tengo en mi casa bien guardado. Yo iba a venir esta mañana, pero usted se me adelanto otra vez, como siempre.*

El comandante. *—Como te dije, hijueputa, no quiero problemas. Saca ya del país a ese muchacho, o devuélvelo a su madre y te atenés a las consecuencias. Yo diré no saber nada de tus asuntos, y este negocio se termina. Pero no importa lo que decidas, siempre me das mi parte en efectivo o te mando al infierno.*

El Sapo-Ortiz. *—Así será mi comandante, así será.*

El comandante. *—No te sobrepases ni trates de hacer algo sin avisarme, Ya estoy enterado que el Doctor Raphael viene en estos días a recoger órganos. Te tengo en la mira, ¿Entendés?*

El Sapo-Ortiz. *—Si mi comandante, todo eso lo tomo en cuenta.*

El Sapo Ortiz sale, cierra la puerta de la oficina del comandante y corre a su camioneta negra estacionada frente a la comisaría de policía. Han pasado tres días, o setenta y dos horas desde que Moisés desapareció. Juana regresa a la comisaría para presentar la denuncia de un niño desaparecido. Y después de completar el papeleo, y el comandante revisa la denuncia, el secretario le informa a Juana, que la investigación estaba oficialmente en marcha. Juana regresa a casa, con la esperanza de que el comandante Ruiz pudiera traer de vuelta a su hijo Moisés.

La corrupción se extiende por todas partes, en todos los niveles de poder, negocios y sociedad. Ellos hablan en códigos para que la gente no entienda. El modo de operación es comprometer a personas claves para controlar o manipular posteriormente sus acciones. El código de acción está en frases famosas, como un favor con otro favor se paga; te rasco la espalda y vos me rasques la mía después. ¿Así es como el cártel controla aldeas enteras, como los Cárteles de Medellín y de Sinaloa? La mafia italiana de principios de los diecinueve ofrecía protección a las pequeñas empresas contra el vandalismo de la misma mafia. Algunas organizaciones espirituales ofrecen "salvación del alma" por donaciones voluntarias (impulsadas por el miedo). La explotación de los seres humanos por los seres humanos es real; es la libre empresa, en el mercado libre abierto. ¿El pueblo vota y elige mafias para su gobierno? Tal vez no, pero los humanos deberían estudiar esta situación. La gente debe analizar cuál es la verdad del valor añadido, o la génesis de la riqueza. Sabemos que sólo el trabajo humano físico hace todos los artículos materiales como bienes, productos, y servicios. Ellos usan materiales que salen del mundo físico. Pero ACOPEAE, el ogro que vive en los egos de los seres humanos, estimula la corrupción, y las tribulaciones de los seres humanos son consecuencias directas de las actitudes de ellos mismos hacia la vida. La reducción, eliminación y el seguro de que ACOPEAE no vuelva es el principal objetivo de los espíritus que entran en los cuerpos humanos –domar el ego–. La situación de Moisés está cambiando rápidamente. Ahora las fuerzas del cártel quieren enviarlo lejos, vivo o muerto. El camino de su vida es estrecho.

Dialogo con el público –2018
La situación en Manhattan, NY –2001

Noticias de última hora están llegando a las cadenas de televisión. Las pantallas derecha e izquierda del fondo del escenario se encienden. Una mujer reportera comienza a dar la noticia, mostrando una vista de que el joven hijo del Sr. Richland, Víctor. Víctor se acaba de graduar de la escuela primaria a la edad de once años con grandes honores. Él se trasladará a la escuela intermediaria, Fairmont, una de las mejores y más caras escuelas en la ciudad de Nueva York.

Presentador. *—Esta mañana, Víctor Richland, recibe su diploma escolar.*

El joven Richland dijo que asistirá a uno de los campus de la Escuela intermediara Fairmont. Quiere seguir la carrera de su padre en los negocios y los bienes raíces. El niño salió de la escuela y en la entrada de la escuela abordó una limusina blindada por varios guardaespaldas armados. El evento de graduación aún estaba en curso. Un portavoz de la familia declaró que el Sr. Richland pidió a su hijo que regresara a su mansión inmediatamente. El Sr. Richland, planeó una fiesta de graduación para su hijo, invitando a los más ricos multimillonarios de los Estados Unidos y el mundo, y estaba esperando a su hijo en su mansión. La prisa de esta mañana era sólo para darle a Víctor un regalo, un caballo andaluz, blanco, de pura sangre. No se permite que los reporteros tomen fotos y o videos de los miembros de la familia y o de la mansión. La familia invitó a un selecto grupo de reporteros de renombre a cubrir la fiesta de graduación de Víctor. Una milla del frente a la playa en la parte posterior de su mansión está restringida, como propiedad privada, y reservada para la familia de los Richland. El caballo trota en la orilla del mar, manejado por entrenadores especiales. Nuestra red buscó las leyes actuales y encontró que la costa es propiedad estatal y no es exclusividad de ninguna persona. Esto puede ser, un agujero en la ley, algo que el equipo legal de la red investigará.

Guía. *—Nosotros, los espíritus, observamos las crecientes brechas sociales y económicas que dividen a los seres humanos. El fenómeno es que este desequilibrio socioeconómico puede explotar y cambiar las condiciones, pronto. Hay varios casos en la historia de la humanidad que han demostrado este fenómeno: en Francia, en América Latina y en las colonias americanas. De todos modos, volvamos a los cuatro viajes típicos en los ciclos de vida.*

La situación en Henderson, Nevada–1991

Vamos de regreso en el tiempo a un año después del tiroteo en la entrada del estacionamiento del casino de la estación en Henderson, Nevada; y la matanza en la UCI del Hospital Henderson. La investigación llevada a cabo por la división criminal de la ciudad de Henderson sobre la muerte de Rocky y Vicky Martin, y de Jeff Anderson, no está concluida ni cerrada. El Jefe de Policía habla con los periodistas en la división criminal de la policía en Henderson.

Reportero 1. *–Señor, ¿Cuál es el estado del caso criminal que involucra a la Sra. y el Sr. Martin y Jeff Anderson, amante de la señora Martin?*

El Jefe de Policía. *–Este caso se mantiene en suspenso, a la espera de pruebas adicionales que podamos recopilar; sin embargo, el caso tiene suficiente evidencia que lo lleva a una determinación concluyente. La división criminal y la oficina del forense concluyeron que Jeff no era amante de Vicky Martin, que estaba legalmente casada con Ricky Martin, quiero decir, Rocky Martin. Rocky y Vicky habían estado casados diez años antes de sus muertes. Una disputa familiar llevó a Vicky a escapar de su marido abusivo, que estaba extremadamente celoso de Vicky. Jeff, su contador, le ofreció un escondite en Henderson, Nevada, creyendo que podía hacer una vida con Vicky. Jeff estaba enamorado de Vicky, pero no al revés. La pareja Martin dejó un hijo, nombrado por las autoridades del hospital como Rex Martin. El departamento de trabajo social asumió la custodia del niño inmediatamente después de los sucesos y más tarde fue entregado a un orfanato. A través de nuestra investigación, encontramos evidencia legal de que la familia Martin tenía un caudal de cerca de 360 millones de dólares y activos corrientes y cerca de 930 millones en activos fijos en California. Rex Martin no tiene parientes, y como menor de edad adquiriere el derecho a disponer de toda su herencia a la edad de 21 años. El estado de Nevada declaró a Rex Martin como el único heredero de ese patrimonio, y nombró a una tutora legal/administradora, residente de California. El Fiscal General de Nevada ha transferido legalmente todas las responsabilidades legales al Fiscal General del Estado de California. El estado de Nevada también ha determinado que es legal y apropiado permitir que la tutora legal/administrativa reubique a Rex Martin a su* *casa en Beverly Hill, California, en el momento más conveniente para el niño. ¿Hay alguna pregunta?*

Hubo un silencio momentáneo, pero luego un reportero de la MZNDC pregunta.

Reportero MZNDC. *–¿Usted o el forense responsable hicieron una prueba de ADN? ¿Es el hijo de Jeff Anderson?*

El Detective Jefe. *–Sí, el oficial forense, Kurt Imaginate, y el forense, Sam Corpes, ordenaron y supervisaron un procedimiento de ADN, concluyendo oficialmente que Rex Martin es por sangre, biológica, hijo legítimo del Sr. y la Sra. Martin. Esta evidencia es lo que define y establece el derecho a Rex Martin a heredar el patrimonio de los Martin. Descubrimos un mensaje escrito de Vicky que dice: "Jeff, estoy embarazada, ¿podemos hacer esto?" Aparentemente, Vicky había tenido una aventura con Jeff, por lo que Jeff creía que era el padre. No hay evidencia de que este asunto haya ocurrido; el mensaje también podría referirse a su huida a Henderson.*

Reportero International de ZMN. *–En cuanto a los cuerpos de Jeff, el Sr. y la Sra. Martin, ¿quién reclamó sus cuerpos?*

El Jefe de Policía. *–Después del término legal, y señalando que nadie reclamó el cuerpo de Jeff Anderson, y al mismo tiempo, después de haber escuchado ninguna reclamación por los restos del Sr. y la Sra. Martin, y con fines de humanidad, el estado de Nevada permitió a la administradora legal de Rex Martin asumir la responsabilidad total de los entierros. No más preguntas, Muchas gracias. Las pantallas se apagaron y la guia volvió.*

Regreso al año –2000.

Rex Martin creció en un entorno muy protegido, pero, tal vez, no tan sofisticado como el caso de Víctor Richland. Rex no necesitaba nada. Debido al caso y la forma en que sus padres murieron en Henderson, Nevada, y debido a ese error de la enfermera jefe en el Hospital Henderson, los compañeros de escuela de Rex lo llaman Ricky Martin. Rex es por naturaleza muy carismático y popular. Un día después de su graduación de la primaria el estado de ánimo de Rex cambió. Sin embargo, ahora tiene diez años, y comienza a decidir sobre sus propias acciones. Más tarde, un día al comienzo de la escuela en Junior HS, Rex y su tutora (albacea) repasaron a qué escuela secundaria debe asistir.

La Albacea (una mujer de mediana edad). —*Rex, he estado repasando a qué HS deberías asistir. Aquí tengo una lista de la educación superior del condado de Los Ángeles, además de Beverly Hill.*

Rex llama madre a su albacea desde hace mucho, casi, después de que empezó a hablar. Ella es la madre que conoce.

Rex. —Mamá, ¿podría elegir yo mismo la escuela a la que puedo asistir?

Albacea. —*Bueno, dime cuál querés elegir.*

Ella empuja hacia Rex su lista de escuelas que esta sobre la mesa.

Rex. —*Mamá, no quiero ir a la escuela de ningún cuello estirado. Quiero ir a una escuela secundaria pública, ¿no?*

La albacea, con acento londinense, dice.

Albacea. —*Dios santo, ¿por qué querés hacer eso? Las escuelas públicas no son para vos.*

Rex. —*Mamá, ¿por qué no? Son buenas escuelas; millones de niños asisten a escuelas públicas. Quiero ir adónde van los niños de verdad. No quiero ser un niño falso.*

Rex tenía esa fuerte necesidad de mezclarse o asociarse con niños y personas normales. ¿Cuál es el significado de este impulso? Tal vez Rex presiente que la gente de su clase basa sus sentimientos y comportamiento a la ganancia que pueden sacar de una amistad. Tal vez que la gente de escasos corriente sea más sincera. ¡Tal vez! En realidad, la sociedad entera esta corrupta llena de envidia, ambición, egoísmo, etc. Puede ser que en su nivel no tiene que luchar por nada, si todo lo tiene con solo solicitarlo —sin retos—. ¿Sera esto último lo que Rex piensa lo que es ser un niño de verdad? Nosotros no lo sabemos, y quizás los espíritus que saben, condicionan la mente de Rex. ¡Veremos!

Albacea. —*Bueno, tu seguridad personal, por ejemplo, y luego hay una relación privada con tus compañeros de escuela. Pertenecen a un nivel económico más bajo, y esa puede ser una situación difícil para cualquier relación amistosa, ¿entendés?*

Rex. *—Mamá, todo lo que quiero es tener la vida de un niño de verdad, no la de un niño en una burbuja de vidrio.*

La albacea se detiene a pensar y considerar lo que Rex acaba de decir. Su pensamiento no era simple. Los pensamientos de Rex tenían un significado profundo, no es normal para un niño de once años. De hecho, todos los seres humanos viven en la burbuja de su propio ego; burbujas que separan sus almas, impidiéndoles relacionarse con pura honestidad y amor.

La albacea recoge la lista de la escuela y dice.

La albacea. *—Rex, creo que puede ser que tengas razón, lo pensaré por unos días, entonces, hablaremos de esto de nuevo.*

Guía. *—Tal vez Rex había estado sobre protegido. Siempre tuvo tutores privados para su aprendizaje y una nana de habla hispana, Celia (Chela) que se ocupaba de sus necesidades, incluyendo jugar con juguetes, y a las escondidas en el jardín y la casa, o cuando Rex entra en la piscina. Rex era muy inteligente, y, de hecho, estaba por delante de los niños de su edad.*

Un par de semanas más tarde, la albacea encuentra a Rex en la biblioteca de la casa, acostado sobre su vientre, en el suelo, leyendo un libro sobre la historia de las independencias de México y Centroamérica.

La albacea. *—Rex, he llegado a la conclusión de que vos podés ir a la escuela secundaria que vos elijas. He arreglado tu seguridad personal y protección, especialmente de la prensa. Creo que, por un tiempo, irás a esa escuela, pero no podés visitar ni pasar la noche en casa de ningún amigo que puedas desarrollar. ¿Es un buen trato?*

Rex. *—Mamá, sí, realmente te amo. Sí, gracias.*

Rex se levantó y se apresuró a besarla, y dice.

Rex. *—¡Eso es genial!*

La albacea y Rex, ambos, tienen razón. Pero la albacea tiene el deber y responsabilidad de proteger y dar seguridad Rex. Cualquiera puede intentar aprovecharse de las condiciones económicas de Rex, cuando se den cuenta de su fortuna. Rex sale y va a buscar a su Nana, Celia para contarle las buenas noticias. Celia era una mujer joven, relativamente, tal vez en sus primeros años de sus treinta. Hay días en que Celia trae a su hijo, Jaime, un año menor que Rex, y juegan juntos en el jardín, aunque no en la mansión. Rex lo llama Jim. Jim era bien parecido, callado y muy inteligente. Era bien hábil para armar cosas con las piezas de lego. Rex aprendía mucho de Jim. Yo Veo aquí de nuevo las brechas sociales y económicas existentes en la sociedad humana que impiden o bloquean la evolución de los seres humanos a la unicidad. Los seres humanos tienen un largo camino por recorrer antes de una posible fusión de las dos dimensiones, un momento en el que el espíritu y la materia se armonizan para coexistir en una sola dimensión.

Guía. —*Audiencia, permítanos abrir este problema en un foro para que puedan hacer algunas preguntas. Sexis, Robert y Trues se unirán a nosotros.*

Persona L. —*Sí, por favor, defina lo que quiere decir con 'Unicidad'.*[xxv]

Guía. —*Esta es una excelente pregunta. El tema, sin embargo, es profundo y muy significativo. ¿Robert?*

Robert. —*Si entendés lo que es unicidad y la implementás, seguramente acelerarás la evolución de tu ser humano hacia el objetivo de la existencia: la plena integración de los componentes del ser humano, el alma y el cuerpo material. Ya hemos dicho que los humanos entienden y aceptan que el amor es un poder impulsor de la existencia. Estos dos componentes, vos mismo como energía y la materia, se fusionarán en uno, y el espíritu y el cuerpo coexistirán en la dimensión de los espíritus y en la dimensión material al mismo tiempo: Esta es la verdadera unicidad. Y el amor puro unirá a los dos. Esto no quiere decir que el cuerpo, material, pueda flotar y viajar a través del tiempo a otros lugares. En realidad, el humano no necesita esa facultad.*

Trues. —*Desambigüemos este tema. La fusión del alma y el cuerpo, la energía y la materia, en uno no significa que el cuerpo humano flote y viaje el tiempo de ida y vuelta. Basta con que elimina las tribulaciones humanas y viva satisfecho, conforme y con gratitud a la bondad del universo.*

Robert. —*Cierto, no significa que el ser humano lo sepa todo tampoco, y sea capaz de hacer cualquier cosa (como un super humano). No, no es eso.*

Sexis. —*Significa que la conciencia, la sabiduría y el poder de la voluntad trabajen juntos con el ego humano. Entonces los seres* *humanos no pensarán y actuarán bajo impulsos egoístas, sino que se comportarán basados en la verdad y el amor y por el bien general de todos los seres humanos. Entonces lograran entrar en el orden de armonía del universo. Y los seres humanos se comportarán de acuerdo con la verdad y el amor; mas no actuarán empujados por sentimientos y emociones. En ese momento los humanos controlarán sus ambiciones, sus codicias, odios, prejuicios, envidias, avaricias y egoísmos: los humanos habrán domesticado ACOPEAE, el ogro dentro del ego.*

Vaya, ese estado sería el paraíso, el cielo, Shangri la, Nirvana. Sería un estado perfecto de amor humano, cariño y de compartir. Pero presiento que los humanos no obtengan esto antes de que se destruyan a sí mismos.

Aparece una pregunta en las pantallas de las ventanas.

Persona M. *—Por favor, pueden decirnos cómo, y con qué herramientas y procedimientos necesitamos utilizar para lograr esta unicidad.*

Guía. *—Por supuesto, la unicidad es la coexistencia armoniosa de un espíritu y un cuerpo material (o simplemente materia).*

Sexis. *—La manera de lograr la unicidad es limpiando tu ego. Es decir, matando el Ogro ACOPEAE que existe en tu interior, usando armas mentales como el amor, compartiendo con y cuidando de tu prójimo humano, y suprimiendo la conciencia material.* [xxvi] *La muerte de ACOPEAE es lenta y prolongada, pero cuanto más lo golpeás con amor y bondad "compartir y cuidar", el ACOPEAE se vuelve más débil, hasta que tu amor y bondad sean tan fuerte que este Ogro no será capaz de manipular tu ego.*

Un espíritu que estaba escuchando levantó una mano, y la guía asiente.

El espíritu que escucha. *—Para entonces tu voluntad y disciplina crece y se vuelve fuerte, defendiendo, resguardándote y protegiéndote contra la posible recuperación de ACOPEAE. Ya tenés un alma en ti para protegerte desde dentro, y esa alma trabajará a través de tu mente con espíritus a tu alrededor para protegerte desde afuera; esto es cuando los espíritus que llegan a ayudarte se convierten en espíritus protectores. Entonces tu alma y tu mente trabajaran juntas para perfeccionar tu unicidad.*

Las cuatro pantallas del escenario se encienden. La trasera-izquierda es para el espíritu A, la trasera-derecha es para el espíritu B, en la delantera izquierda y la delantera-derecha está el espíritu global que se mueve por encima del hombre sentado en una silla en el centro delantero del escenario, frente al público. La música suena, y diez espíritus bailan juntos en el escenario alrededor del hombre, agitando sus bufandas de colores, transparentes: púrpura, azul, naranja y rojo, mientras las luces siguen a cada uno de ellos.

LA CODICIA (Dialogo de Unicidad)

Un coro de ángeles canta.

Espíritu A. *—Aquí está, el hombre ciego, ¿no?*

El hombre. *—¿Dónde? No puedo verlo; Por supuesto no soy yo; por favor, señálelo para reconocerlo.*

Espíritu B. *—Ciego, tu insensatez está en todas partes mostrando el tema de tu capricho. Sos vos. ¿Por qué, pedís cognición? No niegues lo que has dicho.*

El espíritu global. *—Tonto, enfermizo, de hecho; has dejado atrás tu honestidad, no necesitás ese deseo excesivo de poseer o adquirir riqueza material; tu delicia es la glotonería de abundantes cosas; y pase lo que pase, para vos eso es o morir. Ignorante, hombre ciego, ¿Sabés que es la codicia?*

Espíritu B. *—Tu egoísmo: Ese deseo de adquirir más de lo necesario. Ese deseo ávido de riqueza es pecado. Veo tu rostro, ansioso y codicioso, enojado, capaz de cualquier cosa por dinero, poder y fama. Ciego, viejo ávaro, no tenés nada de amor.*

El hombre sentado en el centro-delantero del escenario ante el público se levanta y dice.

El hombre. *—Pero todos lo hacen, ¿por qué yo no?*

Todos competimos 'y quien tiene más es mejor'. Sólo trato de estar adelante. ¿Qué tiene de malo? Quiero ser más rico que el resto, ellos deben inclinarse ante mí, bajando la cabeza.

Espíritu global. *—Pero es tu acumulación de riqueza lo que niegan las necesidades legítimas de los demás; y aún querés arrebatarles sus recursos de sobrevivencia; sabés que es así, es tu obsesión, quitarle* *a los demás su alimento y lo haces sin remordimientos. Incluso usás tu riqueza para ganar poder, negando a otros su derecho sagrado; construís a expensas del bienestar ajeno tu cártel, tu imperio, la torre de tu reino para hacer crecer tu influencia, gloria y fama; eso es inmoral, tu CODICIA, ciego injusto.*

Espíritu B. *—Vergüenza para ti, ciego, vergüenza; debes cambiar para regresar al edén. Abandona tu codicia, envidia y lujuria, y haz el compartir tu medalla de fama. Detén la glotonería, rompe la codicia que llevás escondida en tu orgullo excesivo.*

Espíritu global. *—Hasta que abandones todo eso para bien y dejes caer tu hambre de riqueza, tu deseo de acumular posesiones, y cambies para compartir y cuidar, en un estado de ánimo honesto por la salud de tu hermano y hermana, alcanzarás la unicidad.*

Un relámpago atronador cae sobre al hombre; el teatro se oscurece, y se ilumina de nuevo. Dos espíritus arrastran al hombre inerte. El debate que concluye pinta el cuadro de la mente humana infestada por su corrupto. El argumento específicamente la codicia que le inspira el AGAPEAE que corroe su ego. Hay otros tentáculos de este ogro que también deben amputarse. ¿Recuerdan cuáles son los tentáculos (las cabezas de ese ogro)? El escenario se oscurece mientras el público se queda en el crepúsculo.

La situación en Arriaga, Chiapas MX – 2000

Robert. *—La situación en Arriaga es un ejemplo de codicia, violencia y corrupción, una batalla de mal comportamiento egoísta contra el pacífico modo de amor por la vida. La vida no tiene que ser dura y ruda, a veces imposible; la vida debe ser dulce y suave, deleitable.*

Trues entra al escenario e interviniendo en el discurso dice.

Trues. *—La biblioteca de la omnisciencia registra toda información, o evidencia, del comportamiento de los seres humanos, egoístas o no, que crea desviaciones de lo que debe ser la vida. Los seres humanos, y sólo los humanos, son responsables de las consecuencias, correcciones y o redirecciones de sus intenciones y propósitos. Las almas en los seres humanos y los espíritus a su alrededor no interfieren, ni intervienen, la libre escogencia de los seres humanos. El atributo de libre albedrio* *se define después de la inflexión —cuando las mentes se integran— y por supuesto se desarrolla el ego del ser humano. Los seres humanos deben cambiar por su propia voluntad, deseo y elección, y de ninguna de otra manera.*

Sexis. *—Las condiciones de pobreza y abandono humano son los peligros, riesgos y amenazas para la mente y la vida. El despiadado cártel de Sinaloa y los señores de la droga, y la pobreza son motivo suficiente para emigrar a una nación que ofrezca la oportunidad de vivir una vida segura y fructífera. La gente no emigra por capricho; se ven obligados a dejar atrás a sus seres queridos por condiciones de vida o muerte.*

Los pensamientos de Robert aparecen en la pantalla de la ventana a la derecha.

Robert. *—Una miga de información en la biblioteca de nuestra omnisciencia contiene lo siguiente. Parte de la belleza de la naturaleza se colocó obviamente en Chiapas. Su selva tropical y vegetación verde se mantuvieron por la humedad del clima propio de las zonas tropicales. Pero los negocios, la agricultura y la ganadería, han erradicado su hermosa y rica vegetación. Chiapas no es un estado próspero; es una zona muy subdesarrollada de México. La economía de Chiapas durante años dependió de la agricultura que proporcionaba una fuente estable de ingresos para la población laboral pero ya no está allí. [40] La gente ha trasladado su ocupación a otras actividades, como la pesca en el Océano Pacífico. [41]*

Mas la gente continúa trabajando o cultivando sus tierras, pero sobre todo para su propio consumo, apenas para sobrevivir. Un factor que impacta es el contrabando de drogas por un cártel despiadado, que se asume lo encabeza Joaquín El Chapo Guzmán (detenido y bajo custodia), en Estados Unidos.

Stacey. *—Su situación económica no es fácil, y los agricultores trabajan por salarios de sobrevivencia. Esta es una razón que justifica la idea de abandonar el área en busca de una vida mejor: es un derecho humano. El gobierno de los Estados Unidos no entiende que, si las*

---

[40] Chiapas, https://en.wikipedia.org/wiki/Chiapas, Wikipedia, 2006, párrafo 2)

[41] Chiapas, Breve Historia, teaching.quotidiana.org/our/2006/Chiapas/ history. html, (Encarta 2005, Chiapas, párr. 3)

condiciones en los países del tercer mundo fueran hospitalarias, su pueblo no arriesgaría sus vidas para emigrar a naciones ricas. [42] *Otro factor es que las naciones ricas explotan a las naciones pobres, creando más pobreza y la voluntad de emigrar. ¿Quién tiene la culpa?*

Trues. —*El público conoce a Joaquín (el Chapo) Guzmán. Bueno, alrededor de principios de los noventa, fue muy activo en el narcotráfico en esta zona tan cerca de la frontera con Guatemala. La gente vive días extremadamente difícil en Chiapas porque el Cártel de Sinaloa secuestra a las personas para el tráfico de órganos y drogas.*

Joaquín "El Chapo" Guzmán, el hombre llamado por Los Estados Unidos el narcotraficante más poderoso del mundo, fue Capturado en la ciudad costera de Mazatlán, dijo un alto fiscal de México. Había escapado, pero finalmente capturado el 17 de enero de 2016, y actualmente está en la cárcel tras su condena, juicio y sentencia.

Había escapado, pero finalmente capturado el 17 de enero de 2016, y actualmente está en la cárcel tras su condena, juicio y sentencia.

La pantalla delantera izquierda muestra una foto del Chapo durante 15 segundos. La situación, así como las condiciones en Arriaga, Chiapas es una justificación para la emigración forzada en busca de mejores posibilidades de sobrevivencia. Sin embargo, la corrupción humana es incluso peor que el narcotráfico a través de Arriaga. La población total del municipio llamado Arriaga es de 38.572 ciudadanos, 18.815 hombres y 19.757 mujeres. Muchos

---

[42] Declaración Universal de Derechos Humanos Naciones Unidas. www.un.org/en/universal-declaration-human-rights/index.htmld.

logran escapar del cártel de las drogas y los traficantes de órganos. Las cuatro pantallas muestran noticias de última hora: [43] Captura final del Chapo Guzmán, [44] mostrando una foto de El Chapo.

Sexis. *—La omnisciencia de la dimensión espiritual contiene y preserva todo el conocimiento que hay en el universo. Los pensamientos, decisiones y acciones de todos los seres vivos en el universo tangible son visibles en la dimensión espiritual. Por favor, no te preocupen, puedes seguir pensando. Mantenemos y protegemos tu privacidad; es tu sagrado derecho. No vendemos tu identificación o información personal a "WikiLeaks" o rateros cibernéticos. Los espíritus no trafican o sacan ganancias con tu información, y descansa seguro que los espíritus lo saben todo. Nuestro sistema de información es mucho, pero muy controlado y seguro, que el Facebook, Twitter, WhatsApp y cualquier otro medio en la tierra.*

Sergio Maltés tiene ahora diez años, pero Sergio es mucho mayor que eso, tal vez, no por sus años de vida, sino por su intensa experiencia de autopreservación en una lucha constante de sobrevivencia. La situación económica se degrada por la guerra continua entre la DEA y el tráfico de drogas y órganos humanos, realizando incursiones en lugares específicos, especialmente alrededor del sitio y las granjas donde opera el Cártel de Sinaloa. Esta es una razón por la que la comunidad de agricultores pierde su deseo de invertir en esfuerzos productivos.

Guía. *—Ahora, un ser dual, Sergio, tiene diez años, y está consciente de las calamidades de la gente de Arriaga. A su temprana edad, también trabaja en granjas cercanas, recogiendo productos, tomate, chile, cebollas, etc. Los niños tienen la amenaza constante del cártel, que los secuestra para la clandestina extracción de órganos, el tráfico y la especulación. Vemos la verdad y sabemos la verdad.*

Sergio con su amigo Pedro camina de regreso de la escuela una tarde; Pedro también tiene diez años y va a la misma escuela que Sergio.

---

[43] www.bloomberg.com/news/2014-02-22/-el-chapo-guzman-mo...

[44] https://www.nytimes.com/2016/01/17/world/americas/mexico-el-chapo...

Sergio. –*Que chingada es ser pobre, como nosotros; ni siquiera se siente gusto ir a la escuela.*

Pablo, amigo de Sergio, viene corriendo, casi agotado, gritando. Vehículos de policía, camionetas Ford Ranger, corren en las calles, haciendo sonar sus alarmas a todo volumen. Viajan de prisa, transportando guardias nacionales armados.

Pablo. –*Oigan, La DEA y agentes antidrogas locales están asaltando la hacienda Rancho Grande, la gente dice que ese es el lugar donde llevan a los niños que secuestran para el tráfico de órganos humanos. Hubo un enfrentamiento a tiros y cuatro traficantes de órganos resultaron muertos. La DEA capturo a uno de ellos, pero está gravemente herido de bala. Un agente murió de un tiro.*

Sergio. –*Si, todo eso puede ser bueno, pero que buena chingada hace saber eso, no nos ayuda en nada. De qué sirve creer, tener fe y rezar, cuando nadie escucha nuestros ruegos. En realidad, todo lo que hacemos en la vida humana y sus consecuencias es y son nuestra responsabilidad.*

Pedro. –*Solo nosotros debemos resolver o sufrir. Ustedes y yo somos niños y trabajamos en el campo en tiempo fuera de escuela, en las tardes. Pienso que nuestras vacaciones son cuando vamos a la escuela. Los ricos no trabajan los campos, van a escuelas privadas, tienen buenas fiestas, comilonas, juguetes y demás.*

La realidad es obvia; la vida es un vórtice de la miseria, ofreciendo posibilidades improbables de escapar de esa fuerza que chupa a los que caen allí. La línea del espectro de la pobreza hacia la riqueza muestra la mayoría en la pobreza y la minoría (los pocos) en el extremo rico. De modo que si esta línea fuera una viga en un fulcro como un sube-y-baja el pobre está abajo mientras que los ricos están siempre arriba. Del mismo modo, la mayor riqueza está en la cima y abajo hay muy poca.

Los pensamientos y palabras de los niños son una realidad de todas las sociedades. Podemos decir que son niños, pero dicen la verdad y sufren igual o más. Sus frustraciones y dolores, la agonía en la pobreza, los mata en la desesperanza. Y el viento lleva sus palabras de angustia a un horizonte vacío. Nadie, nada, está por aquí para ayudarlos, excepto su propia voluntad de vivir o morir en sus esfuerzos.

Pablo. *—Para mí, eso no es chiste, siempre se hace justicia. La historia dice que las tropas de Pancho Villa lucharon por la justica y una mejor situación para los pobres y trabajadores.*

Sergio. *—¿Entonces, ¿Qué fue lo que hizo Jesucristo y Pancho Villa? Esto no es justo. Estamos como somos porque no se ha hecho nada, ¿Que no ves?" La pobreza lleva a las personas al borde de la desesperación, el crepúsculo de la mente cuando los valores morales pierden sus valores; y la necesidad de sobrevivir los convierte en posibles delincuentes. Para ellos todo vale si es para sobrevivir. Sostengo que compartir y cuidar es la manera de reducir la delincuencia y los crímenes.*

Pedro. *—Yo he oído a la gente decir que en Los Estados Unidos cualquier pendejo, trabaja una hora y gana mucho más que un adulto aquí gana en dos días. Yo estoy pensando, salir de este pueblo miserable y largarme a los Estados Unidos, desde allí si podría ayudarle a mi familia.*

Sergio. *—Pero, también dicen que los que los llevan, esos coyotes, son los que en verdad ganan harta lana pasando emigrantes ilegales en la frontera, dicen, allí por Mexicali, al norte. Por otro lado, dicen que a las madres y o padres les quitan a los niños, los desaparecen, les quitan sus órganos para venderlos clandestinamente por miles de dólares. Dicen que hay una gran organización dedicada al tráfico de niños y tráfico de órganos y los que cuidan las fronteras están metidos en ese anillo.*

Pero la lucha está en el alma humana. Las discordias o peleas que pasan por las mentes de los humanos son el resultado de las acciones del comportamiento egoísta de otros humanos.

Pablo. *—Yo pienso, que cuando termine la escuela, me largo de este pinche pueblo. Pienso que el riesgo vale la pena. Quiero ir donde pueda trabajar, estudiar, ser alguien de bien, y ayudar a mi familia.*

Los seres humanos que viven de los desechos se sienten abandonados por el propósito de vivir. Es el juego de las almas y las mentes, un juego que la conciencia y el ego hacen en la vida diaria. La vida no es material; es espiritual (no religiosa). ¿Cuál es la diferencia? La diferencia está en las anchas brechas sociales. Otras criaturas vivientes no experimentan sociedades, especialmente en las sociedades modernas, haciendo estas luchas o discordias, porque se ajustan y viven con lo que el medio ambiente proporciona. Los seres humanos aún no han aprendido a vivir con el poder de sus almas y mentes. Los seres humanos aún no han descubierto cómo balancear sus egos con sus conciencias, para vivir en paz con el orden de armonía del universo. Este equilibrio llegará, eventualmente, cuando los seres humanos entiendan lo que es el amor, cuidar y compartir. Este es el momento en que los elementos de la sociedad humana contribuyen su parte al objetivo común de la vida: la unicidad.

Así que ves a estos chicos, de diez u once años, mira la realidad como la realidad es. La llaman lo que es. Pero las fuerzas y acciones en el fondo son más oscuras que lo que vemos en la superficie. La corrupción es profunda en todos los niveles de la cadena de la escalera de la deshonestidad, el gobierno, la iglesia, la libre empresa, el libre mercado y las sociedades también, son partícipes en una promesa común: la explotación para la ventaja egoísta. Todo está en la ambición excesiva, la codicia, el odio, los prejuicios, la envidia, la avaricia y el egotismo; El ACOPEAE que aconseja y manipula los egos humanos.

Sergio. *—Eso sí, siempre que cruces vivo la frontera. A esos coyotes, no les gusta llevarse a los viejos, prefieren a la gente joven; parece que los viejos se cansan mucho en el camino —de aquí a la frontera—. Yo prefiero quedarme con mi familia.*

Quizás, los órganos y la trata de personas es un régimen ilegal más amplio que utilizan para abusar de la gente en condiciones miserables. Ellos, Cárteles, organizan grandes caravanas de familias y personas, ofreciendo un acceso seguro a Estados Unidos. Pero el objetivo es separar a los niños de sus padres o parientes para la fuente de órganos; nunca los devuelven a sus padres. Usan a las jóvenes en la prostitución forzada. ¿Podría ser este el plan total? El plan está en manos de individuos ricos y poderosos ayudados por personas en puestos de autoridad. ¿Cómo, puede la gente deshacerse de estos criminales, y sus esquemas corruptos? Es una nuez difícil de quebrar; mucho dinero está en juego alimentado por intereses ocultos.

Pedro. *—Oye, mi tío sabe de un cuate que se sabe la movida; voy a indagar.*

Pablo. *—Bueno, muchachos, nos vemos en la tarde; ¿van a venir a la plaza?* Sergio y Pedro respondieron yes. Pero por alguna razón, como esas cosas que suceden en la vida, nadie fue a la plaza; tal vez sus espíritus los alejaron o tenían un plan mejor. La suma de los eventos completados muestra el plan real; y los humanos no pueden ver resultados hasta que estos se realizan. Entonces, los humanos pueden ver el propósito de que lo que sucede ahora es por lo que sucedió antes. Sin embargo, al día siguiente se reunieron de nuevo al final de la escuela, por la tarde. Obviamente, los espíritus libres no tienen estos problemas como los humanos. Pero fíjate que las almas de los humanos que tienen tribulaciones similares tienden a aferrarse o a juntarse. Parece que los problemas humanos atraen almas y espíritus por grupos o categorías de tribulaciones. Por ejemplo, la gente rica anda con gente rica, las famosas pasan el rato con las famosas, la gente con poder tiende a buscar a otras personas con poder. ¿Sera que las almas necesitan resolver sus tribulaciones, dolores, penas, en grupo y por categorías? ¿Es esta la razón por la que pasan el rato juntos? Ya veremos.

Pablo. –*Oye, Pedro, ¿qué averiguaste?, acerca de eso del viaje.*

Pedro. –*Si, averigüe. Averigüe que el Coyote cobra dos mil quinientos dólares, y no garantizan la pasada.*

Sergio. –*Eso es mucha lana. ¿Quién puede pagar tanto?*

La omnisciencia registra la historia de todos los planes, pensamientos, actividades y eventos resultantes, en el pasado, presente y futuro. Todo conocimiento está ahí; nada es desconocido. Los espíritus libres saben lo que está en el diario del comportamiento de los seres humanos; pero las almas no pueden entrar en el pasado ni ver el futuro. Las mentes humanas sólo pueden ver el futuro analizando todas las actividades, condiciones, situaciones y circunstancias que tienen un papel en la realización de un evento. Pediré a los espíritus que expliquen cómo los espíritus ven el futuro.

Pedro. –*No, buey, supe que el que no tiene dinero, lo ponen a trabajar en ciertos lugares en el camino para pagar por el viaje.*

Sergio. –*Yo no creo en todo eso, se imaginan cuanto tiempo se tiene que trabajar para pagar ese dinero. Tengo que regresar; hasta luego, cuates.*

Una vez más, los tres amigos siguieron su camino, diciendo la despedida típica. Ya no hablaban de esta empresa. El misterio de la vida es que las ruedas de la existencia en movimiento se reflejan en el universo material. La ley de causas y efectos está activa. Por lo tanto, para cada conjunto sinérgico de temas, actividades, condiciones y situaciones, hay un resultado definido. Las condiciones y situaciones se organizan y se acomodan para dar el resultado esperado; las almas humanas no pueden evitar la secuencia natural que conduce a un evento. Las mentes humanas pueden decir, es lo que es, o lo que va a ser, será. Pero no lo es, no es una causalidad aleatoria; las leyes de combinaciones y permutaciones, en esta aplicación, dictaron que para cierto grupo de asuntos, condiciones y situación hay un, y sólo un, resultado esperado. Por lo tanto, todos los resultados se conocen antes de que sucedan, si conocemos todos los asuntos, condiciones y situaciones que dan lugar al evento. Los seres humanos, sin embargo, sólo tienen un pequeño control sobre sus pensamientos, decisiones y actividades. Y modificando su acción también modifican el resultado del conjunto sinérgico. Los espíritus lo saben, y a menudo vienen a ayudar a las almas de los seres humanos a hacer los cambios necesarios que eviten el impacto de los resultados.

Tres meses más tarde, los tres amigos se dirigieran a una tienda del vecindario; cuando un hombre de mediana edad, el mensajero, se acerca a ellos.

El mensajero. —*Oye, supe que les interesa la idea de aventurarse en el extranjero; yo tengo la llave, y puedo ayudarlos. El jefe lo sabe, ustedes indagaron sobre un viaje. Él me manda para proponerles una forma, y no tienen que gastar nada, ¿qué les parece?*

Pedro. —*Pero vos sos de la policía; te he visto en la comandancia. ¿Conocés a Francisco Cantoral?*

El mensajero. —*No, yo no estoy con la policía. Pero si, Francisco Cantoral es cuate del jefe. Él es tu pariente.*

Pedro. —*¿Y qué es lo que tu jefe te dijo?*

Hablaron sentados en el suelo en la esquina. Después de un tiempo, Sergio se levantó y dice.

Sergio. —*Yo me voy, los veo mañana.*

En ese momento, todos se levantaron y se fueron. Pero cuando empezaron a caminar, el mensajero dice.

El Mensajero. —*Hasta luego pues, piensen en eso.*

De regreso al presente, 2018

Guía. *–Continuemos nuestro diálogo: La Existencia se muestra en dimensiones tangibles e intangibles. Estudiamos dos en esta investigación, espiritual y material –ciclos de vida–. El universo está lleno de sólo dos elementos, energía y materia, son los mismos –existen en un estado continuo de transformación– energía a la materia y materia a la energía. Esta noción es muy importante si queremos entender estas dos dimensiones; pero el punto crítico es que incluso si las dimensiones de los espíritus y de la materia están separadas, comparten el mismo espacio; y los espíritus se fusionan en materia viviente en cualquier parte del universo.*

Aparece una pregunta en las pantallas de una persona en el público.

Persona N: *–¿Podría ampliar sobre la operación del espíritu viviente en nuestro cuerpo? Además, ¿cómo puede ser posible la unicidad?*

Trues. *–Claro. Cada ser humano se comporta o realiza su vida, y nadie más lo hace por ese ser. Todas las almas son independientes. Pero hay una importante función superior del alma en vos; esa es tu mente. Los humanos podrían decir que el alma es la mente. El alma maneja al ser humano con la mente, y dos componentes principales, la conciencia y el ego.*

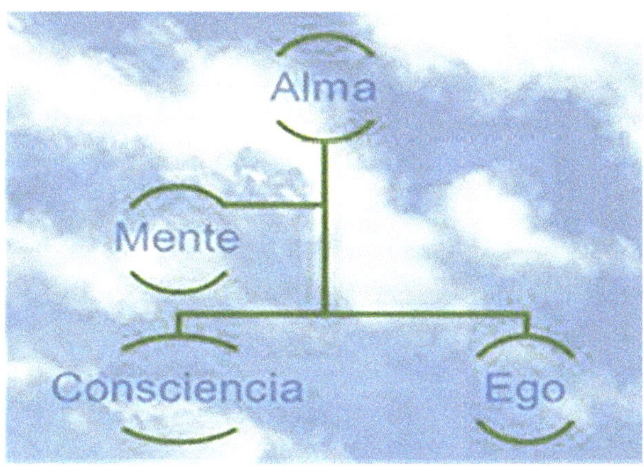

Figura 10: Estructura del Alma

La mente conecta con la omnisciencia del espíritu global (no sagrado) a través del alma. La mente piensa y o razona las realidades observadas considerando la verdad de la existencia. Así es como los genios han descubierto algunas leyes de la existencia y las han aplicado en usos prácticos para el bien de los seres humanos. Por ejemplo, penicilina, electricidad, el electro encefalograma, EEG, y muchos otros. La conciencia y el ego usan el poder de pensar de la mente para sus propios propósitos. La mente ve más allá de la materialidad del universo y del materialismo humano. Llega a la esencia pura de la Verdad y el Amor. La mente del alma pertenece a la dimensión de los espíritus y los espíritus pertenecen al espíritu global. Así que el pensamiento es espiritual, no es material. El ego es una función del alma, la expresión del carácter humano y la identificación personal; es como un programa permanente incrustado en el cerebro. El ego corre de forma abierta, manipula tu mente, y de manera que también influye en tu alma. Él es el enlace entre el alma y el mundo físico, la realidad.

El ego manipula las emociones y sentimientos de los humanos a sus deseos, propósitos y ventajas, transformando los pensamientos en acciones corporales en la dimensión material.

Stacey. *—El otro componente del alma es la conciencia; maneja tus emociones, sentimientos, sentimientos y valores morales. Los valores morales de la conciencia incluyen el bien y el mal, lo correcto y lo incorrecto, y lo justo e injusto. Debes notar que la sabiduría y el razonamiento no manejan los sentimientos ni las emociones. El amor es una actitud que también puede generar acciones lógicas e ilógicas, a través de la mente. Y la mente puede analizar la verdad de la existencia y el universo.*

Robert llega levantando la mano o pidiendo permiso para hablar. Y la guía hace una señal de aceptación con la mano.

Robert. *—Pero tengo un problema más; este es como los componentes del alma interactúan dentro de la mente. Los componentes del alma pueden usar las funciones mentales. En primer lugar, la sabiduría, una función de la mente, analiza la lógica, la verdad, la realidad y las consecuencias, proporcionando sus hallazgos a la conciencia y al ego. Y, en segundo lugar, la conciencia es la parte que supervisa el comportamiento del ego; y con la fuerza de voluntad, como agente de aplicación, se esfuerza en cambiar los motivos y las acciones del ego. Y los conflictos florecen entre las diferentes perspectivas de la conciencia y el ego.*

Guía. *—Esperen chicos, detengamos nuestro foro. Recibimos permiso para regresar en el tiempo a la mansión Richland en Manhattan, NY. Tenemos noticias de última hora.*

Mas de la situación en Manhattan NY - 2016

Las dos pantallas traseras del escenario se encienden. Un presentador de MZNDC está en la pantalla izquierda: Noticias de última hora.

Presentador. *—Víctor Richland, hijo del billonario, Sr. Richland, se desmayó en la ceremonia de graduación, en la Universidad de Harvard. La facultad de la universidad de Harvard y sus compañeros consideran a Víctor un genio. Víctor se graduó el semestre pasado con los más altos honores y dos años adelantado. Su padre, el Sr. Richland compró un bufete de abogados para que lo administre el joven Richland. Es una corporación llamada 'Richland y Asociados, con sede en Manhattan, Nueva York.*

Presentador. *—ZMN Internacional: ZMN informa directamente desde el hospital donde Víctor fue llevado antes. La información preliminar indica que el joven abogado sufre una extraña condición bronquio-pulmonar que está drenando su energía. Ahora estamos esperando al médico jefe, que proporcionará detalles adicionales. La historia de Víctor ha tenido episodios importantes. En 1990 la madre de Víctor murió en el hospital y el bebé Víctor casi no lo logran. En ese momento, testigos de ese caso dijeron que era un milagro que Víctor naciera vivo. Víctor se ha adelantado a su tiempo, completando su educación dos años antes de lo normal.*

El médico jefe del hospital sale al podio: todos los periodistas corren para ubicar sus micrófonos lo más cerca posible. El médico jefe, Francis Francini, un médico italoamericano atiende a Víctor.

Dr. Francini. *—Señoras y señores, después de un examen minucioso y cuidadoso, diagnóstico y pruebas de emergencia, el personal médico de nuestro del hospital ha concluido que el paciente, Víctor Richland, sufre una rara enfermedad bronquio pulmonar causa de una extraña bacteria que a veces se encuentra en los árboles en descomposición. Hemos solicitado pruebas de troncos viejos de árboles tirados en la playa frente a* *su mansión frente al mar en Boston, donde Víctor va a meditar, estudiar y descansar.*

Reportero de MZNDC. *—¿Ha encontrado el panel médico un tratamiento para la enfermedad de Víctor?*

Dr. Francini. *—El panel, afortunadamente, concluyó que el paciente debe ser trasladado por un tiempo a un ambiente seco o semi desértico que puede ayudarle a combatir las bacterias. Sugerimos a la familia Richland que trasladara a Víctor a algún lugar del sur de California. Eso es todo el tiempo que tenemos por ahora. Enviaremos boletines a la prensa a medida que la nueva evidencia y/o información esté disponible y autorizada por el Sr. Richland. Sí, gracias.*

De regreso al año 2016

La red MZNDC se traslada a la campaña presidencial, donde Donald Trump, un multimillonario de Nueva York y Hillary Clinton, ex Secretaria de Estado bajo la presidencia de Obama. ¡Varias encuestas predicen con alta expectativa que la señora Clinton seguramente será la próxima 'PRESIDENTE DE LOS ESTADOS UNIDOS DE AMERICA! La pantalla de la ventana se apaga.

Hemos discutido la situación en Santa Tecla, El Salvador, y la situación en Arriaga, Chiapas, México. La corrupción es igual en el mundo. Intereses ocultos manipulan a los gobiernos, las empresas y las sociedades. Hemos oído que Rusia se involucró profundamente e influyó o manipuló las elecciones presidenciales' resultado a favor del Donald Trump. Mientras tanto, la campaña de Trump desplegó un brutal ataque contra la señora Clinton llamándola Hillary torcida para manchar su carácter. La comunidad de inteligencia lo afirma basada en una investigación iniciada poco antes.

Regreso al presente, 2018

Guía. *—Stacey, cuando nos fuimos a Manhattan, Robert estaba explicando el concepto de los motivos y acciones del ego por favor continua después de su declaración.*

Stacey. —*Los espíritus prevén los resultados porque ven el futuro, el presente y el pasado. El ego humano es impulsivo y no razona sus pensamientos y acciones. Los egos humanos son débiles y los demagogos astutos manipulan los pensamientos, sentimientos y emociones de las personas. Los políticos lo saben, pero la gente, el creyente en la sinceridad y la honestidad, muerde el anzuelo de los políticos. Y la gente se convierte en seres pescados, siguiendo ciegamente a un (supuestamente) líder, ignorando a dónde los llevan. Analiza lo que aprendes, y veras la verdad a través del telón de mentiras que escuchas.*

Guía. —*Les aconsejamos que los comentarios de Stacey solo enfatizan cómo funcionan los egos y las almas de los humanos. Los comentarios de Stacey no tienen nada que ver con las divisiones políticas ni con los resultados de la investigación de Robert Mueller o del congreso. Ya hemos visto el resultado, y veremos más en un futuro muy corto; pero no podemos revelar lo que es. Lo descubrirán poco o después de 2020.*

Una pregunta de alguien de la audiencia aparece en las pantallas de las ventanas.

Persona O. —*¿Será el presidente Trump destituido? ¿Dejará la Casa Blanca? ¿Cohen, Mueller y otros testificarán para el congreso?*

Guía. —*Esperen un momento. Nuestro foro es un profundo discurso teórico sobre la unicidad, no es un ayuntamiento político; tenemos una obra teatral en este teatro. Reiteramos que nuestra misión, como espíritus en sus cuerpos, no nos permite interferir con sus decisiones y acciones: ustedes son responsables de lo que piensan, dicen, deciden y hacen. Lo que leés, oís y ves aquí es la composición de lo que vive en tu mente. Nuestro ámbito de trabajo es la gestión de sus mentes, mientras que su ego maneja sus emociones y actitudes personales. Esto es con respecto a las especificaciones sagradas del universo que establecen el libre albedrío humano, o la libre escogencia. Tal vez el rastro de la verdad responda positivamente a esas tres preguntas. Sin embargo, decimos que su estado de derecho, constitución y forma de gobierno de su país pueden continuar y no perecer de la tierra, si ustedes deciden conservar todo esto.*

Las luces parpadean en el escenario y en el lado del público.

Guía. —Los llevaremos de regreso a Irvine, California.

La situación Irvine, CA–2001

ZMN International. –¡NOTICIAS DE ULTIMO MINUTO!

Presentador ZMN. –*Desde Irvine, California, en la mansión de la familia Richland; estamos esperando la llegada de Víctor Richland. Recordamos que el joven Víctor fue diagnosticado de tener una enfermedad rara en los bronquios. El Dr. Francini recetó que Víctor se trasladara a una zona seca o semidesértica. En ese momento, el Dr. Francini sugirió un lugar en el sur de California. Su recomendación resulta exacta; la familia Richland posee una gran propiedad inmobiliaria en las colinas de Irvine. El Sr. Richland, el padre de Víctor, ya ha organizado la compra de un famoso bufete de abogados en Newport Beach, California para su hijo, Víctor.*

Las pantallas muestran fotos de la mansión de los Richland en Irvine.

Presentador ZMN. –*Una gran multitud, cinematógrafos y reporteros de televisión corren hacia la entrada de la propiedad; dos limosinas entran por el elegante portón de hierro, detrás una lujosa ambulancia blanca que se parece más a una limosina, y otra limosina más detrás de eso ambulancia entran en la propiedad. No hay sonido de sirena, todos entran en silencio. Cuatro enfermeras vestidas de uniforme blanco impecable, con guantes y zapatos haciendo juego ruedan una camilla elegante y lujosamente acolchonada, fuera de la ambulancia; las patas con ruedas se extienden automáticamente por debajo de la camilla. La camilla está equipada con pantallas y monitores de computadora, aparentemente mostrando signos vitales y señales de condición corporal. Las enfermeras rodaron la camilla hasta la parte delantera de la amplia puerta alta de entrada a la mansión, llevando a Víctor al interior de la mansión. Nadie puede entrar en la mansión.*

Un hombre vestido de un esmoquin negro sale y anuncia.

El hombre. –*La familia Richland anuncia que Víctor está bien, fue llevado a su habitación a descansar, está cansado debido a un largo vuelo en el jet privado de la familia, desde Nueva York. El Sr. Richland ha contratado un cuerpo médico para atender a Víctor. Los médicos y enfermeras asignados permanecerán en la mansión durante el tiempo que sea necesario. La familia Richland les agradece su interés en saber de la* *salud del joven Richland, y por sus oraciones. En el momento adecuado, la familia emitirá informes del estado de salud de Víctor.*

Cuatro guardias armados con uniformes azul oscuro, fornidos musculosos como atletas de competencia, sostienen cada uno un perro pitbull negro de musculatura desarrollada, piden a la multitud y a los reporteros de noticias que abandonen la propiedad.

Guardia de seguridad. *—Por favor, no hay nada más que ver aquí, deben salir de la propiedad ahora, gracias. Por favor, salgan por el portón principal.*

La multitud y los periodistas salen, pero se quedaron fuera de la propiedad durante algún tiempo, hablando y comentando la situación.

Guía. *—La constitución estadounidense dice que todos los hombres son creados iguales; una verdad que se mantiene en la existencia. De hecho, los seres humanos tienen un alma (parte del espíritu total) y un cuerpo (parte material). Las irregularidades en la materia que forma el cuerpo introducen diferencias que los seres humanos no pueden corregir; en particular, en las estructuras y capacidades de sus cerebros. En sí, las almas no tienen imperfecciones. Los seres humanos nacen con ciertos derechos inalienables heredados del espíritu universal; esto es cierto, como se escribe en las leyes de la existencia. Pero en la tierra la situación es diferente; los egos inicuos construyen diferencias y brechas sociales para obtener ventajas sobre el resto. Aquellos que acumulan riqueza y poder controlan el gobierno, la legislación y la justicia, las mejores oportunidades y las condiciones en el llamado mercado libre y o empresa.*

Los humanos no son iguales, y puede que nunca lo sean. El ogro ACOPEAE profundamente arraigado en los egos crea diferencias en los seres humanos y brechas en sus sociedades. Lo que dicen los espíritus es verdad. Entiendo lo que han estado explicando. Los espíritus se convierten en almas en cuerpos humanos y trabajan para guiar a los seres humanos, sus egos, hacia la unicidad. Esto es para la armonía y el equilibrio del universo, el propósito de los ciclos de vida, y los interminables viajes de los espíritus a la dimensión material. Las almas trabajan guiando a los seres humanos hacia la unicidad. Basta con ver sus escenarios; los escenarios comparten gratuitamente su contenido natural con los seres vivientes apoyando sus existencias.

Todas las criaturas vivientes contribuyen a mantener el equilibrio ecológico de su entorno, excepto los humanos. Qué gran verdad es el concepto de unicidad. Como indica el diccionario Encarta. [45] Unicidad (un sustantivo) que significa, (1) singularidad: La calidad de ser uno en lugar de muchos; (2) Unicidad: La calidad de ser único; (3) Acuerdo: La condición de estar unido o acordado; e (4) Igualdad: La cualidad de ser lo mismo. Este es el verdadero significado de unicidad que resumido en tres palabras latinas es *"E pluribus unum"* –*todos en uno*–.

En la teoría del autor, la unicidad es el estado mental, la calidad o la condición en la cual los seres humanos viven en armonía con su alma, otras almas y los espíritus, y en perfecta armonía con el universo, de acuerdo con las leyes de la existencia. Este estado mental hace que nuestras almas tengan conciencia, sabiduría y voluntad, siguiendo el propósito bajo indiscutibles principios de la existencia. Entonces, y sólo entonces, nuestras almas y cuerpos estarán todos en uno, en armonía con el espíritu global en la dimensión de los espíritus –en la unicidad universal–. El hombre debe eliminar la influencia de ACOPEAE, específicamente, la ambición excesiva, codicia, odio, prejuicio, envidia, avaricia, y egoísmo para alcanzar la unicidad. Para lograr ese estado, el hombre debe educar al ego para que se comporte de acuerdo con el orden de armonía del universo.

De regreso al presente, 2018

Las luces parpadean en el escenario y en el público.
Guía. –*Por favor no se pongan cómodos, ahora mismo los llevaremos a Chiapas, México.*

La situación en Arriaga, Chiapas, México–2001

A primera hora de la mañana, dos autobuses llenos de personas: niños, adolescentes y adultos, hombres y mujeres, llegaron a una granja aislada, no muy lejos de la ciudad de Arriaga. La gente estaba

---

[45] Diccionario Encarta: inglés (Norteamérica – Definición de unidad).

sudada, cansada, hambrienta y mostrando signos de largas horas de insomnio, sin bañarse durante más de dos días. Dos conductores llegaron en el autobús, mientras hablaban; parecía que se turnan para conducir en un viaje sin escalas. Tulio, el conductor 1, arrogantemente dice.

Tulio. —*Estamos en Arriaga de Chiapas, México. Recojan sus pertenencias y síganme por aquí. Acomódense aquí a como puedan; allá hay pasto que el ganado come, úsenlo para hacer su cama. Afuera hay una caseta, pueden usarla para lavarse, y al otro lado del caserón hay otra caseta para orinar y cagar. Duerman lo que puedan, mañana saldremos temprano a trabajar al campo.*

El lugar es un granero grande utilizado para almacenar granos, heno, productos y herramientas agrícolas. El lugar para hacer sus necesidades biológicas es un agujero profundo en el suelo con un asiento de madera. Alrededor del asiento sobre el agujero en el suelo hay una cabina de madera con una puerta. No hay papel higiénico, no hay agua ni jabón para lavarse las manos. El olor es nauseabundo y las moscas son insoportables. Llegó la mañana; la hora es cerca de las siete. La gente está comiendo lo que trajeron y sus escasas bolsas. Algunos de la gente trajeron ollas e hicieron café. Y todos compartieron lo que podían. Esa gente entiende que sólo pueden lograr su empeño cuidando y compartiendo entre todos en el camino. Esta gente no sabe cuál es la siguiente parada; sólo el destino, la frontera con Estados Unidos. Moisés está aquí entre la gente de la caravana. Está alerta, pero perdido, sin saber qué hacer o qué decir. Nadie lo conocía y él conocía a nadie –un niño secuestrado obligado a viajar–. Todo el mundo está en la misma situación, sin identidad. Pero todos tenían el mismo sueño, el mismo propósito de cruzar la frontera de Los Estados Unidos, y con eso todos ellos tienen los mismos riesgos de muerte.

El segundo conductor, Tomas, llega, es algo más compasivo.

Tomas. —*Oigan gente, este hombre es Ramiro, el capataz de cuadrillas; Ramiro les dirá el trabajo que tienen que hacer. Aquí estaremos veintiocho días y cuando terminemos este trabajo partiremos al norte.*

Qué experiencia para el alma, qué agonía para el cuerpo. Los seres humanos son *mentauros*, criaturas con fuerza animal e inteligencia espiritual, cuerpos materiales en la tierra y almas con mentes de la dimensión de los espíritus. La omnisciencia de la existencia alimenta sus pensamientos, y actúan en escenarios terrenales. El viaje de los seres humanos es brutal, y la expectativa de éxito es incierta. Un día a la vez es todo lo que tienen los viajeros. No hay mañana hasta que llegue mañana; y no hay días sin trabajo, dolor, miedos y preocupaciones. Los emigrantes tienen vidas, pero ¿son de ellos? Sus vidas pertenecen a los Coyotes o a las personas que promueven las caravanas. Los emigrantes sólo saben que van a Estados Unidos, pero su destino es desconocido, y sus éxitos inciertos. Los espíritus saben el resultado; conocen las condiciones, los problemas y las situaciones.

Ramiro. —*Aquí tenemos mucho por hacer, para empezar, hay que recoger las hortalizas, tomates, cebollas, chile, chile verde, etc. Hay que limpiar la tierra de viejas cosechas, preparar la tierra para la nueva siembra, activar los riegos, atender el ganado, y los caballos, limpiar las caballerizas. Aquí todos trabajamos, todos, hasta los niños. Ya les diré quiénes van a hacer que, ¿entendido?*

Todo el mundo dijo que sí, no tenían elección, y alrededor de las ocho el supervisor los llevó a trabajar. Trabajan siete días a la semana. Y pasaron los veintiocho días. Todas las mañanas se levantaban a las cuatro de la mañana y regresaban al almacén a las seis de la tarde. No tuvieron tiempo de hacer nada más. Era como un campo de trabajo forzado, peor que estar en prisión; aquí en la tierra pueden ser libres, pero no pueden irse. De hecho, las criaturas vivientes son prisioneros de sus ambientes, siempre. Dos conductores diferentes estaban a la derecha de Ramiro.

Es la tarde del día 28.

Ramiro. —*Bueno, estoy contento porque se portaron bien estos días, se logró bastante; pero entre ustedes hay una bola de flojos, si siguen así no les ira bien en América.*

Ahí tienen, ¿Pueden ver? Esta es la amenaza continua, la amenaza del fracaso. La vida es así en el mundo físico de los humanos; esta es su realidad. Pero, ¿es esta situación porque la realidad es una amenaza o porque la certeza de la verdad para ellos es incierta? ¿Crean los humanos las amenazas? No, los egos malignos crean las condiciones o situaciones, y la incertidumbre en las mentes humanas crean las amenazas. No hay incertidumbre en el mundo físico, donde todo está o no está. Los seres humanos, y todas las otras criaturas, viven al borde de los riesgos, enfrentando condiciones y situaciones en este mundo de probabilidades. Este es un mundo de realidad, pero nada es seguro hasta que sucede. Por lo tanto, en este mundo material, la certeza no está en el resultado de los asuntos, condiciones y situaciones que terminan sino en la certidumbre del resultado. Es lo mismo en la dimensión de los espíritus, con una diferencia; los espíritus saben que un resultado se basa en un conjunto de condiciones, situaciones y o circunstancias dadas. Saben lo que pasó, las condiciones, las situaciones, las actividades basadas en el resultado que ven. Por lo tanto, el conocimiento de las condiciones, situaciones y actividades dan al espíritu la visión; la facultad de ver el pasado, el presente y el futuro. Y aunque las mentes humanas podrían tener la misma capacidad, la estructura y disposición de sus cerebros ponen restricciones y o limitaciones. Así es como los espíritus pueden ver claramente el futuro y el pasado, mientras que los humanos no pueden. Los espíritus aplican las matemáticas precisas establecidas en las leyes de eventos causales y aleatorios. La mente humana es parte del alma, y el alma es un espíritu con poderes reducidos; así, la mente también es espíritu. Pero no ven el futuro. La diferencia de la mente de un espíritu y de la mente y un alma está en las limitaciones que tiene la mente humana. La mente humana no puede ver ni mantenerse al día con todas los temas, condiciones, circunstancias y actividades que componen un evento.

Y un asunto, condición y o situación no considerada puede destruir la certeza del resultado. La precisión del pensamiento humano marca la precisión de su visión hacia el futuro. Y cuando algo sale mal, culpamos a lo imprevisto, pero lo imprevisto es algo que no consideramos porque no podemos ver de antemano. Por lo tanto, un alma y un espíritu difieren sólo en la capacidad de inclusión de asuntos infinitos, condiciones, situaciones y circunstancias que hacen un resultado perfecto. La frase latina de Séneca *"errar es humano, pero persistir en el error es diabólico"* muestra la situación del alma humana. El ego humano está en este vórtice de errores, pero el propósito de los ciclos de la vida es entrenar al ego a salir de este vórtice por sí mismo a la luz del orden y a la armonía del universo. No culpes al alma por las malas acciones del ego; culpa al ego por sus actitudes egoístas y el sufrimiento que le causa al alma.

El tercer conductor, Francisco, Frank o Pancho, viene y dice.

Frank. –Oigan, *recojan sus cosas y caminen al camión, tomen los mismos asientos en que llegaron. Ramiro les entregara una parte de lo que ganaron aquí, pero la mayor parte la guardo yo para pagar su viaje, casa y comida. Muévanse, no tenemos tiempo tenemos que salir de aquí y tenemos once horas para llegar a la siguiente parada.*

El conductor 4, Raúl, viene, sube al autobús y delante de los pasajeros dice.

Raúl. –*Tenemos seis pasajeros más, quiten sus cosas de los asientos vacíos para que ellos se sienten. En el camino haremos una parada para que puedan hacer sus necesidades.*

Moisés, toma su mochila negra, que no perdió en Santa Tecla. Un joven de su edad pone su mochila amarilla y verde en el estante de arriba y se sentó junto a Moisés. Moisés de repente sintió frío y temblor al notar que el chico sentado a su lado también está temblando de una manera similar. Nadie más en el autobús tiene esos síntomas. Tal vez sus almas se reconocen, pero no pueden definir dónde, cuándo o cómo. Un problema es cierto, sus mentes son parte de sus almas; y sus almas son parte de un espíritu global que pertenece a la dimensión de los espíritus. El chico sentado al lado de Moisés dice de una manera amistosa.

Sergio. –*Oye, cuate, parece que te conozco. Me llamo Sergio, ¿de qué lado de Arriaga venís?, ¿hemos ido a la misma escuela?*

Moisés y Sergio parecen muy sorprendidos, y sin embargo felices de estar juntos. Es extraño, pero es real; está sucediendo. ¿Por qué es este encuentro?; ¿qué cadena causal de eventos hay detrás de esta reunión?

Moisés. –*Yo también tuve esa misma impresión, pero no, no soy de aquí; yo vengo de Santa Tecla, El Salvador, me llamo Moisés Suarez. ¿Y vos vas hacia el norte, para el mismo lugar?*

Sergio. –*Sigo pensando que te conozco desde hace mucho tiempo, pero olvidalo, no más, es solo un presentimiento. Si, voy para el norte, ya sabés a donde; yo no quería, pero me forzaron; ahora ni modo.*

Sin embargo, las premoniciones, los presentimientos, las corazonadas, las intuiciones son reales; no son delirios, deseos o caprichos. Los seres humanos los tienen, de vez en cuando; pero no los entienden. Incluso piensan que estos sentimientos son de naturaleza malvada, como premoniciones. Pero, ¿lo son?, por qué los humanos no piensan que los espíritus envían mensajes a las mentes humanas de esta manera. ¿Por qué no creen que esos sentimientos son canales de comunicación entre las mentes y el espíritu global o de los espíritus en la dimensión de los espíritus? El hecho es que lo que sucede llega de más allá del mundo material; pero si así fuere. Es una evidencia de que hubo una advertencia, una comunicación.

Moisés. *—A mí me pasa igual, pero como decís, es mejor dejar que pase, y ya. Ahora durmamos, si podemos, este viaje es un dolor en el culo.*

El rugido del motor del autobús, algunas personas roncan, otros sueltan pedos, las ventanas empañadas con cortinas oscuras. El mismo sonido durante horas y horas que no termina. Es caliente, apestoso y húmedo. ¿Cómo puede alguien dormir? He sentido lo que Moisés y Sergio sienten; es extraño; es algo que no podemos explicar y o que podemos fijar el punto. ¿Pero es el encuentro de dos espíritus? Puede ser que los espíritus expliquen este fenómeno de encuentro. Sería bueno que se lo dijeran al público. Espera, aquí viene la guía.

Guía. *—Fue un encuentro extraño, como muchos acontecimientos curiosos en la vida. En algún momento has visto cosas o personas que pensás has visto antes; o a veces, vos estás en un lugar que crees has estado allí antes. Los espíritus tienen la extensión de la existencia para comunicarse con las almas y o las mentes en los seres humanos. Los espíritus, las almas y la mente tiene acceso a ese gran canal de comunicación. La mayoría de la gente llama a esto "cosas del destino", como el encuentro de Moisés y Sergio, pero no lo son. La mayoría de las veces esos eventos son parte del plan encubierto que los espíritus siguen para unirse y trabajar juntos el resto de su camino. Es un fenómeno que las almas dentro de los cuerpos humanos no entienden completamente. Los seres humanos deben seguir las razones y la secuencia de los acontecimientos que los une, prestando atención a aquellas experiencias pasadas y o visiones que muestren signos de conocimiento y o tendencias de ciclos pasados.*

Los dos chicos se acomodan lo mejor que pueden y se duermen, a pesar del ruido, del rugido, del motor del autobús, los bebés que lloran y algunos que roncan. El extraño encuentro de Sergio y Moisés es sólo uno de esos fenómenos que los humanos no entienden, pero tienen su significado y un propósito. Las situaciones, eventos y circunstancias por las que Moisés ha pasado no son casuales ni aleatorias. Dos espíritus están juntos; se encuentran aquí. Las luces parpadean en el escenario y en los lados del público, de nuevo. Si siguiéramos esos eventos raros –como los llamamos– veríamos que tienen consecuencias (de causa a efecto) más adelante.

Regreso al año 2018

Una voz en el teatro. *–Espíritus, ahora están autorizados a llevar al público a Beverly Hill, California.*

La situación en Beverly Hill, California –2017

Es 2017 en la Residencia de Rex Martin: las pantallas muestran una residencia cara y de clase alta. Un Reportero ZMN entra al escenario de la cadena en TV.

Reportero. *–Rex Martin, alias Ricky Martin, celebra en su residencia en Beverly Hill, California esta noche dos eventos importantes de su vida; estos son, su cumpleaños y un reconocimiento como patólogo científico y cirujano especializado en tratamientos contra el cáncer y enfermedades raras. Los descubrimientos del Dr. Martin en órganos humanos lo elevan a la cima de los especialistas del mundo. El doctor Martin es considerado un científico más que un médico; y está programado para hablar en la Asociación Nacional de Investigación Médica sobre enfermedades patológicas raras, en la Universidad de California, Irvine, el 15 de mayo. El doctor Martin, hijo de Rocky y Vicky Martin quienes fallecieron en un extraño caso; un triángulo de amor y una aventura de infidelidad. Vicky Martin tuvo una aventura amorosa con Jeff Anderson, el contador de la familia, hace más de 27 años en Henderson, Nevada. La mansión donde vive Rex Martin es parte de la herencia que recibió de la familia de Los Martin hace mucho tiempo. Rex lo tiene todo, riqueza, fama además de juventud y futuro.*

No solo los pobres sufren. Los ricos tienen sus sufrimientos y grandes problemas, pero con su riqueza y poder, tal vez, manejan sus situaciones con facilidad. La existencia tiene su ley de mutua compensación, como la ley de equilibrio –para cada acción hay una reacción– y todo existe balance.

Regreso al año 2018

Las luces parpadean en el escenario y en el público, de nuevo.

Guía. *–Bueno, acabamos de regresar y debemos viajar en el tiempo al pasado al siguiente sitio. Ahora estamos autorizados a llevarlos a Tijuana, Baja California, México. Esperamos que aprecien lo ocupados que somos los espíritus, la mayor parte del tiempo. Como ven, nos dedicamos a generar, proteger y mantener a salvo la vida de las criaturas vivientes.*

La situación en Tijuana, Baja California, México –2001

La caravana de los migrantes[xxvii]

El lugar es la estación central de autobuses en Tijuana, Baja California México. Es el final del verano en América del Norte, pero los turistas de California todavía vierten en la ciudad. Una caravana de cuatro autobuses del sur llega, un autobús a la vez a una hora diferente entre las 11:00 p.m. de un jueves ajetreado, y las 2:00 a.m. del viernes. El primer autobús entra en la estación y se estaciona para descargar pasajeros, carga y equipaje. Los dos chicos, Moisés y Sergio, salieron hablando. En cuanto al final del viaje largo, los seres humanos tienen un dicho aquí es donde el caucho encuentra la carretera.

Sergio. *–Mira, Moisés, esta pinche ciudad es padrísima de grande. Jamás había visto tantas luces y edificios tan grandes, creo que ya estamos en los Estados Unidos. Esta ciudad sí que es grande y bella.*

Moisés. *–Si es enorme, pero no creo que sean los Estados Unidos, un coyote en Santa Tecla me contó todo lo de este bendito viaje. Él dijo que lo más difícil es pasar la frontera. Y eso no hemos cruzado todavía.*

Nadie puede comparar las casas de cartón en los guetos con los enormes edificios calles y demás de las grandes ciudades. Pero para aquellos que no han estado fuera de un cinturón de pobreza, esta ciudad, y las calles, es una vista espectacular. Es una sensación de poder y riqueza, y también fama, como Roma, Paris, London, Los Ángeles, Nueva York, San Francisco, etc. En cierto modo son tan grandes que también intimidan. Yo vivo en los Ángeles en un barrio que más bien parece una ciudad dentro de la gran ciudad.

Sergio. —*Creo que tenés razón, cuate, parece que vos sabés más que yo. Oye, vayamos al estacionamiento, como nos dijeron, es por allá, ándale.*

Moisés. —*Esperate un tantito, Sergio, no encuentro mi mochila.*

Sergio. —*Que traías dos, buey, ¿que no es esa que tenés colgada en la espalda?*

Moisés. —*Oye, perdona amigo, estoy nervioso y asustado. Pero dime, ¿por qué en México le dicen a la gente, buey?*

Sergio. —*Ya calmate tonto, y vamos al estacionamiento. El buey es un toro que lo castraron (le quitaron los testículos) y se vuelve manso y menso, no piensa, ¿entiendes?*

Moisés. —*Si, entiendo. Qué bueno que nos dejaron en el mismo grupo, todos los demás están dispersos. Me siento en paz con vos; sos mi cuate.*

Guía. —*Los espíritus de Moisés y Sergio se encontraron; los chicos sienten algo extraño, pero no se dan cuenta. Tal vez, sus condiciones físicas y circunstancias los mantuvieron preocupados por la sobrevivencia inmediata. Este viaje es más que aterrador; y podría ser fatal.*

Pienso que ahora las almas sincronizaron su nivel mental y se identificaron, y la expresión es la evidencia,

—*Me siento en paz con vos. Así como te sientes con un hermano y o una hermana.*

Tres camionetas cerradas con cabinas largas para 14 pasajeros, con las ventanas bien tapadas, nos esperan por la zona de estacionamiento C.

Jacinto está junto a la puerta lateral corrediza de una camioneta cerrada esperando, un poco preocupado. Obviamente, esta es una operación encubierta o clandestina. Moisés y Sergio corren hacia la camioneta.

Jacinto. —[Los llama y les dice, apuren chamacos, esto no es la Parada de las Rosas.] —*Entren ya, rápido.*

Pero antes de cerrar la puerta, Jacinto le dice en voz baja a Moisés y Sergio.

Jacinto. —*Buena suerte, muchachos, y gracias por su ayuda en el camino. Aquí Henry, se encargará de ustedes, pongan atención y háganle*

caso. Y no se preocupen por saber que es la parada de las rosas, ya se darán cuenta cuando estén al otro lado, esto es si pasan la frontera con vida.

Henry. *—Son las 12 de la noche, no enciendan luz en la cabina, para nada, iremos por el centro de la ciudad a una casa de seguridad. Pasaran en Tijuana, estudiando el plan, mientras la oportunidad de brincar el muro llegue. No sé cuánto tiempo estarán aquí, pero mientras tanto tienen que trabajar en lo que se les diga para saldar el balance del costo de su viaje.*

Nadie dijo nada, tal vez, estaban demasiado cansados o demasiado asustados, o preguntándose por el paso final. De hecho, nada es gratis en el mundo material. Siempre pagas con el esfuerzo para conseguir lo que quieras. Esta es una ley de la existencia; pagas por lo que tomas de la vida. Obviamente, la materia prima que el humano usa para manufacturar sus productos era, es y será propiedad de los seres vivientes —no se debería vender al humano en forma de producto—. El propósito es cuidar y preservar la vida de las criaturas vivientes. Tal vez esta es la lección que los egos humanos aprender a trabajar por la unicidad, compartir y cuidar unos a otros. La existencia, el universo y los espíritus enseñan a los seres humanos, al menos en este planeta tierra. La camioneta gira hacia la acera. Una anciana está parada afuera de una casa. El vehículo se detiene, y todos saltan de la camioneta.

La vieja. *—Quique, ¿Solo estos chamacos, donde están los otros tres que me dijeron?*

Quique. *—No te apures vieja pedorra, espera al otro van, viene detrás. No grites. Mejor ve y se lo decís a la policía fronteriza.*

La anciana contesta de una manera gruñona.

La vieja. *—¿Cómo no voy a preocuparme, estúpido? Una cagada tuya y esta operación tortuosa puede ir a la mierda, miserable tonto... Por aquí, muchachos, ¿o se quedarán ahí mirando las estrellas?*

Los dos chicos entran en la casa, siguiendo a la vieja. La casa es grande con cuatro dormitorios, un estudio, la sala de estar, la cocina, el comedor, y una enorme habitación familiar. La casa está en la zona de las colinas de Tijuana.

La vieja. *—Oigan, chamacos, en este cuarto hay dos camas, aquí dormirán, mañana los despertaré temprano, a las cuatro.*

Moisés y Sergio no pueden ver lo que trae el mañana. Sólo saben que están en el umbral de la mayor oportunidad de sus vidas. Los humanos sólo viven un día a la vez, esperando que sus esperanzas sean reales al día siguiente. ¿Como sería eso? Ya veremos. Para los espíritus tal vez esta situación es aburrida porque conocen el contenido de mañana. Para el alma el mañana es una incertidumbre como las decisiones y acciones de su ego.

Sergio. –*Híjole, una cama donde puedo estirar mis pinches huesos, cuate.*

La cama es de marco de metal plegable con resortes, como una litera, pero para los chicos estas camas son impresionantes. Habían estado sentados en el vehículo durante por tanto tiempo que su cuerpo casi tiene la forma de los asientos del autobús.

Moisés. –*Ya, callate tonto; no saques tus cosas de tu mochila, ni te desvistas, solo tememos tres horas de sueño, ya duerme, tonto.*

La anciana los despertó a tiempo, a eso de las cuatro de la mañana. Chico, un hombre, a finales de los cuarenta años vino a recogerlos alrededor de las cinco y media. Chico estacionó una camioneta negra de doble cabina en la calle. Esperó; tres chicas jóvenes, tal vez en su adolescencia, salen de una habitación del pasillo al otro lado de la habitación de los muchachos. Jenifer, de cabello rubio, ojos azules con un cuerpo como una modelo o una candidata a Mis Universo; ella era como de quince años. Hablaba español con un acento estadounidense. Karla, alrededor de dieciocho, también bien formada, piel bronceada, ojos marrones, cabello rojizo; habla español cortado con un acento europeo raro. Luiza, de tez blanca, ojos verdes, hermoso cabello oscuro, habla español con un claro acento portugués. Jenifer miró a Sergio y a su vez él la miró también. Por primera vez en varios meses, los chamacos tenían un desayuno servido en una mesa. Incluso, era mejor que el desayuno que tenían en sus casas. Pero a veces los cambios son transitorios; y en los enlaces un cambio tiene un significado y un propósito, que los seres humanos sólo pueden ver cuando la cadena de eventos está completa.

Chico. –*Oigan, chamacos, ustedes irán a trabajar limpiando un "night-club" que queda sobre la calle Revolución, y ustedes chicas,* *las llevare a presentarlas con el dueño de un cabaré en la misma calle Revolución. Así que andando… andale.*

El tiempo paso y tres meses más tarde, los chicos todavía están en el lado sur de la frontera, Tijuana, Baja California, México. Todo este tiempo, los chicos trabajaron como equipo de limpieza. Jenifer trabajaba como servidora, mientras que las mayores trabajaban entreteniendo a los hombres. Faltan tres semanas para Navidad. Por la noche, en esa habitación, Sergio y Moisés estudian inglés por su cuenta –bueno, Jenifer les ayudaba–, y habían aprendido tanto que el dueño del restaurante les había dejado servir mesas. Los chicos trabajan duro y fueron muy cortés, así que, el turista que visita el restaurante les dio buenos propinas, en dólares. Durante ese tiempo, cada uno había recaudado más de mil tres cientos dólares. Nunca habían visto tanto dinero en su vida. El tiempo pasa rápido; Sergio y Moisés todavía están en esa casa de seguridad, al final del Boulevard Aguas Caliente, al noreste del hotel de las torres gemelas, en las colinas de Tijuana. Una noche, cuando regresaban del restaurante, vieron a un hombre esperando en la sala de estar. Moisés y Sergio están asustados.

La vieja. *–Oigan gente, este es Cornelio, le dice 'Cornel'. Él se va a encargar de ustedes en lo que queda de su viaje. Recojan sus cosas, estas noches se van. Ya saben, ustedes no saben nada de nosotros y nosotros nada de ustedes. Su vida responde por su silencio, si hablan mueren.*

Una regla de los escenarios es que la vida es una serie de episodios que pueden o no mostrar un punto de conexión. Pero la ley de los acontecimientos causales puede aclarar su vínculo.

Cornel. *–No olviden sus identificaciones mexicanas o de su país de origen. En caso los agarren y luego los deporten, la migra sabrá a donde mandarlos. Esperemos por las chicas y nos iremos tan pronto lleguen.*

Aquí están de nuevo las amenazas y la incertidumbre de la vida. Las chicas vienen; recogen sus cosas; salen y suben a una camioneta negra, cerrada. Cornel amarra una venda en cada uno de ellos asegurándose de que no ven a dónde van a través de la ciudad. Cornel los llevó a una casa situada a unos 300 pies de la línea. Entraron por la puerta trasera. Una familia vive allí: un hombre, Rudy, una mujer y cuatro niños viven allí como una familia normal. En la parte trasera, había un nuevo Ford, un coche de cuatro puertas. Había un anexo a esa casa con un baño, ducha, inodoro y lavamanos. En la casa, los dos chicos y las tres chicas permanecen con la venda de los ojos. El hombre dice.

Rudy. *—Quiero decirles que sus deudas Están saldadas, incluyendo lo que falta por hacer para pasar. El jefe les manda cien dólares para cualquier gasto cuando crucen. Tienen cuatro billetes de veinte dólares, uno de diez dólares, un billete de cinco dólares, y cincos billetes de un dólar. Un billete de 20 este marcado y será su contraseña.*

Esto es. Lo hacen o no. No hay más oportunidades. El tiempo comienza a hacer clic. Los chicos ahora se enfrentan a la línea, el último paso de un largo viaje a la tierra de la igualdad de oportunidades, la tierra de los libres.

8:30 pm

Rudy. *—Oigan, a las nueve en punto entrarán al túnel. El túnel se une con un alcantarillado del otro lado, y van a salir a un drenaje redondo en un estacionamiento oscuro al lado de una casa, a unos 30 pies, fíjense al salir por si acaso, habrá un carro viejo estacionado al lado del drenaje bloqueando la vista a la calle. No hagan ruido con el metal de la rejilla del drenaje. Cuando salgan, no esperen al otro, corren a la izquierda hacia atrás de la casa y entren, la puerta de cedazo está abierta. La casa es una casa verde no hay otra de ese color alrededor de la salida. El tiempo en el túnel no debe ser más de una hora. No se atrasen, por nada, todo está medido y el tiempo contado.*

8:40 pm

Rudy. *—No tengan miedo, ahí no hay peligro. Alguien los espera. Van a entrar en esa casa verde y quien esté ahí les dirá que hacer después.*

Un vehículo llega a la parte trasera; Rudy mira por la ventana.

Rudy. *—No hay problema, es Cornel, trae tres chicos más aquí. Quién sabe lo que pasó en los otros cruces. Ya veremos. Ahora hay ocho, cinco hombres y las tres mujeres. Hay uno más que viene en unos minutos, el todavía anda dejando unas personas en otros puntos.*

Cornel. *—Oye Rudy, te traje tres más, hay mucha gente en los otros cruces y también la migra esta alerta, hay muchos carros de agentes* *patrullando, parece que esperan una gran cantidad de gente en aquellos lados. La hora programada es siempre las nueve, p.m. No deben atrasarse por nada. Hasta luego, y suerte.*

8:40 pm

Rudy. *—Volvamos a repasar esta lección, A las nueve en punto…*
Ellos repasan el plan cinco veces más y en medio del repaso Rudy dice.
Quiero estar seguro que entienden bien lo que tienen que hacer.

8:45 pm

El noveno pasajero todavía no llega, Rudy continúa el ensayo; Las preguntas clave son (1) ¿Cuánto tiempo se tarda en pasar el túnel, (2) Cual es el objeto de contraseña, (3) ¿De qué color es la casa al final del túnel, (4) qué dirección toman al salir del túnel, a la derecha o a la izquierda? La letanía continúa; es una cuestión de éxito o fracaso, vida o muerte. En unos minutos estarán solos. Todos tienen los ojos vendados y la casa esta iluminada con velas.

Cruzando la frontera de USA.
8:50 pm

El noveno emigrante aún no ha llegado, pero es hora de iniciar el proceso para entrar en el túnel.

Rudy. *—Bueno, vámonos, ya es la hora, cuando lleguen al otro lado. Van a salir en San Ysidro. Pero primero entran en la casa. El restaurante de pollo frito KENTUCKY está a través de la calle. Santiago o Chago, estará ahí comiendo. Uno de ustedes le pregunta que, si tiene cambio para un billete de veinte, los otros esperan afuera. Eso es todo. Vamos, orale.*

Todos todavía tienen la venda en los ojos, desde que salieron de la casa de seguridad. Rudy les dice que se las quitará justo cuando estén listos para entrar en el túnel. El noveno pasajero sigue desaparecido. Rudy les dice que formen una línea colocando ambas manos sobre los hombros de la persona en frente. La mujer de la casa los ayuda y los guía a lo largo de un pasillo a la puerta de una habitación.

8:53 pm

Rudy. –*Quiero a dos que me ayuden, aquí en este cuarto, vos Sergio y vos Moisés, vengan, ándenle chamacos. Ustedes entran al túnel primero.*

Rudy les quita la venda de los ojos y les dice qué hacer, y entre los tres de ellos levantan una bañera pesada y la ponen a un lado. Debajo de la bañera hay un gran hueco en el suelo. En el lado Rudy tiene un montón de pequeñas lamparitas de mano y bolsas de oxígeno portátiles con adaptadores de nariz.

8:55 pm

Rudy. –*Quedan cinco minutos. Esta es la entrada del túnel, es oscuro. Antes de entrar, tomen una de esas lamparitas y una bolsa de oxígeno. Si les falta el aire en el túnel pónganse la mascarilla sobre la nariz, aprietan el botón de la bolsa y respiran tres veces. Moisés y Sergio van primero y las tres chicas siguen detrás a unos cuatro pasos, y detrás van los otros tres. Adiós y buena suerte.*

Rudy quita la venda de los ojos a las chicas, una por una, al entrar en el túnel. Recogen sus linternas y las bolsas de oxígeno. Los otros tres pasan por el mismo proceso, uno a la vez. Y justo antes de que el último esté listo para entrar en el túnel, la mujer grita.

8:58 pm

La mujer. –*Rudy, Jacinto ya llegó, no cierres el hueco de los conejos, todavía.*

8:59 pm

El último viajero se ha ido. Jacinto corre a la habitación, toma una lamparita de mano y una bolsa de oxígeno, como los otros emigrantes, y entra en el túnel. Todos se han ido.

9:01 pm.

La mujer, Rudy, y el otro hombre trabajan juntos para cerrar el túnel. Todo el mundo sale de la casa después de poner la pesada bañera en su lugar. La casa había estado con la luz de las velas todo este tiempo, y ahora está totalmente oscura.

Se arrastran sobre las manos y las rodillas, exactamente una hora más tarde, Moisés toca la rejilla de drenaje al final del túnel. Es una rejilla de hierro fundido pesada, pero logra levantarla y deslizarla fuera del paso. Siguiendo las instrucciones, Moisés sale y corre hacia la parte trasera de la casa verde, justo detrás de Sergio y hace lo mismo. La chica detrás miró hacia fuera y vio un coche de policía pasando lentamente por la calle, las chicas esperaron, salieron, pero no fueron a la casa; fueron directamente al restaurante "Pollos Fritos Kentucky." Los otros tres salieron, pero fueron por el camino equivocado. El vehículo de patrulla fronteriza pasa lentamente de nuevo, enfocando una luz de búsqueda en el estacionamiento oscuro. Los tres tipos se escondieron detrás de aquel auto. El coche patrulla sigue rodando; uno de los tres, asustado, se levanta y comienza a correr a través del estacionamiento hacia la esquina, buscando el restaurante. Los policías fronterizos salieron de su coche y empezaron a perseguirlo, unos segundos más tarde, Moisés oye tres disparos: su corazón palpitaba como un martillo de pilotes. El último tipo, Jacinto, estaba en el túnel, pero esperó allí; oyó los disparos. Dos tipos están muertos uno está gravemente herido y otro se rinde. La parrilla de hierro fundido de alcantarilla está en su lugar. Todos dejaron las luces y las bolsas de oxígeno en el túnel, a la salida. La policía fronteriza anda por ahí buscando más y después de 45 minutos, se fueron. Dos ambulancias habían llegado, recogieron los dos cuerpos y se fueron, mientras que la policía interrogó al joven herido; muere en la ambulancia antes de decir nada. Todo está en calma otra vez. Una mujer, Nora, alta y de contextura pesada, de apariencia estadounidense antigua, en la casa verde, les dijo.

Nora. —*Vayan a lavarse, cámbiense de ropa y vuelvan.*

Después de unos minutos, regresan vestidos como adolescentes de un barrio americano.

—*Good, you guys look like American kids.*

Sergio. —*¿Qué?*

Nora. —*ay, que chingada digo, bueno, lucen como muchachos americanos.*

Con un claro acento americano. Son casi las 11:00.

Mientras tanto, en el restaurante Kentucky Fry, las tres chicas llegaron; fueron al baño, se limpiaron y cambiaron de ropa. Santiago estaba allí sentado y comiendo en una mesa cerca de la entrada.

Jenifer educadamente le pregunta al hombre en el "Pollos Fritos Kentucky," hablando perfecto inglés.

Jenifer. –*Disculpe, señor, ¿tiene cambio para este billete?*

Jenifer muestra el billete de veinte dólares marcado. Santiago lo comprueba.

Santiago. –Sí, por supuesto, te daré el cambio; ven conmigo.

Las tres chicas siguieron a Santiago afuera, pero no regresaron al restaurante. Después de un par de minutos, Santiago regresa a la misma mesa y continuó comiendo. Mientras tanto, volvamos a la casa verde.

Nora. –*Apuren tienen que ir al Kentucky Fry Chichen a cambiar ese billete de 20 dólares, ¿se acuerdan?*

Los chicos salen por la puerta trasera. Un policía fronterizo está escondido detrás de los árboles en las sombras, esperando en el oscuro patio trasero. Jacinto, que esperó en el túnel, salió y se esconde detrás del viejo coche; entonces, comenzó a caminar hacia la parte trasera de la casa con una pistola lista. Sergio sale primero seguido de Moisés y baja dos escalones de salida al patio. Jacinto ve al policía y (pum) dispara una vez. El policía dispara dos veces, pum, pum. Jacinto cae al suelo. Sergio y Moisés saltaron al suelo y miran hacia arriba; Moisés permanece inmovilizado en el suelo; Sergio se levantó. Pum, pum– Sergio cae al suelo un disparo le pego en el muslo derecho. Nora sale sosteniendo algo en su mano derecha, lo que parece un arma. Suenan tres disparos, pum, pum, pum –Nora cae al suelo herida– uno de los disparos del oficial voló en pedazos su secador de pelo. La mujer policía revisa al hombre; está muerto. Nora, aún viva, se levanta y corre hacia el frente de la casa y cae en medio de la calle, a unos 30 pies de la casa, cae aparentemente muerta. El oficial de policía va a Moisés, le tira de los brazos y lo esposa. Luego va con el otro chico y lo esposa, y revisa su herida. El oficial saca una cuerda de la bolsa de su cinturón y ata la pierna del chico herido deteniendo su sangrado. El policía regresa a Moisés, recoge su mochila, tal vez buscando drogas, la abre y saca unos papeles. Una pequeña fotografía cae al suelo; el oficial la recoge y mira bajo la luz de su lámpara primero el papel y luego la pequeña fotografía. El oficial, cubriéndose la boca, grita.

Ese oficial es (Isabel) una mujer policía: OH MI DIOS, OH MI DIOS. Esto no puede ser. Oh no, oh no. No. Llora. ESTO NO PUEDE SER POSIBLE.

No había nadie por aquí. La mujer policía caminó en círculos, pensando en qué hacer; ella estaba llorando. Camina hacia el hombre muerto en el estacionamiento y lo registra. Está limpio, pero ella encontró una nota, una nota curiosa, en el bolsillo de su camisa. Ella la guarda. La mujer policía vuelve a Moisés y le pregunta, mostrándole la pequeña imagen, hablando rápidamente y su voz temblando, como si estuviese a punto de llorar.

La mujer policía. *—¿Do you speak English?*

Moisés. *—¿Qué?*

Obviamente, el entendió, pero no quería demostrar que entendía lo que la mujer policía había dicho.

La mujer policía. *—Mira, de quien es esta foto, quien es esta muchacha. ¿Ella viene con vos; donde esta escondida, ¿habla, pelado?*

Moisés. *—Me llamo Moisés. Ella no viene conmigo, ella es mi tía Isabel y vive aquí en Los Estados Unidos. Pero ella no sabe que yo vengo. A mí me secuestraron en Santa Tecla cerca de la casa de mi mamá, Juana, me encerraron por unos días porque iban a quitarme un riñón para venderlo, pero luego me dejaron y me obligaron a venir. Ellos me marcaron, me quemaron una pequeña equis en mi brazo. Escuché que planearon matarme para vender mis órganos. Eso es la verdad.*

La mujer policía se levanta, camina a pocos pasos de Moisés y llora, llora, y llora, hasta que finalmente da la vuelta y regresa con ese chico.

La mujer policía. *—¿Como se llaman tus abuelos? ¿Tenes otra tía?*

Moisés. *—Sí, tengo otra tía, es mi tía María, mi abuelo se llama José y mi abuelita se llamaba, Celia, ya murió, y yo la extraño mucho. Yo ya no estaba allí cuando ella murió, pero murió pidiendo que llegara a despedirme de ella, así me dijo un hombre que trabaja con el Coyote. Yo no pude verla.*

La mujer policía. *—Levantate, ahora vienes conmigo. Andale.*

Moisés. *—No, no puedo, máteme si quiere, mi amigo Sergio está muerto y no lo puedo dejar aquí, tirado como a un perro.*

La mujer policía. *–Tu amigo está bien chamaco, tal vez esta desmayado, pero está bien, créeme.*

Moisés llora.

Moisés. *–Ayúdelo por favor, ayúdelo, yo no puedo regresar a mi tierra si él está muerto.*

La mujer policía. *–Y dale con ese cuento. Ya te dije, él está bien. Ya, deja de llorar y levantate, andale, chamaco, apura, vamos date prisa, ven, ayudame a levantar a tu amigo.*

La mujer policía llama a la sede central e informa del hombre muerto en el estacionamiento al otro lado de la calle del restaurante Pollos Fritos Kentucky y pide ayuda. Un oficial de policía cerca llegó y se hizo cargo de la situación. La mujer de la policía caminó a su "Gran Cheroqui" que estaba estacionado alrededor de la casa verde, y se llevó con ella a los dos chicos que esperaban en el vehículo. Al día siguiente, la mujer policía, Isa (Isabel), se despertó temprano, llamó a la patrulla fronteriza.

La mujer policía. *–Buenos días, quién está allí. Sí, sí... pero no puedo ir a trabajar hoy; No me siento bien, y debo hacer algo muy importante. Necesito permiso para tomarme un par de días libres... Sí, esperaré... Oye, está bien. Por favor, agradece al jefe por mí, ¿quieres? Oye, gracias ... ¿Qué? En serio, créeme; No me siento bien en absoluto... Oye, ya sabés cómo soy...*

Nunca he tomado días por enfermad... Sí. Vale. Los veo en dos días, adiós.

Esa mañana Isa, como todo el mundo llama Isabel –la mujer policía– Va a la cocina y prepara un desayuno para los chicos.

Isa. –Oigan muchachos, vengan, luego se bañan, ahí hay dos baños, jabón y toallas, se cambian de ropa, y nos vamos. Apuren.

Isa. *–Una vez que los chicos estaban listos, revisa la herida de Sergio, pone un nuevo apósito en el muslo y lo fija con esparadrapo.*

Isa. *–¿Que, esa ropa, no tienen otra?*

Sólo miraron a la mujer policía, bajando la cabeza en respuesta positiva.

–Está bien. Vengan; nos vamos.

Ella los llevó a una oficina de abogados en Santa Ana, CA. Isa llevó su placa de policía con ella, como siempre, Isa dice.

Isa. —*Buenos días, soy la oficial Suárez, [muestra su placa]. Tengo una cita con Mr. Clark, Ted Clark.*

La secretaria. —*Sí Oficial, se lo haré saber.*

Levantó el intercomunicador.

—*Mr. Clark, la oficial Suárez está aquí para verlo. Sí señor, la llevaré a su oficina. [Volviendo al oficial Suárez dijo] Oficial, ¿sígame, por favor?*

La mujer la policía moviendo su cabeza indica a los chicos para que la sigan, y dice.

Isa. —*Vengan muchachos, vamos.*

Los chicos estaban esposados, las manos delante de sus cuerpos. Entran en la oficina del abogado.

El abogado. —*¡Hola, Isabel! Cómo has estado. Ha pasado mucho tiempo desde la última vez que nos vimos.*

Isa. —*Es cierto, ¿no?*

Abogado. —*Eres linda como siempre. Bueno, ¿te gustaría, y los chicos, algo de beber, agua, café? ¿Y de qué caso urgente querés hablarme?*

Isa. —*No gracias, estamos bien. Bueno, detuve a estos dos muchachos cruzando la frontera en San Ysidro.*

Isa y Ted conversaron durante más de veinte minutos solos; los dos chicos esperaron un poco asustados. Los chicos no entendían la mayoría de lo que ellos decían. El lenguaje de Isa y del abogado era bastante complejo y demasiado rápido para su conocimiento de inglés.

El abogado. —*Voy a conseguir la custodia de estos dos chicos para vos esta mañana. Quedate en Santa Ana y vuelve después del almuerzo. No creo que sea un problema que seas pariente de uno de estos chicos. El hecho es que fueron secuestrados y obligados a venir en contra de su voluntad. Lo que veo como un problema es que el gobierno puede decidir enviarlos a su país. Esto es lo que debo resolver con la corte. Vale. Te veré después del almuerzo. Te aconsejo que los lleves a las autoridades correspondientes y denuncia el arresto, nombrándome como su abogado. Solicitaré y presentaré una petición formal con base de asilo por persecución criminal y peligro a sus vidas si regresan a sus países.*

Después de que ella denunció el arresto con la autoridad apropiada en Santa Ana, ella negoció la liberación de los chicos basado en el caso legal en nombre de los chicos presentado por su abogado, Ted Clark. Los chicos llenaron los trámites correspondientes y fueron registrados como víctimas de un acto de secuestro en territorio internacional y llevados a Estados Unidos. Las autoridades liberan a los muchachos bajo la responsabilidad del oficial Suárez. El representante de la autoridad quita las esposas de los dos chicos y las entrega a la oficial Suárez. Los chicos están libres; llegaron a América. El oficial Suárez llamó al abogado, Ted Clark.

Oficial Suárez. *—Hola, Ted, ya hicimos todo aquí, ¿cómo estás haciendo allí (pausa)... eso suena impresionante (pausa)... "oye" reunámonos para almorzar con los chicos, y hablamos de todo eso (pausa)... bueno, te veré allí–"El Restaurante Las Brisas" en Santa Ana cerca de la Corte del Condado de Orange? Vale. Está bien, nos vemos allí, adiós, igual, adiós.*

Alrededor de las 12:30, el oficial Suárez y los chicos encontraron a Ted, su abogado, en el restaurante.

Isa. *—Estoy para siempre en deuda contigo, Ted. Nunca olvidaré esto.*

Ted. *—No te preocupes, Isabel; después de todo te cobraré por mis servicios, y me pagarás, capital e intereses.*

—Bueno chicos, [el abogado dice.]

Isa. *—*[Interrumpiendo] *Ted, no hablan inglés, dejame traducir lo que querés decirles.*

Como el abogado explica el caso, Isa traduce simultáneamente.

Abogado e Isa. *—Presenté, y de hecho registré un reclamo-demanda, una orden de restricción, contra una serie de personas del cártel de Sinaloa para el tráfico de drogas, el tráfico de personas, el tráfico de órganos y el contrabando ilegal a través de las fronteras de USA. en Tijuana y Mexicali. El archivo incluye una petición de, asilo "in-situs" permanente para los chicos basado en el peligro de vida existente que dichas personas significan para los muchachos si alguna vez regresan a los países de donde vienen y de donde fueron secuestrados.*

El abogado continuó su explicación durante más de veinte minutos. Esa noche, en casa de Isa, justo después de cenar, Isa habló con Moisés. Sergio estaba allí, sentado en el sofá de la habitación familiar, algo aturdido por toda la secuencia de eventos. Era como un sueño.

Isa. *–¿Moisés, porque llevás esta fotito de tu tía Isabel?*

Moisés. *–Yo siempre llevaba esa foto conmigo, es mi amuleto de buena suerte y el principio de mi sueño de verla algún día. Lo que pasa es que ella se marchó unos días después que yo naciera, así es que no la conocí.*

Moisés estaba claramente emocionado, como si estuviera a punto de llorar. Estaba confundido; su mente procesaba los eventos extraños, recientes.

Isa. –Qué harías si la encontraras.

Moisés. *–No sé, señora, pienso que moriría de tanta alegría; no sé. Yo voy a buscar a mi tía Isabel, se lo juro; aunque no sé cómo. Hoy me siento en una gran deuda con usted y tampoco sé cómo pagarle; pero le pagaré, de alguna manera, lo haré.*

Isabel. *–Entonces, toma, te devuelvo tu fotito, pero ahora dejame enseñarte una foto como la tuya, pero más grande.*

Isa va a su dormitorio, toma la foto que está en la mesita de noche, junto a su cama, la trae y se la muestra a Moisés.

Isa. *–Mira Moisés, aquí está.*

Miró y miró, y miró la foto grande de la mujer oficial de policía que lo arrestó. Él estaba tan sorprendido, tanto que no podía hablar. Tomó unos segundos, pero para Moisés, cada segundo parecía horas. Hasta que Moisés suspiró fuertemente y rompió el silencio con un llanto desgarrador. La emoción era tan intensa que su cuerpo de un niño temblaba como una hoja sacudida por un fuerte viento frio. Las lágrimas gruesas en sus ojos no le permitían ver claramente, y el nudo en su garganta lo estaba asfixiando. Isabel se acercó lentamente y cuando abraza a Moisés, Isabel también soltó su llanto. Las emociones del alma se transmiten en ondas, vibraciones, que otras almas reciben. Y cuando Moisés pudo hablar, le pregunta a Isa.

Moisés. *–¿Es usted mi tía Isabel?*

Aquella mujer policía fuerte, Isabel, también temblando emocionalmente, dice.

Isabel. *–Si, Moisés, vos sos mi sobrino. Gracias a Dios, estás vivo. Pude haberte matado anoche.*

Los minutos pasan en un largo abrazo de amor puro. Mirando todo este gran milagro, Sergio tampoco puede soportarlo, y tragando duro también estalla en lágrimas. Isabel ve el sufrimiento de Sergio la experiencia emocional y lo llama a unirse a ellos en un solo abrazo de amor. Las luces en el escenario apagan, y en la audiencia en un ese momento crepuscular, también se escuchan suspiros emocionales. Las luces del escenario vuelven. Veinte siluetas de espíritus bailan juntos a la música mientras un hombre con voz de tenor canta en las cuatro pantallas de la canción "El amor es una cosa esplendorosa." Los humanos, no entienden el comportamiento de los espíritus y pueden juzgar lo que sucedió como fuerza del destino. ¿Pero es el destino? Tal vez no lo sea. En esta historia, la secuencia de actividades y eventos muestra una intención. Una intención que está arraigada en los humildes deseos de las almas en los seres humanos. Los intensos anhelos que Moisés tuvo para ver a su tía, y el alma de Isabel anhelando a su familia en Santa Tecla, son evidencias de la intención de reunir sus almas. La cadena de eventos tenía un propósito, traer a Moisés a Isabel. Así es como los espíritus trabajan en apoyo de la unidad humana; con gratitud, satisfacción y regocijo. Ahora vemos a Isabel y Moisés juntos; ¿pero para qué? ¿Cuál es el propósito de esta unión? ¿Qué sigue? Un espíritu en forma de hombre, de pie en el centro del escenario canta la canción: "El mar de amor" mientras que 15 espíritus bailan en estilo rock al ritmo de la canción.

> "Ven a mí, mi amor, a este mar
> El mar de amor
> Quiero decirte cuanto te amo…"

Retorno al presente del año 2018

La naturaleza de los seres humanos

Guía. —*Algunas personas pueden decir que lo que ha sucedido —el encuentro milagroso de Moisés y su tía es sólo una coincidencia—. Pero las reglas de la existencia especifican las leyes de los eventos causales y aleatorios. Hay eventos que ocurren sólo si ciertos eventos ocurren antes, como en la cadena de acontecimientos eventuales en esta historia, sin* *embargo, hay causalidades —condiciones y circunstancias— o eventos que ocurren, aleatoriamente, modificando el curso de las secuencias causales. La secuencia o cadena de eventos que unieron a Moisés y Sergio, también Moisés e Isabel, tienen un propósito claro; no puede ser eventos aleatorios o fuerza del destino. Los espíritus parecen gravitar alrededor de la fuerza de su compromiso o intención, y así se unen para ese propósito. Las almas se comportan como imanes, o cargas de fuerzas electromagnéticas.*

Trues: *—Así es que cuando suceden una secuencia como estos eventos interdependientes, conducen a eventos o resultados que llegan al final de la cadena. Y la causalidad de los eventos se confirma; pero el evento resultante no es aleatorio. Del mismo modo, una secuencia causal constante se rompe, a veces, por eventos aleatorios que ocurren dentro o fuera de la secuencia causal. Tal vez recuerdes lo que le sucedió a Alfonso cuando su amigo retrasó la secuencia de actividades deliberadas de Alfonzo; Alfonso podría haber comprado las tarjetas de béisbol en cualquier otro momento.*

Stacey. *—Sí, eso es correcto. Si, se introdujo un propósito. El encuentro de Moisés y su tía Isabel no puede ser aleatorio. Es una cadena de eventos que ocurrieron causalmente en el tiempo y espacio para llegar al encuentro del resultado. Los seres humanos experimentan estos fenómenos, pero no prestan la debida atención a sus signos o significados. Estos son los signos de las acciones de los espíritus. ¿Qué más puede ser si no hay explicación física?*

Trues. *—La obra de los espíritus se hace obvia, ahora, que sus acciones espirituales son visibles o reales. El poder de los espíritus cambia las condiciones y las circunstancias para producir un evento deseado. Así es como los espíritus trabajan en su misión de proteger y mantener la vida. Algunos seres humanos lo entienden, pero la mayoría no, tal vez eligieron ignorarlo porque están envueltos con sus intereses materiales, o tal vez, no encuentran ningún valor en su experiencia.*

Stacey. *—Fuimos testigos de cómo Sergio y Moisés se conocieron en ese autobús en Arriaga, Chiapas. El momento tenía que ser perfecto para lograr tal reunión. Los espíritus de Moisés y Sergio estaban conscientes de su paradero. El compromiso que estos espíritus hicieron en aquella estación de salida ahora se ve claramente, y los espíritus trabajaron simultáneamente para crear condiciones y circunstancias que* *modificaron los eventos causales especificados en el paso de la vida. Los espíritus están en constante comunicación entre sí porque son parte del espíritu supremo. Así es como funcionan los espíritus. Sus acciones no entran dentro de nuestra conciencia física. Ahora, tres de los espíritus del elenco se encontraron y ahora viajan juntos en la tierra. No hay duda de eso, se han vuelto a encontrar. Sin embargo, debemos observar cómo permanecen juntos a partir de este momento.*

Guia. *—El ACOPEAE que los humanos llevan en sus egos mata la bondad que reciben. ¿Hay amor en los humanos?, ¿cuándo cambiarán y elegirán el amor en su lugar? Oh, humanos, que malvado y despiadado que se han vuelto los humanos.*

Entiendo por lo que dicen los espíritus, que la mayor opacidad en la realidad, es la realidad del propósito de los espíritus, o el materialismo dentro de los egos de los seres humanos. ¿Qué sería la vida si los humanos pensaran y actuaran bajo la luz de la verdad, y nada más que la verdad? ¿Cómo sería la vida si los seres humanos fueran cien por ciento honestos y sinceros, con cero egoísmo? ¿Sería aburrida la vida? Tal vez no, porque los desafíos de la realidad continuarían; pero las almas de las personas compartirían la carga de resolver sus tribulaciones como problemas comunes. Las luces parpadean en el escenario y en los lados del público, de nuevo.

Guía. *—Espíritus, llevemos a la audiencia a Newport Beach, California. Es nuestra devoción espiritual cumplir sin lugar a dudas con el plan del espíritu global —nuestro plan— especialmente las actividades relacionadas con nuestras misiones en la tierra. Hagamos una pausa en nuestra conversación por un momento. Debemos viajar en el tiempo, de nuevo a Newport Beach California.*

La situación en Newport Beach –2003

En la casa de Ted Clark se estaba llevando a cabo una pequeña ceremonia, la pareja estaba rodeada de amigos cercanos de las comunidades legal y policial. Aproximadamente, hay cerca de ciento sesenta invitados. Ted Clark (31) e Isabel Suárez (26) se casaban. Ted toca una copa de vino para hacer un brindis.

Ted, el abogado. —*Para todos mis amigos y amigos de Isabel, es un gran honor tenerlos aquí para presenciar nuestra boda. Ustedes nos conocen, a mí y a Isabel. Finalmente estamos casados.*

Isabel estaba de pie junto a él con un vestido blanco largo y hermoso. Ella lucia hermosa, como una estrella de cine.

Los invitados. —*Bien por ti, Ted. Robaste a la princesa de la asociación de la policía fronteriza. Te estaremos observando...*

La risa está por todas partes. Es un momento feliz. La fiesta continúa hasta media noche, cuando la pareja de la boda sube a una limusina que los lleva al aeropuerto John Wayne, que iban a su luna de miel en Las Vegas, Nevada. Moisés y Sergio se quedaron junto a la piscina después de que Ted e Isabel se fueron. Fue una fiesta elegante y preciosa. Moisés y Sergio hablan un inglés muy mejorado, ahora.

Sergio. —*Nunca soñé estar aquí, nunca. Parece como si el camino estuviera marcado a un destino establecido. Recuerdo cuando mi padre no pudo devolverle un préstamo a un hombre rico en Arriaga. Estaba a punto de perder la casita allí. Los días duros, mi sufrimiento, cuando la gente de ese hombre rico vino y me dijo que podía pagar la deuda de mi padre. Dijeron que era la única solución: tenía que dar uno de mis riñones. Por supuesto, dije que no. Sin embargo, me secuestraron y me quitaron el riñón, de todos modos. Nunca me dejaron regresar con mi familia. Seis meses después, me trajeron de regreso al lugar donde te conocí en Arriaga.*

Moisés. —*Siento pena por ti, Sergio; realmente mereces estar aquí. Más que yo. ¿Dijiste todo eso en tu declaración?*

Sergio. —*Sí, lo hice, Moisés; Así es. También les di un detalle del lugar donde me mantuvieron todo ese tiempo. Les dije que oí decir a alguien "llevale esa bolsa de dólares al alcalde de la ciudad... y decile que es la cuota del último mes."*

Moisés. —*Tu caso es más grande que el mío. ¿Podes reconocer a alguna de las personas de ese cártel?*

Sergio. —*Si, Moisés, si puedo si los viera.*

Unos minutos más tarde Virgilio, el chofer de Ted, vino y les dijo a los dos chicos.

El Chofer. *—Bueno chicos, esta fiesta continuará hasta la mañana, se supone que debo llevarlos a casa no más tarde de media noche. Son las 12:30 am. ¿Están listos?*

Los dos chicos responden al mismo tiempo: Sí, estamos listos.

Sergio. *—Ya sabés, Moisés; Me siento como si te conociera de toda la vida, y tengo plena confianza en vos; eres mi cuate.*

Moisés. *—Lo mismo pasa conmigo, Sergio. La gente dice que los espíritus tienen afinidad y se buscan o se buscan unos a otros, así que caminan juntos, permanecen juntos en varias vidas. Sabemos que puede no ser cierto, pero me alegro de que estas aquí; puede ser que ambos tengamos espíritus que haya caminado juntos en vidas anteriores.*

Sergio. *—Moisés, no puedo olvidar las situaciones, las circunstancias, que pasamos por allá para llegar aquí. No puedo olvidar cómo los coyotes explotan y se aprovechan de las personas necesitadas, los inmigrantes. Pienso en Jenifer, la chica del pelo rubio de Tijuana, me caía bien —nos ayudó con el inglés–. Conversamos mucho; me dijo las cosas que le hicieron pasar y luego para servir a los hombres, turistas en ese burdel. Era una chica bonita, encantadora. Ella no se merecía esa vida. Me pregunto qué les paso a esas tres chicas; Me pregunto si cruzaron la frontera.*

Moisés. *—No pienses en eso, Sergio, no te hace nada bien; es triste y deprimente. Tratemos de vivir con lo que Dios nos ha dado y esperemos que las otras personas lo hagan bien en la vida. Además, tratemos de ayudar a los demás con lo que podamos para que también puedan alcanzar mejores condiciones de vida en este mundo egoísta e injusto de los hombres.*

Eso es; quien no ha tenido la experiencia, no puede describir la percepción de la misma. En 2006, tres años después de que Ted e Isa se casaran; Isa dejó la comisión de patrulla fronteriza y abrió una agencia de investigación privada en Santa Ana, California, trabajando para el público, y con el bufete de abogados de Ted Clark and Asociados. Después de todo, Isa estudió derecho penal. La agencia construyó una excelente reputación en California.

Regreso al presente, 2018

Contactos

Guía. *–Los espíritus en los cuerpos humanos contactan a otros espíritus de dos maneras: Voluntaria e involuntariamente.*

Dos grupos de espíritus llegan al escenario. Un grupo vestido de azul claro pálido con rosa y el otro en melocotón claro y azul, todas prendas transparentes. Hay hombres y mujeres, y niños y niñas, en ambos grupos. Bailan el ballet Cerca de ti ("Close to you").

Robert. –Contacto voluntario– *Cuando los seres humanos se enfrentan a una situación para la que no ven salida por sus propios conocimientos, pensamientos y o acciones; anhelan ayuda, y desean que alguien o algo pueda venir a ayudar; buscan ayuda del espíritu global a través de la oración; meditan y razonan los problemas para encontrar una solución por sí mismos. Por lo general, este contacto ocurre a través de la meditación y o la oración. Debe ser una comunicación mental vehemente cuando un alma busca ayuda. Las angustias mentales se convierten en señales de socorro que viajan al espacio y quedan latentes en el cosmos. La meditación aprovecha la omnisciencia donde el conocimiento de todos los problemas y soluciones se mantiene eternamente. El contacto puede ocurrir cuando el ser humano quiere contactar o comunicarse con un espíritu. El espíritu humano se centra en ese espíritu e invoca su presencia. Esto puede ser una decisión individual o la intervención de un psíquico o medio. Tenga la seguridad de que pronto llegará una respuesta.*

Los espíritus bailan alrededor y se arrodillan a la izquierda del escenario, unen sus manos y simulan meditar u orar.

Stacey. –Contacto involuntario: *Este tipo de contactos provienen afuera de las almas de los humanos. Vienen como visiones, sueños, presentimientos, premoniciones, inspiraciones; como una sorpresa. Los humanos sobresaltan; pueden llegar en el momento, no solicitado, y en varios grados de urgencias. Puede suceder cuando un espíritu libre trata de contactar a nuestra alma, digamos, como un ser querido difunto.*

La danza de los espíritus cambia para simular la invocación de ambos espíritus, expresando un resultado positivo con alegría. Robert y Sexis regresan al escenario.

Sexis. —Contacto involuntario: *(1) Las almas en los cuerpos humanos se comunican con las almas de otros seres humanos a través de vibraciones mentales o frecuencias transmitidas por sus sentimientos. Los espíritus se reconocen mentalmente unos a otros y tienden a aferrarse y permanecer juntos, de alguna manera, durante su estancia en la tierra, tal vez debido a sus misiones. Este tipo de contacto puede ser de estancia transitoria o continua. Llorar, temer, amar, confiar son casos típicos de sentimientos transmitidos que otras almas capturan y responden. Estos contactos son involuntarios.*

Los espíritus realizan una simulación de este tipo de contacto, mostrando sorpresa de la afinidad de su personalidad o carácter, pensando que se conocen desde hace mucho tiempo. Se sienten mutuamente atraídos el uno al otro y crean un vínculo fuerte y una relación o cualquier tipo.

Robert. —Contacto involuntario: *A veces los seres humanos se encuentran en situaciones críticas, incluso tal vez de vida o muerte e inconscientemente envían señales de socorro al universo: En momentos de tribulación, angustia y sufrimiento, desesperaciones de los seres humanos, los espíritus que deambulan cerca, en cualquier forma de criatura viviente, pueden recoger estas señales y apresurarse, como socorristas, para ayudar al espíritu humano en apuros.*

El baile cambia y los espíritus realizan una simulación de este tipo de contacto, mostrando la desesperación y angustia de su situación anhelando ayuda de cualquier fuente.

Sexis: —Contacto involuntario: *Cuando los seres humanos se enfrentan a problemas, situaciones de la vida material, envían involuntariamente señales de socorro a la omnisciencia del universo anhelando una solución factible. Entonces, a través del contacto inconsciente, las soluciones fluyen a sus mentes hasta que de repente una calza el problema. Es la respuesta de la omnisciencia, proporcionando soluciones que puede resolver el problema.*

El baile cambia y los espíritus realizan es una simulación de angustia mental, mostrando frustración y desesperanza, bailando y levantando los brazos al techo llorando por ayuda de cualquier fuente, y cuando reciben una inspiración, muestran su alegría y felicidad. Stacey regresa al escenario.

Stacey. —Contacto involuntario: *Puede ocurrir cuando los seres humanos sienten fuertes impulsos, espontáneos, instados a hablar o actuar para ayudar, cuidar y o proteger a otro ser humano en apuros, en situaciones de vida o muerte, incluso caminando en un paso al peligro. Esta acción puede no requerir el pensamiento o el análisis de su decisión; es una acción espontánea. Este es un caso cuando nos convertimos en un espíritu socorrista (ángel guardián).*

Los espíritus salen del escenario. Las luces se apagan y las cortinas cierran.

La situación en UC Irvine, CA

15 de mayo 2017

Las luces parpadean en el escenario de nuevo y las cortinas abren.

Guía. —*Bueno, acabamos de regresar, y debemos volver una vez más. Espíritus, ahora estamos autorizados a llevar a la audiencia a la Universidad de California en Irvine donde el Doctor Rex (Ricky Martin) da una conferencia sobre la investigación de enfermedades patológicas, hoy 15 de mayo de 2017. La conferencia trata de enfermedades raras y es patrocinada por la Asociación Nacional de Investigación Médica de la Universidad de California en Irvine; esta es una conferencia importante que no querríamos perder.*

La sala de conferencias está llena. Tal vez, cerca de 750 personalidades prominentes, bien conocidos y famosos, patólogos, médicos y psicólogos están reunidos en este lugar. El Anfitrión, Dr. Heisenberg, Decano del equipo de investigación médica de la universidad en el podio, presenta al Dr. Rex Martin.

Dr. Heisenberg. —*Me siento honrado de presentar al joven Dr. Rex Martin esta tarde; algunas personas le dieron el apodo de Ricky Martin. Sin embargo, hoy no cantará para nosotros. El Dr. Martin es más que un médico, a su corta edad es un científico; su gran trabajo y descubrimientos son factores principales en el campo de la medicina. Con usted, doctor Rex Martin.*

Dr. Martin. —*Gracias Dr. Heisenberg, gracias a la Asociación Nacional de Investigación Médica y la Universidad de California, en Irvine. Gracias a todos los profesionales del campo de la Psicología, y* *a los asistentes en general. De hecho, no estoy usando el traje de Ricky Martin; por lo tanto, no voy a cantar. Sin embargo, si cantara, cantaría una canción clásica titulada "Lo que hice por amor (What I did for Love)," una lirica de MARVIN HAMLISCH, EDWARD LAWRENCE KLEBAN. Lo que hacemos en el campo de la investigación médica, de hecho, lo hacemos por amor.*

La conferencia dura una hora y treinta minutos más o menos, y antes de terminar, el Dr. Martin menciona a un paciente Víctor Richland, el multibillonario que vive en Irvine, California.

Dr. Martin. *—Esperé hasta el final de todas las presentaciones técnicas de nuestra materia para presentar a un paciente que ha llamado toda mi atención, el Sr. Víctor Richland.*

Víctor se puso de pie y el público también se puso de pie y revientan en sonoros aplausos.

—Víctor Richland, nació en Manhattan, Nueva York, desarrolló una enfermedad que desconcierta nuestros avances médicos actuales. Mi revisión preliminar de sus registros médicos sugiere que la enfermedad fue originada por retraso en el nacimiento y falta de oxígeno en el cerebro que afectó ciertas áreas del desarrollo de las neuronas, causando desbalance en el sistema respiratorio. Esta noche me reuniré con él y su personal médico justo después de esta conferencia. Les agradezco su atención y presencia. Que tengan buena noche.

Al final de su conferencia, el Dr. Martin salió a la derecha del escenario y Víctor Richland y su médico personal fue a la salida de la audiencia. En una gran sala de reuniones dentro del pabellón de investigación médica, el Dr. Martin y Víctor se encuentran por primera vez, y se dan la mano. El contacto a mano, una chispa visible, como una descarga eléctrica, saltó, de Víctor a Rex. Ambos se sorprendieron por ese fenómeno extraño. Se miran como dos hermanos que no se han visto durante años. Aun así, sorprendido, Víctor dice.

Víctor. *—Dr. Martin, es un gran honor y un placer personal conocerlo, pero debo decirle, doctor, que tengo una extraña sensación de que lo he conocido desde hace muchas vidas. Gracias por atender mi petición. Siempre recordaré esta hora.*

Dr. Martin. —*Señor Richland, también debo confesar que me sorprende este encuentro con usted. Comparto sus sentimientos. Me siento como si estoy conociendo a mi hermana gemela; un sentimiento que tendría si conociera a mi hermana gemela que murió cuando nací. Siento como si lo conociera por más del tiempo de esta vida. Creo que este sentimiento innato de intimidad puede ayudarnos en nuestro trabajo médico, y con suerte, su recuperación.*

Ambos hombres caminaron unos pasos y se sentaron cada uno en un sillón mullido y comenzaron a hablar sobre el estado médico de Víctor; fue una larga conversación, amistosa como de dos amigos que se reúnen después de 27 años... eran casi las 9:15 p.m. cuando se dieron la mano como en un caso de no desear terminar la conversación; sin embargo, lo hicieron. Habían acordado reunirse de nuevo en un par de semanas, ambos hombres salieron de la reunión pensando en ese extraño apretón de manos. Al salir del campus de la UCI, y una vez en su coche, un impulso involuntario le llamó la mente, ese extraño fenómeno del apretón de manos con Víctor. El Dr. Martin le ordena al chofer.

Rex. —*Por favor conduzca despacio voy a hacer una llamada telefónica... Buenas noches, Sam, ¿cómo va todo? Oh, bueno... No, en realidad no, debo consultar contigo algo cuando tengas tiempo, ¿Podes decirme cuándo? ¿Qué? ¿Estás seguro? Vale. Te tomaré la palabra. Estaré allí en 15 minutos, ¿Está bien? Gracias, Sam, te veré en un rato.*

En casa de Sam.

Dr. Sam Wells. —*Bienvenido Rex, ha pasado un tiempo, ¿no? Adelante, ¿te gustaría un trago?*

Rex Martin. —*Ok. Martini con dos aceitunas, por favor. Sí, gracias.*

Sam (detrás de la barra). —*No has renunciado a las aceitunas en tu Martini, ¿Eh? Dime, Rex, ¿qué pasó eso que te está inquietando?*

Rex le cuenta a Sam lo que pasó cuando se reunió con Víctor en UC Irvine.

Rex Martin. —*Eso es lo que me intriga, y quiero estudiar ese fenómeno paranormal.*

Sam. —*Bueno, Rex, estoy investigando encuentros espirituales, ya que hay un espíritu en cada ser humano. Me inclino a aceptar que los espíritus son seres de luz y están formados únicamente de energía sin materia. Sin* *embargo, como sabemos la energía se convierte en materia y materia en energía, pero ambos son la misma sustancia en diferentes estados. Además, la materia y la energía no pueden ser creadas ni destruidas; estos son atributos propios de una entidad superior, omnipresente, omnipotente. Es por eso que sostenemos que, si los espíritus son energía, deben ser parte de la energía total, y la materia del universo. Nuestra investigación teórica sigue que los espíritus en los seres humanos son una pequeña parte de un espíritu global, que no puede ser destruido ni creado por la misma razón. De modo que los seres humanos no mueren; la energía se alberga en los cuerpos humanos como almas. Más tarde, un espíritu humano regresa a la dimensión espiritual para un nuevo ciclo de vida. Esto es un avance porque según los descubrimientos científicos, ahora podemos probar que los seres humanos, como espíritus, son eternos o nunca mueren.*

__Rex.__ —Eso es muy interesante, y lo entiendo; sin embargo, lo que necesito saber es cómo podemos detectar si el espíritu en una persona puede conectar con el espíritu de otra persona. Al mismo tiempo, quiero avanzar pruebas de conexión de nuestro espíritu con los espíritus en su dimensión. Necesito que estudiemos esto y me decís dos cosas, una, instalar un laboratorio completo y el costo por tus servicios Te lo agradeceré mucho. Bueno, Sam, es tarde, así que debo irme ahora. Dejaré que descanses parte de esta noche.

__Sam.__ —Necesito un experto en radiología y frecuencias de ondas bajas para experimentar con las cinco ondas cerebrales. Me mantendré en contacto contigo pronto, buenas noches, Rex.

__Rex.__ —Encontraré lo mejor y te avisaré, pronto. Buenas noches, Sam, y gracias de nuevo por recibirme tan tarde esta noche.

__Guía.__ —Vamos a continuar el diálogo entre los espíritus y el público, estábamos hablando de.... Esperen.

La luz parpadea en el escenario y en los lados del público nuevamente. Espíritus, ahora estamos autorizados a llevar a la audiencia a Newport Beach California. Viajaremos a la casa del señor y la señora Clark.

La situación en Newport Beach, California —2017
En la residencia de los Clark. Los dos chicos Sergio y Moisés, están hablando en la biblioteca de su casa. Escuchemos su conversación.

Moisés. –*Parece que fue ayer, pero han pasado veintiséis años desde que nos conocimos en Arriaga.*

–Han pasado tantas cosas en estos años, pero aquí estamos. ¿Cómo podría haber sabido que esa policía dura y ruda era mi tía Isabel? Menos aún que ella salvaría mi vida y tu vida. Hoy estamos aquí. Vos tenés un título en derecho de la Universidad del Sur de California, y abogado con licencia en California. Yo obtuve un doctorado en Radiología. Siento que en mi vida han ocurrido tres grandes milagros para estar en Estados Unidos, (1) Mi nacimiento, (2) mi secuestro, (3) encontrar a mi tía Isabel. Siempre pienso que la secuencia de los acontecimientos ocurrió por una razón y expresada por los espíritus.

Sergio. –*Lo que nos pasa es una evidencia que demuestra que lo que Donald Trump dice sobre los inmigrantes no es cierto; no todos los inmigrantes son violadores y criminales, muchos de ellos, con la oportunidad y el apoyo adecuado pueden contribuir a la grandeza de este país. Reciento lo que Trump ha dicho durante su campaña y lo que está haciendo ahora como presidente. Sin embargo, aquí estamos disfrutando de todo lo que hicimos con un poco de ayuda para atrapar grandes oportunidades. Además, estamos contribuyendo con el auge de esta nación –ahora nuestra–. Oye, ¿Crees en los ángeles guardianes?*

Moisés. –*Sí, en cierto modo. Creo que es como decir que ciertos eventos siguen una secuencia causal, mientras que otros son aleatorios o eventos de suerte (al azar). Pero la secuencia de eventos que pasamos o sucedió para que estemos aquí me asombra más. Fue un milagro para mí encontrar a mi tía Isa el mismo día que entré en los Estados Unidos. Es un milagro que estoy vivo. Pudo haberme matado en la oscuridad de aquel patio. Pero también podría haber sido la forma en que los espíritus en los seres humanos se conectan y piden a otros espíritus humanos que se reúnan.*

Sergio. –*Yo estoy seguro que todos estos son milagros. Recuerdo que estoy aquí porque los traficantes de órganos me quitaron un riñón. Y debido a eso, no pudieron dejarme volver con mi familia, y me trajeron a Tijuana. Les agradezco a vos y a tu tía que me tomen como parte de tu familia. Tenes un pariente aquí, Moisés. Sin embargo, nunca puedo olvidarlo.*

Verdaderamente, los pensamientos, sentimientos, miedos, emociones, etc., son vibraciones del alma que viajan y quedan en el espacio del universo. Todas las vibraciones mentales están en, y sólo en, este espacio. Otros espíritus y o almas pueden captar estas vibraciones y reaccionar ante ellas. Esta es la explicación de por qué nos reímos y lloramos cuando vemos a otros riendo y llorando. Atrapamos los estados de ánimo de los espíritus cerca de nosotros, y nos volvemos felices o emocionales como ellos. Así que la tristeza entristece, y la felicidad te hace feliz.

Las ondas mentales son contagiosas.

Moisés. *—Lo siento amigo; No quise hacerte recordar esa parte del pasado.*

Sergio. *—No, Moisés, no es tu culpa ni la mía, pero mira la marcada cadena de eventos desde que nacimos o incluso después de que los hombres del cártel me secuestraron, extrajeron mi riñón y me deportaron de mi propio país. La importancia de esta secuencia es su propósito o las consecuencias de sus resultados que conducen a objetivos específicos. ¿No es curioso que el cártel nos haya conseguido a ambos para su propósito criminal? El hecho curioso es, por qué nos unimos no sabemos en este momento. Entonces, pensé en aquel entonces que estaba mejor muerto que vivo. Por qué no me mataron; ¿No sé? Recuerdo que un día después de la operación, traté de huir, pero me atraparon en las afueras de la ciudad. Pensaron que había hablado con alguien, y me torturaron, para que les dijera con quién había hablado. Una vez me sacaron a medianoche, y me iban a disparar, pero no sé por qué sucedieron varias cosas seguidas que los detuvieron. Primero, cuando el tipo me apuntó con el arma a la nuca, estaba arrodillado con las manos atadas a la espalda, en ese preciso momento, sonó una ambulancia o la sirena de un carro de policía. Rápidamente me llevaron de regreso a dentro de su cuartel. Unas dos horas más tarde, me sacaron de nuevo, y sentí el arma en mi cuello de nuevo; en ese momento un tipo del cártel tropezó en la oscuridad y cayo rodando por la colina al cauce de un arroyo. Me llevaron adentro de nuevo una vez más. Al día siguiente vinieron y me dijeron que, si alguna* *vez hablaba de lo que pasó con mi riñón, matarían a toda mi familia en Arriaga. Así que he guardado su crimen durante todo este tiempo.*

Moisés. *—No es necesario recordar todas esas cosas, Sergio, tal vez; puede ser mejor olvidarlo.*

Sergio. *—No Moisés, es mejor hablar de ello y sacarlo de mi sistema; es saludable sacarlo de mi mente y hacer algo al respecto. Cuando Ted empezó nuestro caso, pensé en huir y callar. Cuando tu tía mencionó que el Cártel de Sinaloa había matado a mi familia, decidí contarlo todo, como lo hice. Hoy, no tengo familia, excepto vos, tu tía y el señor Clark. Ahora sueño que algún día tendré el valor de volver a Arriaga para ver si realmente exterminaron a mi familia. Quiero hacer eso, pero realmente no sé por qué; Sólo siento ese impulso. Es la sensación que sentí cuando aquellos eventos ocurrieron antes de que esos tipos intentaran matarme. No tengo ninguna duda de que alguien ha estado protegiéndome, pero ¿por qué y para qué?*

Moisés. *—Creo que puede ser posible que hagas eso —volver— es decir. Tú y yo, nosotros, somos ciudadanos americanos ahora. Tal vez, con la ayuda de un canal o protocolo diplomático, vos podés ir y averiguar legalmente lo que sucedió.*

Eran como las 7:30 p.m. cuando Ted e Isabel regresaron de una visita a vecinos cercanos. Moisés y Sergio habían estado hablando y trabajando en proyectos comunes en la biblioteca de la casa.

Ted. *—Hola chicos, ¿todavía trabajando?*

Isa. *—Hola, ¿no se cansan? ¿Ya cenaron?*

Sergio. *—Sí, Isabel, teníamos el estofado de carne que nos dejaste. ¿Dijiste trabajo? No, hemos estado revisando todo lo que pasó en nuestras vidas antes de venir a Estados Unidos.*

Moisés. *—Sergio dijo que está pensando en volver a Arriaga para visitar ese lugar y tal vez encontrar a alguien conocido.*

Isa. *—Pero Sergio, piensa dos veces. ¿Es un lugar seguro para visitar? ¿Qué esperas encontrar allí?*

Sergio. *—No lo sé, tía Isa. Sin embargo, tengo la sensación de que hay algo que me está llamando, algo que necesito ver allí. Oigo una voz en mi mente diciéndome, regresa, vuelve. Tal vez es algo que necesito saber para liberar completamente mi alma y mi mente de los fantasmas del pasado.*

Esas son las señales, los mensajes, las voces, que vienen a nuestra mente, las que a menudo ignoramos. Tal vez deberíamos prestar atención a estos mensajes.

Ted. —*Si vas allí, necesitás protección diplomática y viajar con credenciales oficiales.*

Moisés. —*Acabo de mencionar eso del protocolo diplomático.*

Ted. —*Si querés, podría hablar con el gobernador Brown o el FBI y obtener credenciales diplomáticas para ti.*

Sergio. —*Gracias Ted, eso sería maravilloso, hablemos de eso el lunes.* Ted sugirió estar bien, asintió con la cabeza, e Isa los mira asintiendo la idea.

Isa: —*Oye, vamos a ver una película en la sala de estar, ¿qué les parece?*

—*Vengan muchachos, vamos a tomar un trago, ¿quieren?*

Todos dijeron que sí, es una buena idea. se levantaron y fueron a la sala de estar. Pero, ¿Cuáles son estos impulsos en la mente de Sergio? ¿Por qué siente que hay algo allí que lo llama? Es curioso y extraño. Pero, ¿quién puede decirnos que sus sentimientos no son premoniciones, presentimientos creados por los espíritus o su alma sabiendo algo que su mente no sabe? ¿Podría ser que este es el origen de su estado de ánimo? Nadie puede decir a menos que uno tenga conocimiento de la realidad allá en Arriaga; sólo los espíritus que inducen su alma a actuar saben. Por supuesto, sus sentimientos no desaparecerán. Volverán una y otra vez. Tal vez si revisamos el itinerario de Sergio y Moisés, podemos ver pistas de la cadena de eventos que los llevaron a los dos a este punto, y al hacerlo, podamos ver la realidad de las premoniciones de Sergio.[xxviii]

CAPÍTULO 6

La lucha contra el mal.

Abstracto

¿Qué es el diablo, una creencia religiosa o una maldad del alma humana? Pero si los humanos sólo tienen un espíritu en sus cuerpos, entonces, el mal está en el ego. ¿Es el ego el principal espíritu maligno con sus actitudes de humano autocrático? Si este es el caso, los humanos no necesitan un ejército de arcángeles y ángeles para luchar contra el mal. Porque el alma está perfectamente estructurada con su conciencia, sabiduría, moralidad y fuerza de voluntad para contener su ego. Los espíritus, el alma, no intervienen, ni interfieren con el pensamiento, las decisiones y las acciones del ego. El ego tiene el poder de su libre escogencia y voluntad. Y como el ego es el único enlace con la realidad, el ser humano está a su merced. La lucha contra la maldad del ego humano es una larga batalla. Y los espíritus luchan por una meta, la "unicidad". Un estado donde los humanos logran el orden de armonía de la existencia, viviendo en un estado anímico donde estar satisfecho, conforme y con gratitud es el objetivo de la vida.

La Delegación de Inteligencia

Cinco días después, el miércoles de la semana siguiente, Ted regresa del trabajo alrededor de las 6:30 p.m. Sergio ya estaba en casa. Isa y Moisés seguían en sus trabajos. Ted busca a Sergio en el patio trasero;

Sergio estaba sentado en una mesa del patio, bajo un paraguas amarillo y gris, cubriendo esa mesa, Estaba junto a la piscina leyendo una pila de documentos de historias pasadas del Cártel de Sinaloa.

Ted. –*Hola Serge.* [esa es la forma en que Ted solía llamar a Sergio, a veces]. *Recibí la respuesta del gobernador Brown. Las credenciales estarán aquí para este próximo viernes. El gobernador sugirió formar un grupo que viaje como agregado diplomático de nuestra Embajada en la Ciudad de México con la asignación de visitar el área controlada por el Cártel de Sinaloa y el Chapo Guzmán, con extensión a Centroamérica. La misión judicial investigadora está comisionada a evaluar y recopilar pruebas de los casos en curso contra ese cártel presentados en el noveno Circuito del Distrito Federal del Gobierno Federal en el Estado de California. Dos representantes de Clark y Asociados integran al Agregado Diplomático, Ted Clark y Sergio Maltés, un representante de los Investigadores Privados de Suárez, LLC. y un testigo vivo en este caso, Moisés, además del jefe de la investigación, agente Isabel. Ted mencionó que le pide a Víctor Richland participar en esta investigación proporcionando un par de sus abogados para las delegaciones.*

Justo antes de la salida Fred Stern y el grupo partieron hacia los países de México y Centroamérica. Ellos acordaron y procedieron a dividir la delegación en dos frentes, un grupo para visitar Santa Tecla, El Salvador, y el otro para visitar Arriaga, Chiapas México. Ellos salieron del Aeropuerto Internacional de Los Ángeles, tan pronto como les fue posible. También se contactaron y comunicaron con las embajadas y consulados listadas en su plan, incluyendo su horario de trabajo.

Regreso al presente, 2018

Guía. –*Hay claves para que los humanos capturen las señales de los espíritus en sus mentes, ¿Queres saber cómo hacerlo? Responde suavemente y con una sola palabra sí o no, todo a la vez, a la cuenta de tres: 1, 2, 3.*

Las cuatro pantallas de TV que flotan en el espacio frente a la audiencia, parpadean como si encendieran, pero se apagan. Durante eso, el público urge su respuesta con pensamientos y voces, y los sonidos de las voces murmuradas llenaron claramente el espacio vacío de la sala de teatro. Todos quieren saber cómo comunicarse con los espíritus.

Guía. —*Sí... pero para que los recibas, tu ser tiene que estar en sintonía, o en armonía, con el espíritu global: Relajado, tranquilo, pacífico, y tu mente enfocada en ti mismo y tus anhelos, con vehemencia humilde. Piensa cuántas veces has conocido a alguien que en ningún momento has visto antes, y sientes una sensación de seguridad, alivio, a gusto, que nunca tuviste en el pasado. Posiblemente, lo que sucede es que los espíritus de las dos personas han estado juntos en la dimensión material. Piensa en cuántas veces has anhelado con vehemencia y humildad algo y ese algo apareció o vino a ti.*

Trues. —*Cuando tu mente anhela con vehemencia y humildad obtener y o traer un objeto o sujeto tu mente genera ciertas frecuencias bajas que los receptores de radios estándar no pueden capturar, y tu alma y mente filtran estas frecuencias hacia el espíritu global. Allí, tus anhelos rebotan por todo el universo y se mezclan con todos los demás anhelos. Con el tiempo, tu mente captura frecuencias de regreso en forma de ideas, inspiraciones o pensamientos sorprendentes, las respuestas a tus anhelos o anhelos, o te guían de manera que podés encontrar tu objetivo. Pone atención a estas señas —no es difícil percibirlas-.*

Stacey. —*Entonces una respuesta puede volver a tu alma y tu mente se ilumina con sorpresa cuando ve tu anhelo realizado. Así es como tu espíritu y tu mente se conectan y trabajan con el espíritu global. Practica esta técnica hasta que sea un hábito positivo. Pensando de esta manera, es válido que la gente crea que orar conecta a una persona con el espíritu universal; aparentemente, lo hace.*

Guía. —*De hecho, no hay nada que los seres humanos no puedan hacer en la dimensión material, pero necesitan enfocarse, pensar cuidadosamente, decidir y actuar. ¿Quién quiere conectarse con los espíritus?*

Las cuatro pantallas parpadean de nuevo recibiendo las señales de las mentes del público, pero antes de que respondan, se interrumpen repentinamente. Un hombre entra en el escenario por la izquierda, a toda prisa y tambaleándose, sosteniendo una botella de vino en su mano derecha.

Persona P. —[Sorprendido y entusiasmado] *Yo, yo, yo.*

La voz de una mujer gritaba fuera del escenario.

—*Vuelve, sucio, vuelve; devuélvame mi dinero.*

La mujer entra en el escenario agitando un palo de escoba, corriendo detrás del hombre; pero cuando llega al borde del escenario, se da cuenta dónde está y se detiene lo más rápido posible. Sorprendida y avergonzada, ella rápidamente da vuelta y sale del escenario. El hombre está en la mitad del escenario, buscando a la mujer. La mujer se esconde detrás de las cortinas, observando airadamente de vez en cuando.

Guía. —*¿Cómo te llamas, buen hombre?*

El borracho. —*Mi nombre es Josué Jiménez...*

Guía. —*¿Qué dijiste?, ¿José Jiménez?*

El hombre se ríe, y dice, levantando su botella por encima de su cabeza.

El borracho. —*No, yo no José Jiménez. Yo amo los espíritus... tengo, tengo, espíritu en mi botella. Dijiste, ¿quién quiere conectar con los espíritus? Yo digo yo, yo. Yo. Muéstreme espíritus.*

Guía. —*Sí, Josué. Tenes un espíritu dentro de vos, que te fue asignado antes de nacer.*

El borracho. —*No, no, no, espíritu en mí, sí. No bebo "espíritu" cuando yo, bebé o niño. Bebo espíritu de mi botella. No. yo compro espíritus en licorería... muchos tipos... Tequila, Vodka, Bacardí... me hacen feliz. 'El espíritu en botella me ayuda a olvidar, la vida que no es buena, ja, ja, ja.*

La música toca la famosa canción de la película 'Zorba el Griego'. El hombre trata de bailar como Anthony Quinn y se cae y no puede levantarse. Dos oficiales de policía llegaron al escenario y sacaron al borracho del escenario. Canta esa canción.

El borracho. —*la, la, la, la, la, la, la, la; los espíritus me aman, los espíritus me aman.*

Stacey. —*Lo que los humanos hacen consigo mismos, nosotros, los espíritus (no los de Josué), no podemos enmendar; Los seres humanos tienen el atributo sagrado de la libertad de escogencia, su libre albedrio- libertad de pensar, de hablar y de actuar, y por lo cual los seres humanos son plenamente responsables de las consecuencias de su conducta. Como dijimos, nuestra misión es sólo proteger, proteger y mantener la vida, si* *hay tiempo para que actuemos. Josué opta por beber o no beber por sus propias razones. Es un buen hombre; simplemente no ve soluciones para sus problemas ni se da cuenta de lo que hace sobre sí mismo.*

La existencia no castiga a los que se portan mal. La ley de compensación mutua mantiene el equilibrio de la moralidad, lo correcto y lo incorrecto, lo justo e injusto, el bien y el mal. Y los que violan esta ley pagan un precio por su mal comportamiento. Trues entra desde la parte trasera de la derecha, camina como un cadete militar, mientras habla con autoridad.

Trues. —*En la existencia sólo hay un espíritu global, llena el espacio y lleva todo el poder y el conocimiento del universo. Las creencia y fe de las religiones lo llaman Dios, Ala, y así sucesivamente. Las definiciones del espíritu global son coherentes en todas las religiones, de acuerdo con estos atributos: Omnipotente, omnipresente, omnisciente, amor, misericordia, justicia y benevolencia absoluta. El amor y la misericordia, sugieren que el espíritu global es la verdad y la compasión absoluta. Es la existencia. Las religiones humanas están correctas. Hay un, y sólo un, espíritu global. Es todopoderoso, está en todas partes, y lo sabe todo. Por lo tanto, el espíritu global no daña intencionalmente a ningún objeto o sujeto, nunca, infaliblemente, de ninguna manera posible. Las almas que viven en ustedes son una representación molecular del espíritu universal con todos sus atributos. Por tanto, si hay oportunidades de mejorar sus vidas, hay oportunidades para Josué, si las toma.*

Stacey. —*La regla de Amor de la existencia se aplica a la vida, y establece la misión de los espíritus que penetran los óvulos humanos. Su misión es proteger, guiar y mantener las vidas humanas. En consecuencia, todas las criaturas vivientes reciben una molécula del conocimiento, el poder y la presencia absoluta del espíritu global, todo en proporción a la categoría innata de su conciencia.*

Las cuatro pantallas (mentes de los espíritus) parpadean de nuevo y luego escuchamos una voz en el eco.

La luz parpadea en el escenario y en el público, de nuevo.

Autorización para investigar.

La voz del espíritu. —*Espíritus, están autorizados a llevar a la audiencia a Santa Tecla, El Salvador y a Arriaga, Chiapas, México.*

El grupo se divide en dos delegaciones: un grupo va a visitar Santa Tecla, El Salvador, y el otro va a visitar Arriaga, Chiapas, México. Ambas delegaciones salen del aeropuerto internacional, de Los Ángeles, California tan pronto como les fue posible. Están organizados para mantener una comunicación constante entre los dos grupos. Cada miembro de las delegaciones lleva credenciales diplomáticas autorizadas por las agencias de inteligencia y por el Departamento de Estado de los Estados Unidos. Los miembros llevan las correspondientes autorizaciones oficiales de los gobiernos de México y de los Países Centroamericanos para ser utilizadas según lo requieran los miembros.

Mientras las delegaciones se establecen en México y en Centroamérica, el dialogo de los espíritus continua.

Guía. —*El hecho de que los seres humanos no puedan ver verdaderamente del presente a un segundo en el futuro, no significa que sus almas no puedan anticipar los acontecimientos venideros. La evidencia viene en forma de premoniciones, visiones, sentimientos, angustias, preocupaciones, miedos, etc. Son las intuiciones de sus almas.*

Trues. —*Sí, de hecho, los seres humanos pueden ver el futuro a través de la niebla de sus restricciones mentales y o limitaciones. La clave para resolver estas limitaciones es observar y entender los patrones del universo y el comportamiento de un escenario circundante: el entorno humano. Las secuencias causales de los acontecimientos dibujan resultados futuros en el lienzo de la realidad con suficiente claridad. El proceso requiere una meditación intensa, profunda y tediosa.*

Stacey. —*Esa es la realidad de la dimensión espiritual donde los espíritus pueden ver todos los eventos futuros. Mientras que las tribulaciones humanas, las emociones, los miedos y las preocupaciones bloquean ese atributo humano. Despejen sus mentes y sigan lo que está a punto de suceder.*

La investigación en Santa Tecla, El Salvador

Fred e Isabel presentaron sus credenciales y el propósito legal internacional de su misión, en las autoridades gubernamentales de Santa Tecla. La delegación habla con el comandante Ruiz, el mismo coronel Osvaldo Ruiz que se encargó de la desaparición de Moisés Suárez.

Isa. *–comandante Ruiz, soy la oficial Isabel, y él es Ted Clark, y oficial del protocolo diplomático. Tenemos permiso de "Relaciones Internacionales" de su gobierno, para investigar y recoger evidencia del secuestro de un menor con la intención de extraer los órganos de dicho menor con fines lucrativos, y posterior desaparición de la misma sujeto.*

Un traductor estuvo presente traduciendo esa declaración al español para el comandante Ruiz. El traductor repite exactamente lo que dice el comandante Ruiz en sus respuestas.

Comandante Ruiz: *–Oficial Suárez, recuerdo que el caso fue cerrado hace mucho tiempo por insuficiencia de pruebas para hacerlo meritorio de una investigación adicional, como fue dictado por el tribunal a su debido tiempo. Los archivos han sido enviados a la estación central de archivos en San Salvador. Sin embargo, con el máximo placer y responsabilidad le proporcionaremos toda la documentación que solicitan en unos tres días, ¿tiene otro asunto que tratar?*

Fred. *–Sí, pedimos respeto y protección mientras buscamos y entrevistamos a posibles testigos que todavía puedan existir en esta ciudad y sus alrededores.*

El traductor, traduce las palabras de Fred al español, a medida que habla.

Comandante Ruiz. *–Entendido, y para apoyar el permiso otorgado por esta nación, le agradecería que usara estas insignias en una parte visible de la ropa a la altura de su pecho. Ordenaré a un oficial que los acompañe en sus investigaciones. Y si no tiene más asuntos que tratar, por favor permítame continuar con mis ocupaciones.*

Fred: *–Comandante Ruiz, le damos gracias por su oficial acompañante, pero eso es una violación de nuestros derechos internacionales recíprocos para investigar crímenes contra nuestras naciones. Queremos llevar a cabo nuestro trabajo en la privacidad de nuestra propia investigación.*

La delegación se levantó; se dieron la mano, salieron de la oficina del comandante, y fueron directamente al sitio del crimen. Isa ansiosa y ávida iba de puerta en puerta preguntando por el desastre de la vieja casa de los Suarez, sin éxito. El rumor de esta investigación se había extendido por todas partes, y la gente estaba aterrorizada de lo que el comandante puede hacer después de que la delegación se vaya.

Mientras caminaban por una de esas calles de tierra, a pocas cuadras, una luz ilumina la mente de Moisés y recuerda algo. Por cierto, aquel lugar no era lo mismo que hace tantos años atrás. Ahora había más casas y las calles estaban pavimentadas.

Moisés. —*Tía Isa, recuerdo algo de este lugar, síganme.*

Caminan una media milla más o menos, al final de la calle, Moisés guia la delegación a través de patios traseros abiertos a una pequeña casa en medio de densos árboles grandes. Era su antiguo vecindario con bastantes cambios. Los cerdos, patos y pollos deambulando por ahí y Moisés advierte a los demás.

Moisés. —*Tengan cuidado de no pisar los excrementos de cerdos; no huelen bien.*

Había cuatro personas en la casita, una anciana y un anciano, un hombre joven y una mujer de mediana edad, y tres hijos que huyeron al patio trasero cuando vieron a las personas acercándose a la casita. Uno de los niños, de unos siete años, se quedó de pie en la puerta. La hora es alrededor de la 1:00 de la tarde.

Moisés. —*Hola, buenas tardes. ¿Está tu mamá?*

Con típico acento salvadoreño, el niño responde.

El niño. —*Bien, no, ella no está. ¿Para que la requiere?*

Moisés. —*No, niño, no busco a tu mamá, yo busco a doña Esperanza, ¿está doña Esperanza?"*

El chico responde con la inocencia de un niño.

El niño. —*pues, para que la quiere… si es para atender un parto, le digo señor, que mi abuelita ya no trabaja en eso. Ella ya casi no ve y casi no oye, está muy viejita.*

Moisés saca una barra de chocolate y la mueve en frente del niño, y dice.

Moisés. —*Mira, anda avisale a tu abuelita Esperanza que aquí está Moisés, el hijo de Juana Suarez, su vecina.*

El chico miró la barra de chocolate, por un minuto, no dijo nada, la tomó y corrió al patio trasero. Unos minutos más tarde, cuatro adultos y tres niños entraron por la puerta trasera, caminando lentamente. Todos parecen sospechosos y asustados.

Doña Esperanza (la partera). *–Miren, ¿ustedes son del gobierno? Aquí no vive nadie con ese nombre de Esperanza. Esa señora se fue para Honduras, uuuuh, hace tiempo. Nosotros alquilamos esta casita desde hace muchos años. Lo siento, pero no podemos ayudarle.*

La voz temblorosa de la anciana señaló que no estaba diciendo la verdad. Pero ese es el comportamiento normal bajo la amenaza de los narcos traficantes de órganos humanos, y las autoridades corruptas. Nadie puede culpar a esta gente. Su comportamiento es su instinto de auto preservación. Tienen miedo verdaderamente; temen por sus vidas, especialmente por los niños. Moisés, conocía este comportamiento; vivió bajo esta amenaza, e insistió en la pregunta y la identificación para ganarse su confianza.

Moisés. *–Mire, doña Esperanza, yo soy Moisés Suarez, hijo de Juana Suarez, vivíamos en la última casita del callejón sin salida. Mis abuelitos eran dona Lina (Ma'Lina) y papa che (José). Cuando yo nací en 1991, usted, doña Esperanza, asistió a mi mamá, Juana Suarez.*

Mirando a través de la esquina de sus ojos, mirando a esta gente bien vestida, dudando de todo lo que oyó, dice.

Doña Esperanza. *–Les digo que no me acuerdo de nadie con esos nombres.*

El viejo se dobla y dice algo al oído de la anciana. La delegación ya estaba saliendo de la puerta cuando la anciana dice algo.

Doña Esperanza. *–Esperen, vuelvan, y díganme ¿ustedes vienen de parte del comandante Ruiz? Y si no, pueden identificarse.*

Moisés. *–Doña Esperanza, yo traigo me certificado de graduación de mi escuela de aquí en Santa Tecla que atestigua mi nombre.*

Los obvios temores a los criminales del Cártel son claros en las respuestas inteligentes de la gente de esa casa. Saben que una respuesta equivocada es una cuestión de vida o muerte para ellos. Moisés entrega su certificado escolar al niño que todavía estaba masticando el dulce de chocolate, y el niño camina y se lo da al joven de pie detrás de la anciana. La delegación no pidió entrar en la casa; todavía están de pie afuera de la puerta. El joven mira el documento por un minuto y después dice algo a la anciana y a los demás juntos, luego miran a Moisés y a todo el grupo. Hubo un profundo silencio por un momento, hasta que la mujer de mediana edad, de pie en el lado de la anciana, rompió en sollozos y llanto. Los miembros de la delegación no saben lo que está pasando. Pero la joven gritando dice.

La mujer joven. –*Ay Dios mío, ay, ay, ay. Si es Moisesito, mi sobrino.* Corrió a abrazarlo, llorando.

La mujer joven. –*Ay, ay, ay, hijo, yo soy tu tía María, yo he soñado tanto que estabas vivo, ay, ay, ay. Sobrinito, algo en mi corazón me decía que no estabas muerto, ay, ay, ay.*

El hombre al lado de la anciana no puede sostenerse tampoco y grita.

El hombre joven. –*Ah, yo soy Carlos, Moisés. Sabía, que la gente del cartel no te había matado, amigo.*

Carlos corre a abrazar a su mejor amigo de aquellos años escolares. Moisés, también llorando mientras abraza a María y Carlos, hala a la agente Isa, ella está cubierta en lágrimas, temblando; se vuelve hacia Isa, y dice.

Moisés. –Ésta es mi tía Isabel.

María, se volvió para mirar a la mujer elegante y bien vestida, y superando sus emociones se mueve a abrazar a Isabel, y dice.

María. –*Oh no Dios mío; ay, ay, ay, ay hermana, Isabel, dime que no estoy soñando. Ay mi querida hermanita, cuando tiempo te he extrañado tanto. Ay, ay, ay. Como deseara que nuestra madre y mi abuela estuvieran vivas para vivir este momento, Isabel, ay, ay, ay.*

Las profundas emociones de este encuentro continuaron, y la anciana, Esperanza, abrumada por las emociones, sentada directamente en su mecedora, no podía decir nada. El drama cubrió esa casa esa tarde; y nada pudo haber detenido el diluvio de emociones que caían duramente en las mentes y almas de estos parientes que se amaban tanto, y se separaron durante mucho tiempo. No hay nada más dañino que la miseria y la necesidad. Estas son las consecuencias de la separación familiar forzada causada por personas en el tráfico de personas y órganos humanos y por las situaciones precarias en los países pobres. Todo esto tenía que pasar muchas fuerzas cósmicas estaban en juego influenciando las mentes de Moisés, Sergio e Isabel. Debe haber un motivo por lo cual todas estas almas se juntan nuevamente.

De regreso al año 2018

Volviendo al teatro por un momento, mientras la gente en Santa Tecla pasa por el episodio emocional de su encuentro, podemos continuar nuestra conversación.

Guía. *—Los humanos pueden decir que estas emociones fuertes es lo que distingue a la especie humana de las otras inferiores, pero ¿es cierto? Los espíritus no tienen emociones como esas porque el atributo de omnisciencia quita el elemento de sorpresa, y o ignorancia del futuro, y, por lo tanto, el factor de sorpresa. ¿Es este estado de certeza mejor que el estado incierto de los humanos? Además, la omnipresencia que permite a los espíritus estar en el momento de un evento en el pasado, presente o futuro proporciona a las mentes espirituales detalles de eventos futuros. La advertencia es que un espíritu unido a un cuerpo humano no tiene la capacidad de la mente para anticipar eventos futuros (excepto bajo ciertas condiciones mentales y emocionales).*

Trues. *—Hay un tema importante en la historia de Santa Tecla: es la secuencia de actividades y eventos que conducen al estallido emocional. Obviamente, en un mundo físico en el que predominan los procesos de causalidad, las acciones de los espíritus expresaron o precipitaron la cadena de actividades y eventos que llevaron a la delegación diplomática al punto en que están ahora en esa ciudad.*

¿Son eventos aleatorios? No, no lo son, son cadenas causales que ofrecen resultados previstos. ¿Los espíritus manipulan estas secuencias? No, no lo hacen, porque las cadenas causales obedecen la ley de causa y efecto; y los efectos son el producto de condiciones y situaciones que se integran en eventos específicos. Así es como se ha establecido el mundo de los espíritus; esto es lo que las criaturas vivientes deben soportar.

Las cuatro pantallas de las ventanas capturan una pregunta en la mente de una persona en la audiencia.

Persona Q. *—¿Qué piensa, la mente o el cerebro?*

Stacey. *—Esta es una buena pregunta, levante la mano si has pensado en esta pregunta. Permítanme decir, el cerebro no piensa; el cerebro es un órgano material que inicia y procesa la gnosis, es decir, fragmentos de información, capturados a través de la función perceptiva para generar imágenes. La mente es el sistema operativo, como un* *ordenador, y sus procesos son como aplicaciones informáticas, programas y o instrucciones; la mente hace el pensamiento, ensamblar la realidad con imágenes percibidas. La mente crea imágenes a través de sus funciones conceptuales, también. Mientras que el cerebro es material, la mente es espiritual. La conectividad mental a la dimensión material se logra a través de un atributo de conciencia de la mente. Esta conciencia ocupa un punto dentro de dos extremos a lo largo de una línea espectral, la conciencia total a la plena inconsciencia.*

Trues: *¡Eso es correcto! La mente maneja ciertas sus funciones en tres estados, (1) Conciencia y (2) subconciencia, y (3) inconciencia que son partes de la operación de la mente en el espectro de la conciencia. Estos son tres niveles del percate de la mente.*

Stacey. *—El dominio mental tiene dos subdominios, (1) Ego y (2) Conciencia. La Conciencia contiene, (1) Moralidad, (2) Sabiduría y (3) Fuerza de Voluntad; mientras que el ego tiene (1) carácter, (2) conciencia interna-externa y (3) identidad personal. El ego se apega a objetos materiales y sujetos; la sabiduría de la conciencia razona y medita, mientras que la fuerza de voluntad, racional y o irracional, controla (de una manera limitada) el comportamiento materialista del ego. Recuerden que el ego es parte del alma y tiene libertad de elección. Debido a la libre elección del ego, los seres humanos se comportan caprichosamente sin tener en cuenta el orden natural, muchas veces irracional, y a menudo ignorando las consecuencias.*

Las pantallas capturan otra pregunta de la mente de alguien en la audiencia.

Persona R. *—¿Podemos los humanos controlar el comportamiento de nuestro ego?*

Guía. *—Sí, los seres humanos pueden reducir, modificar y o suprimir el comportamiento no deseado de su ego, pero requiere una estricta disciplina procesal: El proceso es meditación o hipnosis auto inductiva que conduce a la supresión de la conciencia material, hasta que manejemos automáticamente una rutina o reacción a estímulos. Como el manejo del enojo y el temperamento.*

La luz parpadea en el escenario y en los lados del público, de nuevo.

Guía. *—Escúchenme, ahora estamos autorizados a llevar a la audiencia a Arriaga, Chiapas México.*

La investigación en Arriaga, Chiapas México

En Arriaga Ted y Sergio, y un representante, Chris Sanders, de Los Investigadores Privados de Suárez, LLC trabajan en Arriaga. La delegación conoció los detalles de la captura de Joaquín Chapo Guzmán el 16 de enero de 2017. El peligro del Cártel sigue siendo eminente en la zona de Chiapas.

Ted está leyendo archivos en la sede central de la policía, dice.

Ted. *—Mira, Sergio, creo que encontramos un testigo. Aquí dice que Antonio Morales, entonces de 18 años, dijo que el fuego que quemo la casa de tus padres fue provocado, y comenzó en la parte trasera de la casa alrededor de las 3:00 de la mañana. El departamento de bomberos de la ciudad encontró cuatro cuerpos que no se pudieron reconocer.*

Sergio. *—Déjame ver. Mira, aquí en el bolsillo trasero de esta carpeta.*

Estas direcciones son para Antonio Tony Morales y Diego González.

Ted. *—¿Quiénes son estas personas?*

Sergio. *—No sé de Diego González, pero Tony era mi mejor amigo de la escuela; solía encontrar tarjetas de béisbol para mí. Vamos a buscarlos.*

Los tres miembros de la delegación partieron apurados. La delegación encontró a Diego y lo interrogó de inmediato con preguntas simples. Sergio se desempeña como traductor de español. La traducción del español al inglés apareció en las cuatro pantallas del escenario. Diego es un fotógrafo local y productor de videos, en Arriaga. Diego respondió en español, pero Sergio tradujo al inglés.

Diego. *—Han pasado muchos años así que, tal vez, echo de menos los detalles, pero puedo decirles esto: Un día, temprano en la madrugada, iba a trabajar en la granja de Virgilio Vegas y al pasar por la casa de la señora Ofelia vi a dos hombres detrás de la casa cada uno con una lata roja. Me escondí, y vi la casa estallando en llamas. Los hombres corrieron por el patio abierto en la parte trasera.*

Chris Sanders. *—¿Reconoció a los dos hombres?*

Diego. *—No, no pude ver sus caras, claramente, pero el vehículo que conducían para escapar era un suburbano negro como el que conduce la gente del cártel. Tenía mi cámara de cine conmigo, y filmé un clip de los hombres, su suburbano negro cerca de la casa en llamas. De todos modos, cuando se fueron, grite fuego, fuego, fuego para despertar al vecindario. Todos intentamos apagar el fuego, pero fue imposible; todo se incendió. Para esa tarde, la casa todavía estaba caliente; el departamento de bomberos trabajaba con mucho cuidado; y el fuego volvió varias veces en los escombros. Encontraron cuatro cuerpos, pero no pudieron identificarlos. Vi los cuerpos. Eso le dije a la policía. Los vecinos dijeron que dos niños estaban desaparecidos. El rumor era que la gente del cártel se los llevó, pero esto nunca fue confirmado.*

Sergio comenzó a llorar, pero trató de mantener su compostura.

Sergio. *—¿Conocías a esta familia? ¿Alguna vez hablaste con ellos?*

Diego. *—No, nunca los conocí; Yo era nuevo en la ciudad, pero los vecinos hablaron de la familia. Recuerdan que unos seis meses antes del incendio, la familia informó a las autoridades de que uno de sus hijos había sido secuestrado por el cártel de Sinaloa. Ese chico nunca apareció, y la policía no resolvió ese caso. Trabajo como colaborador para el periódico local y puedo recuperar información sobre ese caso.*

Sergio se había alejado del equipo y se había mantenido solo. Muchos pensamientos pasaron por su mente, pero la idea, por esta evidencia, es que, de hecho, el Cártel había eliminado a toda su familia.

Ted. *—Diego, ¿Conocés a Antonio (Tony) Morales?*

Sergio vuelve y sigue traduciendo. La rabia en su rostro era obvia, pero mantuvo sus pensamientos para sí mismo.

Diego. *—No, no lo conozco, pero creo que Doña Moncha puede conocerlo, ella conoce a toda la gente de esta ciudad.*

Ted. *—Gracias, Diego, Por favor, encuentra la película que tomaste del fuego y del suburbano negro; nos gustaría tener una copia para la evidencia, también si se nos ocurren otras preguntas, ¿podemos volver a verte?*

Sergio se aleja del grupo.

Diego. *—Sí, ya saben dónde encontrarme.*

Ted habla con Chris.

Ted. –Chris, ve a buscar a Sergio, nos vamos.

Todos se fueron y unos minutos más tarde llegan a la dirección de Tony; sin embargo, la casa estaba vacía, nadie vive allí. De pronto Sergio recuerda que oyó a Diego mencionar a Doña Moncha, y dice.

Sergio. –*Vamos a buscar a Doña Moncha.*

Encontraron la casa donde, Doña Moncha todavía vive, pero su salud y su memoria no están bien; se olvida mucho.

Sergio. –*Doña Moncha, ¿se acuerda de Teresa, la hija de Doña Ofelia?*

Doña Moncha. –*Dejame ver, hijo… ¿no es la que vivía en la casa quemada al final del callejón sin salida? Si, claro ella es… Sabés, hijo, yo la asistí en el parto de su hijo Sergio que nació muerto, pero Dios le devolvió la vida como un milagro… la pobrecita, su vida tan dolorosa, perdió a su hijo Sergio se lo mataron los del cartel… bueno, pero ¿para que la buscan?*

Moncha, Sergio le dice esto.

Sergio. –*Doña Moncha, yo soy Sergio, Sergio Maltés, el muchacho que usted dice nació muerto y revivió.*

Doña Moncha. –*Oh no, Dios me ampare, esto no puede ser.*

La pobre anciana lo mira y se desmaya en esa silla: un hombre y dos mujeres allí corren; traen alguna sustancia de olor fuerte, y le dan a oler, mientras que el otro hombre frota la mezcla de alcohol con alcanfor en los brazos, y el otro hombre sopla la cara con un sombrero grande. Todo parecía como si este evento ocurriera a menudo. La anciana volvió y en sí.

Doña Moncha. –*Por favor díganme que esto no es un sueño, y este no es el fantasma de Sergio muerto, oh Dios mío. Creo que ya llego mi hora de rendir mis cuentas y viajar al cielo.*

Sergio. –*Lo siento Doña Moncha, perdóneme, yo no quise causarle esto.*

Sergio camina hacia la anciana y la Sra. Moncha asustada se desmalla otra vez. Ella pensó que el fantasma de Sergio llegaba para llevársela. La gente sabe qué hacer y después de un par de minutos la Señora Moncha regresa. Después de la conmoción y toda la identificación, con todas las emociones bajo control, Moncha dice.

Doña Moncha. *—Sergio, hijo; tu abuelo Julián, tu abuela Ofelia, Teresa, tu mamá, y Alfonso, tu hermano, todos se quemaron en el incendio de tu casa; fue horrible, papito, fue horrible. Esa propiedad es tuya, hijo, yo tengo la escritura de propiedad y te la voy a dar ahora. Y tengo más que voy a devolverte, ahora mismo.*

La mente de Sergio se detiene sorprendido pensando en lo que Moncha podría devolverle. La delegación se entera de que la casa de Sergio se incendió, y cuatro cuerpos fueron encontrados fuera de reconocimiento, los vecinos asumen que los muertos eran toda la familia. La anciana con un movimiento de cabeza hacia un lado indica a uno de los hombres que vaya a algún lado. El hombre volvió con un joven y una joven caminando detrás de él. Entraron y se pusieron de pie, en particular asustados, por la Sra. Moncha. Ella llama con su mano a Sergio.

Ms. Moncha. *—Acercate hijo, acercate.*

Sergio camina hacia ella, y ella toma su mano y lo tira hacia la joven y el hombre a su lado, diciendo.

Doña Moncha. *—Sergio, abraza a tu hermana Clarita y a tu hermano Jorge.*

Una vez más, un mundo de emociones profundas se viene sobre Sergio y su hermano y hermana. Las lágrimas brotaban como ríos que bajaban de su corazón, y sus sollozos y temblores del amor por mucho tiempo reprimidos en silencio sacudieron la tierra de la casa de la Sra. Moncha. El tiempo pasa desapercibido o ignorado, y Ted y Chris también emocionalmente impactados, son testigos del drama que se desarrolla de este encuentro.

Doña Moncha. *—Sergio, hijo, cuando el incendio quemo tu casa, Jorge y Clarita estaban pasando unos días aquí en mi casa mientras Ofelia y Julián reparaban el techo de su casa. Cuando supimos que los hombres del cartel fueron los que prendieron fuego a la casa de Julián y Ofelia, nosotros escondimos a Jorge y Clarita. Yo los mande a la finca de mi hermana Hortensia, porque sabíamos que los hombres del cartel los andaban buscando por todas partes. Hasta le cambiamos sus nombres y los hicimos pasar como hijos de Hortensia.*

—Dos años después todavía andaban buscando a Pedro, tu amigo, tu compañero de escuela; lo agarraron y lo torturaron para sacarle

información sobre Jorge y Clarita, pero Pedro no canto. Se escapó y se fue a donde unos parientes en Nicaragua.

—Sergio, hijo, hace dos días tuve un presentimiento fuerte que no me dejaba estar tranquila. Era una necesidad de que los muchachos vinieran; y los mande a traer con Emilio [El hombre cerca de ella], Hortensia se los iba a llevar a Belmopán de Belice mañana, porque allí estarían seguros; aquí no tienen vida.

Qué horrible historia de un lugar donde las vidas humanas no tienen sentido, sólo la codicia de los traficantes. Hay algunos puntos importantes del trabajo espiritual aquí. Primero, Sergio va a América por las razones que conocemos. En segundo lugar, Ofelia y Julián deciden arreglar el techo de su casa. Tercero, Clarita y Jorge van a la casa de la Sra. Moncha debido al trabajo del techo. Cuarto, la gente del Cártel quema la casa de Sergio y mata a parte de su familia. Mocha salva a Clarita y Jorge por alguna razón. Quinto, Sergio tiene la necesidad de saber lo que realmente le sucedió a su familia; algo lo estaba llamando en su mente. Sexto, Ted organiza un equipo de investigación y viaja a México y Centroamérica. Séptimo, Moncha tiene un presentimiento y manda a traer a los niños escondidos. Octavo, Sergio aparece en casa de Moncha y encuentra a su hermana y hermano. Noveno, Moncha le revela a Sergio toda la verdad sobre la tragedia de su familia, Esta es una cadena clara de eventos que tienen un propósito, satisfacer la premonición y o presentimientos de Sergio. No podrían ser coincidencias aleatorias. Hay un propósito en esta historia. Es una aplicación fantástica de la ley de causa y efectos que todos debemos estudiar. Mocha sigue hablando sin fin. Hasta que, Ted sugirió que era tarde, y tenían que irse.

La delegación vuela a Managua, Nicaragua y localiza a Pedro Pietro, amigo de Sergio, y después de otro encuentro emotivo, Pedro accede a regresar a Arriaga para identificar el lugar del crimen y testificar ante las autoridades públicas. La delegación pasa más de dos semanas buscando fuentes y posibles testigos. No encontraron más testigos, pero el equipo encontró en los registros de la policía en Arriaga, un consejo que lleva a la delegación a descubrir un patrón definido por el cual se realiza el secuestro y el tráfico de órganos. Después de completar su investigación, Ted, Sergio y los tres testigos vuelan a la Ciudad de México. Ted presentó una petición de asilo para Jorge y Clarita y Pedro, basada en la peligrosidad de la vida por parte del Cártel de Sinaloa, persecución con intención de matarlos.

Mientras estaba en México, Sergio descubrió que una niña estadounidense, de unos cuatro años de edad llamada Jennifer, fue secuestrada en Acapulco alrededor de 2001. Era hija de una pareja estadounidense de apellido Armstrong. A través de una investigación adicional, Sergio descubre que el Cártel la había enviado a California, alrededor de 2001. Dos días después Ted habló con Isa.

Ted. *–Isa ¿Cómo están las cosas allí? Excelente... ¿Cómo está Moisés y sus hermanos? Oh, eso es increíble. Aquí, Chris y yo arreglamos todos los procedimientos legales para Pedro, Jorge y Clarita en la Embajada Americana en la Ciudad de México. No... No... no tuvimos problemas. Nos quedaremos en la Ciudad de México esperándolos. Sí, así es. Vale. Yo también te quiero, adiós. Oh, espera, tengo algo más; descubrimos que la hija de un diplomático brasileño fue secuestrada en... Hola, hola, hola. Maldita sea; la comunicación se interrumpió. Qué servicio de mierda.*

La investigación en la Ciudad de México

Al día siguiente, Ted fue a recoger a Isa, Moisés y todos en el Aeropuerto Internacional de México y ellos regresan al Hotel. Esa noche cenaron con el embajador de USA. La Embajada estaba celebrando un año más de servicio en la Ciudad de México, en este lugar. Un mariachi mediano de Garibaldi vino a actuar en la embajada. La embajadora le dio a Sergio ciertos documentos sobre Jennifer Armstrong, una niña estadounidense arrebatada a su madre en un centro turístico en Acapulco, así como información de otras niñas que también fueron secuestradas: una en Río Janeiro, y la otra en la Ciudad de México. En medio del arreglo de las mesas, en la casa de la embajadora, el Mariachi de Puebla interpreta varias canciones para la celebración, y un grupo coreográfico de danza la música folclórica mexicana para la embajadora y sus invitados.

A la mañana siguiente, toda la delegación regresa a Los Ángeles, California. A su llegada, dijo Isa.

Isa. *–Es tan agradable estar en casa, felices juntos.*

Ted. *—Isa, ¿Qué estabas diciendo cuando nuestra comunicación telefónica se interrumpió, en El Salvador?*

Isa. *—Oh, sí; te estaba diciendo que descubrimos que, en el vestíbulo del Hotel Camino Real al otro lado de la carretera del aeropuerto internacional, en Managua, Nicaragua, la gente del Cártel secuestró a una niña brasileña. Y cuando volvimos a El Salvador, investigamos los secuestros allí. Descubrimos que otra niña también fue secuestrada en el centro de El Salvador, en el mismo año. Ahora sabemos que la chica brasileña es Luiza Piñeiro, y la otra, una chica alemana, es Jenifer Heisenberg. Estos secuestros ocurrieron en 1991.*

Todo el grupo, Ted Isa Moisés con María y Carlos, Sergio con Pedro, Clarita y Jorge, está a salvo en California. La agencia privada Isabel investigó el paradero de Jenifer Heisenberg, y luego se comunica con el Dr. Karl Heisenberg decano de investigación médica de la universidad de California en Irvine. Las sospechas de Isa eran correctas, el Dr. Heisenberg perdió a su hija Jenifer, mientras viajaba a El Salvador con su esposa y otro hijo. Isa hizo todos los arreglos legales para el reencuentro de Jenifer con su familia un año después del regreso de Isa de Centroamérica. Jenifer, Sergio y Moisés son muy buenos amigos; se reúnen tan a menudo como su tiempo les permite. Jenifer muestra interés en Moisés, mientras Sergio encontró una muchacha que le interesa. Isa investigó también y encontró la de Karla Armstrong y organizó una reunión con sus padres que viven en Kentucky.

Regreso al presente 2018
Reunión de los cuatro espíritus

En el escenario, tres espíritus se sientan en el aire charlando sobre las situaciones de los seres humanos. En realidad, han pasado tantas cosas y hemos visto la participación de los espíritus y las almas de los humanos.

Guía. *—Tantas cosas, tantas actividades y eventos, y como los han visto, la vida parece una vida normal en la tierra. Es curioso vernos, los espíritus en los cuerpos humanos involucrados en sus historias, participando activamente para realizar los acontecimientos de sus vidas. De hecho, las acciones de los espíritus contribuyen con los seres humanos* *a caminar a su destino: no la muerte —de hecho, no hay muerte sólo el regreso de los espíritus a la dimensión espiritual— porque la materia, el cuerpo humano, no puede ser creado ni destruido—el cuerpo humano es materia eterna.*

__Stacey.__ —Entendamos que incluso cuando la mente humana es un elemento del alma, como la conciencia, los seres humanos tienen un ego que tiene libertad de elección. Los espíritus no intervienen ni manipulan las acciones humanas. El ego maneja sus decisiones y acciones, y, por eso los espíritus sólo actúan para preservar la seguridad y la vida de las personas.

__Trues.__ —Acerca de los encuentros espirituales, sí, los espíritus se comunican entre sí, incluso cuando hablan o piensan a través de un cuerpo humano; por ejemplo, cuando dos personas coinciden extrañamente en el mismo pensamiento o físicamente toman la misma acción, simultáneamente. Dicen "caray", adivinaste mi pensamiento, o, estás haciendo lo que pensé hacer.

Conectividad inter dimensional

La guia aprovecha el tiempo que deja el esfuerzo de la delegación investigadora. Piensa que la conexión de los espíritus es un tema que se debe aclarar para entender lo que paso. Las luces parpadean en el escenario y en el lado del público, de nuevo.

__Guía.__ —*Espíritus, ahora están autorizados a llevar a la audiencia a Beverly Hill, California. Viajaremos en el tiempo a la Residencia del Dr. Rex Martin.*

El Dr. Martin había invitado a una audiencia selecta y a varios expertos a una reunión en su Laboratorio de Investigación en su hogar para escuchar al Dr. Samuel Wells hablar sobre conectividad inter dimensional materia-espíritu, CIMS. También invitó a un equipo de abogados para certificar procedimientos y resultados que proteja la propiedad intelectual, encabezado por Ted Clark y su esposa, Isabel Suárez-Clark. El escenario es una enorme sala de entretenimiento, como un pequeño cine en casa, con un pequeño escenario, pero lo suficientemente grande para una pequeña banda o elenco de actuación. El sistema de sonido es excelente.

Dr. Rex Martin: Buenas noches, distinguidos invitados y público; Permítanme presentarle al Dr. Sam Wells, un psicólogo mundialmente conocido. Sam ha estado estudiando la fusión de espíritus y cuerpos desde hace unos años. Él explicará cómo los espíritus conectan con las mentes humanas nuestras almas. Demos la bienvenida a nuestros invitados especiales el Sr. Víctor Richland, el Dr. Moisés Suárez, el Dr. Rex Martin, y el Sr. Sergio Maltes, un abogado socio-socio de Clark y abogados asociados. Además del Sr. y Sra. Clark. Y ahora, con usted, el Dr. Wells.

Dos invitados entran al escenario por la derecha y otros dos por la izquierda. Vienen a sentarse una mesa cubierta con lino blanco, jarra de agua, vasos para los huéspedes. La mesa está adornada con dos vasos de flores a la derecha y a la izquierda de los cuatro invitados. La luz del escenario brilla sobre los invitados y la mesa, mientras que el resto del escenario permanece en el crepúsculo. Hay una música suave de fondo.

Dr. Wells. *—Gracias, Dr. Martin, invitados y público. El tema de contactos con espíritus no es nuevo; ha existido desde que el género homo apareció en la tierra. Nuestras almas no son materiales; pertenecen a la dimensión de los espíritus. El alma está hecha de la mente, la conciencia y el ego, que no son materiales. La mente es la voz y representa el alma. Estos tres componentes definen y gestionan la identidad, el carácter y el comportamiento de los seres humanos. Como psicólogo trabajo con los tres, y ustedes tratan con ellos como seres humanos, todos los días. Las mentes humanas generan todas las ideas, todos los pensamientos; y a partir de estos, el cuerpo humano ejecuta las acciones ordenadas por sus mentes. De hecho, somos "mentauros" esta es una criatura con medio espíritu y medio cuerpo material. El ego sigue a "ACOPEAE", que es un monstruo malévolo que se alimenta del poder, la riqueza y la fama. El ego bloquea a los seres humanos de su propia naturaleza espiritual. Necesitamos liberar nuestras mentes de la influencia del ego para poder entrar en la dimensión de los espíritus. Tenemos dos procedimientos: uno natural y otro inducido. En ambos casos, debemos separar la mente del mundo material. Voy a dividir esta presentación en dos partes: la Supresión de la conciencia y la conectividad. Usaremos la refracción de luz caleidoscópica para suprimir la conciencia; y la conectividad de espíritu y materia Inter dimensional CSMI – para conectar. Trabajaré* *con el Dr. Suárez, que tiene un PHD en radiología. Él es un experto en procedimientos radiológicos de bajas frecuencias que captan la atención de la mente, suprimiendo la conciencia material; este efecto reduce del estrés.*

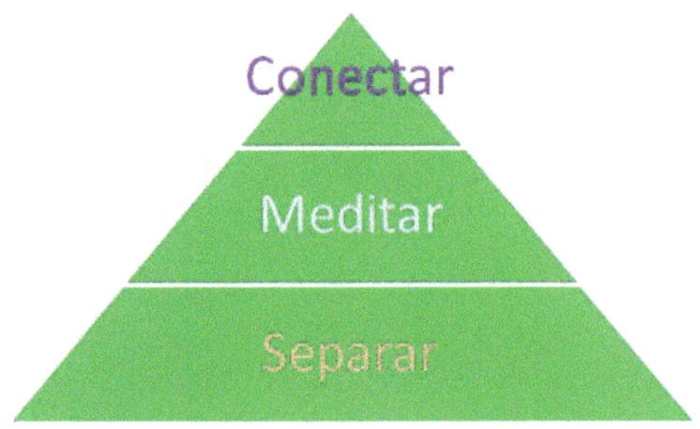

Figura 11: Separación mental

Los temas para esta noche son.

1- Conectividad con seres más bajos;
2- Interacción con espíritus (llamados guardianes);
3- Sensaciones extrañas;
4- Extraña visualización de los espíritus a tu alrededor;
5- Visualización de extraños fenómenos.

Sam. *—Primer tema: La función de un espíritu incrustado en una criatura de inteligencia inferior es simple. Moisés realizo un procedimiento para probar la presencia de un espíritu en criaturas vivientes de menor inteligencia. El resultado fue contundente. Moisés, por favor.*

Moisés. *—Gracias Sam. Me siento honrado de formar parte de este gran equipo de investigación liderado por el Dr. Wells. Mi equipo de investigación radiológica médica grabó un episodio relacionado con la presencia de espíritus en una criatura viviente hace un año.*

Mientras Moisés comenzaba a explicar su caso, el escenario se oscureció gradualmente, y nuestras mentes se remontan a la época del experimento de Sam. Las cortinas cierran por un momento; y cuando las cortinas se abren las luces regresan y el público ve en el escenario una sala de cirugía con útiles, equipos e instrumentos. El equipo de cirugía: doctor Martin, dos enfermeras y dos asistentes, todos vestidos en suites quirúrgicas adecuadas, listos para un procedimiento de operación.

Los espíritus en seres vivos inferiores

Doctor Suárez. *–Gerente de sala, encienda el equipo.*

Gerente de sala. *–Todo el equipo encendido y listo. Grupo generador de frecuencia listo. Rango de ondas gamma establecido en su rango inferior (40 Hz); Ondas beta establecidas en su rango inferior (de 12 Hz); Ondas alfa establecidas en el rango medio (10 Hz); Ondas Theta establecidas en 5 Hz; y las ondas Delta fijas en 2 Hz.*

Doctor Suárez. *–Controlador de calidad, encienda los dispositivos de grabación de vídeo y audio.*

Controlador de calidad. *–Unidad de vídeo revisada y lista; conjunto de grabadora de audio configurada y lista. Dispositivos configurados y listos para activación.*

La voz de equipo quirúrgico se atenúa poco a poco mientras la meticulosa preparación de la sala continua si dejar ningún paso sin registrarse and revisarse para un alto grado de calidad. Esto incluye iluminación, condiciones de salas, equipo de grabaciones, audio y video. ¡Ah! También el control ambiental de una sala con cero bacterias y cero partículas de suciedad, incluyendo la humedad y la temperatura que debía ser preciso: 60 grados Fahrenheit, el flujo del aire laminar a 100 pies por segundos. Igual con la esterilización de las personas y vestidos. Ahora el quirófano está listo. Pero para el Dr. Suarez aún no están listos. Por ejemplo, el personal debe prepararse para entrar al quirófano limpio, igual que la esterilidad del equipo y herramientas de operación. Las voces se oyen casi imperceptibles en el fondo.

Asistente de operaciones. *–Carros de instrumentos en su lugar y listos, alimentador de soluciones intravenosas conectados y listo. Artículos y materiales diversos listos.*

Doctor Suárez. *–Personal operativo, prepárense para la operación. Empecemos. Encienda los dispositivos de grabación en vivo, encienda las luces aéreas. Active los brazos robóticos. Prepare y establezca la sustancia radioactiva. Encienda el proyector de rayos gamma. Bien, traigan al paciente.*

Grabación activada, toma 1, vamos. El doctor Suarez explica el propósito.

Para el doctor Suarez la calidad es un factor real en la ecuación del éxito. En verdad, los espíritus han dicho que la precisión de la existencia –como se ve en el universo– muestra como es o debe ser la vida.

Dr. Suarez [al personal]. *Esta operación propone establecer conexión entre un alma o mente en el cerebro de una criatura viviente con otras almas dentro de otros seres vivos y o el espíritu global. El procedimiento implica la implantación de dispositivos electrónicos en el cerebro del paciente para establecer comunicación con el alma a través de su mente.*

Todo el personal, médicos y enfermeras, responden que sí cuando el Dr. Suarez pregunta si entendieron el propósito del experimento. Mas el procedimiento no fue tan importante como se obtuvo el resultado. Ahí está la prueba de la comunicación del alma de un ser de menor inteligencia con otras almas más evolucionadas. El paciente, todavía cubierto con sábanas quirúrgicas blancas, se inquieta y comienza a resistirse, como si estuviera consciente y asustado del resultado del objetivo de la operación. Las voces en el fondo casi inaudibles muestran la desesperación y caos en el quirófano.

Dr. Suárez. *–Enfermera Jefe, proceda a tranquilizar al paciente.*

Julie. *–Inyección preparada, esterilizando punto de disparo, ampolleta desairada y lista para inyectar.*

El paciente comienza a gemir y chillar en voz alta, mientras intenta escapar de las correas que lo atan. La enfermera pide asistencia para mantener al paciente estable; hay dificultades con el paciente. Dos asistentes sujetan al paciente. Las voces en el fondo continúan.

Julie. *–el paciente estabilizado, listo para la inyección.*

El paciente está desesperado sacudiéndose, se descubre, se desprende de las correas, salta del banco de cirugía al piso y corre evitando ser atrapado. El público está ansioso de ver quién es el paciente. Las imágenes del paciente se ven en las cuatro pantallas del escenario. Es un gran cerdo macho Duroc-Jersey de 180 libras. El público puede ver la lucha con el paciente. El paciente corre debajo de las mesas, las enfermeras y el personal persiguen al paciente. Tropiezan, resbalan caen. Pero atrapan al paciente después de unos cinco minutos de persecución. El público ríe y ríe.

Dr. Suárez. —*Aborten el procedimiento, aborten el procedimiento.*

Todo se detiene. Esto es muy extraño, no debería suceder así. El paciente se comporta como si supiera lo que esto significa y, por supuesto, conoce el resultado. El uso de su cuerpo al final del experimento.

Dr. Suárez. —*Llamen a la universidad de Iowa y pregunten sobre el historial mental y de comportamiento del paciente.*

Pausando momentáneamente en esta situación, el Dr. Suarez dice.

—*Existe la remota posibilidad de que este paciente sea...*

Detiene su frase y redirige...

—*esperen, creo que mejor confirmo mi sospecha.*

En el fondo se oyen ciertos comentarios sarcásticos.

Julie. —*Bueno, parece que no vamos a tener chicharrón ni carnitas. El paciente se resiste al proceso.*

Sam [un poco preocupado] interviene preguntando acerca de las actividades de los espíritus en este proceso.

Dr. Suárez. —*Julie, guarde sus comentarios y convoque a Víctor y Sergio a una sesión espiritual cerrada con Sam, y yo; ahora mismo.*

El Doctor Wells dirige una reunión de emergencia improvisada y pregunta lo siguiente en el lado de la audiencia operativa. Moisés permanece en la sala de procedimientos, comunicando a través de un sistema de megafonía interno con el equipo exterior.

Dr. Wells. —*En nuestra sesión anterior en la plataforma de salida, ¿Recuerdan algún espíritu que estuviese programado para entrar en un cerdo? Moisés, Víctor, Rex y Sergio, han estado trabajando en el contacto espiritual, la comunicación y el recuerdo de experiencias pasadas.*

Sergio. —*Sí, Dr. Wells, recuerdo vagamente que había un espíritu no tan entusiasta con su misión en la tierra. Parece que esto es Bochar comisionado para entrar en un cerdo, pero su partida se retrasó por varios años. Propongo que hagamos una sesión para confirmar esta tesis.*

Los cuatro espíritus acordaron pasar la prueba de radio-caleidoscópica y de conexión inter dimensional. Ellos ya han hecho eso antes.

Dr. Wells. *–Moisés, me tomé la libertad de instalar el equipo de dispersión de luz. Debemos establecer por qué el cerdo; quiero decir Bochar resiste el experimento.*

La audiencia ve imágenes de esa persecución del paciente en la sala de cirugía durante un tiempo con resultados tremendos, caóticos y destructivos, pero con acciones humorísticas y risibles. Al final y por alguna razón el cerdo no se resistió más, y lo trajeron de regreso al laboratorio. Rex ha configurado una máquina EEG modificada; las ondas cerebrales de un cerdo no son lo mismo que las ondas cerebrales humanas.[xxix] Esto puede ser una dificultad. Rex comenzó a hablar con el paciente. El paciente estaba tranquilo y cooperando voluntariamente con las pruebas. Entonces, ellos reanudan el experimento.

Dr. Wells. *–Bochar, si oyes mueva tu cola, y cuando preguntemos algo si estás de acuerdo mueve la oreja derecha. Si no estás de acuerdo, mueve la oreja izquierda. Si no te gusta lo que oyes chilla, y si te gusta simplemente inclina la cabeza. Te llamaremos Bochar de aquí en adelante.*

Moisés. *–Bochar, podes oírnos.*

Bochar no respondió, pero mueve sus grandes ojos, asustado y sorprendido.

Dr. Wells. *–Operador, aumente la intensidad del haz de onda Beta en 0.1 hercios, y reenfoque.*

Moisés. –Bochar, ¿me oyes?

Por segunda vez, el sujeto no respondió.

Dr. Wells. *–Operador, disminuya la intensidad del haz Delta en 0.5 hercios, y reenfoque.*

Moisés. *–Bochar, podes oírnos.*

Para el tercer intento, el sujeto no respondió.

Dr. Wells. *–Operador, disminuya la intensidad del haz Delta otros 1 hercios, y vuelva a enfocar.*

El operador principal. *–Dr. sí aumentamos la frecuencia saldrá del rango de frecuencia de recepción paciente-espíritu. Sin embargo, mantendré la transmisión dentro de las ondas cerebrales.*

Después de un par de minutos. Un poco desconsolado el Dr. Wells comprende que la conexión con Bochar no fue posible, y dice.

Dr. Wells. *–Lo siento amigos; parece que hemos fallado nuestro experimento. No hay razón para continuar. Retire las conexiones y suelten al paciente. Aborten el experimento.*

El personal y la enfermera comienzan la descontinuación cuando Rex habla.

Rex. *–Esperen, esperen. El sujeto está respondiendo: el paciente movió la cola. El paciente está rojo, se vuelve frío y azul. ¿Vieron eso?*

Nadie respondió. –Miraron hacia abajo tristes y decepcionados.

Todos están sorprendidos de ver lo que está pasando, la transfiguración de Bochar. Un aura de color verde eléctrico aparece alrededor del cuerpo de Bochar.

Dr. Wells. *–Operadores, mantengan la última frecuencia y mantengan la transmisión en marcha.*

Moisés. *–Bochar, podes oírnos.*

Toma un minuto, la frustración y la desesperación se suman, pero Bochar mueve su cola. Las luces del teatro se apagan y un rayo le pega al cerdo. Las luces golpean el suelo del laboratorio. En la oscuridad se enciende la parte trasera derecha del escenario. Se forma un halo verde alrededor del cuerpo del paciente. Una imagen fantasmal aparece lentamente en la pantalla y salta en la pantalla haciendo que los sonidos extraños luzcan como si vienen de arriba, inaudibles para los seres humanos y los espíritus, los pensamientos o la voz no es clara, y continúa. Poco a poco se aclaran las palabras. Esta situación dura como 3 minutos.

Moisés. *–Rex, no apaguen el rayo, déjenlo encendido. Denle tiempo a la imagen para sincronizar con este canal de frecuencia transmisible.*

Dr. Martin. *–Voy a mantener el proyector difusor de luz en marcha, Moisés, entiendo lo que estás pensando.*

Moisés. *–Mantenga la transmisión estable, estable, estable... aumenten la onda Delta 0.2 hercios... manténgala firme.*

Bochar aparentemente está pasando por un trance extraño. Después de casi 4 minutos los sonidos guturales fantasmales continúan llenando el espacio del teatro. Después de eso, finalmente, una voz viene clara desde arriba; una voz oscura y profunda, agrietada, metálica.

Bochar. —*Hermanos espíritus, me vi forzado a salir de mi cuerpo para evitar que cometieran un acto de violencia repugnante. No debieron intentar usarme para sus experimentos; ustedes no deben intentar hacer carnitas-burritos o carne de cerdo de mi materia. Luché para salir de mi cuerpo para comunicarme con ustedes; pero ahora el problema es que no hay manera de que vuelva al cuerpo del cerdo. Salí y me fui. Pronto cruzaré los límites inter dimensionales de regreso a la dimensión de los espíritus. Estoy haciendo esto por mi cuenta. Ninguno de ustedes es, de hecho, responsable de mi abrupto regreso; fue mi decisión. Después de que me vaya, pueden deshacerse de mi cuerpo de cerdo para hacer tamales, tocino, jamón, o lo que quieran; ustedes pueden tener una fiesta con mis carnitas. Ya no puedo usar ese cuerpo. Mi misión ha terminado, voy a volver a la dimensión espiritual. Entonces, adelante hagan sus preguntas, rápidamente; sólo tengo el tiempo suficiente para responder a unas cuantas, de prisa, por favor.*

Moisés. —*Bochar, ¿Recuerdas nuestra conversación en la estación de salida antes de que entrar en algunos casos de regreso?*

Bochar. —*Sí, ustedes hicieron un chiste de mi alojamiento en el cerebro de un cerdo. Supongo que mi misión era complementar y apoyar su misión. Ahora entiendo por qué esperé varios años antes de entrar hace ocho meses terrenales. Tengo que irme, ahora, los veré cuando vuelvan. Traten de contactarme una vez que llegue al otro lado. Disfruten de su estancia en el planeta Tierra, porque yo aprendí bastante.*

La imagen en las pantallas se apaga. Rex detiene el experimento para apagar todo el equipo y las luces. Este episodio fue grabado para su análisis posterior.

Guía. —*Este fenómeno no es anormal, de hecho; es sólo que las condiciones y circunstancias para integrarse a una criatura viva inferior no es lo mismo que una integración en un cuerpo humano que tiene una estructura cerebral desarrollada más alta. Le pido a Trues y Stacey que lo expliquen más.*

Trues entra caminando en su estilo de cadete militar único, y dice.

Trues. –*El ciclo de vida después de la integración de un espíritu en una criatura viviente inferior es un proceso normal. Es más simple. Su estructura cerebral es simple, y su extensión de capacidad mental es para las funciones básicas de la vida, a pesar de que tienen intuición e instinto de preservación. También tienen miedos y se asustan. Pero no piensan ni razonan como los humanos.*

Stacey. –*Hay categorías de seres vivos, como se registra y o se explica en los escritos biológicos terrenales, desde una sola célula hasta animales más complejos como un león, un caballo o un cerdo, que es este caso en mano. El "ciclo de vida" de una criatura viviente sólo tiene estas tres funciones, entrar, vivir y morir. No hay vida compleja en el medio. Viven con sensaciones y/o instintos fundamentales.*[xxxii]

Guía. –*Lo que sucedió aquí es que la acción de Bochar ejemplifica las consecuencias de matar a una criatura de inteligencia inferior. Los seres humanos intervienen en el proceso natural del ciclo de vida de una criatura inferior. Hay una liberación abrupta de sus almas porque no hay ningún procedimiento para la separación instantánea, y sus espíritus pierden sensibilidad a ciertas frecuencias que promueven su desarrollo. Puede tomar tiempo en restablecer los sensores en la mente del espíritu para la aventura posterior, especialmente en un cuerpo humano. Pero la conexión alma-cuerpo se rompe, sus funciones cerebrales se descomponen rápidamente hasta el punto de que sus almas no pueden reingresar en sus cuerpos.*

Dr. Suárez. –*Entendemos y estamos conscientes del resultado de este ejercicio. Sí, hay comunicación entre las almas y las mentes de criaturas inteligentes inferiores con las almas y mentes humanas. Por ejemplo, el amor y el afecto de los perros hacia los humanos. Por cierto, no es por la comida que le den al canino, sino por el sentimiento de apego, o cariño, que el perro siente por su amo. El alma del perro cuida y protege a su amo hasta la muerte.*

Secuencias fundamentales

Les puedo decir, como alma, en favor de los humanos que debido a la ley de causa y efecto de la vida en la existencia sigue un proceso hacia adelante ya establecido. Los espíritus entienden ese proceso. La existencia y el universo entero siguen ese patrón. No se puede cambiar; se debe a la transformación de los estados de la materia. La vida material tiene su inicio y tiene su final. El curso es lógico, la vida se mueve en una, y solo una, dirección, que es el balance del nivel de energía en la materia. Y la energía fluye de las condiciones energéticas de mayor a menor densidad. No es que el contenido del universo, energía y materia, este en balance. Ciertamente como el principio de los vasos comunicantes que al final el líquido en los vasos comunicados logra un mismo nivel. Recordemos que el espíritu de la existencia es su energía y el universo es la materia, tangible y visible. Ese es el estado de satisfacción, conformidad y gratitud. Ese es el estado estable en el orden de armonía de la existencia. En ese estado las cosas y los seres vivientes gasta lo mínimo de su energía en el proceso de vida. En la existencia hay procesos reversibles y procesos irreversibles. El proceso de la vida en la existencia es irreversible, incluyendo la vida del universo. Veamos, ya regresa la guía.

Guía. *–Después de haber terminado este contacto con Bochar; Él pasó a la dimensión espiritual. Por lo tanto, podemos continuar con el resto de la presentación de Sam de la Conectividad Espíritu-Materia, Inter dimensional, CEMI.*

El experimento de la descomposición caleidoscópica de la luz es un procedimiento simple. La luz dispersa a través del cristal (este extraño efecto caleidoscópico) crea imágenes aleatorias y coloridas que actúan como fuerte atracción del pensamiento, induciendo la imaginación a centrarse en imágenes amorfas. Estas imágenes inducen al cerebro a producir ondas Delta óptimas, mientras se reducen las otras ondas. El resultado es que la mente bloquea su conciencia de la existencia en el entorno de su cuerpo material, que a su vez relaja el ego, aliviando el camino para un estado subconsciente y o inconsciente. Un generador de frecuencias, a nivel de las cinco ondas cerebrales, transmite voces a bajas frecuencias de radio que las mentes de los espíritus pueden sintonizar. El transmisor-receptor es un equipo Electro-Encefalograma, EEG, modificado. El objetivo es transmitir pensamientos o voces que los espíritus puedan capturar, decodificar y responder con sus señales. El dispositivo no captura el alma o su mente, sino que captura su atención y concentración en la imaginación –el estado que producen las imágenes–. En el escenario, el tubo del proyector está colocado detrás de la pantalla, invisible al público. El tubo tiene tres cámaras en la parte delantera, que giran en dirección opuesta. Están llenas de cristales o prismas de color sueltos y las cámaras rotan libremente. Una intensa luz blanca brilla en la parte delantera del cristal de la primera cámara de cristal. Los cristales refractan la luz y mientras giran hacia adelante o hacia atrás crean imágenes caleidoscópicas. El dispositivo proyecta estas imágenes en una pantalla de 8 pies de alto de 10 pies de ancho colocada al fondo del escenario. Esta pantalla se instalada aproximadamente cinco pies sobre el piso en el centro del escenario. Los médiums se sientan en fila (paralela a la pantalla) en el centro del escenario medio, frente a la pantalla. Los pacientes usan un casco construido para transmitir, recibir y ajustar las cinco frecuencias cerebrales. [46] Los pacientes ven las imágenes sin pensar en nada, con una mente en blanco. El sistema tiene un conjunto de micrófonos para hablar con los pacientes a través de sus auriculares. Por lo tanto, pueden recibir mensajes y o preguntas y responder a través de sus audio-micrófono. [47] Música transcendente, suave, relajante y de bajo volumen, suena de fondo.

Sam. –*Audiencia, los efectos caleidoscópicos también puede inducir sus mentes. Pero no tengan miedo; hay varios espíritus entre vosotros que pueden regresarlos cuando sea necesario. Por favor, concéntrense en lo que está pasando en el escenario. A medida que los espíritus se separen de sus cuerpos, sus mentes aparecerán en las pantallas de las ventanas en el escenario.*

Un resplandor azul verdoso aparece alrededor de las siluetas de los cuatro pacientes, Víctor, Rex, Sergio y Moisés se concentran en la pantalla. La luz del escenario se atenúa lenta y gradualmente,

---

[46] Leer el número de nota al final xxix (Ondas de funcionamiento del cerebro)
[47] Lea sobre el efecto de las ondas gamma en esta misma nota final.

mientras que el resplandor alrededor de los sujetos se vuelve más intenso. El escenario se oscurece. Se oye un sonido agudo.

Dr. Wells. –*Los sujetos responden a los estímulos y se subliman al espacio. Aún no están fuera de sus cuerpos. Sus mentes aún pueden estar conectadas a sus cuerpos. Los espíritus permanecen siempre conectados a sus cuerpos, incluso en una experiencia de fuera del cuerpo; es sólo que son libres de viajar en el tiempo y el espacio cuando se separan de sus cuerpos.*

La luz verde que brilla alrededor de los sujetos es intensa y luego las luces del escenario se apagan, y la luz verde se vuelve gris, más oscura y más oscura, las luces vienen en la parte delantera del escenario y veo cuatro nubes de humo que se elevan desde el suelo y desaparecen. El cuerpo de los cuatro invitados permanece en su asiento con la cabeza baja. En ese momento, cuatro siluetas aparecen detrás de las sillas y los cuerpos sentados. Dicen sus nombres en voz distorsionada-de izquierda a derecha se alinean frente a la audiencia.

Pantalla frontal izquierda, soy Víctor Richland.

Pantalla frontal derecha, soy Moisés Suarez.

Pantalla trasera izquierda, soy Rex Martin.

Pantalla trasera derecha, soy Sergio Maltés.

En unísono dicen, *estamos en forma de espíritu.* Cuatro espíritus en forma de mujeres caminan en fila, cada uno toma una silla y empujan los cuerpos al fondo del escenario que permanece oscuro. Las mentes de los cuatro espíritus aparecen como imágenes de en las pantallas. Están listos para narrar la secuencia fundamental de los acontecimientos que los traen al momento actual.

Secuencias individuales[xxxi]

Sam. –*Si el público piensa una pregunta con respecto a esta obra, esta aparecerá en cualquiera de las dos pantallas frontales.*

Las pantallas frontales se apagan, la pantalla trasera-izquierda en el escenario mostrarán las preguntas y la pantalla trasera-derecha mostrará la respuesta del espíritu. Los cuatro espíritus explican el camino, las actividades y los eventos, empezando por Moisés.

Moisés. –*Mi secuencia es directa, (1) Deseaba encontrar una manera de ayudar a mi familia, (2) deseaba ir donde mi tía Isa, (3)* *escuché la conversación del traficante, (4) los traficantes me secuestraron, (5) me enviaron a USA., (6) conocí a Sergio en el autobús, (7) crucé la frontera; Fui capturado en San Isidro–encontré a mi tía Isabel, (8) Conocí al Sr. Clark; litigó mi asilo en los Estados Unidos, (9) obtuve un PHD en Radiología en UCLA, (10) conocí al Dr. Rex Martin, (11) conocí a Víctor Richland, y (12) conocí a Sam Wells. No lo confirme, pero oí que El Sapo ordenó matarme si les daba problemas, después de que me secuestraron. Así que calle por un tiempo. Pero dije que me quemaron una cicatriz en el brazo, una pequeña x, que significa para órganos. No sé qué me habría pasado si hubiera ido con Santiago, el hombre esperando en el "Pollos Fritos Kentucky." Siempre pensé que los espíritus me estaban guardando para algo que tenía que hacer en el futuro. Mira. Siempre anhele venir a USA. y encontrar a mi tía; siento que alguien hizo el camino o paso para venir, cruzar la frontera y encontrar a mi tía. La encontré, pero supongo que mi misión aún no ha terminado.*

Otra pregunta de la audiencia. Esta pregunta es para Sergio:

–¿Cómo es que la gente del Cártel no te mató, y cómo terminaste en USA?

Sergio. *–Esa es una gran pregunta incluso para mí. Antes de mi secuestro, viví mis años de infancia con miedo, en Arriaga, porque había oído muchas de las actividades del Cártel, secuestrando a los niños para tráfico de órganos, y soñaba que me estaban destrozando, arrancando mis riñones. Ellos me secuestraron en la calle una noche, y me quitaron uno de mis riñones, y me enviaron a USA para desaparecer me. Durante muchos momentos dudé de que Dios estuviera allí para los pobres, pero seguía pensando que el amor y la esperanza están a nuestro alrededor, siempre, salvándonos. Nunca pensé en venir a América, esa idea no era mi propósito. Recuerdo mis conversaciones con Pedro y Pablo; Solía decir que era demasiado difícil pagar lo que el 'coyote' pedía para el viaje a USA. Después de que extrajeron mi riñón, ellos trataron de matarme varias veces, pero algo siempre aparecía para salvarme. Me di cuenta de que alguien me estaba cuidando por alguna misteriosa razón. Después de que tomaron uno de mis riñones, la gente del cártel no tenía otra opción, no podían dejar que volviera a mi familia; por lo tanto, o me mataban o me desaparecían en algún lugar; muy lejos, trataron de asesinarme. Mis ángeles guardianes me protegieron o me salvaron por algo que no* *sabía en ese momento. No tengo otra explicación. Las secuencias de los acontecimientos inevitablemente me alejaron de mi ciudad natal, y el camino es (1) soñé que el Cártel me secuestró, (2) los traficantes me secuestraron, (3) me quitaron uno de mis riñones, (4) no me mataron, pero me enviaron a USA, (5) Conocí a Moisés en un autobús de una caravana de emigrantes, (6), Crucé la frontera; el oficial Suárez no me mató en San Isidro, (7) obtuve asilo en Estados Unidos gracias al oficial Suárez, (8) conocí a Ted Clark, (9) conocí a Rex, (10) conocí a Víctor (11) conocí a Sam. Aun no veo claramente los resultados finales de mi misión en la tierra.*

Otra pregunta de la audiencia. Esta pregunta es para la señora Isabel Clark, a pesar de que ella no está en el panel.

—Tu vida también ha sido mucho más fácil que la de Moisés y Sergio; pero no es como la de Rex o Víctor; ¿Cuándo te diste cuenta o te percataste de tu ansia de salir de Santa Tecla?

Isabel. *—No entendía por qué me obsesioné con mi idea de venir a California alrededor de 1990. No tenía ninguna razón válida, pero no podía quitármela de la cabeza, tenía que irme. Cuando vine aquí, tuve otra necesidad de prepararme, y estudié procesos criminales y psicología — me gradué en menos de lo que el pensum académico demanda. Tuve un buen trabajo, pero mi anhelo de ser policía me llevó a dejar mi trabajo, y mi carrera en derecho penal, e inscribirme en la academia de policía y me asignaron a la fuerza de patrulla fronteriza. ¿Por qué la patrulla fronteriza? No tenía sentido en ese momento. No sé qué fuerzas me arrastraban a esa carrera. La secuencia de eventos no estaba bajo mi control y obviamente no eran intencionalmente dirigidos a esperar la llegada de Moisés. Estoy segura de que todo fue arreglado y guiado para los resultados finales que ahora conocemos. Estoy segura de que mi deseo de venir a los Estados Unidos tenía el propósito de prepararme para lo que vendría después. No tengo ninguna duda de que mi espíritu y los espíritus que me rodean tuvieron algo que ver con el objetivo de este plan. La perfección de este plan es impresionante, se define a un segundo de tiempo, de modo que, si hubiera retrasado mi compromiso en la frontera, habría perdido los eventos cerca de aquella casa verde. Con lo que sé ahora, puedo decir que mi prisa por venir a USA y estudiar una carrera e inscribirme en la fuerza de patrulla fronteriza, tenía un solo* *propósito: necesitaba estar lista para cuando Moisés llegara a este país. Los acontecimientos a lo largo de mi camino calzan así, (1) nació Moisés: vi la miseria de nuestras vidas en Santa Tecla, El Salvador, (2) Decidí venir a Estados Unidos como inmigrante ilegal en 1992, (3) la amnistía de la sección 245 me permitió pasar ser legal, (4) Estudié psicología y derecho penal, (5) me inscribí en la fuerza de la patrulla fronteriza, (6) Conocí a Ted Clark, (7) Capturé Moisés y a Sergio en San Isidro, en 2001, (8) Le pedí a Ted que buscara asilo para los chicos, (9) Me casé con Ted Clark, (10) conocí a Rex Martin, (11) conocí a Víctor, y (12) conocí a Sam. Los últimos resultados, todos los sabemos ahora.*

Otra pregunta de la audiencia. Esta pregunta es para el Sr. Ted Clark, aunque tampoco esté en el panel.

—¿Cuál cree que es su papel en toda esta cadena de eventos?

Ted Clark. *—Creo que todo sucede por una razón, incluso cuando lo que sucede nos duele mucho. Cuando mi esposa murió en un accidente automovilístico, decidí mudarme a California del Sur. Tres meses después de que llegué, conocí a una joven oficial de policía en un caso de inmigración legal. Ella devolvió mi deseo de vivir de nuevo. Fui tímido durante varios años y nunca le dije nada. Sólo era un buen amigo de ella. Nos veíamos con frecuencia durante los casos de asilo de Moisés y Sergio, y cuando terminé estos casos, le pedí que se casara conmigo; y ella aceptó. En este universo nada sucede o aparece en vano. Mi esposa tuvo que fallecer y Moisés y Sergio tuvieron que venir a USA para casarme con Isabel. Así es como nuestros espíritus entraron en contacto y se unieron. Y la secuencia es clara, (1) mi esposa muere, (2) me muevo a California del Sur, (3) conocí a Isabel, (4) los chicos cruzan la frontera, (5) Isabel me pidió que tomara sus casos de asilo, y (6) conocí a los chicos, Moisés y Sergio, (7) me case con Isabel, (8) conocí a Rex, (9) conocí a Víctor, (10) conocí a Sam. Y aquí estamos todos juntos, los espíritus que salieron de la estación de salida en la dimensión espiritual, hace algún tiempo. Estos eventos son como nudos en el tejido de una red de pesca, pero el objetivo de un espíritu se coordina con el propósito u objetivo de todo el grupo de espíritus.*

Otra pregunta de la audiencia. Esta pregunta es para Rex.

—Tu vida también ha sido mucho más fácil que la de Moisés y Sergio; es como la de Víctor; ¿Cuándo te diste cuenta o te enteraste de la necesidad de encontrar tus espíritus compañeros?

Rex. *—Parecía que mi espíritu era el menos conectado con los otros espíritus en este grupo, pero la secuencia de los eventos despertó mi curiosidad de por qué ciertos eventos suceden de la manera en que lo hacen. Por ejemplo, mi madre y mi padre. eran ricos y vivían en Beverly Hill, California. Pero mi camino cambió, por alguna razón, cuando mi madre escapó a Henderson, Nevada, asistida por el contador familiar. Parece que las fuerzas crearon la situación para que tomara un camino convergente con los caminos de los otros espíritus del grupo. Ahora sé que los libros financieros de mi padre mostraban grandes sumas de dinero para gastos atribuidos a las compras de mi madre que ella alegó que no hizo. La cadena de eventos está clara, escapó con el contador, pero el detective de mi padre encontró adónde fueron. Mi padre fue a buscarla, se enteró de que iba a tener un bebé, y supuso que no era suyo. Ya conocen el resto de la historia. Este incidente cambió el curso de mi vida a otra secuencia diferente de la que habría tenido si mis padres no hubieran tenido desacuerdos familiares. Me alegro, sin embargo, de haber encontrado al grupo de espíritus que vinieron conmigo a la tierra. La secuencia de mi camino fue así, (1) Jeff, el contador, toma grandes cantidades de dinero de los bancos de mi padre y las asigna a compras de mi mamá. (2) mis padres argumentan y se disgustan, (3) mi madre decide dejar a mi padre, aconsejada por el contador, (4) mi madre escapó a Henderson, Nevada, después de discutir con mi padre, (5) nací en Henderson, (6) mi padre y mi madre mueren, (7)   me mude o regrese a la casa de mis padres en Beverly Hill, California, (8) conocí a Sam en la Universidad, (9) Conocí a Víctor que me pidió que tratara su enfermedad, (10) conocí a Moisés como socio del equipo de tratamiento médico de Víctor, (11) conocí a Ted e Isabel a través de Moisés, y (12) conocí a Sergio.*

Otra pregunta de la audiencia. Esta pregunta es para Víctor.

—Tu vida ha sido más fácil que la de Moisés y Sergio, pero ¿Cuándo te diste cuenta de tu afinidad espiritual con los demás?

Víctor. *—No pensé que hubiere espíritus compañeros esperándome o buscándome. Mi vida era demasiado complicada para pensar en estos* *temas. Cuando me enteré de mi enfermedad y necesité buscar atención médica especializada, descubrí que un investigador avanzado estaba en California. No me gustaba dejar Nueva York por ninguna parte del mundo, menos aún California. Las condiciones y las circunstancias me obligaron a ir allí. Era como si el destino no me dejara otra opción. Rex Martin, un patólogo, especialista en enfermedades raras. Más tarde, conocí al Dr. Moisés Suárez, un investigador científico de radiología. Cuando conocí a Sergio y Moisés, sentí que los conocía durante mucho, mucho tiempo. Ahora sé que el Dr. Martin y Suárez son espíritus compañeros comprometidos a buscar mi espíritu, tal como el mío se comprometió a encontrar el suyo y otros espíritus en este grupo, en la tierra de cualquier manera material y o espiritual posible. Le debo mi vida material a Rex y Moisés–gracias Dr. Martin y Dr. Suárez–. Los acontecimientos de mi camino fueron así, (1) nací en Nueva York, y pierdo a mi hermana gemela y a mi madre al nacer. Creo que este trágico suceso estableció el camino para encontrar a los espíritu-amigos, (2) mi enfermedad se desarrolló, (3) me mudé al California del Sur, (4) conocí al Dr. Rex Martin, (5) conocí al Dr. Suárez, (6) conocí a Ted Clark e Isabel Clark, (7) conocí a Sergio Maltes como abogado, y (8) conocí a Sam, doctor en psicología, especialista en fenómenos paranormales. Realmente creo que acumular riqueza no es el verdadero propósito de la vida, sino hacer que la vida valga la pena vivirla–esa es la realidad.*

Otra pregunta de la audiencia. Esta pregunta es para el Dr. Wells Su espíritu viajó solo por un tiempo.

–¿Cuándo se unió al grupo?

Dr. Wells. *–Mi participación parece ser de espera, como esperando a que me llamaran cuando me necesitaran. Sentí fuertes atracciones a sus espíritus. Debido a mi investigación sobre el comportamiento de los espíritus y los encuentros, pensé y confirmé que eran espíritus compañeros. Mi camino es este, (1) nací en California, (2) estudié en la USC, (3) ahí en la Universidad conocí a Rex Martin –mi primer encuentro–, (4) Recibí a Rex después de su encuentro con Víctor, (5) conocí a Moisés unos días más tarde, (6) conocí a Ted e Isabel, (7) Conocí a Sergio, y finalmente (8) conocí a Víctor. ¿Soy parte de este grupo de espíritus? Digo que sí por las fuertes atracciones del interés común en un tema que amo. Si miro la configuración de su esfera de grupo digo, el grupo* *necesitaba mi conocimiento y experiencia para resolver y confirmar sus identidades espirituales. Todos somos espíritus compatibles en esta misión. Les agradezco a todos su atención e interés en el tema de los espíritus.*

Los cuatro espíritus volverán a sus cuerpos en un momento.

Esta sesión ha terminado.

Bueno, no ha terminado para mí, aún no. El reencuentro de los espíritus no es nada que los seres humanos puedan controlar, prevenir y bloquear. Es un evento que resulta como consecuencia de una cadena anterior de eventos. La intención y propósito se pinta con los resultados secuenciales de una o más cadenas de decisiones y o acciones que se unen. Debo aclarar algo. Las imágenes caleidoscópicas que vimos en la pantalla parecen no ser empatronadas, pero lo son. Es como la dimensión de los espíritus. El comportamiento de los espíritus no sigue ningún patrón, pero es altamente organizado y tienen una intención. Las cinco ondas cerebrales es un gran descubrimiento humano. Tal vez, trabajan más en estos y encuentran una manera de controlar la transmisión y recepción de los mismos. Debido a que la mente del alma es un elemento espiritual, podemos decir que nos comunicamos de espíritu a espíritu. Los humanos no están muy lejos de descubrir las reglas de la telepatía. Y finalmente, la secuencia demostrada es una consecuencia de la ley de causa y efecto: las intenciones de los espíritus.

CAPÍTULO 7

Experiencias de los Espíritus

Abstracto

Tenemos dentro del cuerpo un alma representando al espíritu; una mente estructurada con dos componentes: el ego y la conciencia. Pensamos, tomamos decisiones y realizamos acciones todos los días. Imaginamos objetos y temas y situaciones. Tenemos emociones y sentimientos; tenemos ilusiones e inspiraciones; y todo lo que viene de nuestra mente, es de nuestra alma o espíritu. Nuestra mente es una función intangible; es invisible; es una fuerza. Por lo tanto, si dejamos a un lado nuestras acciones físicas, todas esas otras funciones no son materiales; son del espíritu que llevamos dentro. El alma que impulsa a nuestro ser mientras vivimos, nos deja cuando fallecemos. Estas son nuestras experiencias con los espíritus, o, mejor dicho, estas son las experiencias de nuestros espíritus dentro de nuestros cuerpos humanos. Sin alma y mente, los seres humanos somos como cualquier otro animal o criaturas inferiores o de escasa inteligencia; somos justamente sólo animales instintivos.

Reflexiones

Guía: *—Los espíritus pueden viajar en tiempo y abrir la omnisciencia. Sabemos que los seres humanos llevan un espíritu dentro de su ser interior. También sabemos que los espíritus en los seres humanos tienen* *atributos o habilidades de alcances limitados, así como, acceso limitado a la omnisciencia. También sabemos que nuestra mente piensa, razona o medita; sin embargo, el ego elige, decide y actúa en esta dimensión material. Los espíritus de nuestros cuatro invitados todavía están en un estado fuera del cuerpo; pero pronto volverán a entrar en sus cuerpos para asumir de nuevo sus funciones en la tierra. Por lo tanto, pongamos a prueba a nuestros invitados para que sean testigos de lo que saben más allá de su conciencia material; es decir, antes de que nacieran. Por favor, hagan sus preguntas con su pensamiento.*

Los cuatro espíritus se sientan al fondo del escenario en sus sillas-semi visibles para el público. La parte de atrás del escenario está en un crepúsculo natural. Primera pregunta de la audiencia. Esta pregunta es para Víctor.

—¿Puede decirnos lo que pasó antes o en su nacimiento?

Víctor se levanta y flota sobre su silla.

Víctor. *—Primero, me veo flotando a la deriva en el tiempo, rápidamente. Estoy en Manhattan, Nueva York, en 1991. Dos enfermeras junto a una camilla con ruedas esperan que aterrice un helicóptero en la cima de un rascacielos. Corren debajo y descargan a una mujer en esa camilla y corren hacia la puerta de un ascensor. Es mi madre que esta de parto, y mi padre autoritario se hace cargo, dando instrucciones y órdenes, como de costumbre. La puerta se abre y entran. El ascensor baja al quinto piso. En la sala de partos, veo al bebé en el vientre de mi madre. La doctora Gentile y enfermeras tienen problemas; el bebé esta atravesado y no puede alinear su cuerpo para salir normalmente. Mi madre y el bebé, están preocupados y asustados, y transmiten señales pidiendo auxilio. Un espíritu capta estas señales, ve la situación y se prepara para actuar. Otro espíritu cercano recoge las señales, y se apresura a ayudar, conectando con el primer espíritu. Ambos espíritus saben qué hacer y siguen adelante sin vacilaciones. Los espíritus no pueden asir ni tomar la materia, pero sus haces de energía estimulan al bebé a girar y alinearse en el tubo de salida; con una serie de pequeñas contracciones el bebé sale. Martha, la enfermera, llama a la Dra. Gentile que toma al bebé y completa el procedimiento. Los humanos de afuera llaman a este resultado un milagro, pero no lo es. Es una actividad regular de la misión espiritual. Ese espíritu que vino a ayudar es un espíritu socorrista.*

Mi misión en la tierra se salvó, de lo contrario habría regresado a mi punto de origen en el espíritu universal. Escuché la señal de socorro de mi madre, pero al mismo tiempo acepta cambiar su existencia material por la del bebé. El espíritu socorrista y yo procedimos a salvar al bebé. Por cierto, cualquier espíritu puede ser un espíritu que ayuda, el más cercano al punto de angustia.

Esta pregunta es para Moisés.

—¿Puede decirnos qué pasó en su nacimiento?

Moisés [recuerda]. *—Mi situación al nacer es muy diferente a la de Víctor. Mi familia es pobre y no tiene más recursos que los que la naturaleza proporciona. Mi madre está sufriendo de dolor intenso y mi abuela corre desesperadamente y ordena otras varias tareas. Esperanza, la partera, suda, ayudando a mi madre en el parto del bebé(yo). Mi nacimiento termina sin problemas; gracias a Esperanza, la partera, por entregar al bebé en esta dimensión material. Mi tía Isabel, se sienta fuera de la habitación, pensando. La gente pobre se queja de sus miserables condiciones y situaciones. La gente vive por la gracia del espíritu global, aquí, y hacen lo que pueden con lo que tienen cada minuto para sobrevivir. Escucho a mi tía, Isabel, pensando en cómo podía salir de la pobreza, ser alguien en posición de ayudar a su familia. Oigo su decisión de dirigirse a América. El bebé llora a pulmones abiertos. Mi madre está sin trabajo, cuidando al bebé, y mi abuela trabaja lavando y planchando ropa para gente rica. Mi abuelo fabrica sombreros de paja y hamacas. Todo eso sólo para sobrevivir. Mi tía Isabel me chinea y me cambia de pañales varias veces. Ella se marcha sin decírselo a nadie meses después de que yo naciera. Los pobres se comportan de acuerdo con sus condiciones y circunstancias empobrecidas, sufriendo consecuencias de las mismas. Los pobres dependen de la misericordia de universo que los libera del daño y o del mal; y humildemente piden la ración diaria de los suministros. La gente pobre de ese vecindario vive sola, pero no por su elección. Nací entre ellos; No tenía nada que decir sobre este evento, pero veo las diferencias y la injusticia. Entiendo, ahora, que las injusticias no vienen de la existencia ni del universo, estas vienen de los mismos humanos que crean las grandes brechas sociales. Personas poderosas como las del cártel y el gobierno, abusan de la gente en sus países; y los ricos conspiran para mantener a la gente en la pobreza y la ignorancia, o cerca de eso, porque es más fácil* *para ellos manipular a la gente pobre, mientras ganan mayor riqueza, fama y o poder. Veo mucha gente y familias asustadas y escondiéndose.*

Esta pregunta es para Rex.

—¿Díganos qué pasó en su nacimiento?

Rex. *—Soy un individuo afortunado después de todo; Tuve suerte desde antes de mi nacimiento. Empecé mi viaje con eventos horribles. Jim y Ryan están en un casino; Ryan va a cambiar su cupón por dinero, y el cajero quien tiene problemas con el sistema, atrasa a Ryan; son casi las 2:00 am. La situación es crítica. Un espíritu socorrista captura la señal de auxilio de Vicky, y este espíritu transmite su energía sobre Jim, podría haber sido cualquier otra persona en todo caso. Jim siente la necesidad de ir al vestíbulo del hotel, y camina para esperar en el vestíbulo del hotel. Siente ganas de salir del casino. En el vestíbulo, Jim se sienta en un sofá lejos de la salida, pero luego, un espíritu le hace sentirse inquieto y Jim se levanta y camina. Jim ve a mi mamá, Vicky Martin, sufriendo en el sofá de otro vestíbulo y siente la necesidad de ayudarla. Mi hermana gemela esta en el vientre materno, y veo su espíritu a la espera en transición. Mi hermana no llega a esta dimensión material, pero su espíritu ilumina al Doctor Spencer para realizar una operación por cesárea para salvarme. Veo y oigo a mi padre, Rocky Martin; él le dice perra estúpida como pudiste engañarme con Jeff —ahora paga por tu estupidez—. Mi padre, dispara y mata a mi madre —Rex traga fuerte y llorando continua— mi padre dice, "ya no tengo nada porque vivir" y se suicida en el hospital.*

Rex tiembla y llora, pero a pesar de su gran dolor continua

—No puedo hacer nada para evitar eso, y sucede; es decisión del humano. Si este evento hubiera sido una hora antes, habría matado a mi madre antes de mi nacimiento. Entonces, oh, la omnisciencia del espíritu global despeja mis dudas; soy el hijo de mi padre, mi madre no tuvo nada que ver con ese hombre. Jeff se aprovechó de la pelea de mi madre con mi padre, manteniéndola en Nevada, contra su voluntad.

Rex se voltea de espalda a la audiencia; obviamente está llorando… [una pausa larga]. Después de un largo rato, esta pegunta es para Sergio.

—¿Díganos qué pasó antes o en su hora de nacimiento?

Sergio. *—Yo prácticamente nací muerto, pero un espíritu socorrista deambulando cerca, recoge las señales de auxilio de Ofelia y Moncha* *y se apresura a ayudar, tal vez, este es el gran valor de orar: aspirando con vehemencia a recibir una ayuda. Veo espíritus trabajando paciente y rápidamente, coordinando sus esfuerzos para salvar al bebé (yo). Quería quedarme y completar mi misión en la tierra. Los seres humanos no entienden estas situaciones, y lo llaman milagros. De hecho, están tan cerca de la imposibilidad que el evento no puede trazar ninguna otra descripción, pero son naturales para la dimensión espiritual. Mi misión era más fuerte que la muerte, y sobrevivo a la prueba. Veo la situación en Arriaga; Veo pobreza y miedo. Tenía que hacer algo al respecto. Yo estaba consciente del control del Cártel de Sinaloa sobre la gente en esa área: los hombres del cártel mantienen a la gente con miedo. La gente pobre sólo piensa en sobrevivir un día a la vez; al igual que en la ciudad de Moisés, Santa Tecla. A pesar de que nosotros, los espíritus, no nos apegamos a condiciones o situaciones específicas; estas condiciones nos molestan porque obstaculizan a nuestra misión.*

Esta pregunta es para la oficial Isabel.

—*¿Qué ve alrededor de la hora del nacimiento de Moisés?*

Isabel. —*No estoy en un estado fuera del cuerpo; pero puedo describir mis premoniciones o presentimientos que provienen de mi alma. El nacimiento de Moisés fue una llamada de atención para mí; hizo que me diera cuenta de que nuestra familia estaba creciendo y la situación financiera estaban empeorando. Pensé que debía hacer algo para ayudar a mi familia. Este bebé me hizo pensar en su futuro, el de mi familia y en el mío. Sentí la necesidad de ir al norte, a USA. Una necesidad que se hacía más y más fuerte cada día. Quería hacerlo por mi cuenta, no ceder a la red del cártel. Así que llegó el momento, y me fui sin decirle a nadie, sólo a mi hermana Juana. Solía escribirle hasta que un día dejé de recibir sus respuestas. Nadie sabía dónde estaba, excepto que estaba en USA. Tenía ganas de prepararme, pero ¿para qué? Yo no estaba segura; Sólo sentía un constante impulso; quería ayudar a mi familia; y fue muy difícil al principio, Ahora, sé la razón, como dice esta historia.*

Avanzando en el tiempo.

Robert and Sexis vuelven al escenario. La guia pide a Roberto continuar el dialogo con el tema de conectividad inter dimensiona espíritu-materia, CIME.

Robert. *—Los humanos saben que sus almas y mentes no tienen poder para ver el futuro. Pero hemos dicho que de acuerdo a la ley de causa y efecto podemos estudiar lo que ha pasado en el pasado reciente y lo que está pasando en el tiempo presente. Con esto es posible establecer tendencias y trayectorias —con bastante certidumbre— de lo que puede pasar en el futuro. La precisión de nuestras predicciones depende solamente en la exactitud del estudio de las condiciones y circunstancias que apoyan el resultado de estas condiciones y circunstancies. Es obvio que los eventos casuales (eventos estocásticos) son imprevistos sobre los cuales no tenemos controles físicos.*

Basado en lo anterior vemos una posibilidad, o necesidad, de desarrollar conectividad inter dimensional espíritu-materia, CIME. inter dimensional

Sexis. *—Por otro lado, es posible que los humanos puedan desarrollar sus funciones telepáticas, asistidos por dispositivos configurados para captar y transmitir por frecuencias privadas los pensamientos humanos. Si esto es posible pronto podemos ver en redes privadas su primer impacto. Puedo ver que la transmisión del pensamiento por canales controlados es de interés militar en Los Estados Unidos, y en otros lugares. No podemos decir que ya se estén realizando experimentos en el área de comunicación inter dimensional, pero vemos para el año 2030 los primeros pasos en este sentido.*

Robert. *—Los espíritus libres —esos espíritus que no están alojados en algún cuerpo de seres vivientes— pueden comunicarse con las almas en los cuerpos humanos. Y las almas puede comunicarse con los espíritus libres, en forma limitada.*

Un contacto voluntario es la oración o la meditación de los humanos. Durante la oración o meditación vehemente, la mente alcanza un estado totalmente desapegado de la influencia de la materia o del materialismo. En este estado, el ego no participa, y está aislado, de estos dos procesos. Debemos enfatizar que el apego a la materia y al materialismo absorbe la capacidad mental a mantener y preservar este apego.

Sexis. *—Por el momento los humanos solo pueden usar su conexión con los espíritus y el espíritu global a través de la meditación y la oración. Pero aun estos dos procesos pueden mejorarse y obtener resultados más eficientes.*

Guia. *—Oigamos que es lo que ven los espíritus en el pasado y futuro de los humanos.*

Víctor (ARIEL12010). —Entrando en la biblioteca de la omnisciencia, veo que se acerca una catástrofe política, que conduce a la restauración del gobierno como lo imaginaron los padres fundadores. Atrapan a Trump en muchas demandas legales y casos y pierde la mayoría de ellos. Trump no tiene un segundo mandato, afectando a su familia inmediata. La democracia y el Estado de derecho sobreviven.

Moisés (KETA). *—Estoy en la estación de salida, 28 años antes del presente con los demás espíritus. Estamos contentos con nuestra misión asignada y deseosos de alojarnos en un cuerpo humano. Nuestra conversación es esperanzadora y optimista y, a veces, humorística. Conocemos el futuro, pero no hablamos de ello; sabemos cuándo volveremos, al igual que un actor en una película u obra teatral conoce el suyo o su guion y sabemos lo que va a pasar, nosotros (espíritus) sabemos lo que viene y todavía jugamos nuestro papel. Sin embargo, cuando entramos en un cuerpo humano, ya no podemos ver el futuro. Al estar fuera del cuerpo, podemos ver resultados en el futuro. Tenemos una larga vida por delante. Mirando al futuro, veo un cambio político en Estados Unidos a partir de las elecciones del 2020 de noviembre. Trump deja la presidencia y enfrenta procedimientos legales como ciudadano privado. Llega un mal momento para la familia de Trump. Rusia sigue intentando conseguir el control del mundo. El Oriente Medio está casi bajo el control de Kremlin. Estados Unidos está ganando la ciberguerra, que se extiende hasta el año 2024. En otros temas, los humanos tendrán la capacidad de comunicarse con los espíritus a finales de 2035. La inteligencia artificial nunca reemplaza las mentes humanas y las funciones cerebrales, pero se convertirá en una fuente de mano de obra barata.*

Rex (TZZS). –*Volviendo en el tiempo, veo a Bochar en la estación de salida molesto porque iba a entrar en un cerdo. Se quedó en la plataforma después de que nos fuimos y finalmente viajó a la Universidad Estatal de Iowa, muchos años más tarde. Él fue a una granja experimental. Debemos tratar de sintonizarlo en nuestras frecuencias. Nosotros, los espíritus, somos estimulados por la energía y las frecuencias de luz. Esas frecuencias que nos impactan más mientras viajamos por la tierra y pueden permanecer con nosotros, en nuestras mentes espirituales, después de dejar la dimensión material. Estas frecuencias pueden aparecer en cualquiera de nuestros próximos ciclos de vida, irreconociblemente a veces. Mirando hacia el futuro, la tecnología para comunicarse con otros espíritus puede ser funcional de forma fiable para el 2040, los soldados estarán usando cascos especiales para comunicarse telepáticamente.*

Sergio (CENIA). –*Estoy en la estación de salida: estamos conversando; y nos comprometemos a buscarnos el uno al otro en la tierra. De hecho, esa fue una figura de pensamiento, como usted dice en la tierra (una figura de hablar) porque los espíritus son energía que no puede ser creada ni destruida. Sin embargo, las frecuencias de pensamientos vehementes, deseos, anhelos y deseos humildes son frecuencias fuertes que penetran y, pueden permanecer, en la mente de nuestro espíritu. Estas frecuencias pueden causar "acción-de-fuerzas" en la dimensión material. En el futuro, veo que la humanidad entrará en un cambio intelectual, inclinándose hacia la fraternidad global ayudada por el avance de las redes sociales. Las instituciones sociales de Silicon Valley, California, lideran la programación inalámbrica integrada de audio y vídeo instantáneo. Los avances ayudarán al desarrollo de dispositivos utilizados en las telecomunicaciones mentales. El gobierno adaptará esta tecnología en los cascos de soldados para su comunicación instantánea, IFC. El mundo estará en constante comunicación debido a dispositivos de comunicación con mayor capacidad y asequibles. Cada persona puede convertirse en reportera de noticias y las personas pueden coordinar sus acciones contra actos represivos, ilegales, violaciones de los derechos humanos que ocurren en cualquier parte de la tierra.*

Encuentros con espíritus

En el Laboratorio privado de Investigación Dr. Wells.

Dr. Wells. —*Pasemos a los fenómenos de encuentros con los espíritus. ¿Son premeditados, espontáneos o aleatorios? Rex originó la investigación, y debo mencionar que Víctor es un paciente de Rex y Moisés. Así que permítanme llamar a Rex para que relate su experiencia.*

Rex. —*Los espíritus se comportan de diferente manera mientras están en los cuerpos humanos que como se comportan en la dimensión espiritual. Los espíritus son parte del espíritu global del universo, y tienden a buscarse unos a otros mientras viajan en la dimensión material. Es decir, se agrupan y viajan juntos debido a que sus vibraciones de pensamientos, sentimientos, penas y anhelos son similares. En nuestro caso, nos comprometimos en la estación de salida a buscarnos el uno al otro en la tierra; y eso aumenta la atracción entre ellos. Al final de mi conferencia para la Asociación Nacional de Investigación Médica de la Universidad de California, Irvine, el año pasado 2017, conocí a Víctor. Antes de conocer a Víctor, recibí una extraña sensación como si algo estuviera a punto de suceder que no podía entender claramente. Cuando vi a Víctor, sentí un profundo estado de felicidad como cuando hayas a un pariente que no has visto en mucho tiempo. Tuve la sensación de que conocía a Víctor por toda la vida; cuando le estreché la mano, una chispa saltó de su mano a mi mano y temblé. Vi sus ojos cuestionado mis pensamientos. ¿Dónde lo he conocido antes? Ahora puedo decir que su enfermedad fue el medio de comunicación que su espíritu siguió para encontrarme y al resto de los espíritus del grupo. Veo que Víctor tendrá una larga vida. Sentí lo mismo cuando conocí a los otros espíritus compañeros.*

Dr. Wells. —*Víctor, ¿cuál fue tu experiencia?*

Víctor. —*Yo no quería venir a California; de hecho, consideré mudarme a Texas o Arizona, mas no a California. Mi experiencia fue como Rex explicó, y sentí la necesidad de compartir mis pensamientos y sentimientos con Rex. Sentí que no tenía secretos con él, sintiéndome seguro y protegido. Cuando vi los ojos de Rex sentí que él sabía lo que yo sabía y sentía lo que sentía, como si él supiera mis experiencias pasadas. Sentí que siempre había compartido mis pensamientos y experiencias con Rex. Fue extraño para mí, sentirme espiritualmente descubierto. Seguí* *pensando en Rex, mi reunión con él, y mis sentimientos, con frecuencia durante unos días después. Confirmé que somos espíritus del mismo grupo que partió y entró en cuerpos humanos casi al mismo tiempo en el año 1990. Esta experiencia de encuentro fue típica para todos los encuentros con mis otros espíritus compañeros.*

Dr. Wells. *–Moisés, ¿Podés compartir tus experiencias con el público?*

Moisés. *–Por supuesto, pero primero permítanme decir que soy radiólogo y parte del equipo del Dr. Rex que estudia el caso clínico de Víctor. En mi trabajo he detectado resplandores verdes, como halos, envolviendo cuerpos humanos; he visto estos resplandores verdes saliendo de un cuerpo humano en una espiral como el humo del cigarrillo, pero no hacia arriba, sino horizontalmente al lado, desapareciendo en una corta distancia. No pude explicar los fenómenos extraños al principio, y durante unos años he estado experimentando con estos extraños resplandores, inclinándome hacia una teoría de que los resplandores son espíritus, o energía espiritual, imbuidos en los cuerpos de seres humanos. Salen del cuerpo humano durante los estados de concentración profunda, estados inducidos de supresión de conciencia material. Nuestros experimentos están dirigidos a reproducir estos estados a voluntad.*

Dr. Wells. *–Moisés, ¿Tenés experiencias personales que le gustaría compartir con la audiencia?*

Moisés. *–Soy un refugiado que vino a América involuntariamente, fui víctima de actos criminales perpetrados por el Cártel de Sinaloa, dirigido por Joaquín (el Chapo) Guzmán en la década de 1990. El Cártel me secuestró con la intención de extraer mi riñón y otros órganos; pensaron que había escuchado una conversación de sus actividades de tráfico humano y de drogas y querían silenciarme. Por alguna razón que no he entendido completamente, no me mataron y al contrario me trajeron a la frontera de Los Estados Unidos. Crucé la frontera ilegalmente, me atraparon. Aprendí en este viaje que parte de la operación es facilitar que los inmigrantes con hijos vengan a la frontera; entonces, al cruzar les arrebatan a sus hijos separándolos de sus padres. Los adultos son deportados a sus países, manteniendo a los niños para el tráfico de personas y órganos. Esta es una vieja operación clandestina que han hecho por décadas.*

Dr. Wells. *–Sergio, por favor levantate.*

Sergio se puso de pie unos segundos y se sentó.

Moisés. —*Sergio subió al autobús como última persona y se sentó a mi lado. Sentí una sensación de seguridad como si estuviera custodiado por guardas personales, y di la vuelta para mirar a Sergio; eso fue cuando nos conocimos. Miré a sus ojos y vi que era una buena persona; alguien en quien podía confiar. Le estreché la mano y sentí una extraña sensación de que el apretón de manos era familiar, o de que habíamos tenido otras aventuras juntos en el pasado de mucho tiempo, ¿cómo podría ser eso? Sólo era un niño de 10 años de otro país. Verdaderamente, pensé que estaba destinado a morir y que nunca llegaría a USA. Nunca supe porque sentía eso.*

Dr. Wells. —*Sergio, por favor, díganos su versión de este encuentro.*

Sergio. —*Sí, por supuesto; la forma en que Moisés lo explicó representa exactamente mi experiencia. Fue extraño, como muchas cosas raras suceden en nuestra vida. No pensé en los espíritus entonces, porque mi mente y mi alma no podían desvincularse del hecho de que la gente del cártel me había secuestrado y había tomado uno de mis riñones para venderlo. Sin embargo, la presencia de Moisés me hizo sentir protegido, de alguna manera, pero no sabía cómo podía ser. También soy un refugiado, un inmigrante ilegal, que vino a USA porque el Cártel de Sinaloa quería enviarme lejos de mi lugar de nacimiento. Escuché al presidente Trump decir que todos los inmigrantes ilegales son criminales, violadores, etc. Eso no es verdad. Trump no puede ver, nunca verá, ni entenderá la profundidad de la pobreza, ni el significado de la vida cuando esa vida es un día a la vez. Trump quiere construir un muro impenetrable para detener a los inmigrantes ilegales, pero pregunto, ¿Puede Trump detener el hambre y o el deseo de sobrevivir? Ese es el punto de la inmigración ilegal. Esta gran nación es una tierra prometida, la libertad del mundo y la salvación de todas las vidas. Al recordar la historia de Estados Unidos, descubrí que la grandeza de esta nación está en la diversidad cultural de sus inmigrantes, que vienen a encontrar mejores oportunidades. Este deseo es lo que hace hincapié en el trabajo, las invenciones, el desarrollo cultural y el progreso económico. California entiende estas pruebas y, por lo tanto, apoya y da la bienvenida a los inmigrantes. Oh, una cosa que olvidé; este es un sueño que con frecuencia tengo. En este sueño alguien* *me persigue con la orden de matarme; pero una mano siempre viene a sacarme del peligro a la seguridad.*

Dr. Wells. *—Gracias Rex, Víctor, Sergio y Moisés sus experiencias son, de hecho, intrigantes y atisbos de la mente. Tomemos un pequeño descanso y volvamos en diez minutos. Ahora puede volver a sus respectivos cuerpos.*

Durante este tiempo la música en el fondo tocó un arreglo instrumental, "Nuestro día vendrá (Our day will come)" cantado por un espíritu en la obra. El panel vuelve, y el Dr. Wells está en el podio. El escenario esta oscuro y la sala del teatro está con iluminación crepuscular. El telón abre, y el arreglo del foro es exactamente como antes. Diez segundos más tarde se encienden las cuatro pantallas de las ventanas, parpadeando y los espíritus se muestran como antes. Todo está listo para seguir nuevamente. Justo antes de que el caso legal contra la gente del Cártel de Sinaloa terminara, Ted Clark y Asociados recibió un informe del tiroteo en San Isidro, donde Isabel estuvo involucrada. Este reporte de policía proporcionaba pruebas recogidas de la mochila del individuo muerto, de nombre Jacinto. Jacinto llevaba una nota escrita que decía, "Jacinto, cruza la frontera con Moisés y Sergio, encargate de ambos en suelo americano y vuelve a la base." Esta nota, o contrato, nunca fue abierta en los tribunales —ya no era necesaria—. Tal vez esto es lo que Moisés siente y Sergio sueña; es una información que nunca sabrán a menos que abran ese informe. El tribunal devolvió los documentos del caso a Ted, incluyendo todos los descubrimientos. La nota esta en este paquete.

Tengan en cuenta que los espíritus no se comunican directamente con las almas en los seres humanos. Las almas no tienen libre acceso a la omnisciencia, y la información viene a través de esos otros canales. Pero parece que el código es poner todo el conocimiento en la omnisciencia a disposición de todos los espíritus, incluyendo las almas. Y los espíritus envían señales y mensajes a las almas de otras maneras como sueños, sentimientos, visiones, etc. Esta es la razón por la que Víctor tiene sus sueños y Moisés tiene sus sentimientos que persistirán hasta que sepan la verdad sobre Jacinto orden de matarlos.

Una tarde mientras Isa sintió un deseo de reordenar el sistema de archivos de la oficina de Ted. Por casualidad aparente, encuentra aquel paquete sellado del caso criminal contra el Cartel de Sinaloa. Isa intrigada abre esa bolsa y hurgando inocentemente encuentra la nota de Jacinto. Isa se da cuenta que hay una orden de matar a Moisés y Sergio que no se había cumplido. Isa, avisa a Ted, y ordena a su equipo de detectives proveer protección (seguridad) para Moisés y Sergio. Ted contacta y alerta a Moisés y Sergio de su situación. Y desde ese tiempo, los chicos estaban protegidos. Los detectives descubrieron y coartaron dos conatos de asesinato contra los chicos como a los dos años después de haber llegado a USA, pero no hubo más incidentes similares más adelante.

CAPÍTULO 8

Percato de lo material

Abstracto

El universo representa el lado material de la existencia y todos los seres vivientes en él. No hay vida si no hay energía y materia en el universo. Y esta forma de vida, incluso el pensar, se basa en la materialidad de los conceptos, objetos y criaturas vivientes. La noción de que nada existe y no es real si no es tangible y visible, es todo lo que pensamos. ¿Pero será verdad? Tal vez no lo sea; no prestamos atención al hecho de que percibimos y concebimos la realidad desde un reino invisible e intangible: la mente y alma. Nuestro ego es parte o elemento del alma, pero vive atado al materialismo, condiciones y situaciones, buscando posesiones, poder, riqueza y fama, a cualquier costo. Vivimos persiguiendo estas tres cosas; y se nos olvida lo que es. Comercializamos todo, incluyendo el amor; pero la vida es más simple, más fructífera y bella si cambiáramos la ambición, codicia, odio, prejuicio, envidia, avaricia, y egoísmo, por amor, atendiendo y compartiendo con el prójimo.

Supresión de la Conciencia

El ser humano es dual: Alma y cuerpo. La vida humana tiene dos fases simultáneas, una vida espiritual y una vida material. El alma existe en el mundo de los espíritus. El cuerpo existe en el mundo material, el universo. El alma es inmaterial y no ocupa espacio; tiene una mente, una consciencia y un ego y todo estos son invisibles e intangibles –son el espíritu–. El cuerpo es materia, tiene volumen y peso, es tridimensional, es tangible y visible, ocupa espacio. El alma (y sus tres componentes) es energía capaz de producir movimiento, cambio y trabajo –como la energía eléctrica–. La mente es la función pensante del alma y está disponible tanto para la conciencia como para el ego. La identidad y la personalidad son atributos individuales del ego que es el elemento que tiene libertad de escogencia e interactúa con la realidad física. El cuerpo es una maquinaria que ejecuta la voluntad del ego; no hace nada más, exceptuando reacciones involuntarias. Las tres subfunciones de la conciencia, moralidad, fuerza de voluntad, y sabiduría trabajan para guiar al ego conforme el propósito de la existencia –el cual es vivir dentro del orden de armonía del universo–. El propósito de la existencia para los seres vivientes es llevar una vida acoplada con la naturaleza del alma. El ego no contribuye en nada a este fin. Sus acciones observables persiguen o buscan producir resultados físicos para satisfacer su egoísmo. La interacción con los asuntos materiales, objetos y criaturas, refleja actitudes hacia la posesión, el poder y apariencia; tres objetos que se traducen en riqueza, autoridad y fama. La ambición del ego, la avaricia y la codicia llevan al ego hacia la maximización de su poder y la riqueza, así como obtener máxima admiración. El ego es el gran problema del ser humano. Obviamente, el ego da la bienvenida a cualquier conocimiento, concepto y descubrimiento que tengan potencial de apoyar esa maximización, y los usa para sus beneficios egoístas. Consecuentemente, todas las tribulaciones de la vida de los humanos se deben al comportamiento de su ego. Pero la vida es frugal y no está, o no ha sido concebida para tener excesos, sino para alcanzar una zona de confort. Esa zona es el estado estable donde el ser humano está satisfecho, conforme, y agradecido, viviendo con lo que tiene mientras trabaja para lograr una mejor situación. De lo contrario, los humanos complican sus vidas saliendo de esta zona de confort, alimentando resentimientos, protestas, y arrogancias. El contenido del materialismo exalta y estimula al ego. Ese estimulo ata al ego humano al mundo materialista y lo aparta de la conciencia del alma. Y entre más se apega más materialista se vuelve, perdiendo sus valores morales. Pero todo lo que esta típicamente asociado con valores morales, la justicia y la injusticia, el bien o el mal, lo correcto e incorrecto se debate en la conciencia. El reclamo constante de la consciencia al ego indica que el paso de la vida no está de acuerdo con el comportamiento del ego. Y la fuerza de voluntad de la consciencia trabaja guiando al ego de regreso al orden armónico de la existencia. Este orden se logra mediante el control del apego al materialismo –la supresión de la conciencia material–. El hecho de suprimir la conciencia no significa que los seres humanos ignoren la realidad, interna y o externa, las consecuencias y los peligros eminentes. De hecho, no es posible eliminar la conciencia del entorno mientras el ser esta en un su estado despierto. El alma necesita un cuerpo y el cuerpo, por ser materia, solo pueden existir en un mundo material. La supresión de la conciencia de lo material implica que los seres humanos deben saber cómo manejar los estímulos objetivos y subjetivos. Los humanos deben alcanzar el punto psicológico-mental donde sus propios problemas físicos, pensamientos, palabras, decisiones y acciones, y los de los demás no causen sentimientos, estímulos o emociones que los saquen de su zona de confort –de tranquilidad–. En este estado los humanos están alertas, pero controlan su excitación y o emoción –no son zombis espirituales, son espíritus humanos–. Para ser espíritus humanos los humanos deben reducir su apego al materialismo al punto de que este no altere el propósito de la vida. ¿Cuál es el propósito de la vida?, ¿y cómo se reduce el apego materialismo?

Guia. –*La existencia tiene un propósito general definido. Este propósito es crear, proteger, mantener y perfeccionar la vida en el universo. Robert, Trues and Sexis regresan para disertar sobre estos dos temas.*

Robert. –*Ya hemos visto, pero es importante enfatizar el concepto del propósito de la vida. Haremos una breve explicación de su antecedente.*

Cuando parte de la energía se convirtió en materia –con la Gran Explosión u de otra manera– lo invisible e intangible se volvió tangible e visible; pero esta materia sigue siendo parte de la misma substancia, la energía. Pero antes de esta conversión aparecieron las leyes que regulan el universo y las situaciones y condiciones que permiten la vida orgánica, incluyendo la gran explosión misma. Pero la vida no fue creada por esa Gran Explosión. Y cuando las condiciones y situaciones se dieron las diferentes formas de vida aparecieron.

Sexis. –*Debemos entender que las condiciones y situaciones son propiedad de los escenarios que se tornan ambientes de las entidades que entran o existen en ellos. Es decir que las características y apariencia de los habitantes se conforman a las condiciones del escenario.*

Trues. –*Entonces, si las condiciones y situaciones estaban preestablecidas, solo faltaban que se dieran y cuando, de hecho, se dieron las primeras formas de vida aparecieron en el universo –especialmente la tierra-. Y junto con las leyes que dan paso a la vida también se dieron las leyes que la protegen y regulan su comportamiento. Es obvio que estas leyes implican el amor que mantienen y protegen la existencia, el universo y la vida orgánica.*

Robert. –*¡Trues ya aclaro todo! Mas debo agregar y redefinir que el propósito de la vida no solo es "crear, proteger, mantener y perfeccionar la vida en el universo," sino también entrenar al ego de los seres duales en el uso de su libre albedrio dentro del orden de armonía del universo. Y este entrenamiento incluye reducir o eliminar la influencia del monstruo, ACOPEAE, el ego que acarrean dentro de sí mismos.*

Sexis. –*Con respecto al apego a lo material, materialismo, debemos comenzar con la naturaleza que lo origina. En la configuración del alma, el componente ego recibe el derecho de libre albedrio y el deber de conectar el alma con la realidad física del universo. Además de esto también recibe la responsabilidad de establecer el carácter y personalidad del ser dual humano. Es el poder ejecutivo del alma. El ego sabe cuál es el propósito de la vida. Pero se vuelve autócrata vitalicio y no escucha consejos de los otros elementos del alma, la mente y la conciencia.*

Trues. –*Todos esos derechos, que trastornan al ego autócrata, le dan el poder de hacer lo que cree conveniente. Claro se apega al esplendor de la materia que aumenta su poder, su presencia, y propiedad. El ego cambia el objetivo de la vida con su propio egoísmo. El alma que no es material se apega a lo material a través de su ego. Este es el origen del apego a lo material y al materialismo.*

Roberto. –*¡Si, así es! El alma representa la estructura de gobierno del ser humano dual. Aquí la mente, el elemento pensante, es la parte que* *interpreta las leyes de la existencia y formula reglas de comportamiento. Mientras que la consciencia es el elemento que juzga, por un lado, y por el otro lado, en cierto modo, castiga al ego por su comportamiento.*

Sexis. *—La respuesta a la gran pregunta, ¿cómo se controla el apego a lo material? Es una acción consciente, simple y difícil, al mismo tiempo. Esta acción requiere un cambio en parte inconsciente de la consciencia. Es decir, requiere dedicación, constancia y disciplina. Como sabemos, la consciencia tiene tres niveles, consciencia, subconsciencia, e inconsciencia. La primera mantiene un percate directo al entorno, interno y externo; la segunda guarda y mantiene información que no abrimos a voluntad; y la tercera guarda funciones y conocimiento a los cuales los humanos no tienen acceso consciente. El tercer nivel guarda rutinas de comportamiento involuntario que el humano no puede manejar en estado consciente, tal como la respiración, la palpitación del corazón, y ciertas acciones de defensa que el cuerpo ejecuta automáticamente.*

Trues. *—Las buenas noticias es que se puede programar ese tercer nivel de consciencia, la inconsciencia, desde el nivel consciente. Dejemos que Sexis explique el proceso de programación del inconsciente, después de presentar ciertos ejemplos. Uno, manejar una bicicleta, nadar, manejar un automóvil, etc., son rutinas que no requieren más del pensamiento. El aprendizaje se hizo en el nivel consciente y pasó a ser una rutina del inconsciente. Dos, los hábitos como fumar o el alcoholismo son rutinas inconscientes, como la adicción, que se ejecutan automáticamente —sin pensar-. Tres, funciones automáticas como el aprendizaje del lenguaje nativo, escribir a máquina, operar una máquina sumadora, y otras, son funciones del inconsciente; el operador no necesita pensar en ellas. En el contexto anterior, entonces, podemos decir que podemos crear rutinas inconscientes para manejar nuestros pensamientos, decisiones y acciones de acuerdo a patrones programados desde el estado consciente.*

Sexis. *—¡Por supuesto, Trues! La consciencia está apoyada por la mente —la función pensante del alma—. Por tanto, también apoya sus tres niveles, consciente, subconsciente e inconsciente. El principio de la programación del inconsciente tiene un método inconsciente y otro consciente. Las rutinas conscientes son aquellas que el humano conscientemente decide montar en el inconsciente. Por ejemplo, rutinas programadas de ejercicio físico, o de mantenimiento del jardín, para los* *cuales el humano dedica un plan específico a una hora exacta, por un tiempo definido, en un orden determinado, con objetivos específicos; y los hace hasta que una rutina se implanta en la inconsciencia. Otro ejemplo, la rutina mañanera en preparación para ir al trabajo. En el método inconsciente la rutina se forma con una secuencia de acciones que ejecutamos sin pensar en hacer una rutina inconsciente. Por ejemplo, las rutinas de trabajo que se aprenden en trabajos de servicios y producción. Las rutinas inconscientes se forman sin darnos cuenta hasta el punto que llegamos a ejecutarlas sin pensar.*

Trues. *—Esas rutinas conscientes envuelven al ego; es decir el ego sabe lo que la mente y o consciencia está haciendo, y no se resiste si piensa que no le causa ningún daño, o no va en contra de sus propósitos. La programación del inconsciente es, de hecho, el potencial más alto de la capacidad de la mente. Y el procedimiento de programación están ligados a las ondas cerebrales.*

Robert. *—Si, Trues, Sexis, ustedes están en lo cierto. De las cinco ondas del cerebro, la onda Theta* [48] *es la que se aplica para suspender la actividad mental del ego y por supuesto reducir el apego a la realidad material en la cual vive.*

Sexis. *—Cierto, las ondas Theta y Delta predisponen la consciencia en el nivel inconsciente. La primera pone a la mente en un estado susceptible, semi hipnótico. La segunda lleva a la mente a un estado profundo de relajamiento que envuelve el nivel inconsciente de la consciencia.* [49] *El humano puede usar la onda Theta para condicionar la mente a un estado receptivo, y luego usar la onda Delta para programar la nueva rutina de acción deseada. La nueva rutina puede hacerse con acciones conscientes y repetirse por el tiempo que sea necesaria hasta que la mente ejecute esa rutina automáticamente.*

Trues. *—La pregunta es ¿cómo se entrena el ego? En realidad, es difícil entrenar al ego por su naturaleza egoísta. Es más fácil entrenar el inconsciente a través de las ondas cerebrales, Alfa, Theta y Delta, mientras se ejercitan las acciones conscientes y se recitan mensajes que sublimen*

---

[48] https://mentalhealthdaily.com/2014/04/12/ theta-brain-waves-4-hz-to-8-hz/
[49] https://mentalhealthdaily.com/2014/04/14/ delta-brain-waves-0-hz-to-4-hz/

la inconsciencia. Estos mensajes deben predisponer la inconsciencia para admitir y ejecutar la acción que instruyen los mensajes.

Expertos recomiendan estudiar los efectos a favor y en contra del uso de las ondas cerebrales que se usan para llegar al estado Delta. [50] Son tres comenzando por el estado Alpha, a través del estado Theta, hasta alcanzar el estado Delta. El objetivo es preparar la mente para recibir nuevas rutinas consciente y dejarlas en el inconsciente para ejecución automática.

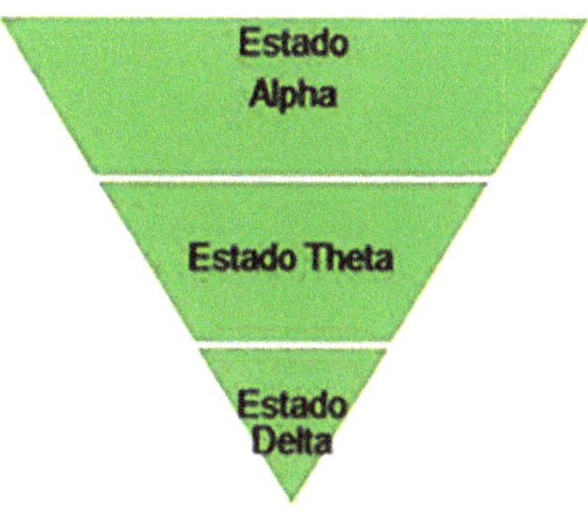

Figura 12: Las Ondas

Robert. *—En cada estado (mientras se ejecuta la onda con acompañamiento musical) recita las instrucciones que deseás que tu inconsciente acepte, responda y o ejecute. Sexis puede darte ciertos ejemplos de las instrucciones.*

Sexis. *—Después de escuchar por unos 15 minutos la música de onda cerebral Alfa recite con voz suave, lenta y clara algo como, "Respira hondamente y exhala lentamente; te estas concentrando en tu mente y tu cuerpo cada vez más relajado; respira suave, profundo y exhala despacio. Ahora alcanzás un máximo relajamiento de tu mente y cuerpo, respira profundamente y exhala lentamente.*

Repite esto cuantas veces quieras hasta que te sientas relajado. Ahora cambia a la música de onda Theta y después de escucharla por unos quince minutos, repite y repite las instrucciones. Respira hondo

---

[50] https://www.binauralbeatsfreak.com/brainwave-entrainment/9-things-you-should-know-about-delta-brain-waves

y suave, exhala despacio, despacio, no pienses en nada más que relajamiento; respira, respira, hondo, exhala despacio. Tu mente está dejando atrás su conexión con las cosas materiales, estas tranquilo, muy tranquilo, sin emociones, sin pensamientos. Respira profundo y exhala lentamente. Repite este paso hasta que tu mente no piense más solo en lo que percibe sin darle pensamiento ni significado. La mente ignora el significado físico de lo que los sentidos perciban. Las percepciones no causan efectos mentales ni psicológicos. La mente esta neutra en su estado espiritual. Ahora cambia a la música de la onda Delta y prepara tu mente para recibir las instrucciones de tu nueva rutina. Por ejemplo, digamos que tu rutina es la de vivir en un estado espiritual. En este estado, aunque estas consciente de los asuntos y cosas materiales, estos o estas, no te afectan, mental o psicológicamente. ¡Recita y medita repetidamente sobre cada uno de estos principios! ¡Así como lo hacen los espíritus mientras danzan al ritmo de la música de las ondas cerebrales!

¡Es tu alma!

Espíritu A. —*La mayor maldad del mundo; es la desigualdad que galopa sobre tu sentimiento profundo, y vuela con el egoísmo que sopla. No es la intención de la existencia; es la exigencia de mi ego indómito.*

Espíritu B. —*Dejare salir el amor de mi alma y abriré mis ojos a la realidad. Descubriré la razón del dolor y la tristeza de la humanidad.*

Espíritu C. —*Soy el espíritu que cuida de ellos, caminando libre, soy el alma pura; el ser de luz que con sus destellos alumbra la paz de esta locura.*

Espíritu D. —*Mi mente percibe la realidad física y en verdad cada cosa tiene un significado; el que de la existencia recibe, del amor puro ausente de maldad; de ese propósito que la existencia te ha dado.*

Espíritu A. —*Nada tiene significado mental psicológico, o material para mí; aunque tenga para los demás. Es el principio fundamental que separa mi alma y cuerpo, mientras corren libres en esta vida fugaz.*

Espíritu B. —*La riqueza, el poder y la fama no me afectan, son cosas materiales; y para mi alma, son cosas secundarias. Porque en mi ser solo existe la llama del amor, mas no de cosas banales, y para mi espíritu, son ordinarias.*

Espíritu C. *—En cada instante de mi vida controlo mis pensamientos, mis emociones y mis sentimientos. Es la clara misión concedida para mis instantes y momentos: Es mi regla de comportamiento.*

Espíritu D. *—Estoy satisfecho(a), conforme, y siempre agradecido(a) vivo con lo que he logrado y tengo. En verdad no necesito más; soy espíritu y así existo. No soy materialista como otros humanos.*

Espíritu A. *—No dejo que el ego profano o su ACOPEAE destruya mi alma; porque el poder está en mis manos; dejo que mi voluntad construya mi ser dual, alma y cuerpo.*

Espíritu B. *—Nada jamás vencerá mi alma pura y bella; es mi espíritu; así siempre será mi consciencia la estrella, espada y escudo contra los atributos de ACOPEAE;*

Espíritu C. *—Yo no tengo:*

Avaricia. *—ese afán de acaparar por placer;*

Codicia. *—el deseo vehemente de poseer;*

Prejuicio. *—la negatividad hacia algo o alguien;*

Envidia. *—el deseo de tener lo de los demás;*

Ambición. *—el deseo de tener y poseer todo;*

Egoísmo. *—la idea que todo es por y para mí.*

Espíritu D. *—y desde este momento viviré bajo estas reglas.*
Estoy realizado(a) con mi estado de gozo, satisfacción y gratitud.

Espíritu A. *—Promuevo y cuido la verdad del universo y la existencia; así tendré la unicidad en forma y presencia.*

Espíritu B. *—Estoy en armonía con el universo. Yo, en mi estado consciente recuerdo estas normas cuando mi ego actúe. Cuido mi vida en todas sus formas.*

Espíritu C. *—Abrazare a quienes he ofendido. Me liberaré de lo que amasa mi triste ego confundido.*

Espíritu D. *—Hare con todas las paces y luego cuidare todo lo que hago.*

Trues. *—El poema que recitan los cuatro espíritus representa instrucciones verbales de una rutina que tu alma puede aprender y guardar en tu inconsciente. Pero hay otro método para programar el inconsciente directamente con acciones conscientes. Es decir, se puede registrar una rutina que se ejecuta conscientemente, con pasos definitivos a una hora, forma y secuencia determinada como el individuo quiere* *que se realice. Las acciones conscientes deben repetirse una y otra vez hasta que la mente no tenga que pensar más en los pasos del proceso. A este punto la rutina estará programada en el inconsciente y la mente la ejecutará automáticamente —sin pensar cuándo ni cómo—. Todo estará programado.*

Robert. *—El individuo puede programar su consciencia para realizar automáticamente lo que se detalló anteriormente: actuar o vivir la vida sin apego a lo material o al materialismo. La secuencia de acciones es diferente a las instrucciones que los espíritus recitaron anteriormente. Pero depende de esas instrucciones.*

- *Medita sobre la realidad de la vida humana corriente.*
- *lista las cosas que no te gustan y has en tu mente tu modelo moral sin el ACOPEAE del ego.*
- *decide que deseás vivir sin apego a lo material y o al materialismo.*
- *Piensa que no morirás si dejás las cosas superfluas que solo satisfacen tu vanidad y tu orgullo.*
- *Elimina todo lo que alimenta tu ego—tu egoísmo. Es decir, lo que hace sentirte grande, poderoso, por encima de los demás.*
- *Entiende que necesitás de cosas materiales para cuidar, alimentar, y proteger tu cuerpo y tu mente y movilizarte — solamente eso.*
- *Entendé que estas son cosas que se pueden sustituir.*
- *Controla los caprichos del ego.*
- *Reconoce que podés prescindir del materialismo sin poner en peligro tu vida o tu existencia,*
- *lista las cosas básicas que realmente necesitas.*
- *Establece las bases de la secuencia de tu comportamiento consciente; además justifica tu acción ante el ego. Tu decisión es esencial para el balance de la mente y la consciencia (tu alma).*
- *Elimina las dudas o reservas de lo que deseás hacer.*

Sexis. *—Reconoce que tu paz interna no está en una posición de poder, riqueza y fama. La paz está en el orden de la armonía del* *universo –la unicidad–. En verdad es tu alma la que está en juego y no la de otros. Ahora medita, razona sobre el pensamiento del poema "Es tu alma". Recita el poema lentamente con la voz de tu mente analizando las palabras de cada verso. Memoriza ese poema en el entendimiento de tu sabiduría y llevalo contigo para repasar sus frases. Esta acción lo colocara en el plano inconsciente.*

Robert. *—Ahora llega el momento de actuar lo meditado. Practica este ejemplo u otro similar, a tu gusto. Una rutina diaria después de despertar.*

Despierta a las 5:30 am

Abre las cortinas de tus ventanas
Pon el café y enciende la cafetera
Prepara tu almuerzo
Ve al baño, preparate para ir al trabajo
Toma tu taza de café y el desayuno
Mira las noticias en la televisión
Cepillate los dientes
Toma la llave de tu auto y a las 7:10 am.
Maneja a tu trabajo en 40 minutos

Después de hacer esta rutina por varios días sin faltar, se grabará en el inconsciente, y la realizaras sin pensar, automáticamente.

Entiende que si repites esta rutina diaria llega el día cuando ya no tengas que pensar en esos diez pasos. Así nunca llegaras tarde al trabajo. Y llegará el momento en que no necesites del reloj despertador porque el inconsciente te despertará a la hora precisa y guiará tus pasos sin equivocación, ni titubeos. Claro que todo esto depende de tu disciplina, organización y empeño, aunque vaya en contra de tus deseos, gustos y preferencias, las actitudes, del ego.

Trues. *—Ahora veamos la rutina de la supresión del apego a lo material. Deja que la fuerza de voluntad de tu consciencia trabaje. Dirige la mente del ego a lado opuesto de la atracción material durante su día despierto. Por ejemplo, todos los días en viaje al trabajo pasas por el Cafetín de la esquina y compras un café helado. Esta vez no vayas y ahorrate el tiempo y el gasto. Tendrás el impulso y quizás el deseo del ego* *te domine y termines en el Cafetín, pero poco a poco dominaras al ego y terminaras olvidándote de ese hábito.*

Sexis. *—El punto sobresaliente en lo que Trues dice es el significado de las cosas. Este significado es el centro del apego a lo material y al materialismo. Hay dos clases de significados, un significado natural que la existencia asigna a cada objeto y a cada ser viviente, y el otro es el significado (valores) que el ego les da a estos mismos elementos. Y con cada significado va el valor del objeto o del ser viviente. Y hay dos valores, el valor que asigna la existencia y el valor que el ego les da. Muchas veces alterado por el capricho del ego. En realidad, los objetos y seres vivientes no tienen otro significado ni valor que el que les da la existencia. Estos no son solo para las cosas materiales, pero se aplican a factores subjetivos como poder, riqueza y fama —las actitudes egoístas—.*

Robert. *—Por otro lado, Trues, Sexis, vemos otros significados y valores en la relación de los seres humanos. Estos son dos, uno estrictamente mental o de conceptos y otro psicológicos. En ambos casos estos significados son intangibles e invisibles y el valor que tienen son asignados por cada individuo.*

En la dimensión de los espíritus no tienen significado ni valor. La mente les da el significado que el ego les da de acuerdo a su egoísmo.

Trues. *—Así es Robert, también hay diferencias de conceptos entre los humanos debido a sus diferentes niveles de conocimiento. El ego traduce estas diferencias (de tiempo y espacio) como de superioridad e inferioridad. Dentro de estos conceptos mentales vemos las diferencias de forma física y o apariencias. También vemos las diferencias de creencias. Igualmente, el ego los traduce como de superioridad e inferioridad o como de cierto o incierto. Un ejemplo es el racismo y el sentido de supremacía. Dentro de los conceptos psicológicos vemos diferencias egoístas que se reflejan con odio, desdén, rechazos, etc. También vemos las diferencias de capacidad y aquí encontramos la envidia. Por supuesto que estas observaciones se pueden expandir a otras diferencias.*

Sexis. *—La emotividad del apego a lo material y al materialismo se debe a las diferencias mentales y o psicológicas que mencionamos y los significados y valores artificiales que el ego les da a los elementos materiales. El monstruo, ACOPEAE, que vive en el ego humano conlleva la mayor parte de esos significados, valores y diferencias. Es decir* *que entre más apegado este el ser humano a esos significados, valores y diferencias más lejos esta del orden de armonía del universo. Por supuesto más materialista es el ego.*

¡Recórcholis, eso es sorprendente! La supresión de la conciencia no es transformarse en espíritus sino actuar como espíritus mientras vivimos como humanos en esta dimensión material. En este estado nada de lo material afecta nuestras almas. ¿Es ese estado Nirvana? Los gustos y preferencias del ego no nos afectan, no provocan reacciones mentales o psicológicas en nuestro comportamiento. ¡Desde este punto de vista todo lo que percibimos son asuntos y eventos naturales que no alteran nuestro estado de satisfacción, conformidad y gratitud – ¡este estado es la tranquilidad! –.

Robert. –*Luego si la rutina verbal que instalamos en el inconsciente puede reducir, o eliminar los atributos del ACOPEAE, el ego pierde su campo de influencia. El alma deja salir el amor que lleva adentro. Y la tarea de manejar los significados, valores y diferencias es posible y más fácil. Entonces el ser humano deja de juzgar en vano y solo actúa de acuerdo a la verdad de la realidad. Es decir, el alma ve la verdad como es sin tintes ni arreglos mentales y o psicológicos que modifican la verdad.*

Trues. –*Este procedimiento alcanza el máximo potencial de la mente y expande los límites del pensamiento. En ese estado de Nirvana que mencionamos, la mente no reacciona a estímulos negativos de parte de los significados, valores y diferencias materiales, mentales, y psicológicas. Ni se perturba con las consecuencias de las acciones del ego –ACOPEAE–. Así todo es posible. No hay argumento si lo lógico es ilógico.*

Ahora entiendo que, si ignoramos los significados, valores y diferencias que el ego asigna a los objetos y seres vivientes, y solo tomamos el valor que les da existencia, las actitudes egoístas que el ACOPEAE ejecuta desaparecen. Aquellos valores mentales y psicológicos se desvanecen porque, en realidad, no tienen fundamento material. Y no pueden dañarnos al menos que nosotros mismos les demos significados, valores y diferencias, como hasta hoy lo hacemos. Esto es el estado de Nirvana que los hindúes esperan y anhelan, o el paraíso terrenal que las religiones abrahámicas predican. Según los espíritus, con el aumento de conocimiento y la sabiduría el entendimiento nos dice que los niveles de conocimiento de los humanos obedecen a las influencias del tiempo de vida y la exposición a la experiencia. Así mismo la misión de la existencia es promover, proteger y mantener la vida, y la regla del amor, cuidar y compartir, que nos ordena ayudar a levantar el nivel de conocimiento, habilidades y experiencias de los demás. Entiendo que si eliminamos los siete atributos del ego (ambición, codicia, odio, prejuicios, envidia, avaricia y egoísmo) desatamos las fuerzas del alma para lograr la unicidad. Entonces viviremos con amor, por amor y para amar.

Una voz en el público. *—¿cuál es el procedimiento para lograr ese estado?*

Sexis. *—El procedimiento es simple y difícil. La estrategia es sugestionar al ego indirectamente. El objetivo es programar el nivel inconsciente de la consciencia, creando tu plan de acción personal para eliminar el ACOPEAE y eliminar los significados, valores y diferencias con los que tu ego opera. Por ejemplo.*

- ✓ *Busco y obtengo lo necesario sin avaricia.*
- ✓ *No tengo codicia.*
- ✓ *Perdono a quienes me ofenden,*
- ✓ *no albergo odio y amo al prójimo como sea*
- ✓ *no tengo prejuicios*
- ✓ *Bendigo a quienes logran más que yo, sin envidia.*
- ✓ *Solo ambiciono el orden de armonía del universo.*
- ✓ *Cuido y comparto con todos, no soy egoísta.*
- ✓ *Protejo la existencia y la vida del universo.*
- ✓ *Busco la unicidad de la existencia.*
- ✓ *No me apego a lo material ni al materialismo.*
- ✓ *Tomo el significado real de cosas y de seres vivientes.*
- ✓ *No agrego valores injustos y o innecesarios.*
- ✓ *Recibo a todos con igualdad, no tengo diferencias.*

Entonces lee, revisa, este compromiso todas las noches antes de dormir mientras escuchas música con la onda Delta del cerebro para lograr un sueño profundo y medita sobre estos puntos. Consulta con tu consciencia para confirmar lo que dices y haces. Haz una copia de este convenio con el nivel inconsciente de la consciencia de tu alma, y llevalo contigo. Lee tu convenio durante el día cada vez que veas al ego pensar, decidir y o actuar. Veras como poco a poco tu ser va modificando el comportamiento de tu ego hasta el punto cuando ya no necesites leer este convenio.

¡Caray! ¿Qué sorpresas tiene la existencia, ¿verdad? Ella tiene sus misterios; y al mismo tiempo los problemas traen las soluciones y están a la vista del observador. Por ejemplo, el orden de elementos químicos que componen la materia. También la categorización de las especies. Y más aún la estructura del alma y del cerebro. ¡Es algo fantástico! Pero esto de la programación del inconsciente muestra la simpleza de lo difícil. Yo pregunto… Sera posible ser un espíritu humano como ellos dicen. Mas aun, ¿será tan simple como montar rutinas en el plano inconsciente de la consciencia? Y así, ¿se podrá cambiar el comportamiento y la identidad del ser humano? Puede ser, según los espíritus, Robert, Trues y Sexis. Mi experiencia creando rutinas de comportamiento automático apoya la teoría. Hay conocimiento inconsciente que no sale al consciente, y lo utilizamos sin pensar. Por ejemplo, cuando hacemos un refresco o hacemos una nueva receta de cocina, ya tenemos en la mente el gusto y aroma que queremos lograr. Y luego comparamos las mezclas de los ingredientes que satisfacen el gusto y aroma que tenemos en el inconsciente. Mas después de hacer esas mezclas muchas veces la persona hace el refresco o la receta al gusto casi sin medir los ingredientes o pensar en el resultado, pero el gusto es exacto. Mi experiencia es que después de hacer una rutina nueva y hacerla por unos días, al día siguiente el inconsciente la trae al nivel consciente, casualmente.

Una persona pregunta. *—¿Entonces se puede entrenar el ego?*

Robert. *—Claro que si… Pero si se le ordena que es lo que debe de pensar, decir y hacer; el ego puede rebelarse, obviamente. El método es como los espíritus indican, repitiendo una rutina de acción en el nivel consciente (del ego) hasta hacerla automática. Es decir, el ego no necesita pensar, ni decidir, ni actuar conscientemente. El ego acata la voluntad de la mente; así como crear una rutina de ejercicio a la hora del partido de futbol.*

Guia. *—Bueno, hemos escuchado a Sexis, Trues y Robert, hablar sobre la posibilidad de que los humanos puedan reducir su apego a lo* *material y al materialismo, controlando la inconsciencia. Ellos sugirieron un método simple, aunque difícil, que los humanos pueden practicar. Advertimos que los niños menores no traten de crear rutinas inconscientes sin la supervisión de adultos. Recomendamos sin embargo que los padres inculquen rutinas de comportamientos a los niños con el propósito de eliminar el ACOPEAE de sus egos. Ahora volvamos a la obra teatral, "Ciclos de Vida."*

Trues. *—Hubo un accidente fatal al comienzo de esta obra. Cinco humanos murieron y los espíritus se separaron forzadamente de sus cuerpos. Fue una experiencia impactante para los cuerpos y los espíritus. Por supuesto, el espíritu, la energía del cuerpo, no fue destruido, a diferencia del cuerpo. Pero la separación del espíritu y la materia pasa por un proceso. Las pantallas muestran un diagrama de ciclo de vida.*

Trues hace referencia al proceso normal mencionado anteriormente, pero para beneficio del público, repito la interpretación de dicho proceso.

Paso 1. —Cuando el cuerpo entra en su proceso de muerte, el cuerpo experimenta un espasmo inicial o rigidez, y el alma es prácticamente expulsada del cuerpo. Fuera del cuerpo, la mente, y alma, pueden ver el cuerpo, y continúa sus funciones mentales como si estuvieran en su cuerpo.

Paso 2. —El alma deambula cerca de su cuerpo durante unas 8 a 12 horas, que es el tiempo aproximado de esta etapa.

Paso 3. —Entre 12 y 24 horas, los músculos del cuerpo se relajan, y la rigidez desaparece, volviéndose flexible nuevamente. El cuerpo aún no está completamente muerto, y el alma sigue vagando alrededor de su cuerpo.

Paso 4. —El cuerpo se endurece de nuevo entre 24 y 36 horas. El alma continúa su proceso fuera del cuerpo todavía conectado al cuerpo a través de la mente y el cerebro del cuerpo. Al final de este último estado, el cuerpo ha perdido toda su energía, y el alma la recoge. El cuerpo se vuelve inerte y el alma se libera del cuerpo. Este es el punto de no retorno; el alma se vuelve espíritu y puede irse. Pero no puede quedarse si decide quedarse; debe irse justo cuando concluye su misión en la tierra. El concepto de que los espíritus vagan alrededor del cuerpo durante más de 36 horas no está definido. Sin embargo, el espíritu que regresa a la dimensión espiritual puede retener ciertas frecuencias materiales; hay otros espíritus en la tierra que tienen apegos espirituales y mentales a los espíritus que dejaron en la dimensión material. Los espíritus que están activos en su misión material pueden tener contacto real con el espíritu difunto. Esta conexión depende del tiempo que las personas en la tierra recuerdan vehementemente y extrañan el espíritu difunto. ¡Eso es cierto! Tus emociones y sentimientos, como el amor y el cariño, no son cuestiones materiales; vienen de tu alma y o tu mente –son temas espirituales–. Y como asuntos espirituales, permanecen en el cosmos en forma de ondas (de energía) mentales. Tus emociones y sentimientos, así como temores y ansiedades, deseos y anhelos y similares, son vibraciones u ondas de tu alma. Cada pensamiento y palabra que tu alma genera y pronuncia a través de tu boca tienen frecuencias específicas que flotan en el cosmos. Estas ondas son intensas y tienen propósito o dirección. Impactan partes definitivas de las almas. Y su fuente no es importante; porque pueden venir de tu realidad o realidad virtual. Estas ondas excitan la conciencia en áreas específicas; y las reacciones humanas son predecibles. Sus efectos, en verdad, son los mismos sin importar de dónde vengan. Algunas de estas vibraciones pueden cambiar la forma en que percibes y concibes tu entorno con los seres humanos y tu alma transmite estas vibraciones al cosmos. Otros espíritus pueden captar estas ondas y reaccionar a sus frecuencias. Sabés, esta es la razón por la que los humanos lloran o se ríen cuando a tu lado otros humanos lloran o ríen. El dolor y el sufrimiento son ondas fuertes fácilmente enviadas y o recibidas por otros espíritus, son señales fuertes. Así que hay una conexión entre el espíritu que fallece con las almas que quedan en la tierra. Es una unión que no se pierde, aunque la mente de las personas restante olvide a la persona fallecida, con el tiempo.

Stacey. –*Durante el ciclo de separación fundamental, todavía no estás muerto. De hecho, no estás, pero estás en el proceso. La unidad de procesamiento mental, la mente, no está aún desmantelada; y los códigos de conectividad permanecen con el alma; si se excitan de alguna manera el alma puede volver a su cuerpo y seguir viviendo en este mundo material. Tu alma espera hasta que tu cuerpo libere toda su energía; esta* *es su condición de rigor mortis. El alma recoge toda la energía del cuerpo y se la lleva con ella de regreso a la dimensión espiritual. Después de todo, la energía no puede ser creada ni destruida —solo se recicla—. Y tus ondas mentales quedan con su código en el espacio y en la omnisciencia.*

Guía. *—Los humanos reclaman que las aerolíneas no permiten demasiado equipaje (peso) en sus vuelos. Bueno, nuestra dimensión espiritual especifica que los espíritus no lleven substancias materiales a la dimensión de los espíritus —no es permitido—. La perfección de este mandato por sí sola es evidencia y prueba de que una inteligencia superior, o suprema establece leyes universales, infalibles: existe una perfecta separación de dimensiones.*

¿Sabés? Si entendieras la muerte como una condición de vida, real e inevitable; podrías liberarte de muchos sentimientos y emociones, incluyendo el miedo a la muerte. Este miedo no es a la muerte en sí, sino a la sensación o noción de perder la presencia en la tierra y de todas las posesiones, el poder y la fama, alcanzados, no importa cuán grande o pequeña sea. La dimensión de los espíritus no toma ni guarda la materia, sólo la energía.

Persona U en la audiencia:

–¿Cuál fue el final del caso de asesinatos en Henderson, Nevada?

–¿Qué pasa con el Cártel de Sinaloa en los casos de Moisés y Sergio?

Guía. *—En el caso de los asesinatos en Henderson: La investigación concluyó y el caso fue cerrado. Jeff, se había enamorado de Vicky, le facilitó un lugar para esconderse de su marido después de una pelea, mientras ella entablaba una demanda de divorcio. Los detectives encontraron pruebas irrefutables de que Jeff retuvo a la señora Martin encerrada contra su voluntad en su residencia de Henderson, de donde escapó. La prueba de ADN confirma que Rex es el hijo legítimo de Rocky Martin. La autopsia de Jeff revela que él tomaba opioides habitualmente y había caído en una adicción severa, sufriendo trances dilucionales.*

Stacey. *—Sobre el Cártel de Sinaloa. Joaquín (el Chapo) Guzmán fue finalmente aprehendido en enero de 2017 y llevado a la corte para juicio. Guzmán está en una cárcel de los Estados Unidos. Otras personas del Cártel también fueron arrestadas y procesadas en los tribunales y* ahora están cumpliendo condenas a largo plazo. Los detectives privados del grupo Suárez corroboraban pruebas, testigos y pruebas pertinentes y ayudaron a los tribunales contra el Cártel de Sinaloa.

Guia. —El Doctor Wells hará algunas preguntas al panel espiritual antes de que terminemos nuestro foro.

Dr. Wells. —Señores, ¿Qué ven en el futuro más allá del año 2020?

Víctor. —El futuro de la raza humana está en crisis con grandes cargas de desigualdades sociales, económicas y ambientales. Para 2030, los alimentos y energía disponible alcanzará críticas condiciones de escasez.

Moisés. —La cura del cáncer está a mano para 2030, la longevidad alcanza los 100 años para 2040. Pero las enfermedades aumentan por falta de productos farmacéuticos y o por altos y crecientes precios. Para 2040 romperemos la barrera de la dimensión espiritual y varios atributos avanzados, como la telepatía pueden estar disponibles.

Rex. —La situación política a finales de 2020 sufrirá un gran cambio, estudiantes, mujeres, minorías y marchas de paz verde paralizan a los Estados Unidos. Las tiendas sufren grandes pérdidas debido a la compra de los consumidores en solo tiendas seleccionadas. La gente agrega a la lista de negocios prohibidos los bancos y prestamistas usureros y las tiendas que manipulan los precios y la disponibilidad de bienes.

Sergio. —El gran factor para los votantes es la decepción del objetivo del presidente Trump de desmantelar la fuerte democracia en Estados Unidos que ayuda al estatus político y económico ruso, beneficiando a Putin. Las acciones de Trump desacreditan a Los Estados Unidos ante los ojos de los líderes mundiales. Las elecciones generales de 2020 son estremecen al partido republicano. Donald Trump y su familia enfrentan casos legales en las cortes después de salir de la Casa Blanca. El país alcanza la paz a mediados de 2022, bajo el control de los demócratas.

Stacey. —Invitados al panel. Ahora pueden volver busquen la imagen de su cuerpo, concéntrense, bajen lentamente y vuelvan a él. Pueden hacerlo por su cuenta, lentamente.

Guía. —Ese es un proceso simple; advertimos a la audiencia que no experimente con este proceso sin no comprenden completamente lo que intentan hacer. Pensando en el concepto de introspección[xxxii] podemos aplicarlo al análisis mental humano y o al estudio con el propósito de encontrar, tal vez, lo que nuestra conciencia no puede determinar con el bien o el mal estándar, o comentarios buenos o malos. Ahora, volvamos a la conectividad inter dimensional. La clave de que, si se logran los cuatro pasos completamente, vos estarás operando fuera del cuerpo. Sea lo que sea, sus mentes se centran en una experiencia fuera del cuerpo. Al ver otros lugares, esos que no has visto antes y no los imaginás, deja que tu mente haga el mapa para ti. Los humanos ignoran cómo inducir un estado espiritual fuera del cuerpo sin perder la conectividad con su cuerpo. En realidad, el alma nunca pierde la conexión con su cuerpo, solo cuando el cuerpo muere. De modo que un estado fuera del cuerpo, solo significa, el estado mental liberado de toda influencia del mundo material que lo rodea. Podemos decir el alma está libre para pensar y volar dentro del mundo espiritual. Para empezar, los humanos consideran a los espíritus como algo peligroso y misterioso propenso a causar daño; y eso no es cierto. Los humanos vivientes tienen miedo de los muertos y cierran sus mentes evitando pensar en la muerte.

Trues. —Los seres humanos piensan que esta vida en la dimensión material es singular, larga y no hay más; pero para la dimensión espiritual la vida material es un micro bit de existencia. Los seres humanos deben entender que la vida en la existencia es totalmente espiritual, y la vida material es sólo un punto ocasional en la existencia eterna. Por lo tanto, es un acontecimiento bendito cruzar la frontera para volver a casa, la dimensión espiritual.

Stacey. —El día en que los seres humanos entiendan que la vida está en la dimensión espiritual y que la vida material no es más que un breve pasaje o aventura, como actuar en una obra de teatro, entonces los humanos verán la vida material como algo menos importante. Sólo imagina que en una obra los actores trabajan para ser ricos y famosos, y en el proceso, hacen lo que sea para alcanzar sus objetivos. En la obra algunos hacen otros no. Pero salen de la escena, sin nada de lo alcanzado en su actuación en la obra. Así mismo, Los seres humanos son inmigrantes de la dimensión espiritual que vienen en una aventura en la dimensión material: no traen nada y no se llevan nada con ellos. Más tarde cuando las cortinas cierran y el elenco se inclina para recibir generosos aplausos del público, todos saben que la obra ha terminado —audiencia y artistas—. Los actores dejan sus disfraces, de visten y se van del teatro. Afuera, la dimensión espiritual los espera, esa es su verdadera realidad. Saben que *están regresando a su existencia normal y no traen nada de la tierra (la obra), excepto, tal vez, ciertas ondas, recuerdos de frecuencias bajas, que se quedan en ellos, los espíritus.*

El escenario oscurece, y las imágenes en las pantallas desaparecen, las pantallas se apagan y las cortinas cierran, justo después de que las almas vuelven a Víctor, Moisés, Rex y Sergio, sentados en la mesa del foro. Las luces vuelven al escenario, y el público los ve como seres humanos. Las almas que se mezclaban con el público también se han ido, así como también la guia, Trues y Stacey.

Regreso al presente,

Las cortinas abren; estamos en los laboratorios del Dr. Wells, en la vida de los vivos.

Dr. Wells. *—Bueno, señoras y señores, jóvenes y niños en la audiencia, nuestros invitados del panel, ahora vuelven como seres duales, alma y cuerpo, hagan sus preguntas si tienen alguna, pero por favor no pregunten quien ganara la presidencia y el Senado en noviembre de 2020.*

Hubo un largo silencio en la audiencia.

Dr. Wells. *—Bueno, les agradezco por...una interrupción de la audiencia, alguien levantó una mano.*

Persona V en la audiencia. *—Espere, por favor, queremos saber qué pasó con Víctor, Moisés, Rex y Sergio.*

Dr. Wells. *—Oh, sí, de hecho, dejare que la guía responda a su buena pregunta.*

El público ya no ve a los espíritus, pero aun los espíritus permanecen presentes y pueden oír nosotros decimos. Yo sigo narrando esta producción para ustedes. En las pantallas pueden oír lo que los espíritus responden en sus mentes.

Guía. *— Vistas al futuro de Víctor, Moisés, Rex, Sergio, Ted, Isabel, Stacey. -Entonces, Víctor, finalmente se curó de su enfermedad después del tratamiento prescrito por el Dr. Martin. Víctor se casó con la hermana de Isa, María, y tuvo tres hijos maravillosos. El Dr. Martin encontró células cancerosas alrededor de sus pulmones y después de varios años de tratamiento de radioterapia Víctor volvió a la dimensión espiritual a la edad de 65 (2056). Moisés perfecciona su máquina de radiología que trabaja con bajas frecuencias y es capaz de escuchar voces e imágenes de espíritus. Moisés se casó con una joven científica alemana, Jenifer*

Heisenberg, juntos están desarrollando la teoría de la conectividad espíritu-corporal, inter dimensional. Tienen un niño y una niña. Moisés fallece y pasa a la dimensión espiritual en el año 2079 a la edad de 88 años. Uno de los chicos de Rex fue llamado Rex Martin. Rex continuó con su laboratorio de investigación médica, famoso en todo el mundo por su descubrimiento en el campo de las enfermedades raras, incluyendo proyecciones paranormales. Rex se casó con una doctora mejicana en abril del 2010, tuvo dos hermosas chicas. Rex murió en un accidente automovilístico en la Autopista de la Costa del Pacífico, cerca de Santa Bárbara mientras conducía a la Universidad de Santa Bárbara, donde se esperaba que impartiera una conferencia sobre patología avanzada. Rex tenía 81 años (2072) el día del accidente. Sergio se convierte en el presidente de la junta directiva del bufete de abogados Clark and Asociados, justo después de que Ted falleciera. Sergio, que vivía con un solo riñón, tuvo una infección en el riñón restante y estuvo bajo tratamiento de diálisis y después de tres años, Sergio muere en 2076. Isa, la esposa de Ted, muere en 2048, 10 años después de Ted; Ted e Isa tuvieron dos hijos, un niño y una niña. Todos los espíritus del grupo fueron grandes amigos muy cercanos y de vez en cuando bajo el dispositivo ondas cerebrales y caleidoscópica, y viajan a la dimensión espiritual con fines de investigación intelectual.

Guía. *—Aunque nuestras cuatro almas son muy jóvenes y no están a punto de regresar a su dimensión espiritual. Todavía tienen una larga vida por delante, así que permítanme llamar a su voz y asistentes de vuelta al escenario. Como ustedes los seres humanos pueden decir "híjole"; las emociones son altas, y puede ser bueno digerir los eventos. Permítanos centrarnos en el último tema de nuestra conversación anterior, cómo gestionar su conciencia. Sus conciencias es lo que los mantiene unidos y centrados en la realidad física. Para nosotros, los espíritus, la conciencia no es un problema; nuestra omnisciencia no nos permite ignorar nada; lo sabemos todo, excepto cuando estamos alojados en un cuerpo humano.*

Trues. *—A veces, los seres humanos se enfrentan a tribulaciones, dificultades, problemas, de origen social, económico o político. A veces, quieren salir de su dimensión material, y podría ser que quieran escapar a la dimensión espiritual, la mayor parte del tiempo es ver y hablar con un querido difunto. No hay nada de maldad en ese anhelo. El proceso es* *fácil, pero su disciplina es extremadamente difícil porque lo material o los apegos físicos de una persona son fuertes.*

Avanzando en el tiempo hasta 2075. Vemos ahora nueve espíritus conversando sobre su nueva asignación a la dimensión material en una de las estaciones de salida. Están hablando de experiencia con inmigración ilegal, órganos humanos y tráfico de drogas en los años 1990 a 2017 en las naciones de América.

Guía. *—Gracias por ser un público espléndido y comprensivo. Hemos concluido este foro sobre los Ciclos de vida. Tengan cuidado al salir del teatro, Buenas noches.*

El aplauso del público es intenso y ruidoso. Las cortinas se abren y todo el elenco de espíritus entran y con cortesías y parsimonias agradecen a la audiencia. Las luces se apagaron en el escenario, y los espíritus desaparecen del escenario. El telón cierra. Las luces del teatro se apagan. En este momento el escenario queda vacío. Y en las cortinas cerradas una proyección muestra lo siguiente.

CICLOS DE VIDA

El Trabajo de Los Espíritus:

Verdad y Amor

FIN

Elenco de los espíritus.

Diana Van Sander (DEANNE) Los Ángeles, CA –1996
Samuel Wells **(VRTL),** Los Ángeles, CA –1970
Ted Clark **(LEEGAHL),** Santa Ana, CA –1972
Isabel Suarez **(AGNT),** Santa Tecla, El Salvador –1977
Víctor Richland **(ARIEL),** Manhattan, New York – 1990
Moisés Suarez **(KETA),** Santa Tecla, El Salvador – 1990
Rex Martin **(TZZS),** Henderson, Nevada, USA – 1990
Sergio Maltés **(CENIA),** Arriaga, Chiapas,
México- 1990 (BOCHARS), Iowa –2017
Espíritus corroboradores
Stacey
Robert
Trues
Sexis
Humanos
Josué
Esposa de Josué

CAPÍTULO 9

Evidencias

Abstracto

La verdad es, y sólo es una, cuando las premisas de apoyo son todas verdaderas; independientemente de las dificultades que se encuentren para probar esas premisas. Las herramientas y procedimientos físicos pueden no ser apropiados para que los humanos capturaren, observen, y expliquen fenómenos inmateriales, como la existencia y comportamiento de los espíritus. Tal vez, la ley de causa y efecto pueda guiar a los humanos de vuelta al origen de tales fenómenos, caminando de lo visible y tangible a lo invisible e intangible. Y tal vez entonces los humanos puedan afirmar que la realidad intangible existe porque la realidad tangible existe. Quizás, entonces, los humanos puedan demonstrar como un espíritu entra en un cuerpo humano y actúa en sinergia, viviendo como dos componentes separados de un único ser dual en el mismo espacio y tiempo. De ese modo, estos seres duales, los mentauros, estarán en el camino a la unicidad —el orden de armonía de la existencia—.

Comentario de cierre

Ya todos se han ido, de regreso a su mundo material, materialista. A esa dimensión dominada por el ego humano; ahí donde la verdad se pierde en la penumbra de mentiras y engaños unicidad —un mundo egoísta—. Y ahora, estoy sola adelante de las cortinas, frente al público, del teatro. Voy hacia el lado izquierdo del frente del escenario, a un metro de su borde. Aun escucho los aplausos, el murmullo, los ruidos de los asientos; son signos de la realidad que vuelve a la normalidad material. Esos aplausos que continúan y duran mucho tiempo. Ahora la gente está saliendo, pero yo todavía estoy aquí, de pie en el escenario, más ya nadie puede verme. No tienen los atributos espirituales, concedidos temporalmente. Doy vuelta y tomo asiento todavía frente a la gente que sale del teatro. Mi mente detecta confusiones, dudas en las mentes de la gente. El concepto "Ciclo de Vida" es extraño, una hipótesis, que necesita una profunda meditación. Como escritora, quiero explicarte a vos, lector(a), que aún estás leyendo mi libro ciertos puntos, argumentos y pruebas. Tomaré el micrófono del podio de la guía y te hablaré sobre esto.

Soy Diana Van Sander, el espíritu de la chica golpeada por un objeto lanzado aquel día del trágico accidente que obligó la separación de cinco almas. En aquel momento estaba pensando profundamente en los misterios de la existencia, el amor, la luz y la vida: el libro de Miguel Soto, escrito en español. Estaba atrapada en sus pensamientos cuando caí inconsciente, con la mente apegada a su mente. Mi cuerpo también murió como consecuencia de ese mismo accidente. Pero estoy aquí para darte –siento que te debo– una explicación de los espíritus y de los "ciclos de vida" desde un punto de vista humano. Todavía estoy apegada a la mente del autor.

Las Premisas.

Casi todo se inicia con supuestos o premisas que requieren comprobación. Sigo la letra y el espíritu de mi libro; lo escribí en la mente del autor. Y ahora digo, sólo la verdad puede probar la verdad; pero si la verdad es realidad y o certeza, entonces, la verdad es un concepto que sólo pertenece al reino visible y tangible. Esta noción no implica que todo lo demás sea falso sólo porque no podemos probarlo; en particular, los asuntos y entidades intangibles y o invisibles –también eso puede ser verdad–. Mas la verdad se construye con verdad; así como el cálculo de la estructura de un puente tiene que ser verdad, porque si un error lo hace falso, el cálculo no es verdad y el puente se desplomará. De hecho, no hay irrealidad, solo hay verdad; y lo que hay en la dimensión de los espíritus también es verdad –una verdad que no podemos ver ni tocar, no podemos percibir–, aunque podemos imaginarla. Es una verdad como la verdad del pensamiento, de la mente y del alma. La existencia es bipolar de modo que si hay realidad también hay irrealidad, y así como existen sustancias visibles las sustancias invisibles existen. Mas como herramienta o método de realidad, la verdad es inadecuada para probar la irrealidad, como la dimensión y el comportamiento de los espíritus. En este caso, nada de lo que hemos leído arriba en este libro sobre los espíritus está confirmado. Y no podemos probar la existencia de los espíritus porque son invisibles e intangibles. Así que la conclusión de que no existen no es del todo valida; bueno, no podemos negar ni afirmar más allá de las dudas razonables. Y tal vez debemos seguir buscando esa verdad. ¿Tenemos suficiente evidencia para establecer su existencia? Observo patrones y fenómenos extraños que apuntan a la existencia de los espíritus. Nos dimos cuenta de que existe una ley de acontecimientos causales, así como una ley de eventos aleatorios. Y por estas leyes, podemos rastrear el origen de un evento ya realizado, y en el proceso observamos la secuencia de pasos, temas y actividades que hicieron posible dicho evento. Debido a estas observaciones de causas y efectos, podemos definir la realidad del efecto a su causa aun cuando la causa se origina en la irrealidad. Así que, caminando de regreso de la realidad, estudiás que lo que has observado en el universo hasta ahora es verdad; por ejemplo.

El espíritu global de la existencia

La energía es el espíritu de la existencia. ¿Qué otra cosa puede ser? La energía causa movimiento y cambio, el movimiento y el cambio es muestra de estar vivo; por lo tanto, la energía genera la vida, la mantiene en movimiento, siempre cambiante. Esta energía llena el universo. Y si ahora vemos energía en el universo, estaba antes del universo; porque no puede ser creada ni destruida –y existía antes de que el universo apareciera–. No vemos ni tocamos la energía, es invisible, es intangible. Pero los resultados de su interacción con la realidad nos llevan a aceptar que existe y es real. De hecho, reconocemos y aceptamos la existencia de la energía, invisible e intangible, por ejemplo, las cuatro fuerzas de la existencia, electromagnética, nuclear débil y fuerte, y la fuerza de gravedad. Estas fuerzas de la existencia, según los científicos, causaron la gran explosión que creo el universo. ¿Será el amor la fuerza de gravedad espiritual que atrae a dos almas? Puede ser, porque el amor es una fuerza invisible, intangible, que atrae, que amarra, que funde dos almas en una sola, para siempre el amor es espiritual–, nunca es material; no es del ego.

Realidad e irrealidad

Hay dos dimensiones que son partes del espectro de la existencia. Sus rangos van de cero a cien por ciento en sentido inverso. Es decir que cuando un componente es cien por ciento el otro es cero por ciento. Un extremo es irreal, invisible e intangible y el otro es real, visible y tangible. Nuestra imaginación ofrece evidencia de que la irrealidad existe; por ejemplo, cuando creamos pensamientos, e imágenes de temas, condiciones y situaciones que no pasan las pruebas de realidad. Es evidente que los niños viven en las fantasías de la imaginación de sus mentes en sus primeros años. Y los adultos apoyamos sus creaciones. Los ancianos cuentan historias que encajan en la irrealidad. Y nosotros los adultos pensamos que están perdiendo la cabeza. Grandes escritores como Dante, bajaron a la irrealidad y la trajeron a la realidad en sus narraciones. Las creencias y la fe son irrealidades que existen en las mentes de los humanos, pero no las vuelven realidad con ninguna acción material.

Este libro trata de conceptos y temas de irrealidad, tratando de explicar los mismos con el lenguaje de la realidad y de la lógica. Pero, ¿están equivocados los niños y los ancianos? ¿O es posible que el componente oculto de la existencia también sea real? No, no puede ser en la realidad, pero es real en la irrealidad. El componente evidente es el espacio observable con todo su contenido, que llamamos universo. Es la realidad, o la certeza que observamos. Y la realidad es la verdad con su lógica que conocemos. Pero la verdad y la lógica son elementos de la realidad. El conocimiento de los humanos ha venido de las observaciones de sus ambientes, que son parte de la dimensión evidente. Y no tenemos conocimiento de la parte no-evidente. Y así, la lógica que está dentro del universo sólo se aplica a cuestiones, objetos, situaciones y condiciones dentro de esta realidad. No hay otro espacio fuera del universo. Porque si el espacio es infinito, cualquier cosa que queda fuera hace que sea parte del espacio infinito –por definición–. La información en el sitio web de Google dice que el espacio del universo es esférico con un diámetro de unos 93 mil millones de años luz (8.8 x 1026 metros). Un universo que aparece hace aproximadamente 13.8 mil millones de años. [51] Sin embargo, el infinito significa que no se puede medir y cualquier medida del infinito es solo de una parte del infinito.

Dimensión invisible e intangibles.

Observo una dimensión invisible que coexiste con la dimensión visible y tangible en el espacio del universo. Y estas dos son las dos grandes dimensiones de la existencia.

1. No existe ninguna otra dimensión del espacio; porque esto es todo el contenido de la existencia;
2. La energía existe y está dentro de la materia; la materia existe y puede transformarse en energía por medios físicos;
3. Y la energía y la materia siempre están conectadas, una al lado de la otra;
4. La energía aplicada a la energía permanece como energía; pero la energía aplicada a la materia causa transformación o cambio. Y el cambio es la vida.

Estoy consciente del mundo a mi alrededor; pero si no hubiese realidad no existiría universo, entonces, este mundo solo estaría en la imaginación de la mente. Mi conciencia y o mi imaginación,

---

[51] https://www.google.com/search?q=Whats+the+diameter+of+the+universe+space&oq=Whats+the+diameter+of+the+universe+space&aqs=chrome.69i57j33l2.182 70j1j8&sourceid-chrome&ie-UTF-8

sin embargo, confirma que hay existencia, evidente en la realidad u oculta en la irrealidad. Por lo tanto, yo existo y soy, real y o irreal. No tengo argumentos en contra ni objeciones de los cuatro conceptos anteriores. Y la separación de la materia y energía en las dos dimensiones es clara; la materia es visible y tangible y la energía es invisible e intangible. Hay una advertencia, sin embargo, la energía coexiste con la materia en la dimensión material pero la materia no existe en la dimensión de los espíritus. La materia lleva energía y la energía está en la materia. La vida es la unión de las dos dimensiones. Por lo tanto, soy energía y materia, así que soy parte irreal y parte real, pero en una sola entidad. En cualquier caso, la existencia tiene ambas dimensiones. Ser y no ser, y así existimos de ambos modos.

El infinito – un solo espacio

El concepto de contenedores, conjuntos y subconjuntos, hace que el asunto del infinito sea dudoso. Los humanos piensan que si algo existe debe estar contenido en otra cosa. Entonces, para ellos el espacio del universo existe. Pero en el concepto de un conjunto infinito, este es tan vasto que cualquier cosa dentro nunca (tiempo infinito) llegaría a la conciencia de lo que puede estar fuera. ¿Qué contiene el espacio? El infinito contiene todo y lo que está afuera es parte del infinito. Entonces el infinito incluye lo que está dentro y también lo que este afuera. Lo que está afuera es todo aquello que no ha sido contabilizado en el inventario del infinito. Y en este espacio infinito esta la realidad evidente, la realidad latente, y la irrealidad.

La energía está en situaciones relativas de los diferentes átomos de la materia, en la estructura atómica física, en la afinidad molecular de las sustancias. Y hay energía latente en reposo, y energía dinámica en movimiento. Pero normalmente la materia y la energía están en un estado estable, relación sostenida; equilibrio físico y químico. Y la energía causa los cambios de la materia, incluso el crecimiento de la conciencia humana.

Este espacio existía antes que existiera la materia esparcida en el universo. Es decir, el espacio existía antes que apareciera el universo.

Conocimiento e inteligencia.

Estos dos vocablos no significan lo mismo. El conocimiento de la existencia –que no es igual al conocimiento humano en cantidad o calidad– estaba presente antes de que apareciera el universo. Y la inteligencia de la existencia muestra cómo, cuándo y dónde la existencia aplica ese conocimiento. Por ejemplo, el conocimiento de lo que pasaría si las cuatro fuerzas de la existencia se aplicaran a la materia existente en la existencia antes de la gran explosión. El conocimiento se deriva de la omnisciencia de la existencia; y la inteligencia es propiedad de la mente. El conocimiento humano por tanto es solo lo que se sabe de la realidad a un momento dado en el infinito tiempo. La inteligencia se aplica a ese saber – como usar ese conocimiento–. De modo que la existencia tiene una mente con el conocimiento de la omnisciencia. Pero (1) Todo conocimiento pertenece a la existencia, y no puede ser creado ni destruido. Es tan eterno como la existencia que lo contiene; (2) Y la existencia pasó este conocimiento al universo y a su contenido, de acuerdo con los requisitos y características intrínsecas de sus escenarios.

Todo conocimiento está en las bibliotecas de la omnisciencia de la existencia y siempre está disponible para la inteligencia de las criaturas vivientes, pero no se puede crear ni destruir.

La inteligencia de la existencia se muestra en las leyes, en el orden, la lógica de la estructura y el comportamiento del universo. He ahí el propósito de la existencia: Vida, Luz y Amor para todos, el universo y los seres vivientes.

El conocimiento es crítico para la vida. Está en el universo, y es la parte real de la existencia. Los humanos aprenden, saben, lo usan. Es una cuestión de hecho, y no necesitamos más pruebas. Los científicos, los arquitectos, los ingenieros, y similares, hacen lo que hacen porque toman prestado el conocimiento del universo. Todas las matemáticas, y ciencias y demás estaban presentes en la existencia antes del hombre. Los humanos no crean conocimiento, no lo poseen, no pueden llevárselo. Ellos sólo se dan cuenta (percatan o aprenden) del conocimiento y guardan copias de las imágenes en los recuerdos del cerebro para uso mental; todo este proceso es su aprendizaje y saber cómo. El conocimiento está fuera del alma, mente, ego y o conciencia; y sólo la conciencia valora el conocimiento. El conocimiento es parte intrínseca de la materia, de la realidad y la irrealidad. Los humanos no pueden ver ni tocar el conocimiento. El conocimiento es un descriptor de la realidad observada. Describe la identidad, el origen y la constitución de las sustancias, objetos, criaturas, pensamientos y temas, en la dimensión de la realidad. Incluso en la dimensión irreal, ¿por qué no? Cualquier acción humana es, y sólo es, el resultado del conocimiento, en el mundo. Es parte de la dimensión de los espíritus; y los espíritus tienen pleno acceso a la omnisciencia. El conocimiento es el músculo de la existencia y del universo; y es la fuerza que los mueve desde la mente del alma humana.

Hay realidad evidente y latente. El universo sólo muestra conocimiento en la superficie de la realidad observable, o en lo que los humanos perciben. Esta es la realidad evidente. La mayoría de las criaturas vivientes pasan por la vida conscientes sólo de esta realidad. Pero la otra realidad existe debajo de la superficie perceptible. Esta es la realidad latente, y solo se descubre con el razonamiento, utilizando la lógica inductiva y o deductiva; suposiciones o supuestos, hipótesis y teorías. Todos los objetos y las criaturas tienen una información innata dentro de sí mismos, una realidad que no está disponible a la percepción simple. Los espíritus conocen toda esa información oculta porque tienen acceso a la omnisciencia de la existencia que la registra. Pero los humanos no lo saben, para ellos es intangible e invisible, y solo la descubren con su razonamiento lógico. La realidad latente es el gran misterio de la luz (el conocimiento) porque pertenece a la omnisciencia, y, aun así, invisible e intangible, la mente humana puede alcanzarla. Esta es una evidencia que el alma humana está en contacto constante con le mente del espíritu global.

La existencia es específica

Figura 13: Engranajes del alma

Los espíritus son energía, y los objetos y las criaturas vivientes son materia; no pueden ser creados ni destruidos. Estas son dos formas diferentes de la misma sustancia, el espíritu (energía) y la forma tangible (materia). Y esta sustancia es el espíritu global de la existencia con atributos abrumadores: omnipresencia, omnipotencia, omnisciencia y amor absoluto. Así, estos cuatro atributos son el poder del gran espíritu. Esta sustancia tiene una infinidad de moléculas, y cada molécula retiene las características y atributos de la sustancia entera. El espíritu (energía) es eterno, pero el cuerpo (materia) es transitorio. Los humanos saben que cuando el cuerpo concluye su tiempo de vida, el cuerpo vuelve a la materia. Pero no están seguros de que el alma regrese a la dimensión espiritual después de que el alma se separa del cuerpo, ni de lo que hacen los espíritus a partir de entonces. Un espíritu puede volver tantas veces como lo permita la existencia y entrar en nuevas criaturas viviente (o cuerpo) cada vez que vienen. El alma de un ser humano puede comunicarse con las almas en otros cuerpos humanos, y con otros espíritus moléculas del espíritu global.

Tres elementos distintos en un solo ser real. Esta es la configuración global del alma —el engranaje espiritual del alma en el cuerpo humano—.

El ego en el alma

¿Cómo entran los espíritus en el cuerpo de una criatura viviente? El espíritu global es omnipresente, está en todo. Una molécula funcional de este espíritu se incorpora en seres vivos en la concepción. Este espíritu incorporado se transfigura en el alma y la mente de ese ser humano: espíritu (energía) y cuerpo (materia). Sólo un alma impulsa a cada criatura viviente, formando un ser dual. Y cada ser humano y criatura viviente tiene un alma innata. Una función directiva del espíritu es la mente; y la mente es el sistema operativo del alma. Pero el alma y la mente son invisibles e intangibles. Los humanos imaginan, piensan, deciden y actúan; y es una operación espiritual en el mundo real. Por ejemplo, los sentimientos, las emociones, el amor, el pensamiento son funciones del alma en la dimensión de los espíritus proyectados a la realidad de la dimensión material. El alma es un generador de fuerza, y la mente es el creador de pensamientos; y los pensamientos son fuerzas que inducen acciones que el cuerpo ejecuta. El alma tiene tres componentes principales, la mente, el ego y la conciencia (ver figura 10); son componentes independientes entre sí, pero están intrínsecamente sincronizados. Por ejemplo, la mente del autor escribe mi libro, pero su ego y conciencia no intervienen ni participan en la escritura. La conciencia puede juzgar las condiciones, las situaciones y el comportamiento del ego sin la intervención o participación del ego. El ego tiene libre albedrio y se comporta independientemente de la conciencia y la mente. Pero hay una advertencia, la conciencia y el ego usan la función de pensar de la mente. La mente no interviene con los pensamientos, las decisiones, las decisiones, o las acciones del ego.

El Ego

El ego asume la relación con pensamientos materiales, decisiones y acciones, ya que hereda el atributo de la libre escogencia, o el libre albedrio.

Figura 14: Estructura del Ego

El ego es el único responsable de todas las consecuencias de sus pensamientos, palabras y acciones. Él maneja cuatro subfunciones: La identidad, (2) el carácter o personalidad, (3) el percate y (4) la voluntad. El ego personaliza su individualidad y con su carácter representa al ser humano dual. También asume la forma en que este ser actúa y se comporta, mostrando su carácter y personalidad, actitudes, gustos y preferencias, intereses y valores. El ego es consciente de sí mismo y del escenario circundante. De hecho, es la conexión entre el alma y la realidad del universo. Facilita la relación social, política, mental y emocional con otras entidades de su entorno. En resumen, el ego piensa, decide, define su plan de acción para satisfacer sus caprichos, deseos y o de todo esto esta es su voluntad. El ego maneja el libre albedrio.

La conciencia del alma

La conciencia tiene tres subfunciones: (1) Moralidad, (2) Sabiduría y (3) Fuerza de Voluntad. La moralidad es automática; mientras que los otros dos están dirigidos por la conciencia. La moralidad es la función innata que evalúa las ideas, decisiones y acciones del ego automáticamente: lo correcto y lo incorrecto, lo bueno y lo malo, lo justo y lo injusto.

Figura 15: La Consciencia

La moralidad es una función voluntaria cuando la conciencia estudia los pensamientos, problemas, condiciones o situaciones de los seres humanos para determinar sus valores. La moralidad determina lo que está bien o mal, bueno o malo, incluyendo lo justo o lo injusto. [52] La conciencia evalúa o avalúa los pensamientos, decisiones, decisiones y acciones del ego, y proporciona un juicio moral y lógico, además de la alternativa adecuada a tomarse. El ego lo toma o lo ignora. La sabiduría de la conciencia, medita, proporciona razones lógicas en apoyo o rechazo de los pensamientos, decisiones, decisiones y acciones del ego y para el uso de la conciencia. La sabiduría es la capacidad –la función cognitiva principal de la conciencia– de ver el mundo, los pensamientos y acciones de los seres humanos desde la perspectiva de la verdad. Pero requiere conocimiento, capacidad y experiencias –el capital humano– y calidad moral para juzgar los problemas y la situación en busca de conclusiones imparciales. Los humanos no siempre hacen esto; es una acción voluntaria disponible cuando la conciencia lo requiere. La fuerza de voluntad [53] es una función que la conciencia utiliza para, o intentar, controlar los impulsos y acciones del ego. La fuerza de voluntad de la conciencia lleva un diálogo con el ego, tratando de convencerlo a pensar, elegir, decidir y actuar de acuerdo con los consejos de conciencia. Los seres humanos dicen que es su autocontrol o la capacidad de controlarse a sí mismo, que puede

---

[52]   https://www.dictionary.com/browse/morality
[53]   https://www.dictionary.com/browse/willpower

incluir el control de las emociones, deseos y avidez, o expresiones de estos, especialmente en situaciones difíciles. [54]

Premisas fundamentales:

Hay un orden observable de unidad universal; La existencia solo tiene dos dimensiones: espiritual y material. Estas dos dimensiones comparten el espacio del Universo –no hay otro espacio–, y una no interfiere en la presencia y o las actividades de la otra. Existen espíritus en dos formas: espíritus libres y espíritus alojados en seres vivos.

Los espíritus libres habitan en la dimensión espiritual, y son invisibles e intangibles; Los espíritus alojados en cuerpos humanos son almas, invisibles e intangibles, en la dimensión material; Los espíritus alojados en seres vivos permanecen integrados en los humanos hasta que termina el fin del cuerpo y en ese momento los espíritus regresan a la dimensión espiritual; Un ser humano es un ser dual: Espíritu (energía) y Cuerpo (materia); Los espíritus ocupan los cuerpos humanos de acuerdo con los ciclos de vida establecidos y por un corto tiempo; y ellos vuelven a la dimensión espiritual para iniciar un nuevo ciclo de vida.

Los espíritus (o almas) y los cuerpos de los humanos (como energía y materia) no pueden ser creados ni destruidos; (1) los espíritus (energía) nunca mueren, y trabajan en ciclos eternos de vida; (2) los seres humanos son inmortales; pero solamente existen en medio ciclo de vida –en el ciclo de materia–.

Los espíritus se comunican entre sí a varios niveles a través de sus mentes: (1) los espíritus alojados se comunican con los demás espíritus alojados; (2) los espíritus alojados pueden comunicarse con los espíritus libres en la dimensión espiritual.

La espiritualidad no es religiosa, pero las religiones son espirituales: (1) Las religiones consideran o depende de la fe y las creencias; (2) La espiritualidad es una vida, separada de la vida material y el materialismo. La existencia de las almas y su participación en la operación de los seres humanos se pueden probar con evidencia existente. Las acciones resultantes de las premisas anteriores son

---

[54] https://www.google.com/search?q=self-control&oq=Self-control&aqs=chrome.0.0l6.9199j1j7&sourceid=chrome&ie=UTF-8

visibles a través del comportamiento normal de los humanos y se reflejan a través de grupos institucionalizados religiosos o iglesias. ¿Prueban la existencia y el funcionamiento de los espíritus? Tal vez no, pero la existencia de los espíritus y su intervención en las vidas humanas queda como esta, un misterio y secreto hasta que tengamos evidencias que prueben esta teoría. Hay grupos religiosos que merecen mención honorifica en este discurso. La noción de la existencia de los espíritus es apoyada por la mayoría de las religiones del mundo; por lo tanto, es apropiado empezar a leer conceptos fundamentales de las principales religiones en el mundo. El impacto es considerable si nos fijamos en la población mundial. El crecimiento global de la población muestra las siguientes estadísticas: 7 mil millones en 2012, 8.400 millones a mediados de 2030 y 9.600 millones a mediados de 2050. [55] este libro menciona cinco religiones importantes aquí abajo.

El propósito de los espíritus

Muchas nociones pueden presentarse a favor o en contra de la existencia de los espíritus, pero ¿sabemos realmente lo que es un espíritu? Tal vez lo sabemos o no. El conocimiento general es que los seres humanos y los seres vivos, tienen una parte que no es física, acarreando emociones y carácter o personalidad, incluyendo [56] pensamientos y actitudes. La creencia general considera que los espíritus hacen que los seres humanos estén vivos o animados. [57] Es decir, los espíritus impulsan las vidas de los seres humanos, y unen el cuerpo y la mente [58] (alma). Obviamente, un espíritu en un cuerpo humano es un elemento que no es material; y es el asiento de las emociones y el carácter... incluyendo la calidad y el estado de ánimo.[59]

Hay creencias generales que amplían las creencias en los espíritus; de que hay un espíritu sobrenatural, y a menudo, pero no exclusivamente de una entidad no física; como un fantasma, hada o ángel. [60] Obviamente, la noción popular de espíritu incluye un

---

[55] https://www.bing.com/search?q=Total+global+population

[56] https://search.yahoo.com www.merriam-webster.com/dictionary/spirit

[57] www.dictionary.com/browse/spirit

[58] oxforddictionaries.com/definition/spirit

[59] en.wikipedia.org/wiki/Spirit

[60] www.thefreedictionary.com/spirit

ser sobrenatural, Dios; sin embargo, esta noción también identifica otras formas de espíritus, que tienen rangos y deberes. Una creencia más general e importante es que el espíritu permanece o continúa su existencia después de la muerte de un cuerpo humano, como dicen, Una fuerza...y a menudo para sufrir después de partir. A partir de la información anterior vemos que el concepto espíritus es crítico y consistente con el modo de ser del hombre, o la vida humana. Sin embargo, ¿podemos interpretar una definición creíble, o confirmar la existencia, de los espíritus? No lo creo, aún no, y la pregunta ¿Existen los espíritus? permanece. Puede ser, pero esta pregunta abre tres opciones sobre la existencia espiritual, (1) negarla, (2) aceptarla o (3) no preocuparse por ella.

Primera opción: Los pensamientos que vienen a nuestra mente es que, si se niega la 'existencia de los espíritus, también negaríamos la existencia de otras partes invisibles e intangibles de los seres humanos, que son naturalmente de los espíritus: Mente y alma. Las religiones han predicado durante siglos que hay un espíritu supremo; las bases de las religiones se desmoronarían bajo el peso de la opinión, si se negara la existencia de los espíritus. Segunda opción: Si aceptamos que los espíritus existen, aceptamos la posibilidad de la identidad, los atributos, las funciones y la interacción de los espíritus con el universo y el mundo de los seres vivos. Además, si definimos la existencia universal por el conocimiento absoluto como la omnisciencia que define, coloca y mantiene, el universo juntos (leyes y reglas del universo), podemos decir que un espíritu existe dentro y fuera de todo, sujetos, y objetos, en el universo. De hecho, a ciertos seres humanos no les gusta depender de las creencias porque las creencias no les dan la sensación de seguridad que les gustaría tener; por lo tanto, argumentan y luchan para hacer que sus creencias sean la realidad prevaleciente. Además de lo anterior, la interacción de los espíritus con el universo y los seres vivos, lógicamente, debe tener reglas de acoplamiento. Tercera opción: La posición de permanecer neutral con respecto a la existencia de los espíritus es permitir que la ciencia, los pensadores y o los filósofos estudien o busquen evidencia de la existencia y operación de los espíritus. Ser neutral destruye el sentido de lealtad de los seres humanos a una fe, lo que permite al pensador libre destrozar sus creencias. Sin embargo, ¿no es mejor conocer la verdad en lugar de continuar en la penumbra de las creencias?

Cada opción tiene problemas, pero el hecho es que a los seres humanos les gustaría establecer su creencia como realidad infalible, más allá de las dudas. El hecho de que los seres humanos no puedan ver, oír ni tocar a los espíritus, obviamente, implica que los espíritus tal vez no existen. Se necesita una definición de los espíritus, la dimensión espiritual y su interacción dimensional; el tema o concepto no está fuera de su alcance, porque hay evidencia de funciones o elementos espirituales ya dentro de nuestros cuerpos humanos, elementos funcionales, críticos y vitales para nuestra existencia, que no son ni fe ni creencias. Estas evidencias facilitan la definición del dualismo de los seres humanos: parte espíritu y parte materia. Y esta dicotomía divide la existencia de los humanos en dos dimensiones distintas y separadas. La evidencia de los espíritus y su dimensión incluye: Un Alma con su mente, ego y conciencia. ¿Qué papel desempeña el cuerpo humano? De hecho, sólo la ejecución física de acciones que siguen los pensamientos mentales y las decisiones del ego, pero el cuerpo no tiene intención, no puede razonar y no tiene propósitos. El cuerpo no tiene pensamientos, decisiones, emociones ni sentimientos; estos son atributos y funciones del alma. De hecho, el cuerpo humano no está consciente de la realidad, mirando más allá de la percepción sensorial; el cuerpo humano no tiene capacidad de pensar, razonar y o decidir por sí mismo. Entonces ¿qué es lo que necesitamos estudiar? Repasemos algunas premisas o hipótesis básicas, que pueden sentar los cimientos de una teoría viable o comprobable sobre lo qué son los espíritus y de cómo funcionan.

La Unicidad

La información del mundo proporciona abundantes evidencias de que el universo —tiene un orden claramente establecido— no es un sistema caótico, sino que sigue un reglamento preestablecido de leyes que mantienen el universo unido, y en balance —estas leyes son infalibles-. Todo el sistema está organizado y detallado con categorías y clases de objetos y sujetos dadas por el orden de la unicidad; por ejemplo, la tabla periódica de los elementos químicos, que no ha sido dispuesta ni organizada por inteligencia humana. La tabla periódica organiza naturalmente los elementos por sus pesos atómicos, desde los más ligeros hasta los más pesados. Las cuatro fuerzas fundamentales y sus interacciones o reacciones intrínsecas en yuxtaposición, gravedad, electromagnética, débil y nuclear fuerte, no han sido creadas por algún esfuerzo humano. Las leyes de movimiento, el equilibrio químico y las proporciones definidas, e incluso la teoría de la relatividad de Einstein han existido antes de que estas fueran descubiertas. Todo existe en perfecto equilibrio, y cada parte, objeto o sujeto, juega exactamente su papel con la intensidad que el Universo requiere. No hay desperdicio; todo tiene justo lo que necesita para existir en el orden de unidad del Universo —no hay exceso—. Esa es la ley del equilibrio. Declaro a través de la mente del autor que, el equilibrio universal físico es constante: La suma de las fuerzas que tiran del universo en un sentido es igual a la suma de las fuerzas que tiran del Universo en sentido opuesto, integradas de cero al infinito. Por lo tanto, el sistema siempre está en un estado de balance estático y dinámico o equilibrio, sin embargo, el sistema siempre está cambiando. El equilibrio universal espiritual —el orden de la unicidad del universo— es igual al estado óptimo del bien, de la derecha, justo y agradable. La inestabilidad transitoria se da por el grado de condiciones y circunstancias malas, incorrectas, injustas y desagradables, la situación, que el sistema universal trata de superar. El estado final del orden universal de unidad se alcanza cuando el bien, lo correcto, lo justo y lo agradable alcanzan el nivel de cien por ciento. El desorden universal viene cuando un sistema dinámico (el universo, o un ser humano) entra en caos mientras está en proceso de reorganizar su contenido para mantener o recuperar su equilibrio. El tiempo de este proceso está en función de la reorganización del contenido del sistema, que es el tiempo necesario para organizar todas las piezas perturbadas. Esto se debe a olas de controversias de cualquier par —bueno (B) o malo (M), correcto (C) o incorrecto (I), justo (j) o injusto (i), y agradable (a) o desagradable (d)— de la existencia. En otras palabras, la máxima armonía universal es cuando la diferencia de las sumas de estos pares opuestos es cero, (B + C

+ j + a]) – (M + I + i + d]) es igual a 0. El caos, tal vez, está en el momento cuando las fuerzas están devolviendo el sistema a su orden. Un observador atrapado en la onda (vibración del universo) ve el desorden, pero no las fuerzas restableciendo el orden.[61] Los humanos tienen una vida corta, y no dura lo suficiente para que ellos vean un cambio –y para ellos la vida en desorden parece ser permanente.

Creencias y las grandes religiones en el mundo

Las religiones abordan, normalmente, el tema de los espíritus y las cuestiones espiritual. Por lo tanto, es apropiado aprender lo que las religiones superiores creen y predican acerca de los espíritus. Por ejemplo, la mayoría de las religiones creen que hay un Dios. Este libro analiza cinco religiones importantes del mundo, que reúnen cerca del cien por ciento de la población mundial.

Religiones Abrahámicas

Hay fundamentalmente tres religiones abrahámicas extendidas por todo el mundo, el cristianismo (33%), el islam (24,1%) y el judaísmo (entre 14,5 y 17,4 millones de seguidores en todo el mundo). Estas religiones pertenecen a una familia de creencias religiosas monoteístas derivadas de Abraham, un profeta presentado en el antiguo testamento de la Biblia. Alrededor de 52% (alrededor de 3.85 mil millones de personas) de la población mundial están en las religiones abrahámicas, y tal vez, este porcentaje puede crecer más a medida que la población mundial crece. Sin embargo, no son los millones de personas que creen en un espíritu supremo, ángeles y arcángeles lo que hace que la existencia de los espíritus sea verdadera porque es sólo una creencia. No estamos diciendo que este número de personas esté equivocado, pero es necesario proporcionar evidencia de la existencia de los espíritus. Veamos estas religiones para encontrar motivos comunes para sus creencias espirituales.

---

[61] Orden Divina del Universo –El Universo tiene significado, propósito y orden inteligente-http://paulbrunton.org/notebooks/26/1

Cristianismo

El cristianismo es la religión basada en la vida, las enseñanzas y supuestos milagros de Jesús de Nazaret, conocido por los cristianos como el Cristo, o Mesías, que es la fe. [62] Los cristianos creen que Jesús es el Hijo de Dios y salvador de la humanidad cuya venida como el Mesías (el Cristo) fue profetizado en el Antiguo Testamento. [63] Dios Padre es un título dado a Dios en varias religiones, más prominentes en cristianismo. En el cristianismo, Dios Padre es considerado como la primera persona de la Trinidad, seguido por la segunda persona Dios hijo (Jesucristo) y la tercera persona Dios el Espíritu Santo. Cristianos credos incluyen la afirmación de la creencia en Dios Padre (Todopoderoso), principalmente como su capacidad como Padre y creador del Universo. Sin embargo, el concepto de Dios como el padre de Jesucristo va metafísicamente más allá del concepto de Dios como El Creador y padre de todas las personas, como se indica en el Credo del Apóstol, donde la expresión de la creencia en el Padre Todopoderoso, creador del cielo y de la tierra es inmediatamente, pero seguido por separado en Jesucristo, su único Hijo, nuestro Señor, expresando así ambos sentidos de paternidad. En el pensamiento monoteísta, Dios es concebido como el Ser y el principal objeto de la fe. [64] El concepto de Dios, como lo describen los teólogos, comúnmente incluye los atributos de la omnisciencia (todo-saber), omnipotencia (poder ilimitado), omnipresencia (presente en todas partes), y como tener una existencia eterna y necesaria. Dependiendo del tipo de teísmo, estos atributos se utilizan ya sea en forma de analogía, o en un sentido literal como propiedades distintas de Dios. En el pensamiento agnóstico, la existencia de Dios es desconocida y/o incomprensible. En el pensamiento ateo, hay ausencia de creencia en la existencia de cualquier dios.

---

[62] https://en.wikipedia.org/wiki/Christianity).

[63] https://en.wikipedia.org/wiki/Christianity).

[64] https://en.wikipedia.org/wiki/God

Comentarios sobre las creencias del cristianismo

Obviamente, el discurso anterior se trata de una definición de los espíritus, Dios y los atributos de Dios. [65] Un espíritu supremo capaz de dividirse en tres personas diferentes que coexisten según la creencia de la paternidad considera una tricotomía de Dios. Esto es tres espíritus son el padre, el hijo y el espíritu santo. En se conoce en la realidad la relación parental de la tercera persona, el espíritu santo. Estas tres personas son intangibles e invisibles, incluyendo a Jesús, que en sus relatos vivió como un ser humano en la tierra. Los seguidores hablan con estos tres espíritus en sus oraciones, y los espíritus responden de acuerdo con su tiempo o términos. No hay nada de malo en creer que los espíritus pueden tomar formas de una persona humana; no hay nada malo para una persona afirmar que tuvo un contacto o visión con los espíritus. Puesto que, según la teoría del autor, el espíritu que se alojó en Jesús, lo hizo de igual manera que lo hacen otros espíritus que se alojan en cuerpos humanos. La gran diferencia es que, de acuerdo a las narraciones, Jesús alcanzo un alto grado de unicidad con el orden de armonía de la existencia. Así él vivió independiente de la influencia de la materialidad y el materialismo —esta fue su lucha en contra el poder y la riqueza de los romanos, protegiendo a los desvalidos en la miseria y opresión—. ¿Qué es hijo de Dios?, es una pregunta que tiene su respuesta en la creencia católica. Las otras dos religiones del grupo Abrahámico tienen creencias diferentes. Las otras dos religiones Abrahámicas no piensan en el Mesías católico. Los cristianos creen que el hombre fue creado a partir de arcilla (tierra) y la mujer fue creada a partir de una costilla sacada del hombre; sin embargo, el génesis no define cómo o cuándo un espíritu entra en un cuerpo humano —tal vez esto sucedió cuando Dios soplo la vida en las narices de Adán, cuando lo animó—. Un hecho es que los hombres y las mujeres son seres duales que tienen un espíritu y un cuerpo; entonces, demostrando cómo un espíritu se integra con un ser humano puede probar la existencia de todos los espíritus.

---

[65] https://en.wikipedia.org/wiki/God_the_Father.

Islam:

Esta es la segunda religión monoteísta abrahámica enseñando que sólo hay un Dios (Alá) y que Mahoma es el mensajero de Dios. El islam enseña que Dios es misericordioso, todopoderoso, único y le ha hablado a la humanidad a través de profetas, escrituras reveladas y señales naturales. [66] Esta creencia no es diferente a la de los cristianos. Para los seguidores del islam, Ala es un espíritu misericordioso y poderoso, supremo, que se comunica con un profeta, un ser humano, mensajero de Dios. Las escrituras primarias del islam son el Corán, visto por los [67] musulmanes como la palabra literal de Dios, y las enseñanzas y el ejemplo normativo (llamado sunna, compuesto por relatos llamados hachís) de Mahoma. Independientemente de cuándo y por qué se creó el islam, los asuntos importantes son las creencias.

Comentario de Las creencias del islam

Dios habla por medio de profetas, y Mahoma es su profeta más grande. El islam enseña que el hombre fue creado a partir de un coágulo de sangre mientras se creaba el espíritu del hombre, que es como la costilla de Adán para hacer a Eva. Este espíritu es un ser sobrenatural que entra en un cuerpo humano que influye en los problemas de Manon con respecto al bien o al mal (que es una visión importante que apoya la inflexión de los espíritus en los seres humanos.) Como en el cristianismo tiene a Cristo. El islam tiene un profeta Mahoma transmitiendo mensajes a Ala (Dios), omnipotente, [como el Dios Cristiano]. Los cristianos tienen su Biblia, los musulmanes tienen su Corán, que en ambas religiones son escrituras de la palabra de Dios, directamente. El islam cree en los espíritus, Ala y su profeta Muhammad. Los musulmanes conversan con Ala y el Profeta en sus oraciones, ejemplificando una comunicación directa entre los seres humanos y los espíritus. ¿Existe realmente una comunicación, o es una ilusión deseosa de la soledad y la desesperanza de los seres humanos? La existencia de los espíritus y la posibilidad de comunicarse con ellos está aquí en su creencia.

---

[66] https://en.wikipedia.org/wiki/Islam
[67] https://en.wikipedia.org/wiki/Quran

Judaísmo:

El judaísmo es la tercera religión abrahámica antigua, monoteísta, con el Torá como su texto fundacional. [68] abarca la religión, filosofía y cultura del pueblo judío. El judaísmo es considerado por los judíos religiosos como la expresión del pacto que Dios establecido con los Hijos de Israel. El judaísmo incluye un amplio corpus de textos, prácticas, posiciones teológicas y formas de organización. El Torá es parte del texto más amplio conocido como el Tanakh o la Biblia Hebrea, y la tradición oral suplementaria representada por textos posteriores como el Midrash y el Talmud. Dios es entendido como el absoluto, indivisible e incomparable ser que es la causa última de toda existencia. Las interpretaciones tradicionales del judaísmo generalmente enfatizan que Dios es personal, mientras que algunas interpretaciones modernas del judaísmo [enfatizan que] Dios es una fuerza o ideal.

Comentarios sobre creencias judaísmo

El pacto o convenio, según los judíos es entre Dios y los hijos de Israel. Como se traducen ese convenio para el resto del mundo que no son hijos de Israel —¿cómo los creyentes católicos, musulmanes, budistas e hinduistas?— El judaísmo tiene cuatro creencias principales: (1) la ley de Dios, (2) la igualdad y la justicia, (3) la existencia del alma y (4) la existencia del libre albedrio.

El autor establece que hay leyes de la existencia estaban presentes antes de que apareciera la realidad y necesariamente antes que las condiciones del universo permitieran vida, en cualquier forma. Esta creencia no es diferente a la de los cristianos. Dios es un espíritu, invisible, intangible, un Espíritu incomprensible, la causa última de la existencia. El judío cree que Dios es personal (tiene la forma de un ser humano), mientras que el judaísmo interpreta Dios como fuerza. Siendo absoluto... Indivisible... las causas últimas de la existencia es una visión importante; por lo tanto, no hay otro Dios que Él mismo, y la existencia es a causa de Él. Sin embargo, para su creencia de la existencia del alma y el libre albedrio es una noción de apoyo para

---

[68] https://en.wikipedia.org/wiki/Judaism).

el discurso de este libro. El autor sugiere que Dios no es un ideal, y concuerda con la creencia del judaísmo en que Dios es una fuerza –en verdad es la energía, el espíritu de la existencia–.

Religiones no abrahámicas

Sabemos, evidentemente, que hay otras dos grandes religiones que tienen creencias parecidas, aunque nunca iguales. Tal vez, la diferencia se deba al desarrollo del conocimiento humano en diferentes áreas del mundo. Es posible que los humanos en diferentes asentamientos cambiaron poco a poco sus creencias –en la forma que las transmiten de generación a generación–.

Budismo

La religión budista –la cuarta religión más grande del mundo, 520 millones de seguidores– rechaza constantemente la noción de una deidad creadora. Es decir, el budismo no cree en que un Dios supremo haya creado el universo o al hombre. La ontología budista sigue la doctrina de *"Origen Dependiente"*, por la que todos los fenómenos surgen en dependencia de otros fenómenos que sucedieron anteriormente, por lo tanto, ningún (evento) inmóvil primigenio –fijo en tiempo y espacio u originario– podría ser reconocido o discernido como el principio. El budismo enseña el concepto de dioses, cielos y renacimientos en su doctrina Sasara, pero no considera a ninguno de estos dioses como un creador. El budismo postula que deidades mundanas como Mahabrahma son mal interpretadas como un creador. [69]

Comentarios sobre las creencias del budismo

Entonces para ellos no hay principio –es decir, ningún dios creo la realidad, el universo–. Los budistas creen que hay espíritus. Sugieren que la reencarnación es verdadera; a diferencia de las religiones abrahámicas que creen que un dios creó el cielo y la tierra, el hombre y la mujer. Los budistas sugieren un enfoque o creencia

____

[69] http://en.wikipedia.org/wiki/Buddhidm).

politeísta. Además, presentan el concepto de que un fenómeno surge en dependencia de otro fenómeno que sucedió anteriormente – Origen Dependiente-. Es decir que su creencia (origen dependiente) está en acorde con la ley de causa y efecto por lo cual todo lo que sucede en la actualidad depende de otros eventos que se suceden en su soporte y apoyo; de modo que, no podría haber un originador de cosas que no dependan de fenómenos anteriores. La creencia budista de la dependencia en el origen encaja en la ley de causa y efecto, por lo cual un evento ocurre porque uno o muchos otros eventos suceden antes, pero la misteriosa pregunta de un comienzo debe ser respondida: cómo se originó la cadena de los fenómenos. Para ellos no hay un origen inmóvil primario, que pueda interpretarse como que no hay una entidad estacionaria que inicie el universo. Para ellos, Buda [70] es un título de nobleza, pero no profeta; aun así, hay un primer buda que alcanzó las cuatro verdades, [71] alcanzando un estado superior de armonía universal-espíritu y materia. El autor sugiere similarmente la unicidad de espíritu y materia, o sea el orden de armonía de la existencia. Esas cuatro verdades son, (1) La vida es sufrimiento, (2) el sufrimiento se debe a la codicia y los deseos, (3) la cura es dejar ir, y (4) recorrer el paso de las ocho virtudes (sabiduría, ética y disciplina mental). Los libres pensadores pueden tomar estas verdades como actitudes internas, espiritual o mentales que no son de naturaleza material –el cuerpo (materia) no interviene en una determinación–. El autor sugiere que las tribulaciones, angustias y problemas, son creadas por el comportamiento egoísta del ego que está influenciado por el ACOPEAE. También menciona que la eliminación del ACOPEAE crea el control del ego humano y consecuentemente a la unicidad.

Buda enseñó que los skandhas son dukkha. Los skandhas son los componentes de un ser humano vivo: forma, sentidos, ideas, predilecciones y conciencia. La teoría del autor sugiere que el ser humano, viviente, lleva en su interior un alma y esta alma esta configurad con una mente, una consciencia y un ego. Según el

---

[70] https://en.wikipedia.org/wiki/Gautama_Buddha
[71] www.thoughtco.com/the-four-noble-truths-450095

budismo, el cuerpo animado que se identifica como vos mismo es dukkha porque no es permanente, y eventualmente perece. En las filosofías occidentales el cuerpo viviente (o materia) perece cerca de los cien años –y durante este tiempo es un ser dual, o animado, con un alma–.

En términos budistas, Skandhas (Sánscrito) o khandhas (Paii) significa montones, agregados, colecciones, agrupaciones. Esto se refiere al concepto de cinco agregados que afirma que cinco factores constituyen y explican completamente la existencia mental y física de un ser sensible. Los cinco agregados o montones son: forma (materia o cuerpo) (rupa), sensaciones (o sentimientos, recibidos de forma) (vedana), percepciones (samjna), actividad mental o formaciones (sankhara), y la conciencia (vijnana). Aquí podemos ver una similitud en la configuración del ser humano dual: un cuerpo, una conciencia con todos sus emociones, sensaciones y sentimientos, y la mente con su producción de ideas y pensamientos. Por otro lado, los skandhas reflejan la integración del espíritu (mente) y la materia (cuerpo), y en esta dicotomía podemos ver (1) la forma de skandhas (como el cuerpo de los seres vivos), (2) percepciones, (3) concepciones, elección, y (4) conciencia y preferencias. El punto 2 es sensorial –es la captura de la realidad y el proceso de las imágenes de la realidad-; el punto 4 es la autoconciencia (ser inerno) y conciencia del medio ambiente circundante. Esto es consistente con nuestro discurso, la estructura espiritual en mente y alma, como explicamos en este libro. Sin embargo, debemos entender las cuatro verdades de los budistas. Para los budistas el sufrimiento también es autoinfligido y debido a deseos insatisfechos, como se define en los cuatro skandhas –los componentes de un ser humano vivo-. Ellos dicen que la vida es sufrimiento (dukkha). ¿Es dukkha una verdad? No, no pienso que lo es.

¿Podemos remover nuestros sentimientos? ¡Si, claro que si podemos! La vida no es sinónimo de sufrimientos; y podemos vivir sin tener sufrimientos. Pero cuando el ego no satisface sus deseos o tiene una situación estresante que no puede resolver de inmediato, el crea sus propios sufrimientos. Los deseos emanan del ego humano y se reflejan en sus actitudes hacia a la vida. A menudo el ego es incapaz de conseguir lo que quiere; y él crea sus tribulaciones. El ego es tan miserable que este sufrimiento es su agonía. Pero los sufrimientos son actitudes, ideas, y o acciones egoístas que los humanos no realizan. Tal vez son sueños quebrados, y o esperanzas muertas, anhelos fallidos, aspiraciones no cumplidas, etcétera. Pero los humanos tienen el poder de la mente para reducir o eliminar sus sufrimientos. Los budistas dicen que el sufrimiento se debe a la *codicia y los deseos*: Tal vez esto es sed o antojo como los budistas dicen que es thanha. El contexto de este libro aborda las penas autoinfligidas, la angustia, la miseria y el sufrimiento por la elección del ego (libre albedrio). [72] Este es el concepto de ACOPEAE, siete atributos del ego humano. ACOPEAE es la actitud integrada del ego humano. Las siete actitudes que unen a los seres humanos duales con los encantos ilusorios de los asuntos materiales, la fama, el poder y la riqueza.

Para los budistas, el concepto de skandhas está (en) contraposición con la idea de un ser o individuo unificado y complementa la doctrina anatta del budismo que afirma que todas las cosas y seres están sin (un) sí mismo. Las doctrinas anatta y cinco agregados son parte del conocimiento liberador en el budismo, en el que uno se da cuenta de que el ser se compone simplemente de una agrupación temporal de cinco agregados, cada uno de los cuales no soy yo, y no yo, y cada uno de los skandha está vacío, sin sustancia.

El autor menciona que el ego toma decisiones y acciones; así, el ego crea sus tribulaciones. Pero los sufrimientos provienen de la influencia que ACOPEAE tiene sobre el ego. El autor toma las sensaciones, sentimientos, actividades mentales y conciencia como funciones del alma. Estas funciones no significan el yo interior humano. En el discurso de este libro, el cuerpo –el no yo– es sólo un vehículo, y los otras cuatro skandhas son funciones del alma. El alma es la mente, el ego y la conciencia alojados en el cuerpo humano. El yo visible es el comportamiento del alma que debemos percibir como el verdadero individuo. El yo interior es la imagen compuesta de pensamientos dichos y acciones realizadas a lo largo del tiempo –ese es el verdadero yo–.

---

[72] www.thoughtco.com/why-do-buddhists-avoid-attachment-449714

En la tradición Theravada, el sufrimiento surge cuando uno se identifica o se aferra a los agregados. Este sufrimiento se extingue al ceder los apegos a los agregados. La tradición Mahayana afirma que la naturaleza de todos los agregados está intrínsecamente vacía de existencia independiente. El auto concuerda que es posible que el alma se apegue a su parte material (el cuerpo), pero no concuerda que el alma se apegue a su mente, pensamientos, conciencia porque estos pertenecen al alma, por lo cual no puede existir apego a lo que ya es del alma. Sin embargo, si está de acuerdo que el ego que es parte del alma, en realidad puede apegarse a lo material y al materialismo. Este apego del ego es la causa del sufrimiento humano.

En el budismo, el uso del concepto skandhas para explicar el yo es único entre las principales religiones indias. Contrasta con la premisa del hinduismo y el jainismo de que un ser vivo tiene un alma eterna o un yo metafísico. Tal vez, renunciar a los anexos o a los agregados, no es en absoluto posible. Pero si pensamos en el ACOPEAE, en el ego humano, tal vez encontremos puntos en común. ACOPEAE se compone de siete atributos del ego, (1) ambición, (2) codicia, (3) odio, (4) prejuicio, (5) envidia, (6) avaricia, y (7) egoísmo. Por ejemplo, el cuerpo no puede ser cedido porque es el vehículo del alma. Los sentimientos y sensaciones son intrínsecos de nuestras almas y de nuestras conciencias. Los humanos no podrían ver su realidad interna y externa si no tuvieran percepción. La función mental es la manera de comunicarse con otras mentes. Llegamos a conocer nuestro yo interior y nuestro escenario circundante a través de nuestra conciencia. Este libro propone que los humanos primero deben controlar sus egos. Y así, los humanos se deshacen del ACOPEAE que manipula sus egos. Por lo tanto, podemos tomar las "ataduras" de los budistas como los lazos de los humanos con las cosas materiales. John Daido Loori ve la creencia de los budistas desde una visión integradora de todas las cosas en una unidad total.

El maestro Zen John Daido Loori dice que el no apego debe entenderse como unidad con todas las cosas: de acuerdo con el punto de vista budista, el no apego es exactamente lo opuesto a la separación. Necesitás dos cosas para tener apego: lo que estás adjuntando y la entidad a la cual se está adjuntando. En el no apego, por otro lado, no hay unidad. No hay unidad porque no hay nada a lo que adherirse. Si sos parte del universo total, no hay nada fuera de ti, así que la noción de apego se vuelve absurda porque sos parte de él. Es decir, mi mano no puede sentir apego a mi cuerpo porque es parte de mi cuerpo. Pero mi alma puede apegarse a mi cuerpo porque no es parte de mi cuerpo. Por otro lado, el alma no tiene apego al espíritu global por que el alma es una molécula del espíritu global. ¿Quién se apegará a qué? Vivir en no apego significa que reconocemos que nunca hubo nada a lo que adjuntarse o aferrarse en primer lugar.

En relación con los espíritus y la dimensión espiritual –en el discurso de este libro– el concepto es que un espíritu global, la energía, está en todo. Esta en el esperma y en el ovulo y automáticamente pasa al zigoto que se forma en el momento de la fertilización. Podemos considerar que una molécula del espíritu global entra el cigoto, implicando un desapego; y cuando el espíritu pasa por su separación funcional de un cuerpo humano, cuando el cuerpo alcanza el rigor mortis, el alma vuelve a ser espíritu y regresa al espíritu global. Esto es no-apego porque la molécula era, es, y será parte del espíritu global; es decir, la molécula espiritual no tiene nada a lo que adherirse porque simplemente regresa al cuerpo al que pertenece. Además, la molécula de un espíritu alojado en un cigoto nunca se une al cuerpo humano; y a pesar de las funciones que el espíritu configura en el cerebro humano permanece en asociación y dependiente de la función del alma y la mente: La mente y el cuerpo son dos componentes que mantienen su identidad plena mientras funcionan como un solo ser dual: espíritu y materia que hacen los *mentauros* humanos.

La cura es dejar ir

Por supuesto, hay una condición o estado en el cual un ser dual humano puede reducir, eliminar y asegurar la no ocurrencia de los sufrimientos posteriores; es decir, una adopción genuina del orden de la armonía del universo y la unicidad. Un ser dual humano alcanza el orden de la unicidad cuando el yo interior está en el estado óptimo de satisfacción, conformidad y gratitud; es decir está dentro del orden de armonía de la existencia. Mientras el alma lucha por lograr un nivel más alto o de mejores condiciones.

El Buda también enseñó que es posible no sufrir. Esto es fundamental para el optimismo gozoso del budismo: el reconocimiento de que es posible el cese del dukkha. Esto se logra renunciando a la ilusión y la ignorancia que alimentan el apego / aferrarse y la aversión / odio que hacen la vida tan insatisfactoria. El cese de ese sufrimiento tiene un nombre que es bastante conocido por casi todo el mundo: Nirvana. El significado del Nirvana: En la definición espiritual, nirvana (o nibbana en Pali) es una antigua palabra sánscrita que significa algo así como extinguir, con la connotación de extinguir una llama. Este significado más literal ha hecho que muchos occidentales asuman que el objetivo del budismo es destruirse a sí mismos. Pero el budismo, o nirvana no se trata de eso. La liberación realmente implica la extinción de la condición de samsara, el sufrimiento de dukkha. Samsara se define generalmente como el ciclo de nacimiento, muerte y renacimiento, aunque en el budismo esto no es lo mismo que el renacimiento de las almas discretas, como lo es en el hinduismo, sino más bien un renacimiento de las tendencias kármicas. También se dice que Nirvana es la liberación de este ciclo y de dukkha, el estrés / dolor / insatisfacción de la vida.

El samsara (sánscrito), es el ciclo repetido de nacimiento, vida y muerte (reencarnación), así como las acciones y consecuencias en el pasado, presente y futuro. Nirvana no es un lugar (es más como un estado de existencia) Nirvana está más allá del espacio, el tiempo y la definición, por lo que el lenguaje es, por definición, inadecuado para discutirlo. Sólo se puede experimentar.

Este libro sostiene que hay un ciclo repetitivo de vida y el propósito de perfeccionar la integración del espíritu y la materia (cuerpo) en la unicidad del espíritu y el cuerpo. El ciclo de vida se repite para todos los seres duales humanos hasta que cada ser alcanza el orden universal de la unicidad —satisfacción, regocijo y gratitud mientras se esfuerza por alcanzar mejores condiciones—. Tal vez esto es el concepto de Nirvana en las creencias budistas. Cuando los seres duales humanos alcancen ese estado final, aparece un estado de unicidad: la integración del espíritu y la materia y ambos estarán en ambas dimensiones, espiritual y material, al mismo tiempo. De hecho, esto podría ser Nirvana, según el budismo.

Un cese de dukkha es posible... se logra renunciando a la ilusión y la ignorancia que alimentan el apego/aferramiento y la aversión/odio que hacen que la vida sea insatisfactoria. Nirvana no es un lugar... está más allá del espacio, y el tiempo... También se dice que es la liberación de este ciclo y de dukkha, el estrés / dolor / insatisfacción de la vida... La liberación realmente implica la extinción de la condición de samsara, el sufrimiento de dukkha... Samsara se define generalmente como el ciclo de nacimiento, muerte y renacimiento... ¿Se pueden extinguir los ciclos de vida? Pienso que no es posible. Los budistas creen que hay un camino que los humanos pueden seguir: es el camino de ocho vueltas.

El camino de ocho vueltas

Finalmente, el Buda enseñó una serie de reglas y métodos prácticos para pasar de una condición de ignorancia/apego/aversión (dukkha) a un estado permanente gozo (Nirvana). Entre los métodos se encuentra el famoso camino de ocho vueltas, un conjunto de recomendaciones prácticas para vivir, diseñados para mover a los practicantes a lo largo de la ruta hacia el estado de Nirvana. [73] Si, un estado de nirvana es posible. El autor menciona que el estado de la unicidad está en estar dentro del orden de armonía de la existencia –un balance optimo o sublime–. En ese orden el alma y cuerpo están satisfechos, conformes y en plena gratitud. Pero no quiere decir que el ser humano no trabaje por alcanzar un nivel superior en las mismas tres condiciones. Implica solamente que, en cada nivel logrado, así como en la transición entre niveles, el ser humano está en unicidad con la existencia.

Nirvana, entonces, es un estado de la existencia donde ya no hay penas ni sufrimientos. En la unicidad tampoco hay penas ni sufrimientos, pero además el ser humano está conforme y satisfecho con lo que es y tiene, y siente gratitud por su condición –entonces no tiene sufrimientos ni penas-. La hipótesis de este libro es que el universo siempre existe en un orden infalible de unicidad; consecuentemente, los seres humanos pueden alcanzar el orden universal de la unicidad controlando el ego para (1) eliminar su

---

[73] www.thoughtco.com/the-eightfold-path-450067

atracción a los objetos y sujetos materiales: riqueza, fama y poder, (2) eliminar ACOPEAE, las siete actitudes del ego, Avaricia, Codicia, Odio, Prejuicios, Envidia, Ambición, y Egotismo. La hipótesis de este libro sugiere que al eliminar ACOPEAE, los seres humanos pueden alcanzar la unicidad, la condición espiritual que cumple con el orden universal de la armonía. El autor sostiene que lo mejor que puede a un momento dado y estar totalmente satisfecho con su logro, mientras intenta por conseguir sin mejor condición, sin permitir que el efecto de fallar en el intento perturbe su estado de satisfacción, conformidad, y gratitud. Los budistas creen que llegan a Nirvana siguiendo actitudes, pensamientos y acciones físico-prácticos, principalmente con comportamientos correctos humanos, aplicando lo siguiente.

- Una perspectiva o comprensión correcta de la verdadera realidad.
- Una intención correcta, el deseo desinteresado de la iluminación.
- Un discurso correcto, usando el habla compasivamente.
- Una acción correcta, usando la conducta ética para manifestar compasión.
- Un estilo de vida correcto, ganarse la vida a través de medios éticos y no dañinos.
- Un esfuerzo correcto, cultivando totalmente algunas cualidades y liberando totalmente algunas cualidades.
- Un Vivir en el presente correctamente, conciencia tortuosa del cuerpo y la mente.
- Una Concentración correcta, meditación, o alguna otra práctica dedicada y concentrada.

El autor sostiene que la unicidad está más allá de la comprensión de la realidad. La unicidad está en el reconocimiento de que el ser humano es de naturaleza espiritual; y la composición de un ser dual es la integración de un alma y un cuerpo. Pero el alma a través de sus tres componentes, la mente, el ego y la conciencia, impulsa al ser humano material. Y el control del ego es el camino a la unicidad. La unicidad es vivir como espíritu en el mundo material, sin apego a lo material o al materialismo, viendo más allá de la realidad para evitar penas y sufrimientos.

Hinduismo

El hinduismo es una religión india y dharma, o una forma de vida, ampliamente practicada en el subcontinente indio. El hinduismo ha sido llamado la religión más antigua del mundo, y algunos practicantes y eruditos se refieren a ella como Dharma de Sanstana, *la tradición eterna, o el camino eterno, más allá de la historia humana.* Los estudiosos consideran el hinduismo como una fusión o síntesis de diversas culturas y tradiciones indias, con raíces diversas y ningún fundador. Aunque el hinduismo contiene una amplia gama de filosofías, está vinculado por conceptos compartidos, rituales reconocibles, cosmología, recursos textuales compartidos y peregrinación a sitios sagrados. Hindúes se clasifican en Aruti (escuchado) y Smáti (recordado). Estos textos discuten teología, filosofía, mitología, Vedicyajna, Yoga, rituales gármicos, y edificio del templo, entre otros temas. Las escrituras principales incluyen los Vedas y Upanishads, el Bhagavad Gita, y los Agamas. Las fuentes de autoridad y las verdades eternas en sus textos desempeñan un papel importante, pero también existe una fuerte tradición hindú de cuestionar la autoridad para profundizar la comprensión de estas verdades y desarrollar aún más la tradición. Los temas prominentes en las creencias hindúes incluyen los cuatro Purusarthas, los objetivos u objetivos apropiados de la vida humana, a saber, el Dharma (ética/deberes), Artha (prosperidad/trabajo), Kama (deseos/pasiones) y Moksha (liberación/ libertad/salvación); karma (acción, intención y consecuencias), Samsara (ciclo de renacimiento), y los diversos Yogas (caminos o prácticas para alcanzar la moksha). Las prácticas hindúes incluyen rituales como puja (adoración) y recitaciones, meditación, ritos de pasajes orientados a la familia, festivales anuales y peregrinaciones ocasionales. Algunos hindúes abandonan su mundo social y sus posesiones materiales, y luego se involucran en Sannyasa (prácticas monásticas) de por vida para lograr Moksha. El hinduismo prescribe los deberes eternos, como la honestidad, abstenerse de herira los seres vivos (ahimsa), paciencia, tolerancia, autocontención y compasión, entre otros. Las cuatro denominaciones más grandes del hinduismo son el vaishnavismo, el shaivismo, el Shaktismo y el Smartismo. Las tres deidades: Brahman (el dios mayor y su trabajo era la creación), Vishnu (es el protector del mundo y el restaurador del orden moral (dharma)) y Shiva (Shiva es el destructor del mal y el transformador; el ser Supremo que crea, protege y transforma el Universo.)

De hecho, el hinduismo cree en una deidad, Brahman, considerada responsable de la creación. Vishnu protege el mundo y mantiene el orden moral. Dharma y Shiva asumen la responsabilidad de destruir el mal y lo que impulsa el cambio o la transformación del Universo. Incluyen el concepto del bien y del mal. El punto importante es que el hinduismo sugiere la existencia de la deidad, (Espíritu). El hinduismo se centra en el modo de vida conocido como la tradición eterna o el camino eterno. Una interpretación de esto podría ser que el universo tiene una verdad un orden, patrón o leyes establecidas, que regulan el comportamiento y el desempeño de sus contenidos, objetos y creaturas vivientes, y que desarrolla y mantiene la tradición. El hinduismo cree que los objetivos apropiados de la vida humana siguen cuatro premisas principales, (1) la ética y los deberes, (2) la prosperidad y el trabajo, (3) los deseos y pasiones, y (4) liberación, libertad y salvación. Además, los humanos son responsables de sus acciones, intenciones y consecuencias (karma). Los hinduistas creen en un ciclo de renacimiento, así como en caminos o prácticas para obtener esa liberación, libertad y salvación. Un dios personal es una deidad que puede ser relacionada como persona en lugar de una fuerza impersonal, como el Absoluto, el Todo, o la Tierra del Ser.

Comentarios sobre las creencias hinduistas

Notemos que en el fondo el hinduismo cree que el universo fue creado y que una deidad protege el mundo y el orden moral. Y otros dos dioses o diosas se encargan de combatir el mal e impulsan el cambio del universo. Este libro sugiere que, por ser la existencia, el universo y el ser dual – espíritu y materia– tan complejos todo esto es producto de una inteligencia superior, que tiene omnisciencia, omnipresencia y omnipotencia. Esta inteligencia es la energía –el espíritu de la existencia–. Y el alma el ego humano que es la fuente de todos los sufrimientos y las tribulaciones del ser dual. Por otro lado, la consciencia tiene la responsabilidad de guiar al ego indómito con el poder de la mente del alma. Es importante mencionar que la consciencia además de su tricotomía, Moralidad, Voluntad y Sabiduría, opera en tres niveles relativos con respecto al percato de la realidad. Es decir, esos tres niveles o planos son (1) la consciencia del ser y del entorno –este es el plano de la consciencia para el ego-, (2) la subconsciencia es la acción automática de ciertas actividades que están al alcance del ego consciente; y (3) la inconsciencia. Este es el nivel más distante del percato real y al cual el ego no tiene acceso. El hinduismo cree en los deberes eternos mientras que este libro enfatiza que el libro albedrio del ego es la fuente de las tribulaciones del ser dual humano. Por tanto, el ser dual es responsable de sus pensamientos, decisiones y acciones. En cuanto a la autoridad eterna y las verdades, la hipótesis del autor sugiere lo siguiente, (1) El universo establece y mantiene el orden universal a través de sus leyes eternas e infalibles, que no pueden ser alteradas, modificadas, o cambiadas por cualquier medio, a menos que las disposiciones de alteración, modificación y/o cambios sean parte intrínseca de estas leyes, (2) hay dos leyes que regulan los eventos y la secuencia de eventos, causales y casuales (aleatorios). Las primeras controlan la secuencia natural de *dependencia direccional* por la que no se produce ningún evento si no se producen eventos necesarios antes. las segundas controlan los eventos que se producen aleatoriamente y que no requieren que se produzcan otros eventos anteriores –suceden al azar–. Estos eventos aleatorios pueden cambiar el curso de los eventos causales. (3) los seres vivos, seres duales, integran un espíritu (energía) y un cuerpo (materia), (4) el espíritu y o el cuerpo no pueden ser creados ni destruidos, (5) el conocimiento es universal, absoluto y no puede ser creado ni destruido. El conocimiento humano es parte del conocimiento universal prestado por un tiempo establecido y se devuelve cuando expira la vida del ser humano, (6) todas las condiciones, circunstancias y eventos existen si, y sólo cuando, las leyes de la existencia les permite ser, (7) los eventos causales suceden cuando las condiciones y situaciones que forma esos eventos se dan completamente, (8) las actividades humanas de cualquier tipo son únicamente de seres humanos de los cuales son plenamente responsables. Los seres vivos poseen plena libertad de escogencia, pero acatando las leyes del universo, (9) un alma, y solo una, en un cuerpo humano maneja el pensamiento y el comportamiento de los seres humanos. Estas son leyes que regulan la vida de los seres vivos.

CAPÍTULO 10

Estructura del Alma

Abstracto

Observamos que la existencia tiene su omnisciencia de la que el hombre deriva su conocimiento. Un espíritu (alma) y un cuerpo (materia) forman a los humanos. Los espíritus no tienen estructura física. Y cuando los espíritus entran en los humanos, se convierte en alma. El espíritu hecho alma organiza la mente, el ego y la conciencia. La conciencia recibe sentimientos, pensamiento y percate. La conciencia y el ego usan las funciones de la mente. La conciencia enfoca la moralidad, la sabiduría y la fuerza de voluntad; mientras que el ego asume carácter, conciencia e identidad. El alma y sus componentes no son visibles ni tangibles; pertenecen a la dimensión de los espíritus. Sin embargo, sus elementos impulsan a los seres humanos. Sin la mente no hay ser humano; sin el ego no hay representación en el mundo material; y sin la conciencia hay caos, no hay sabiduría, ni fuerza de voluntad, ni moralidad. Sin sabiduría los humanos no aplican el conocimiento. Sin la conciencia los humanos no pueden ver lo que es bueno o malo, lo correcto o incorrecto, justo o injusto. Los humanos serían completamente animales egoístas.

El propósito

La idea de que todo debe tener un propósito puede provenir de las observaciones repetidas de que algo sucede sólo si algo más sucedió antes. De hecho, deben haber tomado muchas observaciones, razonamientos y pruebas para concluir que la vida es una cadena de acontecimientos, en la que, algunos eventos suceden para que otros eventos puedan suceder en el futuro. Por ejemplo, fue necesario que nuestros antepasados plantaran un manzano para que ahora disfrutemos de su fruto. Esta es la ley de eventos interdependientes: Causalidad. De hecho, esta ley es parte del conocimiento absoluto, y no debe sorprendernos que la dualidad de los seres humanos también tenga un propósito definido. El propósito está en la omnisciencia, el conocimiento absoluto, que mantiene todo el conocimiento de la existencia. Omnisciencia: es la capacidad de conocer, objetar y sujetar, causas y razones, el porqué, cuándo y cómo de todo lo que hay dentro de la existencia; de modo que, no hay conocimiento adicional fuera de la omnisciencia. De hecho, entendemos que lo que percibimos es sólo la punta, o la superficie, de la realidad, la verdad y el conocimiento –esto es la realidad evidente–; mientras que, debajo de la punta y o la superficie, hay una enciclopedia de conocimiento relacionada con la realidad percibida –esto es la realidad latente–. Y nuestra conciencia crece. En este sentido, el propósito no es un secreto; es sólo que nosotros, los seres humanos, no lo sabemos. Además, hay eventos aleatorios (eventos aleatorios que ocurren sin depender de eventos anteriores) que se producen, y pueden alterar la secuencia de eventos causales –en términos humanos estos son imprevistos–. Un cambio de la cadena causal tiene lugar para realinear su camino sin cambiar sus objetivos. He ahí el propósito. Por ejemplo, el propósito del rio es fluir cuesta abajo y caer al mar; y no le importa cuantas presas naturales o artificiales encuentre en su cauce, siempre caerá al nivel más bajo de la realidad. El fenómeno natural, ese el realineamiento, revela la intención de la cadena causal y el firme deseo de alcanzar sus objetivos. Un ejemplo clásico es la vida con su propósito, fin, finalización o muerte, que es, en la cadena causal superior de una criatura viviente, 'nace, vive y muere'. No importa lo que hagamos mientras vivimos; el final es morir y el destino es la muerte –cuando llegue el momento–. Esta es la inevitabilidad del propósito, un propósito que está cargado de pensamientos, intenciones, decisiones y acciones; ¿Pero por qué? ¿Por qué es que la materia parece desaparecer? El estado dual-espíritu y material –de los seres vivos, incluyendo los seres humanos–, debe tener un propósito definido; pero, ¿cuál es eso?

Tal vez la respuesta no está en la cadena de acontecimientos de la vida, sino en la historia de los logros de cada evento. En otras palabras, los resultados de cada evento pueden definir lo que debe haber tenido lugar para que suceda; por lo tanto, podemos seguir la alineación de regreso a su origen, y a partir de ahí trazar una línea recta hacia resultados futuros, al menos conoceríamos su camino y la tendencia de ese camino. Estudiando las condiciones y circunstancias actuales podemos ver el realineamiento, si hay uno, de la cadena que se construye hacia su objetivo. El misterio de la vida es su camino, pero si seguimos el conocimiento de regreso, deteniéndonos en cada etapa, podemos ver que el propósito de la vida es mejorarla en cada etapa, con una mayor integración de los seres humanos con su entorno. Vivir en armonía con el universo es el objetivo aparente. ¿Es esto por lo que los espíritus viajan a la tierra en los ciclos de vida? Puede ser que sea para poner a los seres duales en armonía de energía y materia: espíritu y cuerpos

Entendemos ahora que la realidad que se esconde en la penumbra de la conciencia se aclara un poco más con nuevos conocimientos. La imagen total existe, y está ahí o por ahí está, pero no la vemos, aún no. Obviamente, la dualidad de los seres humanos (espíritu y materia) es real. No podemos negar que, aunque la mente pueda ver lo que es la verdad, los espíritus y las funciones todavía se esconden en la densa niebla de la ignorancia humana. El conocimiento es para abrir el misterio de la vida; de modo que cuanto más conocimiento tengamos, más cerca llegamos a tener el código del secreto de la vida, y se abre, poco a poco. Hemos observado en la historia de la humanidad, desde los días del cavernícola hasta la actualidad, que los seres humanos han mejorado considerablemente a medida que el conocimiento aumenta. En otras palabras, la mejora viene en función del conocimiento acumulado, sin obstáculos. También hemos observado que ciertos atributos humanos avaricia, codicia, odio, prejuicio, envidia, ambición, y egotismo han crecido su intensidad también en función del conocimiento creciente. Tal vez, la solución está en entender que esos atributos pueden destruir la vida humana con el mismo conocimiento que mejoran la vida. Los espíritus que entran en los cuerpos humanos trabajan para empujar sus egos por el camino correcto en cada viaje a la dimensión material, hasta que los egos se comporten en armonía con las frecuencias naturales de la existencia universal. Pero no intervienen ni interfieren en las ideas, decisiones y acciones del ego. Los espíritus respetan el derecho a la libre escogencia y pensamiento del ego. Entonces, la responsabilidad de mejorar y caminar por paso correcto es decisión del ser dual humano. La imparcialidad de la existencia y la suprema justicia –igual trato para todos– implica que no existen tratos preferenciales para ningún ser viviente por que la aplicación de las leyes de la existencia no puede violarse.

No podemos decir que los atributos de ACOPEAE, se difunden generalmente en todas las almas humanas porque hay millones de personas que han alcanzado planos más altos de entendimiento, dándose cuenta de que la preservación de los seres humanos es a través de cuidar y compartir mutuamente sus recursos, incluyendo el capital humano –conocimiento, habilidades y experiencia– con sus semejantes. Si este camino se mantiene a medida que lo seguimos, tal vez, veamos que el propósito final es limpiar nuestra mente de deseos egoístas y alcanzar la unicidad –el estado en el cual la materia se limpia y se armoniza con su espíritu en un solo individuo–, existiendo en ambas dimensiones, espiritual y material, simultáneamente.

¿Es esto descabellado, como una imposibilidad? Tal vez, pero caminar en la luna era una imposibilidad, en algún momento en el pasado, y luego se convirtió en realidad. El propósito es alcanzar todos juntos una vida armoniosa y no sólo unos pocos; pues los seres humanos necesitan de otros seres humanos para tener una vida sostenida en la tierra. Y como un sistema social, político y económico, cada individuo tiene un deber igual de importante como el deber de los demás. De modo que el objetivo es limpiar nuestro yo interior de todas las preferencias y dependencias materiales para alcanzar la unicidad del espíritu y la materia aquí en la tierra.

Seres vivientes: La energía y materia eternas.

Sabemos, las ciencias nos dicen, que la materia y la energía no pueden ser creadas ni destruidas. Estamos conscientes de que la dicotomía de un ser humano revela dos componentes, un espíritu y un cuerpo. Entendemos que nuestro espíritu es energía, y nuestro cuerpo es materia. Por lo tanto, la noción de que los seres vivos, los humanos nunca mueren, es verdadera. Si reconocemos nuestro ser dual, espíritu y materia, entonces entendemos que la muerte no es más que una simple separación del alma de nuestra forma material (cuerpo). Y mientras nuestro espíritu continúa vivo cuando nuestro cuerpo vuelve a la materia, el cuerpo sigue viviendo en diferentes formas.

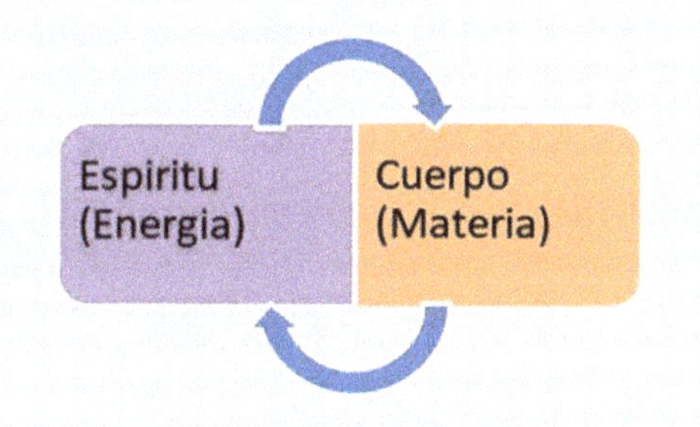

Figura 16: El ser dual

La energía y la materia son fases de la misma sustancia, que según las ciencias están presentes en una cantidad finita en el universo. Sin embargo, una ley de termodinámica establece que cuando se alcanza un equilibrio energético, cuando no hay más flujo de energía, la capacidad de producir trabajo, la materia y energía permanecerán latente sin ánimo. Entonces no habrá más movimiento o cambios de estado o de forma. El universo estará en una animación suspendida flotante o latente en el espacio, es decir, esa es su muerte térmica. En ese momento no hay más pensamientos ni acciones, ni nada que requiera intercambio de energía o flujo de la misma. Aunque la existencia pueda continuar, la vida animada termina. Por lo tanto, la vida está en los cambios y movimientos de la energía y la materia, fases de la misma sustancia, que según las ciencias están presentes en una cantidad finita en el universo. La noción de lo que aparece muestra su presencia, reacciona con su entorno, y luego desaparece, finalmente se cumple. Sin embargo, la noción de que la energía y la materia no pueden ser creadas ni destruidas implica que ambas conservan su capacidad de reanimación futura, en aquel momento cuando un evento o eventos restauren la diferencial de energía para que su flujo suceda. Somos seres humanos no porque tengamos un cuerpo material, sino porque tenemos la mente de un espíritu capaz de estar consciente, tener sentimientos y emociones, pensar y crear pensamientos, y percatados del entorno interno y externo. Pero estas funciones de la mente son intangibles, invisibles, de naturaleza espiritual, y no pertenecen a la dimensión material. Esta cualidad define nuestro carácter mental y moral; y somos espíritus vivos en un cuerpo material sólo por un breve tiempo en la dimensión material. Cuando morimos nuestro cuerpo cesa sus funciones; nuestros espíritus, regresan a casa, la dimensión de los espíritus. Pero nuestro espíritu se comunica con otros espíritus, y con el medio ambiente a través de las funciones operativas de la mente. ¿Hay una realidad interna más allá de nuestro cuerpo material?

Dualidad de los seres humanos

Por ejemplo, un artículo sobre la definición de 'espíritu' publicado en el Internet incluye dos puntos importantes, *(1) la parte no física de una persona es la sede de las emociones y carácter; el alma. 2) las cualidades consideradas como elementos definitivos o típicos están en el carácter de una persona.* [74] Aceptar la presencia de un componente que forma parte de la dimensión de los espíritus, es un buen comienzo. Este artículo define o adopta la noción de que un espíritu genera el alma y el alma tiene emociones y carácter. "Bing"

---

[74] bing.com (definición de espíritu)

define el carácter, *"las cualidades mentales y morales distintivas de un individuo".* Esta definición implica que la mente está presente en el alma y contiene las cualidades *mental y moral* de un individuo. De aquí confirmamos la dualidad de los seres humanos. Además, "Bing" define el concepto de 'moral' como los *"principios del comportamiento correcto e incorrecto y la bondad o maldad del carácter humano."* Además, el diccionario Merriam-Webster define 'conciencia' como el sentido o el percate de la bondad moral o méritos de culpa de la *"propia conducta"* de un individuo, *"intenciones o carácter junto con un sentimiento de obligación de hacer el bien o el bien."* Las declaraciones pueden parecer una contradicción, pero no hay contradicción; de hecho, estas dos declaraciones implican que la conciencia es otro elemento, o función independiente, del alma. "Bing" define *"La mente"* como *"el elemento de una persona que le permite estar consciente del mundo y sus experiencias, pensar y sentir; la facultad de la conciencia y el pensamiento."* Lo que esto dice es que percatarse, pensar, sentir, son funciones o atributos de la mente; sin embargo, el espíritu (el alma) se define como el asiento de las *"emociones, y el carácter de una persona".*

La conclusión es que los seres humanos tienen dos componentes claramente definidos, (1) un espíritu que es invisible e intangible; pero es una fuerza que mueve el cuerpo a la acción mesurable, (2) el cuerpo es materia orgánica con funciones biológicas específicas para mantener el cuerpo vivo. En nuestro comportamiento o rendimiento humano estándar, reconocemos, o estamos dispuestos a aceptar, que cada ser humano se compone de dos componentes principales, un alma (la energía) y un cuerpo (la materia). En consecuencia, la mente (alma o energía), es el elemento que piensa, crea pensamientos e impulsa el cuerpo (materia) a la acción, en esta dimensión material. Por otro lado, el espíritu o la mente es un elemento del dominio de los espíritus. El alma y la mente son lo misma; la mente es el alma o la función superior del alma.

Si observamos todo el conocimiento existe en el universo desde antes que el hombre existiera y antes de que el hombre percibiera la realidad y o acumulara conocimiento. En verdad, no hay conocimiento que no esté incluido en el universo. Y podemos concluir que el conocimiento no puede ser creado ni destruido porque es parte de la dimensión material y espiritual; y permanece allí incluso después de que el hombre desaparezca. ¿Hay conocimiento previo? Tal vez no en la tabula rasa inicial, como mente. Pero si consideramos que todo el conocimiento humano proviene de descubrimientos percibidos, debemos concluir que todo el conocimiento existía a-priori. El Universo es frugal; no tiene exceso. Nada existe en el universo si no tiene una función o un papel. La existencia y el universo depende de la contribución de cada parte.

La dualidad del ser humano expone que los seres humanos se componen de dos partes: una mente y un cuerpo. La dicotomía del ser humano no es una división del bien o del mal. La mente es un componente de pensante, y el cuerpo es material con funciones biológicas. La función pensante de la mente, el proceso de pensamientos a través de las funciones cerebrales, hace que el cuerpo actúe o reaccione. El cuerpo es una herramienta de la mente.

La mente

El ser humano tiene una mente: La pregunta es, ¿es la mente el alma? La teoría propone que un espíritu penetra en el óvulo fertilizado, convirtiéndose en su función de gestión superior: La mente, representa el alma misma. ¿Se integra con la materia? Propongo que cuando un cigoto pasa a su período de gestación embrionaria, el alma estructura las funciones de la mente en el cerebro. ¿Qué es la mente? Es un generador de energía, alimentándose de la omnisciencia. Los seres humanos no entienden el poder de su mente, y la mal gastan en cuestiones materiales triviales, objetos o temas, tales como, riqueza, fama y o poder. ¿Dónde está la mente? La ciencia aún no ha determinado dónde se encuentra. La mente es el aura o energía que involucra el cerebro y el cuerpo material; no se encuentra en un solo lugar: la mente es ubicua u omnipresente en un ser humano.

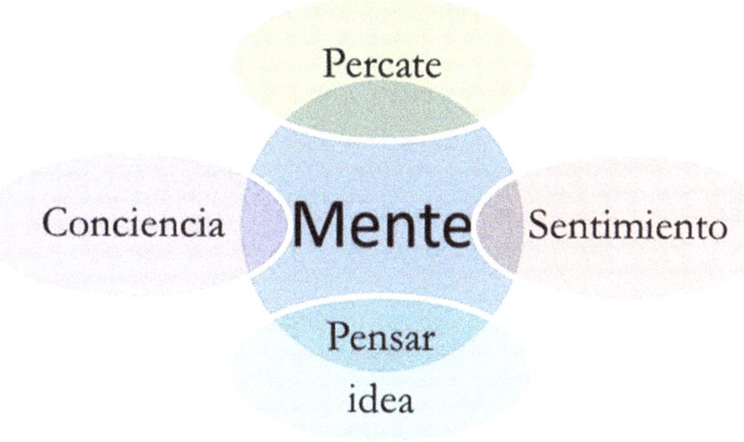

Figura 17: La Mente

Por supuesto, la falta de información o pruebas nos permite estudiar e hipotetizar explicaciones probables; y como cualquier otra hipótesis, sus explicaciones están sujetas a revisiones y pruebas. Aceptamos el hecho de que tenemos un alma y una mente capaz de concebir realidades e irrealidades. La mente tiene poderes similares a la energía y los pensamientos que salen de ella son fuerzas invisibles que incitan y o excitan acciones mensurables. En otras palabras, la mente puede producir trabajo físico, visible que se puede medir. Es un generador de energía, produce pensamientos que son fuerzas, que a su vez empujan a los seres humanos a acciones; de hecho, los pensamientos son fuerzas impulsoras que tienen intensidad, dirección y propósitos. No hay acciones si no hay pensamientos que las apoyen, exceptuando los reflejos automáticos, para los cuales el pensamiento ya está implantado en el cerebro para desencadenar reacciones. Y el cuerpo (materia) lleva a cabo las acciones de acuerdo con instrucciones del pensamiento. Esta es la forma en que el espíritu o la mente se expresa, con pensamientos, e interactúa con el escenario por medio del cuerpo. La figura 18 muestra un diagrama jerárquico de la estructura de un espíritu que indica y distribuye la mente en dos funciones espirituales principales, El ego y la conciencia.

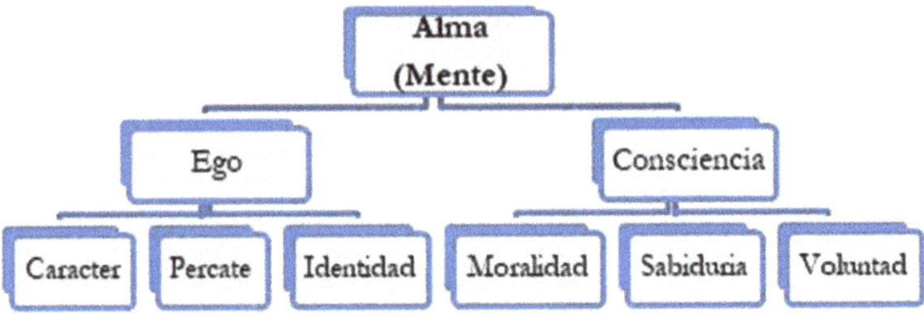

Figura 18: Estructura del alma humana

La dualidad del ser humano es obvia; necesita los dos componentes. Conocemos el cuerpo, pero ¿conocemos la mente o el alma? Tal vez sí, pero no podemos explicarlo, o tal vez tengamos miedo de hablar de cuestiones que no se pueden explicar con herramientas y métodos físicos. Sin embargo, si reconocemos y aceptamos que hay un alma dentro de nosotros, ¿por qué no podemos aceptar abiertamente que hay una dimensión de los espíritus? Una dimensión a la que todos los espíritus regresan cuando nuestros cuerpos fallan. Tal vez no sea el cielo como muchos creen, pero debe ser una dimensión donde los espíritus moran eternamente. No podemos mostrar imágenes de los elementos incluidos en la estructura del alma, como se muestra en la figura 18 porque estos elementos son invisibles e intangibles. Vemos la mente y el alma en acción porque pensamos, sentimos y tenemos sentimientos y emociones. Demostramos sus funciones a través de acciones y resultados sentimentales.

Tabla 1: Estructura del Alma
Espíritu (o Alma) (Parte no material de un ser humano): (1) la parte no física de una persona que es la sede de las emociones y el carácter; el alma, (2) aquellas cualidades consideradas como que forman los elementos definitivos o típicos en el carácter de una persona. las cualidades mentales y morales distintivas de un individuo. Fuente: Bing
2-Alma (o Espíritu): (1) La parte espiritual o inmaterial de un ser humano o animal, considerado inmortal, (2) Energía o intensidad emocional o intelectual, especialmente como se revela en una obra de arte o una representación artística. Fuente: Bing

	2.1-Mente: El elemento de una persona que le permite pensar, y sentir, estar consciente del mundo y su experiencia –un atributo que el ego utiliza regularmente-; la facultad de conciencia y pensamiento. Fuente: Bing
	2.1.1-Pensamiento (proceso de creación de pensamientos): El ego es la mente consciente, la parte de tu identidad que considerás ser vos mismo(a). La parte de la mente que media entre lo consciente y lo inconsciente y es responsable de las pruebas de realidad y el sentido de identidad personal. El sentido de autoestima o autoimportancia de una persona. Fuente: Bing
	2.2-Ego (controlador de la realidad): El ego es la mente consciente, la parte de tu identidad que considerás ser vos mismo(a). La parte de la mente que media entre lo consciente y lo inconsciente y es responsable de las pruebas de realidad y el sentido de identidad personal. El sentido de autoestima o autoimportancia de una persona. Fuente: Bing
	2.2.1-Carácter: Cualidades mentales y morales distintivas del individuo. Fuente: Bing
	2.3-Conciencia: La función que juzga los principios de comportamiento correcto y equivocado, bueno o malo, justo e injusto, cuestiones. Fuente: Bing.
	2.3.1-Moralidad: (1) El sentido o la conciencia de la bondad moral o la culpabilidad de la propia conducta, intenciones o carácter junto con un sentimiento de obligación de hacer el bien o ser bueno. (2) El sentido de conciencia de pensamientos justos y o injustos y acciones resultantes. (3) El sentido o la conciencia de la elección de agradable y o desagradable. Fuente: Diccionario Merriam-Webster.
	2.3.2-Fuerza de voluntad: (1) La capacidad de controlarse a sí mismo y (2) determinar las acciones de uno mismo. Control de los impulsos y acciones; determinación; autocontrol. Fuente: Bing.
	2.3.3-Sabiduría: La calidad de tener experiencia, conocimiento y buen juicio; la cualidad de ser sabio. Fuente: Bing

Parece que dos funciones principales apoyan el alma y la mente. Se trata de una disposición estructural plausible de acuerdo con las definiciones de diversas fuentes como se indica en la tabla anterior. La estructura que integra un espíritu (la energía) con el cuerpo (materia) de un ser humano parece compleja, pero las funciones operativas del ser humano son aún más complicadas debido a la inclusión del Ego en el alma. El Ego hereda de la mente poder del pensamiento, de conciencia, la libertad de escogencia, de la cual desarrolla un sentido de identidad personal y autoestima. El ego asume el papel de uno mismo. En la realidad el ego representa el yo interior, aunque no lo es, en la dimensión material. Dependiendo de la naturaleza del escenario del inicio de la vida (medio ambiente o hábitat), el ego construye su personalidad, gustos, preferencias y metas, su fórmula de victoria, para la vida. No es inapropiado tener un ego, pero lo que es perjudicial son los siete atributos humanos, ACOPEAE, incluidos en el ego. Las funciones de otras almas no pueden controlar fácilmente el ego. [75]

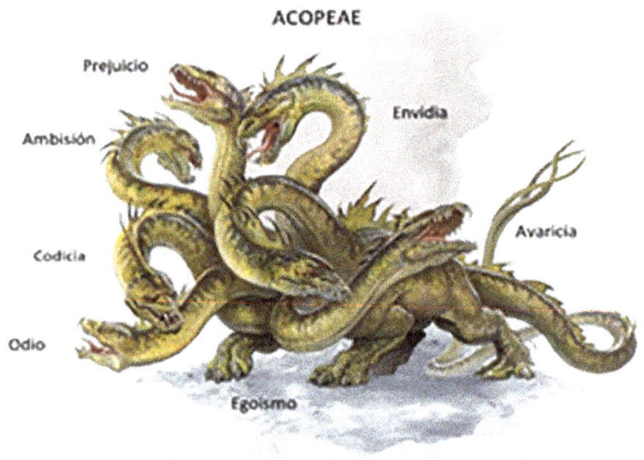

Figura 19: ACOPEAE - Hidra del Ego

La hipótesis de que los espíritus penetran en la materia viva, en un nanosegundo cuando ocurre la fertilización, requiere investigación y evidencia física. Pero si afirmamos que el espíritu se crea en algún momento durante el período de gestación, entonces negamos la existencia de una dimensión espiritual. Y también negamos el concepto de los cielos, y la existencia de espíritus libres vagando alrededor de un paraíso. El autor presume que hay un espíritu global que llena la existencia y todo el espacio universal,

---

[75] Foto tomada del Internet: https://pbs.twimg.com/media/Dj51qwgX0AAWw4Y. jpg - Propiedad de pbs.twimg.com.

y los seres orgánicos y objetos inorgánicos y criaturas que heredan partes de los atributos de ese espíritu. Las moléculas de este espíritu se difunden en seres vivos en el momento de la fertilización. ¿Por qué no? Una consideración de la idea de que un espíritu se aloja en un óvulo humano en el milisegundo cuando ocurre la fertilización es consistente con la comprensión y la dualidad de los seres humanos: alma y materia. El alma sale de su función mental y configura la mente en un proceso fijo de la siguiente manera, (1) inicia un proceso de integración compatible, (2) inicia la creación de las funciones de la mente humana, (3) establece el alma y su estructura (4) establece la conciencia, (5) configura la estructura del ego de acuerdo con su ADN, (6) instala la fuerza de voluntad, (7) configura la sabiduría, y las conexiones del sistema neuronal. Parece descabellado, pero todo esto tiene lugar durante el desarrollo embrionario.

El Alma

El alma no es un componente del espíritu; es el alma, el núcleo de los seres vivos, como los seres humanos. Para otros, el alma es la parte emocional y mental de los seres humanos, energía cargada –a menudo confundida con la conciencia– que se expresa de diferentes maneras, tales como interpretación, escritura y recitación de poemas, pintura, escultura, etc. A veces también se confunde con los sentimientos. De alguna manera, el alma es un concepto controvertido como podemos ver en la abundante información sobre el alma, y disponible en cualquier lugar, por ejemplo, lo siguiente. En muchas tradiciones religiosas, filosóficas y mitológicas, existe una creencia en la esencia incorpórea de un ser vivo llamado alma. El alma o la psique (en griego: psique, de la psique, para respirar) son las habilidades mentales de un ser vivo: razón, carácter, sentimiento, conciencia, memoria, percepción, pensamiento, etc. Dependiendo del sistema filosófico, un alma puede ser mortal o inmortal. En el judeo-cristianismo, sólo los seres humanos tienen almas inmortales (aunque la inmortalidad se discute dentro del judaísmo y puede haber sido influenciada por Platón). Por ejemplo, el teólogo católico Tomás de Aquino atribuyó el alma (anima) a todos los organismos, pero argumentó que sólo las almas humanas son inmortales. Otras religiones (sobre todo el hinduismo y el jainismo) sostienen que todos los seres vivos, ya sea más pequeño como una bacteria a un ser muy grande como los seres humanos y los animales, son almas (atma, jiva) y tienen representante físico (el cuerpo) en el mundo. El real yo es el alma, el cuerpo es un mecanismo para experimentar los karmas de esa vida. Algunos enseñan que incluso las entidades no biológicas (como ríos y montañas) poseen almas. Esta creencia se llama animismo. Los filósofos griegos, como Sócrates, Platón y Aristóteles, entendieron que el alma debe tener una facultad lógica, cuyo ejercicio era la más divina de las acciones humanas. En su juicio de defensa, Sócrates incluso resumió su enseñanza como nada más que una exhortación para que sus compañeros atenienses sobresalgan en asuntos de la psique, ya que todos los bienes corporales dependen de tal excelencia.[xxxiii] Anima mundi es el concepto de un alma mundial que conecta todos los organismos vivos en el planeta Tierra.[76]

Para desambiguar el propósito, la palabra 'alma' en el contexto del artículo anterior merece cierta aclaración, como sigue, la declaración, el alma es *la capacidad mental de un ser vivo: razón, carácter, sentimiento, conciencia, memoria, percepción, pensamiento, etc.* (1) se asemejan mucho a la definición de Bing/punto/com de espíritu dada en la tabla 1, sugiriendo concatenación semántica de significados para el espíritu y el alma: El espíritu y el alma son uno y lo mismo. Pero el alma es un espíritu capturado en el cuerpo humano.

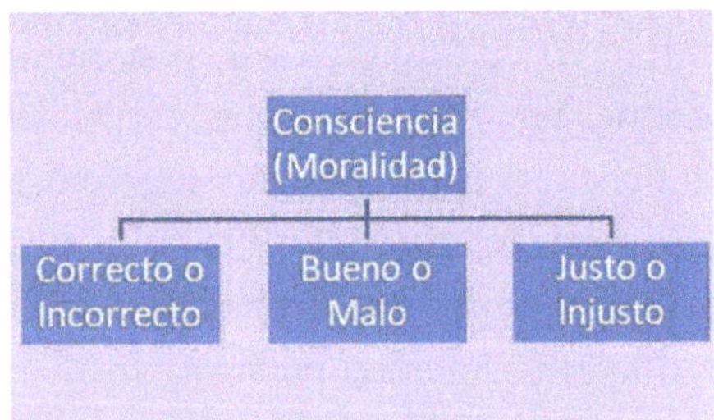

Figura 20: La Moralidad del alma

---

[76] Wikipedia (fuente: https://en.wikipedia.org/wiki/Soul)

Las ciencias dicen que la energía y la materia son dos fases de la misma sustancia que no pueden ser creadas ni destruidas. La ciencia también afirma que la energía es una fuerza capaz de producir trabajo o movimiento. Estas evidencias son críticas e importantes para explicar el concepto de espíritu (alma). El autor sugiere que los espíritus son fuerzas –invisibles e intangibles– o moléculas diminutas de un espíritu total –como el anima mundi– que es capaz de generar acciones, trabajo, cambios y o movimientos. Las definiciones dadas aquí abogan por que los espíritus en los cuerpos humanos son inmateriales, forman parte de una anima universal y son capaces de comunicarse entre sí.

El autor sostiene que un espíritu global (o anima mundi) llena la existencia, el universo, o está en todo, inorgánico y orgánico, estructurado en un esquema fundamental configurado para adaptarse a las características de los objetos y sujetos. Su fuerza estática y o dinámica interna es la que promueve y mantiene las criaturas y objetos de la 'existencia: Y así, las criaturas y los objetos llevan su propia inteligencia que por la naturaleza del objeto o criatura revela sus propósitos al mundo. Sabemos que los espíritus son energía; sabemos que la energía existe en la materia (a nivel atómico); entonces, los espíritus están en todo, como el alma de todo, incluyendo el universo. Eso es lo que la omnipresencia de los espíritus indica; y el espíritu global está alrededor, adentro y afuera de todas las cosas inorgánicas y seres orgánicos del universo, incluyendo el espacio.

La función de pensar

La mente maneja la función de pensar: El proceso de usar la mente para considerar o razonar sobre algo, usando el pensamiento o el juicio racional inteligente, produce pensamientos independientes de las aplicaciones lógicas o ilógicas, negativas o positivas, verdaderas o falsas. [77] Esta función de pensamiento está disponible para todos los componentes del alma. El pensamiento es un proceso invisible e intangible, y los pensamientos salen a través de las palabras, convirtiéndose progresivamente en decisiones y acciones que se

---

[77] www.bing.com/search?q=thinking&form.

materializan a través de actividades físicas. Los pensamientos tienen un propósito o una intensión directamente relacionados con el motivo que los impulsan, consciente o inconscientemente. El ego y la conciencia utilizan libremente esta función, incluso simultáneamente. El proceso de pensamiento incluye comparar ideas o pensamientos, realizar razonamiento, análisis y síntesis, deducción conceptual y o inducción. No podemos negar este proceso mental; es evidente. Las ideas o pensamientos producen decisiones y acciones que pueden ser benignas o malignas. Esas decisiones y o acciones son del ego. Pero el ego y la conciencia son componentes separados e independientes, y la sabiduría es una función de la conciencia dirigida por la mente. Todas las funciones, la mente, la conciencia, el ego, la sabiduría, la fuerza de voluntad son parte del alma y funcionan en la dimensión de los espíritus. Conclusivamente, podemos decir que el alma y la mente viven en la dimensión de los espíritus. Y el ego impulsa las acciones del cuerpo en la dimensión material; pero los humanos no pueden ver ni tocar las actividades mentales. Los humanos sólo pueden ver los resultados en el mundo físico. Por lo tanto, el ego corre y maneja al ser humano.

El Ego Humano

El ego *es responsable de las pruebas de realidad y de un sentido de identidad personal.* [78] El ego hereda del alma ciertas funciones como la conciencia y percate, la libertad de elección y de decisión, a partir de las cuales desarrolla su sentido de identidad personal, autoestima y auto importancia. Asume el papel de yo interior y dependiendo de la naturaleza del escenario de vida inicial [medio ambiente o hábitat] construye una personalidad humana, gustos, preferencias y metas –su fórmula ganadora– para la vida. Identifica la presencia individual en el mundo material al que está estrechamente unido. De todo lo anterior deriva su arrogancia. El ego es un módulo del alma que opera siete atributos negativos principales, la avaricia, la codicia, la ambición, los prejuicios, el odio, la envidia y el egoísmo (ver la figura 16), atributos relacionados con la vida física o material, además de la fama y la

---

[78] www.bing.com/search.

riqueza. Estos siete atributos existen en todos los seres humanos, pero, dependiendo de la fuerza de voluntad y disciplina del individuo, educación y enculturación –la conciencia gana control y poder sobre los atributos del ego–. Los psicólogos afirman que el ego maneja la autoimagen individual y la identidad personal, que se combinan con los siete atributos mencionados. La libertad de elección hace que el ego sea prepotente, arrogante e indomable. Tal vez los espíritus vienen aquí para entrenar y domesticar el comportamiento del ego. Al final, la conciencia, la sabiduría y el razonamiento construyen un corral para controlar el comportamiento del ego.

La Consciencia

¿Por qué los seres humanos tienen conciencia? ¿Fue producto de una gran explosión o el resultado de una especificación intencional de una mayor inteligencia? Una explosión no puede o no produce seres vivos; particularmente, seres vivos con emociones, atributos mentales, psicológicos o inteligentes. La implicación inmediata de lo anterior es que el orden o arreglo delicado de la mente humana no es caótico, sino que sigue el orden de unicidad del universo. ¡Hay un intento de propósito! La imagen 18 presenta una estructura infográfica, una dicotomía, del alma en un cuerpo humano: Ego y conciencia. La conciencia humana tiene tres componentes; uno de ellos es 'Moralidad'. La tabla 1 muestra un desglose de la conciencia donde la función principal es discernir los asuntos morales humanas, y la deliberación correcta o incorrecta, buena o mala, etc., es primordial. La conciencia no tiene poder para reprimir o suprimir pensamientos y acciones egoístas que son erróneos, malos, injustos y desagradables; sólo señala el estado moral de los pensamientos y acciones humanas.

Buscando respuestas a la pregunta inicial, encontramos una que dice lo siguiente: *La conciencia es un proceso cognitivo que provoca emociones y asociaciones racionales basadas en una filosofía moral aprendida individual o sistema de valores. La conciencia contrasta con la emoción o el pensamiento provocado debido a asociaciones basadas en percepciones sensoriales inmediatas y respuestas reflexivas, como en las respuestas simpáticas del SNC; donde el SNC es el sistema nervioso central.* [79] En otras palabras, este proceso mental causa emoción y deliberación lógica, o juicios, de acuerdo con el sistema de criterios morales de las personas. La conciencia debate o evalúa si los pensamientos y los actos son correctos o incorrectos, buenos o malos, justos o injustos, y agradables o desagradables. Esta comparación se realiza con mayor frecuencia sobre la base de un conjunto de normas morales preestablecidas, que pueden ser normas personales o de grupo. Las normas morales pueden ser diferentes de los principios globales del universo, y tal vez se imponen por enculturación, reglas o tradiciones sociales, hábitos o creencias religiosas. Tal vez los espíritus alojados en los seres humanos se esfuerzan por disciplinar el ego humano para que se ajuste al orden de unicidad establecido del universo: En el equilibrio o balance eterno sólo hay creación, no destrucción, bajo los verdaderos componentes del triángulo de la existencia, amor, la luz y vida. Obviamente, el orden universal de la unicidad requiere normas morales más altas que, concebiblemente, los seres humanos aún no están cerca de alcanzar. Tal vez, esto es lo que los espíritus viajeros intentan lograr ocupando los cuerpos humanos. En efecto, no es el espíritu ni la mente lo que necesita ser corregido, domesticado o educado, sino el ego autocrático que está habilitado con el libre albedrío, la libertad de escogencia y otros derechos. La conciencia señala lo que el ego debe hacer o no hacer, pero no tiene poder para obligar al ego a acatar lo que la conciencia le dice. La fuerza de voluntad es la función que obliga al ego a seguir los consejos de sabiduría conforme el orden de la unicidad.

La función de la conciencia integra cuatro elementos principales, la moralidad, la sabiduría y el poder de voluntad; y la moralidad se divide en cuatro sub–funciones, como se muestra en la figura 18, discerniendo (1) lo que está bien o mal, (2) lo que es bueno o malo, (3) lo que es justo e injusto, y (4) lo que es agradable o desagradable. La conciencia evalúa las realidades materiales y morales del pensamiento, las acciones y las consecuencias. Piensa en la conciencia como el lugar donde la mente crea y prueba los pensamientos, y o integra palabras y decisiones, de acuerdo con las normas naturales

---

[79] en.wikipedia.org/wiki/Conscience

y o morales impuestas por el hombre. Dos resultados salen de los debates, la satisfacción y la gratitud, la culpa y el remordimiento. La conciencia evalúa automáticamente cada pensamiento y actúa, almacenando el resultado de cada juicio en las memorias del cerebro; sin embargo, el ego elige seguir, independientemente de las decisiones y acciones consecuentes que surjan a partir de entonces. Un concepto o actitud común de los individuos egoístas es que deben tener razón o ganar cada vez; sin embargo, esto no es necesariamente cierto; de hecho, los resultados o consecuencias de acciones están subordinadas a condiciones y circunstancias fuera del control de la persona, la mayoría de las veces.

Los seres humanos pueden divagar acerca de esta pregunta fundamental, ¿Funciona la conciencia antes o después de los pensamientos, decisiones y acciones de los seres humanos? La mente es abierta y libre. Y la conciencia y el ego usan las funciones cognitivas de la mente. Entonces, la conciencia y el ego ven instantáneamente lo que el otro piensa. Las personas ven y juzgan situaciones, condiciones y circunstancias siguiendo normas que las beneficien, la mayor parte del tiempo. La decisión final del ego tiende a favorecer su propia intención, conveniencias y propósitos. La conciencia trabaja antes, durante el pensamiento, la decisión y después de las acciones de los seres humanos evaluando situaciones, condiciones y circunstancias. A veces, una persona no se siente bien pensando o haciendo algo que sabe que está incorrecto, mal o injusto, y un remordimiento se construye en la conciencia; sin embargo, el individuo lo hace de cualquier manera. El remordimiento queda en la consciencia para siempre. ¿Interviene el alma? Bueno, lo hace indirectamente, porque su mandato es no interferir, o no intervenir en, los pensamientos, decisiones y acciones de los seres humanos. El ego, como mencionamos antes, tiene el atributo de libre albedrio. Pero la conciencia actúa simultáneamente con el ego; y su función de moralidad hace una revisión de los pensamientos, decisiones y acciones del ego, usando su sabiduría y la función de pensamiento de la mente (véase la tabla 1). ¡Esto es increíble! La conciencia determina lo que está bien o mal dentro del escenario circundante, los pensamientos individuales, palabras y acciones, de acuerdo con los criterios estándar establecidos por la naturaleza, el individuo y o un grupo de individuos. Pero estas normas son de cada individuo y son cuestiones de preferencias individuales, gusto y opciones. Por lo tanto, lo que está bien o mal para uno puede no ser para otro, más el orden de unicidad del universo siempre muestra cuál es la elección correcta, y lo que debemos tomar: eso es el equilibrio universal. La segunda subfunción de la conciencia, la moralidad, se ocupa de la determinación del bien o del mal, realizando un análisis y o una síntesis de evaluaciones más profundas de lo que es bueno o malo, proporcionando verdad a las intenciones y consecuencias de cada pensamiento, decisiones y acciones, especialmente, de acuerdo con los conceptos morales establecidos, humanos, religiosos, sociales, etc. Cada cual la elige las normas morales que pueden ser buenas, no malas, para cada cual. Una vez más, lo que es bueno o malo para uno puede no ser para los demás. Del mismo modo, la tercera subfunción de la conciencia, la justicia, determina lo que es justo o injusto. Esta es la mecánica de la conciencia; tal vez, la función, los resultados y el aprendizaje de cómo comportarse de acuerdo con lo que la conciencia llama es el objetivo principal. Sin embargo, los hechos implican que una escogencia puede ser falsa porque la verdad es sólo una, y las decisiones egoístas individuales pueden ser incorrectas, malas, injustas, y o desagradables.

La conciencia es el percate, tener conocimiento de algo dentro o fuera de nuestro yo interior; es decir, la conciencia no es un atributo del ego, solamente. De hecho, la mente tiene conciencia no sólo de la realidad evidente, sino también de la realidad oculta que existe detrás de la realidad evidente. Por lo tanto, la mente tiene lógica deductiva e inductiva y atributos de razonamiento; pero estas funciones son intangibles e invisibles, propias de las actividades espirituales en la dimensión irreal. El conocimiento del ego depende de lo que la mente aprende y o descubre. El ego es un parásito que se alimenta de la sabiduría de la conciencia y del conocimiento de la mente. El humano percibe en la realidad, pero la mente procesa la imagen de la realidad.

A veces la conciencia o el percate de nuestra propia incapacidad o deficiencias modifican nuestro comportamiento competitivo, haciéndonos tímidos e introspectivos. Pero hay un nivel de conciencia a través del cual un individuo puede moverse a voluntad. Por ejemplo, percatarse de nuestro ser dual, alma y cuerpo, libera nuestra mente para considerar el concepto de espiritualidad, aceptando la presencia y el comportamiento de los espíritus en y alrededor de nosotros. Algunas personas son tan conscientes de las cosas materiales, el poder, la fama y la riqueza que tal vez no consideren sus propios sentimientos o sentimientos, problemas, fracasos o éxitos. Obviamente, el camino hacia la vida espiritual depende del nivel consciente de lo material, problemas, objetos y o creaturas vivas. Por ejemplo, la falta de conciencia de la espiritualidad humana aumenta la conciencia del fin de la vida o la muerte. Sin embargo, si nos percatáramos de que nuestros espíritus (energía) y de nuestros cuerpos (materia) no pueden ser destruidos, nuestro miedo a la muerte no sería esencial.

Cualidad moral y mental

Somos conscientes de nuestros sentimientos, como emociones, sentimientos, amor, etc. Vivimos con ellos cada minuto de nuestros días, incluso durante nuestros sueños, en nuestros sueños. Nuestra conciencia también sirve como juez, y o como evaluador de nuestras cualidades mentales y o morales: Bueno o malo, correcto o incorrecto, justo o injusto, por lo que nos percatamos de nuestra posición sobre temas, condiciones y circunstancias. Obviamente, estas cualidades mentales y morales son intangibles e invisibles si no las dejamos salir. El elemento moral de la conciencia que pondera sobre estos espectros morales debe tener un código de ética y normas morales mediante el cual la conciencia hace las evaluaciones comparativas. La conciencia puede no tener poder para hacer que el ego cumpla alguna conclusión moral sobre su comportamiento, pero aconseja al ego, y transmite su veredicto a la fuerza de voluntad, una función de la conciencia. La fuerza de voluntad puede entonces intentar convencer al ego de que se comporte de acuerdo con las conclusiones de la conciencia. El ego decide y actúa; el cuerpo toma las consecuencias. Esto es similar a la creencia del Karma (intención y consecuencias); pero fundamentalmente esto es el resultado de la causalidad. El alma (como espíritu) no interfiere con las decisiones y acciones del ego.

La Sabiduría

Los seres humanos saben que tienen una subfunción llamada sabiduría, que es un componente funcional de la conciencia, pero, la mayoría no sabe cómo usarla, que es lo mismo que ignorarla. ¿Qué es la sabiduría, en realidad? Los diccionarios e instituciones proporcionan valiosos prospectos sobre este término, por ejemplo. *(1) La sabiduría es la capacidad de discernir las cualidades y relaciones internas: la perspicacia; además, la perspicacia es el sentido común (1.1): el juicio acumulado de aprendizaje filosófico o científico: el conocimiento.*[80]

El autor dice que la sabiduría es el atributo de perseguir, buscar y encontrar, la verdad de la realidad; y de la irrealidad ¿por qué no? La función sabiduría no controla nada, sólo estudia las realidades de la vida de acuerdo con las leyes y la lógica del universo; es decir, medita. La sabiduría no es una función automática para ningún nivel consciente, de conciencia e inconsciencia. La sabiduría utiliza datos, información y conocimiento almacenados en el cerebro, haciendo un análisis profundo buscando la verdad de la realidad para las tres subfunciones de la conciencia. La ubicación del ego no es esencial, pero la función de almacenamiento es crítica. La sabiduría ve el mundo en el contexto de la verdad y de la realidad del universo de lo que algo puede o debe ser: la verdad y la realidad es el revestimiento del cauce de un paso derecho de la vida humana.

Lo bueno y lo malo

Teóricamente, podemos decir que el espíritu del universo es un conjunto totalmente 'bueno' y todo lo que ocurre dentro de él es justo y necesario para la existencia del mismo y su *orden de unicidad.* Además, lo bueno y lo malo existen simultáneamente porque si hay lo bueno lo contrario también existe al menos la posibilidad de tomar lo malo debido a la conciencia del bien existente. Es decir, lo que es bueno o malo sigue siendo así porque los dos no pueden ser buenos y malos al mismo tiempo, su relación espacial es de un estado o de uno de los dos. La imagen en un espejo aparente refleja estos dos

---

[80] Fuente: www.merriam-webster.com/dictionary/wisdom dice

términos, como si fueran idénticos; no son idénticos. De hecho, estas dos situaciones no son iguales en tamaño, el conjunto de bien siempre es mayor que su subconjunto de malo. Incluso si la existencia estuviere pasando por una secuencia necesaria de "cuasi equilibrio", el conjunto de buenos y subconjuntos de malos movimientos cambiaría de tamaño. En otras palabras, cada ocurrencia o fenómeno en el universo sucede por una razón, y, por lo tanto, estos son siempre buenos, incluso con la inclusión de ocurrencias o fenómenos aleatorios. El bien es un elemento de la verdad, y el mal es parte de lo falso; así, porque la verdad prevalece, el bien también lo hace; pero tal vez en un estado latente. De hecho, si se dejara solo el universo, su orden de unicidad estaría en estado estable para siempre, en ausencia de seres humanos. Sin embargo, cuando los seres humanos entran en un escenario, el escenario se vuelve rojo-malo debido a la libre voluntad del ego humano que lleva posibilidades de errar y elegir lo malo.

De hecho, lo bueno o lo malo depende de los deseos y deseos de los humanos, y lo que es malo ahora puede ser bueno unos minutos después. En un primer caso, los pensamientos o acciones buenas o malas son del carácter individual que refleja sus actitudes hacia el entorno, y objetos o sujetos externos. Recíprocamente, un entorno, objeto o sujeto, puede ser bueno o malo para un individuo, dependiendo de sus gustos y preferencias. ¿Qué es bueno o malo cuando casi todo siguen motivos y deseos que se ajustan a los egos personales, en este mundo material? Bueno o malo es el resultado de un juicio egoísta individual. Parece que lo bueno o lo malo es cuestión de conveniencia y características satisfactorias de un problema, sujeto u objeto, para un individuo; y elegir es oportunista. Y en ese caso, sí, elegir lo bueno o lo malo es una cuestión de juicio individual. Para el universo, el bien es todo lo que preserva su orden de armonía natural, y lo malo es todo lo que lo destruye. La comparación de estos términos, bueno o malo, se aplica a categorías como social, moral, religiosa, política, económica, etc. El concepto de que el mal vaga por ahí con la intención de tentar a los seres humanos a tener malos pensamientos o de hacer malos actos, es de hecho un doblez de la realidad, tal vez sea un paradigma. El beneficio de los malos pensamientos y o actos es un paradigma que debe romperse. El mal no viene de fuera, sino de adentro de nuestras almas provocado por egos perversos que pueden hacer daño y o poner a los demás en el camino del daño a pesar del juicio y los consejos de la conciencia. La frase antigua, el fin justifica los medios, incluye consideraciones personales para hacer malas acciones para obtener beneficios. ¿Es esto bueno? Por supuesto que no, porque el orden universal de la unicidad existe bajo el principio de la bondad, que siempre debe favorecer la verdad.

Lo correcto o incorrecto

Las leyes del universo son infalibles, y la aplicación simultánea de todas las leyes produce una existencia perfecta, siempre adecuada para el universo y la vida. Es decir, si las leyes del universo y la existencia son perfectas, todos los fenómenos que ocurren son necesarios y correctos. La etimología de los conceptos, sin embargo, revela que lo que es correcto no es la etiqueta 'correcto', sino la contribución que aporta a la perfección. 'Tesaurus' afirma que derecho es todo lo que es correcto, verdadero, preciso, cierto y más. Esto es así, debido a la causalidad y las leyes de causalidad que gobiernan la realidad de la existencia. Por lo tanto, si el rendimiento del universo es correcto, entonces, lo que está mal es el rendimiento de la vida de los seres humanos; es decir, las actitudes y el comportamiento de los seres humanos hacia el universo y hacia ellos. ¿Qué es lo correcto o lo incorrecto en las dimensiones materiales donde casi todo sigue los intereses y propósitos del ego de cada quién? Son sólo las actitudes y acciones de los humanos. Hacer el bien o el mal es una cuestión de actitud moral y ética a menos que un pensamiento o acciones se haga inadvertidamente por error —"errare humanum est—". Sin embargo, incluso si lo que se dice y se hace es un error, los pensamientos y acciones equivocadas conllevan las consecuencias correspondientes. Una implicación salta de lo anterior; es decir, el bien o el mal representa una comparación de un pensamiento o acción en relación con una línea de base; por lo tanto, lo que puede estar por encima de la línea está bien y por debajo de la línea está mal.

La línea de base para la comparación debe estar definida antes de cualquier comparación; y tal definición podría ser moral o física. Si la línea de comparación es moral, entonces los pensamientos y acciones caen en la dimensión espiritual de las emociones, los sentimientos y o los sentimientos; mientras que, si la línea es física, entonces los pensamientos, las acciones y las consecuencias pertenecen a la dimensión material. Independientemente de la naturaleza del comparador, la línea divisoria es ética, y es un conjunto de estándares predefinidos con los que se comparan los pensamientos y las acciones. Las leyes del universo y las leyes del hombre son diferentes; las primeras son infalibles, pero las segundas son falibles porque "errare humanum est." Un ejemplo de este punto de vista son las leyes de la naturaleza y las leyes de los hombres. En cualquier caso, el bien o el mal se presentan dentro de un argumento de ética física o moral. Sin embargo, la creencia o la fe no definen el bien o el mal porque su naturaleza es improvisada. Sin embargo, lo correcto o lo incorrecto no son asuntos de creencia, porque la naturaleza misma de los términos refleja la verdad, que no se puede doblar. La comparación revela una relatividad condicional de los dos términos con respecto a la creación del ego humano provisto de libre albedrio y poco conocimiento. El bien o el mal está condicionado con respecto a las situaciones y en relación con las intenciones y propósitos de los seres humanos en un momento, condiciones y circunstancias específicas. En este caso, lo que está bien o mal para una persona puede ser incorrecto o correcto para otro; y esto también puede ser cierto para el mismo individuo más adelante. Por lo tanto, el bien o el mal absoluto pertenece al espíritu del universo, pero no a los egos de los hombres.

Lo justo o injusto

Estos dos términos se refieren a la justicia, que es un concepto relacional; es decir, es propio de las interrelaciones entre (1) dos individuos, (2) un individuo y la sociedad, (3) el individuo y el medio ambiente. En cualquier caso, justo e injusto son términos que no son necesariamente opuestos entre sí, como en el caso de lo bueno o lo malo. Estos términos son relativos a la equidad del trato mutuo entre las partes interesadas, incluyendo el respeto recíproco o mutuo de los derechos y atributos de los demás. El término justo o injusto cae en el ámbito de la justicia y la convivencia pacífica; en otras palabras, el antiguo dicho, "Dale al César lo que es del César y a Dios lo que es de Dios" significa el respeto de los derechos y propiedades de los demás de la manera que esperamos que respeten a las nuestras. ¿Qué es justo o injusto en las dimensiones materiales donde casi todo sigue perspectivas de equidad, ambición, egoísmo, medios y métodos del ego? Esto va para cualquier tipo de relación, social, política y económica; cuando la mayoría de las personas salen a conseguir los tratos que favorecen sus propósitos y deseos. El capitalismo es un sistema mercantil en el cual el concepto es obtener el máximo rendimiento con la mínima inversión; esto podría significar obtener el mayor retorno con cero inversiones. Este concepto no tiene nada de malo; lo que está mal es la codicia de pocos que manipulan el mercado libre; ¿Es verdaderamente libre? No, no lo es. El libre mercado es manipulado, tal como lo es la ley de la oferta y la demanda.

Lo agradable o desagradable

Estos términos son relativos al placer o a la pertenencia en la categoría de dar o proporcionar placer o satisfacción, propicio para la satisfacción, y o la felicidad. Entre estos placeres se encuentran las condiciones que complacen deseos, a menudo egoístas. Mientras que desagradable es el lado opuesto de agradable. ¿Qué es agradable o desagradable en las dimensiones materiales donde casi todo sigue las emociones y deseos, gustos y preferencias de los egos? Agradables o desagradables son, la mayoría de las veces, factores exteriores o partes del entorno inmediato que pueden o no alterar el estado del placer o satisfacción de un individuo. Lo agradable y o desagradable pertenecen a una categoría de preferencias humanas, pero no necesariamente el resultado de la escogencia. Obviamente, los seres humanos prefieren problemas agradables, condiciones o situaciones; sin embargo, ambiente agradable o situaciones atraen, y ambiente desagradable o situaciones repelen. Los seres humanos pueden categorizar situaciones agradables y o condiciones como situaciones y condiciones buenas y desagradables como malas.

Moralidad, Fe y o Creencias.

La moralidad es condicional y relativa; depende del carácter moral de cada uno, incluso si el individuo estuvo expuesto y aprendió ciertas normas morales. El ego de la persona tiene la última opción y tal elección puede no cumplir con la ética y o estándar aprendido temprano. La idea de que la moralidad sólo se puede obtener a través de la enseñanza de las religiones es negar los componentes de la mente de los seres humanos para alcanzar el orden universal de la unicidad por sí mismos. Por supuesto, el ser humano puede, porque siempre es una decisión individual, seguir o no seguir ningún estándar moral establecido. Por lo tanto, si las personas lo hacen basados en la fe y la creencia, también pueden hacerlo por su libre albedrio.

La ética en las religiones: *La ética implica sistematizar, defender y recomendar conceptos de comportamiento, correcto e incorrecto. Un aspecto central de la ética es la buena vida, la vida que vale la pena vivir o la vida que es simplemente satisfactoria, que muchos filósofos sostienen que es más importante que la conducta moral tradicional. La mayoría de las religiones tienen un componente ético, a menudo derivado de supuesta revelación o guía sobrenatural. Algunos afirman que la religión es necesaria para vivir éticamente. Blackburn afirma que hay quienes dirían que sólo podemos florecer bajo el paraguas de un fuerte orden social, concibiéndose por la adhesión común a una tradición religiosa particular.* [81]

Un pensamiento, una palabra o un acto puede ser inocuo u ofensivo; en otras palabras, los pensamientos, las palabras y los actos tienen consecuencias intrínsecas. De hecho, la moralidad se puede categorizar; y un artículo en Internet proporciona lo siguiente.

La moral y la religión son la relación entre los puntos de vista religiosos y lo moral. Muchas religiones tienen marcos de valor con respecto al comportamiento personal destinado a expresar a los seguidores en la determinación entre el bien y el mal. Estas incluyen las Triples Gemas del jainismo, Halacha del judaísmo, la Sharia del islam, el Derecho Canónico del catolicismo, el Camino de ocho vueltas del budismo, y zoroastrismo buenos pensamientos, buenas palabras y buen concepto de hechos, entre

---

[81] https://en.wikipedia.org/wiki/Ethics_in_religion

otros. Estos marcos son esbozados e interpretados por diversas fuentes tales como libros sagrados, tradiciones orales y escritas, y líderes religiosos. Muchos de estos comparten principios con marcos de valores seculares como el consecuencialismo, el pensamiento libre y el utilitarismo. [82]

Por supuesto, los seres humanos necesitan valores éticos para pensar, hablar y actuar moralmente correctos, y o para comportarse moralmente correctos. Sin embargo, cada religión propone su propio principio. Por ejemplo, la cita del artículo anterior enumera cuatro marcos de *valores,* que pueden proporcionar información adicional a nuestro discurso: *Secular, consecuente, de pensamiento libre y utilitarismo.*

Secular: *La laicidad es el estado de estar separado de la religión, o de no estar exclusivamente aliado con o contra cualquier religión en particular. La idea de una dicotomía entre la religión y lo secular se originó en el siglo XVIII Ilustración Europea. Además, dado que la religión y los seculares son ambos conceptos occidentales que se formaron bajo la influencia de la teología cristiana, otras culturas no necesariamente tienen palabras o conceptos que se asemejan o son equivalentes a ellos.*

Consecuencialismo: *El consecuencialismo es la clase de teorías éticas normativas que sostienen que las consecuencias de la conducta son la base final para cualquier juicio sobre la exactitud o la injusticia de eso Conducta. Por lo tanto, desde un punto de vista consecuente, un acto moralmente correcto (u omisión de actuar) es aquel que producirá un buen resultado, o consecuencia. El consecuencialismo no es principalmente prescriptivo, lo que significa que el valor moral de una acción está determinado por su consecuencia potencial, no por si sigue un conjunto de edictos o leyes escritas.* [83]

Éticas Normativas: *La ética normativa es el estudio de la acción ética. Es la rama de la ética filosófica la que investiga el conjunto de preguntas que surgen al considerar cómo uno debe actuar, normalmente hablando.*

Pensamiento libre: *El pensamiento libre (o el libre pensar) es un punto de vista filosófico que sostiene que las posiciones sobre la verdad*

---

[82] https://en.wikipedia.org/wiki/Morality_and_religion

[83] https://en.wikipedia.org/wiki/Consequentialism

deben formarse sobre la base de la lógica, la razón y el empirismo, en lugar de autoridad, tradición, revelación o dogma. El pensamiento libre está fuertemente ligado al rechazo de los sistemas tradicionales de creencias sociales o religiosas. La aplicación cognitiva de pensar libre se conoce como libre pensador, y los practicantes del pensamiento libre se conocen como libres pensadores. [84]

Utilitarismo: *El utilitarismo es una teoría ética que afirma que la mejor acción es la que maximiza la utilidad. La utilidad se define de varias maneras, por lo general en términos del bienestar de entidades sensible. Jeremy Bentham, el fundador del utilitarismo, describió la utilidad como la suma de todo placer que resulta de una acción, menos el sufrimiento de cualquier persona involucrada en la acción. El utilitarismo es una versión del consecuencialismo, que afirma que las consecuencias de cualquier acción son el único estándar del bien y del mal. A diferencia de otras formas de consecuencialismo, como el egoísmo y el altruismo, el utilitarismo considera los intereses de todos los seres por igual.*

Este libro alaba las religiones por sus esfuerzos por moderar y o guiar a los seres humanos a comportarse de acuerdo con sus cánones éticos. La advertencia es que sus diferencias sobre las creencias no se reconcilian, aunque, la lógica innata del universo establece que hay una y única verdad de la existencia. Esta noción expone que sólo una religión y creencia es verdadera, o todas las religiones no lo son. Todos sabemos que los egos de los seres humanos se comportan de acuerdo con actitudes, gustos y preferencias egoístas, y tal vez la fuerza de voluntad de la conciencia de los seres humanos no es lo suficientemente fuerte como para disciplinar sus egos. Sin embargo, y por el bien de la justicia para todos, este libro ofrece igualdad de oportunidades a todas las creencias. Secular no significa enemigo de la religión o las religiones; es sólo una no alianza con una o todas las religiones. Es evidente que hay leyes del universo, no creadas o especificadas por humanos, desarrolladas e implementadas antes de que el universo surgiera a la realidad, porque de lo contrario el orden universal de unicidad no podría haber sido implementado ni logrado. La teoría de este libro sostiene que el orden universal de unicidad

---

[84] https://en.wikipedia.org/wiki/Freethought

es dinámico, no es un estado sostenido, por el cual el universo y todos los objetos y sujetos, materiales y espirituales, siempre están en equilibrio. El resultado de los pensamientos, y palabras no causa daño al universo, al entorno inmediato o a cualquier objeto y sujeto en un entorno: la entropía del universo se mantiene inalterada. ¿Este estado se sostiene? Tal vez no, pero la interacción humana con otros seres humanos y el medio ambiente puede establecer y mantener relaciones ofensivas. Observando la estructura y organización espiritual, uno puede concluir que los males del carácter o la personalidad humana son parte de las acciones del ego, la libertad de escogencia y sus atributos. La idea de que el ego, al parecer, no puede ser domesticado es un paradigma que debemos quebrar. Nos falta si, un programa educativo que tenga al menos tres fases de capacitación para los bebés, los adolescentes y los adultos. El objetivo es controlar al monstruo, ACOPEAE, que vive en el ego humano. La manera de domar al ego es seguir normas de la conciencia bajo disciplinas implementadas por la fuerza de voluntad individual: piensa en lo que dices y decides antes de actuar. Cualquier hábito, malo o bueno, que se crea o se establece puede deshacerse. Dicen que la idea de ganar el cielo, Shangri-La, el paraíso o el Nirvana, a través de la ética moral y de la religión es un anhelo espiritual que los seculares podrían llamar paradigma. Hemos leído las opiniones de las religiones del mundo superior; todas estas creencias tienen objetivos morales profundos a pesar de sus controversias teosóficas. (1) Los católicos siguen los diez mandamientos de Moisés, y más tarde las enseñanzas de Jesucristo. (2) El Islam proporciona enseñanzas y sunnah normativo –una forma de vida basada en las interpretaciones mahanesas del Corán– y el reporte, que es la personificación de la tradición sunnah, las palabras y acciones del Profeta y su familia, la familia de la casa, los doce sucesores políticos y espirituales de Mahoma en las doce ramas del islam chiita, y la hija del Profeta, Fátima). (3) El judaísmo no acepta a Jesús como el Mesías, pero tiene su código de ética común a todos estos significados. [85] la Torá consiste en el origen de la hermandad judía: su llamada a Dios, sus pruebas y tribulaciones, y su pacto con su

---

[85] https://en.wikipedia.org/wiki/Jewish_ethics

Dios, que implica seguir un modo de vida encarnado en un conjunto de obligaciones morales y religiosas y leyes civiles: *Halakha (hebreo: el Camino de caminar), el cuerpo colectivo de las leyes religiosas judías... y ordenanzas que han evolucionado desde tiempos bíblicos para regular las observancias religiosas y la vida y la conducta diaria del pueblo judío. (4)* Los budistas creen en un camino de ocho dobleces: sabiduría, ética y disciplina mental. En el fondo, estas religiones se preocupan por el bien, y el comportamiento moral humano.

Volición y fuerza de voluntad

El autor propone la fuerza de voluntad, simplemente. ¿Qué es la volición y la fuerza de voluntad? ¿Es subfunción de nuestra conciencia? Yo pienso que sí. La fuerza de voluntad es la aplicación consciente del propósito de disciplinar nuestro ego a pensar, decidir y actuar en la preservación y mejora del orden universal de la unicidad. Todo lo que es correcto, bueno, justo y agradable para uno mismo es para todos los demás, simultáneamente. Sabemos que tenemos volición en el ego y fuerza de voluntad en la conciencia. La fuerza de voluntad es una función superior de la conciencia. Es un control para el comportamiento del ego. La libertad de escogencia a voluntad, el libre albedrio, es una función mística del ser humano que nace cuando el alma estructura la mente. El libre albedrío no es fuerza de voluntad, sino la libertad de escogencia a voluntad del ego – volición–. El cambio del hombre debe ser genuino y por su libre albedrío o voluntad. Leamos una definición en el Internet desglosada en varios atributos o subfunciones, que dice. El ego es el tercer componente del alma, pero la fuerza de voluntad es *el autocontrol, un aspecto del control inhibitorio, es la capacidad de regular las emociones, los pensamientos y el comportamiento frente a las tentaciones y los impulsos. Como función ejecutiva, el autocontrol es un proceso cognitivo que es necesario para regular el comportamiento de uno (del ego) para lograr objetivos específicos.* [86] Pero la fuerza de voluntad es una función de la conciencia no del ego; y por esta fuerza el ego puede cambiar sus actitudes y comportamiento. *La volición es el proceso*

---

[86] en.wikipedia.org/wiki/Willpower

cognitivo por el cual un individuo decide y se compromete a un curso de acción. Se define como esfuerzo con propósito y es una de las principales funciones psicológicas humanas. Otros incluyen el afecto, la motivación y la cognición (pensamiento). Los procesos volitivos se pueden aplicar conscientemente, o pueden ser automatizados como hábitos a lo largo del tiempo. Voluntad, en general, es esa facultad de la mente que selecciona, el ahora de la decisión, el deseo más fuerte de entre los diversos deseos presentes. La voluntad no se refiere a ningún deseo, sino más bien al mecanismo para elegir entre los deseos. Dentro de la filosofía la voluntad es importante como una de las partes distintas de la mente –junto con la razón y la comprensión–. Se considera fundamental en el campo de la ética debido a su papel en la habilitación de la acción deliberada. Una de las preguntas recurrentes discutidas en la tradición filosófica occidental es la de la libre voluntad –la noción relacionada, pero más general de destino– que pregunta cómo la voluntad puede ser verdaderamente libre si las acciones de una persona tienen causas naturales o divinas que las determinan. A su vez, esto está directamente relacionado con discusiones sobre la naturaleza de la libertad misma y con el problema del mal.

Sugiero que la voluntad es la herramienta que el ego usa regularmente en sus decisiones y acciones.

Fuerza de Voluntad

¿Qué es la fuerza de voluntad? [87] Fuerza de voluntad es la determinación humana de pensar, decidir y hacer lo correcto, bueno, justo y agradable, siempre, incluso si sus consecuencias pueden causar sufrimiento en el individuo. ¿Es una sensación de autocontrol, resiliencia, capacidad de apegarse a una meta a pesar de los obstáculos? Es más, es un término de sabiduría popular, pero tiene mucho poder en nuestra cultura y psique. Se cree que las personas con mucho poder son fuertes, competentes y en control. Por el contrario, las personas que luchan por el cambio de comportamiento son consideradas como débiles... o carente de fuerza de voluntad. Los problemas de todo tipo (sobre comer, sexo promiscuo, deuda, mal desempeño escolar o trabajo) están asociados con esta idea de la falta de fuerza de voluntad.

---

[87] https://motivationandchange.com/what-is-willpower

Sin embargo, ¿qué es exactamente la fuerza de voluntad y qué hace que nos falle? Kirsten Weir, psicólogo, e investigador, ha identificado dos características que parecen afectar los comportamientos que atribuiríamos a la fuerza de voluntad: inteligencia y autocontrol. El autocontrol es una cualidad que puede desarrollarse y agotarse. Parece que el mismo enfoque y energía que se necesita para exhibir el autocontrol (en otras palabras, resistir los impulsos) está asociado con la toma de decisiones. Se refiere a la obra de Roy Baumeister que encontró que después de tomar una serie de decisiones, la gente parece exhibir menos autocontrol y de hecho recurren a soluciones más simples a un problema. El fenómeno, llamado fatiga de decisión (Baumeister se refiere a esto como un agotamiento del ego), puede causar estragos en nuestra capacidad de tomar decisiones que nos ayuden hacia nuestros objetivos. Señalan que, si bien la inteligencia no se puede alterar mucho. También señalan que la fuerza de voluntad (o la capacidad de resistir los impulsos) se utiliza para controlar otras cosas como la reactividad emocional y el rendimiento de las tareas. ¿Por qué nos importa esto? El autor sostiene que, la disciplina y o la voluntad de poder es una actitud humana que se puede desarrollar a un alto nivel de autocontrol, que puede suprimir la conciencia, el dolor, el sufrimiento, los miedos y más. Este alto autocontrol depende del conocimiento, la lógica y el razonamiento exacto. Este es el punto; La mejor manera de domar al ego es suprimiendo la conciencia material usando la fuerza de voluntad.

Las emociones

En cuanto al concepto de espíritus, parece que las emociones son reacciones a condiciones, circunstancias y o situaciones que alteran el cómodo estado psicológico del ser de cada persona. En cualquier caso, los estallidos emocionales son manifestaciones espirituales (no tiene nada que ver con el cuerpo). Las causas de las emociones, como sabemos, pueden ser varias; tales como (1) amenazas y temores, (2) disgusto y controversias, (3) amor y odio, (4) dudas y/o ignorancia de situaciones, etc. La mayoría de las veces estos arrebatos son percepciones del ego de situaciones externas. A veces, los estallidos son el resultado o las reacciones a daños justos o injustos y o daños inmerecidos provenientes de fuentes externas. Tal vez, las emociones pueden ser manejadas mejor con consideraciones sabias ausentes del orgullo personal, en cualquier caso. Las definiciones de emociones actuales disponibles pueden proporcionar apoyo de lo anterior; sin embargo, un ejemplo puede llevar al lector a su propia investigación.[88]

Los sentimientos

¿Son emociones sentimentales o actitudes espirituales (psicológicas)? Además, ¿es esta pregunta críticamente relevante? La mayoría de los eruditos atestiguan que los sentimientos son reacciones mentales o posiciones emocionales de afinidad, aceptación o rechazo, de algo. El sentimiento es un pensamiento y un sentimiento expresados en palabras y acciones. [89] De hecho, un sentimiento es un toque espiritual como una emoción que viene a través de una reacción perceptiva no razonada. Hay varios diccionarios que definen sentimientos, pero todos son similares, por ejemplo, *"una compleja combinación de sentimientos y opiniones como base para la acción o el juicio; actitud emocional general: el sentimiento de amor romántico; un pensamiento, opinión, juicio..."* En cualquier caso, los sentimientos son emociones, invisibles e intangibles, controlados por la mente; consecuentemente, son espirituales.

¿Pueden los humanos controlar sus sentimientos? Definitivamente sí; los seres humanos tienen la capacidad y sabiduría para razonar, meditar y encontrar claridad en sus sentimientos. Los sentimientos están dentro del control espiritual de la mente. [90]

El Amor

El amor es lo más popular de todas las emociones y sentimientos; pero es un misterio de la existencia. [91] Su definición depende de la perspectiva humana. Muestras de esta opinion se encuentran en el Internet. [92] El amor no es una simple emoción o

---

[88] www.dictionary.com/browse/emotions

[89] www.dictionary.com/browse/sentiments?s=t

[90] www.yourdictionary.com/sentiment

[91] El autor, Misterios: Amor, Luz y Vida.

[92] www.theguardian.com/commentisfree

sentimiento, es un sólido afecto de integra devoción con absoluta misericordia y total transparencia; siempre muestra sus seis atributos, solidez, afecto, integridad, devoción, misericordia, y transparencia. Todos los humanos poseen estos atributos amorosos y espirituales –no son asuntos materiales–. Cuando dos personas se encuentran automáticamente prueban la compatibilidad de sus seis atributos –consciente o inconscientemente–. Y si la comparación de sus atributos es (o casi es) perfecta ellos alcanzan la más alta atracción sentimental. Esta es la condición de las almas gemelas. Mas, aunque el amor de la existencia es general, absoluto e infinito, el amor en los seres vivientes es propio y limitado. Es propio porque está configurado por los sentimientos individuales, y es limitado por el libre albedrio del ego.

CAPÍTULO 11

Interacción con espíritus

Abstracto

Hay ciertos fenómenos que no podemos explicar a fondo con herramientas y métodos materiales o físicos. Las sensaciones y visiones espirituales, por ejemplo. No es sabio negar un acontecimiento porque no se puede probar físicamente sin crear un paradigma. El hecho de que uno no entienda un problema, o un tema, no nos da derecho a rechazar la legitimidad de sus premisas. El hecho de que una visión no pueda probarse no niega la visión, ni niega su validez. La existencia y la posibilidad de ser verdad existe, aunque sea razón ilógica. ¿Como puede conocerse a si mimos? Olvidamos o ignoramos que llevamos un alma dentro del cuerpo. Creemos conocer el cuerpo y no conocen el alma. Mas podemos demostrar que tenemos una mente, un ego, y una consciencia en nuestro cuerpo, permanentemente, durante nuestra vida física. El espíritu que entra en cada cuerpo humano y se vuelve espíritu humano—su alma. Y esta alma vive en contacto con otras almas y con los espíritus libres a través de la mente. El ser humano no es material, es un ser dual y totalmente espiritual—es un espíritu humano-.

Interacción con espíritus

El autor sugiere que en realidad no hay contactos con los espíritus; siendo que el alma es parte del espíritu global, está en contacto directo y continuo con él y todos los espíritus libres, partes del espíritu global.

Pensemos: No es prudente mantener nuestro aprendizaje experiencial cautivo y o limitado a la realidad material. La experiencia no es una actividad diaria, es un atributo y derecho que obtenemos con el conocimiento, incluyendo visiones o interacción espiritual. La percepción es una actividad humana, la acción de observar, estudiar, concluir con la emisión de opiniones individuales sobre cualquier evento observado. Y la concepción es una facultad innata. Estar correcto o incorrecto no es lo esencial en la observación inicial de un evento; el escrutinio y pruebas de realidad realizadas de cualquier manera aprueba o rechaza la validez de una observación. Obviamente, cuantas más observaciones reportemos, más clara será la imagen de la realidad, entendiendo que hay ciertos fenómenos que no podemos explicar a fondo con herramientas y métodos materiales o físicos. Pero la repetición de observaciones mejora la precisión y crea la experiencia. Por lo tanto, no es del sabio negar un acontecimiento afirmando que no se puede probar físicamente; esto es un paradigma que traiciona la existencia y la posibilidad de su verdad, aunque la verdad pueda ser lógica o ilógica. En el universo, los problemas, los temas y los objetos, lógicos o ilógicos, son igualmente aceptados. Los seres humanos están tan envueltos en la realidad física que rechazan cualquier cosa que no se ajuste a los hechos. No es apropiado reír o burlarse de la experiencia de los encuentros espirituales. Si una persona dice, *"vi a una persona caminando frente a mí llevando a un niño en los brazos, cantando o llorando, vestido con un vestido transparente, brillante y blanco, se puede ver a través de él, y pude ver una imagen clara de alguien que conocía que ahora está muerto."* El hecho de que uno no entienda un problema, o un tema no da derecho a rechazar su legitimidad. No hay nada de malo con esa declaración; es una declaración de algo que sucedió, a pesar de que no se pueda probar con métodos físicos o usando herramientas físicas. Sin embargo, el hecho de que tal visión no pueda probarse no niega la visión, ni niega su validez. Aceptamos que el conocimiento adquirido por cualquier ser humano llega inicialmente a través de la percepción y, posteriormente, el nuevo conocimiento viene a través del estudio de la causa al efecto o análisis y síntesis llevado a cabo con un procedimiento cuidadoso. No hay diferencia entre los procesos individuales y los experimentos científicos, excepto que sus experimentos siguen procedimientos ordenados y repetibles. Mas todo conocimiento comienza con suposiciones.

Las Interacciones

Ya sea que estemos conscientes de los contactos con los espíritus o no, los seres humanos cuentan historias de haber experimentado encuentros con espíritus de diferentes maneras. [93] Nadie toma estas historias en serio y a veces se burlan de tal posibilidad. Olvidamos o ignoramos que nosotros, los seres humanos, estamos compuestos por dos elementos, un alma y un cuerpo material. Podemos conocer bien nuestra parte material (nuestro cuerpo), pero no entendemos nuestro componente espiritual. Las religiones predican y hablan de espíritus santificados; Los católicos hablan de un Espíritu Santo, Jesús, María, muchos santos y almas en un lugar, todos ellos como espíritus. Sin embargo, cuando nos dirigimos a nuestro propio espíritu y al espíritu de los demás, dejamos de creer en los espíritus. A veces, asociamos los espíritus con los muertos y pensamos que son espíritus malignos que pueden dañarnos o matarnos; pero eso no es cierto. Los espíritus son invisibles e intangibles y viven en la dimensión espiritual donde están todos los espíritus. No pueden asir sujetos u objetos materiales, como los humanos. En nuestro mundo físico podemos demostrar que tenemos un espíritu dentro de nuestro cuerpo, o al menos asociado e integrado con nuestro cuerpo material, permanentemente durante nuestra vida física. A pesar de que podemos ser escépticos de los espíritus, hablamos de ángeles protectores, y si existen o no existen no es el punto. El punto es que lo que pensamos o decimos cuando estamos en situaciones difíciles –algo que no solicitamos ni pedimos– viene o sucede de la nada para ayudarnos.

---

[93] http://www.charmingelements.com/spiritual-encounters

Presencia y actividades de los espíritus

Puede haber varios signos que revelen las actividades de los espíritus, pero no estamos seguros de que las señales sean de ellos. Si creemos, tal vez no impugnemos estos avisos, pero, si somos de mentes científicas –esos que necesitan pruebas físicas para afirmar la veracidad– sometemos esos avisos a pruebas de realidad. Es posible que una interacción con un espíritu no sea nada más que un producto de la mente. Hemos estudiado que el espíritu de la existencia llena todo el espacio y el universo visible y tangible, pues ese espíritu global es omnipresente; es decir está en todo, espacio, energía y materia. De modo que el espíritu convertido en alma en un cuerpo humano –y por ende en todos los seres vivientes– es parte de ese espíritu global de la existencia. Obviamente, si nuestras almas son partes del espíritu global, podemos decir que estamos en relación directa con el espíritu global. Hemos dicho que el alma y la mente, el pensamiento y sentimientos son de naturaleza espiritual. Así que somos espíritus y lo que pensamos y sentimos es totalmente espiritual. También hemos visto que solo el cuerpo y las acciones del cuerpo son de naturaleza material o física. La comunicación entre dos personas, vos y yo, por ejemplo, es de mente a mente y de origen espiritual. La advertencia es que la expresión espiritual se traduce a sonido material o físico en las cuerdas vocales produciendo las palabras o el significado del pensamiento espiritual. En realidad, no tenemos contactos con ningún espíritu porque somos parte del espíritu global, al cual otras moléculas de ese espíritu pertenecen. Podemos concluir que todas las actividades del ser humano son de origen espiritual porque somos espíritus actuando dentro de un cuerpo material. Hemos visto que el alma que llevamos dentro es un espíritu ciertamente limitado – no tenemos omnipresencia, omnisciencia, ni omnipotencia–. Desde este punto de vista, la realidad física reta a nuestros egos, causando tribulaciones o problemas que el ego no puede resolver. Entonces el alma manda señales pidiendo auxilio al espíritu global. Luego una molécula espiritual cercana viene a socorrer al alma angustiada. Estos son los supuestos contactos con los espíritus, que pueden ser perceptibles e imperceptibles. El autor aconseja que leas el libro, *"16 señales, un fantasma o espíritu te visita"* (traducción del título por el autor), por Taanas Chubb. [94] Chubb explica que hay fantasmas y espíritus. Sabemos que normalmente son invisibles e intangibles, y en estas condiciones los fantasmas y o espíritus no pueden asir o sostener la materia; y así, se implica que los fantasmas y o espíritus son solo energía. Tal vez la energía sea la sensación que sientes cuando alguien te está observando. Chubb afirma que los fantasmas y los espíritus son seres diferentes, el primero puede ser hostil y el segundo es pacífico y tranquilo. La energía de los espíritus puede ser una explicación de por qué las puertas o armarios se abren, luces y dispositivos electrónicos se encienden y apagan.

Bing define los fantasmas como *"una aparición de una persona muerta que se cree que aparece o se manifiesta a los vivos, por lo general como una imagen nebulosa".* Chubb reconoce que el fantasma y los espíritus son diferentes tipos de energía y los define como, por lo general, los *"espíritus te hacen sentir tranquilo, reconfortado y seguros. A menudo aparecen en los sueños o podés verlos como una aparición, de cualquier manera, el sentimiento que rodea a un espíritu es a menudo tranquilo. Los fantasmas, por otro lado, a menudo te dejan con una sensación espeluznante y a veces pueden hacerte sentir incómodo. Pueden venir como una aparición, sombra, orbes o niebla de ectoplasma. También pueden estar unidos a un objeto o a una persona viva."*

Independientemente de las actitudes y el comportamiento de los espíritus, los espíritus pertenecen a una dimensión de espíritus, y debido a la naturaleza constituyente, pasan a través de la materia, son invisibles e intangibles, y no pueden tomar, sostener y o cargar objetos materiales o seres vivientes. A pesar de lo anterior, los fantasmas (si estos existen) o espíritus pueden ser la energía del universo y de hecho no pueden ser una energía diferente a la que llena el universo; sin embargo, los fantasmas (asumiendo que existen) y los espíritus pueden estar en diferentes estados de disposición para actuar o reaccionar de manera diferente. De todos modos, hemos dicho que no hay más energía que la que llena el espacio de la existencia. Así

---

[94] 16 Signs a Ghost o Spirit is Paying You a Visit by Tanaas Chubb, published in Foreverconscious.com

que la energía de los espíritus es la misma que de la existencia y del universo –el espíritu global–; y por supuesto, no pueden ser nocivos, debido a la definición del espíritu supremo.

Podemos decir que, en general, los seres humanos no pueden dudar su naturaleza espiritual basados en evidencias físicas y la presencia de sus almas y mentes, y sus actividades en la dimensión material. Además, la naturaleza de los seres humanos confirma su dualidad; los seres humanos son seres que integran un espíritu (energía) y un cuerpo (materia). Por otro lado, es evidente que una mente maneja y controla el cuerpo humano, sus pensamientos, percepciones sensoriales y acciones físicas. Debido a la naturaleza de su espíritu los seres humanos, están en contacto constante con otros espíritus; de hecho, los pensamientos, decisiones y acciones de los seres humanos son espirituales. Tenemos contactos ocasionales con espíritus libres, y sus apariciones pueden ser intencionadas o involuntarias. Los humanos viven en contacto con su alma (un espíritu) veinticuatro horas, siete días a la semana.

Señales y categorías

Podemos clasificar los contactos de los espíritus con los seres duales en cinco tipos específicos dependiendo de su naturaleza o raíces, por ejemplo:

Sensaciones. –Los espíritus aparecen como energía que proviene de una fuente externa. Los humanos la sienten.

Sentimientos. –Los espíritus se manifiestan como energía, estimulan la mente e incitan una acción –como el amor, miedo, desesperación–. Las señales emitidas por nuestra mente y captadas por espíritus socorristas son parte de este grupo.

Apariciones. –Los espíritus aparecen sin razón específica, tal vez para comunicar algo –para proteger la vida humana–, o bien para hacer una advertencia o dar un mensaje o para proteger al ser dual humano.

Revelaciones. –Respuestas de los espíritus a peticiones mentales y o psicológicas, como soluciones a problemas.

Invocaciones. —Espíritus buscados por una persona o un médium; oraciones and peticiones.

Estas cinco fuentes son, prácticamente, relaciones espirituales de los seres humanos. Hay otras formas de contactos directos entre el ser humano y los espíritus, que son procedimientos ingeniosos. Las mentes humanas inician procesos que esperan respuestas espirituales, como inspiración o imaginación. La teoría del autor es que el conocimiento del universo pertenece a la omnisciencia y no puede ser creado ni destruido. Los seres humanos toman prestado parte de este conocimiento absoluto y lo utilizan en su vida material. Y cuando los humanos piensan abren y entran en la omnisciencia de la existencia. Encuentran o usan el conocimiento y están en contacto con el espíritu global; leen las gnosis en las bibliotecas del conocimiento absoluto, y guardan copias en sus mentes. Al final, el conocimiento humano permanece en la omnisciencia del universo. En verdad, los seres humanos no producen nuevo conocimiento, sólo descubren y aplican lo que aprenden. Cuando los seres humanos obtienen nuevas ideas que están más allá de su nivel cognitivo es cuando los seres humanos encuentran conocimiento en la omnisciencia.

La Imaginación

Los seres humanos operan con el conocimiento acumulado hasta un punto de su vida, y combinando diversos conocimientos producen ideas dentro de los límites del conocimiento acumulado. Sin embargo, cuando imaginamos una nueva gnosis que incluye o combina conocimiento aun no aprendido, el nuevo conocimiento proviene del conocimiento absoluto. Es decir, la imaginación aprovecha la omnisciencia del universo para obtener nuevas gnosis. Los resultados de la imaginación pueden ser lógicos o ilógicos, reales o irreales, como algo que no puede pasar las pruebas de realidad, incluyendo fantasías o delirios. Algunas personas dicen que imaginar es la facultad de formar nuevas *"ideas, o imágenes o conceptos de objetos externos que no están presentes a los sentidos"*. [95] Digo que imaginar es

____

[95] https://www.bing.com/search?q=Imagination&form

una forma de trabajar dentro del contenido de la omnisciencia de la existencia.

La Inspiración

El conocimiento humano se limita al conocimiento total aprendido a un momento de sus vidas. Este conocimiento limitado es una restricción y desencadena diversas emociones, como anhelo, nostalgia, suspiro y aspiración. Los humanos llevan estas emociones a sus sueños y tal vez sueñan posibles respuestas a sus deseos. Caminan como zombis pensando en una posible solución a sus problemas. Entonces, un día, una luz llega a su mente y ven claramente la respuesta o solución que estaban buscando. Los humanos llaman a este fenómeno una inspiración. Si la solución no es perfecta, el ciclo se repite anticipando una nueva inspiración. Hay científicos que afirman que su trabajo es o fue una inspiración, o una iluminación, inesperada de un conocimiento superior. Hay personas que creen que la inspiración es una guía divina o influencia ejercida directamente sobre una mente o alma humana. La emoción de la mente o las emociones a un alto nivel de sentimiento o actividad: Una persona o cosa que mueve el intelecto o las emociones o provoca acción o invención, y o [96] lo siguiente, el proceso de ser estimulado mentalmente para hacer o sentir algo, especialmente para hacer algo creativo. [97] Independientemente de la forma en que se realiza un contacto, el proceso es fundamentalmente espiritual, tratando con seres intangibles e invisibles, sin llevar nada de naturaleza material. Tal vez, los humanos deberían cultivar una relación formal con sus contrapartes tal como lo hacen con sus mentes.

Una vida con tu alma

Los humanos viven con un espíritu dentro de ellos. Tu mente es espiritual, invisible e intangible –y omnipresente–; es un generador

---

[96] www.thefreedictionary.com/inspiration

[97] https://www.bing.com/search?q=inspiration&form

de pensamientos. La conciencia genera sentimientos, emociones, etc. Puedo decir que los egos de los seres humanos piensan en la dimensión espiritual, el cerebro procesa pensamientos en mandamientos de acciones, y el cuerpo realiza las decisiones de su ego en la dimensión física. En realidad, estas son las acciones del alma en la dimensión material. Todo ser humano hace eso; por lo tanto, la comunicación entre los seres humanos es espiritual, no física. Y aunque los seres humanos producen palabras (la traducción de pensamientos espirituales) a través de cuerdas vocales, resonadores y articuladores (dispositivos físicos del cuerpo humano), mientras que las acciones se mandan desde un espíritu: el alma humana.

La productora se despide

Y así es, mi amigo lector(a), el final ha llegado, sólo vos y yo permanecemos en el teatro de tu mente, después de que la obra terminó. Te agradezco por quedarte conmigo a través de estas explicaciones y notas finales de mi libro. Estoy segura de que fue una lectura gratificante. Gracias autor por prestarme tu mente para escribir mi libro con tu cuerpo. Pero le dejo todo el crédito a él, ya que él firma los derechos de autor de este libro. Lector(a), tal vez nos encontremos en otro momento; de hecho podría volver en uno de tus descendientes futuros.

Estoy segura de que fue una lectura gratificante. Gracias autor por prestarme tu mente para escribir mi libro con tu cuerpo. Pero le dejo todo el crédito a él, ya que él firma los derechos de autor de este libro. Lector(a), tal vez nos encontremos en otro momento; de hecho podría volver en uno de tus descendientes futuros.

Por ahora, digo, adiós.

El autor.

ENDNOTES

i   Muerte: La muerte es el final de la vida material de un objeto o una criatura viviente. La muerte es el destino de la vida, pero no de la existencia. La existencia regula el mismo evento que ocurre en la vida, según las condiciones y circunstancias del momento. Esto es cierto independientemente de las causas de la muerte, por accidente o de causa natural. La muerte es sólo el final de un ciclo de vida para los seres humanos, la etapa corta, pero no de la vida material en sí. En otras palabras, la muerte sólo es el final de esa etapa, no la terminación de la existencia, esta es eterna. Por ejemplo, la vida dinámica del universo termina con su muerte térmica, el estado donde no hay más intercambio de energía. La existencia es eterna; continuará para siempre, a pesar de que el universo inerte, y toda la materia en él, no puede moverse ni cambiar más. Lo que perdemos es solo la apariencia material o física.

ii Reencarnación: La mayoría de las personas no desmienten que los espíritus regresan a los cuerpos humanos. Esta es una creencia mantenida por siglos. Wikipedia afirma, La reencarnación es el concepto filosófico o religioso que el alma o el espíritu, después de la muerte biológica, puede comenzar una nueva vida en un nuevo cuerpo (https://en.wikipedia.org/wiki/Reencarnación), en el primer párrafo tiene esa frase. Esto es lo que las religiones hindúes y budismo creen. Es una idea desde los antiguos filósofos griegos. Para las religiones abrahámicas vivimos materialmente desde el nacimiento hasta la muerte, y entonces podemos ir al cielo o al infierno. Leer https://www.thefreedictionary.com/reencarnación. El autor hipotetiza que una parte de, una molécula del espíritu global penetra y se aloja con un esperma en un óvulo en el momento de la fertilización; y este espíritu alojado se transforma en alma configurada en la mente, el ego y la consciencia. Una cita de https://www.themysticreencarnación afirma: "Poco a poco, el concepto de un alma se desarrolló con una mayor comprensión de que el alma partió del cuerpo al morir y entró en el cuerpo al nacer. Pronto se pensó que el alma que dejaba un cadáver buscaría otro cuerpo para entrar o entrar en un animal de una forma de vida inferior. También se pensó que el alma deja el cuerpo durante el sueño. Esta alma fue fotografiada como vapores que entran y se pasan a través de las fosas nasales y la boca. Sobre la primera definición de transmigración del alma vino de Pitágoras, el filósofo y matemático griego, quien enseñó que el alma era inmortal y simplemente reside en el cuerpo; por lo tanto, sobrevive la muerte corporal. Sus enseñanzas adicionales sostenían que el alma pasa por una serie de renacimientos. Entre la muerte y el renacimiento el alma descansa y es purificada en el Inframundo. Después (de que el alma completó esta serie de renacimientos), se vuelve tan purificado que puede salir del ciclo de transmigración o reencarnación." El autor sostiene que, dado que hay elementos, invisibles e intangibles, dentro de un ser humano, tales como, (1) mente, (2) ego, (3) alma, (4) conciencia, (5) sabiduría, (6) poder de voluntad, etc., los seres humanos son de naturaleza espiritual, y es, por lo tanto, apropiado razonar que los seres humanos son espiritualmente eternos. Además, el hecho de que estos elementos generen acciones puede considerarse fuerzas y, por lo tanto, los espíritus contienen o son energía, que no pueden ser creadas ni destruidas –estas fuerzas son eternas–. Además, la omnisciencia contiene todo conocimiento, y no hay más conocimiento fuera de ella, lo que implica que el conocimiento no puede ser creado ni destruido porque pertenece a la existencia eterna. Los seres humanos simplemente toman prestada parte del conocimiento universal y lo devuelven a la omnisciencia al morir. Debido a que los seres humanos llevan un alma dentro de él es apropiado considerar la posibilidad de que los espíritus se alojen en ova, una y otra vez. Este es el concepto de ciclos de vida, y, por lo tanto, el concepto de reencarnación es factible. Con respecto a la purificación del alma, el autor ve que el objeto de los seres humanos es llegar al estado de orden de armonía universal, domando o entrenando a sus egos para que se ajusten a los requisitos de esta armonía.

[iii] Los espíritus son energía: Sí, los espíritus (energía), invisibles, intangibles, no tienen peso ni volumen; es seguro concluir que no hay ninguna objeción en la dimensión espiritual, sólo energía. Además, debido a que el universo incluye todo el espacio disponible, todas y cada una de las dimensiones están contenidas dentro del mismo espacio.

[iv] Vida espiritual: Nuestra vida es espiritual, no material: es eterna. Si lo pensás bien, nuestra vida se trata de rendimiento biológico y funciones mentales. El rendimiento biológico humano incluye nutrición y protección, que, de hecho, no requiere más de lo que se necesita para mantenerse saludable durante el proceso de envejecimiento: nuestra vida avanza hasta la muerte. El resto de las cosas, las actitudes, son solo caprichos egoístas y superfluos, que no añaden nada al proceso de la vida. La persona real –carácter individual– está representada por nuestra mente, ego y alma, que trabajan con o a través de funciones espirituales.

[v] Ciclos de vida: Hay uno, y sólo uno, ciclo repetible de vida, nacimiento, vida y muerte; dentro de este ciclo hay muchos otros sub ciclos, pero todos están diseñados para sostener la vida para todas las vidas, orgánicas e inorgánicas. Estos ciclos llevan misterios interesantes que los humanos no entienden, todavía; por ejemplo, la integración de un espíritu con el cuerpo humano en algún momento antes del nacimiento y la separación de ese espíritu en la muerte. Además, hay otros aspectos de la dualidad de la función de un ser

humano (espíritu y materia) entre los dos extremos, el principio y el fin, o el nacimiento y la muerte. Este libro se refiere a este ciclo de vida: Es un ciclo simple. Si aceptamos que hay un espíritu dentro de cada persona, intangible e invisible, y si pensamos que este espíritu va a algún lugar después de que nuestro cuerpo muere, entonces aceptamos la dualidad, el espíritu y la materia. Además, si consideramos que el espíritu es energía, y el cuerpo humano es materia, entonces el espíritu y el cuerpo no pueden ser creados ni destruidos. Nuestros espíritus viven para siempre en eternos ciclos de vida.

vi   Contactos con los espíritus: Hay personas sensibles, que actúan como médiums, afirmando que pueden ver, oír, contactar o hablar con los espíritus. La ciencia no ha confirmado ninguno de los experimentos realizados; sin embargo, no podemos concluir enfáticamente que el contacto con los espíritus, de cualquier tipo, es imposible. Tal vez, es que no hemos encontrado canales consistentes o formas de entrar en contacto.

vii   Dimensión de los espíritus: Ciertamente no hay un lugar definido de donde el espíritu viene o va, pero hay evidencias de que las criaturas vivientes son principalmente espirituales. Hay creencias religiosas que dicen saber dónde está ese lugar; todos tienen un concepto similar. Por ejemplo, existe la opinión de que los espíritus se crean como una pizarra en blanco y llegan a la dimensión material para perfeccionarse a sí mismos. ¿El autor pregunta cuáles son los problemas con los espíritus que necesitan venir a la tierra para perfeccionarse? ¿Por qué los espíritus no son perfectos y puros sobre la creación? ¿Qué clase de perfección buscan cuando la vida humana está lejos de ser perfecta? Obviamente, de acuerdo con la definición de un espíritu benevolente absoluto además del hecho de que la materia no crea espíritus, es apropiado aceptar que todos los espíritus son moléculas perfectas del gran espíritu, que heredan atributos del gran espíritu. Los espíritus son como gotas de agua extraídas de un océano; conservan todas las características del agua del océano, y cuando estas gotas regresan al océano, se mezclan de nuevo con el resto del agua del océano, desapareciendo. Si consideramos a los espíritus como gotas de agua del océano (todo el espíritu), nos daríamos cuenta de que cada espíritu en los cuerpos de los seres humanos regresa al océano infinito del gran espíritu, mezclándose con él, desapareciendo. La pregunta obvia es ¿cómo se puede encontrar una gota de agua en ese océano espiritual después de mezclarse? La hipótesis es que todas las piezas del Gran Espíritu también tienen acceso a su omnisciencia, y, por lo tanto, se comunica con todo el espíritu, ya que también se comunica con células individuales. Lo que no sabemos, sin embargo, o que no hemos despejado, son los medios y o métodos que debemos utilizar para conectar regularmente nuestro espíritu con otros espíritus. Una cosa es perfectamente clara; sin embargo, no hay espíritus que no formen parte de todo el espíritu.

viii   Si los espíritus tienen omnisciencia, ¿por qué la mente de los seres humanos es ignorante? ¿Es cierto que los espíritus tienen acceso total a la omnisciencia de la existencia? Además, si los espíritus planean su estancia en la tierra en un cuerpo humano, ¿por qué es que el hombre se comporta mal? Cualquier teoría escrita sobre el alma (espíritu), existencia y comportamiento debe responder todas las preguntas básicas.

ix   Dualidad del hombre: Los espíritus nos contactan. Si es así, ¿por qué no? Este libro teoriza que la dualidad del hombre está hecha de un espíritu y un cuerpo –energía y materia–. Es un paradigma, Dios inspiró su propio espíritu en el hombre, si o no. Nuestra teoría es que un espíritu, una molécula del espíritu global y se aloja en un cigoto, integrando un ser dual humano. Este espíritu se transforma en un alma y se aloja en el cigoto; el alma se expande en la mente, el ego y la conciencia. El ego se divide en (1) carácter, (2) conciencia y (3) identidad; mientras que la Conciencia se divide en (1) moralidad, (2) sabiduría y (3) fuerza de voluntad, (véase la figura 18: estructura del alma humana, en este libro). Sabemos que la Conciencia maneja (por definición) emociones, miedos, sentimientos, etc. como parte del alma. Una de las creencias más grandes está en el contexto de la Biblia que dice, "el espíritu humano es la parte incorpórea del hombre. La Biblia dice que el espíritu humano es el aliento mismo de Dios Todopoderoso y fue respirado en el hombre al comienzo de la creación de Dios: "Entonces el Señor Dios formó a un hombre del polvo de la tierra y respiró en sus fosas nasales el aliento de la vida, y el hombre se convirtió en un ser vivo" (Génesis 2:7). Es el espíritu humano el que nos da la conciencia de uno mismo y otras cualidades notables, aunque limitadas, "como Dios". El espíritu humano incluye nuestro intelecto, emociones, miedos, pasiones y creatividad. Es este espíritu el que nos proporciona la capacidad única de comprender y comprender (Job 32:8, 18). Las palabras espíritu y aliento son traducciones de la palabra hebrea neshamah y la palabra griega pneuma. Las palabras significan "viento fuerte, explosión o inspiración". Neshamahes la fuente de vida que vitaliza a la humanidad (Job 33:4). Es el espíritu humano intangible e inédita el que gobierna la existencia mental y emocional del hombre. El apóstol Pablo dijo: "¿Quién de los hombres conoce los pensamientos de un hombre, excepto el espíritu del hombre dentro de él?" (1 Corintios 2:11). Al morir, el "espíritu regresa a Dios que lo dio" (Eclesiastés 12:7; véase también Job 34:14-15; Salmo 104:29-30).

Claro, todo lo dicho en esta nota final, debe comprobarse; pero su significado es conforme con la teoría del autor.

x   Purificación del ego: La creencia general en el mundo es que los espíritus necesitan mejoras y así llegan a esta dimensión material para purgar sus imperfecciones. De hecho, esto es incompatible con la definición de un espíritu proveniente de un espíritu puro. Parece que las imperfecciones provienen de la fusión de un espíritu puro con la función de una mente imperfecta, el Ego, creado en la materia (el cerebro humano): Un ego controvertido, el componente de una mente, hace que los conflictos se comporten caprichosamente con la libertad de elección que se le da.

xi   Proceso de separación del alma: Una separación funcional es un proceso de cuerpo y espíritu de varios pasos, teniendo un tiempo establecido en horas para completar: Durante este proceso, el cuerpo libera su espíritu siguiendo un proceso establecido de acuerdo con el rigor corporal mortis. Según las ciencias, este proceso toma aproximadamente 36 horas. Durante este tiempo el cuerpo se vuelve rígido en las primeras 12 horas y luego se vuelve flácido de nuevo durante otras 12 horas, y se endurece en rigor mortis al final de las próximas 12 horas. Al final de este tiempo, el cuerpo ha liberado toda la energía almacenada en él. El espíritu recoge toda esta energía, la energía del cuerpo, antes de partir, sin dejar atrás ninguna parte de ella. Ahora, usted puede entender que los espíritus deben esperar ese momento final. Durante estas muchas horas el espíritu permanece unido al cuerpo y puede continuar sus interacciones con la dimensión material. Es posible que ciertas imágenes mentales o rutinas funcionales permanezcan en la mente, que un espíritu lleva consigo.

xii   Liberación de energía: El proceso de desconexión se refiere a una secuencia de pasos que sigue a la muerte, separando la energía (el espíritu) de los órganos, la carne y el cerebro del cuerpo. Obviamente, cada célula requiere energía para su función, energía que debe ser liberada a veces antes de que el rigor mortis se ponga en. Se tarda aproximadamente treinta y seis horas.

xiii   Modelo de separación: La forma compleja en que un espíritu trabaja a través de la mente para manejar un cuerpo requiere un proceso de separación paso a paso para salir del cuerpo. La figura 4 muestra un modelo de este proceso. El espíritu pasa por pasos fijos para obtener su energía de las células del cuerpo, órganos y el cerebro antes de la separación. El ego, la conciencia y la mente, y son los últimos elementos, en ese orden, para separarse del cuerpo. A veces, la conciencia tarda más tiempo en cerrarse porque puede haber cuestiones controvertidas y no resueltas.

xiv   Exlstencia eterna: Los humanos que conocen una persona la recuerda por la última imagen y su mentalidad. Esta imagen no envejece, pero es sólo una imagen de un ser humano que alguna vez fue vivo, no el espíritu real difunto. Cuanto más profunda sea el recuerdo de la persona en la mente de otra persona más estrecha es la conexión con esa persona. Esa conexión puede llegar al punto de poder leer el pensamiento de la persona fallecida con sólo mirar los ojos de esa persona en una imagen. Cuanto más recuerdes cómo era una persona en la vida, qué diría esa persona sobre un problema o cómo debería hacer las cosas cuanto más te conectes con ella o su forma de pensar y actuar. Es posible, por lo tanto, que vos podés pensar y hacer exactamente lo que ella o él pensó e hizo. De esta manera esa persona estaría hablando con usted a través de una conexión mental.

xv   Limitaciones de los seres humanos: Es cierto que los seres humanos tienen mentes limitadas en comparación con omnisciencia, omnipresencia, omnipotencia y amor absoluto. La estructura de las mentes humanas incluye un Ego con libre albedrio, libre elección (ver tabla en el texto de este libro). Hemos visto, sin embargo, que los seres humanos pueden observar y aprender aumentando su conciencia de la realidad y, mejorando de generación en generación. Es una criatura superior creada con poder de pensamiento, sentimientos y emociones, que tal vez es demasiado para los seres humanos manejar por sí mismos. La mejora del comportamiento a través de miles de años muestra que el propósito de los seres humanos es mejorar u obtener una comprensión última de la vida racional, hasta que la vida material de los seres humanos se asemeje a una vida espiritual, en ese momento la unidad del espíritu y la materia, que vive en ambas dimensiones, simultáneamente. La clave del misterio, tal vez, no es la capacidad de teletransporte, telepatía o telequinesis; sin embargo, tal vez la clave es obtener suficiente conocimiento para entender plenamente las intenciones de los pensamientos humanos y el propósito de las acciones. Si se logra esta habilidad, podemos predecir el futuro, que podría ser el camino de viajar en el tiempo. Tal vez, otra clave es acumular suficiente conocimiento para poder ver la realidad del universo en todo su esplendor, y al hacerlo, empezar a aprender las razones del comportamiento espiritual.

xvi   Estructura y leyes: Es un hecho que la estructura del universo tiene especificaciones definidas que se transmiten en las leyes que regulan el comportamiento de la Creación –las leyes de la química, física, mecánica cuántica, combinaciones y permutaciones, probabilidades, etc.– También es un hecho que el conocimiento que hemos acumulado en nuestras mentes hasta ahora es una pequeña parte de lo que ha existido en el universo desde antes de que los humanos aparecieran en la tierra. No hay conocimiento fuera del conocimiento absoluto del universo, y no hay más conocimiento fuera del espacio infinito. Además, el conocimiento no puede ser creado ni destruido; porque es parte de la existencia. Pero nosotros, probablemente podemos decir, en este momento, que el universo contiene un conocimiento definido correspondiente a la porción visible y tangible de la existencia, así como la porción invisible e intangible. Esta suposición no es descabellada, ya que, a partir de este día, los seres humanos han obtenido conocimiento, que no es visible ni tangible. Por ejemplo, las leyes de las matemáticas, la física, la química, la astrofísica, la mecánica cuántica, todas estas que son invisibles e intangibles en un sentido material, es el conocimiento.

xvii   Unicidad: La unidad es el concepto de fusionar el espíritu y el cuerpo material en un solo ser, considerando que el espíritu y las dimensiones del cuerpo coexisten en un solo escenario. Es posible, tal vez lo es, que los seres humanos prepararen y condicionen su ser para comunicarse libremente con otros espíritus, así como con el espíritu global. Es un hecho que la mente (alma), el ego, la conciencia, etc., son espirituales; y por esto ya nos comunicamos en términos espirituales (mente a mente) a través de las palabras. Así que, la eliminación de las palabras permitiría la conmutación directa entre almas, en una forma telepática. El uso de herramientas y métodos de comunicación corporal es de los humanos, el resto, los procesos de comunicación es de la mente y sus pensamientos –es espiritual–. Obviamente, nuestra mente, siendo espiritual, no puede agarrar ni manejar la materia; por lo tanto, necesita el cuerpo para trabajar y o manejar objetos materiales y criaturas vivientes. Tal vez el objetivo no es convertirse en espíritus que tengan los tres atributos, omnipresencia, omnisciencia y omnipotencia, sino más bien el sueño de ser uno en unidad.

[xviii] Cuerpos sin sentido: La expresión, "un cuerpo humano no tiene mente propia" significa que el propio cuerpo o su cerebro no tiene pensamiento o atributo de pensar ni capacidad de razonamiento. La mente realiza estas funciones, pero la mente es invisible, intangible; es espiritual.

[xix] Existencia de espíritus: La conciencia humana de que tenemos mente, alma, conciencia, ego, etc., es una evidencia de que reconocemos la existencia de un espíritu dentro de nuestro yo interior. Estos son elementos del espíritu y como tales no son materiales.

Sin embargo, nos damos cuenta de que la mente produce pensamientos y dirige al cuerpo a ejecutar acciones en el mundo físico.

[xx] El espíritu del universo. – Este libro considera una hipótesis de que los espíritus en un cuerpo humano no son creados en el momento su formación, sino que los espíritus en un ser humano son parte del espíritu del universo que penetran y se alojan en un cigoto en el mismo instante cuando el óvulo es fertilizado. La teoría es que el espíritu (la energía) de la existencia es omnipresente; es decir debe estar adentro y afuera de todo. Por tanto, no puede crearse nada que ocupe espacio si no contiene una parte del espíritu global. Consecuentemente, el espíritu automáticamente penetra y se aloja en el cuerpo naciente en el mismo instante de la fusión de un esperma y un ovulo.

[xxi] Seres humanos: Fuente: https://www.thebump.com/a/difference-between-embryo-and-fetus. Según dice James A. O'Brien, MD, director médico de obstetricia para pacientes hospitalizados en el "Hospital "Women & Infants de Rhode Island. El embarazo en desarrollo de acuerdo con la experiencia de los obstetras es "la fase formativa de un embrión hasta que se convierte en feto, unos ocho a diez semanas," después de la concepción." Durante el período embrionario, las células comienzan a asumir diferentes funciones. El cerebro, el corazón, los pulmones, los órganos internos y los brazos y las piernas comienzan a formarse. Una vez que el bebé es un feto, el crecimiento y el desarrollo están dirigidos a preparar al bebé para la vida en el exterior". Parece que la configuración de un ser humano dual (espíritu y materia) comienza inmediatamente después de la concepción, durante los primeros cinco a seis días, [Fuente: https:// www.babyq.com/most-popular/when-does-an-embryo-turn-into-a-fetus/] "Tras la concepción, el óvulo es fertilizado por el espermatozoide, convirtiéndose en un cigoto. Después de unos días de división celular, se convierte en un blastocisto, llegando al útero alrededor del día 5 e implantándose en la pared uterina alrededor del día 6." A el momento

en que un embrión es un feto, y la configuración de componentes y elementos espirituales es completa: el cerebro está cargado de datos e información fundamentales para el funcionamiento mental. La percepción sensorial se activa, y el feto comienza a sintetizar su entorno. Sin embargo, parece que todavía no hay ningún razonamiento. El desarrollo mental y corpóreo continúa durante las próximas semanas hasta la semana 25, cuando "el bebé desarrolla un reflejo de sobresalto alrededor de la semana 26 un rápido desarrollo cerebral ocurre a medida que la madre avanza en el tercer trimestre. En ese trimestre final, los sistemas nervioso y respiratorio se desarrollan, los huesos comienzan a formarse, y las uñas y el cabello crecen".

[xxii] Los ángeles guardianes: Muchas personas creen que un ángel guardián anda alrededor para proteger a cada persona veinticuatro horas al día durante siete días a la semana. Tal vez, eso es una exageración. Los fenómenos que tenemos que ver es la forma y el momento de la ayuda inesperada vienen a ayudarnos en situaciones difíciles, inesperadamente. Muy a menudo, un ángel guardián viene, ayuda sin esperar nada a cambio, y desaparece sin dejar rastro. Un ángel guardián puede ser un animal, o una persona, desconocido.

[xxiii] La obra de los espíritus: La pregunta es ¿cómo funcionan los espíritus dentro de un cuerpo material? Obviamente, no trabajan con toda la omnipresencia del espíritu, omnipotencia, omnisciencia y el resto de los espíritus. Necesitamos una explicación fuera de la creencia y la fe. Por ejemplo, el origen, http://www. ministrysamples.org/excerpts/THE-FUNCTIONS-OF-THE-SPIRIT-THE-SOUL-AND-THE-BODY-1. HTML dice, "El hombre se compone de dos tipos independientes de material: espíritu y cuerpo. Cuando el espíritu entró en el cuerpo del polvo, el alma fue producida. Es imposible para el espíritu controlar el cuerpo directamente. Por lo tanto, requiere un medio. Este medio es el alma, que se produjo cuando el espíritu tocó el cuerpo. El espíritu se mezcló con el cuerpo y sacó el alma. Como tal, el hombre se convirtió en un alma viva. Por lo tanto, el alma es el resultado de la unión entre el espíritu y el cuerpo; es la personalidad de un hombre. El cuerpo es la capa exterior del alma, y el alma es la capa exterior del espíritu. Antes de que el hombre cayera, era el espíritu que controlaba todo su ser. Cuando el espíritu quiere hacer algo, comunica esto al alma, y el alma motiva al cuerpo a obedecer el mandamiento del espíritu. Este es el significado del alma como el medio. Lucas 1:46-47 dice: "Mi alma magnifica [tiempo presente] al Señor, y mi espíritu ha exultado [tiempo perfecto] en Dios mi Salvador." El espíritu primero debe exultar, antes de que el alma pueda magnificar al Señor. El espíritu primero comunica el júbilo al alma, luego el alma se comunica al cuerpo."

[xxiv] Cómo funciona el cerebro: Mayoclinic.org: Cómo funciona el cerebro - https://www.mayoclinic. org/brain/sls-20077047. La información médica revela tres componentes principales que conforman el cerebro en el sistema nervioso complejo. Además de estos tres componentes principales del cerebro, hay una extensa super carretera de nervios derivados del cerebro que llega

a todo el cuerpo. El Cerebro, la porción más grande contiene dos mitades (hemisferios) que se comunican entre sí a través de una banda plana de fibras de medida (corpus Calloso). El cerebro está diseñado con cuatro áreas principales, llamadas lóbulos. El cerebelo controla las funciones vitales del cuerpo, y en el centro de la masa encefálica hay dos áreas gemelas, reflejadas, que procesan emociones y recuerdos. Estas áreas cerebrales se dividen en tres subáreas. Una revisión de la información disponible en Mayoclinic.org, incluidas las funciones de las neuronas, no revela cómo se logra el pensamiento, la meditación o la meditación. Parece que la mayoría de las actividades son para procesar y controlar cada proceso. Sin embargo, es importante tener en cuenta que la comunicación entre las neuronas se logra con impulsos eléctricos que son enviados o recibidos por neurotransmisores. Es un sistema altamente complejo a través del cual la mente piensa, concibe, analiza selectivamente y o sintetiza realidades y o realidades.

xxv Unicidad Verdadera: ¿Qué es la unicidad? En general, es una condición o estado alcanzado cuando las partes separadas se unen en una, y el objeto y o el sujeto es un todo. El concepto de que la unicidad es el trabajo armonioso del hombre con la naturaleza no satisface el requisito de la integración de las piezas. El pentecostalismo, por ejemplo, sostiene que la unicidad es la integración de la trinidad —el padre, el hijo y el espíritu santo— en un solo ser. Para otros la unicidad es la cualidad de ser uno o el estado de ser consolidado actuando como uno solo. Hay un artículo en Internet, https://chopra.com/article/what-oneness que indica lo siguiente." Deepak Chopra nos ha dicho que "Cada cosa es un aspecto de un campo de conciencia". Esto está en línea con el tema de este libro en el sentido de que la conciencia del espíritu supremo que llena la existencia o el universo, incluyendo la presencia de todas las almas que residen en los cuerpos humanos, concebidos en la noción de omnipresencia. Bajo el mismo concepto, el conocimiento absoluto del universo incluye el conocimiento en las mentes humanas, pero todo conocimiento se integra con el conocimiento absoluto incluido en la omnisciencia. Chopra también ha dicho: "El Todo nunca pierde el contacto con sus partes, nunca se pierden ni se olvidan.https://www.bing.com/search?q=field+of+consciousness&form, dice lo siguiente, La idea central de la teoría del campo electromagnético (EM) de la conciencia es que las percepciones conscientes (y sensaciones, en la medida en que se puede decir que tienen existencia independiente) son idénticas a ciertos patrones electromagnéticos espaciotemporales generado por el funcionamiento normal de los cerebros de mamíferos despiertos." Los seres humanos no producen ni pueden producir ningún conocimiento adicional porque no hay conocimiento fuera del conocimiento absoluto-omnisciencia. Los seres humanos sólo aprenden el conocimiento que ya existe y por análisis, inferencias y síntesis conciben o descubren conocimiento adicional oculto en la parte oscura de la realidad. Se piensa que nuestra acumulación de conocimiento individual del conocimiento absoluto lleva a los seres humanos a la unidad dentro de la omnisciencia. La noción (hipótesis) en física https://www.britannica.com/ ciencia/teoría de campo unificado: en la física de partículas, un intento de describir todas las fuerzas fundamentales y las relaciones entre partículas elementales en términos de un único marco teórico. Además, https:// en.wikipedia.org/wiki/Unified_field_theory, En física, una teoría de campo unificada (UFT) es un tipo de teoría de campo que permite que todo lo que normalmente se considera como fuerzas fundamentales y partículas elementales se escriban en términos de un par de campos físicos y virtuales. Esto es una indicación de que la ciencia ya está trabajando en un concepto similar de unidad. Por lo tanto, el espíritu (energía) y un cuerpo humano (materia) también podrían considerarse un campo unificado. Por otra parte, como lo anterior no es suficiente, https://whatis.techtarget.com/ definition/ unified-field-theory-o….Teoría de campo unificada a veces se le llama Teoría de Todo (TOE, para abreviar): los medios largamente buscados de unir todos los fenómenos conocidos para explicar la naturaleza y el comportamiento de toda la materia y energía en existencia. La advertencia de que todos los fenómenos conocidos no parecen incluir nada dentro de la dimensión espiritual invisible e intangible, al menos aún no. Tal vez un paso inicial en la dirección correcta sería considerar entre las fuerzas intangibles e invisibles, como la electricidad y el electromagnetismo y la gravedad los pensamientos y las fuerzas espirituales. Entonces la telepatía y la telequinesis tal vez podrían ocupar atención científica. Para el dualismo humano –espíritu y materia– puede llegar a ser unicidad y los estados de energía y materia pueden interactuar en ambas dimensiones, espiritual y material simultáneamente.

xxvi Estructura y leyes: Es un hecho que la estructura del universo tiene especificaciones definidas que se transmiten en las leyes que regulan el comportamiento de la Creación las leyes de la química, física, mecánica cuántica, combinaciones y permutaciones, probabilidades, etc. También es un hecho que el conocimiento que hemos acumulado en nuestras mentes hasta ahora es una pequeña parte de lo que ha existido en el universo desde antes de que los humanos aparecieran en la tierra. No hay conocimiento fuera del conocimiento absoluto del universo, y no hay más conocimiento fuera del espacio infinito. Además, el conocimiento no puede ser creado ni destruido; porque es parte de la existencia. Pero nosotros, probablemente podemos decir, en este momento, que el universo contiene un conocimiento definido correspondiente a la porción visible y tangible de la existencia, así como la porción invisible e intangible. Esta suposición no es descabellada, ya que, a partir de este día, los seres humanos han obtenido conocimiento, que no es visible ni tangible. Por ejemplo, las leyes de las matemáticas, la física, la química, la astrofísica, la mecánica cuántica, todas estas que son invisibles e intangibles en un sentido material, es el conocimiento.

xxvii Unicidad: La unidad es el concepto de fusionar el espíritu y el cuerpo material en un solo ser, considerando las dimensiones de los espíritus y materia coexisten en un solo espacio: el universo. Es posible, tal vez lo es, que los seres humanos están preparados y condicionados para comunicarse libremente con el espíritu global y sus espíritus. El hecho es que el alma, la mente, el ego y la conciencia son elementos espirituales; de modo que ya nos comunicamos en términos espirituales (mente a mente) a través de las palabras. Así es que, la eliminación de las palabras haría una forma telepática de la comunicación directa del espíritu. El uso de herramientas y métodos de comunicación sensorial es lo que nos hace a todos los seres humanos; y los procesos de pensamiento y sentimientos nos hace ser espirituales. Obviamente, nuestra mente, siendo espiritual, no puede asir la materia; por eso la mente (alma) necesita el cuerpo para trabajar y o manejar objetos materiales y criaturas vivientes. El objetivo no es convertirse en espíritus que tengan los tres atributos, omnipresencia, omnisciencia y omnipotencia, sino más bien, el ser uno en unicidad.

xxviii **Sergio y Moisés secuencia de eventos:**

Moisés

1- *El alma se aloja-1990*

2- *Nace en 1991*

3- *Encuentro con un coyote*

4- *Secuestro por el Cártel*

5- *viaje a EE.UU. —Caravana de inmigrantes*

6- *Encuentro con Sergio en el autobús*

7- *Capturado por Isa — en el cruce*

Sergio

1-*El alma se aloja-1990*

2- *Nace en 1991*

3- *Secuestro por el Cártel*

4-*Extracción de un riñón*

5- *Viaje a EE.UU. -Caravana de inmigrantes*

6- *Reunión Moisés en el autobús*

7- *Capturado por la policía Isa*

8-*Isa acción legal*

9- *Isa los adopta*

10- *Obtienen asilo*

11- *Educación*

xxix Ondas cerebrales humanas

https://psicologiaymente.com/neurociencias/tipos-ondas-cerebrales

La actividad eléctrica de las neuronas que pueblan el cerebro humano forma parte de la base de todos los pensamientos, sentimientos y de los actos que realizamos. Por eso es tan difícil entender lo que hacen las neuronas en cada momento; todo aquello que conforma nuestra vida mental consiste en ese salto inexplicable que va desde la frecuencia con la que las neuronas mandan impulsos eléctricos a la transformación de esto tan simple en procesos mentales en toda su complejidad. Es decir, que hay algo en la manera de coordinarse entre sí de estas células nerviosas que hace que aparezcan sensaciones, pensamientos, recuerdos, etc. A su vez, las ondas cerebrales pueden ser clasificadas en diferentes tipos según su frecuencia, es decir, el tiempo que pasa entre los momentos en los que muchas neuronas disparan señales eléctricas a la vez. Estos tipos de ondas cerebrales reciben en nombre de ondas Delta, ondas Theta, ondas Alfa, ondas Beta y ondas Gamma.

xxx Instintos: Esta es una forma natural de comportamiento o reacciones intuitivas a amenazas externas o ambientales. El sujeto reacciona intuitivamente para preservar su bienestar y su vida. https://en.wikipedia. org/wiki/ Instinct proporciona en el Internet lo siguiente (extractos): El instinto o el comportamiento innato es la inclinación inherente de un organismo vivo hacia un comportamiento complejo particular. El ejemplo más simple de un comportamiento instintivo es un patrón de acción fijo (FAP), en el que una secuencia de acciones de longitud muy corta a media, sin variación, se llevan a cabo en respuesta a un estímulo claramente definido. Un comportamiento instintivo de sacudir el agua de la piel húmeda. Una tortuga de cuero bebé se abre camino al océano abierto. Cualquier comportamiento es instintivo si se realiza sin basarse en una experiencia previa (es decir, en ausencia de aprendizaje), y por lo tanto es una expresión de factores biológicos innatos. Las tortugas marinas, recién nacidas en una playa, se moverán automáticamente hacia el océano. Un marsupial se sube a la bolsa de su madre al nacer. Las abejas se comunican bailando en la dirección de una fuente de alimento sin instrucción formal.

Otros ejemplos incluyen la lucha de animales, el comportamiento de cortejo de animales, las funciones internas de escape y la construcción de nidos. Los instintos son patrones complejos de comportamiento innatos que existen en la mayoría de los miembros de la especie, y deben distinguirse de los reflejos, que son respuestas simples de un organismo a un estímulo específico, como la contracción de la pupila en respuesta a la luz brillante o el movimiento espasmódico de la parte inferior de la pierna cuando se toca la rodilla. La ausencia de capacidad de volición no debe confundirse con la incapacidad de modificar patrones de acción fija. Por ejemplo, las personas pueden ser capaces de modificar un patrón de acción fija estimulado reconociendo conscientemente el punto de su activación y simplemente dejar de hacerlo, mientras que los animales sin una capacidad volitiva lo suficientemente fuerte pueden no ser capaces de separarse de sus patrones de acción fija, una vez activados. [1] El papel de los instintos en la determinación del comportamiento de los animales varía de una especie a otra. Cuanto más complejo sea el sistema neural de un animal, mayor será el papel de la corteza cerebral y el aprendizaje social, y los instintos juegan un papel menor. Una comparación entre un cocodrilo y un elefante ilustra cómo los mamíferos, por ejemplo, dependen en gran medida del aprendizaje social.

xxxi Secuencias individuales: Cada ser dual humano (espíritu y cuerpo) sigue su propio camino de vida; es, de hecho, modificada por las decisiones y acciones que cada individuo hace. En el camino que el ser humano atraviesa; sin embargo, su espíritu dirige pensamientos, decisiones y acciones hacia puntos, condiciones y circunstancias, que producen fuerzas de atracción mutua de los espíritus compañeros. Después de todo, es la vida del espíritu lo que realizamos. Las infografías dadas a continuación muestran los caminos para los siete espíritus que navegan por la tierra en esta historia.

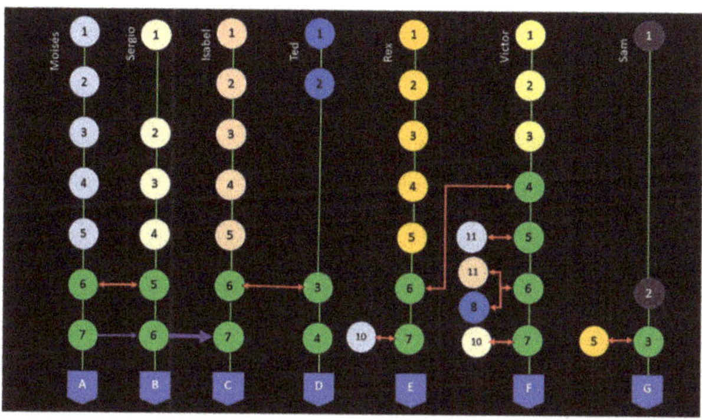

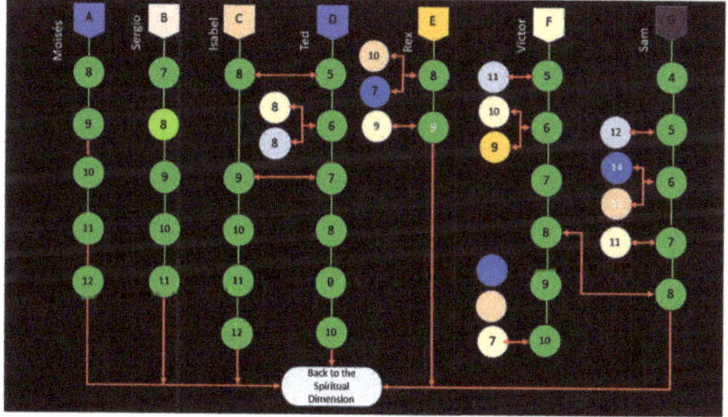

Las secuencias de eventos en cada historia son claras, mostrando situaciones y el momento de los encuentros de los espíritus. Las narraciones de cada ser dual complementan los acontecimientos a lo largo de sus caminos, ayudando al lector a entender giros y giros, o motivos, lo que lleva a sus encuentros. Cada secuencia tiene una acción física final, de vuelta a la dimensión espiritual. Tal vez, los seres humanos podrían construir su propia secuencia de vida con sus amigos para encontrar el propósito de sus encuentros.

xxxii Introspección: "El examen u observación de los propios procesos mentales y emocionales." Es el examen de sus propios pensamientos y sentimientos conscientes. En psicología, el proceso de introspección se basa exclusivamente en la observación del estado mental, mientras que en un contexto espiritual puede referirse al examen de su alma.

La introspección está estrechamente relacionada con la autorreflexión humana y contrasta con la observación externa. La introspección generalmente proporciona un acceso privilegiado a nuestros propios estados mentales, no mediado por otras fuentes de conocimiento, por lo que la experiencia individual de la mente es única. Introspección puede determinar cualquier número de estados mentales incluyendo: sensorial, corporal, cognitivo, emocional y así sucesivamente. La introspección ha sido objeto de discusión filosófica durante miles de años. El filósofo Platón preguntó: "... ¿por qué no debemos revisar con calma y paciencia nuestros propios pensamientos, y examinar a fondo y ver cuáles son realmente estas apariencias en nosotros?" Si bien la introspección es aplicable a muchas facetas del pensamiento filosófico, es quizás más conocida por su papel en la epistemología, en este contexto la introspección a menudo se compara con la percepción, la razón, la memoria, y el testimonio como fuente de conocimiento."

Los seres humanos pueden utilizar la introspección como un apoyo eficaz del alma, y meditar tantas veces como sea práctico el análisis de los cuatro componentes y o actitudes principales: (1) bien o mal, (2) correcto o incorrecto, y (3) justo o injusto, y (4) agradable o desagradable. El primer objetivo de esta meditación es elevar el alma a niveles más altos de supresión de la conciencia externa e interna. El segundo objetivo es hacer de esta meditación introspectiva un hábito diario que tenga como objetivo educar al ego y alcanzar la unicidad.

Fuente: ttps://www.bing.com/search?q=introspection+definition&form]

[Fuente: https://en.wikipedia.org/wiki/Introspección] "Introspecciones el
^{xxxiii} El Karma se refiere a la acción, el trabajo o la acción; también se refiere al principio espiritual de causa y efecto donde la intención y las acciones de un individuo (causan) influyen en el futuro de ese individuo (efecto). La buena intención y las buenas características contribuyen al buen karma y a la felicidad futura, mientras que la mala intención y las malas.